人文青岛

第二季

挖掘历史深处旧闻，品尝人文青岛之美。
在这里发现青岛，在这里读懂青岛。

贠瑞虎 主编

上

中国海洋大学出版社
CHINA OCEAN UNIVERSITY PRESS

序　言

　　用档案资料打开历史,以新闻视角解读旧闻。

　　展现在读者眼前的《人文青岛》(第二季),收录的文章,来自半岛都市报中《人文青岛》周刊的部分专题报道。2013年6月《人文青岛》创刊,每周四个版面(2015年变为每周三个版面)。

　　《人文青岛》创刊一年后,迅速成为半岛的一张文化名片。此后,文章选题侧重新闻性。一方面,根据全国性的新闻热点,如2015年抗战胜利70周年,策划推出"青岛抗战"专题,将青岛保安大队在崂山打游击的历史进行挖掘,采访在中国台湾的老兵后人;另一方面,结合青岛城市发展的节点,挖掘历史人文内涵,如2016年青岛地铁3号线全线开通,以此为契机,推出地铁3号线"站望流年"系列报道,立体呈现地铁站点的过往岁月。

　　《人文青岛》周刊充分挖掘青岛的人文资源,钩沉青岛往事,发现青岛之美,产生了广泛而深远的社会影响力,成为青岛人收藏的首选,外地人了解青岛历史的窗口。

　　《人文青岛》(第二季)延续"第一季"的编辑方式,内容分为人物、风情、往事、建筑四辑。"人文青岛"四个字,是书法家王塽的字,为本书增添了文化韵味和内涵。

　　翻阅这套书,会发现有两个特点。一是充分利用档案资料,吸收最新的研究成果,丰富对历史的认知;二是记者充分采访当事人(或后人),呈现个体记忆的历史场景,发出民众的声音,留下历史中丰富的细节。

　　历史档案包括文件、日记、老照片、影像、实物等,承载了历史的信息,记载了真实事件或过往人物。无论风云激荡的大历史场景或庸常琐碎的日常小事,抑或是曾名噪一时的风云人物、籍籍无名的芸芸众生,只要进入了档案意义上的收藏,那么它就被记忆下来。历史档案的权威性与真凭实据的特征尤为突出,它是某段历史的重要注脚和原始凭证。像这样的历史档案,常常被视为第一手的史料。青岛市档案馆从德、日、美等国征集而来的档案资料,填补了历史的空白,是我们保存与历史记忆的核心所在。用现代的视角解读档案资料,便于向公众普及历史。

　　"人物"这一辑,记者采访了闻一多、臧克家、童第周等先生的后人,还原大师在青岛的岁月。在采访名人后人的同时,还采访了专家学者,多种声音交织在一起,互相补充,完成了大师在青岛的"历史拼图"。

　　"风情"这一辑,是一幅斑斓的生活画卷。从战国时期齐国的红岛渔盐,到19世纪末李村大集上的各种年货。风物,风情,在岁月中绵延。原汁原味的青岛方言,冒着白色泡沫的青岛啤酒,这些都是青岛的特色。而从岁月之中钩沉出来的老照片,是青岛收藏家的私人藏品,展现了世态百相,带着人性的温度。

在"往事"这一辑中,细心的读者会发现,为还原青岛日德战争,我们吸收了最新出版的"青岛日德战争丛书"的研究成果。1897年的胶州湾,和世谦笔下的青岛日德战争,一个德国飞行员的冒险之旅……这些专题报道,既有对战事进程的详细叙述,也有对战争给青岛城市和人民带来的深重灾难的客观描述,包括当时青岛地区别具风格的地方风土人情等,对于读者了解第一次世界大战发生在亚洲的唯一战事是不可多得的历史文献,也有利于读者重新认识和了解当时的中国社会。

"往事"中披露了"日本在青掠夺、转运劳工的罪恶"。"二战"期间,青岛为中国除天津之外第二大对日劳工输出地,第一体育场被改造成"第二劳工训练所",训练所死亡率达四成。其中呈现的历史真相触目惊心,而这些中国劳工被强掳到日本后,进行了顽强的抗争。记者通过采访劳工的后人,诸多历史细节得以呈现。

事实上,《人文青岛》(第二季)不仅仅侧重客居青岛的文化名人,同样关注生活在里院里的普通老百姓的生活。在"建筑"一辑中,西镇八大院的各色人等,银行大院里的名流和职员,在岁月中和老楼老院一起,演绎了青岛的沧桑。重视社会底层民众的生活和经历,让那些隐藏在档案中的普通人发出声音,本书才具有了生动的历史表情,具有了可以感受和触摸的温度。这符合历史社会学的观念。

总之,历史不是冷冰冰的抽象的大事件,而是多维度、多层次的社会场景。

生活在山与海相伴的城市里,每天都可以听到蓝色大海的潮音。每一位读者可以通过《人文青岛》丛书了解历史。了解历史之后,就会有所思,知晓过去,知晓真相,知晓本源。

德国文学家莱辛说,历史不应该是记忆的负担,而应该是理智的启迪。德国前总理勃兰特曾说过,谁忘记历史,谁就会在灵魂上生病。国人说,前事不忘,后事之师;以史为镜,温故知新。这也是我们创办《人文青岛》周刊的初衷,将其中报道集结出版的初衷。

希望《人文青岛》周刊,在钩沉历史的同时,能够从一个侧面,记录青岛发展的历程;也希望《人文青岛》丛书,能够融入更多人的生活,为社会奉献一个可靠的人文读本。

是为序。

贠瑞虎

2018年3月12日

目　录

第一辑·人物

在青岛,与老舍相遇 / 2

萧红在青岛的黄金时光 / 14

闻一多的两次转变 / 33

凌道扬:十年树木,百年树人 / 46

不求人间争富贵,但做沧桑一嘹鸥——蒲松龄与崂山 / 57

愿效老牛,为国捐躯——"中国克隆之父"童第周 / 72

臧克家:青岛孕育的诗人 / 84

犹思昔日青潮——王统照在青岛 / 96

新月派女诗人方令孺:孑然一身前行 / 112

苏雪林笔下的青岛之美 / 123

聋哑奇才陈抱翠的"武侠"人生 / 133

第二辑·风情

夙沙煮盐——追忆红岛渔盐史 / 146

大话青岛方言 / 160

穿越千年的神秘——回到板桥镇 / 178

老照片里的青岛风情 / 191

青岛婚礼习俗漫谈 / 197

泛黄的照片,特殊的记忆 / 209

黑白的影像,多彩的记忆——青岛大集回眸 / 220

青岛年货清单 / 233

伴着酒香,溯源青岛与啤酒 / 249

远去的光影记忆 / 260

第一辑・人物

1936年在青岛写《骆驼祥子》时的老舍

老舍（1899—1966），原名舒庆春，字舍予，北京满族正红旗人，人民艺术家。代表作有《月牙儿》《骆驼祥子》《四世同堂》《龙须沟》等。

在青岛，与老舍相遇

在青岛,与老舍相遇

刘宜庆

1899 年,老舍出生于北京小羊圈胡同;1966 年,老舍死于北京太平湖。在他死后,芦苇丛生的太平湖消逝了,变成北京地铁总站,他投湖自尽的地方,成为地铁车辆段的停车场。诚如老舍在《猫城记》中所说:"生是一切,死是一切,生死中间隔着个无限大的不可知。"

追寻老舍的足迹,可以看出这位"人民艺术家"的生命轨迹和文学地图。北京是他学习、生长的地方,北京城的一切为他的创作提供了永不枯竭的源泉。在英国伦敦大学任教 5 年,完成了《老张的哲学》《赵子曰》《二马》这三部小说。在齐鲁大地生活了 7 年,留下了《济南的冬天》《五月的青岛》等散文,在济南完成了长篇小说《牛天赐传》,在青岛完成了他一生中的代表作《骆驼祥子》。抗战爆发后,老舍辗转到战时的陪都重庆,以笔为枪,投身于文艺抗战的大潮中。1946 年 5 月,老舍和曹禺应美国国务院的邀请赴美讲学和进行文化交流,他在美国完成了《四世同堂》,创作了《鼓书艺人》。经过 25 年的漂泊,海外的游子归来,1949 年 12 月,老舍应周恩来总理邀请由美国回国,迎接一个新时代。在改天换地的建设热潮中,老舍创作了《茶馆》《龙须沟》等著名话剧。时代太急,老舍太忙,他在革命的年代,未能完成自传体小说《正红旗下》。1966 年,"文革"爆发,老舍投身太平湖,留下一个悲凉而决绝的身影……

投身太平湖,身后留下一片海。老舍的经典文学作品,是一片永恒的海。从 1934 年 9 月到抗战爆发,老舍在青岛生活了 3 年,他的足迹遍布岛城,他为这个有海的城市留下了巨大的精神财富。青岛沿海有两位以文学家命名的公园,一个是鲁迅公园,一个是老舍公园。青岛老城区有两个名人故居纪念馆,康有为故居纪念馆,骆驼祥子博物馆。由此可见,老舍在青岛的地位。

2007 年,我在采访了老舍公园中老舍雕像的作者徐立忠后,在老舍雕像旁,那棵法国梧桐树下,坐了良久,陷入沉思。

老舍在青岛生活的一段时间是他的创作黄金时期。他的两部作品的名字带有青岛的元素和特色,一部叫《樱海集》,从书窗望去,盛开的樱花,映入眼帘,透过灿若朝霞的樱花,能够看见蓝色如锦缎的大海;另一部叫《蛤藻集》,仿佛看见老舍带着孩子在前海沿儿散步,在沙滩上挖蛤蜊捡海藻,一层一层雪白的浪花漫过沙滩,他抬头看到海中的帆船,脑海中又有了创作的灵感……

生活在青岛的人们,总会以一种方式,与老舍重逢。或者在安徽路老舍公园,或者在黄县路 12 号骆驼祥子博物馆。青岛大剧院落成后,引进老舍的经典话剧《四世同堂》《茶馆》,于是,又多了一种和老舍相遇的方式。

2004 年 3 月 6 日,在青岛大剧院,怀着对老舍经典话剧的敬畏之心,沉浸在中国人民艺术剧院打造的《茶馆》之中。小小茶馆,演绎世态万象、人生百味,一幕一幕的转换,是朝代更迭、历史巨变的大戏。幽默的对白,经典的台词,接地气,带京味儿,观众在笑声中流下眼泪,梁冠华、濮存昕、杨立新等艺术家的精湛表演,复活了老舍的艺术精神。演员谢幕之时,观众的掌声,如同层层的海浪,经久不息。散场后,在夜行的公交车上,观众意犹未尽,仍然热烈地讨论着。在这一刻,我相信,老舍的足迹遍布岛城,老舍的精神萦绕青岛。老舍的文学作品、艺术魅力,具有穿透时空的力量,在青岛,与老舍相遇。

老舍在青岛的文学地图

张文艳

就像老舍自己说的,在青岛教书时期是他经济上的黄金时代,而因为他的小说《骆驼祥子》的问世,和一儿一女在青岛的出生,人们又赋予了他精神上的黄金时代。因为在这里,他有幸福的家庭,他有许多好朋友,他有丰硕的写作成果,这一切都可以从他在青岛的足迹中找到见证。其实,在世 67 年的老舍在青岛只住过三年,不算长,他的居住地,除了故乡北京外,还有天津、济南、武汉、重庆等;在海外,他也长期生活过。就像巴门尼德所说的"城市是人类的老师",在青岛他找到了"理想的家",实现了"诗意的栖居"。国立山东大学(简称山大)、几处故居、浴场、会馆……这里都有他走过的印记,与政治无关,与心境相连。本期,我们以老舍擅长的话剧做壳,整理了他在岛城的文学地图,重温这位人民艺术家走过的路。

出场人物

老舍(1899—1966):原名舒庆春,字舍予,老舍是他在小说《老张的哲学》中开始使用的笔名。北京满族正红旗人,人民艺术家。代表作有《月牙儿》《骆驼祥子》《四世同堂》《龙须沟》等。"文革"初期遭到迫害,1966 年 8 月 24 日在北京投太平湖自杀。

胡絜青:满族正红旗人,1931 年毕业于北京师范大学国文系。自幼酷爱文艺,擅绘画书法,1950 年正式拜师齐白石。1931 年与老舍结婚,随老舍去各地,1958 年受聘于北京中国画院,为一级美术师。2001 年 5 月 21 日,走完 96 年不平凡的人生之路。

舒济:老舍长女,1933 年 9 月 5 日出生于济南。1999 年任老舍纪念馆馆长。

舒乙:老舍独子,1935 年生于青岛,骆驼祥子博物馆名誉馆长。

舒雨:老舍次女,1937 年生于青岛。

鲁海:青岛文史专家。

巩升起:文史专家,著有《老舍的青岛岁月》。

第一幕:邂逅青岛

时间:1934 年 9 月—1936 年初
地点:国立山东大学(今中国海洋大学)
代表作:《青岛与山大》

老舍出生于北京西城小羊圈胡同(现名小杨家胡同),满族正红旗人,那天正好是腊月二十三,"灶王爷上了天,我却落了地"。幼年丧父,母亲的干练和乐观造就了他豁达、幽默又不失优雅的性情。当过老师,去过海外,来青岛之前,老舍在济南工作生活了四年。虽然笔耕不辍,但真正开启文学创作全新气象,是他落脚于山海之间后。

1931 年老舍与胡絜青的结婚照

1934 年 9 月，应山大校长赵太侔的邀请，老舍迎来了"不可复制的经典岁月"。1934 年 9 月 15 日，青岛《民报》首先向社会发布了老舍来山大的消息，校内外翘首以盼。清华校长梅贻琦曾经有这么一句名言：所谓大学者，非谓有大楼之谓也，有大师之谓也。"群星闪耀，英华蕴聚"的山大来来往往过众多名人，老舍的莅临无疑又为这座名校留下一笔宝贵的财富。其实，在来青岛之前，36 岁的老舍就已经有过十五六年的教龄了，作为"正高职称"的资深教师，老舍开始只是获得了个讲师的资格，到了第二年才获评教授。"他讲授文艺思潮、高级作文、欧洲文学概论、欧洲通史等课程，可惜，他的讲义未能保留下来"，舒乙说。在山大教书期间，老舍很忙，胡絜青回忆说："他很少有时间游览青岛的风光，他每天忙着看书查资料、备课、编讲义和接待来访的同学，他老是感到学识不丰富，唯恐贻误人家的子弟。"一方面他幽默的本性展露无遗，被学生称为"我们的笑神老舍先生"，一方面他又严肃认真，言传身教，重学品与人品，曾在学生的纪念册上题下"对事卖十分力气，对人不用半点心机"一语。

这段时间里，老舍的文学作品主要是课程讲义和他的演讲作品，如"诗与散文""中国民族的力量""文艺中的典型人物"等，演讲的地点有市立中学、市立女子中学等。但是，他的文学创作并没有因此而停下。邂逅青岛，来到山大，老舍的欣喜之情溢于言表，"济南与青岛是多么不相同的地方呢！一个设若比作穿肥袖马褂的先生，那一个便应当是摩登的少女"。在《青岛与山大》一文中，他认为在"以尘沙为雾，以风暴为潮的北国里，青岛是颗绿珠"，他喜欢青岛的气候，尤其是冬天，"我常说，能在青岛住过一冬的，就有修仙的资格。我们的学生在这里一住就是四冬啊！""众人摩登我独古"的气概是老舍所欣赏和提倡的。应该说，老舍喜欢青岛，喜欢在山大的岁月。

然而，好景不长，1936 年初，学生抗日救亡运动中，学校的妥协、软弱态度让老舍看到了"教育的失败"，赵太侔辞职后，他也断然拒绝了代理校长林济青的高薪挽留，潜心创作的梦想"被迫"实现，倒也正应了老舍的心意，因为他早就意识到了教书与创作的矛盾。

1946 年 1 月山大复校，赵太侔重新担任校长，曾再度邀请老舍，老舍自觉心有余但力不足，最终没能重新站上山大的讲台。在走出山大校门的那一瞬，他的背影便永远定格于山大的记忆之中。

第二幕：择地而栖

时间：1934 年 9 月下旬—1935 年底
地点：原莱芜路和金口二路
代表作：《樱海集》

老舍故居遍布海内外，除了北京的老舍故居外，重庆、济南等地都有老舍的寓所，就连伦敦也已确立——伦敦西部靠近诺丁山的荷兰公园内的圣詹姆斯花园 31 号，其中"老舍"两字由老舍夫人胡絜青生前亲笔题写，英国 750 块文化遗产保护牌中首次出现了中文。

1959 年，老舍全家合影

青岛也是如此，黄县路 12 号的"骆驼祥子博物馆"是公认的老舍故居，其实在搬到这里之前，老舍搬过四五次家。他在青岛的第一个寓所，在莱芜路（今天的登州路 10 号）。1934 年 9 月下旬，从济南来到青岛，经山大校长赵太侔事先协调，老舍夫妇带着女儿舒济落脚在该校的西北处，也就是今天的莱芜二路与登州路的交界处，在这里住了三个多月，度过了在青岛的最初时光。

关于这里的记录因为时间太短并不多，1981 年 3 月，老舍夫人胡絜青曾来到青岛，站在他们在青岛的起点上，她思绪万千、百感交集地说："1934 年的初秋，我们全家从济南到青岛，住在山大身后的一座洋式平房里，这所房子，当时位于莱芜路，现在是登州路 10 号甲。如今的这一带，已是楼房成片，人口稠密的所在了；四十多年前，却比较空旷，我们一家孤零零地住在这里，四周没有多少人家，不甚方便。"近日记者再次走访了登州路 10 号，这里熙熙攘攘，大小店铺林立，行人穿梭来往，好不热闹。平房，难觅其踪，早已化作瓦砾，铺垫在楼宇之下。不过，当年的景象显然有些凄凉，人少不便和离海颇远使得老舍一家只在此地停留了三个多月，便另觅他所了。老舍留在这片高地的文学作品很少，主要是因为忙于山大的教学，无暇创作大量作品。

寻觅中，金口二路的一座小楼（今金口三路2号乙）吸引了老舍的目光，此地东临汇泉湾，西望青岛湾，南面是海滨公园（现在的鲁迅公园），置身花海，风景优美，实属宝地，甚契合老舍的创作心境。在《樱海集》的序中，老舍这样描述新家："开开屋门，正看邻家院里的一树樱花，再一探头，由两所房中间的隙空看见一小块绿海……大门向东，楼本身是南北向。房东住在楼下，我们住在楼上。楼上除去厨房、厕所，还有四间：有阳台的一间是我们的卧室，隔壁是书房……"从书房西窗能够眺望大海，这座小楼曾经出现在吴伯箫和臧克家的回忆中。优美的环境，给予老舍源源不断的创作灵感，在"樱海雅舍"里，他创作出短篇小说《上任》《牺牲》《柳屯的》及中篇小说《月牙儿》等，编入《樱海集》中。独子舒乙也出生在这里。巩升起告诉记者，在搬入黄县路12号之前，老舍还曾经搬过两三次家，时间都很短，"加起来也就一个多月，具体的地点已经无从考证，但主要是在小鱼山周边"。

第三幕：小楼里大世界

时间：1935年底—1937年8月

地点：黄县路6号（今黄县路12号）

代表作：《骆驼祥子》《我这一辈子》

"终生难忘黄县路6号！"1981年，胡絜青回到黄县路寓所，掷地有声地说出这样一句话。显然，她的脑海中映入的是在此生活的点点滴滴，而在今天的我们听来，带有一种难以言表的酸楚。

黄县路老舍故居外景

老舍住在这里的时间并不长，由1935年底住到1937年8月13日，大概也就是600多天，普通的小楼，本可以淹没在岛城的红瓦绿树当中，然而鸿篇巨作《骆驼祥子》的问世，让这里散发出夺目的光芒。记者沿着老舍的脚步，在黄县路徘徊。黄县路不长，且拐弯抹角。其实在来之前，对这条路早有耳闻，随着国立青岛大学（简称青大）的开创，这一带成为大学校长和教授们的栖居地。虽有争议，不过鲁海还是认

"骆驼祥子博物馆"院内祥子拉车的雕塑

为青大的首任校长杨振声的故居在这里，赵太侔、校医邓仲存也住在同一栋楼上。在这周边，名人故居分布得错落有致，一座小石桥连接起他们之间来往和交流的要道。这里叩响的人文足音已经远远超越了有限的距离。

黄县路 12 号是老舍在青岛时最后一处住所，也是唯一保存下来的故居旧址。这栋二层小楼房，房东住楼上，老舍一家住一楼的四个房间。1933 年到 1935 年，二楼的住客中有几个孩子，竟是日后的"艺坛三兄妹"：黄宗江、黄宗洛和黄宗英。1936 年初，老舍辞去教职，专心做起了"写家"。《骆驼祥子》是他当职业写家的头一炮。故事源自于山大的一位同事讲的一个人力车夫"三起三落"的故事。"老舍很好客，经常会邀请朋友甚至是下层劳工到他家，其中就包括人力车夫，故事的细节也来自于他们。有邻居问老舍，这些都是你朋友吗？老舍说他们不但是我的朋友，还是我老师"，巩升起说。像老舍所说：由于专心，由于思索的时间长，由笔尖滴下来的是血和泪。不想，《骆驼祥子》一炮而红。

老舍说，在山大教学让他在经济上度过了"黄金时代"，辞职则让他一家的生活陷入了困境，加上胡絜青为了照顾两个孩子，也辞去了市立女中的教职，生活的重担全部压在了老舍的身上，于是他开始向《宇宙风》杂志投稿，没想到却迎来了他创作的高峰期，"塞翁失马，焉知非福"。胡絜青回忆，在黄县路居住的这段时间是老舍一生中创作的旺盛时期，在这里，他留下了 40 多篇作品，其中包括中篇小说《我这一辈子》《老牛破车》《文博士》及散文《想北平》等代表作。

老舍心目中有"理想家庭"，在黄县路的生活让理想照进了现实："深明大义"的妻子"每日有清茶，每日有微笑"，儿女绕膝，虽阻碍他"成为莎士比亚"："我刚想起一句话，在脑中盘旋，自信足以愧死莎士比亚，假若能写出来的话。

当是时也,小济拉拉我的肘,低声说:'上公园看猴?'于是我至今还未成莎士比亚。"却能带给他灵感和思索:"小孩使世界扩大,使隐藏着的东西都显露出来。"(《有了小孩以后》)

现在,这里已经变成"骆驼祥子博物馆",这个名字是舒乙的创意。在舒乙先生给青岛的信中提到,在俄罗斯有个以歌曲取名的"喀秋莎纪念馆",非常有名,于是借鉴过来。馆内有鲁海捐赠的胡絜青的信件和画作。1979年鲁海着手写《老舍在青岛》时,就与胡絜青建立了联系,鲁海抄录了老舍在《青岛民报》"避暑录话"上刊发的几篇杂文,胡絜青来信表示感谢。胡絜青后来来青岛时鲁海还曾陪同她游览故居。1984年,胡絜青再次来青,鲁海因眼疾没能见到她,胡絜青还专门写信表示遗憾,并在信中提到了老舍故居的初步筹备方案。这些来往信件鲁海都保存了下来,并把一部分捐给了博物馆。

博物馆的工作人员告诉记者,在淡季他们每天接待游客三四百人,旺季有七八百人。"从2010年5月24日开馆以来,大约有25万人次来这里参观过。"博物馆属公益性质,公众可以免费参观,也可以提前三天预约免费讲解,只是因为比较难找,所以能来到这里参观实属不易,真正喜爱文学和老舍的游客可来此曲径探幽。

第四幕:晾"排骨"

> 时间:在青期间
> 地点:海水浴场、中山公园等
> 代表作:《听来的故事》《小动物们》

老舍非常幽默,这是公认的。不过,回顾他的一生,并非一帆风顺,出生于贫苦家庭,早年丧父,辞职后曾生活窘迫,省吃俭用。尽管如此,他的语言中、他的字里行间仍然不失调侃、逗趣。如在《青岛与我》中,他生动地描写了自己不敢下水的窘境,"咱在海边上亲眼看见了洋光眼子!可是咱自家不敢露一手儿。大概您总可以想象得到:一个比长虫——就是蛇呀——还瘦的人儿,穿上上不着天,下不着地的浴衣,脖子上套着太平圈,浑身上下骨骼分明,端立海岸之上,这是不是故意地气人?即使人家不动气,咱也不敢往水里跳呀……海水浴场没了咱的事"。这段"浴场一日游"太过出名,以至于漫画家黄嘉音甚至给老舍画了一幅海浴图,妙趣横生。

老舍有一句名言:找到严肃人的痒痒肉。更难能可贵的是,逗别人笑得前仰后合,他却面无表情,跟没事儿人似的。他后来创作过不少相声作品,还跟梁实秋说过相声。这种豁达、幽默的性格,在青岛发挥得淋漓尽致。巩升起剖析说:"老舍一家开始在青岛其乐融融,不论工作还是生活都非常适意,而且他对世界的一草一木都充满敬意,这些也成为他创作的资源;后来他辞去教职,生活贫困,但他仍然豁达从容,既不抱怨,也不刻意表达自己的困境,他自信能解决一切问题。"对周围事物的爱与敬意,让老舍能体会花草动物带来的灵感,也能体会生活带来的苦难。他爱花,在北京当校长时,曾让小学生给花鞠躬。不论走到哪里,他桌子上都要摆上一朵花,甚至一枝竹叶。吴组缃曾形容他"竹叶当花插陶瓶"。在青岛,他与樱花的合影成为永恒的经典。在《听来的故事》中,他还有一段对樱花的描写:"樱花的好处是使人痛快,它多、它白、它亮,它使人觉得春忽然发了疯。"中山公园里,有他们一家人的足迹,看猴、拾花瓣,在草地打滚,好不惬意!

他爱小动物,尤其是小猫。寻访老舍故居时,恰遇一位邻居正在"安慰"一只因被"闪电"(狗名)吓得跑到树杈上的灰猫。猫咪瑟瑟发抖,主人温言软语,小猫最终缓缓下树,被主人拽走。正如老舍,每晚入睡前必做的一件事,就是等猫,"花猫每晚必出去活动,到九点后才回来,把猫收入,我才好锁上门"(《小动物们》)。相似的场景宛如一场穿越时空的对话,温馨的画面让人品出了生活的滋味。

第五幕:人生如戏

时间:在青期间
地点:三江会馆等
代表作:《断魂枪》《青岛与我》

老舍的儿子舒乙在《老舍的关坎与爱好》中曾总结了老舍的"19种爱好",其中"唱戏""尚武""下小馆""交友"等都是他的爱好。

这位文学大师不仅能动笔动墨,还能动刀动枪。诗人臧克家来老舍家探望他,一进门吓了一跳,墙上挂满了刀、枪、棍、棒。以前老舍学打拳只是一般的喜

老舍练武图(丁聪漫画)

欢而已,直到 1933 年 4 月,老舍忽患背痛,痛得很厉害,大夫都束手无策。这使他下决心加强锻炼,便拜济南的著名拳手为师。武术和狗皮膏药的夹攻果然奏效。从此,老舍不再间断拳术锻炼。他学了少林拳、太极拳、五行棍等。在黄县路居住的时候,老舍家进门的地方,迎面的兵器架罗列着刀枪剑戟,书斋写字台上却摊着《骆驼祥子》的初稿。这一武一文,给吴伯箫留下了很深的印象。据骆驼祥子博物馆的工作人员介绍,老舍每天都要在院子里坚持打拳练武一个小时,即使遇上刮风下雨,也得练上个 15 分钟。正是身体经得住煎熬,才使得他手中的笔更加具有锋芒,写出的作品也更有战斗力。由于和拳师们有过交往,老舍装了一肚子拳师们的传奇故事,他一直想写一本叫《二拳师》的新型长篇武侠小说,却一直未能如愿。1935 年他把能写十万字以上的素材压缩提炼,挑最精彩片断,写成了一篇 6000 字的短篇小说《断魂枪》。

青岛有一座三江会馆,后来成为集会、活动场所。1928 年青岛组织了京剧票友社,叫和声社,1933 年起以三江会馆为会址,在这里多次演出,洪深、老舍等都是会员。不过老舍一亮嗓,结局很意外:"头一天我就露了一出《武家坡》。我觉得唱得不错,第二天早早就去了,再想露一出拿手的。等了足有两点钟吧。一个人也没来……第三天我又去了,还是没人……在门口遇见了个小孩……'前天有一位先生唱得像鸭子叫唤,所以他们都不来啦;前天您来了吗?'"后来老舍决定在家里独唱,"唱到第三天,房东来了,很客气地请我搬家,房东临走,向敝太太低声说了句:'假若先生不唱呢,那就不必移动了,大家都是朋友!'太太自然怕搬家,先生自然怕太太,我首先声明我很讨厌唱戏。"(《青岛与我》)

除了唱戏,看电影、喝酒、饮茶,可以说是老舍一生的嗜好。前面也提到,老舍还很好客,张煦、洪深、赵太侔、王统照、台静农、臧克家、吴伯箫等都是老舍家里的常客。但凡有客人到来,老舍必定热情招待,加之老舍非常喜欢饮酒,因此与好友下小馆共欢饮也就成了常事。好客归好客,但要是客人太多、囊中又羞涩的话,就不是那么痛快了,老舍在《暑避》就曾写道:"拿在下而言,作事于青岛,暑气天然下来,是亦暑避者流也。可是,海岸走走,遇上二三老友,多年不见,理当请吃小馆。避暑者得吃得喝,暑避者几乎破产;面子事儿,朋友的交情,死而不怨,毛病在天。"相信夏天,很多青岛人都会有相同经历和感触。

老舍虽称青岛是片"美丽的沙漠",但他已经爱上了这里,"青岛自秋至春都非常安静,绝不像只在夏天来过的人所说的那么热闹。安静,所以始于写作,这就是我舍不得离开此地的原因"。然而,"此地大风,海水激卷,马路成河"(《南来以前》),卢沟桥事变搅得社会动荡不安,青岛不再平静。《病夫》与《小人物自述》写了一半,便再无法"编制'太平歌词'了",《这一年的笔》中,他决定用笔做武器,参与抗战洪流,"这一年的笔是沾着这一年的民族的血来画的,希望她能尽情地挥动,写出最后胜利的狂欢与歌舞"。"八方风雨"中,身不由己,他于1937 年 8 月 13 日到达济南,8 月 14 日,胡絜青抱着出生 14 天的舒雨,带着幼小的舒济和舒乙追随丈夫奔赴济南。离开了他们诗意的家,匆匆忙忙。1945 年 8 月抗战胜利后,老舍曾萌生到青岛定居的想法,并写信委托王统照代为物色小楼,以安身立命。"一方面是因为小楼已经被国民党占据,另一方面是因为信件到达时已经是半年之后,所以此事只能不了了之",巩升起的言语中透露着遗憾。老舍没有再来青岛,但青岛没有忘记他,不但建立"骆驼祥子博物馆",还在鲁海等人的倡议下,将第六公园改名为"老舍公园",将其永远留在青岛,留在市民心中。

人生如戏。老舍写过话剧、歌剧,也酷爱京剧,他留给人们很多欢乐和思索,他本人的一生也如一场戏剧一般,有喜有悲。当他心灰意冷自沉于太平湖后两年,竟获得诺贝尔奖提名!

2014 年 7 月 15 日

萧红在青岛的黄金时光

1934年夏，萧红在青岛樱花公园

萧红（1911—1942），中国近现代女作家，"民国四大才女"之一，被誉为"20世纪30年代的文学洛神"。代表作有《生死场》《呼兰河传》等。

萧红在青岛的黄金时光

刘宜庆

萧红生于 1911 年 6 月 2 日,死于 1942 年 1 月 22 日。终其一生,萧红都在寻找自由和爱情。叛逆者萧红,漂泊者萧红,她的一生充满了巨大的悖论和谜团。电影《黄金时代》,不过是我们这个时代,对民国乱世和文坛传奇的一个投影,无论如何展现,其内核都是爱与怕、生与死、理想和尊严。

纵观萧红短暂的 31 岁的一生,从哈尔滨到中国香港,从日本东京到西安,在青岛生活的半年时间,是她和萧军感情稳定、生活平静的"黄金时光"。

1934 年夏,舒群、萧军、萧红任《青岛晨报》编辑。舒群一家(妻子为倪鲁平的妹妹倪青华)、萧军、萧红住在观象一路 1 号,小院临山而建,院墙系用高四米的花岗岩砌成。院中间是一座二层小楼,楼下有两间 15 平方米大小的房间,实为半地下室。楼上共有五间房间,分为两个独立套间,一套是朝阳的三间,一套是朝东和西北的两间,各有门口和楼道。这座小楼如今就是萧红、萧军、舒群的故居。萧军在诗中形容青岛的景色和自己的住处为"碧海临窗瞰左右,青山傍户路三岔"。如今,萧军故居附近,是一个七岔路口。屋外山墙上原有一个"太极图",也已经湮灭在岁月之中。

萧红在青岛的这一段时间是平静而愉悦的,集中精力进行创作。她和萧军分别创作出《生死场》(最初名为《麦场》)和《八月的乡村》。舒群在青岛被捕入狱后,创作出中篇小说《没有祖国的孩子》。

萧红萧军足迹遍布青岛的风景名胜,栈桥、青岛水族馆、汇泉海水浴场、中山公园以及四方公园。1934 年的夏天,萧红萧军和朋友们洗海澡。在梅林的回忆里,萧军会游泳,"球一样地滚动在水面上",而萧红在海水到胸部的浅滩,一手捏着鼻子,闭着眼睛,沉到水底,努力爬蹬一阵,浮出水面后,还以为自己泅得很远。

随着舒群被捕入狱,《青岛晨报》因为经济的压力,无以为继。萧红萧军和梅林一起,于 1934 年 12 月初到达上海。

1936 年夏,萧红和萧军的感情出现了裂隙,两人相约暂时分离。萧红去了日本东京,萧军回到青岛。两人鱼雁传书,靠书信交流。这次萧军重游青岛,观象一路 1 号的小楼,海边菜市场的"荒岛书店",海边的栈桥,依稀似昨,而身边少了萧红,不禁引起一番低徊、忆想的惆怅之情。萧军去了一次崂山,游览了下清宫,特意看了《聊斋志异·香玉》中写到的牡丹和耐冬,登临崂山的顶峰,饱览山海胜景。萧军在青岛,重访故地,登临崂山的详情,都写信给远在日本东京的萧红。他把在海水浴场沙滩身穿游泳裤、头戴游泳帽的照片,连同坐在"山东大学教员宿舍我所暂住的那间房子窗口在作势弹吉他的照片",都邮寄给远方的萧红。

抗战爆发后,萧红四处辗转,从上海至武汉,武汉至临汾,临汾至西安。在西安,萧红与萧军分手,这也是两人的永别。青岛,此时成为萧红人生中过往的一个驿站,但是,她在香港仍与青岛这座城市,发生情感的联系。直到萧红在香港病重,她仍然怀念青岛。她与萨空了的夫人金秉英相约,"明年两人同去青岛观海"。金秉英回忆说:"我们可以整天都在海边……坐在海边石头上谈天。只有我们两个,那就意味着各不带家属,可是她又说,带个男朋友去,替我们提提皮箱、跑跑腿。"青岛,之于萧红萧军都是"值得永远怀念和纪念的地方"。

1942 年 1 月 22 日,萧红病逝。一只追求自由的孤独飞鸟,最终魂归浅水湾。

漂泊中的驿站

——萧红萧军在青岛的足迹

张文艳

"我叫萧红,原名张迺莹,1911 年 6 月 1 日农历端午节出生于黑龙江省呼兰县的一个地主家庭,1942 年 1 月 22 日病逝于香港红十字会提反女校的临时医院,享年 31 岁"——身后一片漆黑,萧红的扮演者汤唯平静地讲述着,没有笑容,没有眼泪,犹如一幅漂亮的遗照,不同的是竟是她自己回溯自己的一生。电影《黄金时代》再次掀起了萧红热,这位"民国四大才女"之一,她和当时的爱人萧军逃脱伪满洲国的牢笼来到青岛,度过了半年的恬静生活。短暂的安宁让她和萧军分别完成了经典代表作《麦场》(后改名《生死场》)和《八月的乡村》,电影中一语带过的岁月,其实也是二萧的黄金岁月,此前,他们衣食无着,饥饿难耐;此后,他们的生活因为情变和动荡,颠沛流离。萧红的一生犹如一杯浓茶,看似颜色很重,品起来有些苦涩,而实际上回味无穷。本期,我们走进二萧的青岛岁月,感受萧红阴霾命运中的这缕暖阳。

故居探访:青山傍户路七岔

艳阳高照,没有雾霾的天气让人呼吸畅快。记者一路寻找萧红、萧军、舒群的故居——观象一路1号。窄窄的门口,铁栅栏门紧锁。透过缝隙往左看,是一段长长的台阶,站在高墙之外,可以看到里面晾晒有被单和衣服,到处散发着浓浓的生活气息。

正苦于难以进入之际,突然,记者发现楼上高墙边一位老人正站在上面往下看,发现我在看他立刻缩了回去。原来里面有人!记者连忙大喊:"大爷!大爷!"他有些不情愿,站在台阶的那头直摆手:"走吧,这里不让进。每天都有人来,严重影响了我们的生活,我们不能开门。"

确实,这里被确定为萧红、萧军、舒群故居后,不少人前来参观,政府曾试图将里面的居民搬迁,改做纪念馆,却因搬迁条件协商达不成一致最终作罢。

禁不住记者的再三恳求,老人同意我进去看看。老人名叫朱培林,今年77岁,住在一楼,也就是原来舒群居住的房子,"二楼和一楼的格局差不多,二楼有单独的厨房和阳台,要大一点"。因为二楼没有人,大门紧锁,记者便走进了朱培林的房间,这是一个大房间,木地板,床和家具都摆上仍不显得过分拥挤,"建筑面积是15.8平方米",老人说。从房间出来,在房间的左侧有一个小台阶,通向二楼,是不经过一楼房间的,"现在二楼住着一位僧人,是他租的房子,房东是两口子,他们有一个女儿,二十六七岁,是教音乐的",老人说,"僧人不经常来住,所以楼上大多数是没人住的"。在楼房的右侧,有一个大一点的台阶,直接通到后面,后面还有人住?老人笑着说:"这栋小楼里现在有7户人家,后面还有不少房间。"

怪不得萧军写的文章《邻居》中那么热闹:一个老婆婆和两个女儿、一个儿子,住在左面的一所小房子里;一个二十六七岁的女人,和一个十五六岁的姑娘,还有一个大脑袋的3岁男孩,住在楼上;还有个做买卖的贩子住在他们后院

观象一路 1 号的萧红萧军故居

的草棚子里，经常向萧军兜售货物，他老婆还给楼上的女人抱孩子。每天夜里，楼上的女人唱京戏，孩子的哭声，和信奉基督人的祷告声，搅得萧军一度要搬家。后来楼上的女人搬走，邀请萧红搬到楼上去。这段生活和感触还成了萧红写作《马伯乐》的素材。

关于房子的描述都是来源于萧军的《青岛怀踪录》，"它位于观象山的北脚下一带突出的山梁上，从这里左右两面全可以看到海的：一边是青岛有名的大港；一边则是湛山湾和炮台山、海滨浴场，它正是江苏路和浙江路分界线的地方"。萧军在给文史专家鲁海的回信中，称故居"碧海临窗瞰左右，青山傍户路三岔"。站在院内远眺，因为高楼林立，已经不能看到碧海，青山傍户的路口由三岔发展成了七岔。"后来，我由楼下面又搬到楼上有'太极图'那间突出的单间居住了。"萧军的回忆让鲁海曾经试图呼吁保留太极图，结果未能如愿。

平淡生活：真正的黄金时代

时间回到 1934 年 6 月 15 日。"滴——"汽笛轰鸣，日本轮船"大连丸"停靠在了青岛港，人群中，有两个年轻人相携踏上青岛的土地——他们心目中的祖国。他们就是悄吟和三郎，即后来的萧红和萧军。

他们来到青岛是受到了好友舒群的邀请。舒群原名李书堂，又名李旭东，哈尔滨人，中共党员。在舒群邀请他们之前，两人在哈尔滨被盯梢。1932 年，萧红便开启了她漂泊的人生。逃婚、抗争，与汪恩甲同居，身怀六甲，又被抛弃在东兴顺旅馆，600 元（一说 400 元）的房费让萧红走投无路，差点被卖到妓院抵债，向报界大声疾呼因而结识了萧军，乘洪水之乱逃跑。几经颠沛流离，刚刚稳定，两人共同创作的《跋涉》就出了事。二萧上了日伪的黑名单，随时有被捕的危险。

幸运的是，在青岛找到党组织的舒群向他们伸出了援手。两人乘坐"大连丸"从大连赶赴青岛，在船上遭遇检查，萧军把大衣一脱摔在地上，两人的行李被查了个遍,而其实萧军的大衣兜里揣着《八月的乡村》的稿子,侥幸过关让萧军发出了疾呼:归来了。这是我的祖国,我的母亲!

到达青岛的第二天,6月16日,就是端午节,萧红正好23岁,是她的又一次重生。他们走后的一个星期,罗烽被捕,多数朋友陆续死于日伪屠刀。鲁海告诉记者,在码头上迎接他们的是舒群和他的新婚妻子倪青华,先把他们安顿到了舒群的岳父岳母家。后来,倪家出面,租下了观象一路1号房子。在青岛,萧军化名为刘均,在《青岛晨报》任副刊主编,季红真在《萧红全传》中称萧红曾编辑过《新女性周刊》,不过,鲁海在《作家与青岛》中明确表示,这份周刊是隶属于《青岛晨报》的。

参观故居过程中,有一位邻居正在厨房忙碌着,她身材纤瘦,手脚利落,恍惚中似乎看到了萧红的影子。80年前,萧红不也是如此吗?"日常我们一道去市场买菜,做俄式的大菜汤,悄吟用有柄的平底小锅烙油饼。"萧红手还很巧,两人经典的两张合影中,萧军的新衣都是萧红亲手设计缝制的。萧红在后来与端木蕻良结婚时曾经说过:"我对端木蕻良没有什么过高的希求,我只想过正常的老百姓式的夫妻生活。没有争吵,没有打闹,没有不忠,没有讥笑,有的只是互相谅解、爱护、体贴。"这是萧红简单的愿望。

萧红与萧军

关于两人的青岛生活,好友张梅林的记载最为详细:"三郎短裤、草鞋、一件淡黄色的俄式衬衫,加束了一条皮腰带,样子颇像洋车夫。而悄吟用一块天蓝色的绸子撕下粗糙的带子束在头发上,布旗袍,西式裤子,后跟磨去一半的破皮鞋,粗野得可以。"他们徜徉在栈桥、海滨公园、中山公园、水族馆等,并多次到海水浴场游泳,"悄吟……努力爬蹬了一阵,抬起头来,呛嗽着大声喊:'是不是我已经游得很远了?''一点儿也没有移动',我说,'看,要像三郎那样,球一样滚动在水面上'。悄吟看了一眼正在用最大努力游向水架去的三郎,摇头批评道:'他那种样子也不行,毫无游泳法则,只任蛮劲,拖泥带水地瞎冲一阵而已……我还有我自己的游法。'她又捏着鼻子沉到水底下去"。这些颇具画面感的描述真实地记录了两人平静的生活。

美国学者葛浩文在《萧红评传》里说,"比较起来,萧红只有在青岛的短短五六个月中享受到了一点人生乐趣",听起来让人心酸,却也是实情。著名学者林贤治告诉记者,这段时间的萧红生活是惬意的,应该是她人生真正的黄金时代。而其实,萧军在《青岛晨报》时就曾开创过一个发表中学生文章的版面,名字就叫《黄金时代》,黄宗江还曾发表过作品。

匆匆离去:又一次漂泊的开始

在电影《黄金时代》中,汤唯扮演的萧红说,人们对她的八卦关注会胜过她的作品。是的,现在人们谈论萧红,多是她身边的男人和她两次怀着别人的孩子嫁人的传奇经历。第一次,孩子送人,第二次,孩子夭折。萧红身边的"孩子",只有那些不朽的作品。而她的经典代表作《生死场》(初名《麦场》)就写就于青岛。

"阳光、沙滩、海水、友人,青岛像快乐的天堂,萧红旺盛的创作力得以最大的发挥。每到夜深人静,夫妇二人常常讨论写作中的两部书稿(《麦场》和《八月的乡村》),时有争论,又时有所得",萧红文学馆馆长章海宁在《萧红画传》中说。1934年9月9日,萧红完成了《麦场》:"在乡村,人和动物一起忙着生,忙着死。"这部作品被鲁迅称为"当代女作家所写的最有力的小说之一"。在章海宁看来,《生死场》是一部"底层女性的'生命之书'"。

1934年的中秋节当天,时局突变,舒群夫妇被捕,二萧因未参加当晚聚会而躲过一劫,又一次前途未卜,两人决定寻找新的出路。

之前,萧军经常光顾一家书店——位于广西路新四号的荒岛书店,认识了老板孙乐文。有一次,孙乐文告诉萧军说,他曾在上海的内山书店看到过鲁迅,萧军便萌生了给鲁迅写信的念头,在孙乐文的鼓励下,萧军冒险给鲁迅写了第一封信,没想到鲁迅居然收到了萧军的信,并很快回信,答应看看他们的书稿。他们立即把《麦场》原稿和《跋涉》文集一起寄给了鲁迅,另外还附上了一张两人的合照。

随着《青岛晨报》因遭到破坏而瘫痪,萧军萧红决定离开青岛赴上海,投奔鲁迅。《青岛怀踪录》中记述:"一夜,孙乐文把我约到栈桥,给了我40元路费,嘱咐我们及时离开青岛",为了躲避"门前派出所的警察和特务的监视,抛弃所有家具,搭乘一艘日本轮船的四等舱逃离前去上海"。而张梅林则说他们是卖掉了报馆里的两三副木板床带木凳，"同咸鱼包粉条杂货一道"到的上海。关于他们离开的时间，张梅林回忆是 12 月初，而章海宁和季红真的萧红传记中写的都是 11 月 1 日。此后，萧红虽然在与萧军的信件中多次怀念青岛的海滨、青岛的崂山，但她再也没能回到青岛。

1934 年 10 月 22 日，萧军完成《八月的乡村》当日，与萧红合影于青岛海边

在上海，两人幸运地得到了鲁迅的青睐，在鲁迅的帮助下，萧红的《生死场》和萧军的《八月的乡村》得以出版。度过了一段时间的安定生活后，随着萧军的多次出轨，萧红和萧军的感情产生了裂痕。1936 年，双方为了处理感情问题，决定分开一段时间，萧红去了日本，萧军回到青岛，住在山大宿舍内。那一次，萧军住了两个多月，续写《第三代》，并写了《邻居》《水灵山岛》两篇散文。此后，萧军又来过青岛两次，一次是 1951 年带着儿子来访方未艾，王德芬的《我和萧军风雨 50 年》中详细记载两人在此期间的思念之情，署名为"讨厌我的夫人""不满意我的官人"等，感情甚笃。1986 年，萧军来海大讲课，再次踏上他和萧红曾经"度精神蜜月"的地方，他说："尽管我东飘西泊，也还未忘记这个我曾经居住过的美丽山岛，它给我留下了深深的印记和深深的感情。"

离开萧军后，萧红与端木蕻良结婚，两人的感情颇具争议。作为与命运抗争的女性，萧红没有停下脚步，她执拗地一往直前，没有后悔。在中国香港，庸医的误诊加速了萧红的陨落，1942 年 1 月 19 日深夜，萧红在拍纸簿子上写道："我将与蓝天碧水永处，留得那半部《红楼》给别人写了。""半生尽遭白眼冷遇……身先死，不甘，不甘。"这就是萧红的临终遗言。1 月 22 日，萧红撒手人寰，临终前，她把《生死场》的版权留给了早已分手的萧军，因为这部书是他们在青岛那段美好时光的见证。

有人说萧红是寂寞的，对此章海宁不这么认为，"萧红虽然只活了 31 岁，从事写作也只有 9 年时间，但她的一生是轰轰烈烈的，是坚实的，在短暂的夜空，她划下了耀眼的轨迹，给后世留下了《生死场》《呼兰河传》《回忆鲁迅先生》《小城三月》等不朽的文字"。

对萧红的作品大家可能陌生,但如果提起《火烧云》这篇课文,可能会有人恍然大悟,是的,该课文正是取自《呼兰河传》。萧红一生轰轰烈烈,最终也燃烧了自己。

何人绘得萧红影,望断青天一缕霞!

人物专访

张文艳

"二萧分手有性格、健康、创作观念的原因,但核心是萧军对情感的不忠。"

> 姓名:章海宁
>
> 简介:1965年出生,江苏淮阴人,记者、萧红研究学者。黑龙江省萧红研究会副会长、萧红文学馆馆长,《萧红全集》及《萧红印象》丛书(六卷)主编,著有《萧红画传》等。

记者:对于萧红籍贯的说法有两种,一种说是莘县董杜庄镇梁丕营村,一种说是在胶州,哪一种说法更有根据?

章海宁:萧红的祖籍地在山东莘县,而不是胶州。萧红姓张,原名张迺莹,萧红是她发表《生死场》时用的笔名。张氏始祖张岱乾隆年间从山东闯关东到辽宁朝阳,后迁到吉林榆树,他的三个儿子后来到黑龙江阿城、宾县等地垦荒置业,到萧红那一辈已历六世,发展为庞大的张氏家族。张氏家族在1935年编印了《东昌张氏宗谱书》,也就是研究者常提到的张家家谱。《东昌张氏宗谱书》用铅字印刷,"宗谱书"自四世起,成年人多有照片,是萧红研究的重要资料。该家谱的序言有张氏家族从山东到东北的完整、翔实的记载。2010年黑龙江省作协筹办黑龙江文学馆时,复制了萧红侄子张抗先生提供的《东昌张氏宗谱书》,当时复制工作由我负责,所以能看到"宗谱书"的全貌,并对其内容进行了详细的研究。据"宗谱书"记载,其先人(指张岱、章氏夫妇)"居山东东昌府莘县长兴社

萧红

杨皮营村"。2013年,我去莘县实地踏访萧红的祖籍地,据莘县政协及当地史志部门提供的资料,确认莘县的董杜庄镇梁丕营村即是张氏的祖籍地。因为张岱和章氏都是贫苦的农民,他们都不识字,后代将"梁丕营"误传为"杨皮营"是可能的。并且村中还有很多的张氏传人,也有先祖闯关东发迹的传闻。

记者：您怎么评价萧红、萧军在青岛的生活? 那是不是他们一生中最平静的岁月?

章海宁：萧红与萧军都在《青岛晨报》工作(萧军编副刊,萧红编《新女性周刊》),生活比较安定。又加之舒群夫妇的帮助,心情较哈尔滨的白色恐怖时期要放松得多。但后来舒群夫妇被捕,还是给二萧的生活带来极大的影响,他们不得不离开青岛。二萧在青岛期间,除了报社的工作外,大部分时间都用来写小说,萧军写《八月的乡村》,萧红则续写她的长篇小说《麦场》。《麦场》完成于1934年9月9日,为了庆贺这部小说的完稿,二萧还请他们的同事梅林来家里吃饭。据梅林回忆,萧红在青岛期间还有一篇叫《进城》的文字发表在《青岛晨报》上,我曾在北京、济南、青岛多地的图书馆、档案馆中寻找那一时期的《青岛晨报》老报纸,但一无所获。我怀疑这篇《进城》的文字或许是《生死场》中的"金枝进城打工"的片段。萧红在青岛期间还结识了一些喜爱文学的青年学生,据当时曾到过二萧家里的一位女学生回忆,萧红当时身体很不好,咳嗽得厉害,萧红甚至连买药的钱也没有。这说明二萧到青岛后虽然生活平静,但经济条件没有大的改善。后来《青岛晨报》无法维持后,生活更为拮据。若不是中共地下党的资助,他们连筹措离开青岛的路费都成问题。但总的来说,青岛是二萧的福地,他们在这海景宜人的城市各自完成了他们的成名作,并与当时文坛领袖鲁迅通信,终使他们坚定了写作的信念。对二萧来说,这是他们人生中的一个重要转折。

记者：二萧分手的原因是什么? 和萧军在一起时,萧红是不是忍受了不少,包括家暴?

章海宁：他们的分手有性格上的原因,也有健康的原因,还有创作观念的问题,但核心是萧军对情感的不忠,这一点萧军自己也是承认的。萧红天生倔强,不知妥协。两人的身体健康也差别很大,萧红瘦弱多病,萧军强壮粗暴。一家报纸说,二萧分手是因为萧红满足不了萧军的性需求。这显然是在误导读者。萧红曾多次尝试逃离萧军的控制,但召唤她回去的都是萧军。

家暴有多种。客观地说,萧军虽然粗鲁,但不是那种对爱人施以拳脚的男人。萧红被萧军殴打，在很多文本里被过度想象了。萧军承认打过萧红，但只有一次。那一次也是萧红先动手冲向萧军，萧军急了，顺势把萧红摁到床上揍屁股。萧军是个直汉子，他应该不会在这个问题上故意遮掩。萧红眼睛的受伤，很多人将此作为殴打萧红的证据，但萧军自己不承认，萧军的记忆里为什么会如此，也许确实是萧军醉酒状态下误打。应该说这也是偶尔发生的。但家暴还包括冷暴力，萧军在日记中多次表达对萧红的不满，要静待萧红提出分手，可能冷暴力已经是他们间的一种常态了。

"在青岛的生活萧红、萧军过得比较愉快，是他们真正的黄金时代。"

姓名:林贤治

简介:1948 年生，广东阳江人。诗人、学者。在他的写作中，文学和思想批评类的文章最有影响。著有《漂泊者萧红》。

记者:关于萧红的两部电影《萧红》和《黄金时代》，都对她和萧军在青岛的生活一语带过，您怎么看？觉得这段日子对萧红不重要吗？

林贤治:电影我都没看过，不过我认为萧红在青岛的这段时间不能不说。第一，青岛是萧红离开故土的第一站;第二，青岛是她《生死场》创作的地方，而这部作品是她最重要的成名代表作之一。其实，萧红离开故土后就完全沉浸在《生死场》的创作里，她没有什么朋友，只认识舒群等几个人，生活比较简单。因而，在青岛的生活是萧红真正个性独立的开始，她的创作也表明了她意志和精神上的独立。

记者:她和萧军在青岛的生活还算是惬意的吧？

林贤治:萧红到青岛后的生活主要体现在两个地方:第一是她对故乡有很深厚的感情，离开家乡以后内心很眷恋，这些感情她都放到了《生死场》里;第二，看梅林对萧红和萧军的回忆，他们的生活还是比较快活的，没有第三者，摆脱了伪满洲国的控制，没有受到监视，没有屈辱，像萧军乘船到青岛就用到了"祖国"两个字，有了回到祖国怀抱的自由感觉。再加上舒群、梅林等有限的几个朋友，都相处得很愉快，生活上也基本得到满足，不再为柴米油盐忧愁。

可以说，在青岛的生活是萧红、萧军过得比较愉快的一段日子，还有初到上海时，是他们两人真正的黄金时代。

记者:萧红逃婚追求自由，却又曾回到未婚夫汪恩甲的身边，她的行为是不是太过矛盾？

林贤治：汪恩甲这一段经历是缺乏史料证据的，萧红本人不作回应，不愿意回顾那段生活，包括她被家人软禁后是怎么逃出来的，她没跟任何人讲，她的生活仿佛是从萧军开始的。毕竟人总是要生存的，不能对她过于苛求。她为什么只能爱一个人，而不能爱第二个、第三个人呢？这是她的权利。从她的选择中我们可以看到她对爱情的追求不仅仅限于物质，她不看男人的地位，也不是为了性，她追求的是爱情。

萧红是个悲剧的英雄。短暂的一生经历了很多，她一直在追求和反抗，无论在社会理想、文学理想还是爱情理想方面，她都很执着和顽强。

　　"我斗胆问萧军：您与萧红究竟怎样？他说：我确实脾气不好，常对萧红发火！"

　　姓名：鲁海
　　简介：青岛文史学者，曾经与萧军、骆宾基和端木蕻良有过接触，并与萧军和萧军夫人有过书信往来。

记者：您曾经和萧军通过信？

鲁海：1979 年，我第一次给萧军写信，问他在青岛的时候住在哪里？他回信说，1934 年来青岛，是舒群夫妇在大港码头接的他们，为他们（萧军、萧红）在同一个楼——观象一路 1 号租了相邻的一间房子，住了不久又搬到楼上有"太极图"的那两个窗户的房间。接到信之后，我立即想起了我在江苏路小学读书的时候，一位女国文课教师就住在那里，我和同学们曾几次到她家里去，她就住楼下一间。那个时候应该是 1940 年左右，距二萧离开青岛已经 6 年了。

后来我把观象一路 1 号的照片寄给了萧军，不久就收到了他的第二封亲笔信，信中写道：小楼依旧，只是显得古旧了一些，墙皮剥落了！想劳烦您一件事，不知图书馆可存有 1934 年下半年的《青岛晨报》否？我这时曾在这报社任过几个月副刊编辑，想查一下自己尽写了些什么文字。如存，请通知一下，待明年我来青岛时，预备查抄一下。无存就算了。

接信后我查了 1934 年的《青岛晨报》，结果没有查到。后来黄宗江也委托我查 1934 年的《青岛晨报》，说他的处女作发表在这份报上，也没查到。我给他回信说没找到，后来又收到了萧军赠的诗，没有信。

记者：代笔的主要是他的夫人王德芬是吧？

鲁海：是的，萧军给我写过两次亲笔信，后来我给萧军的信，一般都是王德芬代为回信。王德芬是大家闺秀，和萧军在兰州结合。他俩也挺不容易的，有一次王德芬在农村生孩子，是萧军帮她接的生。

记者：您见过萧军、骆宾基和端木蕻良，都是在什么情形下？

鲁海：1986 年萧军来青岛时，他的女婿同行，住在汇泉王朝酒店，他来电话说要见面，我和《海鸥》编辑耿林莽一起去见萧军，这是我第一次见萧军，我们谈了很久。离青之前去送行，我斗胆问他：您与萧红关系究竟怎样？他很直接，说：我确实脾气不好，常对萧红发火！

见骆宾基是他到市立中学（青岛一中）做一场报告，我参加了，他主要讲了中国的现代文学史。端木蕻良 1937 年到过青岛，写了散文《青岛之夜》。20 世纪 80 年代，我曾专门去拜访他，问起萧红时，端木并不愿意谈，对萧军更是一个字也不说。

萧红身边的他们

张文艳

爱与伤害——陆哲舜与汪恩甲

萧红与家庭抗争，得以离开呼兰到哈尔滨念中学。1928 年底 1929 年初，家人为萧红包办了一门婚事，男方即汪恩甲，当时萧红还在念初二。汪恩甲是富商与小官僚之子、小学教员，萧红起初对他并无反感，两人经常通信。但汪恩甲有富家子弟的没落气息，接触愈多她愈增不满，想退婚去北平念高中，父亲坚决反对。父女关系僵冷、对立，萧红以抽烟、喝酒排遣苦闷，性情变得喜怒无常。那时她与表哥陆哲舜很投契，后者去了北平念大学，萧红遂离家出走，与表哥相聚，进入北平女师大附属女一中高中部。表哥早有家室，他俩在老家引起轩然大波，陆家、张家都拒绝寄生活费，除非他们回家。北平天冷、米贵，居大不易，陆哲舜渐生悔意,两人关系开始冷淡,1931年1月寒假回家。

回家后,萧红被父亲软禁。假期结束前,她与家人周旋,假装同意与汪恩甲结婚,要置办嫁妆,得以去往哈尔滨,随即再次抵达北平。待汪恩甲追往北平时,萧红已囊中羞涩,只得跟他回呼兰。家人将她安置在距离县城20多千米的乡下庄园,严密监视。直到10月初,她才伺机跑掉。

亲戚家不愿去,在姑母(陆哲舜之母)家又吃了闭门羹,萧红衣衫单薄,身无分文,暂时落脚同学家,也曾流落街头。1931年底,萧红无奈去找汪恩甲,但汪氏家族已对她深恶痛绝,他俩遂同居于哈尔滨东兴顺旅馆。她曾经那么嫌弃汪恩甲抽鸦片,如今已是心灰意冷,两人一起吞云吐雾。

哥哥强迫弟弟与萧红分手,汪恩甲的工资入不敷出,萧红却怀孕了。汪回家求援,反被家人扣住。萧红去找他,又遭汪兄等怒斥。她走投无路,回到继母的娘家,汪恩甲曾去找她。此后,她去法院告汪兄代弟休妻。法庭上,汪恩甲却临阵倒戈,表示自己选择离婚。法院当场判他们离婚,这结局大出意外,萧红怒不可遏冲上街头,无奈中只得又回旅馆。汪恩甲追来道歉、解释,两人最终和好。到1932年5月,他们在旅馆赊欠的食宿费已达400多元(一说600多元),汪恩甲回家取钱还债,这一走却从此杳无音讯。

对于萧红和汪恩甲的感情,"萧红印象"丛书之《故家》作者叶君和《萧红全传》的作者季红真都认为两人之间是有过爱情的。根据见过汪恩甲本人的梁静芝晚年回忆,小伙子"也算相貌堂堂"。叶君说,订婚后,两人往来密切,除了见面外,也经常通信,萧红还给他织过毛衣传达爱意。季红真证实萧红被软禁在福昌号屯写的诗,其中就有对汪恩甲的惦念与期盼。她觉得两人的矛盾主要是心意不能相通,她最不满的是汪恩甲吸鸦片,以及浪荡的习气。实际上,萧红对萧军和骆宾基都提起过汪恩甲,并无恶言,对婆家也没有怨毒,只是说自己娘家的不是。

至于汪恩甲的去向,其实萧红拖着怀孕的身子找过汪家,只是被汪家赶了出来。汪恩甲拿不到钱,只能回避。对于他的下落,有人说他去了国外,还有人说他加入国民党,1946年后被捕入狱,死在了监狱里,但这都是传言。

被暗恋与暗恋——李洁吾与方未艾

在萧红的感情线上,曾经有一位暗恋者,名叫李洁吾,他是萧红表哥陆哲舜的同学。两人的关系较为复杂,比较微妙,铁峰在他的《萧红传》中,坚持说是恋爱关系。而据李洁吾本人回忆,则强调是友谊。但他回忆时痛苦的程度,也说明未必不包含爱恋的成分。另一个旁证,是萧红在最后的日子里,向骆宾基讲述自己的身世时,说是和一个李姓青年到北京,后来发现他是有家室的而毅然离去。这种说法的延展,则使不少人断定李姓青年就是李洁吾。而周彦敏在《萧红的情人们》一书中,提到李洁吾就直接用"暗恋者的悲怆"来形容。直到20世纪80年代,萧军之女萧耘找到李洁吾之后才被推翻。但萧红和李洁吾的关系显然要比一般的友谊更深一些。

萧红其实还曾暗恋过一位文化青年——方未艾。萧红在落难东兴顺旅馆的时候,和哈尔滨的许多左翼文化青年都有来往,其中很重要的一个人是方未艾(笔名琳郎)。方未艾,1906年出生于辽宁台安县。与萧军曾同入讲武堂,他进骑兵科,萧军入炮兵科。九一八事变后,与萧军一起来到哈尔滨,萧红的第一首诗就是他帮忙发表的。萧红对他有明显的爱恋,一再写诗相赠,打电话约他到旅馆恳谈。方未艾也常去看她,带她去吃小饭馆,送她一些小东西。但包括方未艾在内的所有文学青年,对人生都还抱有完美的理想,不可能接受临盆在即的萧红。只有萧军是已婚的。方未艾也因为她与萧军明确了关系,怕引起朋友之间的误会而有意识地疏远她。

在周彦敏的《萧红的情人们》一书中,记载了方未艾撞破萧红和萧军秘密的细节:"有一次他来旅馆探望萧红时,偶然发现了萧军的秘密。他看到萧红床上的两扇帷幔都放下来,萧红的床下还有一双熟悉的男士皮鞋。"见到这一幕,方未艾主动退出。

方未艾在《萧红在哈尔滨》中提到萧红被救的场景:"萧红看见我走近她时,她是又惊又喜。她忙把我让进她住的房间,因为降了一阵急雨,我的上衣全湿,她为我拧干了,首先问:'三郎呢?'我对她说:'三郎在道里,我看这楼房很危险,会被水泡倒的,我接你出去吧!'她低下头,也不看我,说:'你去找三郎来接我吧!'我立刻明白了她的心事。"两人之间的复杂情愫自此变得清晰。

亦师亦友——鲁迅

鲁迅(1881—1936),浙江绍兴人,他曾提携多位年轻人,包括萧红和萧军。萧红的《生死场》和萧军的《八月的乡村》,都是在鲁迅的帮助下出版的。

　　早在青岛时，萧红和萧军就联系上了鲁迅，后来青岛发生了变故，两人变卖东西，于1934的初冬，启程赴上海正式拜见鲁迅。在上海，萧红焕发了更大的活力，鲁迅非常赞赏萧红，帮她出版了《生死场》，并作序。遗憾的是，此时的萧红和萧军的关系变冷了，很多人都认为是和鲁迅有关。当然，更不排除是萧军的一再背叛。

　　二萧在上海待了不到两年，这也是鲁迅生命的最后两年。起先，他们住在法租界，离鲁迅家很远，而且鲁迅要求不轻易见面，于是他们一般都是通信。萧军给鲁迅的信件大多是请教创作文学问题，以及人生大事，而萧红关注的都是兴趣、爱好和生活与情感方面的细小话题，比如生活中是否应该尽讲规矩？问鲁迅喜不喜欢蝎虎？许广平是不是传说中的交际花？她还抗议鲁迅在信中称自己是"女士""太太"……萧军后来说："这种抗议当然

萧红萧军等人在鲁迅墓前

近于天真，但也有点捣乱的意图在内。"鲁迅为此回信："悄女士在抗议，但叫我怎么写呢？悄婶子，悄姊妹，悄妹妹，悄侄女……都并不好，所以我想，还是夫人太太，或者女士先生罢。"这些可爱的对话，让人们开始怀疑两人之间的交往。鲁迅逝世后，萧红曾经写过一个名篇，叫《回忆鲁迅先生》，其中写道，她心情好的时候，比如穿了一件新的红上衣，一家人都没注意到，她忍不住了，咚咚咚跑上二楼，问鲁迅："我这衣裳好不好看？"鲁迅就会放下工作，打量她一眼，老实地作出评价："不大好看。"隔了一会儿，他又告诉她不好看的理由。又有一次，她要出门赴约，许广平替她打扮头发，其中一根红绸条，惹得鲁迅生气了，大声地对许广平说："不要那样装她……"

　　晚年的萧军口中的鲁迅和萧红也颇具意味，对此，林贤治说："不排除两人之间有暧昧的情愫，毕竟是异性，只是他们没有发展的可能。"他觉得人的感情是很微妙很难讲的东西，"他们即便有爱或者类似于爱的情感也是非常正常的，最起码他们之间是超乎普通情意的"。但周彦敏在她的书中提出了不同意见，她认为鲁迅和萧红之间是正常的交往，鲁迅主要是喜欢萧军，和两人的信件主

要是写给萧军,只有一封是单独写给萧红的,提到的也是来信和稿件收到。他对萧红的口气远远不如对萧军亲近,27 岁的萧军把时年 54 岁的鲁迅视为父亲,而萧红将其视为最爱的祖父。

一段争议的婚姻——端木蕻良

端木蕻良,1912 年 9 月 25 日出生,辽宁昌图县人,原名曹京平,家庭条件优越。南开中学毕业、清华大学肄业。1938 年与萧红在武汉结婚。

萧红与端木蕻良是 1937 年 10 月在武汉相识的。因为都是东北老乡,也都是文人,端木与萧红一开始就相处得不错,几个人在一起就像兄弟姐妹,又像同志会,同吃同住,关系融洽而随便。在这段时间里,萧红对端木很有好感。当几人在争论问题时,端木一般都站在萧红一边,尤其让萧红感到欣慰的是,端木“不只是尊敬她,而且大胆地赞美她的作品超过了萧军的成就”。这是其他朋友没有做过的。

萧红在临汾与萧军分别后,与端木有了更多的接触,两人感情迅速发展,1938 年 5 月在武汉举行婚礼。但萧红与端木结合后,萧红受到许多朋友的非议与疏远。端木家庭富裕,从小就受到别人的照顾与溺爱,生活能力很差,反而要萧红来为他操心。从武汉撤退时,萧红让端木先走,他就先走了。骆宾基《萧红小传》中写到此处,将端木蕻良的做法直接写作“遗弃”。在中国香港,萧红同意端木突围,他真就准备突围撤离。

对于端木的行为,学者们发表了不同的看法。林贤治告诉记者:“跟端木在一起,是对萧军反抗的结果。萧军从东北到上海都有第三者,而且不止一个。后来,萧军甚至跟他们的朋友黄源的夫人许粤华有了孩子,而许粤华是萧红在日本时的闺蜜,是她很尊重的一个人,这让萧红很痛苦。选择端木是她内心的反抗。另外,端木的文学才情是大于萧军的,尤其在美学方面,有一种阴柔的美,这些都是萧军没有的。”对于后面端木抛弃萧红,林贤治很气愤,“我觉得端木确实不是个好丈夫”。

对于端木,章海宁采取的是理解的态度:“端木不是理想中的好丈夫,但他也不像骆宾基说得那么不堪。在港战爆发之初,廖承志负责营救在港的文化界进步人士,包括茅盾、柳亚子、端木、萧红等人,当时有一对一的营救计划。端木胆子小,认为中共对萧红已安排人负责转移,他可以先转移出去,便对萧红说了告别的话,这让萧红很失望。后来他自己意识到这样做对萧红伤害太大,便又回到了萧红身边。骆宾基在《萧红小传》中说端木走后再也没出现在萧红身边,这与事实出入很大。端木在港的朋友周鲸文、袁大顿等人回忆萧红在港的日子,都说是端木奔走营救萧红,根本不提骆宾基,这也不代表骆宾基不在萧红身边。"

别样的情愫——骆宾基
鲁海

骆宾基,原名张璞君,籍贯是青岛平度,1917 年生于吉林珲春县。1941 年去中国香港,日占香港后,骆宾基陪在萧红身旁共同度过了她最后的日子。著有《萧红小传》。

中华人民共和国成立后,山东成立山东省文联,王统照任文联主席,骆宾基任副主席。1950 年骆宾基来青岛,青岛市文联筹委会的主任、作家江风接待了他,住在青岛市中山路市府交际处。他去在青岛的华东大学参观,教务主任臧云远陪同他参观学校,介绍了学校情况。

潘颖舒是市立女中语文教师、文学家,参与青岛各界文艺活动,1949 年,我也进入市立中学。潘颖舒听说骆宾基来青岛就去拜访,他邀请骆宾基到市立中学(青岛一中)做一场报告,骆宾基主要讲了中国的现代文学史,尤其是 30 年代的文学,他说明了日本制造九一八事变,占据了东北建了伪满政府,并主张文学青年不做亡国奴,这其中谈到了萧军萧红,一个半小时的报告会后,又组织了一个七八人参加的座谈会,潘颖舒先生让我参加。这之前我买了骆宾基的《边陲线上》和《北望园的春天》,请他签了名。我问他对二萧的评价,他认为萧红是 20世纪 30 年代最有才华的女作家,可惜英年早逝。

近年来有人谈骆宾基是萧红的第三个男人,是不正确的。1966 年 8 月 23日,萧军、端木蕻良、骆宾基曾经一起被毒打,这也是三个人共同的一次经历。

1946 年,骆宾基写了《萧红小传》,这也是第一部写萧红的传记,我认为这是写萧红的比较好的一部传记。《萧红小传》中骆宾基写了二萧的分手,其中写道:"1936 年夏末,萧红只身去日本,而二萧未来的婚变,是在由这时候潜伏下来的。"正如骆宾基所说这是二萧以后婚变的一个预兆。骆宾基与萧红到底有着什么样的感情纠葛,现在众说纷纭,在《萧红小传》中可以读到骆宾基对萧红确实有着深厚的感情。如:"今年(1946 年)4 月,第三次到香港,我是带着几分感伤的心情的……我怕香港会引起我的一些回忆,而这些回忆我是愿意忘却的,不过,在忘却之前,我又极愿意再温习一遍。我把这些愿望放在心里,略有空闲,这些心愿就来困扰我了……"萧红莫过于太早的死和寂寞的死,"这种太早的死曾经成为我的感情上的一种沉重的负担"。(两人的感情也曾引起端木的误会)

以后,我读到一位我的图书馆工作者同行,在骆宾基临终前的最后一次接受采访,他重复地说:"萧红是死在我的怀里的。"(这一点后来遭到学者的质疑)

2014 年 10 月 14 日

闻一多的两次转变

中国海洋大学鱼山校区闻一多先生雕像

闻一多（1899—1946），本名闻家骅，字友三，生于湖北省黄冈市浠水县，中国现代伟大的爱国主义者，新月派代表诗人和学者。代表诗集有《红烛》《死水》。

闻一多的两次转变

刘宜庆

　　2014年11月23日下午,天上飘着冷冷的雨滴,走在青岛大学铺满落叶的人行道上,参加由民盟青岛市委和青大文学院主办的闻一多诞辰115周年纪念活动。在会议上,在发言中我深有感触地说,20世纪30年代客居青岛的文化名人,并没有离去。在中国海洋大学鱼山校区,有一多楼和闻一多的雕像。闻一多和我们这个被海洋包围着的城市,仍然发生着紧密的联系。

　　1930年夏天,闻一多接受国立青岛大学校长杨振声的邀请,出任该校文学院院长和中文系主任。闻一多和梁实秋结伴从上海乘船来青岛。闻一多以《青岛》为题写了一篇散文,文章写团岛海面上的雾笛,那是团岛灯塔上发出的鸣叫声,不明所以的人,称之为"海牛在海底发出的叫声"。青岛的山海风光,以及民俗风情,吸引了闻一多和梁实秋,两人决定在青岛大学任教。

　　闻一多在青岛执教两年。这两年,他把在写诗方面崭露头角的陈梦家招来做助教,又发现了臧克家。"我有二家",这是闻一多在青岛最欣喜的发现,他提携两位新诗人登上诗坛。闻一多是"酒中八仙"之一,他们薄暮时分在顺兴楼落座,猜拳行酒,夜深始散。"有时结伙远征,近则济南,远则南京、北京,不自谦抑,狂言'酒压胶济一带,拳打南北二京',高自期许,俨然豪气干云的样子。"胡适来青岛大学演讲,杨振声招待胡适。胡适看到豪饮的场面,拿出江冬秀送给他的刻有"戒酒"的戒指,作为免战牌。闻一多笑呵呵地说:"不要忘记,山东本是出拳匪的地方!"

　　1932年初夏,青岛大学爆发学潮,闻一多被闹学潮的学生攻击,黑板上赫然写着"驱逐不学无术的闻一多"。这对闻一多来说,是一个不小的刺激。他和陈梦家辞职,取道胶济铁路,过济南,小驻泰安,游览泰山。他的身影从此淡出了青岛。

　　闻一多在青岛完成了从诗人向学者的转变。抗战爆发后,闻一多随校南迁,参加湘黔滇旅行团,从长沙到昆明。这次接地气、了解民间疾苦的旅行,是抗战后期闻一多思想转变的一个因素。在昆明西南联大任教期间,闻一多弦歌不辍,培养了大批的青年才俊。正是在昆明,闻一多1944年加入民盟之后,完成了由学者到民主斗士的转变。

闻一多转变成民主斗士,是诗人的激情在他的身上复燃,是爱国精神、争取和平民主的驱动。走出书斋的闻一多,在青年学子中享有很高的威望,当年在青岛被学潮驱逐的闻一多,此时,成为联大学生争取民主潮流中的一面旗帜。

1946年7月15日上午,闻一多不顾亲友的劝阻,毅然参加昆明学联在云大致公堂的李公朴追悼会,并挺身而出,做了最后一次演讲。下午6时左右,儿子闻立鹤接父亲回西仑坡宿舍,当两人行至半途,跟踪的数名特务手持美国进口的无声手枪,从不同方向和不同角度,朝闻一多和闻立鹤开枪,闻一多当场遇难,此时残阳如血。闻立鹤身中五枪,后经抢救才摆脱死神。

闻一多被国民党特务残酷射杀而死,震惊全国。1944年的秋天,当闻一多加入中国民主同盟时,他料想到他的生命会以这样的方式结束吗?如果他能预知未来的命运,还会走出这样决定命运的一步吗?历史不容假设,西南联大学者的脚步,被时代洪流挟裹着前进,或者说,他们加入民盟,引导了民主的潮流。每一位联大学者在历史的分岔道路上,都有符合自己性格和思想的选择,选择即命运,踏上这一条道路,再无回头重走的可能。

在个人无法主宰自己命运的时代,生与死都不是一个人的事情。闻一多之死,是一个政治事件,也成为民主运动的高峰。就在闻一多倒下的那一刻,闻一多的生命成为民主运动的一座丰碑。

一多楼上影犹存

张文艳

闻一多,原名家骅,号友三,湖北浠水人。应国立青岛大学校长杨振声之邀,1930年来青岛。对青岛"一见钟情",他和友人梁实秋决意留下任教,给青岛增添了一抹更为浓厚的人文气息。住在诗意如画的海滨城市,闻一多享受到了多年来难得的宁静,他放下诗歌创作,专心学术研究,开启了人生由外向内的转变。然而,几次学潮让他身心俱疲,对青岛的爱变为痛,1932年,他最终拂袖而去,留下寥寥几篇作品,和疲惫的背影。

辗转来青"一见钟情"

我来了,因为我听见你叫我/鞭着时间的罡风,擎一把火/我来了,不知道是一场空喜。——《发现》

其实,来青岛之前,闻一多已经"饱经沧桑"。他出生在书香门第,5岁上私塾,10岁上小学,13岁以优异的成绩考入北京清华留美预备学校,之后便留洋学美术。然而,回国之后,壮志难酬,带着家眷,穿梭于多个城市,总是受到排挤。生活和工作的压力让闻一多逐渐变得失望。从武汉大学的漩涡中出来之后,闻一多来到上海滩,还没有找到立足之所。恰巧此时,为国立青岛大学招兵买马的杨振声赶赴上海招揽人才,凭着老大哥的诚恳,杨振声说动了闻一多和梁实秋,让他们先去青岛看看再做决定。

后排右二为闻一多,前排右二为梁实秋

1930年4月,闻一多和梁实秋应杨振声的邀请,一同来青岛。梁实秋和闻一多在青岛的落脚点,据青岛文史专家鲁海考证首先是在安徽路中国旅行社青岛分社招待所,没想到,两人对青岛"一见钟情","青岛的天气冬暖夏凉,风光旖旎,而人情尤为醇厚,我们立刻就认定这地方在天时、地利、人和三方面都够标准,宜于定居"。风光之赞不难理解,那么人情醇厚来源何处呢?中国海洋大学校史研究室主任杨洪勋告诉记者,这段经历梁实秋予以回忆,"他和闻一多两个人穿着礼服在青岛海边游览了一圈。他们发现在别的地方驾马车的车夫横冲直撞,遇到路上有浇花的,会直接从管子上轧过去,而青岛的车夫则把管子举起来让车从下面过去",杨洪勋说。"居然市井斗筲之民也能知礼",令两人惊异,也坚定了两人留在青岛的决心。

摆脱之前的困境,闻一多拖家带口来到青岛,1930年9月,正式执起国立青岛大学的教鞭。他们先是租住在大学路学校的斜对面,因为潮湿阴暗,便搬到了汇泉湾文登路正对海滩的一座房子里,这是"英国诗人安诺德的《多汶海滩》!"一个月400元的高工资,让家里一下子宽裕起来,各种压力烟消云散,此时的闻一多日子过得颇为惬意。上班时,和好友梁实秋策杖而行,在日本人开的"吴服店"买套"和服"当工作服,沿着蜿蜒的山路踽踽而行风神潇洒;下班后,带着孩子一起踏浪嬉戏。既能实现抱负,又能享受天伦,闻一多停泊在了胶州湾这片宁静的港湾。在这里他们住了不到一年的时间,因妻子高孝贞(后改名高真)临产,他将家眷送回了湖北老家,自己搬进了"教职员第八宿舍内"。

执起教鞭甘当"红烛"

> 红烛啊! /你流一滴泪,灰一分心。/灰心流泪你的果,/创造光明你的因。/红烛啊! /"莫问收获,但问耕耘。"——《红烛》

在中国海洋大学鱼山校区的一角,矗立着一栋两层小楼,它并不起眼,如果不是前面的闻一多雕像,实在难以把它与大名鼎鼎的一多楼联系起来。冬日里,萧萧落叶和早已泛黄的爬山虎,让这所故居平添了几分寂寥。记者几度敲门,并无人应答。在这栋小楼里,有过闻一多忙碌的身影,上课之余,他便"目不窥园,足不下楼"。鞋子坏了,他就穿厨师的鞋,给厨师钱让他再去买。他书斋里的书琳琅满目,杨洪勋说:由于书太多,闻一多甚至像在图书馆一样编目。即便如此,由于书太多,还是弄得屋子里没有缝隙,"他房间里有一把椅子,上面都放满了书,梁实秋来了还得先把书搬走才能落座",杨洪勋告诉记者。这里,也是爱好诗歌的同学们乐而忘返的地方,他的得意门生臧克家就是常客。

青岛市教育科学研究所研究员翟广顺称,闻一多从1931年起,"没有家室连累,避开文坛是非,远离战场的硝烟","从容地投身于学术事业和教育工作中"。在国立青岛大学,闻一多被委以重任,担任文学院院长兼中文系主任。在教育上,他大力培植新人,破格提拔了臧克家,大力扶植陈梦家,"闻门二家"成就一段佳话。他在外招揽人才,住在他楼下的游国恩就是他推荐的。他开设了"中国文学史""唐诗""文学名著选读"以及"英诗入门"等课程。虽然已经不再热衷于写诗,但闻一多仍鼓励学生创作,并给他们的诗集《悔与回》很高评价。在研究上,闻一多潜心向学,"在故纸堆里讨生活"。早在武汉大学时,他就开始了由诗人向学者的转变,而在青岛闻一多全面铺开了对整个唐诗的研究工作,完成《说杜丛抄》《全唐诗人小传》《唐文学年表》等,他还着手《诗经》的全面研究。此时的闻一多在四壁图书的斗室内,埋首古籍,秉烛笔耕。

距离产生美,接触了才发现原来并没有想象中美好。闻一多对青岛的感触即是如此。梁实秋在《谈闻一多》中说:"青岛毕竟是一个海陬小邑……一多形容之为'没有文化'。"外界政治局势动荡,内心难以消除苦闷,只能求助于"杜康"了,"酒压胶济一带,拳打南北两京"的"酒中八仙"随即成立,成员有杨振声、赵太侔、闻一多、梁实秋、方令孺等,以"得放浪形骸之乐"(梁实秋《酒中八仙——记青岛旧游》)。30斤花雕,"每夕以罄一坛为度"。梁实秋回忆闻一多"酒量不大,而兴致高","他一日薄醉,冷风一吹,昏倒在尿池旁"。

政治斗争逼走"斗士"

> 这是一沟绝望的死水,/这里断不是美的所在,/不如让给丑恶来开垦,/看他造出个什么世界。——《死水》

不到一年的惬意没有掩盖闻一多的苦闷。一次次学潮把他逼得只得转弯"向内"走,而"矛盾"的性格又使得他一次次被推到了风口浪尖。看似偶然实际为必然,骨子里的"斗士"精神让他没能脱躲开政治漩涡,并夺走了他年仅47岁的生命(在昆明遭枪杀身亡)。清乾隆年间编修的《闻氏族谱》显示,闻家的一世祖文良辅是南宋著名民族英雄文天祥的旁系家族成员,宋景炎二年(1277),宋军战败时与文天祥同被元军俘获,解押途中潜逃至湖北浠水,隐姓埋名,改文为闻。前世的经历预示了闻一多后世的斗士身份,早在上学期间他就曾在清华校园里手书张贴《满江红》,对学校制度不满甚至"罢考"……朱自清说闻一多"在诗人和学者的时期又始终不失为一个斗士"。

在青岛,闻一多曾遭受过严重的打击——三次学潮。一次是因为学生用假文凭,第二次是因为学生去南京请愿,闻一多决定"挥泪斩马谡,不得不尔",第三次是1932年,学校出台"学则",要求学生几门课程不及格要被勒令退学,引起学生的不满,学校开除了9名闹事学生,鉴于前两次的经验,学生直接把矛头对准了闻一多,不但发布《驱闻宣言》,还在黑板上画了一只乌龟和一只兔子,标题是"闻一多与梁实秋",旁边还配有一首打油诗:"闻一多,闻一多,你一个月拿400多,一堂课50分钟,禁得住你呵几呵?"原来闻一多上课时总是不自觉地发

闻一多

出"呵呵"的声音,没想到这也成了学生们讽刺挖苦的目标,闻一多见状哭笑不得,问梁实秋:"哪一只是我?"梁实秋回答:"任你选择。"

闻一多在武汉大学时,也是因为学潮而离开的,为什么每次学生都主要针对闻一多呢?对此,青岛大学现任文学院院长刘怀荣告诉记者,国立青大两年内发生过三次学潮,"当时学校里有人想挤走他,便鼓动学生闹事"。同为文学院院长,刘怀荣对闻一多充满同情,"其实闻一多的一些做法没有错,学生用假文凭,成绩不及格就应该严肃处理,这也说明当时的领导层管理有问题"。不管是何种原因,总之闻一多对青岛越来越"失望","我们这青岛,凡属于自然的都好,属于人事的种种趣味,缺憾太多"。(1932年6月9日,《致吴伯箫》)他在致饶孟侃的信中说:"我现在只求能在这里混碗饭吃,院长无论如何不干了。""你在他处若有办法最好。青岛千万来不得。"最终,闻一多离开了青岛,赶赴北京清华大学任教。

"父亲走的时候,书是都带走了的",闻立雕说。闻一多离开青岛之前,"与陈梦家一起去游过泰山",刘怀荣说。自此,闻一多再也没有来过青岛,闻立雕透露,甚至聊天也"没有涉及青岛",在以后的著作中也没有提过只言片语。在青岛的两年岁月,被闻一多深深地埋藏在了记忆深处!

红烛燃尽光未熄

张文艳

　　《青岛文化史料》中，文史学者马庚存曾用"红烛燃尽光未熄"来形容闻一多，异常精彩。《红烛》《死水》等是闻一多诗歌的代表作，《匡斋尺牍》等是他研究的代表作。翻看《闻一多全集》不难发现，他的创作时间自1913年6月在清华学校发表了第一篇《名誉谈》之后，直到1946年7月的《最后一次的讲演》。只有在青岛两年，是他发表作品最少的年份。除了《论"悔与回"》和《谈商籁体》等评论外，还有散文《青岛》是他上课时的范文；留美学美术专业出身的闻一多，还曾在青岛海边留下了一篇画作，后在拍卖时被取名为《夕潮拍岸》；还有《我懂得》《凭籍》《奇迹》三首诗是他最后的新诗创作，也是他感情上的涟漪。

《青岛》一年满欣喜

　　闻一多一生作品很多，但散文很少，而少之又少的，则是抒情写景散文。《青岛》是闻一多的名篇，从头至尾抒发着对青岛的热爱，从看见"一点青"的惊喜，到"簇新的，整齐的楼屋"，再到春夏秋冬的美景。"这是闻一多在国立青岛大学任教期间，给学生上课用的范文，是一篇写景抒情散文，弥足珍贵"，中国海洋大学校史研究室主任杨洪勋说。这篇文章是中国海洋大学的刘桓老师在1936年上海大众书局出版的《古今名文八百篇》中发现的，而且据其推测，该文应该创作于1931年秋天，理由是闻一多于1930年秋天来到青岛，到1931年秋天，恰巧经过春、夏、秋、冬四季，在对青岛一年四季的景色全面考察的基础上，才写出了这篇写景抒情散文。文章中，闻一多对青岛的赞美溢于言表，形容"青岛几乎是天堂"，直到他最后伤心地离开，他的次子闻立雕说，"他还是很喜欢青岛美景的，只是不愿回顾那段岁月"。

　　其实，刚来青岛之时，闻一多是满足的，"我爱青松和大海"，颠沛流离之后，过上了稳定富足的生活，工作之余，和家人、朋友游山玩水，跟孩子们在海边逐浪,落潮后挖螺蛳,捡海菜,回家熬汤喝。"梁实秋后来回忆说闻一多家的厨师做的拔丝苹果很好吃,他家孩子也很多,流鼻涕的比不流鼻涕的多,因为都很小",杨洪勋说。

在青岛,他还交了很多朋友。闻一多字益善,号友三,他的字号出自《论语》"益者三友",即友直,友谅,友多闻。豪爽的性格让他交友颇多,除梁实秋外,他还有"酒中八仙"。胡适在1931年1月25日的日记中就曾写道:"我同一多从不曾深谈过,今天是第一次和他深谈,深爱其人。"两人就是在酒桌上建立的感情。

三首诗歌一段情

1931年,送走家眷,闻一多独自住在一多楼上,潜心研究。然而,看似平静的湖面之上,也曾经暗生涟漪。这段情感在他的三首诗中可找到蛛丝马迹。

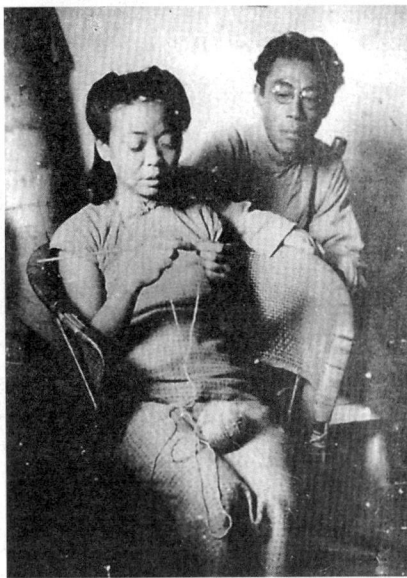

闻一多与妻子高孝贞

先讲讲闻一多的婚姻。闻一多的婚姻是父母之命、媒妁之言,1922年还在清华大学上学的时候,他就被家人急召回湖北浠水与高家小姐高孝贞结婚,闻一多也曾"一哭二闹三上吊"地反对,闻一多的儿子闻立雕在回忆父亲时说:无奈作为孝子,"他最后只得在老人同意不祭祖、不跪拜磕头、不闹洞房等条件下委屈从命"。新婚当天,闻一多还在捧书苦读,怕是"思想逃婚"吧。不久,闻一多出国。他曾向梁实秋诉感情的"无限的苦痛","已经烛灭笔枯不堪设想了"。闻一多在婚后还曾对弟弟闻家驷说"我将以诗为妻"。

来到青岛后,闻一多的心境好了很多,与妻子的感情也日渐浓厚,"我父母亲的关系已经非常融洽了",闻立雕如此说。然后,送走家眷前后,闻一多的感情世界,终究还是起了波浪。一首被徐志摩称为"三年不鸣,一鸣惊人"的诗歌《奇迹》诞生了!闻一多自己也颇为得意,在1930年12月10日致朱湘、饶孟侃函中称自己"足二三年，未曾写出一个字来"，却在 1930 年 12 月初"花了四天功夫，旷了两堂课"写出了这首饱含深情的长诗：

> 我要的本不是火齐的红，或半夜里
> 桃花潭水的黑，也不是琵琶的幽怨，
> ……
> 可也不妨明说只要你——
> 只要奇迹露一面，我马上就抛弃平凡
> ……
> 我听见阊阖的户枢砉然一响，
> 传来一片衣裙的窸窣——那便是奇迹——
> 半启的金扉中，一个戴着圆光的你！

这首诗引发了人们无数的遐想，写世事？写思想？还是写人？最终，还是梁实秋给了答案。"志摩误会了，以为这首诗是他挤出来的……实际是一多在这个时候感情上吹起了一点涟漪，情形并不太严重，因为在情感刚刚生出一个蓓蕾的时候就把它掐死了，但是在内心里当然有一番折腾，写出诗来仍然是那样回肠荡气。"关于诗歌的对象，有人认为是赵太侔的妻子俞珊，不过，众多研究闻一多的人都认为是方令孺。方令孺是安徽桐城人，家学渊源，又留学美国，中西文学均有造诣。同样是父母之命、媒妁之言的婚姻，方令孺最终挣扎了出来，和丈夫离婚，独自带着女儿来青岛任教。可能有种惺惺相惜之感，闻一多对方令孺比较关注，男女之情也渐渐涌现。现存闻一多文字中直接提到方令孺的仅有一处，即 1930 年 12 月 10 日致朱湘、饶宗侃信中所述："此地有位方令孺女士，方玮德的姑母，能做诗，有东西，只嫌手腕粗糙点，可是我有办法，我可以指给她一个门径。"

朋友是用来"出卖"的，本来闻一多不提，梁实秋不说，这段情也就不会曝光，偏偏梁实秋不肯"收手"，还公布了闻一多从未发表的佚诗《凭籍》，这首诗不用猜也能看出是首情诗：

> "你凭着什么来和我相爱？"/假使一旦你这样提出质问来，我将答
> 得很从容——我是不慌张的，/"凭着妒忌，至大无伦的妒忌！"/真的，

你喝茶时,我会仇视那杯子,/每次你说那片云彩多美,每次,/你不知道,我的心便在那里恶骂:/"怎么?难道我还不如它?"

书中同时刊出《凭籍》手迹,署名"沙蕾"。梁实秋对这首诗的解释是这样的:"这首诗是他在青岛时一阵情感激动下写出来的。他不肯署真名,要我转寄给《诗刊》发表。我告诉他笔迹是瞒不了人的,他于是也不坚持发表,原稿留在我处。"之后,人们根据"沙蕾"的署名,又发现一首新诗《我懂得》:"我懂得您好意的眼神,注视我,犹如街灯注视夜行人,仿佛说:别怕,尽管挺着胸儿迈进,我为您;驱逐那威胁您的魔影。"据青岛大学文学院院长刘怀荣透露,这首诗就是闻一多的作品,也是他的一首情诗。杨洪勋觉得,两人只有内心的波澜,没有实际上的行动。

这段父亲的"艳闻"(徐志摩语)闻立雕没有回避,他也认为这段感情应该是闪现过的,现在看来只不过是一段小插曲而已,"正是因为当时大家的传闻越来越多,父亲在亲戚的建议下,决定把母亲和我们再次接到青岛来,这样,流言蜚语才慢慢消失"。这一招无疑是"杀手锏",掐断了爱情的小火苗,一阵涟漪彻底恢复了平静。

闻一多之子闻立雕
——那两年的岁月他不堪回首

张文艳

闻立雕,又名韦英,闻一多的次子。曾被父亲评价为"记性不好,悟性不错"的他,86岁了,却对父亲的一点一滴记得非常清楚,并把它们写成了《我的父亲闻一多》,还编写了《闻一多全集》,"我也喜欢文学,不得不说,这跟父亲有很大的关系"。近日,本报记者联系上了闻立雕,他给记者讲述了父亲在青岛的"爱与痛"。

在闻立雕的印象中,父亲是严肃的,但对他们的爱是渗透在一点一滴当中的,直到父亲被暴徒袭击之前,他还曾写信惦记三儿子的鞋是否买了。他重视子女的教育，抗战时期，还坚持给孩子们讲诗，这就是他的"诗化家庭"计划，"我们四个人都坐在旁边，他靠在床上一篇一篇地讲，讲完后让我们背不下的要罚给他捶腿"。

听说记者是青岛的，闻立雕马上笑了，记者就问他当年对青岛的印象，闻立雕说："我真没什么印象，当年

闻立雕与儿子闻黎明

我太小了。"确实，出生于1928年的闻立雕跟随父母来青岛时只有两三岁，虽然闻一多曾经于1932年再次将他们接了过来，闻立雕也只有4岁。这么小的年纪没能在闻立雕小小的头脑中留下深刻记忆。这也就解开了记者对他关于父亲的回忆录对青岛只字不提的疑问，"我实事求是地回忆父亲，主要是因为那一段时间我不知道"。"不过，后来我又来过青岛两次，一次是我在中宣部工作的时候，搞调研，来青岛出差，不过匆匆忙忙，没能四处走走，就在栈桥逛了逛；一次是《半月谈》的同志陪同，我去看了一下中国海洋大学的一多楼，跟雕塑合了影，因为没跟学校打招呼，也没能进去看一看，只隔着窗户往里瞅了瞅"。在闻立雕的印象中，青岛很美，"是个环境优美的城市"。

优美的环境当年打动了闻一多，因此闻立雕强调，不管后来如何，父亲对青岛这座城市的印象一直是很好的，"学生闹事、发生矛盾这些都是另一回事，不影响他对整个青岛的看法"。

谈到每次都陷入学潮的漩涡，闻立雕说，主要原因是父亲的政治观点和别人不一样，"他比较看重学生的学习成绩，所以就对假文凭和学习成绩不及格不满，赞同学校的做法；另外，还牵涉抗战的问题，他从爱国的角度支持学生，但学生要到南京请愿这样的闹法他是不赞同的，这是政治观点的问题，现在看来他做的有对的也有不对的地方"，闻立雕说，这些事情导致父亲回北平以后再也不想过问政治了，更加潜心搞学术研究。虽然后来他"食了言"，但这些给闻一多的心灵造成不小的冲击。

"我们从此以后再也没有谈论过青岛"，闻立雕说，在青岛的两年让闻一多"印象深刻，但很不好，是他不堪回首的岁月，所以他跟家人也不愿意提这些"。

从离开青岛土地之后,闻一多再也没有和青岛发生联系,"他只是后来和游国恩有过联系,两个人也仅限于学术上的交流"。其实,这样的心路历程是有背景的,在闻立雕的《我的父亲闻一多》中,记者找到了答案:"父亲从1925年夏季回国到1932年暑期,前后整整七年,七年中父亲辗转了北京、上海等五大城市,工作变换了七次,生活很不稳定,每当得到一个新工作,就把母亲和孩子接去住在一起,每当他的工作变动了,他又把我们送回浠水老家。"工作不顺心,壮志未酬,生活颠沛流离,更加严重的是,"七年中失去了两女一男三个爱子",这种生活和精神上的多重打击,让闻一多"失望、彷徨、苦闷",他在1933年9月29日写给好友饶孟侃的信中称这段时间是"数年来痛苦的记忆",一提起来就"伤痛得流泪"。因而,在国立青岛大学的学潮事件无疑是雪上加霜,是伤口上撒盐,让闻一多痛得无以复加,因而才不愿回忆,也不忍回忆。

尽管如此,在闻立雕眼里来青岛工作还是让家里的生活得到了改善,"父亲当年教书的工资不低,所以我们全家生活得很好"。他还举例说闻一多到青岛大学之前,经常抽的是一种"红锡包"香烟。执教青岛大学后,生活条件得到了改善,有时甚至改抽"哈德门",这是当时最高档的一种香烟。"那段日子,真的像天堂一样,家里还雇着厨师,尤其是我们到清华后,那时我们住的是一座两层高的小楼,有十几个房间。我们通过铃铛来叫佣人,真是衣来伸手,饭来张口。"在孩子的眼里,比起父亲精神世界的变化,物质生活的改变给他们的印象更为深刻。后来我们看到的闻一多叼着烟斗的形象,"那是以后日子穷了,才抽的",闻立雕说。

2014年12月2日

凌道扬、陈英梅夫妇

凌道扬（1888—1993），生于广东，留学美国，回国后先在农商部任职，与韩安等人提出设立"植树节"的建议，得到采纳。1917年发起创建中华森林会（林学会），1920年后历任北洋政府山东省省长公署顾问、青岛农林事务所所长、中央模范林区管理局局长等职。

凌道扬：十年树木，百年树人

凌道扬:十年树木,百年树人

刘宜庆

又到了春天,又是一年植树节。春风骀荡,万物萌动,新绿初绽,花儿盛开。当人们在山坡种树,在公园赏花时,不应忘记凌道扬。

凌道扬是谁? 简单地说,他是中国近代林业和林学的先驱,率先提出了"水土保持"的理念,民国时"植树节"的首倡者之一。他规划种植青岛的行道树,改造定型青岛的公园。凌道扬对青岛的城市绿化、林木培育、公园规划做出了贡献,他的功绩,铭刻在青岛的城市发展进程之中,留存在青岛每棵大树的年轮里。他的名字,仿佛是一株百年塔松之上的一抹绿意,不论岁月如何更迭,代表的是一种超越春秋的苍翠。

宝安凌道扬家族,在西风东渐时节,如同中国南方沿海生长出的一株大树,嫁接了西方的文明。1888 年 12 月 18 日,凌道扬出生于一个牧师家庭。与生俱来的中西结合的文化基因,决定了凌道扬要走一条和同时代人迥异的人生道路。1900 年,凌道扬进入上海圣约翰书院(后改名圣约翰大学),开始正式接受西式教育。1914 年他获耶鲁大学林学硕士学位,是中国获得该学位的第一人。

当时,出国留学归来的学者,大多抱有科学救国、教育救国、实业救国的信念,而凌道扬抱着森林救国的思想与热忱回到祖国,开始了他绿意盎然的人生道路。凌道扬的林学思想对孙中山、黎元洪、张謇等民国要人产生了极大的影响,他参与协助孙中山完成了《建国大纲》《三民主义》农、林部分章节的写作。

1915 年,凌道扬和韩安、裴义理等林学家有感于国家林业不振,"重山复岭,濯濯不毛",倡导创立"中国植树节"。

在凌道扬的人生驿站中,青岛是他重要的一个站点。在青岛,他将其学识和专业,融入这座城市的发展进程之中。1922 年,中国通过谈判接收青岛主权,凌道扬出任林务主任委员,与日方谈判、交涉,维护了青岛的利益。青岛主权回归后,凌道扬出任胶澳商埠林务局局长。福山支路 8 号一栋庭院遍植嘉木的两层洋楼,是凌道扬的家,他和妻子陈英梅、子凌宏璋、女凌佩芬,在这里度过了宝贵的时光。

在青岛主权回归之后,凌道扬在德日留下的林业的基础上,规划了青岛的林业发展之路。凌道扬的独特之处在于,他把青岛的林业和公园结合起来,开辟了青岛的旅游、休闲空间。他将青岛的六个公园合理改造,对公众开放,奠定了园林城市的规模和基础。1924 年,随着 197 条道路被重新命名,凌道扬为 62 条道路配植不同风格的行道树 6958 棵。红瓦绿树,碧海蓝天,青岛因凌道扬,绿意葳蕤,城市绿化和城市园林,在这个时期,绽放出青岛油画一般的风情。

凌道扬一生,一边树木,一边育人。他既是林学家,又是教育家;封山造林,桃李芬芳。1924 年私立青岛大学创办,凌道扬教授逻辑学,他的胞弟凌达扬教授外语。此外,凌道扬还活跃于体育和新闻等社会领域,在青岛发起成立"万国体育会",参与创办《青岛时报》《青岛泰晤士报》。

1949 年后,他定居中国香港,担任崇基学院第二任院长,是香港中文大学的缔造者之一。如今,香港中文大学崇基门两侧楹联即为凌道扬所撰:"崇高惟博爱,本天地立心,无间东西,沟通学术;基础在育才,当海山胜境,有怀胞兴,陶铸人群。"

十年树木,百年树人。凌道扬的后半生,基本告别了林学,开始教书。不管是林业植树,还是教书育人,都是春风化雨,造福社会。1993 年 8 月 2 日,凌道扬病逝于美国,享年 105 岁。

树木又树人,青葱凌道扬。因为他所做的工作,因为文化的力量,凌道扬的生命不曾凋零。

植出一片绿,留住一份情

——植树节创始人凌道扬,既是接收青岛主权的功臣,也是岛城绿化、公园规划的使者

张文艳

在青岛度过晚年的康有为,曾以"红瓦绿树、碧海蓝天"表达对青岛的独特钟爱。"碧海蓝天"是对青岛得天独厚的自然条件的赞叹,"红瓦"是德占时期的产物,"绿树"则与他的老乡兼挚友凌道扬密切相关。在青岛陆续生活了近 10

年的凌道扬,不但是中国植树节的创始人之一,还是青岛收回林业主权的重量级大员,更是岛城绿树美景的功臣,在任职青岛农林事务所所长期间,他不但鼓励民众植树,还对青岛公园进行了细致划分和扩建。一系列举措让青岛更美,让城市之肺更加清新,在倡导环保理念的今天,这一切更为难能可贵。

人生转向,提议创立植树节

在康有为故居纪念馆里,一个旅游团正在导游的引导下参观,根据他们流利的粤语可以判断,他们应该来自康有为的故乡广东。参观结束后,他们匆匆离去,没有人注意到对面的一栋小楼。因为他们不知道,就在康有为故居的对面,还有一位老乡——出生于广州府新安县布吉村丰和墟(今深圳市龙岗区布吉街道老墟村)的凌道扬。

1888年12月18日,凌道扬出生于一个基督教家庭,祖父、父亲均是瑞士巴色会牧师。凌道扬6岁时就读于樟村设立的教会学堂。可能很多人以为凌道扬生活在一个富裕的家庭,才铸就了他后面的成就,其实不然。1898年,10岁的凌道扬因为家庭生计困难,随叔叔远渡重洋,到了美国檀香山的亲戚家当童工。小小的年纪,便尝到了生活的艰辛。两年后,他最小的叔叔凌善芳自美国耶鲁大学毕业,归国途经檀香山时,把他带回了老家,并于当年秋天把他送进上海圣约翰书院(后改名圣约翰大学),正式开始接受西式教育。

年轻时的凌道扬

1909年毕业的凌道扬成为北京某八旗贵族学校的英语教师,开启教学生涯。也就是说,职业生涯,凌道扬是以树人开启的。然而,在这过程中,凌道扬又找到了新的目标——林学。走进林学,凌道扬无心插柳。1910年,他奉命陪同两位清室贵胄子弟赴美国麻省农学院习农科,"结业后又考入耶鲁大学研究生院,1914年获林学硕士学位,他是中国获得该学位的第一人"。这段学习经历让凌道扬日后成了近代林业科学的先驱。

进入林学界,凌道扬确立了自己的人生方向。回到祖国,凌道扬转向了林学专家的视角,然而,眼前的景象让他大为吃惊,有感于祖国"已有之林木,旦旦而伐之,荒芜之山麓,一任若彼濯濯耳","1915 年,凌道扬和韩安、裴义理等林学家上书北洋政府农商部长周自齐,倡导以每年清明节为'中国植树节'。此议案同年 7 月经袁世凯批准,于次年实施"。(1925 年 3 月 12 日,孙中山在北京逝世,植树节改为每年 3 月 12 日。)

接收林业,开启青岛之路

凌道扬故居

福山支路 8 号,有一栋两层小楼,与康有为故居相隔 20 米左右。近日,晴朗的午后,记者与青岛文史学者于涛走访这座目前业界认定为凌道扬故居的小楼。

小楼没有挂牌,据青岛市文物局博物馆处的刘红燕告诉记者,最新的一批名人故居没有凌道扬的名字,所以还不十分确定,但业内人士普遍认为康有为故居对面的福山支路 8 号就是凌道扬的故居。刘中国也在《凌宏琛:履行盐与光的使命》一文中称:"他们(凌道扬)一家住在福山支路 8 号,这是父母兴建的一栋两层洋楼,庭院里遍植嘉木,绿意盎然。"对于凌道扬兴建这个说法,于涛提出了不同意见:"根据小楼的建筑风格可以看出,它应该是康有为故居的配楼,兴建时间应该和康有为故居时间差不多才对。"青岛市社会科学院研究员张树枫考证,康有为的"天游园"原为胶澳总督副官的住宅。对此,记者采访了在楼内居住了近 40 年的老居民王女士,她说,"据老一辈的人讲,这里原来是德占时期的马棚,隶属于一个官员"。前后联系,于涛前面提到的配楼的说法得到了证实。

记者看到,小楼共两层,枣红色木制外扩阳台,淡黄色墙体,蓝、绿色门窗,色彩的搭配亮丽又不俗气,门窗顶部呈弧形设计,虽在青岛老建筑中并不出彩,但现在看来还是别有一番风味。17 岁(1962 年)就跟随父母从上海来到这里居住的徐先生告诉记者,这栋小楼经过多次修建,但整体框架并没有改变。

就是这里,曾经承载了凌道扬数年的喜怒哀乐。来青岛之前,凌道扬已经历任北京政府农商部技正、金陵大学林科主任、交通部及山东省省长公署顾问等职(青岛市教科所研究员翟广顺2014年9月出版的《旅寓青岛教育名人现象研究》)。

提出"森林救国"思想的凌道扬骨子里有着深厚的爱国情怀。1922年12月,中国政府收回青岛主权,凌道扬出任林务主任委员,直接与日方进行交涉。曾参与编修过《青岛园林志》的孙守信告诉记者,凌道扬作为接收大员,为青岛做出了巨大的贡献。

"在接收之前,他就先下手为强,因为当时的日本浪人和日本侨民因为听说要交还给胶澳政府,便到处破坏林地,凌道扬在青岛组织了40多人的林警队,天天抓破坏树木的日本浪人,极大地保护了青岛的树木",不仅如此,"在交接过程中,日本曾提出赔偿林木损失费36万余银元,中国据理力争将其和定为15万余元。凌道扬提出,你们日本人在中国晒了8年的盐,先把盐税补齐了再说,日本人没办法,只好将赎金抵作盐税"。

接收林务有功,凌道扬被胶澳商埠督办公署正式任命为林务局局长,就是在这样的背景下,凌道扬和妻子陈英梅以及儿子凌宏章、女儿凌佩芬住进了福山支路8号。

十年树木,发树苗扩公园

在康有为故居和凌道扬故居之间,有一棵老树遍体鳞伤,且已经呈90°俯身于东北方向。于涛告诉记者,他曾经测量过,树围约2.6米,"30年前的一次特大台风突袭,把大树吹歪了,为了安全,园林部门将刮断的主干枝锯掉,只剩下现在的大枝干"。枝干被一根木棍支撑着,如拄着拐杖的沧桑老人。对林木颇有研究的于涛说,这是一棵无刺槐,"夏天我曾经来过,槐花盛开的季节,这棵树非常茂盛"。它有多大年龄?于涛判断是德占时期在青岛植入的首批无刺槐中的一棵。孙守信提出了不同意见:"德国人为了修建青岛,从柏林专门运过来一批无刺槐。种在了亨利亲王大街(今广西路)路旁,用剩下的就嫁植在了中山公园,据我考证,现在中山公园还有三棵(《青岛古树名木志》记载为两棵),广西路上还有一棵,其他地方的应该不是那个时期的。"

虽然没有关于这棵树龄的详细记载,但在走访故居周围不难发现,即使到了房屋密集的今天，小楼仍有前院和后院，都栽植了各种树木，可谓掩映在花园当中。这些花草树木不一定是凌道扬留下的，但还是不难想象，深谙林学之道的凌道扬会在房子周围遍植嘉木。除此之外，凌道扬还经常光顾老乡康有为的"天游

凌道扬开辟了中山公园小西湖

园"，并为其布置林木花卉，两人还会同游第一公园（今中山公园）赏花赏木。康有为故居的"手植银杏"怕也是受凌道扬的影响。

其实，凌道扬对于青岛林业的贡献，不仅仅限于自家房前屋后。

1923年初，林务局与农林试验场合并为农林事务所，当年3月1日，凌道扬被任命为所长，办公地址在第一公园（今中山公园）内，于涛告诉记者，就是小西湖旁的一排平房。记者探访发现，现在的平房已经被改造为茶餐厅。上任伊始，凌道扬就全面规划了青岛的林业管理和发展之路，据学者翟广顺考证，凌道扬设"造林、农事、树艺、管理4个科"，"还制定了《造林奖励规则》《水源涵养林规则》《森林警察规则》《森林保护规则》等"，"恢复李村苗圃，栽种苗木，每年植树节前无偿分给乡民种植；积极推广奖励办法，凡在胶澳商埠区域内的个人或团体造林，均无偿提供树苗、技术指导、森林警察"，"扩大了路边行道树种植"，"撰写《中国农业之经济观》提出实施移民垦荒政策、举办农产品博览会、造就农业科技人才……"

凌道扬的一系列理念先进的植树措施让青岛文史专家鲁海非常赞赏，"这在当时可不得了，他建了三处苗圃：崂山、台东镇、李村，李村现在还有，他还在崂山成立了森林公司"。鲁海觉得凌道扬免费发放树苗的措施激励作用很大，"1923年，免费发放了13万7千余棵树木，我小时候家里的院子里就有三棵树是领来的树苗种植的；同年，凌道扬还增加了62条马路行道树的种植，包括刺槐、法国梧桐等6958株，青岛'红瓦绿树'的景观，凌道扬功不可没"。如果说这些在读者看来还不够具体的话，那么凌道扬的另一大贡献更与市民如今的生活休戚相关了。鲁海说，凌道扬重新规划了青岛的公园，将其划分为第一到第六

公园,以及栈桥前园、天后公园、官舍公园、海滨公园、观海山公园等,并对公园内的职务和功能划分进行了细化。比如将第一公园(今中山公园)分为6个区域,开辟了小西湖等,使得市民有了更好的休闲旅游去处。

百年树人,曾任教私立青大

从福山支路8号到中国海洋大学(鱼山校区),步行不过几百米,尤其从8号上坡到拐角处的78米波螺油子路,满是城市的历史印记。这里,曾经留下凌道扬踽踽而行的身影,手持备课本,踩着行道树洒下的绿荫,凌道扬踏上了育人之路。

"十年树木,百年树人",凌道扬在青岛不到10年,树木万株,同样树人无数。据翟广顺介绍,1923年9月,凌道扬在崂山九水庵林场创设了一所林内义务小学,即使离开青岛之后,1929年,他还曾致函国民政府教育部,要求在青岛设置林业专门学校,并要求增加小学教科书中森林知识的内容,以及高等考试中的森林科。

除了其是专业的人才外,凌道扬还受聘于1924年5月创办的私立青岛大学,教授逻辑学,学的是文学和林学,教授的却是逻辑学,足见凌道扬之博学多才,弟弟凌达扬也来到私立青大教授英语。离开青岛后,凌道扬陆续担任国内多所院校的教授,一生堪称既树木又树人,"桃李春风,瓜瓜绵绵"。

中年凌道扬

官员兼教授,凌道扬的收入在当时的青岛应该不菲,加上妻子陈英梅在文德女子中学担任体育教师,两人的生活可谓惬意舒适。(陈英梅,1913年毕业于美国威尔斯内女子学院体育系,既是我国第一位体育女教师,也是我国早期女子体育的倡导者,1938年7月17日殒命于日本飞机的轰炸;凌道扬后续娶金陵女大体育系教授崔亚兰。——编者注)1923年7月和1924年12月,凌家的次女凌佩馨和次子凌宏琛分别在青岛降生,为这个小家庭增添了更多的欢乐。鉴于和康有为家的亲密关系,在凌佩馨周岁生日这天,康有为还专程送来了一枚戒指。

家庭美满,凌道扬事业也同样全面开花。据《凌宏琛:履行盐与光的使命》

中显示,凌道扬还担任基督教青岛青年会总干事,并与上海滋美洋行青岛分行经理滋美满等人发起成立了"万国体育会"。翟广顺透露,万国体育会位于青岛亚当斯大厦,下设网球、高尔夫等七八家俱乐部的体育组织,主要从事博彩性质的赛马。此外,道道扬还在青岛建有酒厂和一座名叫海滨大厦的豪华旅馆。

鲁海告诉记者,凌道扬还和自己的学生高秉坊一道买下了日本人星野米藏英文报纸《青岛晨报》的资产,进而创办了《青岛时报》。该报最初分中文版和英文版,英文版名叫《青岛泰晤士报》,由凌道扬的弟弟凌达扬任主笔。

1957年,凌道扬(右)与家人摄于美国

平静的日子过了几年,最终于1928年被打破。当年,日本在济南制造了"五三惨案",5月10日,青岛举行了大规模的反日示威游行,捣毁了日本驻青领事馆,《青岛时报》对此作了报道和评论,紧迫的形势让凌道扬一家不得不离开了青岛。尽管如此,凌道扬一直没有忘记青岛,1929年至1936年,全家还会在夏天里到青岛避暑。

在以后的人生道路上,凌道扬继续奋斗在林业和教育之间,1948年,凌道扬自联合国粮食农业总署之位上退休定居中国香港。他仍没有停歇,在香港参与创建了崇基学院,推动创办香港中文大学,被美国麻省理工学院授予名誉法学博士学位,并为中西文化交流和世界和平做出了重要的贡献。后凌道扬移居美国,于1993年8月2日病逝于美国,享年105岁。

又是一个匆匆离去的背影。如果没有"五三惨案",就不会有游行,凌道扬也就不会离开青岛,恐怕他会在这座美丽的海滨城市一直生活下去,直到终老。然而,历史没有如果,因而也留下了一些遗憾。

凌道扬规划的青岛公园

康有为曾经称凌道扬为"管公园"的,可见公园管理工作在凌道扬的农林事物中是重中之重。那么,他管理时期,青岛的公园有哪些变化?青岛市区的公园有哪些划分?根据青岛市教科所研究员翟广顺的介绍,以及文史专家鲁海为记者勾画的公园简图,可以看出当时青岛市公园的大致区域和树种分布。

值得一提的是第一公园,即现在的中山公园:在保留原德、日治园景致的基础上,凌道扬将第一公园分为 6 个不同的区域。第一区是公园的入口,借助太平山山溪形成的湖泽命名为"小西湖",湖中设中国风格的亭榭,曲桥相通,四周垂柳。第二区是湖上游的溪谷,由赤松、刺槐混合而成。第三区由樱花大道和游乐场构成,将日占时期的熊笼、禽笼进行了维修,奠定了后期动物园的雏形。第四和第五区分别为果园、玉兰等木本植物区域。第六区则为瀑布密林。实际上,"按经营公园之方法,设计整理而所谓第一公园者,至此始具有一定之规模云"。(《青岛第一公园概况》,胶澳商埠农林事务所,1924 年)有论者称:这 6 个区域在功能上差别较明显,较好地满足了不同游客的旨趣。

除了六大公园外,凌道扬还在栈桥两侧、汇泉湾北侧、太平角等地扩建树木,修建休憩设施,形成了除六大公园以外的海滨公园、栈桥前园、市府前园、观海山公园、观象山公园等。在文史学者于涛手中,记者看到了当年出版的《青岛农林》,从中还可以看到官舍公园,据鲁海说公园应该是在迎宾馆附近。另外,凌道扬还注重路口三角绿地的建设,让青岛成为同纬度线地区植物品种最丰富的城市。

凌康两家的戒指奇缘

凌道扬和康有为是广东老乡又是邻居,两家感情自然深厚。凌道扬为康有为家里布置花卉,康有为还在凌道扬的次女凌佩馨周岁时,送给了她一枚戒指。这些细节被《凌道扬传》作者刘中国写进了博客《康有为先生的戒指》中。青岛文史专家鲁海告诉记者,两家的友谊一直在后代间延续,曾在青岛上学的康有为女儿康同环,在 1980 年给鲁海的回信中称,在香港,凌、康两家也是邻居,成了世交。

1923 年夏天,康有为由上海来青岛旅游观光,租住在凌道扬家隔壁的"德国旧提督楼",深感这里适宜居住,遂产生了长住青岛的念头,花了一千大洋买下了这座楼房及花园,"截海为塘山作堤,茂林峻岭树如荠。庄严旧日节楼在,今落吾家可隐栖"。

次年夏天，康有为和他那位日后被章诒和女士誉为"最后的贵族"的女儿康同璧一家，来青岛避暑消夏，并将这座旧楼易名为"天游园"（康有为六十寿辰的时候，清逊帝溥仪曾送给他一面寿匾，上书"天游堂"三字），去年的房客今年成了房子的主人。康有为回忆，"管公园"的同乡邻居凌道扬，去年就开始"为我布置林木花卉"，如今"天游园"里林木葳蕤，花朵盛开，"管公园者"的小女儿马上就要过周岁了……

1923年7月24日，中国近代林学泰斗凌道扬先生的二千金佩馨出生于青岛。1924年7月24日，凌佩馨过周岁那天，父母照例要为她举行"抓周儿"礼。佩馨"抓周儿"的仪式，是在吃中午那顿"长寿面"之前进行的。那天上午，住在青岛的外婆、舅舅、叔叔都不约而同地循例往贺。为孩子取名"佩馨"的康爷爷也来了，把一枚戒指放到床前陈设的案上，案上已经摆满了文房四宝、算盘、钱币、首饰、花朵、胭脂、吃食、玩具等，母亲抱来佩馨，令其端坐，任其挑选，视其先抓何物，后抓何物。以此来测卜其志趣、前途和将要从事的职业。佩馨坐下来，小手一挥，抓起了康爷爷刚刚放在案上的那枚戒指！

1928年，济南"五三惨案"发生，《青岛时报》陷入漩涡，凌道扬带着妻子陈英梅和凌佩馨兄弟姐妹四人，匆匆逃离青岛，陈英梅的奁盒里放着康有为送给佩馨的戒指。

七七事变后，日本大举侵华。凌佩馨一家迁往广州。广州大轰炸期间，母亲把康爷爷送给佩馨的戒指和其他珍贵的东西一起，存放在香港一家银行的保险柜里。

然而，遗憾的是，凌佩馨再也没有找到那枚珍贵的戒指。

本文整理自刘中国《康有为先生的戒指——凌佩馨传》

2015年3月10日

不求人间争富贵，但做沧桑一嘹鸥

——蒲松龄与崂山

蒲松龄（1640—1715），字留仙，号柳泉居士，世称聊斋先生，山东淄川（今属淄博）人，清代文学家。代表作《聊斋志异》，是我国文言文短篇志怪小说中成就最高的作品集。

不求人间争富贵,但做沧桑一嘹鸥

——蒲松龄与崂山

刘宜庆

1998 年 5 月,淄博,蒲松龄故居。在蒲松龄的画像两侧,有郭沫若手书的楹联("写鬼写妖高人一等,刺贪刺虐入骨三分")。站在柳泉居士的画像前,拜谒这位短篇小说之王,内心的感触如同海浪一样,思绪万千。上小学五年级时,家中就有一本《聊斋志异》。我来来回回读过好多遍,掩卷之时,蒲松龄塑造的各种形象,宛如在眼前一般。"聊斋",可以说是我的文学启蒙书。初识文学味,终生难忘怀。游览完蒲松龄故居,走出大院,印象最深刻的是,一株紫藤,遒劲有力,躯干盘旋于墙壁之上,垂下一串串的紫藤花,在和煦的风中微微晃动。一晃,十几年过去了,这场景在我写这篇文章时,紫藤花在记忆之中摇曳,淄博的柳泉与崂山的云天,交织在一起……

蒲松龄生于明末,长于清初,卒于清康熙五十四年(1715),享年 76 岁,算是以高寿终。蒲姓在淄川是望族,蒲松龄最初走科举道路,有一个春风得意的开始。19 岁应童子试,以县、府、道之第一补博士第子员,被赞为"观书如月,运笔成风",拔为秀才第一。谁知,几十年的科举不第,连个举人也不曾中。71 岁时,弄了个"安慰奖","始援例为岁贡生"。蒲松龄与仕途绝缘,一介寒儒,以坐馆授教为生。命运为他关闭了仕途之门,幸也? 运也? 其实成就了蒲松龄,他的才华在文学创作中得以体现。蒲松龄不但擅长文学,对经济、历史、哲学、天文、农桑、医药等也有研究。

1672 年 4 月,蒲松龄与淄川乡贤同游崂山,为崂山人文增添了瑰丽的文化色彩。蒲松龄一行,先在王哥庄的修真庵住宿,然后游历了崂山上清宫、下清宫及八仙墩,因遇雨而留宿在青石洞,在他们返至番辕岭(今返岭)时,雨后新晴,海上出现了海市蜃楼。蒲松龄作《崂山观海市作歌》一诗,记录了这难得一遇的自然奇观。

蒲松龄登过泰山,这次又游览崂山。他写作《聊斋志异》,显然他的审美趣味和文学主题,关乎神秘主义。齐鲁大地上泰山、崂山之行,亦是自然的。崂山是道教名山,山中白云缭绕,多仙逸之气,餐紫霞,观云海,赏奇花,与友人诗赋唱和。脱离了俗世凡尘,看白云苍狗,观沧海潮起潮落,心中顿时升腾一股隐逸之气,以诗记之。《题白云洞》云:"古洞深藏碧山头,羽士一去白云留。愿叩柴扉访逸老,不登朱门拜公侯。砚水荡净海底垢,笔尖点消九天愁。不求人间争富贵,但做沧桑一嘹鸥。"从这首诗中,可以看出蒲松龄的志趣。

除了诗歌,蒲松龄为崂山留下了脍炙人口的小说——《崂山道士》(旧称《劳山道士》)和《香玉》。这两篇小说,前者写道士的方术变化,具有讽刺意味;后者中的花仙子富于人情,具有神话色彩。但是,都为崂山增添了神秘的色彩。

如今,游客游览太清宫,可见蒲松龄"写书亭"。此亭为一飞檐、红柱、木结构的小亭。亭西侧的白粉墙,即蒲松龄笔下的"穿墙壁"。这个"穿墙壁",成为一个非常有名的景点,激发了游客游览的兴致。而太清宫的绛雪,更是闻名中外。香玉是白牡丹变成的仙女,绛雪是耐冬变成的仙女。蒲松龄游览崂山时,一定听过白牡丹的传说,美丽的花朵,带给蒲松龄创作的灵感,于是诞生了《香玉》。白牡丹在上清宫不可见,绛雪一直是守护太清宫的女神。

为了充分地了解蒲松龄和《聊斋志异》,我们联系上了蒲松龄研究专家马瑞芳老师。2014年7月25日,时年72岁的她在《蒲松龄评传》的基础上,又一次写就了《幻由人生——蒲松龄传》,她说,"2015年正月二十二正好是蒲松龄逝世300周年,正需要一部让老先生动起来、活起来的传记文学作品",于是,花费了500多天查阅了100多本史料,力求做到书中无一字无来历,无一字无出处。她说,蒲松龄是想象天才,但他所写的爱情故事并不是柏拉图式,不是虚构,他有一位一直爱慕的女人,名叫顾青霞。研究蒲松龄37年,马瑞芳从未疲倦,在她看来《聊斋志异》永远不会过时。

近日,我们来到太清宫,三皇殿内耐冬花开正盛,游人流连。因为蒲松龄的《香玉》,因为耐冬的特性,它成为青岛的市花,种植在市民的庭院中,植根于山林间。我们拍了几张照片传给马教授,她说,她也曾经循着老先生的足迹来过崂山,在她眼中,崂山之行是蒲松龄多篇佳作的创作源泉。

蒲松龄赋予崂山不朽的诗篇,崂山因蒲松龄而多姿多彩。"不求人间争富贵,但做沧桑一嘹鸥。"沧海横流,与蒲松龄同时代的多少王公权贵,如同云烟一瞬,而蒲松龄这位没有科举功名的寒儒,是一只搏击大海的海鸥,他与崂山的故事,必然会流传下去。

幻由人作，幻由人生

——专访山大教授马瑞芳，解读蒲松龄与《聊斋志异》

张文艳

　　300 多年前的 3 月 12 日，也就是 1715 年正月二十二日酉时，一代传奇人物，《聊斋志异》作者蒲松龄，在淄川老家清冷的书斋临窗危坐而卒，自称苦行僧转世的他，果真像高僧坐化一般，离开了人世，享年 76 岁。少时科举得意，三试第一，成年后屡败屡战，屡战屡败，熬成个贡生还是副职，当了一辈子私塾先生，也没能教出大官，蒲松龄一生生活困苦，事业不顺，被他归为爱好的小说创作成就了他后世的功名。记者专访了山东大学教授、蒲松龄及《聊斋志异》研究专家马瑞芳老师，她的分析和解读，还原了一个真实的蒲松龄。

苦行僧转世

　　蒲松龄，字留仙，又字剑臣，号柳泉居士，1640 年，明王朝风雨飘摇的年代，他出生在淄川城东七里之遥的满井庄（今蒲家庄），父亲蒲槃是名商人，家庭生活还算富裕。然而蒲松龄自称是苦行僧转世，并有一段传奇故事：四月十六日（农历正月二十二）蒲槃梦到一个身披袈裟，瘦骨嶙峋，病病歪歪的和尚，走进了他妻子的内室，和尚裸露的胸前贴着块铜钱大的膏药。蒲槃从梦中惊醒，他的第三个儿子出生了。在明亮的月光照耀下，蒲槃惊讶地看到，新生儿胸前有块铜钱大小的青痣，跟他梦中所见病和尚的膏药大小、位置完全符合。"这是一段杜撰的故事"，马瑞芳说，蒲松龄将其写进《聊斋志异》的序言《聊斋自志》（1679 年）

蒲家庄蒲松龄故居

中,此时的蒲松龄已经 59 岁。

　　蒲松龄虽然出身并不穷困,但一生确实很贫苦,始终是劳苦大众中的一员。马瑞芳说,蒲松龄的苦日子从蒲家分家开始。蒲松龄有两个哥哥:兆专、柏龄,一个弟弟鹤龄。蒲松龄 25 岁时,因为两个嫂嫂性格泼辣,家里鸡犬不宁,蒲槃决定给四个儿子分家。"家分得很不公平,好房子好地都被哥哥们分走了。蒲松龄分的老屋连门都没有,田也是薄田 20 亩。分的粮食,只够一家三口吃三个月的。为了糊口只能开始了长达 40 多年私塾先生生涯。"

　　分家后,蒲松龄的生活可以用穷得叮当响来形容。马教授告诉记者,在荒年,蒲家没有干粮吃,蒲松龄的妻子刘氏只能煮锅麦粥给孩子们充饥,《日中饭》中记述了几个孩子抢饭而又令人心酸的场面:"大男挥勺鸣鼎铛,狼藉流饮声枨枨。中男尚无力,携盘觅箸相叫争。小男始学步,翻盆倒盏如饿鹰。"意思是大儿子拿饭勺捞稠的,喝得"呼噜呼噜"响,二儿子抢不过,拿着碗叫着抢勺,小儿子刚学会走路,为了抢吃的把盆子、碗都踢倒了。

科举接连失意

　　生活上的苦是一方面,心灵上的困苦也让蒲松龄一生都带有遗憾。

　　其实,少年蒲松龄是科举得志的,顺治十五年(1658 年),蒲松龄参加科举考试,在县、府、道三试中名列前茅,录取蒲松龄的伯乐是山东学政、大诗人施闰章。此后,蒲松龄做了半个世纪的秀才。马瑞芳说,蒲松龄一生经历大约十次乡试(三年一次),也就是说,大作家蒲松龄为了考取功名,用了不少于 30 年的时间反复考试,屡战屡败,屡败屡战。蒲松龄先成功后失败的原因是什么? 马瑞芳分析,首先,是施闰章误导了蒲松龄。因为蒲松龄前三次考试并没有严格按照考试的规定书写,甚至写跑题了,八股文并不是他的强项,他的个性作品却让施闰章大为欣赏。其次,蒲松龄虽然号称为功名而奋斗,但他一直没有放弃《聊斋志异》的创作,这耗去了他大部分的精力,所以科举考场上蒲松龄总是败下阵来。

　　蒲松龄的升官梦破灭后,又寄希望于他的子孙和学生。只是,不但他的儿孙未能出人头地进入官场,就连他教的学生也同样没有官运。"这一切都说明,蒲松龄治学跟科举考试背道而驰。"直到 72 岁,蒲松龄才成为贡生,马瑞芳告诉记者:"属于挨号挨上的,于是蒲松龄有了个官衔:'候选儒学训导',相当于现在的县中学副校长,还难有出头之日。"一年后,朱湘麟来到淄川,蒲松龄之子请他给父亲画像,蒲松龄终于穿上了贡生官服。

蒲松龄去世后,他的儿子替他写传,在题目中郑重地冠以"候选儒学训导"。

"聊斋"铸就经典

25岁,蒲松龄的生活急转直下,而这一年,他已经开始了《聊斋志异》的写作。关于《聊斋志异》的成书有两种说法:一是蒲松龄在柳泉摆茶摊,请人喝茶讲故事,回到家加工;另外一个是聊天之斋,所以故事是聊天所得。对于第一种说法,鲁迅早就予以反驳,他引用蒲松龄的"我为糊口耘人田",说蒲一直在富贵人家坐馆,哪有空闲到柳泉摆茶摊请人讲故事?不过,蒲松龄倒是一直在有意识地向朋友收集小说素材,也就是他在《聊斋自志》中说的"雅爱搜神","喜人谈鬼","闻则命笔,遂以成编"。但他的聊斋并非聊天之斋,"聊"有"姑且"之意。

蒲松龄写聊斋曾担心没知音,没人能读懂聊斋志异,并感叹:"知我者,其在青林黑塞间乎?"当年的穷秀才遍寻知音,现在他的知音遍及各个角落。郭沫若曾以"写鬼写妖高人一等,刺贪刺虐入骨三分",对《聊斋志异》作了贴切的评价。如今《聊斋志异》已经成为世界短篇小说之王。

对话马瑞芳

蒲松龄研究专家马瑞芳教授

记者:马教授,您来过崂山吗?

马瑞芳:来过,当时是为了调查蒲松龄和其友人的崂山之行的。

记者:《聊斋志异》有几篇小说和崂山有关?是不是在崂山写成的?

马瑞芳:崂山之游,对蒲松龄小说创作产生了重要影响。《崂山道士》和《香玉》《成仙》《安期岛》多多少少都和崂山有关。在创作它们之前,有关传说已经存在,蒲松龄可能在旅途中听到这些传说,所以产生了灵感。不过不是在崂山写的,他和8个友人爬崂山的时间只有10天,匆匆忙忙,不可能在这里写小说。

记者:我在青岛市图书馆查阅有关《聊斋志异》书籍的时候发现,研究《红楼梦》的作品数以百计,而研究《聊斋志异》的则非常少,同样是优秀的作品,为什么会出现这一现象?您觉得《聊斋志异》的阅读障碍是什么?

马瑞芳:其实现在《红楼梦》人们可能也读不下去了。相比较而言,"聊斋"的最大障碍是文言文。但如果不读文言文,只读白话翻译又没意思,当然如果想看故事就可以看白话故事,但是要真想理解《聊斋志异》的艺术成就,特别是它的语言成就,非得看原文不行。因为它的原文《世界百科全书》介绍过,已经达到了中国古代小说的巅峰。

另外,《聊斋志异》的影视作品其实比《红楼梦》多,普及度还是比较高的。尤其是在 20 世纪七八十年代的时候,不仅是影视作品,它的戏剧作品、各个剧种都是演"聊斋"戏的多,四大名旦全都演过"聊斋"戏。

记者:尽管成就卓著,但蒲松龄自诩为苦行僧,这是他对人生的失望还是对生活的感触?

马瑞芳:主要是他对生活的感触,因为他觉得自己实在太苦了。

记者:选择来崂山,是为了逃避?

马瑞芳:也算是,不过主要的原因还是因为他没钱去别的地方。当时他哪有那个经济实力行万里路啊。他就是一个农村小学教师,待遇不高,一年能拿八两银子就算不错了。而维持一户庄稼人的最低生活得二十两,这是《红楼梦》里的刘姥姥算的。《红楼梦》里写,蒲松龄一年挣的钱,还不够大观园半顿螃蟹宴的花销。他在《除日祭穷神文》说:"穷神,穷神,我与你有何亲,兴腾腾的门儿你不去寻,偏把我的门儿进?……我就是你贴身的家丁,护驾的将军,也该放假宽限施恩。你为何步步把我跟,时时不离身,鳔粘胶合,却像个缠热了的情人?"

记者:见识不多,闭门造车,却能写出"世界短篇小说之王",您觉得蒲松龄具有什么特质?

马瑞芳:当然就是天才。天才总要表现自己,天才也总能找到表现自己的形式。幸亏蒲松龄这个似乎是不识时务的选择,给世界文学留下了一部盖世奇书。这个选择也让蒲松龄掉进了无底深渊。他得一边做私塾先生,维持全家的生活,一边继续参加考试。写小说只能见缝插针。

记者:他和妻子刘氏聚少离多,一直为生活奔波。对于男女之情的描述,来源于哪里?

马瑞芳:我曾经问过"文革"期间挖蒲松龄墓的人,获得的讯息是墓里只有两具尸骨,由此可见,蒲松龄一生只娶一妻。在外数十年如一日,把家舍当邮亭,梅妻鹤子。他能写出这么多爱情故事,靠的是想象。但是,蒲松龄确实有自己的梦中情人。这个美女是蒲松龄的朋友孙蕙的侍妾顾青霞。蒲松龄曾经应邀到孙蕙做县官的宝应县做幕宾,顾青霞喜欢吟诗写诗,经常参加孙蕙的朋友聚会。蒲松龄很欣赏她,为其作诗数十首。然而,孙蕙妻妾成群,根本没有把顾青霞放在眼里,这让蒲松龄很伤心。孙蕙可以说是当年提携蒲松龄的"东家",他死的时候,蒲松龄没有悼念,而顾青霞去世的时候,蒲松龄作诗《伤顾青霞》。《连城》《宦娘》《绿衣女》《连琐》《狐谐》等,都有顾青霞的影子。

记者:不少人同情蒲松龄,认为当年的科举制度太过迂腐,您却并不完全认同?

马瑞芳:如果当时的科举制度完全是迂腐的,那怎么还会出来那么多有名的状元都是大文学家呢?王维、文天祥都是状元,汤显祖写八股文也非常有名。但是一般写小说的,科举成就都不高,吴承恩也是写小说的,吴承恩的科举之路也不顺利。

记者:如果蒲松龄顺利通过科举当官,您认为他会怎样?

马瑞芳:蒲松龄曾经对一些官员歌功颂德,所以我说他没当官是好事,如果他当官,虽不一定是个贪官,但也会是个台阁诗人。

牡丹已去　绛雪永驻

——蒲松龄仙山之旅,成就《香玉》《崂山道士》等名篇

张文艳

一生困苦的蒲松龄没有行万里路的经济实力,去过的大地方除了他做幕宾的江苏宝应县之外,就是崂山和泰山了。在崂山,他的足迹遍及上清宫、太清宫等,不但留下了《香玉》《崂山道士》等名篇,据称多次来崂山的蒲松龄还创作了有关崂山的"聊斋"俚曲。追寻蒲松龄的足迹,一段长长的车程让人似乎看到文人相携徒步游览的身影。太清宫里,一尊蒲松龄雕像坐视前方,不同于百花苑内的仰望,呈现出蒲松龄不同人生阶段平静和期许的情绪。关岳祠内的写书亭和"穿墙之术",三皇殿内的绛雪,是蒲松龄留给今人凭吊的踪迹。

进山采风：蒲松龄不止一次来崂山？

　　记者赶赴太清宫，路途的遥远让人不由得感叹当时文人的吃苦精神。从游客中心坐大巴出发，沿着盘旋的山路上坡，过了几个站点又一路下坡，行驶了将近半个小时，才终于来到了太清宫。而当年文人们可多是徒步而行啊。

　　第一次崂山游览，蒲松龄用了 10 天的时间。

　　1671 初秋，为了筹备来年的乡试，蒲松龄辞去宝应知县孙蕙幕宾之职归乡。据《崂山志》记载，1672 年，33 岁的蒲松龄为了排遣寒窗苦读的寂寥，在友人的推荐和带领下，是年初夏之际，正值崂山山花烂漫、岩树青葱之时，偕同友人高珩、唐梦赉、张绂（一说为张钺）、赵金人等 8 人，饱览了仙山秀色的神姿。"先到即墨王哥庄的修真观投宿，后到上清宫，再到下清宫，再经伸入海中的八仙墩。"这段路程在当时可谓跋山涉水、穿林攀岩，路远行难。"因遇雨又宿青石涧，观日出。再回至番辕岭，观海市。"

　　海市蜃楼的出现，让他们觉得行程的艰苦颇为值得。文人游览，恰遇奇景，纷纷记入作品之中。唐梦赉写下《崂山看海市补赋》《忆二崂山观日出时海市见沧州岛》等，张绂作《焕山山市记》，赵金人画丹青《沧州岛》……大家都各显其能，蒲松龄也不示弱，写出诗歌《崂山观海市作歌》："山外水光连天碧，烟涛万顷玻璃色。直将长袖扣三台，马策欲挝天门开。"山东大学教授、蒲松龄研究专家马瑞芳说，蒲松龄的诗比唐梦赉的记述更细致。"飘然风动尘埃起，境界全空幻亦止。人生眼底尽空花，见少怪多勿须尔。""他知道海市是幻影，并联想到：人世繁华都像海市，它似乎在你眼前，真正走近，又离得很远"，一如他的科举之路。

　　可能是基于对崂山的美好印象，专家们推测蒲松龄在 1672 年下半年或者1673 年上半年又来过崂山。但青岛文史学者孙守信告诉记者，据他初步判断，蒲松龄可能来过三次。他的依据是蒲松龄和百福庵道长蒋清山的深厚友谊。"蒋清山和蒲松龄的关系非同一般，蒲松龄应该和他不止一次接触过"，孙守信说。其实，除了《聊斋志异》外，蒲松龄还写过大量的诗文、俚曲、戏剧，以及有关农业和医药方面的著述存世，其中戏本 3 出，俚曲 14 种（墙头记、姑妇曲、慈悲曲等）。太清宫中流传的几首琴曲，据传与蒲松龄有关。蒲松龄再次来到崂山时，结识了百福庵的蒋清山道长，二人共同创编了一首琴曲。蒋又名云石，蒲名松龄，各从名中取字，琴曲名为《云石风松》，以为纪念。

太清宫内：写书亭里酝酿穿墙术

太清宫内蒲松龄雕像呈坐姿，面容平静，在它身后不远处，拾级而上，就是关岳祠。祠内有座木制飞檐小亭，灰石底座，名为蒲松龄写书亭。亭子据说是坍塌后重建的，是蒲松龄构思《崂山道士》的主要地点。亭子西边一面粉刷为白色的墙壁是穿墙壁，太清宫内的导游介绍说，只有心无杂念、冰清玉洁的人才能穿过此墙，有的游客跃跃欲试，做穿越状，当然只是一场嬉闹而已。

太清宫穿墙术所在地

这堵墙和《聊斋志异》的名篇《崂山道士》相关。传说一天晚上，皓月当空，蒲松龄正在亭子里潜心创作之时，忽然听到三清殿内三声鼓响，一抬头，恍惚见一道士头一低，轻松地穿过了墙壁；定神看时，原来是送茶的道士。于是，蒲松龄写下了《崂山道士》中"王生穿墙术"的故事。青岛文史专家鲁海说曾经有位道士告诉他，蒲松龄的创作素材其实来源于路上的巧遇，当年蒲松龄上山写作的时候，路上就遇到了一位上山学艺的年轻男子，男子自称在家不爱读书，经常受父亲责备，听说崂山道士都很有本事，所以想上山跟着学点本领。这名男子就成了蒲松龄小说的男主角，可能因为他不爱读书，便将其塑造成了不学无术的王生。

那么，这段时间蒲松龄的生活状况到底如何？之前有文章称他已经较为穷困，所以在太清宫的生活异常艰苦，以地为床，木板做案。对此孙守信认为不可信，"太清宫里有客室，蒲松龄的朋友又是百福庵的道长蒋清山，道士都很有修养，一定会把蒲松龄当客人盛情接待"。

著书立说：耐冬牡丹成就《香玉》

三皇殿内，耐冬枝繁叶茂，红花开得正盛，吸引游人驻足留念，有家长专门带着孩子来讲述绛雪、香玉与黄生的故事,因为他们同样出自蒲松龄的手笔:《香玉》。

这株花神"绛雪"高 6.5 米,宽 0.95 米,树龄 400 余年,属国家二级保护古树名木,是崂山生长状态最好的一株山茶树,但是,它并非蒲松龄笔下"绛雪"的原型。真正的"主角"位于三清殿院中。根据记载:传说有一天晚上蒲松龄正在看书,忽觉得一股香味扑鼻而来,朦胧

绛雪

中发现窗外一女子的身影一闪而过,这一夜,蒲松龄怎么也睡不着,恍于梦境中,只见上清宫的牡丹仙子和院内的耐冬仙子来访,求蒲为她们立传,醒后灵感油然而生,便写下了《香玉》。绛为紫色,雪为白色,文中的"绛雪"就是三清殿院中山茶花的化身。文中的"香玉"为上清宫白牡丹的化身。1926 年,三清殿院内的山茶花死亡,"绛雪"之名移于三官殿院的一株山茶上。该树也有 600 余年的树龄,系明代道士张三丰移植,属国家一级保护古树名木。后来此树也因树龄久远,生长渐衰,于 2003 年 1 月死亡。我们现在看到的三皇殿内的"绛雪"是另外一株。

据国内研究学者盛伟称,《聊斋志异》中多篇故事语涉崂山及其边域,《崂山道士》《成仙》《崀石》《香玉》叙事崂山,《海公子》《阳武侯》言说其周边岛屿,《罗祖》《莲花公主》《柳氏子》《黑鬼》等叙述毗邻二邑即墨、胶州事。对于这些故事,盛伟大都在《崂山志》中找到了出处。但是孙守信认为,蒲松龄在崂山创作的主要作品就是《香玉》和《崂山道士》,其他的可能与其相关,但如果将其"功劳"算到崂山之行上似乎有些牵强附会。

蒲松龄第十一世孙蒲章俊:聊斋俚曲很时髦

蒲章俊,淄博市淄川区人,1945 年出生,蒲松龄第十一世孙,蒲松龄纪念馆名誉馆长,国家级非物质文化遗产项目聊斋俚曲代表性传承人。

记者和蒲章俊取得联系时,恰逢蒲松龄去世 300 周年的祭日,上千名蒲氏

后人在洪山镇蒲家庄村蒲松龄墓地举行了祭奠仪式。蒲章俊是聊斋俚曲的传承人,对于蒲松龄在崂山创作的俚曲,蒲章俊说其实不太好考证,现在只是大概的说法,而且他的很多俚曲是从《聊斋志异》中演变过来的。蒲章俊是代表性传承人,是从老爷爷那里学俚曲并予以传承的,"我们那里有个祖训:把老祖的俚曲视为珍宝代代相传,现在剩下来的只有十来首了,其中有4首是我老爷爷唱出来的"。传承下这些俚曲后,蒲章俊已经背得滚瓜烂熟了。说起俚曲的特点,蒲章俊张口就来:蒲松龄将自己创作的唱本配上当时流行的、老百姓喜闻乐见的曲调,不但是歌曲,还是剧本,都可以搬上舞台直接演出,更可贵的是,剧本还有旁白,有说有唱有介绍,有人物对话和活动,"在当时看来非常新潮和时髦,开创了当时戏剧的先河"。为了将其传承下去,蒲章俊每天都会在蒲松龄纪念馆给游客演出,另外,他们还成立了淄博市聊斋俚曲艺术团,并将俚曲引进校园,唱到了全国各地。

蒲松龄的传说

张文艳

在崂山,蒲松龄搜集了民间的传说写成了名篇《香玉》和《崂山道士》,让崂山更加名扬四海。而随着时间的流逝,蒲松龄在人们的心目中也逐渐神化,他已然从"搜神者",变成了传说的主角。《城阳民间故事集》就记载了《蒲松龄告状》《蒲松龄晒龙王》《蒲松龄妙联成婚》《蒲松龄倒拔垂杨柳》等传说,一生一直在搜集传说的人,因为在崂山短暂居住过,变成了传说的主角。

■名篇欣赏

《香玉》(节选)

劳山下清宫,耐冬高二丈,大数十围,牡丹高丈余,花时璀璨似锦。胶州黄生,舍读其中。一日,自窗中见女郎,素衣掩映花间。心疑观中焉得此。趋出,已遁去。自此屡见之。遂隐身丛树中,以伺其至。未几,女郎又偕一红裳者来,遥望之,艳丽双绝。行渐近,红裳者却退……(生)爱慕弥切,女郎忽入,惊喜承迎……由此夙夜必偕。每使邀绛雪来,辄不至。一夕,女惨然入曰:"君陇不能守,尚望蜀耶?今长别矣。"……次日,有即墨蓝氏,入宫游瞩,见白牡丹,悦之,掘移径去。生始悟香玉乃花妖也,怅惋不已。过数日,闻蓝氏移花至家,日就萎悴。恨极,作哭花诗五十首,日日临穴涕洟。一日,凭吊方返,遥见红衣人挥涕穴侧……绛雪也……绛雪笑入曰:"花神感君至情,俾香玉复降宫中。"……坐未定,香玉盈盈而入……后十余年,忽病。其子至,对之而哀。

太清宫内的蒲松龄雕像

生谓道士曰:"他日牡丹下有赤芽怒生,一放五叶者,即我也。"即卒。次年,果有肥芽突出,叶如其数。道士以为异,益灌溉之。老道士死,其弟子不知爱惜,斫去之。白牡丹亦惟淬死;无何,耐冬亦死……

译文与解析:一个姓黄的书生坐在劳山(崂山)下清宫里读书。院里有几棵耐冬和几株牡丹。一天,黄生看见一白衣女子在花丛中若隐若现,顿生爱慕之心,后来又看见一个红衣的女子。黄生作诗感动女郎并与其相伴。一天,园里的牡丹被挖走,黄生方知香玉是花精,后牡丹枯萎死去,黄生日日悼念香玉,绛雪陪伴,终于感动花神,香玉重生。黄生死后,变成牡丹花下的一株红色花芽,长五瓣叶子。后黄生化身的牡丹砍掉,随后,园里的耐冬和牡丹相继徇情而死。

山大教授、蒲松龄研究专家马瑞芳说,《香玉》故事的原型应该来源于崂山的传说。据清初《崂山丛拾》记载,崂山上清宫烟霞洞前,有株数百年的白牡丹。明代即墨县蓝侍郎到此游历,欲将其移植到家中。晚上,一个白衣女子来向道士告别,说明天要走了。第二天,果然蓝侍郎派人来取花,数日后,道士又梦到一白衣女子说要回来。第二天道士发现园中牡丹怒放,赶快告诉蓝侍郎。蓝侍郎发现自家移来的牡丹已枯萎。

《劳山道士》(节选)

邑有王生,行七,故家子。少慕道,闻劳山多仙人,负笈往游。登一顶,有观宇,甚幽。一道士坐蒲团上,素发垂领而神观爽迈。叩而与语,理甚玄妙。请师之,道士曰:"恐娇惰不能作苦。"答言"能之。"遂留观中。

凌晨,道士呼王去,授以斧,使随众采樵。王谨受教。过月余,手足重茧,不堪其苦,阴有归志。一夕归,见二人与师共酌。日已暮,尚无灯烛。师乃剪纸如镜黏壁间,俄顷,月明辉室,光鉴毫芒……俄一客曰:"蒙赐月明之照,乃尔寂饮!何不呼嫦娥来?"乃以箸掷月中。见一美人自光中出,翩翩作霓裳舞……又一客曰:"今宵最乐,然不胜酒力矣。其饯我于月宫可乎?"三人移席,渐入月中……王窃忻慕,归念遂息。又一月,苦不可忍,辞,并曰:"每见师行处,墙壁所不能隔,但得此法足矣。"道士笑而允之。乃传以诀,王果从容入……道士曰:"归宜洁持,否则不验。"抵家,自诩遇仙,坚壁所不能阻。妻不信。王效其作为,去墙数尺,奔而入,头触硬壁,蓦然而踣……

译文与解析:劳山(崂山)住着一位仙道,据说会许多凡人不会的法术。有个叫王七的人去寻仙。来到劳山,再三求道士收他为徒。道士最终答应。没承想道士只是让他砍柴,王七吃不了苦准备下山。一晚,看到师父和客人剪纸贴在墙上竟变成了月亮,并用筷子变出美女伴舞,进到月亮里畅饮,让王七折服。然而,他最终还是不能忍受劳累,要求学得穿墙之术下山。师父授之后,让他回家勤恳做人,否则不灵验。回家后王七就向妻子显摆,结果一头撞到了墙上。

马瑞芳说,《崂山道士》可能又是蒲松龄的见闻,但故事的细节同样有原型。唐传奇《宣室志》和《三水小牍》中就有《纸月》《取月》《留月》:一人用纸剪个月亮贴到墙上,整个屋子照得亮堂堂;另一个人把月亮取到怀里,随时拿出来照明;还有人把月光保留在篮子里,没有月亮时拿出来照明。蒲松龄或许汲取了这三个情节,却赋予其丰富的社会内容,成为百姓喜闻乐见的故事。

除了这两篇小说外,马瑞芳认为《成仙》《安期岛》中都能看到崂山的影子,应该与蒲松龄崂山之行有关。

■民间故事

蒲松龄晒龙王

传说,清朝康熙年间,崂山遇到了百年未有的大旱。黎民百姓天天成群结队地拥向龙王庙,烧香上供,磕头祷告,求龙王爷开恩降雨,解除旱情,可龙王爷压根不理这个茬儿,旱情一天比一天严重起来。一天,住在崂山太清宫的蒲松龄闲来无事,来到崂山沙子口海滩上。他抬头一望,见黑压压的一群人跪在龙王庙前,祷求龙王爷快快下雨。他来到人们的面前,说道:"父老乡亲们,看来大伙儿就是烧净了香,磕破了头,龙王爷也不会发善心下雨的。大伙儿还是别跪了,快起来另想别的法子叫龙王爷下雨吧!"人们纷纷向"聊斋先生"请教。蒲松龄气愤地说道:"这龙王爷太不讲理,他收香火,吃咱供奉,可不干正事。他能让崂山旱成这样子,咱们叫他也尝尝挨晒的滋味儿!"有人担心龙王爷会怪罪,蒲松龄笑说:"妖魔鬼怪都惧怕我三分,我还怕他龙王爷不成!"说完,叫来几个身强力壮的小伙子,把龙王爷的塑身,从庙里的神座上抬出门,放在海滩上晒了起来……不一会儿,那龙王爷的塑身,便被晒得冒了油。老龙王,正躺在水晶宫里闭目养神,猛然觉得身上像着了火一样热得难受,便打发巡海夜叉出海打探。听到巡海夜叉的禀报,龙王爷一听,又惊又怕,唯恐没人再给他烧香上供,便给崂山下了一场透雨。

蒲松龄妙联成婚

相传,蒲松龄住在崂山太清宫的时候,常到山下的村子里去溜达。

这一天,他来到一个村子,见一户人家发生了争吵。他上前一打听,才知道今个儿是这户人家的大儿子娶媳妇。谁到,媳妇娶到家门口了,来了个风水先生,硬说是这户人家的大门向阴不向阳,是个出殡的门口,新媳妇进去非出人命不可。公婆信以为真,要让新媳妇先回娘家。哪知道,新媳妇偏偏是个犟眼子,贵贱不信那一套,非进门成亲不可。蒲松龄听后,灵机一动,笑着对新媳妇说:"别吵了,我自有办法。"

说完,叫人拿来纸笔,写下这样一副对子:门是好大门,门大好出殡;百年死一口,不死年少人。村里的人看了这副对子,齐声喝彩。新媳妇和女婿、公婆看了,更是十分欢喜。当下一齐谢了蒲松龄,并叫人扶上新媳妇,马上进屋拜堂成了亲。

2015 年 3 月 17 日

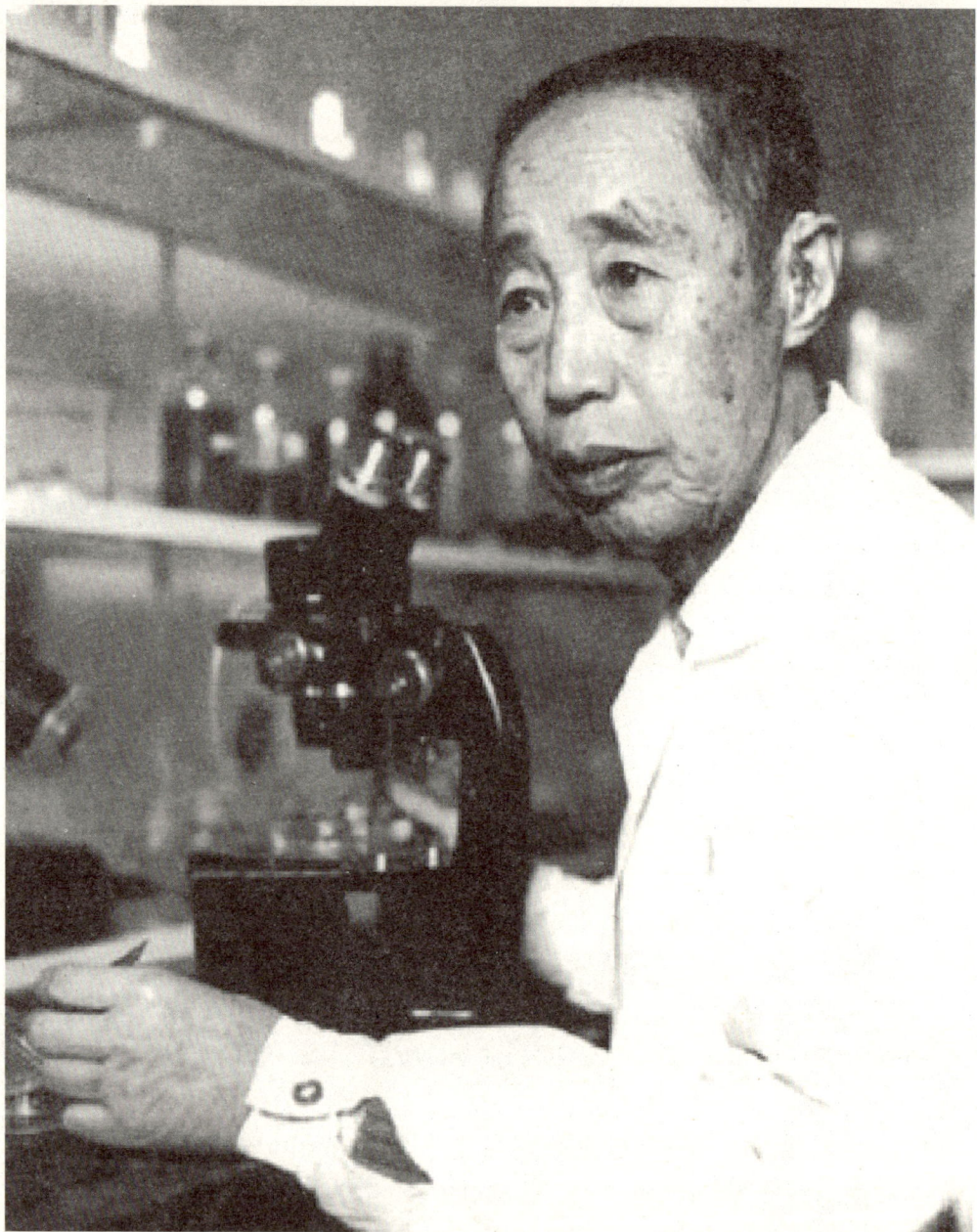

童第周（1902—1979），浙江省鄞县塘溪镇人，著名生物学家、教育家，海洋科学研究奠基人，中央研究院院士，被誉为"中国克隆之父"。1950年起任青岛海洋生物研究室主任，1951年任山东大学副校长。后任中国科学院副院长。

愿效老牛，为国捐躯

——"中国克隆之父"童第周

愿效老牛，为国捐躯

——"中国克隆之父"童第周

张文艳

110 多年前的 5 月 28 日，也就是 1902 年，童第周出生在宁波鄞县东乡童家岙。著名历史学者纪连海曾经说过，他是童第周忠实的粉丝，童老说过的"我不比别人差"和"中国人不比外国人差"的名言一直激励着他。这两句话相信 70 后、80 后都读过，因为童第周的故事曾经入选在人教版小学语文课本中，名字为《一定要争气》，是学生们学习的典范，一个平凡的农家小子，穷毕生心血，创造了中国的克隆事业，被誉为"克隆先驱""中国克隆之父"。遗憾的是，今天的人们只知道英国的克隆羊，而不知道中国的克隆鱼。

说一下我的一次采访经历。前两天，为了深入了解童第周，我曾试图联系他在浙江的故居：打通浙江的 114 专线电话，声音甜美的女生礼貌地询问我要查询的号码，我说想查一下童第周故居办公室电话，她继续礼貌地问："不好意思，您说的是谁？"我说童第周，她继续问："请问，哪个童？哪个第？哪个周？"我一愣，她竟然不知道这个名字？辗转联系到《克隆先驱：童第周传》的作者俞为洁女士，她对我的经历并不感到惊讶，作为考古和农业史研究学者，俞为洁非常看重科技对人类的影响，然而，在她看来，现在的人似乎更看重文人，"风花雪月"和"柔情似水"似乎更吸引眼球，"拿浙江来说，郁达夫、徐志摩大多都知道，而对童第周这样的科学家却知之甚少"。

当然，原因有很多，这与童第周总是把自己关在实验室里不无关系。

1934 年，比利时求学归来的童第周，其海洋生物研究事业的开端来自于青岛。应国立山东大学校长赵太侔的邀请，他担任生物系教授。20 世纪 30 年代，教授们的黄金时期，文人们如闻一多、梁实秋策杖而行，和着青岛的风光写下了不少动人的作品，他们还组成"酒中八仙"开怀畅饮，"酒压胶济一带，拳打南北二京"。童第周也带领着学生游遍青岛的山与海，然而，略过优美的风景，他们眼里是鱼类的品种，进而便一头扎进实验室里，进入研究的世界。

从 1934 年开始，童第周曾先后三次来到青岛，分别是 1934—1937 年，

1946—1948 年,1949—1956 年,总共十余载,我曾试图寻找童第周的足迹,赫然发现,除了海滩采集标本外,他的身影一直在山大、鱼山路 36 号故居间徘徊。1950 年,在他的倡议下,成立了中国科学院水生生物研究所青岛海洋生物研究室,即后来的中国科学院海洋研究所,他便多了一个去处:莱阳路 28 号,当时的研究室所在地。大楼里那间 10 平方米的办公室兼实验室是童第周最喜欢待的地方。即使他后来调任山东大学副校长兼动物系主任,每星期他也必定抽出两天时间回到这里,甚至 1960 年他到北京中国科学院担任生物学部主任,每年春末夏初,他还是要回到这里。当时他的主要研究课题是关于文昌鱼的胚胎发育。这种鱼非常罕见,在青岛海域的发现让童第周非常兴奋。文昌鱼每天傍晚产卵,从晚上六七点钟开始,童第周就和妻子叶毓芬带着一批学生,开始做实验直到第二天凌晨两三点钟。每天,学生们赶到实验室看到的第一个人永远是童第周,他端坐在显微镜前的形象,永远定格在了学生们的心中。终于,童第周研究证明了文昌鱼在从无脊椎动物进化为脊椎动物过程中的重要地位。

童第周的研究从未停止,无论他是担任山大动物系主任、山大副校长,还是研究所所长,他从未离开过实验室,他说过"我们的事业需要的是手,而不是嘴!""科学家不自己做实验,就变成科学政客了!"他成功把鲫鱼卵细胞质中的核糖核酸,注射到金鱼的受精卵中,培育出带有鲫鱼尾鳍的金鱼,后被命名为"童鱼"。正当他打算将细胞移植应用于哺乳动物时,一场浩劫让其雄心壮志戛然而止,这双做过无数次实验的手被迫去扫了 5 年的厕所。获得自由后,童第周加紧研究速度。1979年 3 月 6 日,他终因心脏不适晕倒在了浙江科学大会现场,24 天后带着遗憾离世。

童第周走了,但他为祖国科学事业的振兴,实践了自己的誓言:"愿效老牛,为国捐躯!"

童第周:定格在显微镜前的身影

——三赴青岛任教于山大,参与创建中国科学院海洋研究所,把一生奉献给了实验室

张文艳

童第周,这个曾经出现在小学课本里的人物,其刻苦励志的形象深入人心,

尤其是他在路灯下艰苦读书的身影。作为伟大的生物学家和教育家,他曾先后三次来到山大任教,历时十余载。在培养生物学人才的同时,还开创了胚胎学、鱼类移植等研究领域。在青岛寻找他的踪迹,无异于三点一线:鱼山路 36 号故居、山大(今中国海洋大学鱼山校区)、莱阳路 28 号中国科学院海洋研究所旧址,他的工作除了教学,就是一头扎进实验室里,他曾说过"科学家不自己做实验,就变成科学政客了!"因而,显微镜前的童第周,永远定格在了其学生和子女心中。他一手创办了海洋研究所,并和妻子叶毓芬一起,为中国的海洋科学事业倾注了毕生心血。记者采访了童第周的儿子童时中、《克隆先驱:童第周传》的作者俞为洁以及中国海洋大学校史研究室主任杨洪勋,听他们讲述童第周的事迹,感受一代名家的科学求真精神。

1934—1937 年
首赴岛城:生物研究"如鱼得水"

在童第周的照片中,有一张合影,摄于 1936 年,照片上,童第周和叶毓芬夫妇在青岛山东大学的校内与同事站成一排。仔细观察,照片应该摄于冬天,童第周身穿条纹呢子大衣,叶毓芬身穿皮毛大衣,通过阔气的穿戴不难看出,两人的经济条件不错。杨洪勋说,童第周第一次来青岛时,工资待遇不错,"20 世纪 30 年代是教授们的黄金时期"。

离宁波城不远的鄞县东乡,有一个山村叫童家岙,是一个重峦叠嶂,绿水环绕的鱼米之乡。1902 年,童第周出生在了一个秀才家庭,家里八个孩子,童第周排行老七。他曾经说,"我从小就喜欢想象:神经、眼睛和大脑究竟有什么联系? 眼睛为什么长在头上? 手臂为什么长在两边?"一颗好奇的种子在他幼小的心灵中生根发芽,父亲则不厌其烦地为他讲解。父亲曾书写了"滴水穿石"四个大字赠给了他,"从此这四个字就刻在了童第周的心里,成为他终生的座右铭"(《碧海丹心》之海洋生物学家童第周)。

然而,父亲的去世让童家失去了顶梁柱,重担全压在了童第周大哥和二哥身上,一度辍学的童第周后重拾学业,并成功考取当时宁波出名的私立中学。作为插班生,童第周以倒数第一名的成绩被录取,经过刻苦努力,成绩大幅提高,高三时甚至考取全班第一。1924 年,童第周考取复旦大学哲学系心理学专业,后受蔡翘教授影响,被生物胚胎学吸引。毕业后曾到中央大学当助教,后在蔡教授的支持下,留下怀孕的妻子叶毓芬,远赴比利时留学。在比利时,童第周用一双巧手成功把他人一直没有做成的青蛙卵的外膜剥掉,震惊了学校的达克教授,也震惊了欧洲,让他们

1936 年叶毓芬(右三)与童第周(右二)及山大同事合影

知道"中国的小个子童第周,有一双了不起的手"。在比利时,童第周成功取得博士学位。

　　而童第周在国内真正的海洋生物研究是从青岛开启的。

　　1934 年,童第周离开条件优越的欧洲,辗转回到祖国的怀抱,并在蔡教授的建议和当时的国立山东大学校长赵太侔的邀请下,和妻子一起来到青岛山大任教。这是童第周第一次来青岛。"他被山大聘为理学院生物系教授,文昌鱼的研究就是从这时候开始的",杨洪勋说。1935 年,童第周在青岛太平角和沙子口发现了文昌鱼,它是介于脊椎动物和无脊椎动物之间的动物门类,是动物进化史上的活化石。1936 年,他成功培育出双头青蛙蝌蚪,成果发表后引起轰动。同时,童第周还继续进行在比利时开始的海鞘早期发育研究。这一切奠定了我国胚胎学的研究地位。青岛的山海,也"留下了童第周带着助手和学生进行观察与采集实验标本的踪迹"。

　　经济有保证,研究顺利进行,两个儿子陆续降生,这段时期可谓童第周的黄金时代。然而,1937 年,七七事变爆发,中国遭到日本侵略者铁蹄的践踏,山大被迫南迁,童第周坚持跟着学校走,从安庆到武汉,从武汉到沙市,从沙市到四川万县,经过几次辗转,1938 年 3 月,山大最终还是停办,童第周不得不告别山大,先后在中央大学医学院、同济大学和复旦大学任教。

1946—1948 年

复校功臣：与山大感情深厚

近日，记者来到了鱼山路 36 号教授大院，童第周故居位于 1 号楼东首，"一座两层日式小楼，门前种着几棵香椿树"（《童第周："克隆之父"的海阔天空》）。这是值得怀念的地方，曾住 5 号楼的毕先英（79 岁）虽然搬出去多年，仍然会不时回来看看。"当时每一家都是楼下楼上，下面一个客厅一个房间，楼上两个房间，我们弟兄三个睡一间，房间不大，三张床一摆，勉强能走得动路"，童第周的儿子童时中告诉记者。

在搞研究工作的童第周

抗战胜利后，1946 年 8 月，山大在青岛复校，赵太侔继续出任校长，他力邀童第周再回校任教。于是，童第周全家又迁回了青岛，同时把寄养在老家的两个儿子也接到了身边。"童第周是第一批来学校的教授，恢复和创建了动物系，任系主任，并与曾呈奎一起创办了山大海洋研究所。另外，赵太侔还交给了他一个任务，就是聘请教授，因为当时山大成立了水产系，一直没有系主任，他们把人选锁定在了朱树屏身上"，杨洪勋说，童第周带着任务赶到重庆，"当时朱树屏在美国，童第周就游说朱树屏的夫人王致平，转达了学校的意愿"，最终，朱树屏答应担任。

童第周为什么对山大感情如此深厚？为何屡次接受赵太侔的邀请？童时中告诉记者，在乱世背景下，学校的风气也不纯，"有很多学校受国民党控制，甚至学校的教务处都是特务机关，但父亲抗战前就在山大工作，对赵太侔印象不错，认为他比较重视学术"。虽然海洋研究仍在继续，但迫于生计，"这一时期的父亲还是主要以教学为主"。不过，他一有时间还是会在实验室里一待就是一天。

在童第周的努力下，许多著名的生物学家和海洋学家都聚集一地，如张玺、娄康后、刘瑞玉、秦蕴珊等。赫崇本答应从美国回来后，童第周首先想到的是使他"安居乐业"，于是预先将赫教授的妻子、儿女接到青岛，安置好住处，免除了赫崇本的后顾之忧。工作之外的童第周，是这样一个做事让人放心、舒心的人。童时中说，父亲曾说："一个人不可能永远是别人的老师，因为时代在前进，但他可以永远成为别人的朋友。"据悉，即使调到北京后，1973年，当时的中国科学院海洋研究所研究员刘瑞玉的妻子患病到北京就诊。童第周知道后，立马叫叶毓芬炖了两只鸡送去探望，鸡在当时可是十分珍贵的补品。

童时中说，父亲不忙的时候，会带着他们姐弟一块出去玩，周末会带领他们一起劳动，展现出父亲的慈和与教育责任。然而，和第一次来青岛时不同，由于国民党统治内部腐败，国内市场混乱，物价飞涨，童家的生活再一次陷入困境。"父亲性格并不暴躁，待人接物很客气，但他对一些恶劣现象态度则非常鲜明"，童时中说得没错，抗日战争期间，他支持学生抗日，对学校的不公平现象挺身而出。而物价飞涨之时，大学教师连工资都发不下来，童第周作为山大教职工委员会主席，为了保护广大教师的合法权益，勇敢站出来，提议大家罢教抗议。罢教整整持续了一个月，最后，南京教育部只得按标准给教师们发放工资。

1948年2月，童第周应美国洛克菲勒基金会邀请到美国去考察，短暂地离开了青岛。同年3月，身在大洋彼岸的他得到消息，他被选为中央研究院院士。

1949—1956年
名垂史册：倡建海洋研究所

莱阳路28号，是栋三层的别墅，现在这里是琴岛通卡股份有限公司的办公楼，门口挂着张玺故居的牌子。这里是中国科学院海洋研究所的前身——中国科学院水生生物研究所海洋生物研究室，后来研究所搬到汇泉，此地随即成为张玺等人的宿舍楼。它的组建，蕴含着童第周等人的心血。大楼办公室里，童第周在显微镜前的身影，定格在了学生心中。

1949年3月的一天，码头上，叶毓芬和曾呈奎翘首以盼。终于，一艘客船靠岸，童第周下船，奔向妻子和同事。赶在青岛解放之前，怀着一颗赤子之心，童第周坚持回国。6月2日，他亲眼看到了五星红旗升起在信号山山巅，亲眼看到了青岛解放的第一道曙光。

新中国成立,使童第周更有了动力,他一方面忙着组织教学工作,一方面继续进行科研工作。"童第周每天清早站着吃两块点心,抹抹嘴就去上班,中午连午休也放弃了。'星期天'这个字眼,在童第周生活的词典中再也找不到了。"(《童第周的故事》)"从 20 世纪 50 年代开始,童第周特别研究了在生物进化中占重要地位的文昌鱼的卵子发育研究等一系列重要的科学研究工作,享誉国内科学界。童第周从事文昌鱼研究,认为青岛地理环境和气候条件都很适宜,这里是世界上少数产文昌鱼的地区之一",杨洪勋说。

不仅如此,童第周还倡议为青岛建立了一个重要的国家海洋研究机构:中国科学院海洋研究所。"1946 年,山大要筹建海洋学院,计划分四年完成:先后建立海洋系、海洋研究所、水产系、水产研究所,结果海洋系没有成立起来,成立了海洋研究所,所长是童第周,

1964 年,童第周(前左二)等人在莱阳路 28 号合影留念

副所长是曾呈奎",杨洪勋说。在此基础之上,1949 年 10 月 26 日,童第周和曾呈奎联名给中科院筹建人员陶孟和与竺可桢写信,提出建立海洋生物研究所。在他们的努力之下,1950 年 8 月,新中国第一个海洋机构——中国科学院水生生物研究所青岛海洋生物研究室在莱阳路 28 号成立,童第周为主任,曾呈奎、张玺为副主任。

1955 年,童第周当选为中科院学部委员兼任第一任所长。从此这个与海拼接的城市,终于有了专业研究机构,并吸引了大量人才。尽管研究成就卓著,童第周仍然在尽职尽责地教书育人,他用自己的终身所学,带领学生走向生物学的深层研究领域。1951 年 3 月,华岗就任山大校长,童第周任第一副校长,陆侃如为第二副校长,"可谓山大的三驾马车",杨洪勋说,尽管承担着繁重的行政和科研任务,童第周仍坚持给学生上课,他传授给学生的不仅仅是知识,还有他光辉的学术思想和踏实的工作作风。《克隆先驱:童第周传》的作者、就职于浙江社科院的俞为洁告诉记者:"一直以来,童第周的科研条件都非常差,但他从不放弃。他在学生心目中的形象,永远定格在了显微镜前。"让俞为洁觉得更为难能可贵的是,童第周对生物科研的眼光一直很高远,"他坐在实验室里,却能看到世界的前沿,中国克隆技术,他功不可没"。

1957 年,童第周正式调往北京,担任中国科学院生物学部主任、副院长。

1930—1976 年
相濡以沫:"中国的居里夫妇"

翻看童第周的照片,总能看到一个恬静的身影在他身边,她随着童第周的年龄增长而日益苍老,她就是童第周相濡以沫的妻子叶毓芬。在童凤明、童时中等子女的眼中,母亲一直是父亲坚强的后盾,他们相守 40 多年,"母亲总是协助父亲一起做实验,而且母亲的手也蛮灵巧的",童凤明说。妻子去世后,童第周悲痛而遗憾:"她工作成绩很出色,但由于我,却未能升为教授。"

1930 年 1 月,童第周在宁波举行了俭朴的婚礼,新娘是比童第周小 4 岁的叶毓芬。叶毓芬毕业于复旦大学生物系,是童第周事业和爱情上终生的伴侣。

童第周出国留学时,叶毓芬已有身孕,4 年后,童第周回国,迎接他的是妻子和 4 岁的女儿童凤明。之后,两人虽然辗转各地,但再也没有分开过这么长时间。第一次来青岛时,叶毓芬主要照顾家庭和孩子,平静的

童第周和夫人叶毓芬在一起讨论实验结果

生活让他们继长女童凤明、长子童孚中之后,又生下了次子童宜中和三子童时中。后来,抗日战争爆发,全家随着山大内迁,在颠沛流离中,30 多岁的叶毓芬不幸逐渐丧失听力,"当时家里困难,母亲没有工作,主要种菜干家务。有一次她耳朵发炎,由于没钱治病引发了中耳炎,后影响了听力,我们在家里要声音很大她才能听见",童时中告诉记者。然而,在四川即便生活如此困难,她还是到

处借钱,帮着丈夫购买了当时价格为 6.5 万元的一台双筒显微镜。这台显微镜让他们负债累累,以至于 11 年后才在政府的帮助下还清。"这台显微镜收藏在中科院海洋研究所里,父亲 100 周年诞辰的时候,我还专门到青岛看过",童时中说。

山大在青岛复校,叶毓芬跟着丈夫带着全家来到青岛,这时,她已经是五个孩子的母亲,幼子童粹中也已经出生。她不但管理家务,还协助丈夫的工作,"他们经常在学校的实验室里做实验",童时中记得。后来童第周到美国考察,叶毓芬毅然担起经济重担,一面到山大任教,一面照顾孩子们的饮食。在妻子的协助下,童第周的细胞移植研究进展顺利,他通过把鲫鱼细胞与金鱼细胞结合培育出了双尾金鱼,被称为"童鱼"。正当童第周准备研究哺乳动物移植时,"文革"中断了他前进的脚步。20 世纪 70 年代,重获自由的童第周在妻子协助下继续向科学进军。然而,1976 年 1 月,叶毓芬因心绞痛误诊,猝然离世。童第周悲痛万分,流着泪说:"我要是早点带她到大医院看看就好了。"这是童时中看到父亲唯一一次流泪。夫妇二人在一起 40 多年,童第周一生的科研成果,60%是他俩共同完成的,人们甚至赞誉他们是"中国的居里夫妇"。叶毓芬离开时,还是中国科学院里的副研究员,"因为审批权在父亲手里",童凤明说。

1979 年 3 月,童第周晕倒在浙江省科技大学的讲台上,当月 30 日去世。1978 年 2 月,他曾经在《诗刊》发表过这样一首诗:"虽非上驷,堪充下骥。愿效老牛,为国捐躯!"这头"顽强的老牛"走完了他坎坷的一生,"如果童老的寿命长一点,如果研究没被迫中断,我相信我国的克隆技术要比国外早得多",童第周的学生陈大元说。正如《大师》中所说:他留下了令人扼腕的叹息,也留下了忠于科学的精神。

专访童第周之子童时中:父亲不鼓励我学生物

童时中,1937 年 7 月出生于青岛,1960 年毕业于南京航空航天大学。童第周的第三子,高级工程师。

记者:您出生在青岛,后来又回来看了几次?

童时中:我经常到青岛,今年因为青岛科技大学的研究还曾回来看过。我刚出生不久父母就带着我们姐弟四人趁着暑假期间离开了青岛,我听母亲讲,由于当时兵荒马乱,我们先到了老家宁波东乡童家岙。后来父母又把我们几个带出来，适逢国立山大内迁，准备把我们带到安庆，全家人还没到地方，就又听说学校搬迁到武汉了。考虑到当时的社会背景和动荡程度，他们觉得对我们四个孩子来说太危险，母亲便折回老家，把我和我二哥（童宜中）两个人留在老家，我姐姐（童凤明）

鱼山路 36 号童第周故居

和我大哥（童孚中）随着母亲到武汉，谁知山大又内迁了，内迁到了四川万县，他们赶到后又迁到重庆。我和二哥留在家乡，一直到抗战胜利后。1946 年母亲把我从家乡接到青岛，我当时正读小学四年级，便转到青岛，在东方市场旁边的小学上学，一直到高中毕业，我高中是在青岛二中上的，1955 年才离开青岛。所以，现在我说话有时候还会带点青岛腔。

记者：父母工作那么忙，谁来照顾你们？

童时中：家里请了个保姆，后来父母还把这个保姆从青岛带到北京。母亲偶尔有时间会检查一下我们的作业，平常不管，都是我们自己玩。他们也明确说了，我们没有时间管你们，你们自己好好学就是了。

记者：父亲往往什么时候会陪你们？一般做些什么？

童时中：父亲的工作季节性很强，他主要以金鱼为研究对象，所以夏天金鱼产卵期很忙，工作起来白天晚上连轴转，一天睡不了几个小时。等实验期过了，进入总结阶段时，便稍微空闲一些，他就会陪我们去看电影、逛街。我记得市场三路有一个小商品市场，都是摆摊卖美军剩余物资的，东西比较便宜，父亲有时间就带我们去逛。我们买东西的地点一个是国货公司，一个是市场三路小商品市场。

另外，我家楼下当年有一些地，我爸每年春天都会带我们把地刨一刨，种上冬瓜、茄子、番茄，还有向日葵。那时候每天都会烧煤点炉子，他便和母亲带领我们，每个礼拜天上午，先是大扫除，然后弄煤和泥做煤球，他说要培养我们爱劳动的习惯。

他们忙的时候，我们就自己玩，我和两个哥哥相差不大，都调皮得很，当时美国兵刚从学校的兵营（俾斯麦兵营）里撤走，剩下一些子弹壳什么的，父母当时也没钱给我们买玩具,我们周末就跑到当时的山大捡弹壳,到体育馆打篮球,玩得很好。

记者:当时你们的生活条件怎么样?

童时中:那个时候的大背景都不好,我记得父亲 1948 年到美国考察研究,家里大大小小五个孩子,迫于经济压力,母亲不工作不行了,便在山大教书,很忙。又赶上当时物价飞涨,我妈一发工资就赶紧买上几袋面预备着,因为到月底可能就只能买半袋面了。母亲忙到没时间做饭,往往等到周末集中做一些馒头放到竹篮子里吊起来,每顿拿出几个来吃,有时候都长霉了,蒸一蒸照样吃。我记得当时吃得最多的是面疙瘩,因为这个好做,把面粉放上水挑出来,放到开水里一煮就好了,节省时间。但为了保证孩子们的营养,母亲会买些猪头肉,费好大工夫清理干净,然后吃一两个礼拜,这就是我们当时主要的生活方式。

记者:父亲对你们的择业是如何要求的? 您为什么没有子承父业进入生物学领域?

童时中:这与我生活的年代有关系。青岛解放那年我小学毕业,升入初中后,抗美援朝期间,美国往青岛丢细菌弹。(据青岛史志记载,1952 年 3 月 6 日,美国把细菌战从东北扩大到山东和青岛地区,美国飞机先后 4 次 9 架侵入青岛地区上空,投放了大量病毒生物和毒物。——编者注)每个周末,学校就会组织我们每人拿个小瓶子、小夹子到野外去抓毒虫,像苍蝇、蚊子、爬虫什么的,然后统一埋掉。

当时飞机还经常轰炸,我们家里的窗户上都贴着"米"字形纸条,这样玻璃碎了就不会乱飞伤人。国家号召全民捐献飞机大炮,我们就会利用课余时间捡碎玻璃、碎金属等可以卖钱的东西,攒下钱用来捐献。当时我就深切感受到中国的国防太弱了。我高中毕业的时候想报考国防学校,因为父亲社会关系复杂,这样的学校不让我报,我想上南京航空航天大学,便专门找到校长表态,称要为国防工业出力。其实,我爸也不鼓励我们学生物,他说国家当下最迫切的是搞建设,生物研究是冷门,不需要太多人。当时大学招生物学研究生一学期就招一两个,他觉得将来工作安排都会成问题。当然,他也怕我们如果学他那一行,将来如果遇到什么问题还需要动用他的影响力。

我们姐弟当中大姐是学医的,后来研究解剖学,算是和父亲的工作有点联系,大哥从事的是畜禽养殖方面的研究。

2015 年 6 月 2 日

臧克家（1905—2004），山东潍坊诸城人，曾用名臧瑗望，笔名少全、何嘉。闻一多的学生，近代杰出诗人，著名作家，编辑家，曾任中国诗歌学会会长。代表作有《烙印》《运河》《罪恶的黑手》等。

臧克家：青岛孕育的诗人

臧克家:青岛孕育的诗人

刘宜庆

"我们的学校——青岛大学,把身子的一半托在青山上,坐在石头楼的窗前,远处近处的红瓦绿树云影一样浮到人的眼前。海的波动的影子,海的健壮的呼吸,从一层层的绿色的树影中透过来,传过来。傍着校舍的一条条白线似的小径,可以引你到幽僻的山中,可以引你到'第一公园'——花鸟的世界,自然的家。"

1929 年,臧克家入读山东大学补习班,在青岛媒体上第一次发表新诗《默静在晚林中》,署名克家。这就是诗人臧克家与青岛的诗缘与情缘。在青岛,臧克家成为一位诗人。此前的一年,因"四一二反革命政变",臧克家从武汉回到家乡诸城,受到国民党反动派的追捕。他像一粒沙子,被暗夜中的狂飙,吹落到塞外。流亡东北,经历疾病与死亡的考验,最后落脚青岛。

"万卷藏书宜子弟,十年种木长风烟。"臧克家 1905 年出生于山东诸城,他的曾祖父、祖父有功名,做过清代的小官,但都喜欢诗,擅长书法。新文化运动之后,新诗如同一缕春风,唤醒臧克家心中沉睡的诗歌的种子,开始萌动。因自幼熟悉农民的疾苦,他的诗歌带着天然的倾向,关注世间劳苦大众。在济南山东省立第一师范学校读书时,他就开始向文学刊物投稿,曾接到周作人的亲笔信。臧克家最崇拜郭沫若,在案头贴着郭沫若的照片,并在照片上写下这样的话:"沫若先生,我祝你永远不死!"

家庭环境,时代精神,以及臧克家的气质和情感,身体和灵魂,把他摆渡到诗意的青岛,为他戴上诗人的桂冠。在青岛,臧克家遇到了恩师,诗人闻一多,这是他一生的幸运。

1930 年夏天,国立青岛大学招生,国文考试题目二选一:①你为什么投考青岛大学? ②生活杂感。臧克家把两道题都做了,第二题全文是:人生永远追逐着幻光,但谁把幻光看作幻光,谁便沉入无边的苦海……写完,连标点算在内,不过 30 个字。考官是闻一多,他批阅"生活杂感",得个 60 来分就很不容易了,很多考生只得到十几分，但看到臧克家的"杂感"，眼前一亮，大笔一挥，给了 98 分。臧克家考入的是外文系，但想转中文系，系主任是闻一多，一听转系的学生自报家门"臧克家"，只说了三个字"你来吧"。臧克家回忆，"从此，我成了闻一多先生门下的一名诗的学徒"。

在闻一多的推荐下，臧克家的诗作《洋车夫》《失眠》在《新月》上发表了。之后一发不可收拾，《老哥哥》《贩鱼郎》《像粒沙》等诗相继刊发。这些诗闻一多也都认真地看过，还在《神女》"得意的句子上画了红色的双圈"。1932 年，闻一多辞职，转任清华大学教授。但两人的师生情缘，穿越关山，穿越时空。

1933 年，在诗人卞之琳的建议下，臧克家决定自费出版处女作诗集《烙印》。闻一多写了序言，卞之琳、李广田、邓广铭在北平设计封面。闻一多支持 20 元，王统照支持 20 元，另外，还有一位朋友（王笑房）慷慨解囊。花了 60 元出版的诗集，400 本很快脱销。

在青岛的几年，臧克家也为这座城市的命运揪心。"青岛像一个绝美的少女，她曾受到的污辱，叫人同情而为之痛心。""每年六七月盛暑时期，美国的、日本的军舰，接踵而至，陈列在海面上，像一条铁链子，锁住了大海的咽喉。"臧克家一方面看到国民党的达官贵人，在青岛休假疗养住着海滨别墅；另一方面四方机厂的工人遭受压迫，贫民窟，破陋不堪。心怀忧患，心系苍生，臧克家以贴近地面的姿态，写下了《罪恶的黑手》这篇长诗。

杨振声、赵太侔、沈从文、游国恩、张怡荪、梁实秋、吴伯箫……诸位先生，包括章太炎讲演《行己有耻》，都在诗人臧克家的记忆中，留下了一鳞半爪。在《诗与生活》中，饶有情味与诗意的简单几笔，勾勒出先生之风。1934 年，自山大毕业后，臧克家执教临清中学，但和青岛的师友联系、交往甚密。《避暑录话》，一份报纸的文艺周刊，留下臧克家的身影和诗文。

> 我们胸中落下无边的天空
> 我们将看见明早的太阳在大海上发红

青岛孕育了诗人臧克家，这是他年轻生命的一个港湾，终究他要出海远航，搏击风雨，为时代鼓与呼，为抗战文艺挥洒自己的才情。自从臧克家诞生，110 年过去了，他已经变成了人们怀念的孤帆远影……

诗文千古事，甘苦寸心知

——诗人臧克家与青岛的缘分，以及他曲折的诗生活

张文艳

　　1905 年，臧克家作为大清的子民来到世上，"看过清朝的'龙旗'，民国的'五色旗'，蒋介石统治时期的'青天白日旗'"，最终迎来了飘扬着"五星红旗"的万里晴空。他经历了黑暗、悲惨、痛苦的时代，迎来了新中国的成立，也度过了千禧之年。虽然旧病缠身，但诗歌让他顽强生存，2004 年，他以 99 岁的高龄告别世人。诗人臧克家一生都在汲取，从乡村的土地中汲取诗歌的养分，从生活中汲取来自人与事的灵感，从师友身上汲取诗歌的技巧，他"咀嚼着生活，吸着它的汁子"，青岛是他诗歌源泉的重要一环，这里的城市是诗，这里的人们是师。10 月 8 日，臧克家诞辰 110 周年纪念日，本期《人文青岛》回顾和纪念这位在青岛生活学习了将近 5 年的诗人，与他一起体会青岛的诗意生活，喜怒哀乐全在其中。

1929 年前：两次"逃离"，路过青岛

　　1905 年 10 月 8 日，臧克家出生在山东诸城臧家庄一个地主家庭，第一次世界大战时，在青岛土地上，德国人的大炮也震响了他家的窗纸。这是臧克家与青岛的最初联系。

　　"乡音入耳暖我心，故里热土暖我身。五岳看山归来后，还是对门马耳亲。"（臧克家《看山》）家对面的两座青山：常山和马耳山是他诗歌的源泉。虽然出生在地主家庭，但臧克家的小伙伴大都是穷苦出身，他亲眼看见了"穷得上吊找不到一条绳子"的贫困，也把六机匠、老哥哥、族叔、"姑妈"当成诗歌领路人。臧克家也算出生诗歌世家，祖父、曾祖父在前清有过"功名"，父亲从法政学堂毕业，他们都爱诗。臧克家的姑姑臧紙堪告诉记者，臧克家少年时曾恋上一个姑娘，"大侄失恋欲狂，我父亲痛在心里，曾赋诗一首，用以启发爱孙。多年后，大侄和我谈起此诗，还能一字不漏地背给我听：'青蚕栖绿叶，起眠总相宜。一任情丝

吐,却忘自缚时。'"

1919 年秋,14 岁的臧克家考入诸城县立第一高小,1923 年赴济南考入山东省立第一师范学校。然而,由于山东正在军阀张宗昌的控制之下,社会黑暗,1926 年秋,臧克家决定与同学一起南下武汉,投出"此信达时,孙已成万里外人矣"的豪语满纸的家书,臧克家和同学先来到青岛,在这里停留了一天,便换上去武汉的轮船。1927 年初,臧克家如愿考入中央军事政治学校,不久被改编为中央独立师,开赴前线讨伐夏斗寅等叛军,然而,战斗胜利后,他们被骗到九江缴械。在同学帮助下,臧克家化装逃出九江,经上海回到家乡,一病不起。

1928 年,臧克家和相州王家大户的女儿王慧兰喜结连理。蜜月还没结束,抓捕臧克家的人到来了。"在婚后 27 天的傍午,我从十几支枪插成的死圈子里漏走了。"(《臧克家回忆录》)父亲的奶妈裘妈慌忙报信,光着膀子的臧克家迅速从厕所逃离,踩着妻子王慧兰的肩膀,"翻墙先跑到莎(suo)沟他姥姥家,然后经过青岛北上到了沈阳",臧纸堪说。又是一次短暂的青岛之行。生活在东北的臧克家四处奔波,而家里的营救也在紧急进行,祖父变卖田产,王慧兰辗转青岛、上海各地求人,最终在上海找到了亲戚王乐平,求他给说情。软磨硬泡之下,王乐平答应并摆平了此事。而将近 20 年之后,臧纸堪嫁给了王乐平的儿子王钧五,1933 年被刺杀的王乐平不知道,他营救的人竟然是儿媳的大伯。

1929 年 9 月,臧克家回到山东,他借用族叔臧瑗望的大学预科文凭考入青岛大学补习班,后来因祖父去世,加上"神经像风前的游丝一样,一吹就断! 哭笑,自己全做不了主",他只得退学,这种病症折磨了臧克家三年,包括在青岛的日子。1930 年,臧克家卷土重来,成功考入国立青岛大学(1932 年改组为国立山东大学),开启了青岛的诗意之旅。

1930—1934 年:求学时期,"青岛是诗的"

幸好,青岛有海,有山,有清净,"青岛是诗的",所以,臧克家把"从死神和病魔手中挣脱出来的身子安放在了桃源似的青岛"。

1930 年,一进国立青岛大学之门就显示了臧克家的不凡,因为他数学吃了鸭蛋,而语文罕见地得了 98 分。他的《杂感》只有三句话:"人生永远追逐着幻光,但谁把幻光看作幻光,谁便沉入了无底的苦海",这是臧克家悲观心情的冶铸。这种情愫,打动了闻一多。"闻一多从这一节《杂感》里认识了我。"

闻一多不仅是臧克家的伯乐,还是他的恩师、第一读者。臧克家曾在暑假期间作了一篇《神女》:练就一双轻快的脚/风一般地往来周旋……她独自支持着一个孤夜/灯光照着四壁幽怅/记忆从头一齐亮起/嘘一口气,她把眼合上/(这时,宇宙只有她自己)。这首诗源自臧克家的一次经历:1933年,臧克家被同学拉去妓院,"出来一个花枝招展的青年女子,脚步轻盈,满脸堆笑……说了一声'臧官',我含羞地低下了头。坐了一会,十分局促,我就催促着要走"。回来写就《神女》,臧克家把诗稿寄给

臧克家 1933 年摄于青岛

闻一多,恰巧是臧克家心底的那个句子"记忆从头一齐亮起",单独地得了闻一多赞赏的红圈,"为了报答知音,我高兴得狂跳起来"。因为学潮,闻一多带着遗憾离开青岛,但"得一知己,可以无憾,在青岛得到你(臧克家)一个人已经够了"。后来,臧克家写了30多篇纪念闻一多的文章,闻一多之子闻立雕说:"纪念父亲的文章,臧克家写得最多。青岛海水深千尺,不如臧老尊师情。"

除了闻一多,王慧兰的族叔王统照既是臧克家的亲戚,也是他的恩师,"观海二路四十九号"是他常去的地方,在此他更是获取了"好些有益的意见"。

1935 年,臧克家(左)和王统照合影

按说,在青岛的臧克家应该是幸福的。但在回忆录中,他说这近5年的生活,真是"窒息、苦闷、悲愤难言啊!"青岛的遭遇让臧克家愤愤不平,美国、日本的军舰和侵略者的耀武扬威,让臧克家写成了长诗《罪恶的黑手》,"像一条铁链子,锁住了大海的咽喉"。"我清楚青岛灾难的历史,青岛最了解我当年的苦楚心情。"(《青岛解放我重来》)神经衰弱几次击垮了臧克家,住在学校里的"理想之宫",他难以入眠,且"半夜里经常被魔手拉醒"。忧闷、凄凉、孤独,迫使他到处寻找温暖。他先是到一个青岛铁路小学里的"大哥"那里挤小铺板,因为这位大哥的好脾气是他的安眠药,然而,大哥总是不在家,让他失望至极。于是,他决定搬到莱芜二路三号姑祖母家里,虽

然"姑祖母带着表姑和小表妹兜着花生和糖块立在门限外边"迎接，臧克家还是住进了半间小耳房里，和小工友同床。在这半间房里，在这"无窗室"里，臧克家睡得香甜，"一只黑手掐杀了世界，我在这里呼吸着自在"。"无窗室"里，产生了很多诗篇，散文（《无窗室随笔》），也迎接了吴伯箫、孟超等臧克家的几个熟友。

虽然一直与病魔抗争，但臧克家的作品层出不穷，以至于他的代表作——诗集《烙印》在这期间出版。"印了400本——闻先生出了20元，王统照先生出了20元"，"友人王笑房同志凑了20元"。在众人的帮助下，《烙印》出版。之后，《罪恶的黑手》发行。

臧克家在青岛的踪迹并没有想象中多，他曾去过大学路尽头一个角落里的荒岛书店，在这里见到了萧军，并通过他得到了鲁迅的通信地址，不久后，臧克家把新出版的《罪恶的黑手》和《自己的写照》两本诗集寄给了鲁迅。鲁迅去世后，臧克家写下悼诗《有的人》，成为传世名篇；他还经常到福建路居易里去拜访崔嵬。其他时间，他都用在了诗作上。在青岛，许多个不眠的夜晚，臧克家被诗句推动着，写出了《老哥哥》《洋车夫》《难民》《渔翁》等诗篇。然而，对自己此时的创作，他并不满意，觉得这些拘谨严肃的作风，如溪水冷涩，失去了长江大河的气势，"除了《罪恶的黑手》"。

1934年，臧克家凭借《井田制考》的论文，获得毕业证书，离开了青岛。

1934 年以后：重返"故乡"，一往情深

毕业后的臧克家已经成名，所以很快找到了工作，到"临清中学"当教师，他成了闻一多，鼓励学生"黄金/只能买一朵笑的昙花/而一个诗句/却能响彻千万人心"。此后两年，臧克家每年暑假都会回到青岛。1935年夏，他还与老舍、王统照、洪深、吴伯箫等人开办了刊物《避暑录话》，"刊头的四个大字，是我的手笔"。这一年，他真正地认识了老舍，也成了黄县路12号的常客。

即使在临清，臧克家也仍为青岛的报纸写诗，如《青岛时报》上发表了他的诗作《拾花女》。而且"青岛也常入他梦怀"（鲁海《作家与青岛》），"她对我一往情深，我对她也一往情深"。他时常怀念青岛的山水，怀念青岛的友人，"父亲把青岛视为第二故乡"，臧克家儿媳乔植英告诉记者。

臧克家与青岛的缘分还传承到了下一代，儿子臧乐源和臧乐安1947年曾经在青岛上中学，臧乐源还曾在山东大学任教，并认识发妻乔植英，在"鸳鸯村"

许下海誓山盟。1956 年，臧克家重游故地，写下了《青岛解放我重来》，此时的臧克家心旷神怡，因为"青岛变了"，"我也变了"。

在这之后，他先后四次重游青岛。1984 年，带着吴伯箫的生前嘱托，臧克家再访闻一多故居，在青岛雕塑家徐立忠创作的闻一多雕像上，写下碑文。

1958 年 8 月，臧克家（后排左二）与继母等人在青岛

30 年后，"体弱多病，曾经'摸过阎王爷的鼻子'"的臧克家以 99 岁高龄去世，他一生只爱"小四样"（葱、蒜、花生米、咸菜），用粗茶淡饭度过了不凡的一生，"有的人活着，他已经死了；有的人死了，他还活着"，臧克家写的是鲁迅，又何尝不是他自己？

亲友、学者眼中的臧克家

张文艳

在臧克家的诗篇中，我们认识了一位忧国忧民、满怀抱负的诗人。在采访了接触他的人之后，忽然觉得，这是一位性情真挚的老人，他喜欢跟儿子比长寿，见到儿媳就愿意提一提自己促成他们婚事的"壮举"；即使他的姑姑比自己小 18 岁，他仍亲切地小姑小姑叫个不停；青岛的教授写作关于他的书籍，他立刻化身闻一多、王统照，不遗余力，帮助后生，把他们看作朋友，即使有私事相求，他都欣然应允。他爱笑，喜欢照相，不吝露出可爱的牙齿，他是位伟大的诗人，也是位和蔼的老者。

臧乐源和乔植英：我与父亲 300 元钱的往事

　　臧乐源，1929 年出生在济南，父亲臧克家本来给其取名"臧泺源"，后来慢慢地被叫成了乐源。他原为山东大学哲学与社会发展学院的教授，是臧克家的长子，弟弟臧乐平与他同为王慧兰所生。妹妹臧小平和郑苏伊为郑曼所生。虽然家庭关系较为复杂，但全家相处和谐，从不红脸。因而臧乐源是出了名的乐天派，他和夫人乔植英都 80 多岁了仍精神矍铄，其乐融融。电话那头，能够感受到夫妇二人的谦逊与热情。

　　臧乐源说他的好性情都来自于父亲，在臧乐源眼中，父亲臧克家宽容、大度，与人为善，非常认真，而父亲的简朴也是臧乐源一直在学习的，"大葱、大蒜、咸菜、花生米，这'小四样'对于父亲来说，远远胜过山珍海味。30 多年前，物资匮乏，花生米很难买到。山东大学文科搬到曲阜，在这里可以买到花生米，春节时我就带几十斤去北京，有时乔植英

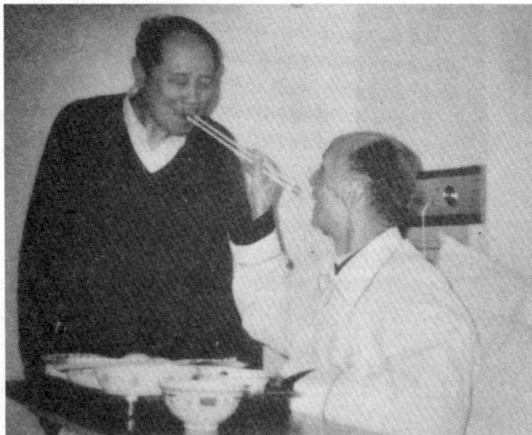

1997 年春，臧乐源到医院看望父亲臧克家，臧克家夹了一粒花生米给他

还炒一些五香花生米，一并带去。父亲把它们放在小罐罐里，视为佳品，一面吃一面夸儿媳炒得好，又脆又香"。在臧克家和臧乐源的照片中，有一张便是父亲"赏赐"给儿子花生米的情形。

　　臧乐源和父亲一样，与青岛很有缘分，父亲在这里读大学、作新诗，他曾在这里受教、任教，并找到了终身伴侣。1947 年，臧乐源和弟弟臧乐平曾经来青岛上过"流亡中学"。1956 年，在北京中央党校毕业后，他再次来到青岛任教于教师培训班，在这里他认识了青岛 12 中的教师乔植英。1957 年，在友人的撮合下，两人感情升温。这一年，"臧乐源的姑姑和奶妈都到了青岛，知道了我们的事后就告诉了父亲臧克家"，听到消息后，臧克家立刻寄来了 300 元钱，"既然有了女朋友，趁着你姑姑和奶妈在结婚算了"，这一行为直接促成了两人的婚事。

乔植英有些羞怯地告诉记者,他们当时还没打算结婚,一是还没准备好,二是正在攒钱,300元巨款寄到青岛,让臧乐源和乔植英没有推脱的理由,1957年8月3日,两人喜结连理。"当时山东大学给了两张桌子,我们买了被褥,做了件衣服,还买了糖和酒,举行了简单的仪式",乔植英说,尽管现在看来婚礼并不隆重,但在当时已经开了先河,所以他们当时差点挨批。"我们的婚房在山东大学西门旁的建设村,因为大都是年轻教师的结婚宿舍,所以被称为鸳鸯村。"

2002年,臧乐源夫妇去北京探望父亲,"有一天,躺在床上的父亲冲我们招手说,'来,我给你们讲一个故事,关于300元的'",乔植英笑着说,父亲此举是为了逗他们,结婚已经这么多年了,父亲还在用促成他们结婚这件事逗趣。看着小两口生活美满,臧克家显然非常得意。"2007年,我们金婚50年,我和乐源出了两本书,定价百元,所得的4万元款项全部捐给了慈善机构。我还剪了50对蝴蝶,作为纪念。"已是剪纸高手的乔植英言语中满是幸福,再过两年两人就是60年钻石婚了,他们带着父亲的期望相携相伴。

臧紒堪(92岁):我与大侄小18岁的姑侄情

近日,在乔植英老师的推荐下,记者得以拜访家住青岛劲松五路上的臧紒堪,她是臧克家的姑姑,却比侄子小了18岁,原因何在? 臧紒堪笑着解释说:"我父亲一生娶过两任妻子,第一任妻子是丘家林王家的姑娘,生有一子(臧克家的父亲)一女。第二任妻子是我的母亲。她是本村一家刘姓贫苦人家的女儿,在臧家当丫鬟,祖母看中了母亲的老实善良、吃苦耐劳,亲自做主让母亲伺候比她大14岁的父亲。我母亲共生了8个孩子,活下来我们4个。她42岁才生的我,臧克家又是长子长孙,所以我比他还小。"然而,由于母亲的出身,臧克家被要求叫这位庶祖母"姑妈"。

尽管小这么多,臧克家和臧紒堪之间仍然以"大侄"和"小姑"相称。在小姑的记忆里,臧克家给她留下的最初印象是他的开朗,以及他与前妻王慧兰的恩爱。1928年春,臧克家与相州王家姑娘王慧兰成婚,"我当时才5岁,印象中他两口子很要好。我们住在一个大院里,中午我母亲做好饭,喊大家出来吃饭,就看见臧克家竟然背着王慧兰从房内出来,像哄小孩一样,把我们这些人给丢(羞)的!"

由于臧克家常年在外,臧紒堪见他的次数并不多,但他被国民党抓捕的情形让她记忆犹新,"1928年端午节前后,正是大侄、慧兰蜜月期间,诸城国民党军队突然降临我家,十几支手枪指向坐在炕沿上的父亲,父亲吓得直发抖。我那时有病,正被母亲抱在怀里,母亲站在堂屋东里间门口也被堵着不许动。事后才知大侄在王慧兰的帮助下已经逃脱"。虽然王慧兰 1938 年与臧克家遗憾离婚,但臧紝堪非常感激王慧兰,因为她不歧视臧紝堪的母亲,凡事都请教她,经常跟她聊天。

臧紝堪的经历也非常坎坷,1942 年刚刚结婚,丈夫王钧五便被绑架了,"他是王乐平的儿子,是诸城的大家族,别人都以为他家有钱"。殊不知,因为王乐平被暗杀,其实王家生活并不富裕,为了搭救丈夫,臧紝堪只身来到青岛的亲戚家借钱,然而没借得分文,也无钱回家,滞留在了青岛。而老家的丈夫最终得救,便来青岛寻她,两人先后在青岛找到工作站住了脚。1947 年,在老家的臧乐源和臧乐安来投奔姑奶奶,"当时我们借住在金口三路 15 号",一家人过着清苦的日子,吃了一段时间粗茶淡饭后,臧乐源兄弟去了沧口"流亡中学",吃住在学校。之后,臧紝堪夫妇把两兄弟送到解放区。

特殊的经历和联系让他们亲戚间感情很好,臧乐源夫妇还经常与姑奶奶家人通电话。在臧紝堪和女儿王洽眼里,晚年的臧克家是个爱照相、爱笑的人,他有求必应,"大哥 1989 年到北京看病,为了感谢大夫,便请臧克家先生给写四幅字送给大夫,他欣然答应了。他的夫人郑曼还催促说,'快写快写'! 两个人很热情",王洽说。

1946 年 11 月,臧克家及其夫人郑曼

刘增人教授:我与挚友采擢荐进的交情

青岛大学原中文系主任、教授刘增人与臧克家的缘分始于 1978 年,"因为老师冯光廉接受了整理《臧克家研究资料》的任务,所以他多次带着我去拜访臧老"。1978 年的一天晚上,刘增人在老师查国华的带领下,第一次去见臧克家,"那个时候臧老已经睡下了",出于对山东的特殊感情,臧克家一听说是山东来的人,"隔着帘子跟我们聊了几句,并建议我们白天再过来"。

虽然这次会见两人未曾谋面,但给刘增人留下了深刻印象。之后,因为整理资料的缘故,刘增人和冯老师不断地出入臧克家的四合院,"他家住在北京东城区赵堂子胡同 15 号,研究中遇到困难,我们就会去找他,他每次都会留下我们吃饭,时间长了,我们成了朋友"。这是两人忘年交的开启,"他会让阿姨买只鸡、买条鱼款待我们,吃完饭,还会把我们送到巷子门口"。虽然当时的刘增人只是年轻后生,但待遇与吴伯箫、季羡林等大家无异。

刘增人说,臧克家对他的帮助不仅限于研究资料这样的公事,在他的私事上也不遗余力。"当年我就职于泰安师专(现泰山学院),想调到青岛大学去。和臧老、朋友一起吃饭闲聊说起此事,有一个朋友说,'青岛有位市领导姓臧,也是臧老的同乡,让臧老帮你写封信,你就可以调过去了',其实臧老并不认识那位领导,但他立刻提笔写了推荐信。虽然最终我没有把信交出去,但这件事我终生难忘。"

多年后,刘增人如愿调到青岛大学。这些年中,"臧老有关的书我写了大概 7 本,从研究资料到作品选,作品欣赏,再到论稿",因为出的臧克家的书比较多,刘增人获得了臧克家的信任,青岛有什么关于臧克家的活动或书籍出版,他都会建议相关单位找刘增人,而刘增人有求于臧克家,他也必欣然答应。"青岛大学搞文化名人餐厅,文学院院长让我请臧老写幅字,内容是'我的母校青岛大学'。我写信给臧老说了此事,他很快就把字寄过来了,虽然关于国立青岛大学和青岛大学以及山东大学的关系存在争议,但臧老认为当年他的母校就叫青岛大学。"

刘增人能够得到臧克家的信任,是因为他的研究最为全面扎实,他在青岛发现了臧克家发表的第一首诗《默静在万林中》:"这首诗发表于 1929 年《民国日报》的恒河副刊上,臧老自己都忘记了,我的发现让他特别高兴,因为他一直认为自己发表的第一首诗是 1932 年,'我成为 20 世纪 20 年代的诗人了',他说。"

与臧克家接触多年,在刘增人看来,臧克家是个很真诚的人,"他曾亲眼看见了国民党的暴政,因而对新中国充满向往,共产党对他的帮助让他由衷地感谢毛泽东,感谢共产党和新中国。他写的颂歌体的文章是出自内心的",当然,臧克家的真性情也会得罪人,"因为他说话不掺假,不考虑后果和别人的反应,所以人们对他的评价有高有低,但我认为作为诗人他的性情非常可贵"。

2015 年 9 月 22 日

犹思昔日青潮
——王统照在青岛

百花苑中王统照雕像

王统照（1897—1957），字剑三，山东诸城人。1924年毕业于中国大学英文系。曾任暨南大学、山东大学教授。新中国成立后，历任山东省文联主席，山东省文化局局长等。著有长篇小说《山雨》等。

犹思昔日青潮

——王统照在青岛

叶克飞

王统照故居就在外婆家附近，仅 5 分钟路程，小时候常在那院门前游荡而过，当时那院落并未刻意修葺，残旧中却有韵味。那时我不知王统照其人，后来读他的《山雨》，才知这位如今声名不彰的作家其实是新文学的重要人物，《山雨》在当时与茅盾的《子夜》齐名。

后来专程去寻访，院门口已挂上了"王统照故居"的牌子。

那日，我从原总督府侧面的小路拾阶而上，走到观海二路。总督府是德式建筑，极是壮美，小路由石板铺就，层层阶梯，两侧是大块花岗岩筑成的建筑墙面，上面布满绿意盎然的爬山虎，让人忍不住伸手触碰，墙角也伸出几朵小花。

我不由浮想联翩：当年，那些文学青年携青涩文稿造访王统照时，是否也是走这条路？

走到尽头，便见到一条蜿蜒着的半山小径，有一个个需拾阶而上的院落，两侧矮墙伸出朵朵樱花、紫藤或桃花，那一个个略显残旧的窗台前，也总摆放着一盆盆小花。

这便是观海二路，与之平行的还有一条观海一路。所谓"观海"，是因其地势高，依山而辟，可凭窗观海。

当年，这里是热切的，身为新文学干将、成名已久的王统照，提携了众多文学青年。吴伯箫曾回忆："观海二路的书斋里，同你送走多少夕阳，迎来过多少回山上山下的万家灯光。"当时在国立青岛大学读书的臧克家也常来王宅拜访，他的第一本诗集也由王统照筹资出版。许多客居青岛或赴青游玩的作家都曾做客于此，俞平伯就曾留下"故人邀我作东游，可惜年时在早秋。三面郁葱环碧海，一山高下尽红楼"的诗句。

也是在这栋小楼上，王统照编辑出版了青岛历史上第一个文学刊物《青潮》。在创刊号上，他写下《我们的意思——代创刊词》，其中写道："我们想借助文艺的力量来表达思想,在天风海浪的浩荡中,迸跃出这无力的一线青潮。"

1931年,他游历东北,写成报告文学《北国之春》,回青后又写下了一生中最重要的著作、以东北乡村为背景的《山雨》。

因此书敏感,遭当局警告,删除部分内容后方准印行,王统照则选择赴欧游历。

抗战期间,青岛沦陷,观海二路49号也被日军占据,此时的王统照正在上海工作,日军叫人通知他回青"合作",方可归还房子,他自然不肯做汉奸,可怜故居多年藏书毁于一旦。抗战胜利后,他回到青岛,终于得到了山大的聘书,观海二路的小院也得以收回,虽已家徒四壁,但这条路总算重回往昔宁静。

如今的观海二路依旧寂静,走了半天,只见到几个老人慢悠悠从路边踱过,或坐在门口的小凳子上摆弄花草,一派悠然。

如今,海畔高楼林立,这些院落恐怕已看不到海,更听不到涛声。当年,为了看海,王统照专门在书房外修了个小平台,起名望海台,他曾写道:"每天下午,太阳光正射在院落里,夕阳西下,照得海水一片通红,海色天风,最适人意。"他也曾在《青岛素描》中写过青岛的云:"如有点稍稍闲暇的工夫,在海边看云,能够平添一个人的许多思感与难于捉摸的幻想。"

剑三今何在

——本土作家王统照的传奇一生

张文艳

是个富二代,却没有坐吃山空、变成纨绔子弟,才能卓著,从中学时就是"诸城三杰"之一;大学时曾参加过五四运动,在火烧赵家楼的运动中因为摔倒无功而返。在青岛写下无数名篇,却因为政局的动荡而苦闷不已;到欧洲避过祸,在上海当过《文学》主编,也挨过饿,当教授因支持学生运动被解聘,一度靠变卖家产而活,青岛解放后官至山东省文化局局长、省文联主席;婚姻幸福却也有过"婚外情"的插曲……这是著名文学家王统照无奈、曲折又辉煌的一生。作为一位青岛真正的本土作家,王统照观海二路49号生活的30年间苦闷过,希望过,受伤过,但青岛在他心中的地位是无可替代的。

少年才俊：初生牛犊不怕虎

萧条风雪困诗思，万籁无声夜析迟。

斗帐心愁惟梦医，穷途眼泪诉灯知。

少年歌泣真哀乐，时世梳妆学慧痴。

阅得人间忧患始，劳人莫使鬓添丝。

少年王统照在《剑啸庐诗草》中就展露出过人的才气。

王统照（1897—1957），字剑三，山东诸城相州镇人。他出生于一个地主家庭，是相州首富。5 岁入私塾读书，王统照长子王济诚在一篇文章中回忆，父亲五六岁时，家里就请了学识渊博且精通数学的老先生为他授课。7 岁丧父，其母李清是位坚韧刚毅又富有才气的女子，给他很大影响。13 岁王统照从相州私立小学毕业后，考入县城高等小学，期间阅读了很多古籍文学作品。1913 年毕业后，赴济南考入山东省立第一中学。由于文章写得好，他与杨金城、路友于被誉为省立一中的"诸城三杰"。1918 年王统照赴北京，就读于中国大学英国文学系。五四运动时，他参加过火烧赵家楼、痛打卖国贼的爱国运动，只是因为在游行队伍中摔倒，没能到达目的地。

王统照的三儿子王立诚曾说，参加"五四"前后的文学革命运动，对父亲影响至深。作为一个富二代，且是王家的独生子（一个姐姐两个妹妹），他没有坐吃山空，也没有当纨绔子弟，而是鹤立鸡群地在文学史上崛起，确实与五四运动有着极其密切的关系。1920 年春，王统照在北京八道湾寓所和鲁迅第一次晤谈，此后多有书信交流。同年 12 月，他和周作人、郑振铎、沈雁冰、叶绍钧等 12 人共同发起成立现代著名文学社团"文学研究会"。

"我第一次见到剑三，是 1924 年，印度诗人泰戈尔到了济南，在'鸟笼子'（旧山东省议会别名）里讲演，剑三任翻译，少年英俊，叫我不胜钦佩和羡慕"，臧克家在回忆文章中这样写道。当年 8 月，王统照留校任中国大学教授兼出版部主任，先后主编过《中国大学学报》《曙光》《晨光》《文学旬刊》等刊物，不断创作发表作品。

定居青岛:海隅栖身做阶梯

> 卅载定居地,秋晖共倚栏。
>
> 双榆仍健在,大海自安澜。
>
> 风雨昔年梦,童孙此日欢。
>
> 夕阳绚金彩,天宇动奇观。

1956 年,王统照在他位于青岛观海二路 49 号的旧居照片上题了这首诗。

观海二路 49 号王统照故居

如果说来青岛之前的王统照意气风发,顺风顺水,那么,他人生的一次重大转折发生在 1926 年。"他是 1926 年回到山东的,他母亲当时在青岛,因为病重,临终时让他把家业承担起来,因为他母亲是当地的大地主,以农业为主。他就哭着答应了。因为诸城不适合他创作,他家里在青岛有买卖,他小时候经常在诸城和青岛之间奔走。他喜欢青岛淳朴的民风,这里比较安定。他在观海二路买地,自己出钱盖了 49 号这一圈房子。那时那里住户不多,买地很便宜,他还在后面的观海山建了一个望海亭,能看到海,现在已经没有了,让日本人给毁了",青岛文史专家、青岛大学教授刘增人告诉记者。对于王统照家里的布局,臧克家在回忆文章《剑三今何在》中如此描述:"我在(国立)青岛大学读书期间,不时到他的观海二路寓所去。大铁门向西向,院子很小,一进大门,右手一座小平房,两个通间,这就是会客室。室内陈设简单,只有一张桌子,几把椅子和一匣'全唐诗'。我一到,老工友上楼通报一声,一会儿看到主人扶着陡直的栏杆,滑梯似的飞跃而下。楼很小,又高高踞上,真可成为危楼了。"

刚来青岛时,王统照很苦闷。尽管如此,王统照还是以其人品、文品和创作成就,成为本土作家的一面旗帜。因而,他也如"磁石"一般吸引众多"文人墨客"，他的居所成为文学青年和作家们的活动中心，闻一多、老舍、吴伯箫、洪深等人都是这里的常客。在青岛居住期间，他曾在铁路中学、市立中学等任教，不但自己创作了短篇小说《沉船》、长篇小说《山雨》、散文《青岛素描》、诗集《这时代》等佳作，还以激情、热情、诗一般的语言鼓励文学青年投身于时代的洪流。他在青岛播撒文学的种子，培植文学苗子，大力扶植过臧克家、于黑丁、杜宇、吴伯箫、王亚平等文学爱好者。臧克家的第一本诗集《烙印》就是王统照和闻一多等人帮忙出资出版的。此外，王统照不但支持杜宇创办《青痕》，还于 1929 年亲自创办了《青潮》。1935 年，王统照还与老舍、吴伯箫、洪深、杜宇、臧克家等 12 人在《青岛民报》创办《避暑录话》，"《避暑录话》的编辑部不是在老舍的寓所，就是在王统照的家，要不就是在小酒馆里，没有固定的地点。讨论讨论稿子就发一期，一共出了 10 期"，刘增人说。

外出避祸：山雨欲来风满楼

> 这时代，火与血烧洗着城市与农村的尸骸，
> 古旧的树木被砍作柴薪再不能矢矫作态。
> 金属的飞声，长久征服了安静的田园，
> 沉落在洪流中波澜壮阔，融合着起伏的憎爱。

在诗集《这时代》中，王统照如此写道。

在王统照告别彷徨，认清革命斗争形势的时候，又一次打击袭来。

1933 年，王统照出版了长篇小说《山雨》，想写出"北方农村崩溃的几种原因"，国民党政府"以内容颇含阶级斗争意识"为由，勒令禁止发行。后来《山雨》删去几个章节以后才得以印发。此书一问世一片哗然，"朋友劝王统照赶紧逃离，不然国民党就会抓他。他回到老家卖地，但又不能马上拿到钱。他潍坊的大姐夫丁叔言，是当地最大的地主，由他大姐担保借给了王统照一万大洋。回国以后卖地的钱还给了姐夫。他一

王统照代表作《山雨》

个人在国外游历、参观图书馆、学习、看古迹名胜。此时他太太和王立诚一直在青岛",刘增人说。关于他游历欧洲的资金来源,还有一种说法,那就是王统照的妻子孟自芳(孟昭兰)帮的忙。

王统照和孟自芳的婚姻是王统照的母亲一手包办的,"因为孟自芳是章丘瑞蚨祥家族的,是旧军镇孟家的产业之一,这是一个非常大的家族,主要经营绸缎布匹,各地的分号都是以瑞什么祥做字号的,王统照的母亲在青岛也有商铺,通过商业关系两家联姻的",刘增人介绍。当时,王统照正筹措出国,苦于经费不足,孟自芳问需要多少,王统照说大约十万大洋。孟自芳问何时用,王统照说近几天启程,孟自芳笑道:"我全包了,保你不误时程。"第二天,孟自芳从包袱中取出一张专用笺纸,为王统照写了一个便条,让他到青岛瑞蚨祥分店找资方代理人取银。王统照一到那里,代理人见了孟自芳手笔,见是东家来了,忙盛情接待,并好言相对,说带这么多银两,路途中显眼不安全,不如去上海瑞蚨祥分店,或以支票或兑以外券,既安全又稳妥。这时,王统照才恍然大悟,这几处"祥"字号的绸布分店原来是妻子的陪嫁之资。

1935年3月王统照欧游回国,在朋友的邀约下,赶到上海,担任起《文学》主编。

再回故居:几度奋飞恨未能

> 他套上藤,曾拖过文明骄子的种族,曾拖过他的东邻,污衣讨饭的白党,狂饮滥嫖的美军。
>
> 白罗衫口,臀部肥润;红花领带,飘掩双襟。贴的细管在巨手中的威武,轻小羽扇掩重点的红唇。
>
> 都在他背上跳动,在他眼中眩晕!
>
> 出门呵,一件破衣,一双布履。
>
> 归去呵,一身疲惫,一片草茵。

这是王统照在《石堆前的幻梦》中对于人力车夫的描写。

事实上,这种穷困潦倒的生活,王统照真切地经历过,而且两次都差点衣不蔽体、食不果腹。

第一次是在上海"孤岛"时期。日伪在上海掀起"限价限卖"风潮,广大民众早已无饭可吃,1942年,日军又对公共租界封锁长达25天,断粮断煤。已经没有收入来源的王统照"到处借钱,全家人都吃豆腐渣,吃烤地瓜。王立诚放学以后得去排队买杂合米(日本人配给的掺杂着石头、粗米、杂草的粮食,吃了人容易便秘),这个都很少",刘增人告诉记者。"屋漏偏逢连夜雨",青岛又传来消息,原来日寇侵占青岛后,知道观海二路49号是王统照的家,便以此为要挟,迫使王统照回青俯首就范。王统照为此而气得病倒,一直到去世都没有好利落。1944年7月,上海成为美国空军轰炸的目标,王统照让当时17岁的王立诚陪母亲回到青岛老家。次年春夏之交,他卖掉了仅剩下的几箱子书,提着一只没有多少东西的藤箱,回到了阔别已久的家乡——青岛。其实来青岛之前,他曾躲在潍县大姐家,两个月之后,才秘密转移到莱芜路(据鲁海在《作家与青岛》中称,是在齐东路)租下一间顶楼住下,当时他化名为王恂伯。

王统照读书照

1945年8月15日,王统照怀着激动的心情回到了观海二路49号,看到的却是满眼的破败,家里已被洗劫一空。抗战胜利后,王统照还编辑了《民言报》的《潮音》《每周文学》《艺文》等副刊。这段时间,他创作不辍,以杂文和诗歌居多,小说极少,主要有《打蘸的故事》《射心人》《狗矢浴》等。虽然已经回到家乡,但王统照心存余悸,没有参加太多的机构或者组织,直到1946年秋,山大复校,他应聘担任文学院中国语言文学系教授。然而,好景不长,1947年5月底,山大爆发学生运动,王统照因公开支持学生运动而被解聘。

在被解聘之前,青岛文史专家鲁海曾经去拜访过他,"那个时候青岛有一个《海风》文艺周刊,创办人是宁公介,我当年15岁,因给周刊供稿认识了山音(解放后改名吕寰,曾担任青岛文联副主席)。宁公介当时要去找王统照写稿,我和山音吵着说也要去",鲁海告诉记者,"当时王统照是青岛最知名的作家,我非常喜欢他的小说《山雨》,其中有一段是说日本在中山公园建的忠魂碑,他在小说中说'总得把这个石碑推倒铺马路',结果解放以后真实现了,我就更崇拜他了"。于是鲁海跟着宁公介一起来到了观海二路王统照的家,"见到他发现他其实是个很普通的人,因为正赶上学潮,当时情绪不高。对于宁公介的邀请,他委婉地拒绝了,说此时他不便再发表什么文章"。

之后王统照再一次陷入了"经济危机"。"被辞退以后,他没有了收入来源,写稿又很少,稿费又经常拿不到,没有书出版,他的烟卷质量逐月下降,他太太就把家里的值钱东西都变卖了,每天保证他一盒劣质的香烟。他有一篇小说叫《灰脊大衣》,就是实写他当时的困境。1948年冬,他变卖了妻子的陪嫁首饰,凑齐了最后一笔学费寄给了快大学毕业的王立诚。""青岛解放前夕他已经没饭吃了,再不解放他就要挨饿了,家里已经没什么可卖的了,连他的皮大衣都卖了",刘增人说。

1948年底,知道他的情况后,共产党的地下工作者,持郑振铎的亲笔信迎接他秘密进入解放区,希望在北平相会。"他拿着信走到沧口,国民党戒严,没走成。如果他那个时候能走出山东去,那他在北京一定能成为重要的文化官员",刘增人遗憾地说。针对这件事,王统照写了一首诗名叫《几度》:"几度奋飞路未通,强持杯酒谢春风。和汤翠湛蒿姜美,浥雨晕添桃萼红。翘首云天迷日暑,伫怀云树暗江东。若闻鼙鼓声声急,仍有新诗气如虹。"

抱病工作:老树著花无丑枝

铁骨冰胎古艳姿,冷欺霜雪破胭脂。

莫言枯干网生意,老树著花无丑枝。

1957年王统照逝世后,王立诚给臧克家带来了父亲的遗物:一把病中自写的折扇,和一只潍坊特产嵌银丝烟盒。折扇反面是一株红梅花,正面题的正是上面这首诗,接到遗物后,王立诚隔着窗子看见臧克家掩面大哭。

"青岛解放救了王统照,要不然他们全家就要挨饿了",刘增人说。1949年6月2日,青岛解放,山大复校曾邀请王统照回去担任中文系教授兼系主任,但很快他又调到济南历任山东省文教厅副厅长,后任山东省文联主席、山东省文化局局长等职。虽然看似一帆风顺,但其实王统照很累,刘增人解释说:"因为他不适合当官,他事必躬亲,什么事都过问,他又不太会做这些。当然,身体也是一个原因,他当时气管炎很厉害,后来患哮喘,一到冬天就不能出门,只能围着炉子,后来写了个论文随笔集叫《炉边文谈》。他曾经两次重病,一次是带着《李二嫂改嫁》剧组到华东会演,因为改剧本换演员,工作太多,剧组刚刚拿到几个金奖他就病倒了;第二次是在全国人大四次会议上,刚听完周总理的工作报告,他就心脏病突发,住进了北京医院。他吃不了东西,吃下去一咳嗽就吐。刚好一点,回到济南就又不行了。臧克家在北京医院看他的时候,他都咳嗽得说不出话了,但还是让臧克家弄 1000 元钱买书给山东省图书馆。"

王统照先生之墓

关于这一段,臧克家在回忆王统照的文章《剑三今何在》中曾提到。其实,"剑三今何在"不是臧克家的原创,而是陈毅为悼念王统照而作的诗。"1925 年,王统照介绍陈毅加入文学研究会,1957 年陈毅时任华东局书记,他到山东视察工作,提出要见王统照,两个人在济南游玩了四天,回忆了很多往事",刘增人说,王统照在陈毅走了以后写了两首诗纪念。王统照去世后,陈毅也写了四首诗纪念,其中一首就是《剑三今何在》:剑三今何在? 墓木将拱草深盖。四十年来风云急,书生本色能自爱。……剑三今何在? 文学史上占席位。只以点滴献人民,莫言全能永不坏。

这首诗提到了王统照的墓地,在今济南市天桥区的金牛山公墓,墓前楮树枝丫杂乱。而记者于近日到王统照位于观海二路 49 号的故居探访,也倍感凄凉。故居铁将军把门,记者没能进入,从邻居韩国华家记者看到院子里破烂不堪,有的房顶已经塌陷,岌岌可危。从后面的观海山往里看,晾晒的衣服证明里面有人居住,但杂草和破屋已经将过去名人讨论文学的激昂与笑声淹没,只剩无尽的凄凉。"王济诚、王立诚兄弟带我参观的时候,那里房子都还不错,都能住人。我们还在他们的房间里吃的饭。门口有一个会客室,王统照同臧克家他们谈事就在那里,小台阶右手是三间平房,小台阶上去有一个曲尺型,有十几间平房。"后来,刘增人再也没能进去过。

1984 年,鲁海提出将来青岛的名人住所保护起来,成为名人故居,当时的市领导派相关人员进行落实。于是,青岛的老舍、闻一多等名人故居相继出现。然而,王统照故居成了特例。里面的凌乱让邻居们也苦不堪言:"蚊子多,蛇、黄鼠狼、老鼠什么的到处跑,什么味道都有。"对此,青岛市原文物局局长魏书训告诉记者,他曾带领文物局做过大量的工作,王立诚也捐献了产权,但因为王济诚的儿子对政府给予的产权补偿不满意而拖成半拉子工程。现在住在里面的封先生曾接受过记者的采访,称不愿意搬走是因为对房屋置换方案不满。各种矛盾的堆积,使得故居整修一拖再拖。曾经与时代抗争、创作过辉煌名篇的一代大家一生挚爱的寓所,接待过无数名人的精神家园,难道我们只能看着它一点点地被岁月吞噬吗?

臧克家忆王统照

一九五七年的夏天一个晚上,八点钟,我已经快就寝了,忽然听到款款的叩门声,开门一看,剑三先生到了!瘦得双臂像枯柴,服务员和我架着他进了屋。我又惊又喜地问这问那,他摆了摆手,一个劲地咯(咳)个不停。坐下以后还是上气不接下气,说一句话,咳嗽半天。听他说话真叫人难受!不让他说,他又抑不住对朋友的热情。

"这样子,您又何必来开会呢?"

"应该来开会,也借着看看朋友。"

他的意思我明白了。我的心突突地乱跳。我责备他,对工作不能"巨细不捐"地搞,他解辩又自嘲地说:"说不上'细',大事情他们和我商量商量,自己的责任哪能丢开不管呵。"

我明白,这次他来,是向北京告别,是向朋友永诀。他情感特别热烈,内心却十分悲切!买了很漂亮的纪念册,请茅盾、叶圣陶、郑振铎先生和我,题句留念。我心里想,回到济南,他要一天多少次翻阅这些老友们的手迹啊。

人民代表大会没有开完,他就晕倒在会场上,进了北京医院。

我到医院看他,他躺在病床上,上气不接下气,说一句,停几次。在这种情况下,他还要我给他弄一千块钱。我听了有点惊异,他看出了这情况,解释说:"我要替……",咯咯咯咯,"山……山东……图……图书……馆买……",当我吃力地听懂了他的意思,感动的泪水在眼眶里转,强忍着不让它流出来,怕他看见。

节选自《剑三今何在》(1978 年 9 月 25 日)

人物访谈

张文艳

> "他有一个儿子白天还好,出门就是五哥带着,穿得很干净,就是晚上犯病砸窗。"

> 姓名:韩国华
> 简介:78岁,王统照的邻居,曾经见过王统照,并与王统照的三弟、女工等有过交集。

记者:您见过王统照是吧?

韩国华:见过见过,瘦小的一个老头。我是1951年搬到观海二路住的,1958年搬走,1989年又搬回来。那个时候王统照的夫人和我母亲很熟。王统照其实很少回来,因为他当时在济南当省文联主席。1956年的时候,我在济南还见过他。那是在鲁迅逝世20周年的纪念会上,他做报告。我当时只有20岁,在山东师范大学中文系的资料室工作,是教学辅助人员。他打扮很普通,当时他身体很弱,做报告的时候都不能坐着,只能往后倚着讲话。他那时候非常瘦弱,好像过了一年就去世了。我印象最深的是他一口的诸城腔。

记者:您对他家人有什么印象吗?

韩国华:他老伴看起来挺精神,很秀气,小脚。他在外面上学的儿子我没见过。但他有一个儿子不太好,专门有一个四哥还是五哥(刘增人教授称是王立诚叫他五哥)照顾他。白天还好,晚上就砸窗。我睡觉的时候都能听到。他住的房间都用木头封着。白天出门就是五哥带着,咱们看着没什么事,很好,穿得很干净,裤褂都是家里人自己缝制的中式的衣服,白袜子布鞋,非常利落。但就在晚上犯毛病。

记者:我刚才看了一下,好像里面现在还有人住,这些人和王统照是什么关系?

韩国华:他们和王统照没有血缘关系。王统照离开以后,他们家里人就没有在这里住的了,孩子们上完了学以后都没有回来定居。

现在在王统照故居里住的这些人是原来五哥因"文化大革命"被撵到黄岛路以后认识的,他们都是诸城老乡。后来五哥被允许回来住了,因为这里房子多,五哥就把这些老乡叫过来一起住,现在还住在这里。王统照是诸城相州的,他们是昌城的。王统照的后人曾经回来收过房子,当时他们走了,后来他们又悄悄回来了。

除了五哥外,王统照走后,还曾有一个给王统照家里做女工活的,她住在门口的会客室里。她是个单身女人,没有亲属,她的一个好友后来也搬来了,两个人一起住,后来来的女人把女工送走后,她住了一段时间,我夫人还曾经去给她送过吃的,有活还会去帮帮她。到她90岁左右,她的一个远方亲戚把她接走了。

"他一个表妹很漂亮也很聪明,两人产生了感情,但没有越轨行动,就在这期间,母亲给他订婚了。"

姓名:刘增人

简介:青岛大学中文系教授,鲁迅研究中心主任,文史专家,著有《王统照诗》《王统照研究资料》等。

记者:是什么机缘促使您研究王统照的?

刘增人:这不是我的选择,1978 年,"文革"结束以后,整个文学界都有回到真实的文学的呼吁,但是好多史料都丢失了。中国社科院文学所,发起组织一套研究资料。我的老师冯光廉当时在山东师院学院做现代文学带头人,他接受了整理三个作家研究

刘增人(右二)夫妇与王立诚(左一)兄弟在王统照故居前合影

资料的任务。有王统照,有臧克家,有叶圣陶,我那个时候在泰安师专(泰山学院),老师觉得我上学的时候学习还不错,就把从社科院领的 3000 多元的经费都给我用了,花了四五年的时间编了三本专集。

记者:王统照的后人都是做什么工作的?您曾经见过王统照的儿子王立诚?

刘增人:对,王立诚是 1927 年在青岛出生的,从小一直和爸爸妈妈生活在

一起，一直到抗战胜利之后才考到北京辅仁大学，之后他曾南下参军，军队复员以后，因为他是学经济的，就回到中国农业大学，研究农业经济，我认识他的时候他是农业部人民公社司的司长。我是1978年、1979年见到他的，一开始我们是通信，第一次见到他是在北京动物园。王立诚是老三，有一儿一女，女儿在美国，儿子在国家图书馆，当管理员。王济诚是老大，他是山东工业大学的副校长，也是数学家，长期在外读书，对王统照的感情和了解，远不如王立诚。他们的故居我去过很多次，每次都是王济诚和王立诚一起带我去的，那个时候是个远亲，王立诚叫他五哥帮忙看房子。

记者：生活中的王统照是个什么样的人？

刘增人：他对自己要求很严，很规律。在青岛，他每天早上一杯牛奶，一片面包，有时候吃个鸡蛋，然后披着大衣，拿着手杖就出去散步，围着观海二路，有时候走到前海沿，有时候走到湛山寺。走的过程中构思作品，回来后就把自己关到书房里，他夫人从来不打扰他，他想出来吃饭就给他预备好了，他不出来吃饭就按时把茶水、点心给他送过去。他写作前嘱咐夫人，哪些人来把他们接到会客室，哪些人来说我不在家，哪些人来让他直接来找我。他在青岛的朋友主要是青年学生。像臧克家、于黑丁、杜宇等都是他培养起来的。

记者：您说王统照的日记中有一段婚外情？

刘增人：他到中国大学上学的时候，带他一个同族的表妹，日记中叫玉妹，到北京复习功课，表妹特别需要补习外语，当时考女师大外语要求很严，他们住在相邻的公寓里，表妹很漂亮也很聪明，两人产生了感情，但没有越轨行动，就在此期间，王统照的母亲给他订婚了。王统照结婚后，他们一直很好，王统照的夫人知道后，她也不避讳，她说我知道你这事，你还能怎么着？咱俩已经结婚了。王统照的夫人是大家闺秀，那个时候男人有三妻四妾很正常，他也没有非分举动，玉妹来做客他们就招待她。后来玉妹感觉没有希望了，就嫁给了王统照中国大学的同学，1927年这个同学和李大钊一起被国民党绞死了，玉妹很痛苦，很快就生病死了。她和王统照的关系维持了不到一年的时间。这段时间王统照每天写一篇日记，这个日记除了王统照的夫人以外其他人都没有见过。是他去世的时候，王济诚和王立诚去整理他的遗物，发现一个小皮箱，里面有两卷日记，一个是民国十年的日记，就是和玉妹这段时间。一个是欧游日记，是到八国去旅游的时候写的。这些资料是王立诚给我的，他复印了一份给我，原件交给现代文学馆了，皮箱里还有个女人用的小手绢，皱皱巴巴的，王立诚说很可能是玉妹的。

记者：王统照早年曾参加过学生运动，当时是什么情况？

刘增人：参加五四运动和"火烧赵家楼"是到北京上学以后。其实他没有到赵家楼里去。他是打算去的，走到半路被人挤倒了，他和一起去的表弟一起磕到一个用汽油桶做的拉水车上，表弟磕到桶上了，把腿和胳膊都磕伤了，他磕到车把上了，没有受伤，但他的长衫都被撕烂了。无奈，他们就回去了，路上看到满地都是鞋子。这些细节他写到了《五四之日》上，也给儿子讲过。

"2003年，政府给王立诚补偿20万元，但王济诚的儿子要求补偿近100万，这在当时是个天价。"

> **姓名**：魏书训
>
> **简介**：青岛市原文物局局长，文史专家，曾在王统照故居改造工作中做过努力。

记者：王统照故居现状堪忧，青岛市文物局当年都做过哪些工作？

魏书训：做过很多努力。王统照在现代文学史上影响很大，所以确定王统照故居非常重要。当年王统照的三儿子王立诚很支持将这套房子作为王统照故居，让政府统一规划，所以他把自己的产权捐给了政府。后来王立诚和文物局一起到济南找大哥王济诚，王济诚没有异议，但他的儿子不同意，认为故居是私人财产，政府需要通过市场渠道，由政府出钱购买，但当时他提的价格太高了。

记者：那故居的产权是怎么分的？

魏书训：王济诚和王立诚两兄弟一人一半，但并不是区域的划分，而是将房间编上号，单数比如1、3、5、7、9号房间归老大，双数2、4、6、8、10号房间归老三。王立诚直接通过房产交易中心将自己的一半产权捐给了政府，由于和王济诚的产权部分交叉，所以政府没办法对这部分进行单独规划。

记者：当年王济诚的儿子要多少钱？

魏书训：2003年，王立诚捐出产权，政府补偿给他20万元，后来王立诚又将父亲保存的五箱图书捐给了市文物局，文物局觉得没有办法评估这部分价值，就象征性地给了他5万元。

而王济诚的儿子要求补偿将近100万元，这在当时来说是个天价，除此之外，还要求解决房子里的租户问题。这里面住着的多是他们的远房亲戚。政府买断后还得给他们安排临时住房,所以觉得问题太多,便没有答应。因为中间房屋置换政策出台,一些人都搬走了,现在里面可能只剩下一两户了。我们曾经有一个副局长专门跑这件事,但每次去都碰一鼻子灰,里面的住户不同意翻修,找城管、派出所、社区居委会都没有用。如今回头看看,不如当时下定决心,如果换成现在,越来越复杂,恐怕得翻10倍的价钱购买了。

记者: 那青岛现在还有多少类似情况的名人故居?

魏书训: 青岛大约有20个名人故居还没能彻底开放。现在故居分为三种情况,一种是政府投钱对外开放的,一种是半对外开放的,还有一种是没有条件也没有产权的,像洪深、沈从文、萧军萧红、梁实秋故居等,我们只能做一些外围工作,改善一下周边环境,挂上文物保护单位的牌子。我们曾经打算邀请里面住过的人做义务讲解员,但这都很难做到。

2016 年 1 月 5 日

1952年，手捧鲜花的方令孺（左）在青岛火车站

方令孺（1897—1976），安徽桐城人，散文作家和女诗人。先后任青岛大学讲师和重庆国立剧专教授。1939年至1942年任重庆北碚国立编译馆编审。后担任上海复旦大学中文系教授、上海市妇联副主席、浙江省文联主席等。

新月派女诗人方令孺：
子然一身前行

新月派女诗人方令孺:孑然一身前行

柳已青

方令孺,新月派女诗人,国立青岛大学中文系讲师,青岛大学"酒中八仙"中的何仙姑。抗战时期,在复旦大学中文系任教授。1949年后被选为上海市妇联副主席,1958年出任浙江省文联主席。1976年病逝。

这样看一个人的一生,未免太过简单。作为诗人,大学教授,方令孺与大时代紧密相连,更重要的是,她的一生这样走来,代表了一代知识女性的独立和坚强。她的诗歌和散文之中,蕴藏着她内心的独白、灵魂的低语,一个丰富细腻而又广阔丰饶的精神世界。

方令孺出身于安徽桐城方家,到了晚清,桐城方家不再是簪缨家族,但毕竟"桐城古文派"的底蕴在家族中依然流传。出生于书香世家的方令孺,注定了她将成长为一名新时代的知识女性,可是大家族根深蒂固的观念也无形中束缚着她。她的苦闷与彷徨,哀愁与悲伤,缘于她的旧式婚姻。

在散文《家》里,她写道:"做一个人是不是一定或应该要个家,家是可爱,还是可恨呢?这些疑问纠缠在心上,教人精神不安,像旧小说里所谓给梦魇住似的。"方令孺3岁即许配与南京的富裕之家陈氏,19岁完婚。新文化运动之风,吹拂大江南北,觉醒之后的方令孺无法从旧式婚姻中挣脱出来,但她成了桐城县第一位出国留学的女性。1923年,方令孺赴美国留学,先后在华盛顿大学、威斯康星大学攻读西方文学。

1930年,国立青岛大学开始在青岛扎根生长,校长杨振声在国立青大校医邓仲存(安庆人,邓石如后人,邓稼先的大伯)的介绍下,聘请方令孺任中文系讲师。

没有爱情的婚姻是不幸福的,方令孺与丈夫陈平甫琴瑟不和,可能因为这个原因,她孤身一人在青岛大学教书,郁郁寡欢。在梁实秋的印象中:"她相当孤独,除了极少数谈得来的朋友之外,不喜与人来往。她经常一袭黑色的旗袍,不施脂粉。她斗室独居，或是一个人在外面而行的时候，永远是带着一缕淡淡的哀愁……不愿谈及家事，谈起桐城方氏，她便脸色绯红，令人再也谈不下去。"

青岛大学的"酒中八仙"在薄暮时分上席，夜深始散。在这样猜拳饮酒的喧闹场景，斯文的教授们，显示出豪放的一面。唯一的女性，方令孺，不胜酒力，一杯薄酒，脸就红红的，脸上带着浅浅的笑。置身于朋友中间，暂时忘记了自己的痛苦与烦忧。表面有多热闹，内心就有多孤寂。美酒无法让人摆脱内心的孤独。

新月社新出版的杂志就叫《诗刊》，1931 年 1 月出了创刊号，有方令孺的《诗一首》：爱，只把我当一块石头，/不要再献给我，/百合花的温柔，/香火的热，/长河一道的泪流。

生活中，方令孺并不孤单。此时，新月派的文人、诗人多在青岛。他们互相砥砺，创作了大量的诗文。陈梦家在南京读大学时，与同学方玮德同时受教于闻一多。两人跟随闻一多写新诗。闻一多到青岛大学任教时，把陈梦家带到青岛，担任其助教。陈梦家与方玮德在信中交流诗歌创作。新月派诗人方玮德是方令孺的侄子。因为陈梦家的缘故，方令孺与闻一多交流自然也多。两个人之间，渐渐地有了一种微妙的心灵的默契。

"半启的金扉中，一个戴着圆光的你！"写的是方令孺。后来，方令孺对她的学生裴樟松说过这件事。闻一多写《奇迹》，方令孺写《灵奇》，正是一种情感上的共鸣。方令孺感受到爱的力量正是这"灵奇的迹，灵奇的光"。爱是一种力量，打破了某种平衡，也打碎了内心的宁静。两人之间的微妙感情，也产生了流言蜚语。闻一多的妻子高孝贞，从湖北老家来到青岛。

1931 年 11 月，方令孺离开青岛大学，去了北平。

自从 1929 年方令孺离开丈夫，独自抚养女儿之后，她就是在人生的道路上，孑然一人，孤独前行。

1949 年之后，方令孺先后在上海、杭州定居。进入新时代，方令孺的笔墨不再是在新月社那样纯粹的诗意，文章合时而著。20 世纪 50 年代初，她曾到朝鲜战场，慰问志愿军战士，歌颂朝鲜人民，并作《凤凰在烈火中诞生》。

"文革"中，方令孺遭到迫害。1976 年 9 月 30 日，方令孺病逝，享年 80 岁。党的十一届三中全会后，为方令孺平反昭雪，举行了追悼会。

新月派女诗人，方令孺和林徽因，代表了知识女性的两种生活方式和人生道路。与林徽因相比，不论是生活还是诗作，方令孺都很低调。她没有那么多的传奇色彩,但,她有着同样丰富的内心世界,只是,她的悲欢和离愁,她的心酸和不易,无从探知。

一钩新月映诗坛

一代才女方令孺两度来青,留下动人诗篇与情感谜团

张文艳

20 世纪 80 年代,在茅盾追悼会上,作家丁玲突然对身边的巴金说:"我忘不了一个人:方令孺。她在我困难的时候,主动地来找我,表示愿意帮忙。她真是个好人。"方令孺是何人? 她的作品并不多,1982 年版的《方令孺散文集》仅有 22 篇散文和 18 首新旧体诗歌,极薄的一本。然而,在文学界,她与林徽因被称为新月派仅有的两位女诗人。方令孺美貌与才情并艳,但她的婚姻很不幸,尘世不曾给她更多的幸福,她却惊诧过周围的一片世界。1930 年秋,作为当年国内少有的女性大学教员,方令孺在青岛绽放了诗歌的花蕾。不过关于她的八卦旧事也激起了一池春水,留下种种待解的谜团。

钩沉索隐:她像是夏夜的流萤,光明随着季候消尽

"做一个人是不是一定或应该要个家,家是可爱,还是可恨呢? 这些疑问纠缠在心上,教人精神不安,像旧小说里所谓给梦魇住似的……'家',我知道了,不管它给人多大的负担,多深的痛苦,人还是像蜗牛一样愿意背着它的重壳沉滞地向前爬。"
——《家》,1936 年 11 月载于《论语》半月刊第一百期"家的专号"

写这篇散文时,方令孺正值 40 岁,1936 年 9 月 30 日,农历中秋节的夜晚,她独自一人走出家门赏月,心中有无限感慨,万家团圆,唯有她月下独踱,遂写下《家》。好友梁实秋和方令孺在青岛相识,30 多年后,在回忆文章中他写出了她的愁绪:"'家'确实是她毕生摆脱不掉的梦魇。她相当孤独,除了极少数谈得

来的朋友之外,不喜与人来往。"(《方令孺其人》)可是,若不是有无尽的苦楚,谁又能喜欢孤独呢?

　　1897 年 1 月 30 日,方令孺出生于安徽安庆小南门方宅,她前面有两个哥哥三个姐姐,家里给其取名方令孺,意为"听话的孩子"。方氏在安徽桐城是名门望族,梁实秋说"桐城方氏,其门望之隆也许是仅次于曲阜孔氏"。不过,令他感到不解的是:"可是方令孺不愿提起她的门楣,更不愿谈她的家世。一有人说起桐城方氏如何如何,她便脸上绯红,令人再也说不下去。"这种困惑,记者似乎在子仪老师的著作《新月才女方令孺》中找到了答案。子仪老师说,桐城方氏主要有三方:桂林方、鲁谼(hóng)方(初以打猎为生)、会

年轻时的方令孺

宫方,他们同姓不同宗,方令孺这一宗属于"鲁谼方","很多人以为她是方苞一族,其实不然",这恐怕也是方令孺不愿意提及方家门楣的原因之一。不过,虽不是方苞后人,但方令孺的家族仍然英才辈出,祖父方宗诚曾为曾国藩的幕僚,父亲方守敦饱读诗书,大姐方孝姑才华横溢,是方令孺的启蒙老师,"她 5 岁开始读书,由其姐抱在膝上口授",方令孺的学生裴樟松回忆说。哥哥方时乔是文艺理论家,弟弟是古典文学专家方孝岳。后代也名扬国内,她的侄子方玮德(大哥方时晋的儿子,其母是陈独秀的表妹,27 岁英年早逝)是新月派天才诗人,另一位侄子舒芜(方管)是著名作家,外甥宗白华是哲学家、文学家。方家还与名人联姻,二姐方素娣丈夫名叫邓仲纯,曾为国立青岛大学的校医,他们的女儿方瑞(原名邓译生),后来嫁给了著名剧作家曹禺……

　　方令孺 3 岁那年,三伯父方守彝便做主,将她许配给家在南京的陈平甫,陈氏祖籍怀宁(安庆),是银行世家,这桩婚姻无疑是旧式婚姻。尽管她热爱文学渴望教育,但"陈家是个封建世家,在女子无才便是德的信条下面,逼迫未过门的媳妇缠足,并禁止她到洋学堂念书"(邓明以《方令孺传略》)。"听话的孩子"不再听话,她开始反抗,研究方令孺的学者子仪告诉记者,方令孺的侄女方徨告诉她,陈家传来裹小脚的话后,七姑给九姑包脚,九姑哭闹抵抗,后来在六姑、八姑的主持下,才放了裹脚布。方令孺还摆脱了家庭的束缚,进入桐城女子师范学校学习,她一次又一次在为自己的人生抗争。只是,婚姻例外。

　　1916 年初,刚满 19 周岁的方令孺嫁到了南京娃娃桥陈家,丈夫陈平甫比她

小一岁,"有一副科学头脑,思想缜密,做事有条不紊,最重秩序",而"方则大而化之,一副'名士'派头",方令孺的好友蒋碧微如此评价。现实与浪漫碰撞,火花微弱。方令孺生活优渥,但精神空虚,大女儿陈庆纹(1918年,后改名李伯悌)和二女儿陈庆绚(1920年,后改名肖文)的出生也没有多大改观。1923年下半年,带着6岁的长女陈庆纹,方令孺跟随丈夫到美国留学,一方面是为了增长见识,一方面是为了改善夫妻关系。三女儿陈萨孚便出生在美国(后早逝)。虽然美国的歧视让方令孺四处碰壁,但在这里她认识了许多进步青年,包括"蓝颜知己"孙寒冰。自由的空气和孙寒冰介绍的易卜生名作《娜拉》,让方令孺异常震撼,婚姻最终抖掉了华丽的外衣,现出悲哀的真面目。方令孺毅然决定离开丈夫,追寻自由。1927年,她把徐志摩的诗《去吧》翻译成英文,发表于学校日报上,开启了她与新月派的缘分。1928年,由于念及幼小的孩子,自由翱翔了一段时间的方令孺最终还是离开美国,跟着丈夫回到南京。但夫妻关系恶化,不久后,陈平甫到上海沪江大学任经济学教授,常住上海,并且另娶侧室,婚姻关系虽在,但早已名存实亡。

"她像是夏夜的流萤,光明随着季候消尽。"(方令儒《她像》)。

所有的往事都有一重门,也许虚掩,也许深闭,我们可以从史料中轻易将其推开,然而,作为当事人之一,方令孺选择了尘封。

绽放岛城:香火的热,长河一道的泪流

> 爱,只是把我当一块石头,
> 不要再献给我;
> 百合花的温柔,
> 香火的热,
> 长河一道的泪流。
> 看,那山冈上一匹小犊,
> 临着白的世界;
> 不要说它愚碌,
> 它只是默然,
> 严守着它的静穆。
>
> ——《诗一首》(《诗刊》季刊创刊号 1931年1月)

《诗一首》是方令孺的第一首新诗,创作于青岛,在这如诗的海滨城市,在好友闻一多、陈梦家等新诗人的影响下,方令孺的诗兴如花蕾般绽放开来。原本是两个一同行走的人,其间一个人在路途上探看了别的风景,而另一个人选择孤独前行,所以梁实秋才说:"她经常一袭黑色的旗袍,不施脂粉。她斗室独居,或是一个人彳亍而行的时候,永远是带一缕淡的哀愁。"每个人心中都有一道暗伤,任凭它躲藏在最深的角落,让岁月的青苔覆盖,方令孺或许以为,时间是最好的良药。只是,一旦闲散下来,那些泛滥成灾的思绪就会如潮水般涌出,让人措手不及。因而,巴金才说:"她哪里是喜欢孤独?她那颗热烈的心多么需要人间的温暖。"所以,方令孺把它们交给了诗篇,交给了散文。

方令孺在中国海洋大学鱼山校区的故居

而朋友,是方令孺最好的慰藉。方令孺是美女,这是大家公认的,"她貌似白杨(影后杨君莉)而高雅过之",美学家常任侠也说,他平生所见美人,数九姑第一。方令孺的爱徒裘樟松也告诉记者,他认识方先生时她已是 70 多岁高龄,风韵犹存,气质不凡,以至于他们散步时老外也为其气质和流利的英语竖大拇指。才貌双全,脸上带有淡淡哀愁,这样的女子岂不令才子们怜惜?

1930 年初秋,通过方玮德和陈梦家,方令孺认识了徐志摩。诗人的敏感让方令孺苦闷的心情得到了舒展,"因为和这些年轻的诗人们在一起,方令孺的诗情开始萌生",子仪说。几天后,他们各奔南北,徐志摩应胡适之邀,任北京大学教授,方令孺则来到青岛,做了出走的"娜拉",打开了经济独立的自由人生。

1930 年 9 月 21 日,国立青岛大学正式开学,群贤毕至。时任图书馆馆长的梁实秋说:"杨振声校长的一位好朋友邓初(仲存),邓顽伯之后,在青岛大学任校医,邓与令孺有姻谊,因此令孺来青岛教国文。"然而,子仪认为并非方令孺的七姐夫邓仲存的功劳,"应该是他的弟弟邓以蛰(叔纯)介绍的,邓以蛰是美学家,清华大学教授,与杨振声是好友,显然,清华的教授应该比校医更有能力"。在青岛,作为国内少有的女性大学教员,方令孺开始了真正的自由生活,她担任国文系讲师兼任女生管理,主讲《昭明文选》和《大学国文》。在学校里,方令孺结识了众多好友。由于她经常向闻一多讨教,加上陈梦家和方玮德都是闻一多的弟子,所以两人越发亲近。"此地有位方令孺女士,方玮德的姑母,能做诗,有东西,有东西,只嫌手腕粗糙点,可是我有办法,我可以指给她一个门径",闻一多回忆说。

从中国海洋大学鱼山校区的红岛路第四校门进入直接右拐,便是闻一多的故居,雕刻家徐立忠先生雕塑的闻一多雕像用坚毅的目光注视着前方。如果不转弯,顺着学校的大路一直前行,经过俾斯麦兵营旧址和图书馆,几分钟后,一栋三层小楼矗立眼前,绕到前面,虽然同学们都说这里是档案馆,但它挂着水产系的牌子。1930年夏,蔡元培曾经住在这里,国立青岛大学开学时,规模较小,全校女生只有30多人,楼下住女学生,楼上为女教职工宿舍,方令孺就住在上面。和她住在一起的还有两个名人:张兆和与李云鹤(江青)。张兆和接受了沈从文的追求,与未婚夫相守相依。李云鹤则是图书管理员,同时也是中文系的旁听生,方令孺曾经教过她。

经过闻一多的介绍,方令孺认识了国立青大梁实秋等其他好友,并把她介绍进了"酒中八仙"。"青岛山明水秀,而没有文化,于是消愁解闷唯有杜康了",梁实秋说。富庶的生活没有给予这些教授们更多的精神寄托,各怀心事的他们在校长杨振声的提议下,"周末至少一次聚饮于顺兴楼或厚德福,好饮者七人(杨振声、教务长赵太侔、闻一多、秘书长陈季超、总务长刘康甫、邓仲纯和梁实秋),闻一多提议邀请方令孺加入,凑成酒中八仙之数",由于方令孺在家中女儿中排行中第九,方玮德叫她"九姑","大家都跟着叫她九姑,这是官称,无关辈数",显然,"方仙姑"的加入,让八仙更为名正言顺。"其实方令孺不善饮,微醺辄面红耳赤,知不胜酒,我们亦不勉强她。"梁实秋的话让我们看到了方令孺在青岛的生活状态,她隐忍着现实生活的刀锋,即便内心的愁苦已泛滥成灾,仍然在觥筹交错中灿烂微笑。偶尔,她还会和好友爬崂山游玩消遣苦闷。

或许每个文人骨子里都存有一份情结,会被每一朵花、每一茎绿意,或是偶然从身边经过的晚风打动。宗白华曾经写过《青岛的生活是诗》一文,恐怕也是方令孺心境的真实写照。1930年11月,方令孺创作的《诗一首》,得到了陈梦家极高的评价:"是一道清幽的生命的河的流响,她是有着如此样严肃的神采,这单纯印象的素描,是一首不经见的佳作。"一个月后,闻一多的《奇迹》"奇迹"诞生。随后,方令孺作《灵奇》,佳作频出,竟然被当作二人感情的回响,成为一桩争论不休的感情迷案。

旧情往事：可惜这阴云的天，谁信有星辰？

> 任你是：天神一样尊严，
>
> 或是冰崖一样凛冽；
>
> 千年一现的彗星
>
> 能把你毁灭
>
> 任你说：心像月一样皎洁，
>
> 或是海水一样平静；
>
> 可惜这阴云的天
>
> 谁信有星辰？

这首诗名为《任你》，是方令孺发表在《诗刊》上的其中一篇。

据子仪研究，方令孺在青岛创作的诗作，除了《诗一首》《灵奇》之外，还有《幻想》《任你》《她像》。另外，专栏作家叶克飞在《才女的近情情怯》中提到还有一首，名为《全是风的错》。这些作品，奠定了方令孺在诗坛的地位。由于《灵奇》在封面版中已经全文刊发，在此不再重复。只是，这篇诗作一直被认为是针对闻一多的《奇迹》所作，是两人感情的呼应。真是这样吗？

闻一多"花了四天工夫，旷了两堂课"所做的"一首玩意儿"《奇迹》甫一横空出世，便创造了"三年不鸣，一鸣惊人"（徐志摩语）的"奇迹"：我便等着，不管等到多少轮回以后——/既然当初许下心愿，也不知道是在多少/轮回以前——我等，我不抱怨，只静候着/一个奇迹的来临……/我听见阊阖的户枢謷然一响，/传来一片衣裙的窸窣——那便是奇迹——/半启的金扉中，一个戴着圆光的你！

闻一多在写完这首诗以后也颇为得意，"说不定第二个'叫春'的时期快到了。你们该为我庆贺"。这首诗引起了轩然大波，梁实秋在《谈闻一多》中写道："实际是一多在这个时候在情感上吹起了一点涟漪，情形并不太严重，因为在情感刚刚生出一个蓓蕾的时候就把它掐死了，但是在内心里当然有一番折腾，写出诗来仍然是那样回肠荡气。"在子仪看来，种种迹象都在表明，当年闻一多与方令孺的感情是起过波澜的。子仪告诉记者，就是因为两人的绯闻沸沸扬扬，"学校的整个空气对方令孺很不利，即将分娩的闻一多妻子高孝贞可能听到什么风声，曾在9月份回到青岛"，这也是导致方令孺很快离开青岛的原因。还有一种说法称俞珊才是"奇迹"的女主角，子仪予以否定，"时间都不对，根据徐志摩曾经写到俞珊的一封信判断,俞珊到青岛的时间应该是在 1931 年 2 月 9 日之后,而闻一多创作《奇迹》的时间是在 1930 年 12 月"。

似乎能够坐实方令孺也曾情动闻一多的证据是沈从文当时写信给徐志摩谈及此事:"方令孺星期二离开此地,这时或已见及你。她这次恐怕不好意思再回青岛来,因为其中也有些女人照例的悲剧,她无从同你谈及,但我知道那前前后后,故很觉得她可怜……她人是很好的,很洒脱爽直的,也有点女人通同

20 世纪 50 年代的方令孺

不可免的毛病,就是生活没有什么定见。还有使她吃亏处,就是有些只合年轻妙龄女人所许可的幻想,她还不放下这个她不大相宜的一份。在此有些痛苦,就全是那么生活不合体裁得来的。"信中,他还拜托徐志摩在京给方令孺介绍工作,岂不知几天之后,徐志摩丧生云海。

方令孺晚年和裴樟松(后排中)等人在一起

然而,对此,方令孺的爱徒裴樟松予以否认,"她文化视野广阔,通晓中外古现代文学,尤其是古代文章甚至能够全文背诵,《唐诗》就不用说了,《古文观止》等她都能熟练背出全文,老年痴呆以后都没忘记"。两人的感情深厚,所以方令孺给他讲过不少过去的经历,包括孙寒冰。"她告诉我她的婚姻

比较苦闷,在美国的时候遇到了孙寒冰,两人意趣相投,她的女儿肖文(陈庆绚)曾经对我说,方令孺和孙寒冰之间有过爱情,不过,仅限于一起看海、散步罢了。"谈到闻一多,他认为是大家的误读,"方先生确实亲口告诉我,闻一多诗句中最后一句'半启的金扉中,一个戴着圆光的你',是写她的。但奇迹指的是方先生的《诗一首》,是对她创作新诗奇迹的渴望,并非情诗"。至于方令孺离开青岛的原因,裴樟松和邓明以结论相同,邓明以说:"九一八事变后,方令孺同许多富有民族正义感和爱国心的知识分子一样,为之忧愁、愤激,加上为生计而进行的奔波,不久竟至郁郁成疾,患上了甲状腺亢进病。由于病势凶猛,她只得离开

了青岛。"裘樟松告诉记者:"她告诉我,在青岛时,她的甲状腺不好,眼睛暴凸,身体消瘦得很快,后来便到北京看病,住在姐姐家。"

对于方令孺的情愫对象,子仪还在陈梦家给方令孺的信件和诗篇中发现蛛丝马迹,认为两人曾有过朦胧的好感,年龄的差距让他们发乎情止乎礼。对此,裘樟松老师也予以否认。为何一直在设法挣脱束缚的方令孺不另嫁他人?子仪认为她的一生中所遇非人,他们都不能给予她足够的安全感。裘樟松还告诉记者,老师对外貌要求极高,所以最终没能再选得能够相伴终生的爱人。

人们都把方令孺的婚姻解读为不幸,其实这种不幸并非一开始就有,方令孺和陈平甫也曾有过感情,从丈夫去世后,方令孺的一句话便可以窥探一二:"他其实是爱我的。"但才女的心是不甘于牢笼的,只是她从未踏出围城半步。丈夫去世后,他的侧室离家另嫁他人,她竟把两人留下的一子一女接到身边抚养,一直到去世,难怪丁玲曾说"她是个好人"。

流年似水,太过匆匆,一些故事来不及真正开始,就成了昨天;一些人还没有好好相爱,就成了过客。

离开青岛之后的年代,硝烟弥漫,方令孺藏起了风花雪月的心事,让自己深入红尘,先后任职上海复旦大学中文系教授、浙江省文联主席等职。"文革"中她没能幸免。有这么一句名言:人只有将寂寞坐断,才可以重拾喧闹;把悲伤过尽,才可以重见欢颜;把苦涩尝遍,就会自然回甘。所以后期的方令孺,能够更加坦然地面对人生沟壑,走过四季风霜。1976年9月30

1976年,方令孺与两个女儿在一起(左:肖文;右:李伯悌)

日,她以80岁的高龄告别了尘世,"就在'四人帮'垮台的前几天,九姑竟离开了这个世界,离开了她的朋友们!"(巴金《怀念方令孺大姐》)

2016年3月8日

苏雪林（1897—1999），原名苏小梅，字雪林，籍贯安徽太平县，出生于浙江省瑞安县县丞衙门里。一生从事教育，先后在沪江大学、国立安徽大学、武汉大学任教，并以《棘心》《绿天》跻身文坛，笔耕不辍，被喻为"文坛的常青树"。

苏雪林笔下的青岛之美

苏雪林笔下的青岛之美

张文艳

　　北宋文豪苏轼有位才女妹妹名为苏小妹,相传他的弟弟苏辙嫡孙中也有一位才华横溢的女子,也叫苏小妹,原名苏小梅,乳名瑞奴、小妹,学名小梅,字雪林,"珞珈三杰"之一。

　　陈衡哲说过,她们那代人,本想着将命运掌握在手中,却又害怕背离传统。于是,一生中,不断"矛盾"着。苏雪林便是这样的女子,和方令孺一样,她曾抗争不缠小脚,但最终还是留下了小脚的印痕,她并不爱家里给她安排的丈夫,但还是默默忍受,最终没有离婚。但她又是个特立独行的女人,在文学界,她的作品《绿天·棘心》备受好评,她是"屈赋"研究的权威,然而,她又是半生"反鲁"第一人,对鲁迅的抨击言论令众人一片错愕。

　　在103年的春秋岁月中,苏雪林被看作女汉子,但唯独在青岛,她做回了柔情似水的女子。

　　她始终觉得,青岛是个避暑胜地,于是,热浪把她"逼"逃到这里。1935年7月24日,她搭乘普安轮从上海浦东驶往青岛,与早到的丈夫会合。萧红和萧军在青岛,曾度过一生中最幸福的时光,苏雪林也是。在此之前,她曾经因对未婚夫不满一度抗婚,在此之后,两人天各一方,与其说是夫妻,不如说变成朋友。而来青岛的一个月,可以算作两人十年感情难得的一次蜜月期,这从《福山路二号》开头她对新婚夫妻的分析,因而避开做朋友周承佑夫妇的"灯泡"中可以看出。结婚十年,担任武汉大学的教授,和丈夫感情也算正笃,此时的苏雪林除了有身体之忧外,其他都还顺遂,更何况,一来到青岛,病痛竟不治而愈。

　　因而,在她看来,这座海滨城市,绿意盎然,清新凉爽,一如她的心情,"好像一株被毒日渴得半枯的树,忽然接受了一阵甘霖的润泽,垂头丧气的枝叶又回过气儿来,从那如洗的碧空里,招魂似的,招回它失去多时的新鲜绿意,和那一份树木应有的婆娑弄影的快活心情"。

　　曾经两次赴法,苏雪林熟悉巴黎的公园绿荫,然而,青岛的汪洋碧海,一下子涤荡了她疲倦的心灵，"近处万瓦鳞鳞，金碧辉映，远处紫山拥抱，碧水萦回"，这座仙岛让折磨她多日的病痛一扫而光，无异于灵丹妙药。

在苏雪林的笔下，我们看到了20世纪30年代的最美景观。

居住在福山路2号山大教师周学普的宅中，34块钱一个月，有吃有喝，异常丰盛，早餐是新鲜羊乳和香甜小面包，午餐晚餐有小鸡、面和炸大虾，又有实诚的工友听候差遣，计划好好享受两个月"安闲、幽静和那新秋似的清凉"。所以，接下来，苏雪林和丈夫"康"（即仲康张宝龄）洗海澡、逛公园、看炮台、走栈桥，跟动物园里的"熊大"交朋友，到山大果圃里吃酸苹果，到赛马场骑马。她把最爱的汇泉浴场描写得令人向往，"欢乐的中心，消暑的福土，恋爱的圣地"。在她的笔下，我们才知道，原来当年的浴场里有木质更衣室，连绵数里，"都是本市各机关为他们的人员准备的"，而当年的山大也有一幢板屋在最西头。当然，汇泉海水浴场之所以让她印象如此深刻，不仅仅是碧波荡漾之美，不仅仅是浸泡水中的舒适自在，而是她"因康不在身畔，没人在耳边唠叨，我的行动可以自由些了，忽然想来一个倒跳入水"，结果几乎"遭了没顶之忧"。都说她与丈夫没有感情，但此时的苏雪林化作一个撒娇的女孩，带着一丝倔强，也带着一丝依赖，此时的她，已经38岁。

中山公园里的一花一木，一亭一榭，她都"了然于心"；崂山上的澄蓝涧水、峰峦竞秀令人"流连爱赏，不忍舍去"。在青岛，每一个景观都隐藏着苏雪林过去的故事，酝酿着风花雪月的柔情。只是春花秋月再美，也还是离不开一粥一饭的生活。所以即使找到了"理想的居处"，她还是意识到"实现还很难"："第一，儿女的梦落了空"，"第二，承认自己不适宜家庭生活罢了"。这也就为她后来凄凉的一生埋下了伏笔，眼前的美景，激起了她对家的渴望，也让她意识到这一切都将转瞬即逝。

来的时候，以为找到了故乡，背上行囊，依旧做了回过客。

《万国公墓》里，她知道无情的黄土"可以吞噬世上任何人，却阻挡不了情人两心的相偎，和慈母泪痕的注滴"。于是，在她以102岁的高龄重游故土之后，毅然放弃了葬在中国台湾姐姐墓旁的打算，决定留在老家，葬在一生挚爱的母亲身边。她知道，"爱虽不能让生命永久延续，却能教生命永久存在"。

岁月更替，中山公园没了"尚未开辟的原野"，崂山也不再满是"非崂山轿夫不能走的小路"，许多景物都换了新颜，可流光却无法冲淡一丝过往的记忆——关于青岛，关于苏雪林。

棘心不改　绿天长存

争议缠身的另类才女苏雪林，为青岛留下了珍贵的城市笔记

付晓晓

　　苏雪林，绿漪女士也。1897年生于安徽太平，据考证是苏辙的后裔。20世纪20年代她在北平女高师就读，与庐隐、冯沅君同窗，20世纪30年代在武汉大学执教，与凌叔华、袁昌英并称"珞珈三杰"。她集作家、教授、学者于一身，并擅作山水小幅，五四时代即以《棘心》《绿天》跻身文坛。然而在中国现代文学史上，苏雪林的名字并不响亮，这与她半生"反鲁"和远走中国台湾不无关系。苏雪林和青岛有深厚渊源，曾于20世纪30年代在青岛居住将近一个月，留下不少关于青岛的文字，翔实地记录了那个年代的岛城风貌。

另类才女：双面性格，一生充满矛盾

　　苏雪林出身名门，据考证是北宋文坛巨擘苏辙之后，祖籍安徽太平县岭下苏村，1897年2月24日出生在浙江瑞安县县丞衙门，故自嘲是半个浙江人。原名苏小梅，学名苏梅，因慕明代诗人高启咏梅佳句"雪满山中高士卧，月明林下美人来"，取"雪林"之字。

　　年少之时，苏雪林即在才学上表现出过人的天赋，有过目不忘之本领。性格大胆，7岁时即敢在课堂上对照本宣科的老先生说"教不严，师之惰"。苏雪林求学心切，作为封建家庭之女子，为争取读书的权利，不惜拼上一条小命。1914年，安庆省立初级女子师范恢复招生，她当时正在病中，闻此消息大为振奋。然其祖母认为女孩子读书无用，嫁人要紧，百般阻挠。苏雪林软磨硬泡，又哭又闹，竟至茶饭不思饮食不进，甚至动了自杀的念头。母亲心软，代其向祖母求情，苏雪林才得以入学。说起这一段，苏雪林后来回忆："我是费了无数眼泪、哭泣、哀求，终于说服祖母的……几回都想跳入林中深涧自杀，若非母亲对女儿的

慈爱,战胜了对尊长的服从,携带我和堂妹至省城投考,则我这一条小命也许早已结束于水中了。"

学业顺遂,锋芒渐露,苏雪林后升入北京高等女子师范学校,与庐隐、冯沅君成为同窗,曾在这里受教于胡适、李大钊、陈独秀。后又留法,为使留学成行,瞒着家庭,临行前夜才告知母亲。苏雪林上学之决心始终坚决,在她看来,学校教育使她"由一个家庭女性变成一个社会女性"。而在求学事件中,苏雪林性格里的执着一面可见一斑。

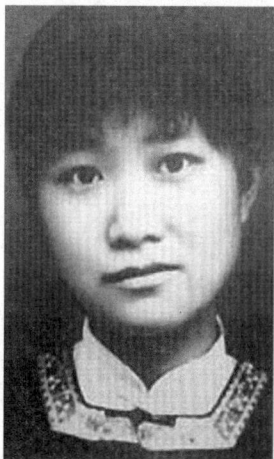

年轻时的苏雪林

20世纪20年代末,署名绿漪女士的散文集《绿天》和长篇自传体小说《棘心》相继面世,苏雪林在文坛崭露头角,尤以散文最为人称道。后苏执教于高校,因喜另辟蹊径,解人之悬案,有"文坛名探"之雅号,《楚骚新诂》《屈赋论丛》名噪学界。然而对于自己在文学和学术上的成就,苏雪林自认并非出于天资聪颖或刻苦勤奋,而是"婚姻的失败和一生的落寞"。

苏雪林是个"另类"的才女。曾出版苏雪林自传及作品集的出版人、作家张昌华认为:"苏雪林的一生充满了矛盾。"婚姻即是矛盾的一面。面对父母包办的婚姻,接受过五四新文化洗礼的苏雪林以孝顺母亲的名义妥协,面对不幸的婚姻,又因为觉得离婚二字对女人"不雅"勉强维持,新旧观念互相冲突。

张宝龄与继子张卫

苏雪林曾在晚年回忆:"苏州天赐庄一年岁月尚算美满,但以后便是维持夫妻名义而已。"丈夫张宝龄理工科出身,理性,少情趣。中秋十分,苏雪林说月亮好圆,夫答,再圆也没有我用圆规画的圆,她兴致尽扫。对于这桩婚姻,苏雪林有懊悔,也有反思,自认为"一种教条所拘束",为"天生甚为浓厚的洁癖所限制",自己不幸福,也"叫张宝龄孤凄一世",觉得对不住他。二人未有儿女,为继香火,张宝龄胞兄张柏年将一个孩子过继给他们，即嗣子张国祚（又名张卫）。然而20世纪60年代张宝龄去世后，苏雪林与夫家断了联系，包括儿子在内。

苏雪林的"矛盾"也体现在她自负又自卑的双面性格。这种性格在她的日记中显露无遗。皇皇400余万字15卷本《苏雪林日记》由台湾成功大学出版，贯穿起她从1948年到1996年的心路历程。她的日记大多写在自己装订的杂七杂八的"百衲本"上。遍读《苏雪林日记》的张昌华说，日记是"一个市井的文人流年的青菜萝卜账"，国事、家事、己事中交杂着一个真实的苏雪林。

日记中的她，自恋、自信又自大，对于写作，她自认"每一提笔，词源滚滚而来，实乃异禀，殊可羡也"。95岁寿诞前夕，台湾成功大学派研究生为她整理自传，她觉得"几个毛丫头"没有资格为她立传，亲自挥笔写就《浮生九四》。而另一方面，她在工作和生活上又常常自律、自责，甚至自卑。她退休早，一次性提取退休金后靠利息生活，随着物价上涨，逐渐捉襟见肘，年事已高仍须煮字疗饥，他人施以援手，亲近者推却不过"腆颜受之"，稍疏者坚决退回。她好对人评头论足，偏激，口无遮拦，招致非议后又深深自责："此文得罪许多人，且亦暴露自己修养缺欠。"在张昌华欲为其出自传之际，她曾多次婉拒，认为自己不足以入"名人"之列。

青岛留痕：居住一月，留下岛城笔记

作家身份之外，苏雪林教书50余载。结婚次年，苏雪林曾在苏州的东吴大学和景海女师任教，张宝龄此时也在苏州教书。但是由于张觉得苏州生活单调，两年后返回了上海的江南造船所，而苏雪林也与景海女师校长观念产生分歧，恰逢安徽大学成立，苏雪林便到安徽大学任教。安大新建不久，学潮亦生，有些教师辞职另谋生路。为整饬校风，苏雪林被任命为女生指导员，就住在女生宿舍隔壁。她后来回忆，她每晚都要费尽口舌才使得男生悻然离开。久而久之，她竟因此与男生结怨，某晚自外返校之时，还曾在小树林处遭砖头袭击，血流如注，并在额头留下永久伤疤。

1931年，在安徽大学教书一年的苏雪林接到了来自武汉大学的一纸聘书，又接到了好友袁昌英、凌淑华的来信，便踏上去武汉的客轮，开始了她在武汉大学近20年的教学生涯。在自传中，她披露，武大岁月，她异常用功，教学之余，偷暇写作，曾为商务印书馆写《唐诗概论》，大获赞誉，也在杂志发表不少科研文

章,尤其是对楚辞的研究,颇有些建树。她的用功救了她。初到武大那年,她曾因写别字、读讹音被学生告发,几位资深教授在年终评定时对她投了反对票。时任校长的王世杰欣赏苏雪林在刊物上发表过的那些文章,将她留了下来。

苏雪林在青岛时住的房子

武汉夏天炎热,苏雪林是怕热之人,每到暑假便开始"逃热"。正是"逃热"成就了苏雪林与青岛的缘分。苏雪林先逃到上海,上海也太热,便又逃到了青岛。1935 年 7 月 24 日,苏雪林从铜人码头搭便轮到浦东换乘大轮来青岛,和先期到达的丈夫张宝龄,由朋友周承佑夫妇安排住在了福山路 2 号。在苏雪林的笔下,福山路 2 号"是一幢很朴素很精雅的石楼,屋前左右有两座圆式尖顶塔,全部建筑看上去好像西洋中世纪时代的古堡。屋子所占据的地势很高,站在屋的前面,我们可以望见跑马场新建的罗马式运动场和碧浪际天的大海。屋后是八辟山,清晨日出以前或晚餐以后,我们可以随意上去眺望海面初升的旭日和金光灿烂的云霞"。

据苏雪林的《逃热》记载,来青之前,苏雪林就意图在青留下作品,文中写道:"记得十年前,我们新婚未久,上海正燃烧在 50 年未有大热之中,我们由上海赴苏州居住,《绿天》即在彼时开始写作。现在上海又被 60 年未有之大热所燃烧。我们又同赴'欲界仙都'的青岛,我能再写点什么出来借以纪念我们的'锡庆'吗?"

苏雪林的确在青岛留下了作品,在青近一个月,福山路、汇泉海水浴场、湛山精舍与水族馆、中山公园、太平山、太平角、万国公墓、栈桥、崂山……所到之处大多记录了下来,收在《岛居漫兴》《崂山二日游》之中。青岛给苏雪林的第一印象是树多:"到处是树,密密层层的,漫天盖地的树,叫你眼睛里所见的无非是那苍翠欲滴的树色,鼻子里所闻的无非是那芳醇欲醉的叶香,肌肤所感受的无非是那清冰如水的爽意。从高处一看,整个青岛,好像是一片汪洋的绿海,各种建筑物像是那露出水面的岛屿之属。"苏雪林自命是自然的孩子,血管里流淌着原始蛮人的血液,最爱的自然物便是树,尤其爱森然成林。来到青岛这个树木成林的清凉世界,苏雪林的暑热霍然若失。

正如苏雪林所言,到青岛来的人莫不抱着一试海水浴的愿望,所以来青第三天,苏张二人便约了周君夫妇同去汇泉海水浴场接受海的洗礼。苏雪林因此认识了"海的女儿真相","是个翛然出尘,仪态万方的美人"。青岛海水的绿,绿得娇艳、庄严、灵幻、深沉,在她眼里甚是可爱。到青岛来的人也必会去栈桥,在苏雪林的笔下,伸进前海的栈桥颇有气势:"今夕晚潮更猛,一层层的狂涛骇浪,如万千白盔白甲跨着白马的士兵,奔腾呼啸而来,猛扑桥脚,以誓取这座长桥为目的。但见雪筛飞扬,银丸似雨,肉搏之烈,无以复加。但当这队决死的骑兵扑到那个字形桥头上的时候,便向两边披靡散开,并且于不知不觉间消灭了。第二队士兵同样扑来,同样披靡、散开、消灭。银色骑队永无休止地攻击,栈桥却永远屹立波心不动。这才知道这桥头的个字堤岸有分散风浪力量的功能。栈桥是一枝长箭,个字桥头,恰肖似一枚箭镞。镞尖正贯海心,又怕什么风狂浪急?"

苏雪林在青去得最多的地方当属中山公园。中山公园离她居住的福山路 2 号最近,她每天总要散步一回或两回,"所以园中的一花一木,一亭一榭,无不像一部读得烂熟的书一般,了然于心目"。因此,苏雪林说,倘使有人提起关于青岛的回忆,第一个浮现在她脑海中的必定是中山公园。

据文史专家鲁海介绍,虽然苏雪林在青岛居住的时间不过一个月,但她是 20 世纪 30 年代用文字记录青岛最多的作家之一。鲁海认为,"苏雪林的文字不仅有文学价值,而且还有很高的历史价值"。苏雪林在《太平角之午》写道:"太平角是太平山迤逶引向东南的一个土股,像一只靴子似的伸入海中,不是意大利那样的摩登女郎高跟鞋,而是中国古代做官人所穿的臃肿的朝靴。"鲁海说,苏雪林笔下的太平角,自己 80 多岁的人都没有见过。

在武汉大学当教授时的苏雪林

原本打算将整个暑假时光消磨在青岛的苏雪林,未满一月,便因工作事宜不得不启程折返武汉:"怀抱着一腔恋恋不舍之情,挥手和青岛告别,说一声:'再会'!"而她的文字无疑提供了对当时岛城风貌的珍贵记录,与青岛永在。

回武汉之后,至 1949 年,苏雪林告别珞珈,也是怀抱不舍之情,期待"武汉大学或有再回之日"。她先到夫家所在的上海,1950 年夏再度赴法留学,因在法生活艰难,苏雪林求助于台湾亲友,于 1952 年落定台湾,在台执教于各高校近

20 年。未能再回武汉,也未能再回青岛。

化外之民:暮年孤独,情感寄于书信

但凡提起苏雪林,"鲁迅"是一个无论如何都绕不开的名字。因为反对鲁迅,且新中国成立前夕辗转到了台湾,她在大陆沉寂多年,一度成为中国现代文学史上的"化外之民"。按她自己的说法:"1949 年后我就死了,不存在了。"

苏雪林对鲁迅的态度由赞颂到反对的转变世人皆知。二人争端,按苏雪林的说法,起源于北平女师大学潮,校长杨荫榆开除学生遭反对,杨荫榆曾是苏雪林读北平女高师时的校长,苏雪林站在他的立场,视学生为胡闹,鲁迅则站在学生立场。1936 年鲁迅逝世,苏雪林给蔡元培写信攻讦鲁迅,这封《与蔡孑民先生论鲁迅书》后发表于《奔涛》杂志,成为当时所有攻击鲁迅言论的代表之作。苏雪林认为鲁迅人格渺小,性情凶恶,行为卑鄙。这种因立场分歧而衍生的人身攻击,在有些人看来,有失文学批评的公正性,又是在鲁迅去世时期,难以令人信服。

张昌华认为,苏反鲁是因为太过尊崇胡适,并且她的圈内友人,包括胡适在内,都被鲁迅骂过。有意思的是,苏曾将写给蔡元培的信之底稿寄给胡适征求意见。苏"泼妇骂街"式的文字遭到世人谴责,也受到胡适训诫,指她"未免太动火气",这些咒骂"是旧文学的恶腔调,我们应该深诚"。由于反鲁,苏雪林逐渐被孤立,成为中国现代文学史上的"化外之民"。但是据中国现代文学研究者、作家庄莹介绍,随着文学史的不断重写以及对文学史上"失踪者"的找回,苏雪林的价值正在被重新认识,而且苏雪林对鲁迅的批评实际上也提供给了世人认识鲁迅的另一种视角。

苏雪林有爱国之心。早在 1915 年中学时代,她从报纸上获悉日本提出并吞中国"二十一条"时,作诗明志:"也能慷慨请长缨,巾帼虽言负此身。磨拭宝刀光照胆,要披巨浪斩妖鲸。"抗战时期,她曾将全部积蓄、陪嫁兑换 52 两黄金,捐给国家。到台北之后,她也坚决反对"台独",曾专门撰文《割除毒瘤》痛斥"台独"。

捐全部家当于抗战,与苏雪林日常的节俭形成鲜明对照。20 世纪 50 年代初苏在法国,很多衣物都是好友凌叔华相送的,修修改改缝缝补补,凑合着穿。苏雪林一生为亲情所累。到台湾后,苏雪林与大姐苏淑孟组成"姐妹家庭",事事以姐为上,自己俭朴近啬,苦得要命,把钱全给了几个侄辈,尤其是苏淑孟长

子华伦。苏淑孟去世后，苏雪林独居，为节省、方便，将腌品做主菜，若保管不善，发霉了洗一洗再保存，不舍得丢弃。1973年，她从台湾成功大学退休搬迁时，将搬运人员随手丢弃的抹布拾起，说留着日后擦皮鞋……在张昌华看来，如此种种，再对比抗战之时对国家的慷慨解囊，不由令人对苏雪林肃然起敬。

虽有103岁长寿之命，但孤独寂寞笼罩着苏雪林的暮年生活。"失物每从无意得，怀人恰好有书来。"张昌华曾用袁枚的这两句诗形容暮年的苏雪林。在400万言苏氏日记中，频率最高的词是"信"。六七十岁时苏雪林日记中常有"还信债"或"一天的光阴又在写信中度过"，"今日为写信最多之日"的记录。她的信友众多，胡适、梁实秋、林语堂、冰心、凌叔华，等等。因出版事宜，张昌华曾收到过苏雪林的七封信，皆为她年届百龄时所写，薄型大白纸密密麻麻，其中一封3000余字。

苏雪林一生究竟写了多少封信，据其日记中所提"三四年来累计上千封"，张昌华估算，不下两万封。至于苏雪林为什么喜欢写信，张昌华认为，大概是因为她衰年耳全聋，不能接听电话，与人面对面交流也须靠笔谈，太孤独、寂寞。而她的大姐苏淑孟去世后，她一人独居，终日面壁无语，只好借用书信与友人交流，了解外面的世界，或是叙旧，以慰心怀。

1999年4月21日，103岁的苏雪林魂归故土，长眠母亲身旁，墓碑背面刻着"棘心不死，绿天永存"。如何评价苏雪林的一生？张昌华认为，苏雪林在《浮生九四》的自序中所说的即为一种答案："我是一个自卑感相当重的人，不重视自己的为人及自己的作品"，"庸

晚年苏雪林在书房

碌卑微"，"乃是一个弱者，一个充满矛盾性的人物，没什么价值。"但这显然是苏雪林的自谦之词。虽然背负争议，但在张昌华看来，苏雪林"毕竟是一个人物，一个耐人咀嚼的人物"。

2016年4月26日

陈挹翠（1917—1988），原名陈若萍，曾用笔名青萍、翠阁主、鲜于海等，山东潍县人。9岁时意外高烧致失聪，却自强不息，著有《四海游龙》《金钱镖》《孤雏喋血》《风云儿女》等。

聋哑奇才陈挹翠的
"武侠"人生

聋哑奇才陈挹翠的"武侠"人生

张文艳

在青岛,曾经"满城尽读王度庐",王度庐的武侠小说在 20 世纪三四十年代风靡岛城,而陈挹翠是何许人也?

他是一位深谙武术之道的武侠小说家,震惊;他是一位聋哑人,更是震惊!

陈挹翠原名陈若萍,取挹翠的笔名,后人猜测与友"翠英"有关,1945 年,在青岛,好友翠英经常与他谈心,给他织手套,给予他很多温暖,所以小说中,经常会出现名叫翠或英的人物。陈挹翠出生于 1917 年,比王度庐小 8 岁,出生于沂水,祖居潍县。家里虽然算不上大富大贵,但祖父和外祖父都是生意人,所以家境还算不错,因而,当年的陈挹翠上过两年私塾。就是这两年的上学生涯,为他以后的文学道路奠定了坚实的基础。然而,9 岁时的变故,把陈挹翠推向了痛苦的深渊:一次意外高烧之后,他的世界从此彻底安静。听不到家人的呼唤,也听不见鸟语虫鸣,更让他痛苦的是,他必须辍学在家。

陈挹翠得病后至 1938 年来青之前是怎么度过的,他的自述中没有过多提到内心的感受,然而,1984 年,陈挹翠曾在《身残志坚,为四化继续贡献余热》一文中提到了童年的不幸,"我童年耳聋所造成的不幸,不仅只有二年级的小学文化而已,接踵而来的是在旧社会备尝歧视、侮辱欺凌等不公正的待遇"。这其中的苦楚常人难以想象。"因而(我)发愤图强,克服文化水平低的困难,从十余岁起,整日泡在图书馆六年之久,又到处求师,学会了多种技能。"图书馆成为陈挹翠最大的慰藉,一如当年的王度庐。同样在 9 岁那年,王度庐也曾患上重病,"昏迷了好几天",并落下胃病病根。在贫寒的家境中勉强读到高小,说明王度庐比陈挹翠幸运。而二人都能成为武侠小说家,最主要的原因是泡图书馆,饱读诗书。陈挹翠在潍县民众教育馆图书室里度过了少年时代,而王度庐也曾在京师图书馆(中国国家图书馆的前身)等各大图书馆伏案苦读。

陈挹翠从 16 岁开始习武。1938 年,他闯荡青岛城,初期以打各种零工为生,摆过旧书摊,做过油炸糕。生活的落魄没有埋没陈挹翠的创作才能。王度庐写武侠以情见长,而陈挹翠"学走郑证因的路子,以武打取胜"。1945 年,陈挹翠凭借《四海游龙》，终于打破了王度庐小说一家独霸的局面，挤占进了《民言报晚刊》，分得一杯羹。此后，他相继发表了《金钱镖》《孤雏喋血》《风云儿女》等。此时，陈挹翠28岁。王度庐28岁那年，也就是1937年，来到青岛，并于第二年在青岛媒体界正式出道，连载《河岳游侠传》，同样初出茅庐，同样一炮而红。

王度庐曾一手武侠小说，一手社会小说，为多家报纸投稿，陈挹翠也曾同时为九家报纸写九部小说。其实，彼时的陈挹翠是振业火柴厂的普通工人。振业火柴厂是实业家丛良弼在青岛创办的民族工业。1945年底，丛良弼去世，不知道陈挹翠是否参加了丛老板当年异常隆重的葬礼。不过，在他的回忆里，他在这一年离职，"过着有了今天没有明天的生活"，而频繁地往来于太平镇牛王庙是他主要的生活轨迹，在这里有个武术讲习所，他担任教务长，后经考核任青岛市国术馆第二十二练习所所长兼武术教师。然而，关于武术的工作，陈挹翠多是义务的，拿不到多少报酬，他甚至在新年前后偶尔帮人写点春联。又是似曾相识，当年的王度庐在1946年年关还在老城区卖过春联！

经历过无数挫折，陈挹翠已经找到了排遣苦闷的方式，他还为自己创作对联自嘲："胡诌瞎扯书生权且从俗，拳打脚踢武夫亦得过年，油盐柴米件件皆无如何度日，香烛纸马样样齐备且自过年。横批：人瘦年丰。"

可见，陈挹翠其实是个较为乐观的人。

青岛解放后，武侠小说式微，王度庐选择尘封那段小说记忆，陈挹翠却没有。不能写小说了，他进入工会系统，"从此我的所长才得到了发挥的余地"，他会写作、会武术、会雕刻、会书法、会绘画，在沧口成立聋哑学校以后，还会写哑剧，创作相声。看到他写的《大杂烩》相声剧本，声情并茂，很难想象这出自一位聋哑人之手。

后半生，陈挹翠热心公益，为聋哑人尽心尽责，成为权威人物，无论是打架的、邻里不和的，甚至两口子闹离婚的，都请他去说和。

在文学上，他为青岛武侠小说和武术国学留下了精彩的一笔，还指导学生进行创作，至今"查拳"传人高恒仑提到老师的教诲仍热泪盈眶；在武术上，他把平生所学倾囊传授，无论对方是否是他旗下弟子；在为人上，他听不见说不出，却看到了"消除耳边无益的聒噪，能心无二用、致力于一"的便利条件，在他看来，只要刻苦钻研，"成就不会在健全人之下……"

辞世后，他留给子女的只有几幅字画，几方印章，一堆旧照片，但他的儿子陈永胜说，"父亲给我们留下的精神财富，不是几套房子能比的"。

文能提笔写江湖，武能挥拳展功夫

——青岛武侠小说作家陈挹翠的传奇人生

张文艳

　　陈挹翠，原名陈若萍，曾用笔名青萍、翠阁主、鲜于海等，山东潍县人。1938年，陈挹翠正式移居青岛，1944年创作了第一部长篇武侠小说《四海游龙》，在岛城一炮而红。与另一位岛城武侠小说大家王度庐不同，陈挹翠精通武术，从16岁开始习武，尤其擅长锁喉枪、螳螂拳等，因此他的武侠小说以武打取胜。更传奇的是，陈挹翠年幼因发高烧失聪致哑，但身体的缺陷丝毫没有阻挡他踏上成才之路，他在读书、写作、习武之中不断实现着自我突破。聋哑人的身份带给他的唯一特殊之处是，他后半生将很多心力放在了扶持身边聋哑人上面，被他们敬之若父。半生坎坷，自奋自强，在无声世界里抛出几声惊雷，陈挹翠的一生充满励志和传奇色彩。

幼时高烧致失聪，寄情读书解苦闷

　　陈挹翠原籍潍县，1917年出生在沂水。其外祖父青年时因避仇移居沂水，以贩生漆为业，也开照相馆，父亲在外谋生，于博山某矿上做会计，幼年时期，他跟着母亲长住沂水的外祖父家。9岁那年，一场意外结束了陈挹翠无忧无虑的童年。那天早上，他像往常一样与母亲告别，高高兴兴地走出家门去上学。不料，他在学校里突发高烧，被同学背着送回了家。那时候医疗条件差，高烧久治不退，陈挹翠因此失聪。为求医问药，母亲带着陈挹翠和家人离开沂水，前往当时较为发达的潍县。可惜依然未见成效，听觉的丧失往往也会导致语言能力的丧失，因聋致哑，陈挹翠从此进入无声世界。

　　度过了9年热闹生动的有声时光，陈挹翠的世界突然寂静下来，心中难免苦闷，毕竟9岁的孩子已经开始懂事了。然而，陈挹翠长子陈永胜告诉记者，父亲生前极少提及那段日子，从未向他们流露出悲观情绪。陈挹翠的文友、学生高恒仑也说，即便走到了生命的最后时刻，老师也未说起幼时失聪的痛苦，可见精神之顽强。

由于失聪，陈抟翠学业停滞，漫漫时光如何打发？在 1987 年写下的回忆录里，他说："由于好奇心切，又加耳聋之后的苦闷，时常在家里趁大人不备，翻箱倒柜地搜奇觅异。"陈抟翠从桌子抽屉夹层中发现过祖父的同盟会红布符号和短刀。其祖父起初做盐店生意，后改入银号工作，驰马往返于沂水、临朐、青州之间，为银号押送汇款，刀大概是防身之用，可能是会些武功的。在其记忆里，外祖父腰间常挂着刀，房间床头也有大刀、双刀之类的兵器，70 多岁的时候，两个核桃在手里一捏就碎，应该也会武。或许这些都在陈抟翠心中埋下了学武的念头。但是祖父禁止陈抟翠习武。据高恒仑介绍，当年习武之人大多

晚年陈抟翠练剑

走上"走镖"的路子，江湖险恶，有时甚至性命不保，陈的祖父或许是出于这种担忧才阻止他习武，况且他还有身体缺陷。

习武不成，陈抟翠便把精力放在了读书上。十二三岁时，做传教士的姑姑常给他一些圣经小册子阅读，还给他订阅了《田家》半月刊。只上过两年小学的陈抟翠靠自己阅读，渐渐打开了知识之门。这些读物难以满足他的需求，他开始了泡图书馆的日子。县里的民众教育馆，他天天去，一年左右把儿童阅览室的书籍读遍，又去成人阅览室。每天开馆即去，闭馆才归，馆内人和他熟识起来，还让他晚上把书带回家。如此坚持了五年，成人阅览室古今中外的书又被他读遍了。

在图书馆嗜读过劳，陈抟翠落得个头晕的毛病。那是 1933 年，陈抟翠 16 岁，他报名参加了图书馆后院的国术习武馆，以强身健体的名义，点燃了埋藏在心中习武的火苗。陈抟翠后来回忆："这是我一生的一个转折点。"

武术青年初长成，闯荡青岛为谋生

学武第一天，陈抟翠一大早就从城外赶到城内国术馆所在的东岳庙大门，大门紧闭，直到日上三竿时才开。当时只有教师宋培亭一人在馆，见他在天寒

地冻里等候多时,在雪地里跺脚取暖,心中感动,日后将锁喉枪教给了他。不过陈挹翠真正的老师是上海精武会螳螂拳传人张子扬,跟随他一年多,学了螳螂拳,又跑书店和旧书摊,买了几本相关"破书"来研习,武艺渐精。身体有缺陷,如何习武? 同为习武之人的高恒仑表示,习武讲究悟性和感觉,陈挹翠悟性极高,感觉敏锐。陈永胜也说,父亲极聪慧,记忆力好,武术里面的一个套路,别人走两遍,他在旁边看,回家自己一练就会了。

1936 年,19 岁的陈挹翠第一次来青岛,参加武术竞赛。第一场比赛,在穿枪动作中,一时失手,枪飞出一丈多远掉在地上,他不慌不忙地一个跃步前纵,伏身扑腿,顺手把枪抄起,继续打下去。裁判和观众为之惊叹,他拔得头筹,无奈失手明显,识破者抗议这位外来新秀,改为第二名。据陈永胜回忆,这次来青,陈挹翠是和母亲、弟弟、妹妹一起来的,"我姑姑当时才两三岁,不怎么记事,模糊地记得来青岛不久,我爷爷病重,他们又都回去了"。陈挹翠父亲常年在外营生,一年半载才回家一次,家中之事基本全由母亲照料。1938 年,陈挹翠父亲已经去世,母亲又带着他们兄妹三人再度来到青岛,投奔自己的兄弟。

陈永胜说,父亲这次青岛来是为了谋生,不过第二次来青,对他来说就像"回故乡"一样。据陈永胜猜测,"九岁之前,我奶奶带着父亲他们住在娘家,后来回了潍县我爷爷家里,但是爷爷在外工作经常不在家,大家相处不太融洽"。或许是出于家庭原因,父亲去世后,陈挹翠的母亲便带着子女来青岛投奔了自己的娘家人,落脚在当时曹县路上的振业宿舍,8 平方米的房子,住了全家四口人。

在潍县的时候,20 岁那年,陈挹翠被东南镇文昌阁小学聘为武术教员,其间师从仅大一岁的堂叔陈寿荣学习书法、绘画和篆刻。这几项技能成为他初到青岛时的谋生工具。他卖过字画,开过印社,都是赚小钱儿,日子清贫,还在火柴厂打工,摆过旧书摊,卖过油炸糕、油火烧。他也在太平镇牛王庙

陈挹翠为书画作品盖印章

的武术讲习所做拳师,后来陈被聘为教务长,还经考核后被任命为青岛国术馆第二十二练习所所长。

经过十年打拼，陈抟翠逐渐在青岛扎稳了脚跟。1948年，31岁的陈抟翠经人介绍认识了俞淑兰，两人结婚。俞淑兰是即墨人，也是个聋哑人，两岁时因高烧所致。陈抟翠在外谋事业，妻子在家理家事，两人在青岛过着平淡安宁的日子，1953年迎来了长子陈永胜，后来再添一儿陈永和一女陈永春，从此长居青岛，成为青岛万千家庭里平凡又不平凡的一分子。

挥洒文才写武侠，以笔为剑话江湖

陈抟翠能文能武，两者结合，成就了他的武侠文学江湖。在文学方面，他自认"我的读书和写作活动，是和我的本身缺陷条件有直接关系的"。失聪的苦闷促使陈抟翠寄情于读书，年少时泡图书馆的岁月，成为他后来的创作宝库。最直接的影响是，他通读平江不肖生和张恨水的作品，为他日后写武侠小说和社会小说打下了坚实的基础。他在潍县的时候就开始写小说。日军侵占潍县后，他从小学武术教员的岗位上被撤下来，白天跟随陈寿荣学书画、学篆刻，晚上就在家写小说。受张恨水影响，他写了小说《燕子春梦》。

陈抟翠真正的创作高峰期是在青岛。1944年，他写出了酝酿已久的第一部武侠小说《四海游龙》。当时青岛只有一家日本办的《大青岛报》，报上连载的两部小说均是王度庐的作品，陈抟翠没有机会发表。次年，日本投降后，《大青岛报》停刊，改出《民言报》《民言报晚刊》，他将《四海游龙》投给《民言报晚刊》，开始连载，深受读者欢迎。陈抟翠后来在回忆录中写道，那时，他还在外面摆着旧书摊赚钱贴补家用，一个在银行工作的朋友看了小说后，专门跑到他的书摊上向他称贺："我还以为老兄只是摘章觅句之作，这次佩服佩服。"

与王度庐相比，陈抟翠的独到之处在于，本身就是习武之人的他，写小说以武打取胜，一招一式都写得细致、传神。他自称学的是郑证因的路子，郑谙熟武林，对武功秘技和兵器如数家珍，是"江湖技击派"的代表。《四海游龙》使陈抟翠在青岛一炮而红，稿约如雪花般飘然而至。有段时间，他同时为九家报纸连载着九部小说，除《四海游龙》外，还有《屠龙记》《孤雏喋血》《风云儿女》《金罗汉》《谒金门》等。虽然陈抟翠自认"思维敏捷，记忆力极佳，

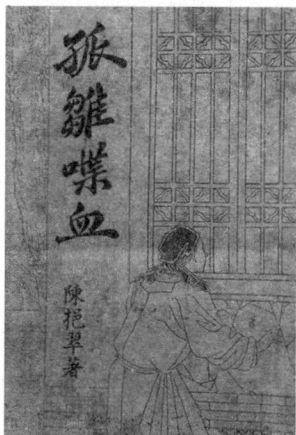

陈抟翠武侠小说代表作《孤雏喋血》

运笔如飞",但时间长了也觉得精力不够。正巧有些报纸停刊了,渐渐地他便只为两家报刊写作。

每天 2000 字的工作量对陈挹翠来说容易得很,时间一空闲,他又开始琢磨着做些别的事情。于是,他自荐进入为其撰写连载小说的《青岛晚报》,先做校对员,后改为外勤记者。记者是靠嘴皮子和笔杆子吃饭的工作,对陈挹翠来说,笔杆子自然不成问题,但是作为一个聋哑人,他如何与采访对象交流呢?陈挹翠走红之后,认识了不少人,经常给他提供线索和材料。他自己也肯下功夫,年轻力壮不怕跑路,也写些路上偶然发现的社会新闻,采访多靠笔交流。想来也是传奇,一个聋哑人做记者竟也做得风生水起。这段日子里,陈挹翠走街串巷,高门大舍、矮低棚户无不涉足,三教九流之人也结识了不少,为他日后写作提供了素材。

不过,1949 年后,武侠小说因"诲淫诲盗"之嫌遭禁。陈挹翠的创作逐渐停滞。1951 年,陈挹翠先是任青岛市轻工业局会图书管理员,后于 1952 年调任青岛第二橡胶厂工会任美术员。同年,他将孔尚任《桃花扇》改写成章回体小说,连载于《青岛日报》。在这之后,陈挹翠文学创作减少,将主要精力转向了对武学的研究、社会活动以及授徒、育人。

后期潜心研武艺,授徒育人不保留

作为青岛有名的武术大师,跟着陈挹翠学武的人不少。陈永胜说,父亲教徒从不保留,"武术讲究门派,有人在教的时候会留一手,或者不教其他门派的,但是父亲不会,谁要学他都教,而且从不保留"。高恒仑说,老师知道武术也是国粹,怕留在自己手里就绝了。

高恒仑和陈挹翠的相识颇有戏剧性。20 世纪 50 年代,高十二三岁的时候,在沧口公园练拳,被陈挹翠赏识。后来,长大成人的高恒仑开始参加各种武术比赛,陈挹翠已是沧口区武协主席,两人渐渐熟识起来。对高恒仑来说,陈挹翠亦师亦友,尤其是在陈挹翠生命的最后十年,两人交往甚密。高恒仑主要是跟着陈挹翠学习写作,而非武术,不过两人之间也曾交手、交流。高恒仑说:"老师爱才,只要觉得你品行好,是可塑之才,就会不惜一切培养你,倾囊相助。"

陈挹翠知晓作为聋哑人的痛苦,也将很多心力用在帮助周边聋哑人上面。20 世纪 60 年代初期,陈挹翠在四流中路 123 号大院内成立了聋哑人生产自救组,即沧口社会福利厂的前身,生产打气筒里的皮垫和冲压各种垫片,解决了他们的生活问题。同时,他还利用这个简陋的厂房和院落,办起了聋哑人夜校,组织他们学文化、练武术,文化课和武术课,都是他一人教。陈永胜还保留着当年父亲为聋哑学校文艺活动写的哑剧剧本,"有一场我还去看过,父亲演的是武松"。高恒仑说,"当时沧口区的聋哑人对他敬之若父",打架的、邻里不和的,甚至两口子闹离婚的,都请他去说合,他有很高的威信。

晚年的陈挹翠依然没有停下忙碌的脚步。由于身兼数职的操劳,1976年,他突发心肌梗死,住院半年又休养半年,虽

1957年陈挹翠全家福

然保住了性命,但身体从此垮了。一年半后,陈挹翠重返太极拳的辅导岗位,极大地推动了沧口区的太极拳活动。除此之外,陈挹翠着手整理了《六合棍》《七星螳螂拳》《青岛武术史》等武术书籍。1986年,他去北京参加全国武术系统表彰大会,获得了一等"雄狮奖"。他还向国家捐献了36本武术书籍,其中不乏善本和抄本,是他用40多个年头搜集购买而来的,也捐献过自己收藏的古兵器。书籍献出后,再写武术文章,不免捉襟见肘,但想到"在我手中收藏,终不免成为废纸,或被不肖子孙抛弃,反不如交与国家收藏为妥",也就不觉遗憾。

1988年,陈挹翠因病辞世。1987年,他回顾一生,写了篇不算长的回忆录,文中说:"我半生坎坷,自奋自强,尤其是一个聋哑残疾人,能有这些点滴成就,足可自慰,亦可告诸后人自勉。"儿子陈永胜说,对于子女,父亲的要求唯有自力更生、正直做人,在他看来,父亲一生清贫,但留给他们的精神财富是任何物质都无法比拟的。

人物专访

"父亲留给我们的是精神财富"
陈永胜,63岁,陈挹翠的长子

父亲是9岁那年发高烧导致的聋哑。在那之前,他一直跟着我奶奶住在沂

水,也就是我奶奶的娘家。我爷爷常年在外面工作,可能一年半载才能见上他们一回。我听父亲讲,那天早上,他出门去上学的时候还好好的,在学校里突发高烧,被同学背回了家,高烧不退,终至失聪。在沂水求医无门,奶奶带着父亲回了潍县,当时潍县比较发达,方便求医问药。但是父亲并没有康复。9岁的孩子已经懂些事情了,突然遭遇身体缺陷,心里难免会难过。他没法上学了,就自己天天泡在图书馆里,把馆里的书都读遍了,读书可能是他的一种精神寄托,也为他之后写小说打下了基础。

我出生在1953年,那时候父亲就已经很少写武侠小说了。倒是常见他习武,不过我们兄妹三人都没有跟他学武,他也没有要求过。他留下来的这些资料和照片,我们从中可以看到一些父亲当年的境况。我的儿子也看,他今年30多岁了,但是年代差得太多,很多他都看不明白了。

在我印象中,父亲是个精力特别旺盛的人。20世纪60年代,在橡胶二产工作的父亲靠一个人几十块钱的工资养活全家五口。工作之余,写字、画画、练武、写作,还为沧口区的聋哑人创办了夜校,文化课和武术课都是他一个人教,这些都是义务工作。说是敬佩也好,困惑也罢,真不知道父亲从哪里来的这么多精力。但是随着年事已高,整日操劳的父亲也撑不住了,1976年突发心肌梗死,幸亏发病时离厂医院近,抢救及时,这才捡回一条命。1988年父亲去世,也是因为这个病留下的祸根。

晚年陈挹翠与家人合影

父亲生前性格比较内向,不苟言笑,可能和他的身体缺陷有关吧。谁心里没有苦闷的时候,但是父亲有口难言,偶尔脾气会有点儿暴。但他绝不是一个情绪化、不讲理的人,在我的成长过程中,父亲从来没有打过我。弥留之际,回顾一生,父亲自觉一生清贫。他的确没能留下什么物质上的东西给我们,但是父亲留给我们的是精神财富,不是几套房子、多少钱财能代替的。家风对人有潜移默化的影响,父亲对我们兄妹三人的要求,一是要自力更生,二是要正直做人,不能有歪歪毛病,如此,足矣。

"老师的一生是个传奇"

高恒仑,72 岁,查拳传承人,曾跟随陈挹翠学习写作

跟着老师习武的多,学文的少,可能只有我自己。每当我准备写东西的时候,如果是小说,有了构思,我就拿给老师看,有不合理的地方请他指正出来。如果是诗词,老师就会教我一些格律上的东西,我们还经常一起探讨唐诗宋词,也交流怎么写毛笔字,我写隶书,老师隶书也写得好。但是我没怎么跟老师学过武术,武术是跟王老师学的。作为习武之人,我有一个很深的体会,就是一定要以文养武,否则就会成为一介武夫。这也是老师给我的启发。

陈挹翠长子陈永胜(右)和陈挹翠弟子高恒仑

我跟老师的交往主要集中在他人生的最后十几年,从 20 世纪 70 年代开始的吧。但我们其实早就见过面了。大约是在 1957 或者 1958 年,我那时候才十二三岁,老师 40 多岁。跟着王老师练武的时候,我悄悄地在书店里买了蔡龙云华拳的书,华拳打起来很漂亮,我就对着书在沧口公园自己练。晚上王老师带着我练,早上他不在,我就练蔡龙云书上的。(陈)老师在旁边看我练了两天,朝我走过来。手边没有笔和纸,他就在地上写字,问我老师是谁,练的是不是华拳。我把书拿出来,他笑了,误以为我没有老师,说他可以教我。那时候我太小了,不懂事,觉得他是个聋哑人,不太愿意,就拒绝了。我与老师就这样失之交臂。

又过了几年,到了 20 世纪 60 年代,我开始参加一些武术比赛,老师那时候已经是沧口区武协主席了。他对我还有印象。我和老师真正交往得密切是从 20 世纪 70 年代中期开始的,我喜欢写作,当时正尝试写小说,知道老师以前写武侠小说,同时在多家报纸上连载,对他很崇拜,就向他登门求教。

老师对我印象很好,从当年沧口公园练华拳那件事上他就看出来,我是个刻苦勤奋的学生。我们主要靠写字和手语交流,老师非常厉害的一点是,你在空中写字他都能认识,这得益于他在篆刻方面的功底。我跟着老师学写作,学字画,学装裱,只要老师知道的,他悉数相告,毫不保留。1983 年,我的一篇小说

发表在《海鸥》杂志上，我拿给老师看，自己的学生出了成果，他很高兴。1984年，我准备写一部关于于七起义（明末清初胶东农民起义，其核心领袖为于七，故称为"于七起义"）的长篇小说。和往常一样，我把构思告诉了老师。没想到，老师当即拿出一本资料给我，里面收集了关于于七起义的故事情节、胶东风俗、方言土语等。原来老师也有类似的想法，并且早就开始着手资料的收集。那时候搜集资料不像现在这么简单，都是跑图书馆跑出来的。我特别感动。后来小说写出来，叫《东莱风云录》，老师建议我改成《义旗血》，在报纸上连载了四期。

老师的一生全部沉浸在武术研究和艺术创作之中，前半生饱经沧桑，后半生生活安稳之后，又开始将心力用于帮助沧口区的残疾人事业，办聋哑人夜校，组织聋哑人生产自救组，沧口区的聋哑人对他敬之若父，即使不听自己家里人的，也会听他的。老师的一生是个传奇，以聋哑人之躯做到了很多常人都难以做到的事情。9岁那年，一个好好的孩子突然失聪，对他打击之大可想而知，但是老师从不言及痛苦之事。在他生命的最后时刻，我常陪护在他身边，即使在那个时候，他也从未流露出悲观情绪，可见精神意志之顽强。

2016 年 5 月 24 日

第二辑・风情

夙沙煮盐

——追忆红岛渔盐史

韩家民俗村墙壁上绘制的《煮盐图》

夙沙煮盐

——追忆红岛渔盐史

姜振海

花开花落,潮去潮来。

时光冷漠地杀死英雄,并将他们的热血稀释成平淡的过往。

先人们汗如雨下的大地上,深深的脚印转眼间就被岁月冲刷得无影无踪。

正如 60 年前,红岛的一个小渔村内,王母宫、龙母宫、关帝庙、观音殿星罗棋布,庙宇里充满了虔诚的渔家和盐民,如今却只能在遗址附近,凭借记忆恢复。

正如 100 年前,红岛一侧盐田遍地,渔港中百舸争流,男人们赤膊忙碌在群山似的盐垛旁,如今却只剩数亩盐田,几叶孤舟。

现实亦如此。何况传说中的夙沙煮海为盐、郎君结网造船、秦皇汉武驾临,以及沉没到大海中的洪州?

历史如此无情,却又有意无意地留下只言片语、辙印爪痕。

红岛是有名的渔盐产地。胶东"煮海为盐",起源于上古,战国时赵国史书《世本》记载,炎帝(一说神农氏)时的诸侯夙沙在胶东一带首创用海水煮制海盐,即所谓"夙沙煮盐"。"鲁盐"之名,驰名中外,"红岛盐"又是"鲁盐"的佼佼者。作为秦皇汉武都曾"点赞"的小岛,作为渔盐古镇的红岛,曾多次挖出成片的古代盐井,人们至今仍保留着古法取盐和造船的技艺;渔民的后代们,仍然祭祀着以前供奉的"盐宗"和"渔宗",惦记着落入大海里的洪州城。

《易经·易辞下》称:"古者郎君氏之王天下也,做结绳而为网罟,东猎于海,以佃以渔。"《胶澳志》盐业篇章记载:"民国初元,胶澳盐滩日形发达,阴岛(即现在的红岛)周围已有斗子 90 余副,产盐六七十万担,多运销朝鲜、(中国)香港、海参崴。"

现代作家吴伯箫于 1937 年 7 月游阴岛,写成《阴岛的渔盐》一文,对阴岛的渔盐史、"开滩晒盐"法作了具体描述,称"海水是取之不尽,所以盐也就用之不竭"。

了解了红岛的渔盐史,知晓它的辉煌过去,才能知晓当地人对逝去历史的珍惜,才能明白一家民营公司,投资 2 亿余元,占地 300 多亩,建设韩家民俗村的意义。"2004 年开建,2012 年建成,在红岛后韩家社区旁的荒地上,这个展现东夷渔盐文化源流,再现先民生产生活习俗的韩家民俗村就这样成长起来。这是我对家乡的热爱,是对逝去生活的眷恋",投资者韩平德这样解释修建民俗村的初衷。韩平德说,随着时代的发展,家乡正在发生巨变。村里以打鱼、晒盐为生的人们,逐渐扔掉了老饭碗。没了往昔的生活和文化,家乡就等于没了,修建民俗村,正是出于对这种文化消逝的恐惧。

深入发掘了木质古船的制作工艺,整理记载了掘井煮盐、盐田晒盐的制作工艺,还开设专门的国学班,教孩子们读经、织网、骑马、划船。韩平德说,作为渔盐故里,希望孩子们能把一些古老的技能传承下去,把这种渔盐文化继承下去。

渔、盐、耕、读,在古渔场和古盐场遗址上建立的民俗村,能否承载和延续以往的文明?

红岛渔盐演义

——记者探访韩家民俗村,追溯结网捕鱼和煮海为盐的传说与记忆

姜振海　谢萌萌

帆船

几百年光阴似箭,转瞬间沧海桑田。一眨眼古城沉海底,睡梦里孤岛变盐田。各位看官,今天要讲的这一段,是红岛的渔盐发展史,也是红岛的生活变迁史。当然,在几千年前,还没有"红岛"这个叫法,渔盐也没有这么发达。而接下来的故事,就要从传说中的渔盐起源开始……

第一回：郎君氏造船结网，夙沙氏煮海为盐

红岛有两个"天下第一鲜"：一是红岛蛤蜊，皮薄肉嫩；二是红岛海盐，口味纯正。在红岛当地，人们经常这么说。大自然给了红岛优美适宜的自然环境，也造就了这里勇于尝试的人们。红岛韩家民俗村重建了盐宗庙和渔宗庙，还以图文并茂的形式，生动再现了先人们结网捕鱼和煮海为盐的故事。

郎君氏结网造罾、竹筏杈鱼、抄网捞鱼、石窟网和插木挡蒲网……在韩家民俗村里，以壁画的形式，再现了以前捕鱼的场景。《易经·易辞下》称："古者郎君氏之王天下也，做结绳而为网罟，东猎于海，以佃以渔。"说明当时已经有了相对发达的捕鱼技术。

《中国渔业史》这样介绍我国最初的渔业生产：在 5000 年前的炎黄时代，郎君带着妻子从南洋来到少海（今胶州湾），妻子住在海左边的山上，教人们植桑养蚕，后来这座山就叫"女姑山"。郎君住在海的右边，教人们结网造船，出海捕鱼。郎君教先民制作木筏，用"木杈""木杆网"近海生产，捕获鱼、蟹、贝类等海产品。

红岛先民为纪念郎君，把他出海捕鱼的那条港称为"郎君港"，称郎君为渔宗。为了纪念郎君，红岛韩家村东曾建有郎君庙，可惜这座庙毁于 20 世纪 60 年代。目前，在当地人韩平德等人的推动下，郎君庙已在韩家民俗村内恢复。

渔、盐、耕、读，集渔盐文化与农耕文化于一体，也是红岛历史文化中的重要特征。战国时赵国史书《世本》记载，炎帝（一说神农氏）时的诸侯夙沙在山东胶东一带首创用海水煮制海盐，即所谓"夙沙煮

夙沙氏煮海取盐

盐"。传说中，夙沙氏是煮海成盐之鼻祖，后世尊崇其为"盐宗"，夙沙氏煮海水成盐处，一说即位于半岛南部胶州湾北岸城阳区西南部。

相传当地部落首领夙沙，有一天打了半罐海水正放到火上煮，突然一头野猪从眼前飞奔而过，夙沙拔腿就追，等他扛着打死的野猪回来，罐里的水已经熬

干了,罐底部留下了一层白白的细末。他用手指蘸了一点尝尝,味道又咸又鲜。夙沙用烤熟的猪肉蘸着吃了起来,感觉味道很鲜美。那白白的细末就是从海水中熬制出来的盐。

在胶州湾北部阴岛北岸平缓的海滩上,经过若干年的潮起潮落,风吹日晒,自然形成了一层白色的盐花,人们用木板刮起来收集到一起,经过加工,用于食用、交租、交换商品,这种取盐方式是"刮碱取盐"。

相传在汉代,山东半岛南部胶州湾内天气大旱,人们在掘井取水浇田时发现,井水比海水咸了许多,放在锅里煮,果然比海水取盐还多几倍,先民从此开始了掘井取水煮盐。在红岛多次挖掘出煮盐的古井,目前在韩家民俗村内,据说有一口井仍保留相对完好。

第二回:秦皇点赞赐芳名,王母一怒淹洪州

不仅渔盐业的始祖在这里开天辟地,就连后来的秦皇汉武,也无比热爱这片海。这不,传说中阴岛(红岛)名字的起源,就与这两人有关。

相传,秦始皇为寻求长生不老药,曾三次巡游胶州湾。他站在船头,远望胶州湾内的第一大岛赞叹不已。他问左右随从:"此岛叫什么名字?"大臣回禀:"启禀皇上,此岛无名。"秦始皇说:"环海之岛,碧波蓝天,岛海相连,绿树葱葱,真乃乘荫歇凉之胜地也。"大臣李斯才思敏捷,马上回答道:"皇上,此岛取名荫岛如何?"秦始皇准奏。从此荫岛的名字就流传了下来,后来人们为了方便书写,就渐渐将"荫"写成了"阴",就被叫作了"阴岛"。

而桃花岛的名字同样是一位君王给取的,他就是汉武帝刘彻。2000多年前,汉武帝下榻不其城(现城阳)行宫时,下令在女姑山上建明堂和太乙仙人祠。汉武帝在女姑山参加完祭祀大典后,与群臣们站在山顶观赏美景。只见天空万里无云,山下海浪滔滔,远望西海岸的阴岛,就像一条大船停泊在胶州湾之中,岛上绿树成荫,绿树丛中一片桃花开得正盛,像一片红云笼罩在岛上。汉武帝看到这番美景,龙颜大悦,禁不住赞叹:"桃花美岛也。"从此这岛就多了一个"桃花岛"的美称。

这个连秦皇汉武都"点赞"的小岛,还有个关于天庭王母娘娘的传说。现在的红岛,有两句顺口溜就与这个故事有关。一句叫"狮子红了腚,淹了洪州城",一句叫"淹了洪州,立了胶州"。相传"洪州城"的东城门在今天的板桥坊,西城

门在红岛的东大洋海中冒岛处,南城门在四方湖岛的海上,北城门在女姑口。"洪州"之名,也是因为这里经常发洪水而得名的。

相传,王母娘娘到凡间来体察民情,她变成一个乞丐婆来到洪州城讨饭。她来到一户人家门口,从里面出来一个妇女,手里拿着一张白饼和一张黑饼。看到有人讨饭,那妇女说:"给你张黑的,这张白的留给孩子垫屁股,还软和些。"王母娘娘一听这话,十分生气,心想:"这地方的人真是坏透了,不能留了。"接着她又来到另一户人家,这是一对穷困的母子。儿子名叫忠义,十七八岁,见到要饭的老婆婆马上请她进门,帮她换上干净的衣服,还帮她梳了头。王母娘娘非常感动,对忠义说:"洪州城门前有一对石狮子,你要经常去看看,如果看到石狮子腚红了,就是这座城要被淹了。我给你扎一个小木筏子,到时候你赶快带上你娘坐着木筏逃命去吧!"忠义听了这位老婆婆的劝告,时常去城门外看那对石狮子的屁股。有一次他碰上了自己的结拜兄弟无义,无义对他的行为很好奇,于是一直追问,忠义就把老婆婆对他说过的话如实转告。但无义不相信,他想:这对石狮子是白的,哪一辈子能红腚啊!于是找来红漆,偷偷把石狮子腚染红了,想吓唬一下忠义。可谁知这狮子腚一红,天空马上下起了倾盆大雨,只见雨越下越大,很快就没过了脚脖子。忠义一见石狮子腚红了,知道洪州城要被淹,赶紧跑回家去,带着母亲登上木筏,等他再回头一看,洪州城已陷入一片汪洋,沉入海底。木筏载着娘俩飘到胶州,忠义和老娘就在岸边割芦苇,搭建草房住下了,过着渔樵耕种的田园生活。

在1947年出版的《青岛指南》上,有这样的记载:"东大山在阴岛(今红岛)之极东,滨海耸立,气象巍峨,相传为古洪州西关,有城墙遗址。农民屡于山上拾得盔顶甲片及金钗等物……毛岛(即冒岛)孤悬东大洋村东海中,上有古井一口,水味清洌,闻系古洪州西门,但代远年湮,城舍荡然,相传明以前即有之。"这就是说,这个古老的传说,并不是毫无依据。20世纪90年代,修建环胶州湾高速公路时,专家在冒岛北侧十几米处的海中测绘时发现"深不见底",分析说这个地方可能就是当年洪州沉没海域。

第三回:中兴祖报税为官,后世人海畔围田

千百年留下的传说让人们印象深刻,而红岛一名其实是在"文革"初期才出现的。据史料记载,此前之所以叫阴岛,一是因为该岛位于胶州湾北部,相对于

陆地,阴岛恰好位于水之南(水之南为阴);二是该岛经常云雾笼罩,天阴地暗,故名为"阴"。

事实上,红岛在夏商周属于莱夷地,也就是常说的"东夷"。春秋战国时期,红岛就是齐国获取"渔盐之利"的主要场所。秦统一中国后,归属为琅琊郡不其县。

"过去红岛的渔船是不允许到外面捕鱼的,直到清康熙二十三年,朝廷颁布'展海令',这才开始'小船,小捕作业'。"韩家民俗村总经理刘群英介绍,从康熙年间开始,红岛的捕捞业才得以开发,至乾隆年间,小中型捕捞船兴起,红岛的渔业大盛。各自然村的渔船猛增,韩家村东郎君港码头千商云集,市肆并列,一派繁华景象。根据族谱记载,韩家村村民的祖先是春秋时期韩起的后代。"到了我是第二十代,根据族谱记载,我们的九世祖是盐官,是负责盐业报税的",韩家民俗村董事长韩平德说,据说当时家里光土地就有 2000 多亩,还为十世祖捐了个太子随从的官职。韩平德说,十世祖出行有专门的仆人牵着大红马开道。当时红岛还是个孤岛,等到海水退潮,大家听到马蹄敲击礁石的声音,就知道人回来了,抓紧出门迎接。

咸丰年间,韩家的十五世祖韩中泮继承了以往的家业并有了发展。当时家里有三艘大帆船,在山东半岛、江苏一带做粮油、竹木以及南北土特产的运输和贸易。有专门的"春盛"商号,最大的帆船叫"春盛",商行也叫"春盛"。十五世祖有四个儿子,一个负责航海,一个负责盐田,一个经营"春盛"商号,还有一个负责农田,据说当时韩家庄盛极一时。

不过,在 1900 年之前,人们基本上都是以海水煮盐、掘井煮盐为主,1900年,韩家村村民韩高祥、韩高志在即墨金口学会修盐田晒盐技术,回家后在韩家村郎君港建成四副晒海水制卤取盐的盐池,成为胶州湾内第一户使用近代制盐技术大规模建池晒盐的先驱。韩高祥、韩高志等兄弟也教会和带动了周边肖家、马戈庄等周边村民修建盐田,到 1913 年时韩家周围的盐田达到 900 多副斗子,面积 18 万公亩,年产盐 3.5 万吨。

"以前,红岛就是个孤岛,只有退潮的时候,才能露出路来,人们顺着礁石路回家。后来随着盐田越建越多,1913 年的时候,红岛的盐田快和肖家接到一块去了,大家把中间填平,红岛才从一个海岛变成与陆地相接的半岛",韩家民俗村的工作人员介绍说。

盐田晒盐,就是在海边围出一片地来,涨潮的时候海水引入蒸发池,这样经过风吹日晒蒸发,从一个池子先后导入另外的几个池子里,达到一定浓度再导入结晶池,海水就会成为食盐的饱和溶液,再晒就会逐渐析出大盐粒子来。红岛后韩家社区 81 岁的老人韩明斐说,晒盐被称为"清水捞银子"。

根据 1904—1905 年度的《胶澳发展备忘录》,当时

韩家民俗村内的郎君爷塑像

红岛的居民生产出来的食盐足够整个胶澳租借地的人食用。多余的食盐,绝大部分被青岛商人买走,并从那里继续销往农村地区。商人们以 3 个大钱 1 斤买进,在李村集市上可卖到 5 个大钱 1 斤。据 1933 年《青岛指南》载:"岛中南部多盐田,居民多赖渔盐之利,入其间者,第见纵横盐斗,排列海沿,汲水风车,自由飞转,游览其中,别饶佳趣。"

第四回:老工人四十创业,小顽童五岁学棋

在韩家民俗村里,有"韩家村建盐田图"和"一九零五年胶澳盐田图",可以清晰地看到当年村旁到处都是划分严格的盐田。以前的盐田,到处是沟沟壑壑,要是走错了路,根本走不出去,81 岁的韩明斐老人说。

韩家民俗村董事长韩平德,经常谈及他家里的"渔盐历史"。十六世祖是家里的长子,经营家里的盐田;家族人多,十七世祖不愿受管教 21 岁去闯关东,十八世祖韩高楼跟着叔叔长大,一直当船长漂泊在海上。韩平德说,等到父亲韩明仁从村立完全小学毕业时,家里有 30 多亩地、60 亩盐田,还雇佣有长工和短工。由于韩高楼长年在海上,家里产业无人照看,已经考上青岛市立中学的父亲,被劝说放弃学业,学习晒盐制盐。

不幸的是,1937 年韩高楼染上霍乱去世,韩平德的父亲 19 岁开始当家。此时正赶上抗日战争,土匪、杂牌武装、日本人、自封的地方官吏都盯上了盐业这块肥肉,一遍遍杀来要求缴税。"收不上钱来,一开始是把门和锅都给卸走,再后来就把保长给吊到梁上,保长的老婆孩子挨家挨户求人摊点钱救人",韩平德

说，抗战八年后家里的土地、盐场都所剩无几，1952 年定成分时家里成了贫农。

父亲一辈子受罪，没享过福。韩平德说，他给我们兄弟取的名字，分别是：信、义、和、平、民，也能看出他在兵荒马乱时代里的追求。韩平德小时候在政治运动和繁重的体力劳动中度过，成年后先后担任村里的民兵连长、生产队长和生产大队长。1980 年改革开放后，他到红岛人民公社纺织厂做车间主任，学到一些工业技术和管理知识。1984 年，虚岁 40 岁生日那天他回家，母亲说："你40 岁的人了，不是小孩子了，50 岁就老了，你还有两个女儿要养活，你也不犯愁？""50 岁就老了"的话，和祖宗们创业、守业的辉煌，让他彻夜难眠。"还有十年，我该怎么办？"考虑了两个月后，他决定下海创业，看看能不能成为先富起来的那一批人。

1984 年，他辞职后和夫人找了两三个帮工，开始做铝制品上的塑料配件。从小作坊起步，逐步生产铝制品，锅碗瓢盆，到 1997 年有了 1000 万的流动资金。是小富即安去养老，还是接着把事业做大？在政策的鼓励之下，他二次创业，创办了青岛通用铝业有限公司，该公司很快成为青岛百强企业。

2004 年，快 60 岁的韩平德又有了新的想法，他说做实业是做实业，能不能做一件更有意义的事呢？这时候童年里的文化记忆不断涌上心头，他说，以前我们村有很多的庙宇，码头上有渔祖庙、盐宗庙、三官庙，村里光关帝庙就有三座，他从小在庙宇前看着大人晒盐和出港。后来庙宇在 20 世纪六七十年代都焚毁了，在推土机的轰鸣声中，古老的家乡正在逐渐消失。于是，他决定，要把家乡的风俗和文化都保留下来，得到许可后，在村旁的盐碱荒地上着手修建韩家民俗村。

韩家民俗村建在古渔场和古盐场遗址之上，占地近 300 亩，投资 2 亿余元，恢复重建了郎君庙、天后宫、盐宗庙、千手观音殿、大雄宝殿等民俗景观景点，建设了渔盐文化博物馆、民俗文化博物馆、洪州商埠古街和盐宗大

机织渔网

街仿古店铺、韩家客栈等，以渔、盐、耕、读为主题，除了保留当年人们用于渔业、盐业的用具，还原当年的生活场景外，还注重造船技术、制盐技术和民歌民谣等

文化的继承发扬。2013 年,红岛韩家民俗村发掘的木质渔船制造技艺、盐宗夙沙氏煮海成盐传说,成为省级非物质文化遗产。

在民俗村内,还成立了一个国学馆,每到周末便请专家教授五六岁的孩子们国学技艺。"我们专门教学校里不教的东西,象棋、骑马、划船、织网、读经",韩平德说,小时候学到的东西会对以后影响很大,希望能通过这种方式把传统文化传承下去。

2014 年 7 月 25 日,在韩家民俗村里,来了一帮参加海洋文化夏令营的孩子们,他们走进渔盐文化博物馆、民俗博物馆问这问那,有的还跟民俗村工作人员学起了织网。也许文化传承的希望,就在这些孩子们的身上。

最苦的记忆

"从我老爷爷开始,我们家就有盐场,到我是第四代了,现在闺女女婿也在盐业上",红岛后韩家社区,今年 81 岁的老盐民韩明斐说,晒盐能赚钱,但是非常苦。

晒盐最怕下雨,有经验的老盐民一看天不好,要下雨了,就得开始忙活着抢盐。全家老小都得上,不光是结晶池里已经要出的盐,连前面几道工序的池子都得盖好,否则被雨一淋,前面的工作全都白搭。韩老说,在盐田里工作的工人都要穿着靴子,就那样有些人的脚后跟上都没有茧子,盐的腐蚀性太大,都被盐"舔"没了。

韩明斐 16 岁起跟着家人下盐场干活,在盐场工作过十多年。他的老爷爷、爷爷是从光绪二十六年(1900 年)便开始利用海水筛盐、晒盐、打盐场。他们所处的就是当时被称为"中国四大盐场"之一的胶澳盐场。"这一行被称为'清水捞白银',晒出来的盐白花花的,反正海水又不要钱,只要肯出力,就跟从清水里捞钱一样。"韩明斐老人笑了起来,"其他地方用的打井取卤水晒盐的方法,晒出来的盐因为含的镁这些物质多,都比较苦涩,而咱这里海水直接晒出来的盐味道要更加鲜美,所以老百姓那时都靠打盐为生"。

当问及在盐场干活是不是辛苦时,韩明斐老人脱口而出,"太辛苦了!"坐在一旁的老伴也不禁笑了起来。"过去晒盐一道一道的工序,一天天的根本闲不着,每道工序都离不开人。你得根据海水的涨潮、退潮规律把海水引进来,一层一层地把海水提高,让它一层一层地蒸发,过去这些全靠人力。最累的是最后收盐的时候,当时我们家有两块盐田,也就是差不多100来亩。一般早上三点就要起来收盐,到下午三点才能收完,装盐的时候一筐能装200多斤,两个人抬,力气小点的人都抬不动。收完就累得不行了",韩明斐老人接着说,"累是一方面,打盐、晒盐得天天跟卤水打交道,湿漉漉的贴身上可是难受。而且,当时吃的也不好,所以很多老盐民都身体不好,又要干体力活儿,所以那段日子真是太辛苦了"。

盐场为了运盐,有时造些小船放在人工挖出的河道里,盐沉,船就搁浅在河底的泥里,要靠人力在岸上拖着船走。那时在这里干活的男人都一丝不挂,但谁也不笑话谁,女人路过看到或者来送饭,都很自然。韩明斐说,当时有句话叫"有礼的街道,无礼的河道",就是说在街上大家都讲礼貌,穿戴好,但当时衣服金贵,谁都不舍得穿着衣服在盐场河道干这种粗活。

在红岛的盐场曾流行过这样的歌谣:"盐场猴,盐场猴,大黄饼子瓜荞头。"在盐场干活的人,身上都会结一些白花花的盐渣,所以被人喊作"猴",当时主食都是大黄饼子,瓜荞头则是腌成咸菜的萝卜头。这也是当时盐民生活的真实写照。新中国成立后,国家开始通过各项政策扶持盐业的发展,盐民的日子也有了很大的改善。

虽然仅在盐场干了10年,韩明斐老人对晒盐依然有着很深的感情。"到清明节的时候正是赶上头茬盐出盐的时候,那时候一望无际的盐场上有上万个小盐垛,太阳一照,白花花的特别好看",他笑着说。

最后的盐场

几千年的制盐历史,国内闻名的海盐品质,青岛曾经是海盐生产的重要地区。而如今随着城市的发展,目前已经只剩下红岛地区的一处盐场——东风盐场三工区。

东风盐场曾是国内、省内海盐老滩技术改造最早的盐场,也是国内闻名的实现海盐生产机械化的样板盐场。东风盐场三工区位于胶州湾北部、近大沽河入海口处,工区厂房外墙上醒目的"1971.11建"昭示着厂区是于1971年建立的,现在盐场共有32个晒盐池,年产5万吨盐。

虽然刚下过雨，厂区的一个盐垛仍然有车辆在运盐。高达几十米的盐垛旁，装盐的工人将白花花的盐结晶装入一个个的专用编织袋，大型的器械正将它们输送到旁边的运输车中，运输车装满即可离开。

几十米高的盐垛旁边，是遍地的晒盐池，因为下雨都被罩上了厚厚的遮雨膜。"现在盐池中总共有大约 30 厘米高的卤水，差不多转化为盐结晶的大概有 7 厘米高了，天气好的话，结晶还是很快的。"据盐场的赵主任介绍，红岛原来有 60 平方千米的盐场，其中东风盐场就占了 32 平方千米。随着国家对红岛区的开发，现在已经减少到 8.6 平方千米。据悉，仅剩下的这部分盐场，也有可能退出历史舞台。刚下过的雨形成积水堆在盐池中，几个盐工在一个个盐池边来回巡视，查看是否有漏水的地方。果真是"一刻也闲不着"。

东风盐场是青岛当地最早的盐场之一，生产的大粒盐也曾是市民餐桌上的必备品，其产品"雪花"牌食用盐也是全国闻名。随着市场经济的发展和城市化的改造，昔日一眼望不到边的盐场现在大多或被填成了陆地，或被开发成了湿地。

也许，在不久的将来，岛城物理晒制海盐的历史会终结，而这种盐业文化也终将消失，无人再提。

阴岛的渔盐

吴伯箫

不知怎么得的一个概念，以为"岛"总该是岗峦起伏、嶙峋多山的。阴岛却出乎意料得比较平坦。虽也有稍高亢些的岭，但总少有崎岖的鸟道与怪石巉岩的景致。倒是一青两岸的绿禾翁乘，给人一种透心的喜欢……

《胶澳志》的《方舆志》里讲岛屿的有一段说："阴岛在胶州湾内，岛之东南端距湖岛约四海里。岛之东北端东距女姑口约三海里。北面多盐田，可通陆地，形成半岛。地势平坦，居民十有六村……"是的，西大洋正是那十六村中之一，在岛的南端。学校又在村的南端，去码头约二里遥远。就去路这边看，可说建筑就在坡里，一面靠村庄，三面是庄稼，田野风味十足。红房子，绿中缀红，也来得别致爽朗。校里又是那么整齐干净，学生老师也都熙熙和乐的，所以见了卞君第二句话，我不禁就说："你们那儿真好。"

趁卞君空闲，去看岛上风光。村里，街头巷尾，打绳结网的很多，知道他们种田以外，多以捕鱼为业。捕鱼，"胶澳渔区内湾以阴岛为依据，外海以沙子口为集汇"。"志书"上也这样说。还说："湾内水浅多滩，鱼之种类及

1908年的阴岛盐田（图片摘自《青岛旧影》）

食类不及外海之丰美。大都属航船舢板之兼业。其行渔期约分春秋两汛：春汛在阴历三月中旬至五月中旬，以投网为主；秋汛在阴历六月下旬至九月上旬，以曳网为主，介贝之属则沿海随时可采……潮退时，滨海妇孺，即往采拾，惟冬令较少耳。"抄来算我的注释。

转了一圈回来，已是黄昏时候。饭后，正好凉快，在院子里坐着学校里的老师都熟了。怕惹蚊子，不点灯，就在夜色朦胧中谈起话来。他们说："乡下办学真难，难处在难招学生，不是学生不愿来，他们倒是天不亮就来温书了。别扭的是家长，他们总觉得学生念书是替老师念的。就算不花钱，送来也是面子。同城市的情形恰恰相反。那里只嫌学生太多，收不下。这里有的家长说：'俺就光给您念书啦，俺就不干点活啦！'也有的家长说：'就算你枪毙了我，我也不能教俺的孩子上学。'"这真是怪事。想它的症结，怕是岛上生活与识字与否无甚关系的缘故罢。他们只要学会撒网捕鱼，耕田播种就够了。读书写文几个钱一斤呢？原也就是山高皇帝远的所在呀。时代尽管变得飞快，他们却是"不知有汉，无论秦晋"的。令人想起桃花源来。睡时不觉夜深了。

早饭后，看盐田。因此又驱车去十里远的萧家庄。萧家庄在阴岛算是大村，村里有瓦房，有白马，有逢二七日五天一次的市集，海西警察署在这里也有分驻所，看来人家是比较富庶些的。去盐田的向导，是萧家小学校长孙君，那是老友，好人，热心是不必说的。

盐，说来话长，古时候，"太公望至国修政因其俗，简其教，通工商之业，便鱼盐之利，而人民都归齐"。"管仲相齐，官山府海，计口授食，伐菹薪，煮水为盐。征而集之，十日始征，至于正月，成盐三万六千钟。"《宋史·食货志》载："垦地为畦，引池水沃之，谓之移盐，人耗则盐成。"这些怕都是我国盐法的嚆矢罢。

现在造盐，总不出"晒于池，其行颗，熬于盘，其形散"那些方法。阴岛的是

"开滩晒盐",听说是 1908 年有萧廷蕃者由金口学来的。盐滩要论"斗子"。"斗子"论"副"。大概一副斗子是四四一十六个方,方同种稻养秧的水田一样,不过更整齐更平。晒盐时,是先趁涨潮时将海水引入斗子周围的深渠,然后将深渠里的海水,用水车车入"斗子"的第一排四个方里边,叫太阳去晒;晒个相当时间,再将第一排方的水车入第二排方,如此至第三排第四排。海水愈晒愈少,愈晒愈浓,水愈咸,盐的成分愈多,到第四排方里边咸水就超过饱和,结晶了。将结晶捞出那就是盐。如此循环不已,盐就愈出愈多。海水是取之不尽的,所以盐也就用之不竭。

《胶澳志》盐业项下说:"民国初元,胶澳盐滩日形发达,阴岛周围已有盐滩斗子九百余副,年产盐六七十万担,多运销朝鲜、香港、海参崴……至我国接收之日止,推广至一千零七十一副,每副斗子面积广可三十亩,狭者减三分之一……民国八年输出四百四十余万担……"云云,抄此可见一斑。

看盐田,正当雨后,只看见了用草苫盖着像山丘样的盐滩,晒盐的工作却恨无缘过目,不过见了那一眼望不到边的井田似的盐滩,同散布着不下千万堆的盐晶,也够叹为观止了。唉,拿不花钱的日光,晒不花钱的海水,盐,成本算不得很大,制造也不算顶难,为什么曾有过盐潮的乱子,内地僻壤,食盐要比油还贵呢? 奥妙也许有,可是草木之人哪会懂。

2014 年 7 月 29 日

【详解】

青岛有八怪，其中一怪就是"管小姑娘叫小嫚"，嫚儿词是胶州话，就像妮子、闺女一样，而非来自于有人所说的德语"damen"（大嫚）。意思是姑娘，年轻貌美的象征，一般含有未婚的意味，左图配的便是卖枕头的小嫚。如果结了婚就不能用嫚儿来称呼了。

【例句】

1. 你看那个小嫚(儿)挺好的吧?
2. 小嫚儿, 小嫚儿你是哪来(里)地?

【注意事项】

若是称呼"嫚儿""小嫚儿"不是表示亲昵，就是表示陌生，说话的人一般是年纪大的称呼年纪小的，如果反过来是不礼貌的。

小嫚儿，青岛方言中最常用的一个词之一

大话青岛方言

大话青岛方言

柳已青

方言是一个人与生俱来的身份认证，是乡土和家园烙在人身上的地域特征，要想融入一个地方，必须懂当地的方言，会说一些当地的方言。青岛方言是融合了地域特色、历史文化、民风民俗而形成的，有海洋的气息，保留了生活原汁原味的感觉。

青岛的方言中藏着历史文化信息，有的词语可以说是语言的化石，蕴藏着特定历史时期的社会特征。比如青岛方言中的外来语。"古力"一词，堪称典型。青岛的各种新闻载体，报纸、电台、电视、网络等，都会报道古力冒溢、古力盖被盗之类的社会新闻。古力指检查井，是德语检查井的音译，古力从德国租借青岛开始流传，并在青岛的城市规划和城市生活中保留下来，成为百姓口语中的语言化石。青岛的方言中有大量的外来语，有的来自德语，有的来自日语，有的来自英语，有的来自俄语，是不同历史时期的遗存。轱辘马，来自日占时期日语单词"くるま"，偶见青岛人使用，意思是带有四个小轱辘的推车。镍铬，指不锈钢制品。抗战胜利后，美国海军如潮水一样涌进青岛，大量的军用餐具等日用杂品随着美国大兵登陆，老青岛把不锈钢餐具称为 niger，源于英语 Nickelchromium。转为汉语后，老百姓就叫它"尼根儿"，多了一个儿化音，更有生活味，冷冰冰的不锈钢制品，也变得亲切。布拉吉，女性裙子的统称，源于俄语的译音。这个词语大概是 20 世纪 50 年代，向苏联老大哥学习的遗存。

青岛的方言，还带着啤酒的色泽，啤酒花的香气，更有一种海鲜的气息和特色。有浓厚的市井味，也有时代感。哈啤酒，吹瓶，辣炒蛤蜊，波螺油（牛）子，海蜇里子，加吉鱼，老板鱼……这些词语都是方言中的内核，在几代人的唇齿之间流传。

当时代的列车驶入 21 世纪，一夜之间，人们忽然发现青岛方言不普通。自从《疯狂的石头》火了之后，那个操着一口青岛方言的"黑皮"一开口，青岛银（人）就笑了。原来，青岛方言还有这么巨大的娱乐价值呀。

多年前,网络上就流行青岛方言四级和六级测试,有报纸将这套试卷刊登,热衷于当考生的都是外地到青岛的青漂一族,热衷于当考官的自然是青岛小嫚,用原汁原味的方言公布标准答案。

青岛的一家报纸,曾经开设"青岛方言"版面,刊登用青岛方言写得有趣的生活小故事。有一篇文章题为"青岛话是咱地财富"中说:"有一次,俺送特们去机场,有个老外想显摆显摆特的青岛话,冲着呢个机场工作银员说了句:'嫩青岛银真好!俺哈待来!'把银家给惊得半天才把嘴合上。"这种市井小事儿用方言娓娓道来,很有意思。如今青岛电视台也开设了几个方言味道的节目,《青岛全接触》中的徐麟用方言播报新闻,让老青岛听着够味儿。

一个地方的方言,带有强烈的地域色彩,其本质是交流的工具。讲方言还是普通话,也分场合,夫妻在家吵架,很少有用普通话的。在公众场合交流,大多用普通话。在多元化的社会,方言从小品、电影蔓延到网络、彩铃,其传播的方式令人不可思议。传统与后现代,方言与网络语言,共同构成了我们众声喧哗的时代。

青岛方言,一张嘴就是这个味儿
——青岛方言的母语、形成与传承

"溜达着去啤酒节哈啤酒吃蛤蜊(gala),挺恣儿,那个愉作劲儿,就白提了。啤酒节上人(yin)海了,都挤大摞(排长队)了,人都跟那乌蜂子似的,乌蜂乌蜂的,有人一不小心踩着脚(jue)了,两个人就嗷起来了,差点没骇起来,吓死(shi)了。傍黑,啤酒大棚来还有表演,安阳来——小嫚儿那个俊,蹦跶得那个好,俺看得都扒不下眼来了。天烘黑了才往家走,到了家让俺老婆好一顿嗷。"这段话在外地人听来有点晕,青岛人听着倍感亲切吧。青岛方言现在市民还在说,只是口音和词汇都在悄悄地发生着改变,所以,青岛市档案馆等单位正在想办法将其用声像的方式保存下来。至于它的未来会变成怎样,青岛大学教授、方言研究专家李行杰说:"我是看不到了,现在的人估计也难以预料得到。"

青岛方言,甫一形成就变味

"少小离家老大回,乡音无改鬓毛衰。"乡音是每个人真正的母语,从出生时刻,到所处的环境,从娘胎中朦胧的声音,到母亲温暖的摇篮曲,无不充斥着来自家乡的土音,这是我们声音的启蒙,也最能表达我们的情感。记得艺术家赵丽蓉老师生前在小品《如此包装》中曾这么形容自己的乡音:改不了了,连说梦话都是这个味儿。

青岛方言,这几年名气变大,与黄渤在《疯狂的石头》中"无心插柳"的宣传有关,也离不开青岛飞速的发展。一提到"哈啤酒,吃蛤蜊(gala)",外地人也都能明白,并开始学着说了。

青岛话,是一种很特殊的"市民方言"。说它特殊,是源于青岛市区形成的特殊性。1891年,胶澳设防,青岛建置,青岛还只是个小渔村,方言主要是周边的即墨、胶州、胶南土语。1897年,德国凭借《胶澳租借条约》入驻青岛,在中山路一带建起了楼房街道,后日本两次强占,直到1945年战败撤出,青岛人口的组成才真正稳定下来。所以,李行杰认为,青岛方言真正形成于20世纪五六十年代,"那个时候青岛的方言才真正地统一了"。然而,"话音还没落地",就又发生了变化,"之后不久就开始推广普通话了,青岛方言的传承随即受到了影响"。

以前的剃头匠叫待诏

苦力来源于日语

一般来说,青岛方言的母语除了前面说的即墨、胶州、胶南土语外,还来自于以下几个方面:一是齐鲁的古汉语,即3000年前的"齐鲁官话",因而方言中有一些是古语词。比如"夜来"指昨天。宋贺铸词《浣溪沙》:"笑捻粉香归洞户,更垂帘幕护窗纱,东风寒似夜来些。""包弹"是个轻声词,平度、莱西老派方言中常用,指缺陷、瑕疵、毛病等,这是宋金元时期的常用词。金董解元《西厢记诸宫调》:"德行文章没包弹,绰有赋名诗价。"醋放得时间长了,表面长白霉,在青岛话中叫"长白醭"。而在唐代大诗人白居易的诗句"酒瓮全生醭"中,也可以找到"醭"的相同用法。还有个词是待诏,指的是过去的剃头匠,因为对皇帝来说,是

163

忌讳说剃头的,只能称为待诏。二是云南、四川、山西、江浙等省份的移民语言,青岛市民辛忠香的祖上就是从云南迁过来的。还有德国、俄国、美国和日本等国家的外来语。比如青岛人把检查井叫古力,源自德语 gully 一词;把拳击叫鲍克斯,源自英文 box;还有苦力,据考证是从印欧经马来传到日本,又从日语传到中国,本来专指码头上的搬运工,后来泛指干重体力活的人。

有人称大嫚来自于德语 damen,对此李行杰予以澄清,"嫚是古语,和妮一样,并不是来自于德语,青岛有德占历史,那为什么没有德占历史的周边也叫嫚? 显然这种说法不对"。

齐心协力,努力把声音留住

我们说方言,除了字眼和词汇的不同外,声调也是一大特点。《胶澳志》中记载:"胶澳僻处海滨,北境之人声浊上,南境之人声偃下,附城之人声平简。"对于青岛方言的发音和声调,李行杰老师颇有研究:"青岛话的声调减少了,普通话有'阴、阳、上、去'四个声调,也就是我们常说的一声、二声、三声、四声。而青岛话只有 3 个声调,没有去声。去声字在青岛话中绝大多数归到了阳平,少数字归到了阴平。如感谢的'谢',是去声字,在青岛话中读一声。只能说,青岛话中的四声字分化了,分到了二声字和一声字。另外,调类和调值是两个不同的概念。同一个声调读法也不一样。普通话中的阴平字读高平调,而山东省绝大多数地方的阴平字都不读高平调,读曲折调,也就是普通话中的上声。如济南话、青岛话中'妈'读曲折调,类'马'的读音,这要是放在普通话中,两条腿的妈妈就变成四条腿的马了。"

声音用文字来表述确实需要细细揣摩,鉴于这一点,青岛市档案馆声像档案处决定挑选地道的青岛人用说话的方式,将其音像保留下来,以便于后代更直观形象地了解青岛方言的特色。他们完成了市南、市北等区的录制工作,进而转向周边,大量筛选,以期能将青岛方言留住。

走向何方,且随它去吧

记者采访了四位与方言打交道的人,他们一致的观点是方言应该受到保护,而且青岛人在家里就应该说方言,"青岛话最能表现一个人的情感,最生动",公共场合要说普通话,这是对别人的尊敬。

然而,就像古人说话我们现代人听不懂一样,语言是在不断发展的,习俗也随之发生着变化,方言也就随之而改变着,"稍微稳定些的是声音,最不稳定的是词汇",李行杰说。青岛方言随着移民的增多、青岛人走出去和网络语言的渗透,也已经起了不小的变化。很多字词年轻人已经不再使用,因而,对于方言的发展和传承,大家一致认为:已有的保存起来,至于它走向何方,不如随它去吧。

方言中的特殊词汇

名词

太阳:日(义)头

月亮:月明

冰雹:下拔子

上午:头晌

中午:晌温

下午:过晌

傍晚:傍儿黑

饺子:馏扎

粥:粘煮

蚂蚁:蚁羊

人力车:东洋驴、东洋车

不正派的男子:流球、穿破鞋

癫痫病:羊嘎炸疯

金戒指:金割子、金溜子

小飞虫:乌蜱子

末尾:落(la)嘎

膝盖:跛罗盖

自行车:决扎车子

弟兄:伙计(huo jie)

几个伙计聚在一起喝粘煮拉呱,真恣儿

动词

打人:骇人、卯人

踢人:拍人

骂人:噘人

嘲笑人：刷悄人

背后说人：叉拉舌头

欺骗：熊人

说闲话：拉呱

前额：叶髅盖

斟酌：掂对、作摸

端详：着量

喊叫：吆喝、嘘嗬

特意：单为

热热饭菜：腾腾饭

替人说话：玉成

修缮：扎古

打扮：抹画

瞧瞧：娄候娄候

看看：望望

流口水：拉拉吃水

形容词

过分：离巴

无精打采：焉油

没办法：白瞪眼

饺子煮破了：笑了

披头散发：嗤毛狗甲（角）

心灵手巧：技良

利索：挺妥

讨厌：膈应、意赖

锔盆子、锔碗，也可以说是扎古

方言面面观

青岛方言属于胶辽官话，自 1891 年清朝政府在青岛设防建置始，居民带着各自的乡音，从四方聚集而来。不同的方言相互交融，逐渐形成了独具特色的城市方言，其语音、词汇、语法都有突出的特点。遍查《胶澳志》《方言志》《青岛文化通览《青岛掌故》等各种书籍,对青岛方言进行简要分类,因有些特殊读音的字词本字没有完全考证出来,所以以音近为主。

第一类:字的读音改变

普通话声母是 21 个,青岛话声母是 28 个,二、而、儿、耳字,青岛话中都会在前面带[l]的声母,声调也没有去声,口语中保留古音,"古无轻唇音",f 声很多都读成 b 声。

如雹读拔,日读义,人读银,血读歇,肉读幼,饮读哈,额读叶,尾读乙,场园读场完,登读东,形读熊,太读胎,腹(脐眼儿)读布,蛤蜊读嘎啦,脚读觉,钥匙读月迟,别读白,胳膊读嘎白。

第二类:词汇来源

古语词:昨天—夜来,包弹—缺陷,观目—外观。

外来词:古力源自德语 gully 一词,意为窨井;轱辘马,来自日语单词"くるま",指手推车;鲍克斯,源自英语 box,意为拳击;苦力是日语"クリ",泛指干重体力活的人。

同义词:

形容张扬、炫耀、固执的词:

涨颠:骄傲自满;展扬:将自己全部展览给人看;翅鳞:像鱼一样,将自己的鳞张开来炫耀;洋相:摆出一种洋人的派头;柴:咬不烂、嚼不动,爱谁谁;乌得(dei)得:骄傲,洋洋自得。

指舒服、高兴的词:愉作、受用、舒坦(tuan)、舒索、熨帖、恣润、恣、欢气。

指邋遢、脏、不利索的词:

讨佬:讨饭之人,指人的仪表和穿戴;邋洒:穿着邋遢,还指人办事少打算,无章法;派赖:不干净,不利索;埋汰:脏,也指寒碜。

指折磨的词:折蹬、作索、作蹬、缠拉、蝎虎。

第三类:程度词

青岛方言中大多不使用"很""非常"等词,而以其他单音节形容词代替,如很苦说"倍儿苦",非常甜说"甘甜",另外还有"钢硬""稀软""喷香""稀烂""风快""绷紧""崩脆""焦酥""溜薄""烘黑""通红""焉紫""干黄""生疼""墨(mei)

黑""巴苦""绝细"等。

第四类:颠倒词

有些词与普通话意义相同、词素也一样,但在运用语序上大不相同,如诚实说"实诚",摆布说"布摆",积攒说"攒积",颠倒说"倒颠",捣鼓说"鼓捣",男女傧相说"男女相傧",枕头说"头(dou)枕"。

第五类:音节变换

双音节词用单音节词:窗户称"窗",被子称"被",哥哥称"哥",屋子、房子称"屋"。

常用的四音节词:肩膀叫肩膀头子,小对虾叫大虾驹子,暗娼叫半掩门子,蜗牛叫波螺油(牛)子,太阳穴叫耳门台子,左撇子叫左把来子。

第六类:幽默形象的短语

青岛方言中有很多需要仔细品味才知道其奥妙的短语或词语。

提溜十个胡萝卜:指空着手走亲戚,不礼貌。例句:别提溜着十个胡萝卜到人家家里去。

扒不下眼来:形容精彩,舍不得离开。

拴老婆橛子:节目好看,让妇女不舍得走了。这句话是明清时期青岛人送给民间戏曲、曲艺的绰号。当年围着锅台转的妇女,在秋收结束后,会出门看民间戏班,看得入迷,都不愿意离开。

捡漏步儿:下棋时对方的失误,形容意外的收获和意外惊喜。

道三不着两:形容说话抓不住重点,遇事左右摇摆、糊里糊涂。

胡秫地:胡秫本意是指高粱,胡秫地,是指高粱地,人一进去就看不见影儿了。由此派生为找不到方向了,被骗被蒙蔽了。

第七类:独创词汇

有些属于胶东地区的独创词汇,是青岛方言独有的。

操急:慌乱、无奈;离巴:出格、出奇;踢蹬:坏了,变质了;舔么:献殷勤;扫拉:磨蹭;紧三火:赶快;扎古:摆弄,装扮;调斜:不按常理做;周别:顶着干;般大般儿:一样大,同龄;戚哩打撒:不整洁;赶子好:很好等。

第八类：前后缀

后缀"子"：脸盘子、牙刷子、湖岛子。

后缀"巴"：窄（zhei）巴、挤巴、捻巴、摅巴、洗巴。

另外还会后缀"查""拉""嘎""蹬"等。

第九类：人称词

青岛方言没有你和你们之分，一概称为"恁"，"我"一般说"俺"。

对女孩一般称为"嫚儿"，再小一点叫"小娇娇""捨官"，男孩一般叫"小哥"，有的会用到"小扫"。

第十类：与山海相关

青岛依山傍海，因此一些方言与海和山密切联系在一起。

普通话的"捡便宜"，青岛人称"捞蛸"；顺手得来的事，青岛人叫作"海水潮上来的"；教训一下妄自尊大的人，叫作"刮刮鳞"。与山有关的用语，比如"帮忙"叫"拉沿儿"，"困难之中的事"叫"上沿儿"，"胜利实现目的"叫"到崂顶了"。

第十一类：常用口语、象声词

昂，安阳来，我真，真惊了。

第十二类：内部差异字词

青岛市区方言以崂山方言为基础形成，受普通话影响大，而远郊各区、市方言相对稳定，但彼此之间有明显差别。

音：莱西"知"跟"积"同音，胶南"知"跟"鸡"同音。

词汇：

形容吝啬：即墨、胶州叫"夹（ga）古"，莱西叫"狗食"，平度叫"狗臊"或"狗只"，胶南叫"小作"，市区叫"嘎扎子"，城阳叫"不仗义"。

第十三类：忌讳的词

醋：在青岛语言中忌讳，所以干脆就用"忌讳"二字。

二十七四十一：即墨人以二十七喻兔，以四十一喻龟，所以讳言。

青岛话小测验,您能得几分?

1. 下面哪一个词不能用来称呼女童: ( )

    A. 嫚   B. 捨官   C. 小扫   D. 小娇娇

2. 恁这个人真嘎骨。"嘎骨"是指: ( )

    A. 烦人   B. 吝啬   C. 瘦   D. 弄虚作假

3. 翻译"你怎么跟个真豆包似的": ( )

    A. 你的脸长得像豆包   B. 讽刺你其实是个假的豆包

    C. 你少装模作样   D. 你做的豆包很好吃

4. "背瞎"的反义词是: ( )

    A. 运气好   B. 视力好   C. 学习好   D. 有出息

5. 青岛人把下水井称为"古力"。"古力"一词的来源是: ( )

    A. 德语   B. 日语   C. 古语词   D. 崂山方言

6. "有没有鱼?""海儿了。""海儿"的意思是: ( )

    A. 在海里   B. 没有   C. 很多   D. 海边

7. "这饽饽撕恼了。""撕恼"一词指的是: ( )

    A. 腐坏   B. 恼怒   C. 丢失   D. 烧焦

8. "你的决扎车子碰到了我的跛罗盖。""跛罗盖"指的是: ( )

    A. 胳膊   B. 膝盖   C. 前额   D. 叶髋盖

9. "扎古下咱的屋。""扎古"一词的意思是: ( )

    A. 买   B. 卖   C. 打扫卫生   D. 修缮

10. "捣打木子(啄木鸟)歪了嘴。"这句歇后语的意思是: ( )

    A. 命该如此   B. 太劳累   C. 白瞎   D. 坏透了

11. "你没看见我正忙着吗? 你快老么住住地。""老么住住地"意思是: ( )

    A. 过来帮忙   B. 不要添乱   C. 自己想办法   D. 不要理我

12. "你乌得什么?"一句中,"乌得"指的是: ( )

    A. 骄傲、沾沾自喜   B. 胡说八道

    C. 打斗   D. 冤枉

13. 青岛谚语"吃饱了,不理咸菜",也简说为"不理咸菜"。它比喻什么: ( )

    A. 好高骛远   B. 只看到眼前利益

C.可有可无的人或事　　　　　　D.嫌弃某人或某事

14.下面哪个词的意思与其他三个不同：　　　　　　　　　　　　（　　）

A.折蹬　　　　B.缠拉　　　　C.作索　　　　D.涨颠

15.有一种调味品,青岛人不愿称呼其名,而是称作"忌讳"。指的是：（　　）

A.油　　　　B.盐　　　　C.酱　　　　D.醋

16."这个人真离巴,少靠着他,没有什么好处。""离巴"一词的意思是：（　　）

A.离谱、过分　　B.脾气坏　　C.吝啬　　　D.傲慢

17."看你像个气鼓子鱼似的"是形容这个人：　　　　　　　　　　（　　）

A.肚子大,胖　　B.眼睛大　　C.嘴巴大　　D.好生气

18.青岛话"杠子头"指的是什么食物：　　　　　　　　　　　　　（　　）

A.馒头　　　　B.面　　　　C.包子　　　　D.圆形的硬面火烧

19."这道曲溜歪拐的",是指这条路：　　　　　　　　　　　　　（　　）

A.窄　　　　B.宽　　　　C.长　　　　D.弯曲

20."今天真愉作"。意思是这个人心情：　　　　　　　　　　　　（　　）

A.悲伤　　　　B.舒畅　　　　C.遗憾　　　　D.激动

附:共20题,每题5分,算算您及格了吗?

1.C;2.B;3.C;4.D;5.A;6.C;7.A;8.B;9.D;10.A;11.B;12.A;13.C;14.D;
15.D;16.A;17.D;18.D;19.D;20.B

　　　"青岛市区方言形成得很晚。我初中时同学聚会,各种口音都有,
他们都带有上一辈的味道。"

　　姓名:李行杰
　　简介:青岛大学教授,曾就读于复旦大学,方言研究专家。

记者:青岛方言真正产生于什么时期?

李行杰:我们讲青岛方言,一般指的是青岛市区。从1891年正式建置算起,青岛也不过120多年的历史,那时候是个小渔村,1897年德国人来了,占领了青岛,就是中山路那块。所以说,青岛是一个移民城市。青岛话的基础是即墨话,就是现在的崂山、城阳、即墨,在这个基础上又吸收了胶东地区的方言,大概是从潍坊、烟台、日照这几个半岛地区。这些融合起来形成了青岛方言。

青岛的城市方言,形成得很晚,我主张形成于 20 世纪五六十年代。我初中时同学聚会的时候,各种口音都有,因为他们讲话都带有自己上一辈的味道。到 20 世纪 50 年代后期,青岛市区方言才开始统一。与此同时,一个新的问题又来了:推广普通话。青岛方言刚刚形成,它的特点还没有稳定下来,就又推广普通话了,所以说现在很难找到标准的青岛话了。尤其是现在电台、电视台,我听着就电脑发出的"够级"这两个字标准。我常常讲:讲方言不要怕土,土得掉渣最好了。保护方言就是要保护它的原貌。

记者:现在青岛哪个地方的语言比较标准,具有代表性?

李行杰:20 世纪 80 年代的时候,我做了一个关于青岛方言的国家项目,费了很大劲儿找到一个青岛人,是仲家洼那块的。青岛话比较标准的是青岛的台东下村庙,再就是中山路北头,沧口路、大鲍岛那块。德占时期,中山路南头是外国人居住,北头是中国人居住地,那地方融合得较早。

记者:方言中的词汇多少年会有一个变化?会消失一批词汇?

李行杰:这个很难说。对于语言来说,比较稳定的是语音,语音的演变比较慢,词汇的演变比较快。尤其是现代社会,自媒体出现了。字典也在变,我跟我那些编写字典的朋友说:你们做得没有变化快,在你们这儿刚活了,过两天又死掉了。死得多,活得少。最后能留下的很少。现在纸质媒体上也常出现一些流行语:神马、浮云、给力,可是过一段时间就不流行了,产生得快、消亡得也快。

常有人说青岛受外来文化影响,很先进。我是不认可的,事实上青岛受外来文化影响很小。虽然曾有德国人在这儿,待了也就十几年;日本人在这儿,前前后后待了也就十几年;美国的影响,对我们这一代来说,就是念小学时有,如鲍克斯(拳击),但是这类词汇很少。大嫚并不是来源于德语,是咱的土语,还有浮贠也不是。在这方面,青岛跟上海不一样,上海的租界势力是很强的,渗透在各个方面。青岛受到的影响小,一方面跟居住有关系,一方面跟人的文化素养有关。上海有那个特定的阶层,富人阶层,比较容易跟外语融合。而青岛受外国势力的影响则不大。像鲍克斯、米达笼、榻榻米之类的词,现在也不怎么用了。

来一盘辣炒蛤蜊,透着青岛方言的趣味

另外,有一些读音是有原因的,比如波

螺油子,其实应该是波螺牛子。蜗牛,青岛人叫波螺油,潍坊、淄博就叫波螺牛。油就是牛的读音,大概是明代以前这样读,这是古音。

记者:您是怎么看待方言的传承问题的?

李行杰:语言的改变是一种自然变化,社会在发展,语言一定会发生变化。青岛方言会不会消失,难说。它会变化,如果说消失,也是有可能的,但不会是短时间内。说普通话还是说方言的问题,我主张:面向公众时要说普通话,在私人场合可以随意。如果要讲青岛方言,越土越好。

"碰到年纪大的,让他们讲几句方言,把他们吓得赶快走,人家还以为我有毛病。"

> 姓名:张述孟
> 简介:潍坊人,就职于青岛市档案馆声像档案处,正在大量采集青岛方言音像资料。

记者:采集方言音像的工作是从什么时候开始? 怎么想到做这项工作的?

张述孟:采集工作是从去年5月份开始的。应该说从2011年开始,我们局里的领导认为外来人口越来越多,能够说一口地道的青岛话的人越来越少了,而如果随着流传而丢失又觉得很可惜,所以决定建立青岛方言档案库把方言保存下来。

记者:保存的形式具体需要哪些步骤?

张述孟:开始是以个人用方言讲述自己的经历为主,后来结合国家语言委的单音字、词组、民间故事等来让采集对象读,但不允许看稿,要用地地道道的土语来讲。这些字词也都参考青岛《方言志》,并经过专家的提供和确定,应该说是精挑细选。

记者:采集对象的标准是什么?

张述孟:要求是土生土长的青岛人,而且父辈、祖父辈都是,而且学历也不能太高,因为到外面上过大学的人其语言会受到影响,但也不能没有文化,否则有些字词他们都不知道。年龄开始要求得比较高,在七八十岁以上,但后来发现这个年龄层找到思维清晰、头脑灵活的比较难,后来就放宽了年龄限制,限定在50岁以上。

记者:都收集了哪些地域的方言?

张述孟：市区主要是市南的挪庄、湛山村；以前四方区的上四方村和下四方村，以前市北区的小鲍岛村和大鲍岛村。其他的地方还有即墨、莱西、平度、城阳、胶州、胶南等。今年我们要录制完成城阳和平度的，同时也正在联合各区市的档案馆寻找合适的人选。

记者：这项工作做起来容易吗？

张述孟：在我的想象中，觉得这不会太难，不就是对着镜头讲几句自己平时都在说的话吗？可实施起来发现真的不容易。2011年我就曾经做过调研，并与专家探讨过，两年后才开始跑街串巷，开始碰到年纪大的，让他们讲几句方言，把他们吓得赶快走，人家以为"你有病啊"。后来发现这样不行，就联系街道和居委会的工作人员帮忙，这样他们就不会有戒备心理。其实，老百姓还是支持这项工作的。通过选择和报名，定下一批人来会首先进行前期培训，然后经过测试，我们会邀请专家来督阵，让采集对象先讲一段，听听地道不地道，然后对个别字词的土语说法进行评估。比如吃饺子，得说是吃"馉扎"。可能有的年轻人不知道了，因为这些土语已经慢慢被扔掉了，挺可惜的，这也是我们做这项工作的原因。

在采集过程中你会发现，这个人明明跟家人、跟邻居讲得好好的，一到镜头前就不会讲了，怎么听都带有普通话的味道。看起来容易，做起来难。

不过，我始终觉得我们所做的是值得的，至少是留给后人的实实在在的记录，可能现在显现不出来，等50年、100年以后，我们的后代听到这些录音会发现原来青岛话应该这么说，原来这么土，会觉得很惊讶，也很有保留的价值。

> "有一次我去上海出差，在码头买票的时候碰到两个说青岛话的人，觉得那个亲切啊。"

> **姓名：**辛忠香
> **简介：**69岁，家住观音峡路，地道的青岛人，参与了青岛市档案馆的方言影像录制。

记者：对着镜头说青岛话，听说您是最不紧张的一个，您是怎么做到的？

辛忠香：毕竟青岛话是我的家乡话，说了这么多年了，没什么好紧张的。当时我自己写了一个稿子，主要内容是我从小的经历，然后把它背下来，用青岛话说，还算熟练。我家从我老爷爷辈都是青岛人，住在湛山村一带。我听说，我的老祖宗辛家人四五个兄弟一起从云南迁过来的,他们分别住在了周围的辛家庄、湛山村、即墨等地。

记者:您跟我说话还是比较标准的普通话,转换成青岛话也很流畅,家里人说普通话多还是青岛话多?

辛忠香:我一个女儿一个儿子,女儿49岁,儿子41岁了,我们平时交流说青岛话,但不是地道的方言,应该说以青普为主。不过,我要是说方言,他们也能听懂,只是我儿子他们说不了那么地道,口音没有我那么重,那么"土"。像有时候儿子给我发短信说"妈,你给我拥开门",这应该属于青岛话了。我儿子很孝顺,因为经常在外面跑货贷怕我担心,9年来每天下班都给我打电话报平安,顺便让我注意冷暖,一天也没有落下。他跟我交流就用青岛话,只是口音可能有点不同。

记者:那您的青岛话一般的年轻人能听懂吗?

辛忠香:听不懂,比如我说送汤米,一般年轻人都不知道,只有上了年纪的人才知道。现在生孩子都送礼物送钱,以前是送鸡蛋,再早一些,也就是我小时候,是用红布盖着一个大饼,有盖垫那么大,端着送到产妇家,因为当年生活艰苦,麦子面很少,送这么个大饼算是大礼了。所以,随着习俗的变化,方言也发生了改变,语言的用法也会跟个人的经历有关系。若是现在送大饼,谁稀罕要?那个社会,送这个是件了不得的事情。

记者:通过和年轻人的交流,你觉得方言俗语应不应该保留?

辛忠香:应该保留,这也是青岛的文化不是?青岛人也可以说普通话,我退休前出差都讲普通话,但青岛话不能丢。有一次我去上海,在码头买票的时候碰到两个说青岛话的人,觉得那个亲切啊。无论如何,不能忘记自己的老祖宗,老一辈留下的语言更应该保留。

真正的青岛话可能50岁以上的人说的话听着还是那个动静,用词还算地道,再年轻点的比如我儿子这一代就差一点了。再到我孙子、外孙子就基本上说普通话了。外孙子是我从小给看到大的,我就和他两个说普通话。他23岁了,上大学了,更是以普通话为主了。我记得他上幼儿园的时候,包括老师在内没有几个说普通话的,现在学校里都提倡普通话了。我是这么觉得的,青岛人在和外地人或者外面的人接触时应该讲普通话,否则人家不愿意听或者听不懂。但一家人在一起还是应该讲青岛方言,吃蛤蜊(gala)、哈啤酒就是青岛特色,现在外地人也知道了,也应该宣传宣传,让年轻人传承下去,这毕竟是青岛的传统文化。没有老一辈青岛人哪有今天的人们,你说是不是?

"在公共场合用普通话,回到家里可以用方言,因为这两种语言表达情感的程度不一样,方言更自然。"

> 姓名:赵青
>
> 简介:出生在青岛,曾在外地上学,青岛电视台《上蛤蜊》栏目组制片人。

记者:《上蛤蜊》中的演员大多数都说青岛话,至少是青普,咱们选演员的时候是不是专门往会说方言上靠拢?

赵青:其实不是。有的主演还是说一些普通话的。我们选演员是根据剧本和选题来定的,主要是围绕着都市人群的情感生活。强调的是市井气和烟火味。各行各业都有,可以说没有什么门槛。只不过有的角色尤其是群演或者年龄大的中老年人会用到青岛话,这样才能更贴近本地,才更草根,更本土化。

有少数的编剧在设计剧本时会把人物的台词更贴近方言土语,这样我们选演员时就会在演员库里寻找能够驾驭这些台词的人,所以可能会倾向于土生土长的青岛人。再者说了,《上蛤蜊》的演员们都没有经过专门的播音训练,即使说普通话也都带有方言味儿,群众演员尤其是。

青岛电视台《上蛤蜊》栏目

记者:节目开播 5 年来,方言所占比重有多大?

赵青:应该有 50% 到 60% 吧,这还主要是主演,群众演员说得就高多了。

记者:这 5 年来,你有没有感受到节目中的方言也悄悄地发生着变化?

赵青:有变化。这种变化从人群上去区分,一是年轻人,一是外地的移民,当然这两类有交集。他们所处的环境,以及受到网络、外来语等的影响,肯定与 5 年前不一样了。中老年人的变化会小一些。其实,这也体现了整个方言的进程。比如 10 年前、20 年前青岛人说上街里,指的是中山路,现在很少有人说了,可能七八十岁的人能知道,一般人不知道是哪里了,因为当年的中山路是 CBD,是中央商务区,是真正的市区,现在已经不是这样了。

记者:那电视台当初开办这个节目时,有没有对方言传承方面有什么期许?

赵青：开始没有特别去在意，只是觉得语言是一个工具、载体而已。如果我们这个栏目在保护方言文化方面有点作用的话，也可以说是副作用，并没有刻意而为之。不过我们当初也有过预测。

在决定用方言的时候也有过辩论和争议，一些专家很支持我们用方言，因为他们觉得方言就是青岛的文化，是非物质文化遗产，具有保留的价值，不是简单的陈旧的东西。

如果要说我们有什么目标的话，我们想做的是希望城市呈现出语言环境多元化的状态，并不是让所有的人包括学生、医生、警察都说青岛话，而是希望青岛人有两个频道可以随时切换，在公共场合、在法庭上用普通话，回到家里表达情感的时候可以用方言，因为这两种语言表达情感的程度不一样，方言更天然更原生态。

2014 年 9 月 2 日

穿越千年的神秘

——回到板桥镇

板桥镇复原沙盘

穿越千年的神秘

——回到板桥镇

张文艳

　　1996 年 12 月的一天，天气有些寒冷，胶州一处工地，机器轰鸣，这里正在建筑施工。突然，在地下 5 米深处露出 10 多块锈结的铁块。一称重，众人傻了眼，因为这些铁块共重达 30 多吨，这是什么呢？专家一鉴定，更是令人惊诧，因为他们是北宋晚期的方孔铁钱。随后，不时有铁钱山和瓷器被挖出——原来这里曾经是名噪一时的胶州板桥镇遗址。近日，考古人员对遗址西侧方位的初步确定再次将我们带回到板桥镇的时代。

　　犹如电影《神话》中一样，我们可以走进时光隧道，穿越千年来到疆域辽阔、国富兵强的唐朝。

　　公元 623 年，同样在这片土地上，唐高祖李渊一声令下，在此处设立了板桥镇。眼看着一栋栋房屋拔地而起，一条条街道逐渐星罗棋布。第二年，在板桥镇口岸，出现了操着一口新罗话和日本话的使臣、僧人、客商和留学生。他们上岸后，用好奇和艳羡的目光打量着这座新建的小镇，在这里，使臣将献上贡品、带走大唐的馈赠，僧人将取法得道，客商将盆满钵满，留学生有可能会永远留在这片富足的大地之上。他们聚集在"新罗坊""新罗村"里，谈论着收获，分享着快乐。走在日渐喧嚣的街道上，与你擦肩而过的，可能是来自日本在中国得道的高僧圆仁、道昭，也可能是来自韩国的汉学家崔致远……

　　安史之乱将唐朝带进了战火之中，地方的藩镇割据和中央的宦官专权加剧了唐朝的灭亡，让中国人引以为傲的朝代一去不复返。五代十国、政权更替，中原大地纷争不断，然而这一切都没有阻挡板桥镇有条不紊地发展，到了宋朝初年，这里已经成为北方主要的贸易口岸。1088 年，宋辽对峙，莱州、登州通商遭到遏制，板桥镇的地位迅速上升，在密州知州范锷的建议下，板桥镇设立了市舶司。不难想象，作为海上对外贸易的重要港湾，作为东方海上丝绸之路的唯一大口岸，板桥镇的地位不亚于现在的青岛港，其繁华程度从出土的文物中可见一斑,瓷器、丝绸、药材、金银财宝、纸张、书籍等出口他国,香药、犀角、象牙等进入大宋。宽阔的云溪河直通碧波浩渺的胶州湾,一艘艘中外海船驶入河口,两岸人来车往,熙熙攘攘,好不热闹!

听,是什么地方夜夜笙歌? 看,是哪里如此富丽堂皇? 原来,这里就是著名的高丽亭馆。入宋的高丽使臣、学问僧、留学生以及富商大贾纷纷下榻此地,"兰陵美酒郁金香,玉碗盛来琥珀光。但使主人能醉客,不知何处是他乡。"(李白《客中行》)就连路过此地的苏轼也禁不住感慨万分,挥笔而就一首七绝:"檐楹飞舞垣墙外,桑柘萧条斤斧余。尽赐昆耶作奴婢,不知偿得此人无。"酒肆客店悬灯结彩,红男绿女摩肩接踵,和一圈人围坐在一起觥筹交错,如果他和她说着一口北方话,或者吴侬软语,或者高丽话,或者日本话,请不要奇怪,因为他们来自五湖四海。可以说,此时的板桥镇是一座国际化的大港口,犹如当年的上海滩。

南宋初年,金兵来犯,海商大贾纷纷南下,曾经人声鼎沸的板桥镇突然安静了下来,其衰落的速度让人始料未及。似乎于心不忍,1142 年,女真贵族与南宋边境在板桥镇进行了些许来往贸易,这里开设了榷场,一度恢复了往日热闹的气息。然而,好景不长,因为战争的缘故,榷场再次关闭,随后时开时关,兴废无常,已经成为临时的后备口岸,元气再也没有恢复。

莫名的,板桥镇消失了,是因为海啸洪水、泥沙淤积,导致地表抬高 6 米被掩埋,还是因为战争的破坏,目前仍然没有确切的答案。

500 年间,板桥镇最辉煌也最繁忙,它给中原大地带来了繁荣,也给青岛的历史文化增添了一抹神秘。期待它重见天日的一刻!

千年过后　呈现繁华身影

板桥镇遗址有了新发现　考古发掘意义非凡

张文艳

近日,青岛市考古所和胶州博物馆考古人员在工作中发现了一条呈西北方向的疑似大壕沟,经过考古人员推测,这条壕沟所处的位置极可能是北宋板桥镇遗址的西侧方位。"这还需要进一步确认,但一旦能够认定,它的意义非常大,为研究板桥镇遗址具体面积提供了重要依据",胶州博物馆馆长王磊说。

虽然还未最终确定,但这条壕沟的发现,也让胶州板桥镇遗址再次呈现在了世人的面前。作为一个千年前的港口,通过之前的考古发掘,其背后呈现的是当时贸易繁荣的景象。

货币:13年里连续出土铁钱约40吨

在胶州板桥镇遗址内出土的铁钱、铜钱的数量非常大。据统计,出土的铁钱多达40余吨。采访中,胶州市博物馆馆长王磊告诉记者,1996年12月,胶州市政府宿舍工地共出土铁钱约30吨,铁钱锈蚀严重结成了团,其中最大的一块重约16吨。能辨清字迹的有圣宋元宝、崇宁通宝、崇宁重宝、大观通宝、政和通宝,都为北宋徽宗时期的铸币。

2009年9月6日晚上,胶州市常州路与兰州东路交会处的一处工地施工过程中再次发现大量的铁钱。文物专家现场仔细察看后,确认这些铁钱为北宋时期的钱币。除此之外,在工地施工大坑内还发现了完整的瓷器。当天,胶州市博物馆要求工地停止施工,并对出土的铁钱等文物进行保护。

六天之后,经文物部门与开发商协商,这处工地正式进入了考古发掘阶段,整个考古发掘时间持续一个月。考古发掘开始之后,考古人员又在施工现场发现了大量的铁钱,重量达数千斤,同样这些铁钱也都已经锈蚀成团。

不仅如此,在接下来的发掘中,当发掘人员在清理工地南侧一处灰坑时再次发现了大量铁钱,形成了高20多厘米,宽约60厘米,长达10余米的钱堆,总重约6吨。由于发现的铁钱数量很大,考古人员也认为这处北宋建筑群应该是官方用房,堆放铁钱的地方应为当时官府的一个钱库。

对于这些铁钱的来源,专家有多种推测。王磊说,宋金战争中,宋朝的人将这些钱币掩埋于此,此外,还有可能是房屋坍塌后掩埋住的,之后也再未挖出。由于这些钱币都是流通过的,也有人认为可能是用于集中销毁。王磊说,被普遍认可的一种观点是反映板桥镇对外贸易的繁荣景象。

板桥镇遗址作为历史的一个古港,它见证了青岛海上丝绸之路的发展,也为青岛海上丝绸之路寻踪提供了重要的依据。王磊说,市舶司是中国古代官署名,负责对外(海上)贸易之事。根据记载,宋代重视海外贸易,开宝四年(公元971年)在广州设市舶使,掌海上贸易。徽宗崇宁元年七月又在杭州、明州(今宁波)、密州(今山东胶州)、秀州(今上海淞江)等地设市舶司,负责检查进出船只商货、收购专卖品、管理外商。当时的密州市舶司就设在板桥镇(今胶州市区),是北方唯一的市舶司。

王磊说,市舶司属于中央政府直接管辖,税收也相对独立于地方,而所收的税也一般由自己保管,从而用来购买一些象牙等外来贵重物品。

再者,发掘中,他们还发现了明显的独轮车车痕,这也充分证明了当时的物流与交通繁忙,也证实了当时对外贸易的繁荣程度。

建筑:规模大,市舶司衙署建筑基址

板桥镇是唐初武德年间设置,北宋始以板桥镇主簿兼胶西县事。自然地理位置优越,是南北海陆交通的咽喉。北宋朝廷获准知密州范谔宜在板桥镇置市舶司的请求。奏称:"若板桥市舶发行,则海外诸物积于府库者必倍于杭、明二州。"

采访中,文物专家也表示,在胶州历史上,北宋时期的板桥镇是山东的一个重要经济重镇,而板桥镇只在有关历史记载中被提及,从出土的实物来看,只在1996年发现了30吨北宋时期的铁钱,但是仅靠这一点根本无法证实板桥镇的重要历史地位。"但2009年的板桥镇遗址考古发掘出北宋时期的文物和建筑群就填补了青岛地区北宋时期缺少实物证据的空白",文物专家表示。

据参与当时考古发掘的一位考古人员回忆,他们先在距离地面下3米处发现了宋代的青砖铺的地面,接着又发现了北宋时期的建筑群,还有一些完整的墙壁和部分墙基。而墙壁上用的青砖规格十分统一,砖块的长度为24厘米,宽为12厘米,厚为4厘米,而且布局非常讲究。

随着考古工作的深入,考古人员清理出了一段17米长,北宋时期残留下来的长廊,而长廊的两侧出现多间房屋墙壁和墙基,可以看出,在北宋时期,此处是当时板桥镇市舶司附近的雄伟建筑。考古人员在现场还发掘出了房脊顶上的龙形标志和铜镜等众多文物。

另外,考古发掘人员还曾发现了一些平铺的青砖,在进一步清理发掘时惊奇地发现了北宋时期房屋大门前用青砖堆砌的踏步(今台阶)。不仅如此,考古人员还发掘出了瓦当。瓦当的种类很多,而且都刻有龙头雕像。由此,考古发掘人员也表示,在北宋时期,在建筑物顶上使用有雕像的瓦当,普通平民是没有

这个条件的,基本上都是衙门或者官府用房才用雕刻着各种兽形的瓦当,由此可以判断现在发掘出来的北宋建筑物是当时市舶司的重要建筑。

州署衙门近景

在位于这处工地的最西侧,考古发掘人员曾清理出了40米长、16米宽的房屋建筑结构,而且此处建筑群东侧也发现了同样类型的建筑结构。两处建筑中间的空地约有20米宽,空地上还发现了一眼水井和一个熔炉,地下紧密连接着排水设施。考古发掘人员在清理时,发现遗留下来的青砖墙面非常多,而且还有不少进入房间的台阶等建筑附属物。

后来考古发掘人员又在建筑群里发现罕见吻兽以及狮子脊兽,这些都印证了这里正是当时的板桥镇官员和市舶司衙署所在地。

另外,在采访中,青岛文物保护考古研究所所长林玉海也曾表示,在宋代文化层,共发现单体遗迹132个,其中建筑遗迹35个,整个遗迹群布局有一定的相互关联,尤其是揭露的两组大型建筑基址,布局结构复杂,规模宏大,其中有通商口岸设置的客栈和转运仓储设施,另一组建筑群则应是当时的某个管理商贸活动的官署机构。

除发掘出的建筑群遗迹外,还出土了许多建筑构件、日常生活用品等文物。林玉海说,这些都反映了当时胶州板桥镇发展繁荣的历史事实,充分说明了古板桥镇是中国北方重要的商贸港口。

瓷器:各大窑系瓷器标本都能找到

宋代的板桥镇作为中国北方的商贸港口,与亚洲、欧洲等国家的经贸往来非常频繁,世界多个国家的精美物品都汇集在这里交易,当时瓷器作为生活中不可或缺的生活用品,因此在北宋时期的板桥镇遗址上留下了大量瓷器残片。

高先生是胶州当地人,他以前就在常州路与兰州东路交会处的工地打工,说起 2009 年施工挖到大量文物时他仍记忆犹新。高先生回忆,一位工友驾驶着挖掘机挖地基,挖着挖着就挖出了大量生锈的铁钱,期间还夹杂着不少瓷片。"其中有一个完整的瓷壶,给我的印象特别深",高先生说,这个瓷壶高约 15 厘米,看起来非常完整,而且外部很光泽。当晚经过文物专家鉴定,该瓷壶正是北宋时期的。

后来工地宣布停工,高先生则继续留在了工地帮着展开发掘工作。"考古发掘工作持续了一个月,几乎每天都会有意外发现",高先生说。

"确实令人震撼,在这里北宋各大窑系的瓷器标本都能找到。"胶州市博物馆馆长王磊介绍,有北宋时期磁州民窑生产的白底黑花瓷片、钧窑生产的瓷碗残片,还有龙泉窑生产的瓷盘、定窑烧制的白色条纹形状的瓷碗等众多有研究价值的文物,现场还发掘出了山东泗水县枳沟窑生产的完整陶制抄手砚,另外朱砂墨、墨碟等文物至今可用,这些文物也都有着重要的考古价值。

除了瓷器外,考古人员还发掘出了两枚金光闪闪的金钗。据介绍,两枚同样规格的金钗,长约 15 厘米,上面雕饰着多种图案,两枚金钗的重量近 100 克。除此之外,十分珍贵的梅花形琉璃簪子、石围棋子、陶制模具,甚至景德镇的青白瓷等众多珍贵文物也被发掘,还有北宋黑釉铁锈斑碗、刀具、茶壶和骨质簪等文物,这些出土的文物对研究北宋时期的历史文化和生活习俗提供了重要实物依据。

采访中,考古专家也表示,宋代五大名窑分布在不同的地方,其中汝窑遗址在今河南宝丰县,北宋后期在东京汴梁今河南开封设置过官窑,哥窑在浙江龙泉市,而钧窑因所在地为钧州(今河南禹县)而得名。"而北宋各个窑系的瓷器都能在板桥镇遗址发现,这从侧面也反映出了板桥镇是一个贸易的聚集地,揭示出了当时贸易的繁华程度",考古人员介绍说。

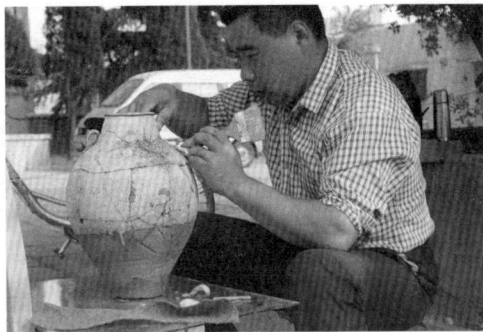

工作人员正在对文物进行整理修补

梳胡子的篦子

这是板桥镇出土的北宋时期达官显贵梳胡子用的篦子。梳篦是古代男人的随身之物。那时有权有势的男子普遍爱美。据《挥麈后录》记载：宋徽宗一天忘记带篦子，在群臣站班时向王晋卿借篦子梳理胡须，因为王的篦子精致非常，宋徽宗很喜欢。后来王派高俅送给宋徽宗一把相同的篦子，而当时宋徽宗正在踢球。结果高俅凭借踢球平步青云，堪称一段传奇。

瓜棱形茶壶

这个白色的细瓷茶壶，非常精美，虽有破坏，但表面十分光滑，四周均匀分布着条纹，形状像个大南瓜。据考古专家称，这个茶壶名叫瓜棱形茶壶，从瓷器的色釉和光滑程度上看，这个茶壶的制作工艺非常精细。

钱币

钱币是考古地出土最多的文物，史料记载，在北宋时期，北宋和辽、金两国常年战火不断，加之铜相当匮乏，金国便大量回收北宋铁钱制作兵器。北宋便取消用铁制造钱币，在各市舶司建立"钱库"开始回收铁钱，然后加入锡和铅重新铸造钱币。众多铁钱的出土，为研究宋代的钱币铸造以及当时的经济发展提供了重要的实物依据。

骨质簪子

这是考古发掘人员从里面清理出来的一个带有花纹的骨质簪子。簪子因长期埋于地下受到侵蚀，已经断掉一部分，上面的花纹也很难看清楚。这是北宋时期的头饰。骨质簪子在汉代以前比较常见，民间普通妇女都戴，到了北宋时期，因骨质簪子生产起来比较困难，而且也非常贵重，很多人都不用这种材料的簪子了，只有少量有身份的人才用。

板桥镇遗址发掘掀开冰山一角，但足以证明：青岛是海上丝绸之路节点城市

2015年我国将完成海上丝绸之路申遗的准备工作，2016年开始申报。在古海上丝绸之路发展史上，青岛也曾是其起源地之一和重要一环，而胶州板桥镇遗址作为一个千年的古港，也为青岛海上丝绸之路寻踪提供了重要的依据。

青岛市文物保护考古研究所所长、研究馆员林玉海:直接被列为国家级文化保护单位

据史料记载,板桥镇市舶司位置在今胶州市云溪河北岸,东至诚意桥,西至现胶州市财富中心南侧一带。2009年,胶州板桥镇遗址进行了抢救性发掘,期间发掘出大量有价值的文物,这令很多专家震撼,同样也赢得了专家们很高的评价。经过专家们认定,该遗址与北宋密切关联,获得了丰富的材料。

板桥镇遗址西侧的北宋建筑群露出真容

青岛市文物保护考古研究所所长、研究馆员林玉海在接受记者采访时表示,板桥镇遗址的发掘意义非常重大,2010年他们向文物部门进行申报进行保护,而经过专家组的层层审核,2013年直接被列入了国家级文化保护单位。"一般都由县级、市级、省级再到国家级,但板桥镇遗址直接被列入国家级保护单位,这就充分说明了其重要性",林玉海说。

由于板桥镇地理位置优越,水陆交通便利,是北宋时期我国五大通商口岸之一,也是长江以北唯一设立市舶司的大口岸,负责与高丽、新罗、日本及其藩国间的贸易事宜。根据史料记载,自密州板桥镇设立市舶司后,胶州湾海面上中外船舶进进出出,呈现出前所未有的繁华局面。

"单从发现的瓷器标本来讲,六大窑系、五大名窑的瓷器标本在这里都能找到,这一方面说明了国内贸易的发达,同样也说明对外贸易的发达。"在林所长看来,2009年的抢救性发掘虽然只是掀开了板桥镇遗址的冰山一角,但其意义非凡。

此外,记者了解到,板桥镇遗址文化层一般都在胶州城地下2米左右,而为了加强对其的保护,根据国家文物保护法,任何单位在施工之前都要向文物行政部门进行审批,不得随意破坏。

胶州市博物馆馆长王磊:贸易繁荣,贸易额与济南府持平

到了北宋中期以后,板桥镇的进出口贸易已经超越了长江以南大通商口岸

明州(今宁波)和杭州。据记载,当时的板桥濒海,往东出海通往二广、福建、淮浙等地,向西则连接京东、河北、河东三路,商贾所聚,珍异之物都在这里交易。而接下来的几年随着名气的增大,大量的商船也来此停泊,渐渐地这里成为贸易的集散地。而除了朝鲜半岛、日本列岛诸国的商船相继来此以外,还有从大食国(今阿拉伯地区)、印度洋沿海诸国以及南亚诸国赶来的商船。

随着外国商品不断涌入,来自国外稀有的象牙、犀角、乳香、玛瑙等物品源源不断从此运送到国内市场并进行经销,而经济发展贸易的增加,出口物品的种类也在陆续增加,大量的丝织品、瓷器以及一些土特产从国内集中到这里,然后再运送到日本、朝鲜,甚至阿拉伯半岛地区。

采访中,胶州市博物馆馆长王磊也介绍,从之前的考古发掘也一再印证板桥镇在北宋年代时繁荣的贸易景象。王磊说,板桥镇遗址主要位于胶州云溪河的北岸,云溪河直接连接胶州湾,中外的船只由胶州湾驶入云溪河口,然后接受市舶司官员检查,河两岸人来人往熙熙攘攘非常热闹。另外,根据记载,板桥镇一带还曾建起几处豪华的"高丽亭馆",供高丽国使者、客商、僧侣、留学生等人员的下榻。"这都充分说明了当时的繁华",王磊说。

"不仅如此,有关资料介绍板桥镇当时的贸易额已经与当时的济南府持平,所以有充分的理由来说明板桥镇的极度繁荣",王磊表示。

青岛文史专家鲁海:板桥镇遗址是海上丝绸之路的有力证据

据《胶州史志》记载,宋神宗元丰六年(1083年),知密州(密州的最高行政长官)范锷上书奏请朝廷在板桥镇设市舶司。范锷的奏请引起了朝廷的重视。宋哲宗元祐三年(1088年)初,已经升官的范锷会同其他官员,专程到密州板桥镇实地考察,再次上奏朝廷"板桥镇堪兴置市舶司"。朝廷在很短时间内议决,终于在同年三月十八日设市舶司于板桥镇,升板桥镇为胶西县(今青岛胶州),属密州所辖,自此位于胶州湾畔的板桥镇成为我国北方最早设海关的口岸重镇。设立市舶司后,密州板桥镇"人烟市井,交易繁华",胶州湾成为"商贾所聚"的重要海域。当时山东半岛的登州、莱州港被迫闭港,板桥镇港口一度成为当时中国北方通往高丽、日本的唯一口岸,其航线被称为东路航线,这一航线发挥着其海上贸易的独特作用,当时被称为中国的海上"丝绸之路",与世界各国的海上贸易往来非常频繁,当时板桥镇的繁华场面可想而知。

板桥镇遗址的发掘也进一步印证了文献记载,反映了当时板桥镇贸易的繁盛。采访中,青岛文史学家鲁海告诉记者,板桥镇的外贸以东北亚为主,高丽占重要地位,所以板桥镇建立了"高丽亭馆",接待高丽客人,苏东坡有一首《高丽亭馆》的诗记录了这座豪华的建筑。"这首诗虽然是贬高丽亭馆过于奢华,可这也从侧面反映出了当时板桥镇贸易的繁盛",鲁海说,"高丽亭馆"遗址就位于板桥镇码头附近。

另外,鲁海还告诉记者,板桥镇海上贸易从唐代开始兴盛,北宋时期达到顶峰,而且一直持续到德占青岛时期,长达数百年之久。"而且它不仅针对东北亚,甚至还与中东地区的国家进行贸易",鲁海介绍,中东三娘子的故事也流传到了板桥镇,所以有学者认为板桥镇贸易已远达中东地区。

此外,鲁海表示,2009年板桥镇发掘时,他也一直在关注。"发掘出的文物可以说不计其数,这些出土的文物更是有力地证实了青岛作为海上丝绸之路节点城市",鲁海说。

来到板桥镇的风云人物

通过清末时期胶州热闹的街景和考究的城门府衙,似乎可以看出当年板桥镇的繁华景象。板桥镇繁华之时,与周边国家交流来往频繁。通过板桥镇口岸登陆后,他们深入中原大地,学习交流,回国后成为本国的重要人物。比如崔致远和高丽王子。

Inner City Gate in Jiaozhou

胶州古城内城东门迎阳门

崔致远

唐设密州板桥镇以后,与新罗、日本的交流甚密。唐朝时期,除了知名的得道高僧圆仁外,还有一位被韩国学界尊为汉文学开山鼻祖的人物——崔致远(857—924)。崔致远是新罗金城人(今韩国庆州),咸通十年(869年),12岁的崔致远随新罗商船入唐,在密州板桥镇登陆。崔致远曾回忆:"臣自年十二,离家西泛。当乘桴之际,亡父戒之曰:'十年不第进士,则勿谓吾儿,吾亦不谓有儿往矣'……臣佩服严训,不敢弭忘。"这应该说是崔致远的家训,父亲临去世前对他进士及第的殷切期望,成为他的压力和动力。崔致远一行在板桥镇登岸小住后,便踏上了西去长安之路。

崔致远在长安留学 5 年后,参加科举考试一举中宾贡进士,完成了父亲的心愿。《三国史记·崔致远传》中有诗曰:"十二乘船渡海来,文章感动中华国,十八横行成词苑,一箭射破金门阙。"中进士两年后,崔致远当上了溧水县县尉。崔致远文采斐然,在县尉任上,笔耕不辍,写出了许多脍炙人口的诗文。任期 3 年之后,他入淮南节度使高骈幕下。高骈骑兵征讨黄巢之时,崔致远曾写出言辞犀利的《缴黄巢书》,为此获得"赐绯鱼袋"(唐朝官职,五品以上着绯袍,佩银鱼袋),并授承务郎侍御史供奉官职。

884 年,崔致远的弟弟携家书来到扬州,要求哥哥回国。高骈送给崔致远一些路费和礼物,并让他以送诏书、国信的身份出使新罗。当年 10 月,崔致远从扬州乘船北上,至密州大珠山过冬。住在这里的 3 个月的时间里,崔致远留下了《石峰》《海边春望》《海边闲步》《杜鹃》等歌颂大珠山风光的名篇。第二年春天,他乘船来到嵚山口岸(今田横嵚山湾)停泊。崔致远下船登上附近的嵚山,隔海眺望新罗,写下名诗《将归海东嵚山春望》。崔致远回新罗后,曾任侍读兼翰林学士、守兵部侍郎等职。

高丽王子义天

高丽王子是偷着从板桥镇登陆入大宋的。

义天俗名王煦,法号义天,是高丽文宗的四子。11 岁时遵从父命出家,封祐世僧统,后封大觉国师。由于义天天性聪慧,加之一心向佛,对于当时的戒律宗、法性宗、圆融宗、禅寂宗均有涉猎,但在长期的学法、弘法过程中,义天深深感觉到:高丽朝的佛教经典有的语义混乱,有的疏于钞解,有的则绝本不行,佛教典籍中的这些缺憾,严重影响了佛教的传播和研习,而要解决这些问题,必须到当时的佛教中心——北宋求法。因此他在写给高丽国王的《请入大宋求发表》中说:"若不问津于中国,实难抉于东方。"据韩国《大觉国师文集》记载:元丰七年(1084 年),义天要求入宋求佛法。群臣以义天贵为文宗之子、渡海危险重重为由,要求高丽宣宗阻止义天。第二年春,"义天趁宣宗外出巡察,遂择四月八日佛诞节之吉日,连夜携侍者,微服至贞州,搭乘宋商林宁船越海而西"。

海商林宁常年在北宋和高丽之间往来,与高丽官方关系较好,宋商在高丽很受欢迎,他们认为"贾人至境,遣官迎劳,舍馆定,然后于长令(殿)受其献,计其直以方物数倍偿之"。高丽甚至在王城南门外为宋商建宾馆。义天和林宁很熟,所以秘密搭乘他的船只从高丽贞州港起航,20天后在板桥镇登岸。在这里,义天受到了密州知州范锷的热情招待,安排在板桥镇圣寿院和密州资福寺等名寺院斋宿。半个月后,义天一行辞别范锷前往京城汴梁。

2014 年 9 月 16 日

老照片里的青岛风情

青岛的老汉（摘自《青岛老明信片》）

老照片里的青岛风情

柳已青

　　一帧一帧的海滨风景，从百余年的时光长河中延展而来。那是青岛最初的城市风貌，那是青岛作为城市的雏形。正在建设中的青岛，带着百年历史的光与影，和今天读者惊喜的目光相遇，碰撞出内心诸多复杂的情绪，以及叩问历史的深思。

　　叶兆言在观看南京的老明信片时，生发出这样的感慨："认识和了解一个城市有许多渠道，借助老明信片，不失为条捷径。珍贵影像是最好的历史说明书，仿佛时空隧道，轻易地就回到过去。怀旧空吟闻笛赋，到乡翻似烂柯人，为此，真应该好好感谢有心的收藏者。"

　　邮品收藏家陆游先生，提供的德占青岛初期发行的明信片（3联、4联），无疑是一份宝贵的史料。青岛老明信片由于承载了青岛早期城市建设的大量信息，让我们看到青岛作为一个港口和海滨城市，从历史原点出发的进程。这些老明信片，能够还原青岛是怎样诞生的，让我们看到青岛经过德国人严谨而科学的规划，如何从设计的蓝图到成为油画一样的城市。

　　老明信片就是历史的信使，是德国人在青岛发出的漂流瓶。当年在青岛的德国人，他们在遥远的东方，将簇新的青岛影像，邮寄回德国。明信片上的只言片语，是古典的花体德文，传递着在青岛的生活，以及青岛的建设和日新月异的景象。这些明信片，漂洋过海，大多被邮寄回德国，还有少数被邮寄到意大利、美国。经过时间的长河，漂流几万里，经过几代人的手，最终回流到青岛收藏家的手中。

　　德占青岛时期，日占青岛时期，都发行了大量的明信片。不同历史时期的青岛影像，定格在不同风格的明信片上。不论是黑白的老照片明信片，还是涂上颜色的彩色明信片，都是历史的明证。而留在明信片上的德文或者日文，昭示着青岛主权更迭的沉浮命运。而见证100年前青岛日德战争的老明信片，更是铭记了这座城市的创伤与苦难，以及战争的烙印。百年的风雨和潮水，没有将明信片上的字迹冲刷，也不曾黯淡历史的颜色。老明信片可谓忠诚的历史信使,保留着最初的历史信息,以及附加其上的光阴的故事。

在德国军官住宅中做客的清朝官员
(摘自《青岛旧影》)

运柴的农民
(摘自《青岛老明信片》)

　　老明信片只是老照片之一种。德国人在青岛留下数量众多的老照片,大致可以分为两大类别,一种是反映青岛城市风貌和历史事件的,一种是反映青岛风情和风物的。老照片上的建筑或碑刻,有的不复存在,湮灭在历史之中,化为尘,化为土,而纸质的影像保存了下来。与反映城市风貌的老照片相比,以人物为主题的老照片,具有别样的历史价值。德占青岛初期,社会剧烈变革。德国人在青岛以及周边,拍摄了诸多人物的照片,各行各业的留着辫子的大清国民,成了瞬间的永恒。清朝的官员,青岛村的乡绅,崂山的道士,大鲍岛的商贩,沙子口的渔民,推着带有风帆手推车的走卒,云集小港大港拉货的苦力,赤裸上身拉大锯的工人,在德国人开设的邮局中拍电报的技术人员……三教九流,都被德国人拍摄下来,留下了生动的历史表情。

　　感谢邮品收藏家陆游先生,提供了一批珍贵的老明信片。在"一战"爆发百年之际,重温历史。这些老照片,是历史深处的一抹光亮,吸引着今天的人们,去探寻。回望老照片,更是铭记,打捞沉在历史河流中的影像和故事。属于历史的明证,也必定属于未来。

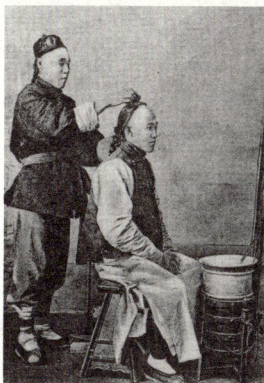

青岛的剃头匠(1911年)

戏曲演员(1904年)

透过明信片，瞭望青岛景

张文艳

    大清王朝时期的青岛，被德国强行占领，原来只有约 300 户人家的渔村永远失去了过去的宁静。德国在这里修建海港，筑造铁路，并统一规划进行施工，把青岛打造成了一个欧韵十足的城市，这里的一花一木、一墙一瓦属于清王朝，却又显得如此陌生。因为，建筑的风格和当时的中国千差万别。

    这组明信片是旅居美国的青岛籍收藏家陆游的珍藏，连体明信片没有收录到《青岛老明信片》一书中。根据邮戳判断，大多数的时间是 20 世纪初期。从陆游先生展示的连体明信片来看，当时的青岛正处于建设之中，但基本已经划分出了欧人区域和华人区域。海边的建筑很少，海水浴场的建设颇为壮观。而图四和图五是青岛最早邮局旧址的两个角度，从最后一张照片中可以看出，皇家德意志邮局原址位于欧人监狱附近，"位于太平路附近的一条小路上，1901 年前后，由于卫生和治安的问题，德国拆除了这里的青岛村，这条小路也随即消失了"，青岛文史专家王栋告诉记者。

    为了弄清明信片的来源，记者专程采访了前来青岛参观的德国友好访问团的历史学者施密特先生，他根据明信片背面的邮戳和文字判断出该照片的来源与去向，例如，有的是寄往意大利的（王栋补充称邮戳来自于海军军舰，由此可以判断是由海军邮局寄出）。还有的是德国的工程师或者商人寄给德国下萨克森州的亲友的，青岛全景系列中的一张更为珍贵，显示的是一个曾经给在青的德国王子亨利工作的手工业者，1903 年寄给德国波罗的海亲友的。

    这些照片是怎么拍摄出来的呢？王栋介绍说，全景图片的拍摄要求很高，"首先要选个好天气，其次是好的位置，使用转机，拍摄一张全景图片大约需要一两个小时才能完成"，王栋判断，这些图片应该都是在夏末秋初完成的，温度和气候最适宜。

穿越镜头中，再识青岛人

　　正如《青岛老明信片》中所说，这些珍贵的老明信片让我们"看到了我们先辈的生存状态和已经变得陌生的市井风情。这里的一切，就是我们城市的自然胚胎，这里的一切，就是我们前辈的生命背影"。前辈们的生活状态被在青的德籍人士或者随军人员拍下，制作成明信片，漂洋过海邮寄到德国、意大利、美国等远方。

　　市俗是历史与现实的凝缩，礼仪也是齐鲁之邦的传承。这组照片，定格的是德占时期老青岛人的面孔、生活状态以及礼仪交往，外国人的到来对他们来说是好奇，是茫然，也是无奈。作为被殖民者，他们不知道将来会发生什么，面对以前从未见过的照相机镜头，他们将自己最真实的一面留了下来。

　　青岛文史专家王栋告诉记者，明信片拍摄者估计多数是出版方面雇用的专业摄影师，"他们获得的是命题拍摄，所以走到中国人的田间地头和老百姓中间去取景，因为相机技术的问题，所以多数图片是摆拍"。当然，也有摄影爱好者的私人行为，从照片中人们的反应可以看出，"青岛百姓对外国人的行为、着装和他们手中的相机充满了好奇"。

　　青岛历来民风淳朴，仁爱笃信，虽然生活中有磨难，有困苦，他们仍不失坚强与希望。

20 世纪初，德国人眼中的中国小饭馆
（摘自《青岛旧影》）

穷人家的孩子
（摘自《青岛旧影》）

青岛美人照
（摘自《青岛老明信片》）

尊老爱幼（1904 年）

百年老活计，民生之根本

　　破烂的棚子，却是个饭馆，简陋、质朴；剃头匠，全凭手艺养家糊口；说书人，弦音鼓声中，讲古论今，一张嘴天下事；拉大锯，扯大锯，"姥姥家，唱大戏"，是一种古老的行当，浸淫在汗水中讨生活；唱戏者，唱念做打，靠的是底子，台下十年功，台上一分钟；卖货郎，走街串巷，微薄的利润磨破的双脚……青岛人的生存之道多种多样，他们吃苦耐劳，用自己的双手和技艺养活自己，也补贴全家。这些瞬间生动、真实地反映了 20 世纪初青岛老百姓的生存状态，汗水中，有他们不屈的坚定面容。如今，一些行当已经转型，一些业已消失，成为永恒的记忆，但老前辈们自强不息的精神和辛勤劳作的品格，值得后人学习和传承。

2014 年 11 月 11 日

晚清胶州乡村的结婚照（青岛市档案馆供图）

青岛婚礼习俗漫谈

青岛婚礼习俗漫谈

柳已青

在老青岛，每逢春节临近，在大街小巷经常可以看到迎接新娘的车队。照例是喜庆的锣鼓，生龙活虎的舞狮子。等新郎新娘下车，鞭炮齐鸣，锣鼓喧天，彩花飞扬，穿着一身西服的新郎，一脸的幸福，神采奕奕地挽着新娘的手并排而立，接受大家的祝福。

这样的场景，年年相似。喜庆的气氛，为新春更增添了美好、祥乐的氛围。中国人对婚嫁非常重视，有着丰富、烦琐的程序，形成了花样繁多的婚嫁习俗。对于青岛而言，婚嫁的习俗，自然是扎根在胶东大地上的，但是，在流变之中，又多了一些西方文明的色彩，吸收了西方婚嫁的程序，中西合璧。而青岛又是被海洋环绕的港口城市，婚嫁的习俗之中，充满了海洋的气息。

旧的婚嫁礼俗，秉承"父母之命、媒妁之言"，程序大致分为提亲、定亲、送日子、抬嫁妆、迎亲、拜堂成亲、闹洞房、梳头、望四等过程。

提亲是媒婆出面。媒婆这是一个古老的职业，虽然多是兼职的，但在宗族社会中，是个很吃得开的角色，往往是八面玲珑、伶牙俐齿的中老年女性。卫礼贤在其《中国心灵》中，写到媒婆，"在中国没有他人的帮助是不可能成就婚姻的。因为婚姻不仅涉及两情相悦的有情人，它更是整个家族的事情"。在卫礼贤眼中，媒婆好像是神仙月下老人的化身。但在中国广袤的农村，媒婆其实是一个游走在人情社会中的人精，靠着玩转人际关系而获利颇丰。按照青岛的礼俗，每一桩亲事完成，是要给媒婆送礼来答谢的。

到了迎亲这一天，新郎、伴郎携带红包、结婚证、手捧花、胸花等到达新娘家（现在是开着宝马车，古代是抬着轿子）。要准备多个红包，去敲新娘子家的门。因为新娘的好伙伴，或者新娘的弟弟、妹妹（堂弟妹）把守着门（"堵门"）。红包拿来，门儿自然打开。

在胶州，娶新娘子，新郎家中要贴剪纸。窗户上，新房中，可见红彤彤的剪纸，连年有余，蟾宫折桂，观音送子，登科及第，石榴（多子多福），牡丹（富贵吉祥）。剪纸，这种民间工艺，在婚庆中发挥着重要的作用，营造喜庆的氛围，祝福新人开始幸福欢乐的日子。新娘陪嫁的镜子上、礼盒上，也要贴着剪纸。所有的民俗、礼数，都是隆重而热烈的。

青岛的婚俗，伴随着一代代新人，走过几百年的时光。到了 20 世纪 30 年代，青岛的年轻人，颇流行自由恋爱。由于受到德国人的影响，不少青岛的新人结婚，穿上了洋气的西服和婚纱，到照相馆拍照。中式的婚俗中逐渐加入了西方婚俗的色彩。还有的新人，到教堂办婚礼。

20 世纪 30 年代，由于国立青岛大学在青岛扎根，大批知识分子来到青岛。教授、作家以及艺术家群体，也为青岛的婚礼增添了文化气息。青岛成了旅游度假胜地，北平、天津、南京、上海的官员、资本家、明星、教授，纷纷到青岛度蜜月。青岛的海滩，海水浴场，留下了新人的身影。青岛的婚礼变得洋气、文明。

1931 年夏天，沈从文来到青岛大学任教。在青岛，他收获了爱情。他的定情物，是青岛海滩的石头。他从青岛的海边寄给上海吴淞中国公学的张兆和。后来，张兆和以未婚妻的身份来到青岛，在山大图书馆做职员。此时，红遍上海滩的话剧女明星俞珊来到青岛，她有诸多倾慕者和追求者，最终沉默寡言的山大校长赵太侔笑到了最后，他和俞珊结婚，成就了一段佳话。

婚姻神圣而美好，一年四季，青岛的天主教堂下，海滨沙滩上，八大关公主楼下，海滨礁石上，随处可见拍摄婚纱照的新人。年复一年，一代又一代，婚礼习俗随着时代不断变化，但主旨不会变。

传统延续　陋俗摈弃

张文艳

自古以来，人生有四大喜事：洞房花烛夜、金榜题名时、久旱逢甘霖、他乡遇故知。洞房花烛夜无疑是人生的一大转折点，是人伦的正式开始："合两姓之好，上事宗庙，下继后世。"之所以在即将进入春节之际，提出这一选题，一方面是因为名人效应，歌王歌后纷纷踏入婚姻的殿堂，另一方面是因为过去人们结婚,往往会选择在冬天,尤其是忙年期间,原因并不复杂,节日里喜庆气氛浓厚,而且是农闲时刻,且在穷苦年代,没有经济实力来办两次大宴,只能合二为一。那么青岛的婚嫁有哪些习俗?多年以来又发生了哪些改变?本报记者采访了业内专家和平民百姓,听他们讲述发生在自己身上的婚礼故事。

青岛街头的迎亲场景

衣食住行看婚礼

前面已经介绍了婚俗的基本程序,在这里就不做赘述。对于结婚的习俗,关于衣、食、住、行其实都发生了翻天覆地的变化。

在衣着方面,逐渐西化和新潮就是青岛婚礼的一大特色。在青岛民俗馆,记者在玻璃窗内看到了几套服装,里面展示的是不同时期人们着装的变化。其中就有影视剧中常见的凤冠霞帔婚服,还有孙树兰老人捐赠的母亲嫁衣,都异常精致、精美。青岛大学教授、青岛市民间文艺家协会名誉主席郭泮溪说,这些服装多用于有钱人,普通百姓一般也就是穿红衣、戴红花、红头绳就算出嫁的装扮了。在德国入侵青岛之后,从 20 世纪二三十年代开始,青岛市区的中上层人士便开始举办西式婚礼,新郎穿西装,新娘穿白色婚纱。新娘也不是在家里"开脸"捣饬一下就可以了,人们也开始走进理发店。当时中山路上有一家著名的新南京理发厅,这里接待过无数明星,新人结婚,一辈子就这么一次,也会舍得花钱来理一次。

民以食为天。不管是简单的还是复杂的婚礼,请亲朋好友吃顿饭是必不可少的,即使贫困人家,拿出的也是家里最好的食物。青岛婚宴上,鱼是必上的,"没钱的也会上一道木头做的鱼,称为'看鱼',寓意是富富有余,莱西、即墨、平度都有",郭泮溪说。至于鱼的品种,一般是加吉鱼(海捕红鲷鱼),红色加吉鱼最美,讨口彩,红色本为喜庆的颜色,红又加吉,更喜庆了。鲤鱼也不少。"四个凉菜、八个热菜,鱼肉俱全"。

住自不必多说,以前都是女方嫁入男方家与公婆同住(入赘除外),后来年轻人分家各过各的。行的变化是巨大的。以前结婚讲究坐轿子,"过去不坐轿子不算明媒正娶,即使请不起吹鼓手也得坐轿",青岛文史专家鲁海说。旧时迎娶的轿子有两乘,新郎乘坐的叫"官轿",新娘坐的叫"花轿"。

送女儿出嫁前的全家福

青岛解放前后,富裕的坐上了小轿车,没钱的一辆自行车就把新娘驮回家了。

由三大件到三子登科

在新中国成立之前,一般人家的嫁妆多是"两铺两盖"(即两条褥子、两条被子),或者是"四铺四盖",其他都是桌椅、箱柜、座钟、脸盆等。贫穷之家则从简,只送茶具等桌上的生活用品。无论嫁妆多少,一对"长命灯"是必不可少的。

到了20世纪六七十年代,必备的三大件出现了:手表、自行车、缝纫机。这在青岛红极一时。青岛文史专家王铎在《青岛掌故》中专门介绍了结婚必备的家当:一扭三转四不动弹。

一扭:是指收音机。收音机有两个旋钮,可以扭。青岛人称打开收音机为"扭开电戏",这就是"一扭"。三转:是指三种会转动的东西,即手表、自行车、缝纫机。四不动弹:是指床、方桌、大衣橱和写字台。

那时谁参加婚礼,只要看到人家这一扭三转四不动弹都置办齐了,还要问一问是什么牌子,如果又是当时的名牌,羡慕之情便油然而生。"一度流行的牌子是'红灯'收音机,'东风'或'宝石花'手表,'凤凰''飞鸽''大金鹿'牌自行车,'蜜蜂牌'缝纫机以及'一木'(青岛第一木器厂)家具。"在那个年代,要置办齐了这些东西,要耗费父母大半生的积蓄。手表、自行车和缝纫机还被当时称作是

"三大件"。这种时代的烙印持续了将近 20 年,青岛民俗馆馆长李再良是 1979 年结的婚,到他那时,基本的三大件已经在婚前具备了,因而已经不再是时髦的物件。

随着时代的进步,20 世纪 80 年代,人们的生活水平明显提高,电器粉墨登场,结婚"三大件"逐渐演变成了冰箱、电视和洗衣机。再过十年,就又变成了电话、电脑、空调。如今三大件的称呼慢慢淡出,取而代之的是"三子登科":房子、车子、票子。三大件的变化实际上反映了市场经济状况,也和人们的生活水平挂钩。

同理,亲戚朋友结婚的随礼也是如此。早些时候送点日常生活用品足矣,"我歌舞团的同事,20 多个人凑钱给我送的脸盆、痰盂,还有镜子,都是红颜色的,现在看来觉得很好笑,其实当时并不好买,青岛没有,还得专程到上海去订",青岛民俗学会会长田清来告诉记者,这主要是因为当时物品缺乏。青岛文史专家鲁海的婚礼上,人们都送帐子,饭店周围挂着上百匹帐子,"上面用大头针别着贺词和送礼人的姓名,这些帐子高档的是呢子、绸缎的,一般的是棉布的,可以用来做旗袍、被面等"。甚至还有送广告的,记者在青岛市档案馆看到,不少报纸像《青岛时报》《青岛公报》等,都刊登有不少的结婚声明,鲁海结婚时也有人送了一条,"现在找不到了,但在当时也是一种礼物。"现如今,结婚随

2006 年 7 月 21 日,青岛四对新人分别按照晚清、民国、"文革"和现代四个时期的风俗举行了婚礼

礼同样存在,人们更加实际,往往是用礼金的形式,"我是 1977 年结的婚,当时最近的亲属送 10 块钱,一般的送五毛、一块,你得给人家烟糖作为回礼,送到两块就得吃酒席了",田清来说。而现在,人们生活水平提高,青岛一般的礼金都是在 200 元左右,根据关系的近疏,上不封顶,有钱人封个五位数的红包不在话下。

应摈弃的和该保留的

传统的婚礼习俗非常多,几乎每一道都有众多避讳之处,让一场热闹的婚礼变得小心翼翼,一旦有不妥之处就会使人惴惴不安。比如,旧时,说媒成功后,双方还得交换年庚帖子,把男女双方的出生年、月、日、时各写在上面,字数还必须是双数,请算命先生"合婚",推算双方属相和生辰八字是"相生"还是"相克"。记者看到了平度的"亲事有成 婚姻大喜"的版画,名称看着很喜庆,但内容多是"从来白马怕青牛,羊鼠相逢一旦休、金鸡见犬泪交流"等封建迷信内容。讲的是属相不合,另外还有阴阳五行说的相生相克。"克夫"等说法也多来源于此。这种迷信的说法现在已经几乎消失殆尽。而且一些繁文缛节也多废弃,婚期不再讲究"黄道吉日",但农历的双日仍受人喜欢。

一些传统经过筛选和积淀,慢慢传承下来,如新郎到女家迎娶时"谢亲"、吃面条、水饺,新郎进家后拜公婆,喝交杯酒以及婚后三天回门等风俗仍沿袭下来。

这其中的大多数传统大家都很赞成,田清来说,"定亲双方父母见面、给双亲磕头等这些有关孝道的文化应该保留"。但他觉得跨火盆、给古力盖贴红纸辟邪等具有迷信的意味,不该保留。

值得一提的是,传统婚礼有闹洞房一说,俗话说"新婚三日无大小",所以不分大小辈分,亲友都可到新房捉弄新娘,但以晚辈尤其以弟侄辈为甚。他们围住新娘索烟要糖,说些俏皮话,造成一个欢乐的气氛。乡俗以为不闹不喜,越闹越吉利,然而,这种习俗让新人苦不堪言,鲁海就觉得这一习俗早应该摈弃。

其实,现在许多青年人主要还是选择旅行结婚,结婚仪式也变得简单,甚至"裸婚"成为流行词,有时大家还不时会举办集体婚礼。鲁海告诉记者,早在1940年青岛市礼堂举行过第一次集体婚礼,20多对新人一起完婚。随着时代的变迁,很多习俗仍然会发生改变。在新人的眼中,徜徉在青岛海滨沙滩,留下美丽的倩影,然后到外地甚至外国度蜜月,是最温暖的幸福记忆。不管用什么仪式踏进婚姻,用白头到老做一生的注脚才是大家最终的目的。

20世纪50年代，田秀萍的婚纱照

20世纪60年代，田秀娟结婚时的大合照

婚嫁程序

结婚是人生一大喜事之一，人们对此都极为重视，素有"小登科"之称。青岛地区的婚礼风俗与山东其他地区大体相同。男子结婚称"将媳妇"，女子结婚称"出门子"。结婚礼仪除特殊情况外，要经过说媒、相亲、订婚、送日子、娶亲等多道程序。

说媒、订婚

说媒也叫保媒，由媒人为男女两家介绍，缔结婚姻关系。媒人可以是亲友、熟人，也可以是专门的媒婆。他们按照门当户对、年龄般配、家境相当等基本条件，往返男女两家从中说合，一般是对男方要求条件要高一些。当然，现在在自由恋爱的大环境下，这种习俗已经越来越少。双方没有异议条件成熟后，就会订婚。

送彩礼

这一环节其实很关键，在现在看来也是。订婚之后，男方就要向女方送彩礼，富家送金银首饰、绸缎衣料和钱财，一般人家送布料，称"送衣裳面"。习俗演变，现在，订婚当天，新郎要带的聘礼有订婚戒指等首饰、礼金，两条红腰带，两个红包袱，衣服至少两套（要有棉袄，俗话说婆婆的袄传到老），小六样（6斤肉、6条鱼、6瓶酒、6盒点心、6盒糖、6扎粉丝，寓意长远），女方家要给男方准备一双新鞋（叫丈人鞋）。不只是男方给女方送，女方也得陪送嫁妆。俗话说"闺女出满屋空，儿娶媳妇满堂红"。

接亲娶亲

娶亲是婚礼中最烦琐、最热闹的一个环节。过去,青岛地区在迎亲方式上主要有三种:第一种是新郎亲自前去女家迎接新娘,俗称"亲迎",也叫"迎亲",多为小康以上人家采用;二是新郎先坐轿,由轿夫抬着走十几步,叫"压压轿"。再由新郎的弟兄到女方家接新娘,新娘在家等候,俗称"等亲"或"接亲",仪式简单,一般人家常用;第三种是男家不再派人前去女家迎接新娘,而是由女家叔伯与兄弟等人将新娘送来,俗称"送亲""发亲"。结婚之日,新郎多穿长袍马褂,十字花交叉佩戴大红绸子,头戴礼帽,帽子上插着红色的宫花。新娘多穿红衣,外罩蟒袍,腰系玉带,头戴凤冠,脚穿黄色套鞋。新娘离家时两脚不能粘土,让兄弟抱着上轿。轿里放一个包有脸盆和镜子的包袱(意为"包福")。花轿起轿时,新娘的母亲或嫂子还要把一瓢水泼向门外,意思是嫁出去的闺女泼出去的水,再也收不回来了,其中蕴含着母女怜惜之情。

如今没有轿子,但还有一些习俗:新郎从家出发要准备 6 盘东西,分别是苹果、橘子、花生、大枣、点心、烟,出发后新郎家要贴喜字。新娘出发前则要带走 6 样东西:盆中放枣、花生、桂圆、栗子、红筷子、宽心面。新郎到新娘家经过重重考验后,要和新娘吃"滚蛋饺",一般盛 6 个,吃 4 个留下 2 个,留个想头,表示还回来。

拜堂成亲

新娘下轿后,由两个伴娘搀扶进院与新郎同拜天地,这种场景相信大家在影视剧中没少见,由礼司唱礼:"一拜天地,二拜高堂,夫妻对拜,送入洞房",然后新郎用一块红绸牵新娘入洞房。洞房中新郎用秤杆将新娘盖头挑下,二人同饮交杯酒,也叫同心酒,至此夫妻关系就算正式成立了。而现在一般都会在新房单元门口舞狮子等,进入婚房后不久,就要直奔酒店。婚后三天,新娘由新郎陪同回娘家,叫"回门"。胶州等地是婚后第二天新郎、新娘到女家认亲,第三天返回男家,第六天新娘父兄或弟侄到男家探亲,第九天女方接新娘回家,叫作"叫二,还三,住九",以后按正常亲戚走动。

轰动岛城的名人婚礼

孔家大婚

要说在青岛的名人婚礼,首属孔家小姐孔令和与董绍基的婚礼。因为孔家婚礼有特殊的规定：证婚人必须两人，一人是圣人孔子后裔，一人是亚圣孟子后裔，这也使得这场婚礼格外隆重。

孔令和是孔祥勉的女儿，孔祥勉1925年来青岛，后去天津，1945年抗战胜利后再来青岛，任实业银行行长，兼农工银行行长，同时还是青岛市银行业公会会长。他住在青岛路1号，原德国驻青岛领事馆内，因夫人名南滨，因而宅院题为"南园"。1947年，孔祥勉的爱女孔令和与董绍基（原国民党驻美大使董显光的侄子，曾任香港董浩云、董建华航业集团的驻华盛顿代表）在青岛结婚，礼堂选在了青岛市礼堂，规模盛大。青岛文史专家鲁海说，参加婚礼的有近300人，不仅人数多，而且嘉宾云集，时任市长李先良亲自参加。主持人为老同盟会员，国民党元老莫德惠和丁惟汾。证婚人按规矩一人是圣人孔子后裔，一人是亚圣孟子后裔，所以由孔子后裔财政局长孔福民，孟子后裔教育局长孟云桥担任，其隆重在青岛是绝无仅有的。许多年里，青岛人还津津乐道。

赵太侔和俞珊

一个是戏剧家，一个是话剧明星；一个是国立山大校长，一个是望族名媛。赵太侔和俞珊的婚恋，在20世纪30年代的青岛，乃至全国，都是一件颇受公众关注的事情。

1929年，田汉导演的话剧《莎乐美》在南京和上海演出，引起强烈轰动。舞台上的女主角就是俞珊。1930年6月《卡门》公演之后，俞珊的父亲俞大纯（俞明震长子，俞家是晚清的名门望族）禁止女儿再登台演戏。1930年，俞珊随梁实秋到青岛，在青岛大学图书馆任职。"莎乐美公主"俞珊在青岛大学搅乱一池春水，引来明里暗里

《北洋画刊》刊登的赵太侔与俞珊的结婚合影

不少追求者。大俞珊20岁，沉默寡言，已有家室的赵太侔追求俞珊有点令人意外，他最终是如何赢得美人芳心的，真是一个谜。

1932年9月，由于学潮压力，校长杨振声辞职，赵太侔继任校长，这为追求俞珊赢得一些有利条件。赵太侔为了追求俞珊，与原配夫人离婚。1933年12月16

日的《北洋画报》刊头刊有《俞珊女士新婚倩影》单独照，此页还刊登了《蜚声戏剧界之名闺俞珊女士与赵太侔君新婚俪影》。可惜的是两人最终并未白头偕老。

李丽华与张绪谱

青岛作为独特的海滨城市，演出氛围同样浓厚，来过的电影明星无数，其中李丽华就在青岛结婚生子。

影坛巨星李丽华，一生共主演了 120 多部影片，这位时常被同时代影迷提起的高产女星，是中国影坛上一颗自始至终散发着耀眼光芒的明星。李丽华成名靠的是一个成功的"炒作"。1939 年，上海艺华影业公司拍摄《三笑》，准备捧新人李丽华，遂制造了一条假新闻。当时在上海演出的非洲马戏团先是刊登启事，称"职员于包厢中拾得上等钻戒一枚"，随后李丽华也刊登启事，称"遗失罕见钻戒"，之后又发出了鸣谢启事，感谢马戏团归还。马戏团趁机又称将李丽华提供的酬金 200 元捐给了上海救济难民儿童教养院，这样一来二去，人们纷纷将目光投向了李丽华和她主演的电影《三笑》，李丽华一战扬名，被称为"闪电明星"。

1944 年，李丽华在上海与富商家的公子张绪谱订婚，1946 年两人在青岛结婚，婚礼设于当时的"国际俱乐部"，青岛的影迷们闻讯而至，挤满了大院。结婚后夫妻二人住在青岛，生有一女，这期间，李丽华一度停止拍片，后李丽华复出影坛，1948 年与张绪谱在中国香港离婚。

吴素秋与吕超凡

青岛的老戏迷对吴素秋特别有感情，除了喜欢她的演唱与表演外，还因为她曾经在青岛生活了 7 年之久。

吴素秋是著名的京剧花旦表演艺术家，之前一直活跃在京剧舞台，但 1943 年婚嫁后即息影。原因何在？青岛文史专家吕铭康还原了吴素秋的说法："到了日伪时期，我当时作为年轻女艺人就觉得只有三条路：一是继续唱戏，随时随地就可能落入汉奸、特务的魔掌；二是做有钱人家的姨太太；三是立即嫁人，做人家的儿媳妇。我决定走第三条路。可是我的母亲和同行们都一致反对，我的观众们闻

20 世纪 40 年代，吴素秋在青岛生活照(吕铭康供图)

讯后也是强烈反对啊！其实我离开舞台，心里就更难过。就这样，21 岁的我就放弃自己心爱的艺术，匆匆结婚嫁人来到了青岛。这期间，我知道戏迷们都在关注着我，一些报刊就经常有文章呼吁我重返舞台……"

　　1943 年末，吴素秋与吕超凡由北京来青岛，在东海饭店举行结婚典礼。婚礼隆重，各界名流都去参加。吕超凡是青岛市场三路亚鲁号经理吕垸三之子。他们婚后就一直居住在金口一路 19 号，也就是青岛收藏家赵宝山的家里。婚后的吴素秋过起了家庭妇女生活，不再粉墨登台。直到青岛解放后，她才在众人的呼声中重新登台。

2015 年 1 月 27 日

1949年，人们庆祝青岛解放

泛黄的照片，特殊的记忆

泛黄的照片,特殊的记忆

张文艳

进了腊月门儿,年味儿便越来越浓。集市、商场年货上架,喜庆的气氛弥漫开来。

年,已不再是那个吃人的怪兽,需要人们放鞭炮驱赶;度过"年关",也没有往日为了偿还地租勉强度日的艰难。如今的过年,已经演绎为一种文化传统,是团聚,是和谐,更是在忙碌的工作中体会不到的亲情……年味凝结在了舌尖上,它们或者深藏在父母熟练沧桑的双手中,或者尘封在心底里,久经岁月发酵,如老酒一般,愈久弥香。

每个人都有关于春节的特殊记忆,那些片段就像泛黄的相册,无声地翻开过去的故事。

小时候,记忆最深的是腊月初,放学回家,夕阳映照着窗户,母亲在柔和的光线下正为我和哥哥缝制过年的新衣。针线上下飞舞,我的红色衣服上赫然出现了多条花边,活泼的灯笼袖,秀气的小花。当然,不知其中的"工艺"到底有多繁杂,只是一味羡慕哥哥衣服上那只啃食竹子的大熊猫,认为母亲厚此薄彼。但当除夕来临,穿上新衣,这种嫉妒一扫而光,立刻挑上小灯笼(玻璃罐头瓶中点上一根红蜡烛),找小伙伴"显摆"去了。可以吃个够的饺子,供奉先人的大肘子,都让年少时的我对这个特殊的节日充满了无限期盼。

有人说,时间像一把巨大的刷子,把童年记忆中的痛苦、忧伤统统抹掉,只留下喜庆欢乐的时光,让人总是心存美好。一度,我也这样认为。但舅舅的刚刚离世,让我深切体会到失去亲人的痛苦,3 年没有回老家了,欠下的亲情债已无法偿还。还记得以前每年回家都会去看望舅舅,他在门口迎接我的笑脸皱纹一年比一年多,苍老悄悄潜进他的躯体,小时候他在我心目中伟岸无比,直到前些年才发觉,原来他如此瘦小。今年年夜饭的团圆餐桌上,少了舅舅"串调"的京剧和爽朗的笑声……

相信,每个家庭都有酸甜苦辣的记忆。但,若对一个城市而言呢?

查询史料不难发现,青岛很多大事都发生在春节前后,对于老一辈青岛人来说,那些记忆,刻骨铭心。

这座海滨城市命运的跌宕起伏开始于 1897 年。之前的年节,胶澳百姓到浮山所或者李村大集上摆摊卖点土特产,换取些许钱财购买年货,虽不富裕但生活平静。1896 年 2 月 13 日的除夕夜,天后宫里热闹非凡,不远处的胶澳总兵衙门内,高朋满座,总兵章高元将杯中酒一饮而尽,把心底里埋藏的不安一扫而光——此时的俄国军舰,尚停泊在胶州湾。然而,盯上这块宝地的,不只是俄国。1897 年 11 月 14 日,德国侵占胶州湾,到 1898 年 3 月 6 日,李鸿章、翁同龢与海靖在北京正式签订《胶澳租借条约》,8 万多居民陷入日耳曼之鹰的爪牙之下,这年除夕夜,胶澳的老百姓在惴惴不安中度过。

德国在青岛盘踞了 17 年的时间,形形色色洋人乘船而来,带来洋范儿的节日——圣诞节,也为中国老百姓的大年所着迷,"从圣诞树变成了鞭炮,从火鸡变成了饺子",中西文化的碰撞与融合成就了卫礼贤,也让青岛迅速发展成为新兴都市。

1912 年,政府宣布改阳历 1 月 1 日为"新年",从汉武帝开始就推行正月初一为过年的节日,突然改变,百姓怎能适应? 尽管政府强制执行,甚至不允许过年期间放假,仍然改变不了人们遵循旧传统。无奈,1914 年,仍定正月初一为春节。

还是 1914 年,日德战争把德国人打得措手不及,也使得青岛百姓更加惶恐,日本侵略者的无耻行径惹恼了青岛人,也惹怒了中国人。1919 年的除夕夜里,对政治颇为敏感的老百姓正焦急地等待巴黎和会的结果,期望能有好消息传来,结果却令他们失望。终于,1922 年 12 月 10 日青岛主权收回,此后悬案一一解决,青岛终于回到祖国的怀抱。1923 年的春节,压抑了许久的青岛百姓喜气洋洋,终于摆脱了殖民者的统治,做回真正的主人。

然而,1938 年 1 月 31 日,对青岛人来说是最黯淡的春节,日本侵略者的铁蹄再次踏进青岛大地,街道上宁静得能听到有节奏的木屐声。店面萧条,时不时传来的鞭炮声也会让人心惊肉跳,唯恐是日军扔下的炸弹。压抑的气氛再次弥漫在岛城上空,直到 1945 年。1945 年的除夕夜,对于青岛市区的人们来说是一份难掩内心深处喜悦却不能恣意声张的煎熬,胜利在望,人人皆知。1945 年 8 月,日军投降,百姓走上街头庆祝,比过年还高兴! 同样如此兴奋的,是 1949 年 6 月,青岛解放之时! 这些特殊年份的春节,都留藏在了老人们的记忆中!

浮沉的历史　别样的年味

德占时期中西文化交融，民国时期曾做全新尝试

付晓晓

　　辞旧迎新，阖家团圆，"过年"对中国人来说是一个重要的仪式。与西方的宗教节日不同，"年"是农耕文明下形成和发展起来的一个岁时节日，据说起源于虞舜即位时，带领部下祭拜天地，它是一个节日，更是一种传统。在历史的更迭浮沉里，"年"随着时间的流变演化出不同的意味，平民百姓也在大的时代变迁里尝尽不同的年滋味。每个除夕，人们都会以各种方式迎接新年的如约到来，有酸甜，有苦辣。

德占时期，"年"是中外民众共同的节日

　　1897 年，大清王朝正在内忧外患的夹击下走向消亡的末路，德占青岛。之后的十几年里，青岛这座新兴城市，发生了天翻地覆的变化。成千上万的德国侨民和欧美侨民远渡重洋来到青岛，让开埠后的青岛充满了异国文化的碰撞。以往，百姓们织网打鱼乘风出海的平凡日子在一年一年地过着，进了腊月门更得喜庆起来忙活起来，要么挑四九的日子沿着海边一路向东，到热闹的浮山所逛庙会置办年货，要么挑二七的日子赶赶脚力向北而去，到繁盛的李村赶大集卖点儿土产。

　　在东西方文化的交融中，中国的除夕夜或许给了这些殖民者一种圣诞节的错觉，只不过，圣诞树变成了鞭炮，火鸡变成了饺子。入乡随俗，"年"也成了这些中外民众共同的节日。那时的青岛已经建成了今天的中山路商业街，只不过德占时，南段在欧人区里，叫斐迭利街，北段在华人区里，叫山东街。华商云集的山东街，成为那个时代购置年货的必到之处。1907 年腊月，最具代表性的当属华乐大戏院好戏连台，名角荟萃，与除夕灯光遥相辉映。

　　那时，青岛的年总是很热闹的，尤其是庙会。庙会期间百戏杂陈、摊贩林

立,人头攒动,正值春正,姑娘们都展示着自己的新衣,一派喜气洋洋。曾任青岛中华商公局董事的胡存约曾在《海云堂随记》中记录了 1896 年和 1897 年天后宫庙会的情景:"庙会中香火最盛,四乡村镇民妇人等来者众多";"每届新正,口上商民人等群集天后庙,焚香祝祷,年复一年,代代如此,已成积俗。自元旦至元宵,日日人群络绎,杂耍、小场、大书、兆姑(茂腔)、梆柳(柳腔)、秧歌,江湖把式无所不有……"

20 世纪 30 年代的天后宫庙会

1906 年,德国人在青岛过圣诞节

清帝退位之后,曾任外务部尚书的邹嘉来出京来青岛。北洋政府教育部派汪宝森来青岛接替蒋楷任德华大学总督查,他是邹嘉来的亲戚,初来青岛就住在邹嘉来的家里。新年来到,汪宝森问邹嘉来:"这是头一次在这里过年,不知年景如何?"邹嘉来说:"除夕热闹和别的大地方也不差什么,只有龙灯是特别的,在旁的地方是再过几天才能有。去年正月,从初一到十九一直很热闹,高跷、狮子、五虎棍、龙灯应有尽有,今年人口更多了,想必会更热闹吧!"由此可见当时青岛过年之盛况。

民国时期,"春节"之名因历法之争产生

1912 年,中华民国宣布改阳历 1 月 1 日为"新年",但在民间推行遇阻。为了"改正朔"、求"世界大同",政府必须适应世界潮流,采用并推行阳历,庆贺阳历新年;但考虑到民众习惯势力的强大和民俗文化的深厚,又不能骤然废弃阴历。1914 年 1 月,时任内务部总长的朱启钤为顺从民意,提请定阴历元旦为春节,经袁世凯批准,规定了阳历年首为"元旦",阴历正月初一为"春节"。"春节"由此命名。采用阳历而不废阴历,必然会形成历法问题上"二元社会"格局:社

会上层（机关、学校、团体及报馆）主要用阳历，下层民众（商家、一般市民及广大农民）则主要用阴历。

1913年1月1日，是中华民国成立后第一个元旦。南北统一、政府北迁，就任临时大总统的袁世凯格外重视阳历新年，并举行了一系列庆贺活动。但民众对于阴历与阳历的观念存在着巨大差异，出现了"民国新年"与"国民新年"的分立，"新新年"与"旧新年"的区分：以官厅、机关、学校为主要庆贺者的阳历新年，被称为"民国之新年"，即"新新年"；以一般社会民众为庆贺者的阴历新年，被视为"国民之新年"，即"旧新年"。

曾于1936年担任青岛《民报》编辑的作家孟超是阳历新年的拥护者。他曾在一篇名为"辞灶"的文章中写道："明天是旧历腊月廿三，它在旧风俗上是灶王爷上天之一日也。今人世间改用阳

旧时正月里，居民上街进行游艺活动

历已多年。我不知道天上的玉皇大帝究竟维新没有。"在另一篇文章《拥护阳历年》中，他又写道："这个年头儿，最时髦的名词是'拥护'和'打倒'，自天子以至庶人。如果你还不懂得'拥护'与'打倒'，其落后也似乎比运动会上万米赛跑不挂名还惭愧得多。"可见，孟超的立场是破除旧俗，过"新新年"这或许是当时很多社会上层人士的想法。

但是，虽然当时的民国政府曾试图以行政命令推行阳历新年，甚至尝试将贺年、祭祖、贴春联等活动移到阳历元旦，但是民间强烈的传统意识，还是将这些习俗保留在了春节。在民国政府看来，政府并非不许百姓过年，只是要他们照阳历去过，也并非不许民众娱乐，并非是要废除过年的一切礼俗风气，仅仅要改一个日期罢了。可是在民众看来，"不能改日期，改了便不是那个味儿"。因为改变的不仅仅是一个日期，而是附属于这个日期上的一套民俗文化和生活习惯。因此，直至今日，人们通常所说的"年"通常仍是指阴历新年。

不管和平还是战乱，富裕还是困顿，都不会失约，白纸黑字刻在日历表上，同时也或浅白或浓烈地刻在人们的记忆里。尤其是那些特殊的年份，往往承载着特殊的意义。

私人记忆：老百姓记忆深刻的春节

付晓晓　张文艳

"那是青岛最黑暗的春节"

1938 年的春节,战火烽烟四起,不复喜庆,甚至无法平静。今年 83 岁的鲁海对那年的春节记忆犹新。1938 年 1 月 10 日,日本登陆青岛。日本人飞扬跋扈,路过的行人须向他们行礼,大家都绕着他们走。在鲁海的记忆里,那是青岛最黑暗的春节。

此时,鲁海一家搬到了中山路 1 号国际俱乐部。1938 年 1 月 30 日是除夕,31 日是大年初一,大家都没有过年的心情。往年春节的天后宫庙会热闹得很,十之八九的老百姓都会去参加,而这一年,天后宫异常冷清,百姓们都待在家里过年,一方面是不敢去,毕竟外面兵荒马乱,因而人心惶惶,一方面是不愿去,免得见了日本人还得点头哈腰。日本占领青岛之前,沈鸿烈实行焦土抗战,炸毁了日本九大纱厂,日本侨民都撤走了,中国人也走了很多,正月初一到十五,街上很多店面没有开张,这个"年",过得冷冷清清。

今年 89 岁的刘振华对 1938 年的春节也有深刻印象。在她的记忆里,以往过年就是"玩儿"。"那时候还是小孩子,过年就是穿新衣服,拿压岁钱,去天后宫赶赶庙会,那里有烧香的、撞钟的、捏面人的,很热闹。"刘振华说,刘家算是个"半新半旧"的家族,别人家"请祖宗"、烧香、挂家谱,他们家把这些形式都省略了。但有一项活动,刘家不仅没有省略,反而大张旗鼓,那就是拜年。刘振华的父亲刘锡九在青经营中华书局多年,人脉广博。过年是个联络感情的好机会,每到这时,刘锡九就租一辆车,带着他们全家人去给亲人和朋友家拜年。

但是,刘振华一家的拜年活动到 1938 年就不再像从前一般声势浩大了,亲人、朋友还是要去探望、问候的,只是低调了许多,出去后很快便回来,因为外面起了战事。战争使人们过年的活动也简化了,刘振华会和同学相约着去看电影，每次出去，父母都会叮嘱她早些回来。战争结束了无忧无虑的幸福时光，当时的刘振华写了一篇文章，她至今记得很清楚，大意是说，抗战时期，我们在沦陷区的学生根本没有快乐。这是刘振华当时心境的真实写照。

"抗战胜利比过年还高兴"

抗日战争时期里，段存钦几乎没有过过年。段存钦今年已经 96 岁高龄了，曾在崂山抗日游击队里担任李先良秘书。在他的回忆里，"部队里是不过年的，没有庆祝活动，没有补贴和奖励，也不改善生活，还是喝白水、吃地瓜干"。春节将近之时，连队把大家组织起来开大会，"主要是讲纪律，部队里随时处

1945 年的青岛街景

于备战状态，对纪律的要求是非常严格的"。除了讲纪律，再就是鼓舞士气，段存钦说，虽然春节本应是与家人团聚的节日，但特殊时期，保家卫国任务在身的战士们对艰苦的条件都没有怨言，"首长一直激励大家，一定要坚持把敌人赶走"。这是支撑他们艰苦作战的信念。

经历了长久的黑暗和困顿之后，1945 年，青岛人民焦急等待的光明时刻终于到来。大年初一，放了一天假，但是段存钦还是在部队里，没有回家。这些年的春节，家人的团聚他几乎全部缺席，思家心切，也心怀歉意。无奈白天工作脱不开身，到了晚上段存钦才搭着别人的顺风车，回家看望自己的母亲。

日军被打败，进了腊月门，百姓们再也不用担心有附近据点的日军前来扫荡，满心欢喜地以为终于能过一年像样的春节了。但是，黎明破晓之前，仍有顽固的黑暗势力在作怪。虽然青岛的日伪政府还在大肆鼓吹"日中亲善"，为春节粉饰出太平和喜庆的假象，但是飞涨的物价再次将百姓陷入水火之中。档案数据显示，1945 年春，青岛物价暴涨至 1937 年 7 月之前的 4 倍，营业税按照 1944 年的 8 倍征收。钞票仿佛成了纸片，当时青岛的物资本来就比较匮乏，日本人

还把大批物资向本国转运,这对青岛来说无疑雪上加霜。据段存钦回忆,别说购置年货了,能保证买到日常的生活必需品就算不错了,"当时人们只能勉强地维持生活"。

1944年间,青岛市民多次被迫向日军缴纳"献金",在动荡时期,个体命运难以自我掌控。1945年春节期间,青岛发生了一次轰动全国的血案。正月初四那天,伪华北劳工协会第一训练所内,280多名劳工发起暴动逃跑,日伪军警开枪镇压,造成24人死亡的惨剧。这给当时的青岛市民带来了极大的悲愤。人们只是希望能在战火中偷得片刻安宁,但日本人残酷地击碎了青岛百姓这仅有的一点期盼。

半年后,日本天皇裕仁宣布无条件投降。在段存钦看来,"抗战胜利比过年还高兴"。

一份特殊的"年货"

今年90岁的聂希文曾在青从事中共地下工作长达十年,直到1949年6月2日青岛解放才公开身份。他位于遵化路22号的住宅,前身是四方一带有名的子俸药房,也是他抗日活动的秘密据点。聂希文利用父亲开办的这家药房,收集情报,掩护同志,资助革命事业,奋战在抗日的隐秘战线上。1949年的春年,别人在热热闹闹地忙年,聂希文也在"忙年",只是他的"忙碌"悄无声息,不敢声张,因为他在置办一份特殊的"年货"。

1948年12月,青岛即将解放,市场上人来人往

那时,分送贺年片不仅是学生们的爱好,各商家为联络感情,也在除夕夜互送贺卡。用一个纸盒子,糊上红纸,写上"恭贺春节"几个大字,挂在贴有春联的

大门上,供接收贺年片之用。街市商铺如此一布置,年味浓浓。聂希文选购了一些贺年片,运用在解放区学来的印刷工艺,用家里药房用来印制药品包装纸的油印机,在上面印上了宣传中共对敌区政策等内容的简明文字,"都是偷着印的,用布把窗户遮起来,把灯泡也包起来,时间长了,灯泡都把布烧着了",聂希文的儿子聂新建说,常年做地下工作,为不使敌人辨认出笔迹,聂希文须变换字体,印这些"贺年卡",他改用一种长方形的字体刻版,至今他写的汉字仍被人说是"豆芽体"。除夕夜,在鞭炮声中,聂希文带着印好的"贺年片"来到四方的商业中心海云街,把贺年片投进各商家大门上挂起的"红箱"内。他还与战友胡升堂、陈维风同志,把贺年片和劝降信之类的宣传品装上信封,贴好邮票,投进不同街区的邮筒里,寄往国民党一些要员家里,让他们知道,"末日不远"。

大年初一,聂希文作为子俸药房的少掌柜,穿上新衣,去各商家以拜年为由查看反应。先到药店对门的聚昌绸布店,他们用手指打着"八路"的暗语,悄声说,"八路快来了,贺年片都送到家门上了,你们没收到吗?"聂希文亲眼见到工作的效果,内心充满喜悦。

在聂希文从事地下工作的十年中,提心吊胆的体验对他的家人来说,已经是家常便饭了。聂希文的儿子聂新建说,地下工作者不是离开家庭到战场上去,有时反而需要家庭作为掩护,"一旦被发现,必然会牵连到家人,甚至会株连九族"。因此,聂希文随时都处于警戒状态,睡前会把衣服和鞋子整整齐齐地放好,以备有突发情况之时可以摸着黑立即穿好、出走,家里也早就设计好了出走的秘密路线。聂新建听父亲说,当年为了分发这些卡片,半夜了,他才回到家中,家人看到他平安回家,心头的石头落地,这才开始坐下来吃过年的饺子。

一瓶白酒的奢侈

在辛忠香过往的人生里,前半段的"年"是和饥饿相伴的。辛忠香1945年出生于湛山村,父亲是工人,母亲没工作,家里有六个孩子,吃穿用度捉襟见肘。"那时候过年根本就没什么吃的,能吃个饺子就算不错了",辛忠香说。除了饺子,留在辛忠香记忆里的还有吃不到的橘子味道。父亲买回来几个橘子,作祭祀之用,她和弟弟妹妹们每天只能眼巴巴地看着放在桌台儿上的橘子,闻着酸甜的气味流口水,不管馋虫再怎么发作,也不能偷吃。

除了没好东西吃,过年也常常面临没有好衣服穿的窘境。新衣服不敢奢望,入冬之初做的棉袄棉裤就是过年的服装了。辛忠香说,棉袄棉裤平时穿的衣服都必须用别的旧衣服在外面罩着,过年的时候才直接穿在外面,当作新衣服,"父母不让直接穿在外面,怕穿脏了穿旧了,过年穿旧不好看了"。这样的困顿,使辛忠香在外出之时,心里是露怯的,"上学以后,别人都成群结队地去老师家里拜年,我都不好意思去"。

经历过三年自然灾害时期的辛忠香,深知粮食的珍贵,饥寒交迫之时,一个白面馒头就是上等食品。上中专的时候,从食堂买到的白面馒头,她都不舍得吃,总是留着带回家给父母。后来上山下乡,难得有一次,在食堂领了两个白面馒头,"不怕你笑话,我没出食堂门就吃完了"。正是由于这样的经历,"年"在辛忠香的记忆里总是和食物挂钩的,温饱即是满足。

1964年春节,辛忠香已经工作了,手里已经有了一点儿余钱,托自己在小卖部的朋友给父亲买了一瓶景芝白干。过年的时候,有同事来家里拜年、做客,父亲拿出酒来,邀请他们"喝两口儿"。"大家都挺意外的,因为当时这个酒不好买,父亲就说,我女儿买的,听上去很自豪。"辛忠香觉得,从吃不饱饭的年代里走过来,过了那么多贫寒的春节,能在过年的时候喝上一瓶景芝白干,也算是奢侈的事。

"现在过年,根本就不用担心吃的穿的了,我和老伴想吃什么吃什么,想买什么买什么,现在的生活,天天都是过年。"从"穷年"到"富年",辛忠香身上浓缩着众多平民百姓的生活印记。走过物资匮乏的年代,走过自然灾害的时期,日子在一天天得变好,过年也就成为越来越喜庆的事。

2016年1月12日

黑白的影像，多彩的记忆

——青岛大集回眸

李村大集旧影

黑白的影像，多彩的记忆

——青岛大集回眸

张文艳

　　"严冬的早上，把人们都冻得缩起了脖子，一阵阵的寒风，把道旁的电线杆刮得吱吱发声，太阳还没有升起的时候，那条市区至李村的公路上，已三三两两地布满了汽车、推车和一些挑着挑子的人们，他们都是要去赶个早集。"这是青岛市档案馆馆藏的《青岛健报》（1948 年 12 月 31 日）上撰写的《"李村集市"素描》一文。相似的天气，类似的情景，近 70 年的场景转换，似乎就在一瞬间。"闲云潭影日悠悠，物换星移几度秋"（王勃《滕王阁序》），站在李村河的大桥上，两旁悄然矗立的小楼很难引起过多的注意，河底的嘈杂一如当年，"到太阳从东方斜射着大地的时候，集上的人们已显得拥挤不堪……这一派嚣杂纷乱的情形，实在没有一个适当的名词来形容它"。其实，当年的孩童早已白发苍苍，昔日的摊贩、买主恐怕也已逝去，但集市留在老青岛人心中的仍是舌尖上挥之不去的年味，醇厚温暖的民俗工艺，和热闹纷呈的戏剧演出。

　　有人说，集市是一面镜子，它能映出歉丰穷富、人世百态。悠悠流年，沧海桑田。数百年的轮回里，大集的改变没有集市上那么熙熙攘攘，那样人声鼎沸。变化是悄然的，但也是巨大的。

　　1954 年 12 月 16 日《李村市集》一稿中有这么一组对话："哪里来？老大哥！""上这赶集的，三里五里没有远的，上藏乡，出梨的地方。你这二三十里路可赶得早啊！"在出门基本靠腿量的年代，二三十里路将耗费 3 个小时，他们为了赶早集占摊位，天还没亮就出发，挑着担子，推着独轮车，为了生活，向着光明奋进。如果家养牲畜的，则赶着毛驴，坐着马车披着清晨的露水，载着满车的农产品，由形单影只，聚集成三五成群，再聚拢成众多摊位，在河边，在乡镇，迎接即将拥来的顾客，一年的收成，家人的期望。琳琅满目的商品，鳞次栉比的摊位，应有尽有。各地的小吃，四里八乡的特色农产品，还有那些如今已经难觅踪影的市场：骡马市，牲畜交易市场，游走着一些看牙口、在袖子里摸指头谈价钱的"经纪人";木材市,几个拉大锯的工人现场加工板材……让老人们津津乐道的,还有大集上让人流连忘返的精彩演出。这种演出,率真幽默的青岛人用"拴老婆橛子"来形容,这一方言自明清时期就是青岛人送给民间曲艺的绰号,代表着"蹦蹦戏""茂腔""柳腔"和"大鼓书"等,李村河沧口一带曾在20世纪初流传这样一句歌谣:"柳树柳,槐树槐,柳树槐树搭戏台,李村集上唱大戏,柳腔茂腔唱起来。"足见当时到集上看大戏,也是人们隔三岔五赶集的动力和乐趣……翻看大集旧照,定格的黑白照片,凝固住了大集上热闹的场景,人群中,他们或好奇地打量着拍摄者,或自顾自地忙碌着。

照片无声,然而,观者却不由地听到了由远及近的嘈杂声,叫卖声,讨价还价声,人们的欢呼声,牲畜的叫声,所有的声音混为一体,如身边一曲没有指挥的交响乐,时远时近,时高时低,抑扬顿挫,这是来自历史深处的旋律;画面静止,然而,眼前的人群正慢慢蠕动,他们来回穿梭,躲避摊位,开始极慢,渐渐地越来越快,以至于再也看不到人影,他们连成一条模糊的黑线,眨一下眼睛,眼前赫然变得清晰,模糊的影子有了色彩,声音还是嘈杂,人群越来越多,这其中有你有我,有每个青岛人的身影。

如今的大集上,汽车运输已成标配,道路逐渐变宽,脚步也愈加匆忙,赶集而来的买卖人,二三十里算是近的,地铁连通了城市东南西北的居民,飞机甚至搭载着异国他乡的人们,来到大集上展示特色产品。摊位上,有保留了上百年的老物件,精工细作的饽饽磕子是年货必备,红彤彤的春联

每到腊月,李村大集红红火火,什么年货都能买到

被你一副我一套地带到千家万户。同时也有改进了的新市场,二手车市淘汰了骡马市,各种车型排成排供人挑选,成套的家具摆放在两旁的店铺里,那些人工加工板材的画面永远定格在老照片中。和以往相比,无论是商品数量、品种还是大集上的人们,都更多更全更广更热闹,只是,消失了的一些老行当和文艺演

出让怀念他们的人们稍感落寞。

记忆是张扬的，也是脆弱的，哪怕一个词语，一种味道，一张照片，一个物件，都能打开它的阀门，让它喷涌而出，大集便是关键的按钮，具有打开阀门的独特魔力。历史与现实交错的影像，或许能代替我们跟随大集一起穿越时空，感受"流淌着的人文历史"，触摸那"跳动着的文化脉搏"。

年味百年集不同

张文艳

"黄花鱼啊！便宜了！""捎个榼子吧！过年必备！""海米多少钱？""春联福字一套能便宜点？"一进李村大集，此起彼伏的叫卖声和讨价还价声涌进耳朵，刚下到河底，记者便感觉被人群"淹没"了。恍惚间，眼前的画面似曾相识，在黑白与彩色之间来回变换。百年前的旧照，一样热闹的集市，一样来往的人群，摄像头前，他们同样有的好奇地打量着拍摄者，有的则自顾自地忙碌着。然而，上百年的时光流转，大集上的人与物其实早已悄然消逝，有的则顽强地保留下来，或者演变为新的形式。李村大集搬迁在即，本期，透过旧照，走进最后的大集，并跟着非物质文化遗产传承人一起，穿梭古今，感受历经百年的年味，纪念那些已经和即将远去的记忆。

市场演变：走了骡马，来了汽车

过去赶大集，如果看见有人骑着毛驴，牵着骡马与你擦身而过，不必惊讶，因为，在那个年代，这些牲畜是最为重要的交通工具，它们或被用作运输物品，或被直接买卖。旧时，畜力、人力是人类生存的基础，

旧时赶驴车的少年

在农业生产占主导地位的年代,农产品是最主要的交易物品。如今,机械化和城镇化使得人们的生活发生了翻天覆地的变化,汽车成了主要的交通工具。一些物品和市场的消失,成为一种必然。

在青岛,"自来市镇利于坐卖,而乡鄙宜于行商"(《胶澳志》),所以大集的形成有地域性和时间性。无论是地域还是时间,都蕴含着周边村民自发形成的默契。比如浮山所大集,自明永乐年间起,在屯的周围陆续出现了许多村庄,形成了一个局部性的小社会,为了适应农业生产和农民生活的需要,浮山所集应运而生。比如李村大集,每逢农历二七,沧口、板桥坊、即墨等地的村民都会步行或者推着独轮车、赶着毛驴聚集在李村河边,搭棚摆摊。数百年的集市,变化肯定很多,"以前李村大集卖农具的比较多,因为周边的村民多",青岛市民俗专家鲁汉说。青岛市民俗学会会长田清来也告诉记者,大集最初交易农产品和生活日用品,民俗产品和农村工具都出自于集市,是一种生产和交换。而随着生活水平的提高,基本的人力农用产品和用具会逐渐消失,"因为大家都是来买生活所需的,什么卖得好,就卖什么,百姓不买的,渐渐地就没了。集市上卖的东西跟着生活、工作方式的变化而变化"。

所以,对比集市古今,人力、畜力正逐步被机械和汽车取代是最为明显的改变。

李村大集上的牲口市

"在市集上,铁器是最热闹的一角了……在这里大锤抢得叮当响,炉火烧得通红"(《李村市集》,刊载于1954年12月16日《青岛日报》),这是旧时记者对铁器市的描写,锄头、铁橛,都出自这里;莱西水集的木材市场最为出名,当年的木材市场甚至现场拉大锯加工板材,"拉大锯扯大锯"的儿歌歌词也凸显了这一行当在百姓中的地位,要知道当年木匠可是人人尊敬的职业,家里的门窗,下地的农具,出门运货用的马车和独轮车都是木工的杰作。

"在铁器市的北面,是牲口市,这里倒腾牲口,是在交易员的帮助下进行的。"(《李村市集》)"最东边的尽头处那里有着成群的骡马,一些个专门跑经纪的人在呼着行话,有的扒开了它们的嘴,借此判断它的年龄,有的弯下了身子抚摸着它们的外皮"(《"李村集市"的素描》刊载于 1948 年 12 月 31 日的《青岛健报》),青岛市档案馆馆藏的两份报纸中,都刊载了关于李村大集骡马市的描写,而且都提到了一类人:交易员或专门跑经纪的人,民间俗称经纪人、"戳狗牙"的,其实就是买主卖主的中间人。卖主和买主根据牲口和当时的行情,各定一个价位给自己的中间人。两个中间人会在一起用行话商议,谈到具体的价钱,两人会手拉手用一块黑布或者在袖口里摸手指头,有点像电影《非诚勿扰》中的分歧终端机,由于交易价格是行内的规矩,所以到底哪个手指头代表多少钱,只有圈内人知道。当黑布解开,两人的手握在了一起就算成交。因为他们分别代表买方和卖方的利益,所以他们探讨的价格,一般买卖双方都比较满意。这样"戳狗牙"的中间人就挣到了"佣金",当然,他们报出来的价格其实都有价格差,也就是一般我们所说的"回扣",两份钱就这样入了腰包。

现在,青岛市区的大部分集市上没了骡马市,部分乡镇还保留着,李村集上,骡马市已被汽车市取代,记者专门对市场进行了探访,由于天气寒冷,来买车的人并不多,现在买卖汽车的中间人也往往是二手车经营公司,那种藏在黑布下摸指头议价的行业密码恐怕将永远得不到破解了。

戏剧消逝:撤了戏台,走了班子

> "今天集上来了唱戏的啦!"只要有人这么一招呼,李村河边上搭的舞台前,一霎功夫,坐满了自带小凳、马扎的女人,后面黑压压一片站着小媳妇、大姑娘的年轻人,还有肩上扛着小孩儿的大男人,散戏后走亲戚、串门子,邻里间聊天、拉家常,说戏学戏便成了新的内容。——张贻修

"柳树柳,槐树槐,柳树槐树搭戏台,李村集上唱大戏,柳腔茂腔唱起来。"这是 20 世纪之初流传在李村和沧口一代的歌谣。所以说,过去的集市上,不仅有琳琅满目的商品,还有热闹纷呈的戏剧演出。李村大集建成之初,集市上就有各种民间文艺活动与演出,这也给当时在青岛的德国人留下了深刻印象。

茂腔柳腔在大集上非常有群众基础,拉洋片、变戏法、打渔鼓、打莲花落、练把式卖艺同样比比皆是,因此,李村周围村子里的秧歌、锣鼓、高跷、彩车等远近

闻名。李村大集留给青岛文史专家鲁海先生最深刻的记忆便是大集上的戏剧演出，不过，在青岛，不只李村大集上有演出，鲁海先生告诉记者，在市区四方路年货市场上也曾经有热闹的演出，"最吸引我的是易州路口

人们在大集上看大戏

那块三角地，老青岛叫它'水龙池子'，后成了空地，过年前是游艺场，有拉洋片的、耍猴的和唱小戏的。我最爱听相声，没钱站着听，叫'帮个人场'；坐着听交钱叫'帮个钱场'"。在青岛居住了20多年的卫礼贤在《中国心灵》如此形容中国集市上的演出："在某一角落里，人们可以看见一位说书人。他在有节奏的鼓声的伴奏下有声有色地讲着故事。还有一些能看到各种变幻不定画面的西洋镜（点了灯的箱或盒子内置有小图片，透过放大镜供人观赏）。"

正因为这些演出过于精彩，所以才衍生出青岛方言"拴老婆橛子"，指的就是能够吸引妇女们的那些演出，著有《青岛掌故》的文史学者王铎说，在青岛，真正能起到"拴老婆橛子"作用的民间戏曲、曲艺形式主要有："一戏"，即旧称"蹦蹦戏""驴戏"，今称"吕剧"；"两腔"，茂腔和柳腔；"三书"，大鼓书、山东快书和快板书；"九腔十八调"，胶州"八角鼓"。另外还有大秧歌、踩高跷、皮影戏等。这些演出往往会在农忙过后，尤其是年节里冒出来，在大集上搭台献唱，引得妇女们都"扒不下眼""拔不动腿"。

青岛文史学者张贻修开头描述的场景便是茂腔和柳腔的演出现场，他说，由于时代和地角的限制，其实当年到李村大集上演出的，并不是什么正规剧团，而是距李村不远的村民自己组成的草台班子。"据说当年来李村集上唱戏的，为主的是水清沟村的戏班子，每逢春节后春耕前这段时间，他们一帮子人，组织起来自娱自乐，走街串集公开演出，掀起一阵阵戏曲热。青岛北部李沧、四方这一带的人，在遇到实践新生事物或对某项工作初干乍学时，常会用一句歇后语：'水清沟的戏儿——演当着来。'"

除了唱戏的，集市上还有一些说书、唱大鼓的。这些人靠卖艺为生，"说书篷内，可容纳五六十人篷内中间摆放一桌子，桌上放有鼓架和书鼓，桌旁一条长

德占时期发行的明信片，李村大集上的说书人

凳，供伴奏人坐着，桌前的桌撑处挂有一个褡裢，是收钱的口袋。听书人围站在四周，全神贯注在听"。"说到精彩之时，便会卖个关子，戛然而止，抱拳作揖求列位看官赏钱。听者便纷纷解囊，把随身所带的钱币扔进桌前的口袋里。说完一段，要清场一次。待人散尽后，再重新张罗着开场，每逢集日，可说两三场。也有不清场的，每说一段，手持钱箩绕场收钱一次。"

随着时代的演进，大集上的街头演出逐渐消逝，一些经典的曲艺形式走进剧场，一代代地传承着。那些带着生活味的演出小戏慢慢淡出百姓视野，让老青岛人留下些许遗憾。

舌尖记忆：少年小吃，口留余味

张贻修

赶集尽早不尽晚，赶集的人大都天不亮就起来了，为的是赶在别人前头发现有价值又便宜的东西，好些人赶集是没吃早饭的，有的人赶集后回家吃，也有的人图方便在集上买着吃。集不论大小一般都有小吃摊点（大排档），李村集上有三样小吃值得一提，它们分别是朝天锅、猪血灌肠和炒凉粉。这三件食品各具特色，独有风味，制作奇特。

朝天锅

朝天锅的历史可追溯到春秋战国时代，那时人们将狩猎得来的动物，扔在

釜或鼎里倒上水生起火煮着
吃,那是最原始的"朝天锅"。

李村集上的朝天锅是在撑
开的帐篷或者搭起来的篷子
里,一张长方形的桌子,中间有
个圆洞,一口带有宽外缘的深
底锅做在洞口处,下面有生着
火的炉子,锅内滚开的水炖煮
(当地人叫馇),有猪肝、猪心、
猪肺、猪围心肉、猪肚、猪大肠、

李村大集上的饭铺

猪小肠等猪下货,桌子四面摆放着长条凳子。摊主站在中央的锅前,招呼着食
客,待有人坐下后便问道:"先生,吃点什么?"回答的都不说东西的分量或重量,
而是来多少钱的什么什么,如 2 块钱的猪肝,5 毛钱的小肠,摊主会在说过"好
来"之后,迅速麻利地将其从锅中捞出事先炖熟的你要的下货,放在案板上切成
小块,再舀上少许汤,端在你身前,"先生请慢用"。桌子的一侧摆放着锅饼、馒
头、火烧,供你按价买。还有一小碗食盐里放着一个小勺,可据个人口味适量添
加。记得第一次是在青岛解放前跟着大人吃的,就着大个切开的锅饼,连吃带
喝,很香,真好吃。如今在个别中等级的饭馆里也能点到"朝天锅",可怎么也吃
不出当年的那种野味来了。

猪血灌肠

灌肠大家都见过也吃过,品种有香肠、套肠(苦肠)、鱼肠等,要说猪血灌肠,
年轻人可能连听说都没有过。

猪血灌肠,顾名思义就是把猪血灌在肠子里的那种灌肠。卖猪血灌肠的挑
着担子,一头一口冒着热气的铁锅,锅下有生着火的炉子,放下担子抽出夹在扁
担上的马扎子坐下,打开半扇锅盖,锅里炖着已经煮熟的猪血灌肠。猪血灌肠
从锅里挑出来截取扎好的一段或两段,切成若干圆片,撒上盐沫即可食用。猪
血灌肠,价钱便宜,味道可口,很受普通老百姓的青睐,他们说,赶集也挺辛苦
的,怎么也得犒劳犒劳自己,咱吃不起大鱼大肉,来一份猪血灌肠,也强过大葱
蘸酱。的确,对于来去匆匆赶集的人来说,要上一碗带汤的猪血灌肠,拿出自己带

来的玉米饼子,窝窝头或者是煎饼泡着,有吃有喝,既快当、方便又能填饱肚子。

炒凉粉

凉粉可以炒着吃,说起来你会不信,这想当初可是岛城著名的风味小吃。

炒凉粉用的凉粉,不是海里石花菜(俗称海冻菜)熬成的凉粉,而是用绿豆或豌豆熬制成的凉粉。李村集上卖炒凉粉的小吃摊不止一个,摊位不大,一张或两张小地桌,几条矮小的长条凳,一口平底锅,锅下有炉子生着火。桌面上倒扣着一个盆样大小的凉粉坨子。摊主一边吆喝着"热凉粉啦,凉粉热的",一边拿起削刀削下一块凉粉托在另一只手掌中,像面馆里卖削面的那样,将凉粉削向平底锅内,削到一定数量,立刻迅速翻炒,那凉粉小碎块在热油的作用下发出嗞嗞的响声,不大一会儿,翻开凉粉的底面,已经有了浅黄色的嘎渣儿,如同炸肉皮状。马上铲出盛到小碟里,倒上酱油、醋、麻汁或香油,浇上大蒜汁,再放上一点香菜沫。炒凉粉吃起来,香咸酸辣甜,五味俱全,真可谓"不吃不知道,一吃真味道"。

60 多年过去了,别说李村集,就连青岛港上也再没见到炒凉粉。它和猪血灌肠、朝天锅在李村集老人们心中久负盛名。而今,朝天锅在李村集外尚可觅到,而猪血灌肠和炒凉粉怕是难觅了。走过了 77 载,踏遍了李沧南北西东,静静地想想,还是最爱当年李村集小吃摊上的那种风情。

饽饽榼子"艺术范儿"

张文艳

饽饽榼子传承人王丕文,青岛市工艺美术大师,今年 51 岁,从业 37 年,现就职于胶东非物质文化遗产博物馆。

提到饽饽榼子,必提及墨龙山街道办事处南葛前街村,也就是王家葛村。这里的榼子不仅在省内销售,也常常被贩运到华北、东北各地,甚至远销海内外,所以对外榼子有个学名"面模"。另外,还有"果模""模子""糕饼模子"等俗名。

榼子至少已有 200 多年的历史，青岛市工艺美术大师、榼子传承人王丕文告诉记者，"目前有两种说法，一种是说村里一个叫王济良的人，他将木头掏个小凹洞，将面团塞进去倒出了一个有形状的馒头，村里人都喜欢，于是他就开始琢磨大规模制作；还有一种说法是一个南方老汉带来的手

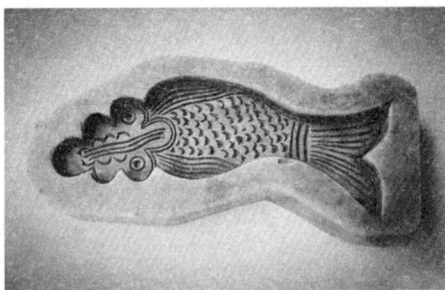

面鱼榼子

艺，不过这两种说法都不准确，榼子到底有多少年现在没有确切记载，只是听村里的老年人说他们的爷爷制作榼子，所以推算有 200 多年了，但有可能会更长"。

李村大集上卖饽饽榼子的老人(赵健鹏拍摄)

这门手艺在王丕文手里已经雕琢了 37 年。选一块内外一色(红心、花烂为劣质)的上好梨木(或苹果木等果木)，然后"破板"，将圆木加工为 2 厘米到 4.5 厘米不等的板材，然后"画样子""割榼子""割坯""蒸坯儿"等，最后在台子上雕刻，经过"站边""起框""平面儿""錾花"等工序，一个个栩栩如生的榼子便成形了，"元宝""寿桃"、各种花卉、鱼儿，图案多样，"现在一般一个半小时到两个小时能做一个"。如今，王丕文是青岛非物质文化遗产博览园的传承人，负责将榼子这一民俗工艺展示给游人，并传承下去。一把小小的榼子从生存的工具变成工艺品，对王丕文来说，满含着苦与甜。

14 岁那年，王丕文失学在家，本来想学做木匠，因为力气太小推不动刨子，只得放弃。"当年村里有一项副业，专门做榼子，村里的 10 多位老人是传承人，当年主要做月饼花样榼子"，王丕文决定在这项手工上找生活。看起来容易，做起来难，王丕文跟着师傅干了 8 个月的零活，才能独立上手。

学这门手艺，就是为了生存，所以日渐成熟之后，王丕文开始把自己做的榼子推向市场，"从 1988 年开始，我便频频上集，尤其是腊月期间，几乎每逢集市

都会往集上跑",王丕文说,他去的最多的地方是水清沟市场,"我每天早上四点多出发,从即墨骑两个半小时的自行车来到市场,刚好七点来钟人们逛早市"。那段时间在王丕文看来应该是辉煌时期,因为人们非常认可榼子,过年过节都会买一些回去做花样馒头。"当时一个榼子四五块钱,一天下来能卖300多块钱",王丕文的言语里都是自豪,这样一直持续了八九年的时间,直到1998年左右,榼子突然遇到了"寒冬"。"那两年市场上榼子太多,但好的又太少,鱼龙混杂的榼子把市场搅乱了,也把价位拉了下来",王丕文说,当时一个精品榼子才能卖四块钱,要知道这是十年前的价格,物价早已上涨,"一个月才能挣一千来块钱,还没有上班挣得多"。这种市场现象导致的结果是年轻人纷纷放弃这个行当,榼子的地位直线下降。王丕文不想放弃20多年的手艺,一直苦苦维持。

2003年,对王丕文来说是一个转折的年份,这一年他被聘为"非遗"博览园的传承人,自此,他专心研究,现在已经能做出200多种花样,无论是小巧玲珑的袖珍榼子,还是将近一人高的巨无霸,都难不倒他。"我觉得最开心的时候就是能够做出一种前所未有的新花样",这个行当王丕文越干越有劲,"记得前些年有学校组织来参观,一个家长为孩子不爱吃早餐而苦恼,她买了榼子回去给孩子做花样面食,结果孩子非常喜欢",这让王丕文非常欣慰。

已经带过5个徒弟的王丕文对传承没有太大的担忧,"徒弟们都做得很好,而且他们也带了徒弟"。为了让自己的手艺继续发扬,王丕文正在培养儿子,"他29岁了,这两年才开始对做榼子有了点兴趣,经常利用周末不上班的时间跟我学习"。

即墨花边"内外香"

张文艳

即墨花边工艺传承人王军,青岛市工艺美术大师,53岁,现为国华工艺品有限公司经理。

汉代学者王充曾在《论衡》一书中感叹道:"齐郡世刺绣,恒女无不能。"古老的即墨就是这"无不能"的刺绣地之一。即墨花边因织绣随时随地,不受环境制约，在即墨诞生后，很快便在即墨广大农村中流传开来。简单雅致的刺绣机理，米色或漂白色的色彩，特别符合西方的审美需求，在国际上享有"抽纱瑰珍"的美誉，深受外商喜爱。

今年53岁的即墨花边工艺传承人王军告诉记者："我姥爷就是专门做镶边的。我小时候在姥爷家，床上铺的东西、窗帘、门帘等等都是姥爷自己做的。当然，做好的镶边也是要卖的，算是生计的一种。"即墨花边的发展与集市密不可分。20世纪七八十年代，每天都有集，花边市场就是整个集最热闹的地方。那时国营花边厂下辖若干花边站，有专人在集市上给妇女散发花样与原料，妇女们带回家编织完成后再到集市交于散花人，领取工钱。王军回忆说："那个年代生产的镶边，主要是经烟台运往欧洲公司，卖给老外，老外下订单。青岛解放以后也在集上出现，妇女常常去集上领加工活。"年关将近，记者也拜访了青岛大大小小的集市，在李村大集上看到花边工艺品的摊子，问其有无即墨花边售卖。店家拿来一块布料，"这都是模仿即墨镶边的工艺制作的，很漂亮"。

时代大环境的滋养，对民间工艺的存在与否至关重要。由于机绣生产技术的广泛应用，对即墨花边手工制作造成冲击，导致其的产地、人员锐减。即墨花边针法、工序复杂，风格独特，原有80多种针法流传到现在只有不到20种。屋漏偏逢连夜雨，在多元文化背景和多重选择的时代氛围下，年轻一代人不愿意从事精细繁复的花边加工工作。即墨花边工艺曾濒临消逝。

山重水复疑无路，柳暗花明又一村。采访中，作为即墨镶边的传承人之一的王军说："从19岁进厂，到经历即墨花边厂破产，我还是一直从事花边工艺，现在有四个徒弟，我们主要搞设计，下边乡村、沿海一带还有一些人在学手艺。"即墨花边工艺不仅没有绝迹，反而在机械化生产的大环境下，批量加工，销量更佳。王军说："现在的发展分两部分，随着国内经济不断好转，喜欢手工东西的人越来越多，像意大利的包一样，都喜欢手工制作，我们就是把手工和机器结合起来，一块儿做。销量挺好的，现在快过年了，生意更是红火！"

在众多民间工艺濒临消逝的今天，即墨镶边的发展反弹琵琶，亘古未绝。古时候大集的存在，为花边的交易提供了场地，成了连接农户与工厂的纽带。而今天，热爱花边工艺品的百姓们，逢年过节，也会去大集上挑选喜欢的各色花边，装点住家，迎接簇新的春节。

2016年1月26日

东包

糖瓜

花馒头

红头绳

红棉袄

桃酥点心

泥老虎

兔头鞋

年味
年俗①

青岛的年货，留存着一代一代人过年的记忆

青岛年货清单

青岛年货清单

柳已青

过了腊八,春节就越来越近了。过年的气氛也浓厚起来,忙着置办年货是忙年的主旋律。在此,不妨列一张青岛的年货清单。青岛的年货,用的吃的穿的玩的,带有文化的韵味,民俗的色彩,富有明显地方特色的,不妨一一罗列如下。

"爆竹声中一岁除,春风送暖入屠苏。千门万户瞳瞳日,总把新桃换旧符。"过年,讲究的是万象更新。要买很多过年的用品,比如,鞭炮、春联、窗花、福字、灯笼、蜡烛……这些东西,增添了春节的气氛,让家中焕然一新。鞭炮的气味,春联的颜色,就是红红火火中国年的符号。这些用品各地大同小异。具体到青岛,胶州的剪纸,平度宗家庄木版年画,泊里的红席子,都带有浓郁的地方特色,过年必备。

年货的大头是吃的。青岛人置办年货,海产品是重中之重。白鳞鱼在沙子口一带的年夜饭宴席上,绝对是其他任何一种鱼所不能替代的。腌过的白鳞鱼也称鲞鱼,是胶东地区祭祖、年夜饭、款待贵宾、喜庆宴会必不可少的一道菜。如今,在崂山的王哥庄、沙子口等地,仍有人家自己制作鲞鱼,发酵得好的鲞鱼,身上是发红的,蒸出来之后,肉嫩嫩的,粉红色。不管是白鳞鱼,还是刀鱼、鲅鱼、黄花鱼、加吉鱼,各种各样的鱼做的菜,是美味,也寄托着美好的愿望——连年有余。即墨过年要吃豆腐炖鱼,都有福气,还连年有余,讨口彩。当然,各种各样的干海产品,在老青岛,非常受欢迎,干老板鱼,金钩海米等,耐存放,易存储。

熏鲅鱼是青岛过年必备的。在没有冰箱的时代,流行制作熏鲅鱼。有了冰箱,熏鲅鱼仍然流行。这已经成为一种过年的习俗。熏鲅鱼味道丰厚,下酒滋味尤佳。"每逢年,必灌肠。"以前,一到腊月,在青岛的大街小巷,随处可见晾着的灌肠,成为青岛的风景。

旧时青岛人过年,要买个猪头,烤熏之后,可以烹饪多道菜肴。如今,在城阳,鸿运当头,这道菜,仍然是春节时的大菜。带有地方特色的食品最美味,城阳流亭猪蹄,王哥庄大馒头,青岛啤酒……

还有一种食品,是不可或缺的。瓜子、花生、糖果、水果,带着孩子来拜年,老人拿出这些东西招待客人。随着生活水平的提高,仅干果就很丰富,腰果,松子,榛子,手剥核桃……年三十晚上,吃点干果,喝杯茶,边看春晚,边守岁,迎接新年的到来。

小孩子最喜欢过年了,穿新衣戴新帽。为迎接新年,每家都要早早地置办新衣服。年三十这天,一大早,大人小孩,都换上新买的衣服,从帽子围巾到袜子鞋子,从头到脚,都是新的。早年,勤劳的家庭主妇,熬夜为家人剪裁、缝制新衣。如今,人们坐在家里,用手机网购,足不出户,新衣服就送到家了。

年货之中还有一项是玩的,主要是给孩子买的,比如小的烟花爆竹,小巧精致的灯笼、"滴答锦"、礼花等。李村大集上,还可以买到早年的儿童玩具,比如拨浪鼓、布老虎、泥老虎等。

如今越来越多的人家,过年时,会买几盆鲜花,装点居家环境。枯桃花卉市场上,鲜花婀娜多姿,水仙、蝴蝶兰、仙客来、杜鹃、风信子、马蹄莲……争奇斗艳,买几盆鲜花,家中顿时光鲜动人,预示着美好的年景。

意大利的博学大师翁贝托·艾柯有一本书叫《无限的清单》,探讨"既实用又具诗性的清单"存在的意义与功用。青岛的年货清单,也是一份无限的开放的清单,清单随着时代不断变化,这份岁月时空延展下来的清单,需要每一位读者补充……

城阳大集上,福字和红灯笼烘托出节日的气氛

年货清单:糖瓜、点心、对联、窗花

张文艳

腊月过了一半,空气骤冷,每一个节气或者歌谣都体现了先辈的智慧,年俗同样如此。腊八粥喝过之后,下一个隆重的节日就是腊月廿三了。而在此前,

人们的年货清单已经在头脑中慢慢形成。此时,"忙年"也将提上日程,这也难怪青岛各地的大集上已经开始热闹起来。置办年货毕竟是家庭的头等大事。年味是中国人复杂感情的融合与交织,略显琐碎的仪式里传递着脉脉温情,买年货更是超越消费行为的举动。本期,本报记者采访了几位市民和专家,搅动往事,感受筹备年货的快乐与魅力,体味年俗背后的温暖与祝愿。

廿三,糖瓜黏;廿四,写大字
年货清单:糖瓜、点心、春联、窗花

　　需要置办的年货清单,一般要从腊月廿三算起。因为到了这一天,青岛人叫过"小年"。此时,青岛街上已经开始热闹起来了。

　　青岛文史专家王铎告诉记者,天还没亮的时候,卖糖瓜的小贩,就会挎着篮子在里院里到处转悠,嘴里还念念有词:"灶王爷,本姓张,一年一碗烂面汤……"糖瓜是这一天必须吃的正宗传统小吃,因为这一天是祭灶日。为什么小贩说灶王爷本姓张呢?原来,传说灶王爷叫张单,是个富二代,媳妇李氏很贤惠,但不能生育,被张单休了。后来娶的老婆好吃懒做,把他的家产败光,张单无奈到处讨饭,讨到李氏家,发现她靠自己的双手已经攒下一份家业,张单羞愧难当,扎进灶坑烧死了。张单升天后向玉皇认错,被封为灶王爷,成为天地间的使者。他每年腊月廿三都要回天宫给玉皇大帝汇报,玉帝据此奖善惩恶。平度辞灶仪式比较复杂,平度史志办的刘敏松告诉记者,傍晚,把"灶马"(附有年历的灶神像)上部印有"灶王骑马"图案的"白头儿"剪下,把主体部分的灶神像贴在灶后,特意供奉麦芽糖,让他"上天言好事、下界保平安""如果家有丑事,麦芽糖黏,正好黏住他的嘴,让他少说坏话"。然后,把"灶王骑马"的"白头儿",连同烧纸一起焚化,送灶王爷上天。除夕之夜,再将"灶王爷"迎回。

　　除了糖瓜,点心也是过年必备,青岛以前流行用牛皮纸包装、红纸装饰的桃酥,因为物资匮乏,这种现在稀松平常的点心过去是小孩、老人的特权食品,尤其是老人。每年春节过后,老人们都会收到很多,而老人又疼孩子,往往留给家里的孙子、重孙子吃。小小点心,蕴含的是孝道和尊老爱幼的传统美德。

　　到了廿四,就该"写大字"了,也就是买春联写福字剪窗花。春联又叫"门对",对仗工整,起源于桃符(周代悬挂在大门两旁的长方形桃木板)。刘敏松说,据记载,公元964年除夕,"后蜀孟昶命学士辛寅逊题桃符板于寝门,以其词非工,乃自题'新年纳余庆,佳节号长春'一联"。一般认为这是中国最早的一副春联。

提起春联,青岛文史专家鲁海不由得想起了老四方路的年货大集,从"腊月初八直到腊月三十的上午,四方路一带人声鼎沸,非常热闹,四方路是主街,卖各色年货,芝罘路是菜市,黄岛路是水果市,潍县路上是文具摊和书摊,博山路是年画、春联市"。日本第二次侵占时期,春联市上就能看到武侠小说家王度庐(著有《卧虎藏龙传》等)的身影,"当时虽然王度庐已经小有名气,但因为那个年代不重视版权,他的小说频频遭遇盗版,根本没人给他稿费,为了维持生计,他只能靠卖春联为生"。当年的春联都是手写,"写春联的先生会提前跟买者沟通,问经商还是

早期的墨水河河滩集(即墨史志办供图)

文人,需要贴在什么位置,然后才下笔创作",鲁海说。现在春联多以印刷为主,内容流于形式,没了独特的韵味。

剪窗花是青岛老一辈人的传统手艺,现在仍在流传。在王铎看来,窗户就是窗花艺人的才艺大比拼,"当年谁要是剪个老鼠娶亲就厉害了,因为这个非常难剪,既有聘礼又有轿子、演奏者,还有媒婆,场面较大"。

廿五,扫尘土
年货清单:红席、泥老虎、鲜花

"过年"讲究的是除旧迎新,因此,过年的第一步就是"扫尘"。据《吕氏春秋》记载,我国在尧舜时代就有春节除尘的风俗。到了唐宋时期,"扫年"之风盛行。按民间的说法:因"尘"与"陈"谐音,其用意是要把一切"穷运""晦气"统统扫地出门。刘敏松说,平度年终家家户户都要洒扫庭院,掸拂室内尘垢蛛网,清洗锅碗瓢盆各种器具,拆洗被褥窗帘等。扫尘肯定要用到扫帚,在城市中,人们普遍使用的是塑料小笤帚,而在乡村院子里,纯手工制作的竹条大扫帚,则是扫除院落,清除霉运的必备利器。

除去旧的，为的是迎接新的到来。在黄岛区泊里镇，需要购买的一个重要物品就是红席，"炕上没有席，脸上没有皮"，在他们心目中，婚庆嫁娶、喜庆节日都离不开一炕红席。竹席很平常，那么红席是怎么来的？泊里的老席匠们都把孙膑当成红席的创始人，是祖师爷。相传战国时期，孙膑遭庞涓陷害，流浪并寓居于泊里一带，生活穷困、身无长物，便用当地广泛种植的高粱秸秆，亦称秫秸，劈成篾子编成席子使用。秫秸原本为白色，因为孙膑膝伤未愈，编席时鲜血滴在席子上便形成了红白相间的颜色。为了纪念孙膑，百姓按孙膑的方法编席铺在炕上，并把这种席子叫作红席。

曾在原胶南史志办工作过的文史学者彭煜文告诉记者："以前百姓们生活窘迫，买不起新席子，只有等到年节的时候才舍得换一张，即便如此，新席也是一般从除夕铺到初三，摆个面子，等串门的人少了就赶紧换下来，把旧席子再铺上，等到彻底坏掉了再换。"由于床和席梦思的普及，红席已经没有以前那么畅销了，"也就是老人用得多"。现在的红席正在转型，由实用性向观赏性转变。

由于生活水平的提高，现在人们已经体会不到一件新衣带来的惊喜，出生于1980年以前的人们恐怕大都有深深的记忆，过年对于他们来说就是买新衣新鞋的日子，大人省吃俭用一年就是为了能让孩子在春节前穿一身体面的新衣服，即使买不起，也得扯上几尺布给孩子做一身。如果手头还有结余，就会买点"糖人""泥老虎"回去给孩子一个惊喜。青岛的泥老虎特别值得一提。"小孩小孩儿恁别(bái)哭，我给恁买个泥老虎，咕嘎咕嘎两毛五"，这段歌谣让鲁海印象特别深刻。它包含着泥老虎的主要"受众"、玩法以及价格。用两手捏住泥老虎的头和尾，用力反复挤压就能发出"咕嘎"的声音。王铎说："泥老虎是孩子过年时最喜欢的传统乡土玩具之一，玩法不一，一般是互相手执泥老虎，摆出二虎相争的样子来，虎头对虎头'撕咬'，其实这是比赛谁的老虎叫声更大，更清脆。"老虎比较受欢迎，中国人说男孩子喜欢说虎头虎脑，帽子鞋子也都带有老虎，"不仅为了辟邪驱妖，更是希望孩子像老虎一样结实健壮"。

台东集市上的小商贩

作为文人,鲁海过春节还拥有一份浪漫,他会和家人一起到四方路市场上买一束漂亮的迎春花,"是专门培育的,都是花骨朵,开起来是黄色的,很好看",迎春花最便宜,同时也能给家里带来一些生机,给冬日带来一丝暖意。

年货清单:猪头,鱼,鸡

到了这一天,就要开始忙活餐桌上的必备品了。忙活了一年,不但辞旧迎新,而且会到集市上,把能够购买的最好、最丰富的餐桌食品买回家,民以食为天,吃才是最需要讲究的过年方式。

猪头是大多青岛人餐桌上的必备食品,老家是崂山的王女士家每年都会备上,"以前还买刚杀的,自己回家褪毛蒸煮,现在都买现成的"。过年吃猪头的习惯在青岛流传了很多年,一方面是因为猪肉是汉族人们的餐桌主要肉食,到了年节,家家户户都会杀头猪来丰富菜肴。刘敏松说,人们虽然平时省吃俭用,但年三十中午这顿团圆饭极其舍得花钱。另一方面也是为了祭祀所用。

在青岛人过年的餐桌上,最有特色的要数鱼。加吉鱼、刀鱼、鲅鱼、黄花鱼……各种海鱼散发着鲜味,同时也象征吉祥:年年有余。王铎告诉记者,过去青岛过年穷苦人家一般都会买鲭鱼,因为这种鱼非常便宜,"一分五、两分钱一斤,一毛钱能买七八条"。冬天如果没有新鲜的,就会买鲭鱼罐头。在王铎的记忆中,当年鲭鱼的一道著名菜肴是茄汁鲭鱼,用西红柿和鲭鱼做的,是他印象中的美味。

而在王哥庄、沙子口等地,还有一种"以臭为香"的本土菜肴——鳌鱼。在当地,鳌鱼不仅是过年祭祀必须要有的一道菜,甚至有一句"无鳌鱼不成宴席"的俗语。其实鳌鱼是腌制的白鳞鱼,白鳞鱼是青岛本地较为常见的一种海鱼,同鲅鱼一样,不能人工养殖。发酵得好的鳌鱼,身上发红,蒸出来后,粉嫩可口,恰到好处地迎合了过年的气氛。在即墨,过年时也有一道必上菜系:豆腐炖鱼,意思是都有福气,鱼一般是干鲅鱼,和豆腐炖在一起,营养又能讨个好口彩。同样能够听起来好听的还有鸡,杀只鸡摆上桌,意为"吉利",四喜丸子、鱼和鸡,一起组成吉庆有余。

在青岛乡村,过年还有挂宗谱祭祖的习惯,民间叫"挂轴子"。刘敏松告诉记者,在平度,做好一道菜,要先给供桌上一份。上供桌的菜,碗顶上要放几片菠菜叶,菜叶中间再放上一颗大枣。菜做全了,供桌也摆齐了。供桌的食品还要有年馎馎、水果、酒等,祭器有香炉、蜡烛、竹枝、柏叶等。宗谱下的供桌北边,摆放写着近祖姓名的牌位,叫请神主。大人在家请神主时,要事先打发孩子到先人的坟上送"吊纸"(特制的可以剪开的彩纸,缠在谷子秸上),相当于戏台上的"马鞭",请祖爷祖奶回家过年。家中长辈点香、插香,带领全家男性子孙向宗谱行三拜九叩大礼。在城阳流亭,胡峄阳后人告诉记者,包括胡氏后裔在内的很多流亭人还会到胡峄阳祠拜上一拜,祭祖,祈福。接下来家长要亲自给各家庭成员斟酒沏茶、夹菜盛饭,全家气氛欢悦、互道祝福。鲁海说:"青岛人过年,除夕夜的第一道菜一定要吃'和菜',就是把菠菜、红白萝卜、粉条拌在一起,寓意新的一年和和美美。"

卖馒头的小伙子

准备一个月的吃食,就是为了年夜饭。这顿饭敬酒也有讲究,根据《青岛城市民俗》记载,一般情况下,小辈要先给老辈敬酒,对老人一年来的辛苦表示感谢;儿女再互相敬酒,互相祝福;小孩子也端酒碰杯互相勉励。

廿八,把面发;廿九,蒸馒头
年货清单:榼子、花样馒头、枣馎馎

馒头是青岛的特色,远近为名,王哥庄大馒头甚至成为黄渤工作室馈赠亲朋好友的礼品,舒淇更是晒在微博上,让她成了馒头"代言人"。现在,人们过年,往往会到市场上去购买现成的,而实际上,在风箱"当道"的时候,家家户户都是自己做。

用大锅蒸馒头,不但体现了家人的齐心协力,还让屋子热气腾腾,正所谓蒸蒸日上,迎合了节日热闹的气氛。

以前,做馒头是个大工程,因为不但要做出全家人的,而且还得是一个星期到10天的量。"以前家家户户孩子都多,20世纪五六十年代出生的,一家大多都是兄弟姐妹3个以上,我一个同学甚至有12个哥哥姐姐,他最小,排行第十三,每天晚上睡觉前,父母都得过一遍数。"人多嘴多,"五六口之家发面至少得

20 斤,再多了七八口甚至十几口人就需要四五十斤了"。

过年的馒头花样繁多,根据榼子形状来定。王铎说,一般人家买榼子最少买 12 种,多的有 36 种、48 种,甚至 72 种,榼子的形状有动物,有植物,还有寿桃、元宝等。"以前做馒头不光是自己吃,还会送人,比如元宝、鱼形、寿桃等都可以送给亲戚朋友,祝福他们财源滚滚、年年有余、寿比南山,这是对外形的,还有对内的,比如,给孩子的,就会做成小猴子,希望孩子吃了以后能够变得更加机灵、聪明;给女孩的就做成花篮形的,希望孩子变得更加漂亮;给家里爷爷辈的就做成葫芦形的",王铎说,葫芦的寓意很深,"葫芦以前是用来装酒的,做这样的馒头是希望爷爷喝完酒以后能够变得糊涂一点,其实就是希望他老人家能睁一只眼闭一只眼,对待家里的事情别太认真,如果他要较真,这年就没法过了,老人糊涂,年轻人明白,这是中国人的生存之道,也是家庭和谐的根本"。

各种动物做完了,还剩下一点面,就会直接搓成"蛇",青岛人称为圣虫,"圣"是"剩"的谐音,有剩下的意思,"和年年有余的意思很像"。面食的制作中有很多内外的门道。

另外,有人还会包上一盖垫豆包,寓意是"都能吃饱",或者用小米面蒸一锅黄糕,或用枣做一个大枣糕,寓意"年年步步登高"。

在平度,以前到了腊月廿九还有贴年画的习俗,"廿九,贴倒有"。刘敏松说,在平度,腊月廿九前后,家家户户都把房院打扫得干干净净,在堂屋、卧室、窗旁、门上以及灶前、院内的神龛上贴上年画。贴年画也有很多的规矩。人们都喜欢贴《五子登科》《观音送子》《吉庆有余》等,寓意家庭美好,人丁兴旺。新婚夫妇过年时,家里老人要送给小两口一张大胖小子的年画。富裕人家贴年画更加讲究,门神是贴在院门上的,根据门神的种类,又细分为贴在大门、二门、后门或闺房门上的。门神分文武两种,大门贴的是武门神,武门神多以秦琼与尉迟恭两位盛唐名将为原型。进入院子后,在外屋的门上贴的是文门神,文门神多为"天官赐福"。在屋子里面的门上,还会贴上一对门童,寓意为"多子多福"。这种习俗现在乡村还有,但在城市中已经逐渐淡化。

三十晚上熬一宿
年货清单:饺子、鞭炮、滴答锦

《胶澳志》记载:青岛"衣食住之嗜好,乃混合南北各地风尚而成"。因为青岛"多由河南、福建、云南迁移于此,聚族而居",所以每家每户都有自己的特色,吃饺子便是如此。

饺子起源于东汉时期,为医圣张仲景首创。当时饺子是药用,张仲景用面皮包上一些祛寒的药材用来治病(羊肉、胡椒等),避免病人耳朵上生冻疮。在其漫长的发展过程中,名目繁多,古时有"牢丸""扁食""饺饵""粉角"等名称。三国时期称作"月牙馄饨",南北朝时期称"馄饨",唐代称饺子为"偃月形馄饨",宋代称为"角子",元代称为"扁食",清朝则称为"饺子"。

尽管如此,但其实饺子是北方的主食,在青岛有喜欢吃素的,也有喜欢吃肉的。为了给家庭增添乐趣,也为了带来好运,不少人家会把硬币放到饺子里,为的是吃出"财"来。包饺子时也都有说法,如果包完发现剩下的是菜馅儿,就会说来年有财(菜的谐音),如果剩下的是皮,就会说来年有福(皮是包馅儿的包袱,谐音包福),如果什么都不剩,来年就会财福双全,完美!

除了准备一大桌子菜,吃饺子、守岁以外,青岛开饭的时候还要放鞭炮、烟花,初一凌晨零点时刻更是此起彼伏。

鞭炮起源于中国的四大发明之一———火药。过年放鞭炮这一习俗在我国已有2500多年的历史了。《荆楚岁时记》曾经这样记载:正月初一,鸡叫头一遍时,大家就纷纷起床,在自家院子里放爆竹,来逐退瘟神恶鬼。以前,人们认为是要驱除一种叫"年"的怪兽,但其实在古代传说中"年"应该是消灭了凶猛怪兽"夕"的神仙。"夕"在腊月三十的晚上来伤害人,神仙"年"与人们齐心协力,通过放鞭炮赶走了"夕"。人们为了纪念"年",把大年三十那天叫"除夕",把初一称为过年。

在青岛曾经有一种名叫滴答锦的烟花,让老人们印象深刻。滴答锦是一种传统的儿童烟花,样子就像一捆铅笔,一头有火药芯,燃放起来火花四溅,"我小时候不敢放鞭炮,经常买些滴答锦来过过瘾",鲁海笑着说。滴答锦名字何来?王铎告诉记者,主要是因为它燃放起来,火花就像水流一样,一直滴滴答答的,"这么多滴滴答答的火花铺在地上,就像一幅美丽的锦绣图画一样,所以称为滴答锦"。

到了初一,就到了拜年的时候了,对于一些大忙人,青岛还有"有心拜年,十五不晚"的说法,意为只要不过元宵节就不算晚。"初三姥娘,初四姑,初五初六看丈母",大人们交流感情,孩子们最为激动,因为给长辈拜年往往会收到丰厚的压岁钱,有些青岛人也叫"压腰钱"或"磕头钱"。"压岁"就是把去年的"秽气"压跑,使得孩子来年"魁星高照""学运亨通"。

刘敏松说，平度走亲戚的时间已经提到了正月初二，而且多是"先看丈人再看舅，姑父姨父排在后"。而莱西的习俗则是"先看姑，后看舅，丈人、丈母娘放最后"。走亲戚不能不带礼物，礼品在各个时期各有特点。20 世纪 60 年代，一般是馃馃、包子、糕点、肉类、鸡蛋、烧酒等；20 世纪 80 年代末，是桃酥、罐头、白糖、柿饼、蛋糕、美酒、蜂蜜等；20 世纪 90 年代，除了酒以外，鱼肉、奶粉等也开始盛行；如今，多是水果、酒、奶、茶、保健品等。

时光飞逝，随着人们生活水平的提高，人们在年货上的花销也发生了天翻地覆的变化。纵观古今，无论是准备什么年货，从中不难看出，青岛老百姓传承的是孝道、亲情，同时也是对来年的殷切期盼，对后代的期冀与祝愿，尊老爱幼，财多人旺，求福禳灾，是年俗亘古未变的主题。

"年货"的寄寓

韩嘉川

昨天晚上在菜市场的门口，见到一对操着南方口音的夫妇在卖鱼，他们的跟前摆着几条三四斤重的鲢鱼和几条巴掌大的鲫鱼。有人问从哪里打来的？答曰从白沙河。围观的人纷纷不信，认为是来自养殖的鱼塘。俗语道：河里无鱼市上看。意思是在流淌的河水里难以看出有鱼，而在市场上可以见到很多鱼。

李村集逢"二七"，就是凡遇农历"二"与"七"的日子便是集日，这是一种民俗乡约。而城市发展的脚步早已迈过了李村集所在的河道，李村也早已是"城中村"了，但人们依然依照这种民间约定来赶集，甚而不受约定日子的限制，平时那里也是人头攒动，热闹非凡。进了腊月，即使其他地方也几乎应有尽有，但人们依然愿意去那儿感受忙年的气氛。

民谣唱道："老头老妈妈去赶集，买了个萝卜当个梨，咬一口齁辣的，回去换个带把的，咬一口甘甜的，留着这个过年的……"

过去人们往往把好吃的好穿的好用的留到过年的时候，可见年在人们生活中有多重要。

每当傍年根的时候，市场楼下的菜市场便满是排队的人，每户半个猪头、半斤海蜇皮、二两香油,每人半斤鱼、半斤猪肉、半斤鸡蛋等。那时候人们家里没有冰冻设备,好在过年的时候,气温大都在零下,有时零下十几度,而供应的东西也大都在临近过年那几天才开始在市场上出售,所以在相对集中的时间内忙年购置年货,便成了那时候一大景观。冰冻的如果早买回去放不住还是一个方面,重要的是即使早买回去人们也舍不得吃用,须留着过年,因此商业部门物资供应也应了人们的愿望。

记得有一年在疗养区供应站菜店买了一包冰冻的蒜薹,在只有萝卜白菜的冬季,见到绿色的蔬菜很稀罕,买回家倒在锅里炒出来,却没法吃。后来从懂烹调的人那里知道了,冰冻的蔬菜须在温度差不多的地方缓过来才能吃。还有一个细节,每户供应半斤海蜇皮,会处理的可以做一盘拌白菜,不会处理的话,用开水焯出来仅仅一小把,拌在白菜里看不出来。有一位同事到朋友家做客,见到白菜拌海蜇皮端上来了,由于没拌匀,他一筷子把海蜇皮夹走了,致使满盘子再也看不到海蜇皮了,搞得客人与主人都尴尬不堪。

台东三路有一家裁缝铺,每年腊月母亲总要让我到那里排队量体裁衣。铺子里的立体空间都是拥塞的,人们紧紧相挨排队不说,铺子的上空挂满了几层一排排的衣服。每年的布票仅够做一套衣裤,由不得人们不严肃对待过年的新衣。

"谁家过年不吃顿饺子?"这是那个年代流行的一句话。意思是即便再困难,过年的饺子还是要吃的,没有好也有糙。黄花鱼淋刀鱼买不到,大头腥总可以买得到吧。除夕的晚饭吃米饭,半个猪头早就煮上了,还可以做一碗红烧肉。如果卖肉的看你是小孩儿,把刀偏一偏割了大部分瘦肉的话,家里大人会去找的,甚至有脾气暴的把肉摔在售货员脸上的事都有。因此年三十晚上这顿肥肉以吃到"降着了"为标准,清汤寡水一年的肚子,这时候要吃到见了肥肉不敢再吃的程度,有许多吃到闹肚子的。至于年五更的饺子,则更多的是一种仪式,真正吃饺子是在初一。去邻里百家拜年的时候,摆着的几盖包好的饺子是"丰富"的象征。

在物欲得不到满足的时候,酒是奢侈品,有的人家男人喝一点酒,但很少有喝醉的。有一年除夕过年的食品准备得差不多了,母亲突然提出要买一点酒。于是我便到处跑着去买酒。从台东三路大大小小的食品店到菜市场,均没有酒卖,最后在遵义戏院门口的小卖部里见到有散装白酒,我那时十几岁,犹豫再三没买,回家后母亲不高兴了,逼我再去买。我用一只大茶缸花了五分钱买回一两酒。晚饭时,这只茶缸在母亲、我还有妹妹手上转来转去,谁也没有真正喝下去一口。然而母亲很高兴，因为那个年我们喝了酒。

酒，既是物质的，又是精神的。后来我体会母亲那年要喝酒的用意，是希望我尽快长成一个男子汉……

每当过年的时候，有一种东西在左右着人们，平时缺过年时不能缺，平时难过年时不能难。这就是所谓"大年五更死了驴——不好也是好"的理念所在。年五更接祖宗回来过年，不仅供养的物质要丰富，礼节要到位，还不能说犯忌讳的话，有的祖先不吃荤还须供养素食。因此，过年既是神圣的，又是具有象征意义的。"年年有鱼"象征着来年的富余；年货中的年糕，象征年年高；豆腐，象征幸福等，都是精神层面的寄托，尽管有些是抽象的，却是人们的精神向往。

在我们的"年货"中，似乎不仅仅是物质，人们的愿望中还含有一种精神向度，至少年五更里人们所寻求的和谐的期望，无论与祖先的还是当下的人们，其中应该包括以诚信保证大家的生活质量，譬如南方口音的夫妇卖的鱼也许真的来自白沙河，我们该相信……

现在天天吃的就是过去的年货

高伟

在刚刚出版的新书《我们生活在巨大的差距里》，余华描述了几十年来中国人理念上的巨大差异。中国人的年货也有特别巨大的变迁。

几十年前我还是个小娃娃，最期盼的就是过年了。那时候没有好吃的好穿的，只有过年才能有大把的糖吃，有新衣服穿。过年前一个月，我就盼着过年了，每天问我爸爸还有几天过年。日子一盼就过慢了，盼得越迫切日子过得就越慢，这很像恋爱中人想念不在身边的恋人，恨不得把日历撕了直接消灭掉那几天。我爸爸曾经在劈柴院的元会堂做会计，每年过年总会在饭店里分点好吃的东西，比如一个猪头、几条鱼什么的，过年甚至能拿回一瓶味精水，现在想来就是把味精用水稀释了当调味品。我总会在一个人时偷偷地舔几滴这味精水，嘴巴直叽叽，那个鲜呢。那时过年每人还能分到半斤肉和半斤小杂鱼什么的，用票去买。每一年过年我都要去菜店买肉买鱼，买肉一定要肥的。那个时候就盼着有一个熟人是卖肉的就好了，就不怕卖肉的净给我瘦肉了。年三十那天一早，我妈就开始炖猪头肉，我那个着急，真是痛恨把生猪头炖熟了要那么久的时间，心想我将来一定要发明一种下锅即熟的炖肉方法。那天我和我妈一起吃刚出锅的猪头肉，直到我们俩人都吃得呕吐起来。那时那个知足啊，是真感恩，因为全世界还有三分之二的人还生活在水深火热之中呢，他们哪里见过肉和鱼，更何况味精水呢。

再后来对过年年货的期待就递减了，一是因为物质变得越来越不缺了，二是根据边际效应递减定律，对过年及年货的欲望越来越提不起情绪来了。

前两天，一个朋友问我过年想备点什么年货，我想了半天也没有想起一个好东西来。这年头，物质生活是一点都不缺了，吃饭这件事都是个负担了。现在谁有能力吃得少吃得糟，谁就是牛人。我们家里做菜的时候，放最少的油就是最时尚的厨

青岛有名的年货市场四方路

子，晚上能不吃饭所付出的努力简直就和过去当一个先进工作者一样困难了。

现在，我们家过年，和平时吃的没有什么区别，年货基本上是个被架空了的词语了。老百姓总说，现在的日子天天过年，那么，我们天天吃的不就是过去的年货吗？

四方路上的年味

张贻修

四方路是青岛市最早形成的道路之一，早年，它和黄岛路同是大鲍岛村里的街道，两条路相接交会成一个倒写的"人"字，通向中山路。每当川流不息的人群在这里走动，你会感受到此地正跳动着一股风土人情和传统人文的脉搏。

四方路在德国侵占青岛时名叫"四方街"，日占青岛时改叫"四方町"，1922

年,中国政府接收青岛后,定名为"四方路",并沿用至今。不论在哪个历史时期,四方路的街面始终保持着自己独有的姿色和鲜活的面容。它和老街里名字紧密地相连,是大鲍岛村民的骄傲,老青岛街的缩影。

四方路地处老街里的繁华路段,旅馆、茶庄、裁缝铺、理发厅、蔬菜摊、干鲜海货摊、水果摊、各种小吃店,一个挨着一个,路上人来人往,热闹非凡。

小时候每逢过年必逛四方路,因为口袋里有了压岁钱,多了些底气,俨然一个"小大人儿"似的,去四方路上找乐子。鞭炮是一定要买的,我最喜欢的是两头有绳用力一拉就响的"拽炮仗""小炸弹"(本地人俗称摔炮仗),还有"二踢脚"(双响爆竹),带回去和小伙伴们一起燃放才有面子。那玻璃制作状如荸荠的卜卜噔,不仅孩子们爱玩,许多大人也放在唇边一吹,一吸就卜噔卜噔作响,而有人可以夹在拇指与食指之间,双手鼓气产生卜噔的效果,我很羡慕,但为了安全敬而远之。那木刀、竹枪、泥老虎、京剧脸谱、泥人儿、糖人儿都想买,为了缩紧开支,只好侧重地少买。瓜子、糖果、花生、卷烟等的叫卖声,那是大人们的事。拉洋片(鲁海回忆,当时艺人拉一下绳子就是一张图片,多张组成一个故事,艺人边拉边唱,有《吕布大闹凤仪亭》《马超夜战翼德张》等。——编者注)的不停敲锣击鼓引人去看,扯着嗓子喊:"往里瞧来往里观,八仙过海在里边。"

四方路的边道上,常年有个挑担卖猪血灌肠的,现场带汤热卖,那一轱辘一轱辘紫红色的血肠,看看就让人垂涎欲滴。还有个卖炒凉粉的,那绿豆或豌豆熬成的凉粉,切成小块在平底锅里炒,盛在碗里放上酱油、醋、蒜泥、香菜,再滴上少许香油,热乎乎地吃起来非常可口,直到额头冒汗。过年啦、有钱啦,吃一段猪血灌肠,再尝一碗炒凉粉,打打牙祭,解解馋,肠胃舒服极了。过足嘴瘾,摸摸口袋所剩无几,买一张升官图(一种纸制印刷的游戏图),运气好了还能赢回几个钱来。余下的时间只有看光景的份了。

高跷队过来了,那个扮媒婆的两耳缀着辣椒,手里拿着蒲扇,做出各种献媚的姿态十分逗人,而在戏剧高跷队里孙悟空的扮演者,突然一个双腿劈叉坐在地上,正在人们惊叹时,噌地又蹦跳起来继续表演,这高超的技艺招来观众一片叫好声。

舞狮子的不在马路上表演,一般都在商店的门口,有鼓乐伴奏,做出摇头摆尾、搔痒、抖毛、舔毛等动作。店主便会出来给赏钱。稍后,又有乞讨者赶来,打着竹板唱到:"哎、哎,掌柜的,大发财,您不发财我不来。"照样会领到赏钱。

四方路上过年最热闹的时候是正月十五的晚上瑞芬茶庄的门前。瑞芬茶庄位于四方路 43 号，当年的店面包括拐角处的今海滨食品分店。这是有着 80 年历史的一座岛城老字号。为了扩大影响，招徕顾客，茶庄每年元宵节都会举办灯谜竞猜和对对子活动。店内灯火通明，门口张灯结彩，霓虹灯不停地闪动。人们则围得里三层外三层，针插不进、水泼不透。把渐渐冷淡下来的节日氛围再度推向高潮。给我印象最深的是一则灯谜和一副对联，奖品同是碧螺春茶一斤。灯谜的谜面是："梅香，泡茶。晓得，泡去哉。"谜底猜唐诗一句。这则谜面上的"梅香"扣春到，"茶"中间为人，上为草下为木，晓得是知道的意思，"泡去哉"是告诉你那"泡"字要去掉。答案为"春到人间草木知"。一副对联的上联曾在当时报纸登载，为"黑土即墨"，征求下联，求得的下联为"白水汇泉"。

　　走过了 76 个春夏秋冬，踏遍了青岛港的南北西东。静静想一想，还是儿时的四方路上年味最浓。

2015 年 2 月 3 日

伴着酒香，溯源青岛与啤酒

德国啤酒厂旧址

伴着酒香,溯源青岛与啤酒

张文艳

"青岛有两种泡沫,一种是大海的泡沫;一种是啤酒的泡沫,两种泡沫皆让人陶醉",这句话如今流传广泛,虽然还没有赶超康有为的"红瓦绿树、碧海蓝天",但在酒香发酵的 8 月,似乎哈啤酒、洗海澡是战胜秋老虎的标配。

啤酒和青岛的不解之缘,总想在史料中打捞点滴细节。于是便来到了青岛市档案馆,搜索中,竟然发现,青岛的老报纸更喜欢探讨啤酒史,仔细阅读,发现一切必然的发展背后,都与偶然有关。

"畅饮啤酒,快乐无愁,舒肝乐心忘尔忧。"这是一块苏美尔石板书上的饮酒歌。经考古发现,6000 多年前两河流域的苏美尔人已经开始种植大麦,是为了面包吗? 不是,竟是为了酿造啤酒。于是关于先有啤酒还是先有面包的问题竟然成为一种学术的争论,不逊于比先有蛋还是先有鸡! 不过,他们不会想到,这种鎏金的液体会以节日之名风靡全球。

20 世纪 40 年代的《民言报》把啤酒的出现归结为一次"幸运的事故"。野生酵母偶然散落到潮湿的大麦中,引起了发酵反应,产生了第一批啤酒。"早期的酿酒师们发现可以人工重复这种发酵过程;又发现可以通过添加香草、香料及其他成分酿制出更为可口的啤酒。经过改进,苏美尔人于 4000 年前第一次用苏美尔语言,将啤酒的制作过程刻在印章上:将大麦制成面包状进行烘烤,再捣碎加入水制成麦汁,然后便可制成一种可以使人产生'兴奋、美妙、极乐'感觉的饮料。"

历史学家证实,啤酒在欧洲受到宗教和皇家的庇护及广大消费者的喜爱才得以流传、发展。德国慕尼黑市北郊,曾是天主教本笃会修道院的威亨斯蒂芬被誉为世界上最古老的啤酒厂(约 1040 年)。

在中国,啤酒曾经萌芽于新石器时期,商代甲骨文雕刻下了"醴"的记载,只是这种原始啤酒的味道当时并不为广大中国人所接受,于是悄然消失。

啤酒在西方的盛行,尤其是德国的广泛饮用,使得它跟随入侵的船舰流入青岛，显得顺理成章。为了喝到当地生产的新鲜啤酒，青岛先后出现了多家啤酒公司和啤酒作坊。包括1901年兰德曼与凯尔合办的小型啤酒酿造厂，包括梁实秋念念不忘的佛劳赛尔餐馆，新鲜的自酿啤酒，使得老板都大腹便便："他在酒桶之前走来走去，每经酒桶即取饮一杯，不下七八杯之数，无怪他大腹便便，如酒桶然。"当然，最为知名的，当属1903年由英德商人在青岛建造的"日耳曼啤酒公司青岛股份公司"，至今青岛啤酒博物馆里还摆放着当年的西门子电机，成为镇馆之宝。

啤酒与青岛的缘分并非"一见钟情"。当这种怪味饮料在欧洲人中间流行起来之时，大多数青岛本土百姓仍然避而远之，这种外观和口味都"犯忌讳"的黄色液体，是不被广大中国人所接受的。于是，"斐迭里街与山东街（中山路南段和北段）及其周边街区形成泾渭分明的两种截然不同的文化习俗"。尽管国人尚没有把啤酒纳入生活日常，但它还是以"一种几近裹挟的方式深入到城市生活之中，将殖民地青岛的公共交流活动扩大化了。许多社交场所，比如餐厅、酒吧、咖啡馆、俱乐部、公共浴场、马会、射击场、私人宴会等，都在兜售啤酒。甚至在天主教开设的一个开放性俱乐部里，也有啤酒供应"（《啤酒青岛溯源》）。

啤酒具体是哪一年哪一天进入百姓生活的？没有人能够确切说出。20世纪30年代，虽然有梁实秋和作家柯灵的专门记录，仍不能证明啤酒当时已经渗透进了大众生活。在80多岁的文史专家鲁海老先生的记忆里，1937年，啤酒还在用凑啤酒盖换礼物的方式进行促销。10来年之后，啤酒慢慢卸下了洋外衣，成为青岛百姓的桌上餐品，使得青岛呈现出了特征明显的地域文化精神。"在这其中，青岛啤酒文化的公共性、开放性、对话与交流的方式，成了城市不同阶层、不同身份、不同观念的人群'消除偏见'的润滑剂"。于是，有人说，啤酒的"基因"，已深深地融入到了青岛人的血脉之中。

在供应不足的年代，大海碗、罐头瓶子、暖瓶齐上阵，一切问题都难不倒"没事咱哈点儿"的青岛人，不必喝醉，微醺即可，推杯换盏中拉近了彼此的距离，豪爽、好客，成了青岛人特有的标签。

8月，岛城酒香四溢，飘过百年，历久弥香。

啤酒过往青岛余味

两个德国人的啤酒作坊，一堆勾起回忆的散啤老物件

张文艳

　　青岛在 8 月是个热词，因为这里有一年一度的国际啤酒节。酒香弥漫着整个城市，与天气一样，热度不减。关于青岛啤酒的历史我们已经多次关注，而啤酒与青岛百姓是如何一步步紧密相连的？从排斥到"蜜恋"，有着漫长且值得回味的过程。本期，我们跟随青岛的文史专家们一起，从小型德国作坊开始，从细微处打捞啤酒生产的点滴过往，看这种带着泡沫的黄色液体如何逐渐沁入岛城人的心脾。手绘的老物件勾起了旧日的情愫——关于啤酒，也关于岁月。

兰德曼，如昙花般的啤酒商人

　　在青岛，溯源啤酒，离不开一个盛产啤酒的国家——德国。

　　1897 年，德国船舰撞开青岛大门，强行入侵，把刚刚驻防的小镇以租借的形式据为己有。然而，来自欧洲，金发碧眼，无论是从外表还是内在的生活习惯上，他们都难以适应。一场瘟疫更是让他们体味到水土不服的打击。远在异乡，即便他们想借酒浇愁都会愁上加愁，没有啤酒，没有洋酒，没有红酒，只有白酒和老酒，这两种或浓烈，或焦苦的味道，让他们难以适应。

　　为了安抚军心，德国随船运来了啤酒，甚至连酿造啤酒的设备都一起运来，以满足德国人的长期需要。于是，一种在当时的中国人尝来味道怪怪的"饮料"进入青岛。

　　关于青岛啤酒酿造，由于多数属于小型私人性质，

兰德曼的啤酒酿造厂（资料图片）

并没有太多确切的记载。有名有姓的记录,约莫开启于 1901 年。青岛文史学者王栋,在翻译德国教授马维立先生的文章时,发现了啤酒厂的踪迹。这一年,高特弗里德·兰德曼(Gottfried Landmann)和路德维希·凯尔(Ludwig Kell),在今天的天津路和山西路交口附近,成立了一个小型啤酒酿造厂,并附设了餐馆,门口悬挂了企业的标志。兰德曼出钱,凯尔主要出技术,作为酿造师,酒厂针对的顾客,有一种说法是"只供应官府与军人"。然而,"酒厂存在的时间并不长,它只在 1901 至 1903 年这段时间,生产过数量不多的啤酒",青岛城市人文学者李明先生告诉记者,酒厂的规模并不大,"不是工业化生产,类似于小作坊的形式"。结果,因为兰德曼和凯尔之间的内部矛盾,酒厂昙花一现,以关门告终。据称是因为凯尔经营不检点,后来,兰德曼把啤酒厂和餐馆卖给了当时青岛的华商。

初建时的兰德曼大楼(资料图片)

在历史长河中,与酒相关的,兰德曼只在青岛写下了一个片断,但他留在岛城的,不只是字面上的简单记载,还有一栋建筑:兰德曼大楼。李明先生说:"根据马维立博士在私人文件《波恩评论》里面提供的线索,兰德曼在 1900 年的时候开始在邻近海边的海因里希亲王路上建造起一个平顶的两层楼。大约是 1905 年,兰德曼在原建筑上增建了有斜屋顶和塔楼的三层,最终完成了人们今天熟悉的建筑面貌。"这栋建筑现在位于广西路 27 号,紧邻青岛人熟知的红房子,旧照片上,墙体上清晰地雕刻着 Landmann 的字样。他的主业是经营光学仪器、金银珠宝,还有钟表、留声机等。"兰德曼大楼和几米之外的邮政服务、药品销售、百货公司、咖啡饭店、城市俱乐部融洽地结合在一起,让青岛演变成了 20 世纪初期中国最具商业活力的摩登城市之一。在这个意义上,作为商人的兰德曼,无疑是不断积累的城市经验的增加者,一个殖民地原始基因的移植样本",李明总结说。然而,刚刚改造完大楼,"兰德曼便于 1905 年 5 月离开了青岛",投资还没有回报,他便匆匆离开,令人费解。但是他没把大楼处理卖掉,而是"继续出租使用,青岛早期的理发厅就出现在这栋大楼里,理发师名叫弗里茨·奥尔特尔"。

在查询兰德曼的资料时,记者发现,有的说法是古斯塔夫·兰德曼！李明一篇撰文给出了答案:"有意思的是,关于这个高特弗里德·兰德曼,马维立曾经把他的名字混淆成了古斯塔夫(Gustav),在经过青岛学者王栋的询问后,马维立承认自己犯了错误。他表示,错误的出现'来自于一个德国人,我几年前用过,写作 Gustav'。而在王栋发生疑问的同时,马维立已经从兰德曼的孙子那里得知,Gottfried 才是他正确的名字。这个情节,成了研究者在发现和认识兰德曼过程中,一件有趣的插曲。"

改造后的兰德曼大楼(资料图片)

面包房之后,佛劳塞尔登场

"在整个德国租借时期,啤酒的主要消费人群是驻军,他们在俱乐部、酒馆、餐馆、旅馆里,享用啤酒,就连浴场里,也不乏啤酒供应",王栋先生告诉记者。水兵俱乐部显然是德国士兵们喝啤酒排遣离乡苦闷的最佳场所。就在水兵俱乐部的对面,曾经有一家餐馆自酿啤酒,不过,它出现时,日本人已经将德国赶出青岛,厚颜无耻地踏进青岛的领土。

佛劳塞尔这个名字,出现在了奥托(Otho)之后。1908 年时,奥托从哈利百货公司面包糕点师的职位上辞职,在中山路原 42 号上开设了自己的咖啡面包店。面包房在当时的青岛,非常知名,不过,"面包房的确切店名已不可考,现在的称谓仅叙述了当时建筑的功能。平面呈 L 形的面包房共三层,一层为营业大厅,上面一层是阁楼,下面是地下室。街道拐角的四层塔楼呈半圆形,竖向装饰,中间嵌有窗洞,下部为主入口,上覆圆顶。建筑在一层的外立面上包有花岗岩粗石,开有大窗,使建筑内外的交流较为容易。砖木结构的面包房建筑面积 3192 平方米,为烤面包而设立的地下室占了 608 平方米",李明先生说。面包房上的塔楼,和水兵俱乐部的塔楼相互对应,人们相信这座始建于 1902 年的建筑在前 30 年中一直用于餐饮。有一种说法,面包房曾是西餐馆、舞厅和咖啡馆。

1914 年,奥托的去向与德国的命运相连,日德战争中,他被编入海军第三陆战营七连,后来作为战俘被押送到日本,1919 年获释。"1920 年他返回中国,与妻子玛丽和 14 岁的儿子在济南谋生。"于是,奥托与青岛的故事,融入德国人来来往往的洪流中,逐渐失去踪迹。

"在马维立的记忆中,从 1920 年至 1949 年,这家咖啡糕点店一直由德国人经营。开始是曼德勒,之后是佛劳塞尔。在马维立小时候,他很喜欢去佛劳塞尔咖啡喝带炼乳的巧克力。"记得佛劳塞尔的,不仅仅是马维立,还有梁实秋教授。在《忆青岛》一文中,梁先生回忆在国立青大担任教授时,外出就餐的经历:"德国人佛劳塞尔在中山路开一餐馆,所制牛排我认为是国内第一。厚厚大大的一块牛排,煎得外焦里嫩,切开之后里面微有血丝。牛排上面覆以一枚嫩嫩的荷包蛋,外加几份炸番薯。这样的一份牛排,要两元钱,佐以生啤酒一大杯,依稀可以领略樊哙饮酒切肉之豪兴。内行人说,食牛肉要在星期三四,因为,周末屠宰,牛肉筋脉尚生硬,冷藏数日则软硬恰到好处。"餐馆老板对啤酒的依赖,让这位见多识广的大学教授兼图书馆馆长也颇为吃惊,"我在一餐之间看他在酒桶之前走来走去,每经酒桶即取饮一杯,不下七八杯之数,无怪他大腹便便,如酒桶然"。

夏日青岛,扎啤杯里的清凉

餐馆叫什么名字? 梁实秋已记不清了。"据记载,1936 年青岛旅游业兴盛时期,这里为德国人经营的门德来西菜咖啡馆,有些知名度。门德来这个名字和马维立博士提供的佛劳塞尔之前的曼德勒,距离不远。"有不少说法称,这家餐馆直到抗战胜利之后才关闭,前前后后经营了三四十年。有老人对店主仍有印象,"是一位肚子很大的德国人,年纪虽大,但身体还算强壮"。据说,佛劳塞尔餐厅的啤酒,是店主用从德国运来的小型啤酒机自己生产的,因此格外新鲜,很受顾客喜欢。提到佛劳塞尔,青岛文史专家鲁海也有印象,"我们都叫他老佛劳斯,翻译不一样,他老年以后挂着个拐杖,在中山路走来走去。餐厅门口的门童是个侏儒,中国人,每次有客人乘车而来,他都颠颠地跑着去给开汽车门和店门。我记得他住在第一海水浴场附近,上下班都骑自行车,他骑的自行车很小,跟四五岁小孩骑的童车一样"。

不过,也有说法称,这里的餐厅很早就被收购,"1938 至 1940 年间,胶澳电气公司曾拟办青岛电车,在这里挂出过电车筹备处的招牌,但未实现。1947 年,邮政储金汇业局青岛分局购买了此楼"。最后,它的使命曾与邮政相关,直到商场普及,这座与啤酒曾有些许关联的大楼,化为瓦砾,被埋藏进历史长河,只有梁实秋的文字,让我们不时地将它打捞起来,细细回味。

由排斥,到慢慢渗入日常生活

无论是曾开酿酒厂的兰德曼,还是自制啤酒的佛劳赛尔,他们给城市注入的啤酒历史或短暂,或小众,雕刻下啤酒的印记,但并没有留下广泛的影响,如果不是学者有心,如果不是梁实秋有意,他们恐怕根本不会引起人们的注意,也难以留下只言片语。

青岛啤酒博物馆陈列的最初的西门子电机

在青岛人眼中,啤酒真正的历史开启于 1903 年。德国侵占青岛 5 年之后,城市发展初具规模,外来人口也日益增多,啤酒的需求量大增。商机来了,商人怎能错过? 这一年的 8 月 15 日,"香港盎格鲁—日耳曼啤酒公司的德英商人(以德商为主)便根据消费需求在青岛毛尔梯克兵营(今登州路)创建啤酒制造厂,企业名称为'日耳曼啤酒公司青岛股份公司',又称'英德酿酒公司'"。从此,啤酒与青岛彻底结缘。

在青岛啤酒博物馆,记者见到了最初运自德国的西门子电机,是这台机器于 1904 年生产出第一瓶啤酒,据悉,"在 1904 年 10 月 1 日的《青岛新报》本地资讯板块中,有一条短消息:青岛日耳曼尼亚啤酒酿造股份公司,将于 12 月出售它的第一瓶啤酒"。这是青岛啤酒在报纸上的大幅广告,甚至还介绍了啤酒的德国酿酒法、原料和类型等。据资料记载,该公司生产出的啤酒曾获得慕尼黑博览会金奖。"当时的啤酒除了供应本市外,还销往其他沿海城市,比如在上海、天津等地",王栋先生说。

可能有读者认为，青岛人喝啤酒的已经百年之久，事实上恐怕很难如此定论。根据老青岛人的回忆，他们与啤酒的亲密接触并非是从啤酒出现在岛城之时开始的。"听俺爷爷讲，他当年哈第一口'BIER'酒的时候，'哇'一口就吐了，说一股'马尿'味，一点也不好喝"，青岛网友所言并非夸张。王栋告诉记者："中国人恐怕当时接受不了那个味道，所以开始主要是德国人喝，如果受过西方教育影响的中国人，可能会尝试一下，大多数中国人恐怕没有喝啤酒的习惯。"对此，李明也认为，"整个德国租借时期，喝啤酒的中国人不会太多。那时候青岛移民多，所以苦力和商人居多，人们不会花钱喝一种完全不能接受的东西"。

能够佐证王栋和李明观点的，还有文人的记录。除了梁实秋外，作家柯灵也曾撰文写过青岛的啤酒，1933 年夏天，柯灵在《岛国新秋》中这样描绘："向沙滩后面走去，疏疏的绿树林子里设着茶座，进去喝一杯啤酒，喝一瓶崂山矿泉水，或者来一杯可口可乐；无线电播送的西洋音乐和东洋音乐在招诱着呢。"但在圈子里饮用更多的，仍是白酒和老酒。杨振声、闻一多、梁实秋、赵太侔等人组成的"酒中八仙"，轮流到顺兴楼和厚德福两处聚饮，30 斤一坛的花雕抬到楼上筵席，每次都要喝光才算痛快。花雕，则是中国传统的黄酒。即便是接触上流社会的逊清遗老在辛亥革命后避难到青岛，"也没有关于啤酒的记载，他们轮流坐庄也以白酒和老酒为主"，文史学者鲁勇先生告诉记者。

为了打开销路，啤酒厂决定给德语中的"BIER"取个中文名字，最早是"皮酒"，日占时期改名叫"麦酒"，因为是用麦芽发酵，也算名副其实。在青啤博物馆里，有一段胶片广告非常有趣，说研究证明此酒健脾养胃，对身体好，所以有人将"BIER"音译为"脾酒"。随着"脾酒"的流传，按照中国人的

青岛啤酒博物馆一隅

习俗，与吃喝沾边的都应该有"口"字旁，所以"啤酒"二字便落地生根。有不少人认为"啤酒"的"啤"字是青岛人的发明，对此李明认为有些夸大。青啤博物馆的讲解员也告诉记者，青岛啤酒不是中国最早的啤酒，所以这种说法存疑。

尽管如此，"1929 年国民政府接管青岛后，以啤酒为社交媒介的时尚依然延

续，到了 20 世纪 40 年代中后期，这种引入的饮品获得了更广阔的发展空间"，李明解释说，其实没有明确的时间分割线，啤酒渗入百姓生活是潜移默化的，当然，作为一个显著的本土文化符号，以更平民化、日常化、个性化和激发自由精神的姿态，贯穿在城市的细枝末节之中，是需要前提的，比如产量，比如价格。

大碗、罐头瓶、暖壶和炮弹

大碗，罐头瓶，燎壶、暖壶，炮弹……乍一看这些"家伙什儿"毫不相干，但要是说它们当年都是盛装啤酒的器皿，估计年长的人会会心一笑，而年轻人则"懵了圈"。

啤酒进入青岛百姓的生活时间并不早。据《胶澳志》记载，早期青岛的啤酒三成内销，七成出口，而且不供应中餐馆，大多用于西餐厅和酒吧。产量少，以出口为主，啤酒的地位在当时可想而知，堪称奢侈品，"青岛市民只有在一年两节才能买到"。鲁勇先生给记者讲述了他的一次亲身经历，可见青岛啤酒名声在外，让外地人艳羡不已。鲁勇记得，1969 年一个青岛户口可以买 8 瓶青岛啤酒，他下乡过年，"大队书记请吃年夜饭，我带了两瓶啤酒当礼物，大家很高兴，大队书记立刻叫家人刷酒壶把酒烫上，并拿出了小酒盅，完全是白酒的喝法，结果根本就不是味儿"。

因为瓶啤的缺乏，在青岛老百姓的记忆里，都是散啤的天下，"20 世纪 70 年代，饭店门口的人行道上，坐着小马扎，每人一罐头瓶子啤酒，从一毛到几毛钱不等，当时点酒必须连带点菜，酒带菜就是这么来的。当年啤酒还在大缸里储存，所以有黑心老板往里兑水的情况"，

用大碗喝扎啤的青岛人

李明的说法得到了很多人的印证。出生于 1975 年的王栋也告诉记者："从我的上一辈人开始喝啤酒成为一种文化，人们最早用大瓷碗，后来用罐头瓶子，还有一种装啤酒的器皿叫炮弹。"

塑料袋装散装啤酒,夏日青岛街头
的风情

出生于 1932 年的鲁海先生对啤酒的最
初记忆来自于 1937 年,"我记得当时青岛啤
酒搞促销,五个啤酒盖可以换一包点心等小
礼物",后来因为出口量大,瓶啤国内供应不
足,到了票证时代更是需要凭票购买,新鲜
的散啤则成为青岛人的最爱。曾经有一段
时间,青啤的酒罐车会到居民居住的集中地
去,"每到下午四五点钟,青岛的市民就会拿
着'燎壶''暖瓶'甚至'水桶'去打酒",一如
当年的水龙池子。

2016 年 8 月 23 日

《青春之歌》剧照

远去的光影记忆

远去的光影记忆

张文艳

看过这样一句话，过往的岁月，像一部漫长的电影，从黑白到彩色，一幕幕，那么真实，却都只能留存在回忆里。不过，所幸，我们都曾经拥有过，所以他们一直都在，无论快乐或悲伤，荣华或清苦，都无法删改。

关于我，关于电影，关于我的电影记忆，由片断组成，又剪接成一部电影，岁月雕刻，主角即将人到中年，配角也早已悄然改变。

为了做老电影，近期恶补好几部老片子，包括《海魂》《武训传》《青春之歌》《风云儿女》等，这些电影都比我的年龄大许多，但看到斑驳晃动的银幕，和银幕上熟悉的倒计时，旧日记忆立刻袭来。

当年，五六岁的年纪，哥哥七八岁，家里住平房，电视还未完全普及，而且也永远都是那么几个台，几档节目。于是，每周一两次的露天电影变成了最开心的娱乐方式。某天晚上，电影放映的通知张贴在家门外，那天恰巧父母所工作的化工厂加班，他们做好饭嘱咐我们吃完饭才能去看电影。可是，要知道，去晚了是占不到好位置的。掀开锅，粥的热气和香味扑面而来，哥哥当机立断，这么热，要吃完一碗需要十几分钟，电影还有半个小时就开始放了，就来不及占位了。我问那怎么办？哥哥笑了一笑，你别告诉爸妈啊！说着他拿起两个碗把粥舀到碗里，用筷子蘸了蘸，又倒回锅里，把筷子放在碗上，掰了两块馒头，递给我一块，催促我搬着板凳快走！我在旁边看得一愣一愣的。这件事父母第二天就知道了，因为我还是老实地"交了底"，多年以后，此事已成了我们的家庭笑话之一。

还有一次，一部精彩的电影放映正酣，突然机器故障，修了半个多小时，还是没修好，哥哥哭哭啼啼，我躺在妈妈怀里耍赖，最终母亲大发雷霆我们才乖乖回家睡觉。现在想来，突然记得，在那半个多小时的等待时间里，现场上百位观众，竟然没有几个人离开！对电影痴迷的，不止我与哥哥。

人生那悠长的巷陌，光阴洒落了一地。破碎的电影记忆一路走走停停。

中学时代，繁忙的学业中断了我与电影的缘分，大学时代，宿舍里六姐妹一起到学校破旧的影院里连看了两遍《唐伯虎点秋香》，不羁的笑声响彻影院，吓坏了周围的观众；《诺丁山》让我从名著中抬起头来，开始关注国外电影……工作以后，影院是周末必去之地，无论商业片、文艺片，无论好片、烂片，基本上都不放过。结婚生子，家庭生活占据了工作之余的大部分时间，周末电影时光显得有些奢侈。

然而，幸运的是，我所在的是一个与电影有缘的城市。在电影史上，青岛比较奇特，"它的出现跟电影的出现差不多同期，电影出现以后，它也是最早放映电影的城市"，在电影发明4年之后，1900年，青岛威廉大街的亨利王子饭店，就响起了放映机发动的声音；1907年，水兵俱乐部放映电影，是中国最早的电影院；1934年，电影《同仇》在青岛取景；在青岛居住的洪深创作《劫后桃花》等多部电影；崔嵬、黄氏兄妹等青岛电影人屹立中国影坛……

青岛被称为"天然摄影棚"，缘何？康有为曾经如此评价青岛：红瓦绿树，不寒不暑，碧海蓝天，可舟可车。电影人给出专业的答复：依山傍海，在地形上有起伏，便于架机位，电影的景深也需要利用这种起伏，而海洋、沙滩、洋楼，给电影带来别具一格的浪漫情调，老城区和现代化的建筑结合，更给剧组设置剧情提供了无限可能。所以，影人偏爱这座与自然无限接近，又带有异国风情的城市，当年，文化部评选的22位大明星中，有19个人都与青岛有缘。

联系崔嵬的后人，她有些不解，人都没了，为何要关注？这句话我思索良久。谢芳在《青春之歌》《第二次握手》之后再访故地，她对身旁的丈夫说："自然界真是厉害，几千年都没有变迁，可是人呢？已经走了不少了。"此时，她已80多岁，满头白发，曾经清秀的美丽面容也爬满皱纹，但是，她的眼神坚定如初。时光，并没有带走他们留在这里的青春记忆，而一代又一代观众，也早已将这些影星塑造的经典形象留在脑海中，永远铭记！

中外场景皆适宜，无声主角隐幕后

张文艳

春天过后，初夏来临，陆续有剧组进驻青岛，赵薇、霍建华等明星的到来，成为朋友圈刷屏的新模式。就连综艺节目也频频到青岛来拍摄,这座美丽的海滨之城,已经成为影视剧拍摄的主要阵地。每年几十个甚至上百个剧组涌入,为青岛营造了独特的风景。在八大关、在海水浴场、在老城区溜达,如果有一段时间没有遇到剧组,就会觉得有些奇怪。几十年来,陆续来青岛的剧组为更多的青岛人铺就了明星之路,也有不少从青岛走出去的影星带着浓浓家乡之情再回青岛拍摄。本期,我们跟随光影的脚步,探寻来时的影视之路,发现那些曾经闪耀的熠熠星光。

梦幻青岛,收进经典电影

"你看,现在的形势越来越严重了。"

"我想我们应该到什么地方躲一下才好!"

"那么,你看我们到什么地方去才好呢?"

"你是诗人,应该到风景好的地方旅行一趟。青岛你看好不好?"

"青岛,那真是好地方!"

银幕,富婆史夫人拿起电话在旅行社订了一张从上海到青岛的头等船票。等镜头再拉到两人身上时,他们已经坐拥在了青岛海边。诗人辛白华:"我正觉得奇怪,为什么在中国土地上有这样一艘军舰? 我觉得奇怪,为什么在这样一个时代,还有这样一个梦境!"史夫人:"梦啊,这是多么美满的梦啊,我多么希望我们能永远继续下去。"

《风云儿女》这部电影创造了很多经典,包括主题歌《义勇军进行曲》,成为我国的国歌,歌舞班的"舞女甲"竟然是后来大名鼎鼎的周璇! 电影由田汉编剧,导演许幸之,主演袁牧之、王人美。讲述了青年诗人辛白华(袁牧之饰)从逃避到积极爱国的过程。好友梁质夫因为积极抗日被捕,他们曾经帮助过的邻居阿凤(王人美饰)参加歌舞班,用歌声表达爱国热情,辛白华却沉沦在富婆情人的温柔乡里。开头的一段对话,便是辛白华和情人避居青岛的情节。在青岛,他们碰巧遇到阿凤来青岛演出,阿凤动情的演出和好友的牺牲,让辛白华彻底醒悟。于是,他创作了著名的长诗《万里长城》,表达了爱国精神,这首长诗的最后一节,便是:

"起来,不愿做奴隶的人们,把我们的血肉筑成新的长城……"

宏大的主题下，让情节急剧转折的是青岛的美景！王人美曾在回忆录《我的成名与不幸》中称："据我所知，像《到自然去》《浪淘沙》《黄海大盗》等影片都去那里拍过电影。"印象中，在青岛拍摄的第一部电影是《劫后桃花》，不过，青岛电影研究者赵曰茂先生认为，"第一部在青岛拍摄的电影叫《同仇》，女演员是王莹，男演员是塞克，编剧是夏衍。打那以后，电影厂不满足于过去就在摄影棚里或者上海附近的苏州杭州拍，就开始到外面去拍外景，上海明星、联华电影公司都到青岛来取景"。《同仇》拍摄于 1934 年，讲述富家子弟李志超与穷家女小芬私奔又始乱终弃的故事，但因平津告急，国难当头，李志超奔赴前线报国，国仇面前，小芬抛弃了私人恩怨……

《劫后桃花》海报

一年之后，《劫后桃花》来到青岛，之后《风云儿女》等片子也把青岛当成最佳取景地，"20 世纪 30 年代，很多电影把外景选在青岛，所以，当年的很多大明星都曾来过青岛"，赵曰茂说。也就是说，那个年代，在青岛遇到大明星和现在一样，并不是难事。青岛文史专家鲁海先生说，文化部评选的 22 位大明星，有 19 人都与青岛结缘。

以假乱真，场景适于"中外"

为何剧组偏爱青岛？在专业人士看来，青岛有诸多有利条件，甚至一部涉及国内外的影视剧都可以在这一座城市内完成，不但降低了成本，观众还往往看不出端倪。比如电影《第二次握手》，拍摄于 1980 年，由谢芳和康泰主演，这是两人的第二次合作，也是谢芳继《青春之歌》后第二次来青岛拍电影。片中，谢芳饰演女主角丁洁琼，康泰饰演与她曾立下海誓山盟却最终未能走到一起的苏冠兰教授。丁洁琼历经坎坷，看似辗转多地，但实际上大多数时间都没离开青岛。片子里，青岛火车站变成了南京火车站，市场三路则成了"山城"重庆的街头，丁洁琼被美国联邦调查局软禁的情节，则在八大关别墅里拍摄……

青岛演员夏雨和青岛外联制片人李建成都深知青岛的优势。"老城区和现代化建筑结合，一动一静，一新一旧，为剧组提供了无限可能"，夏雨如此评价。而李建成常年与剧组打交道，他说，青岛的海洋沙滩特别适合拍浪漫情节的戏

《宋庆龄和她的姊妹们》剧照

份,别墅小楼是年代戏的最佳首选,起伏的山路也特别适合架机位。也就是说,在青岛,无论文戏武戏,年代戏现代戏,无论需要在中国取景,还是国外风情,都能提供适合的场景。

鲁海特别总结了几部典型的影视剧,"《斩断魔爪》是一部反特影片,影片中有设在香港的特务机关策划和指挥特务行动,当时根本没有条件去香港拍摄外景,就选在青岛拍摄,如香港山上是高级住宅区,影片就是以鱼山路充当的"。还有《二马》,把太平角一路 3 号当作老马的英国朋友伊牧师的家;《李四光》把青岛的沙滩说成英国度假的海滩;《风流女谍》就把居庸关路上的一栋别墅装饰成了日本别墅;《海魂》的青岛变成了中国台湾街头,河南路的一栋建筑成了台湾酒吧所在地;而《宋庆龄和她的姊妹们》的导演,为青岛一中话剧团的潘霞,便把居庸关路 18 号作为了宋氏在美国的家,如今,这里已经成为宋氏花园的景点,花石楼则在剧中成了美国波士顿。

埋下种子,璀璨青岛星光

"我大约 11 岁那年,电影《第二个春天》在八大关拍外景,主演有于洋、杨雅琴、高博等。那时候我们学校农场就在附近。吃中午饭的时候遇到了他们,我们看他们特别漂亮,就跟着跑。我们一跑他们就注意到了我们。于洋对身边的人说,'哎,你快看那个女孩的眼睛!'这事很快就在学校传开了,大家都说我的眼睛(长得)特别好,我就天天照镜子!"这是倪萍在接受青岛电视台采访时回忆的一段话,也对她日后走上演艺道路造成巨大影响。

剧组多了,还有造星功能,恐怕这

《第二个春天》在青岛拍摄

也是多数人始料未及的。虽然以主持人出道,但倪萍后来主演了多部影视剧,而于洋的一句赞誉之词,相信成为埋藏在她心底的坚强动力。

每年春夏,遇到剧组拍戏是常事。后来的众多青岛明星,如林永健、刘信义、陈好等,都曾钻在人群里亲眼看见明星风采,而这也为他们幼小的心灵种下了梦想的种子,甚至为他们的演绎之路打开一扇希望之门。

1996 年,有一部电影来青拍摄,名叫《埋伏》。这已经是著名导演黄建新和笑星冯巩第二次来青拍摄了,1992 年夏,他们曾合作拍摄《站直啰!别趴下》。这两部影片让两位主创在不同场合多次表示:"青岛是我的福地。"这里成为他们创作的源泉,老城区起伏的老街和风格迥异的建筑,成为影片无声的主角。在《埋伏》中,一颗新星冉冉升起,她的名字叫陈好。当时,陈好是 39 中文艺班的学生,正打算报考中央戏剧学院导演系,结果被剧组选中出演老田(滕汝骏饰)的女儿,这次合作后,滕汝骏建议她报考表演系,所以才有了后来的《粉红女郎》万人迷、《三国》貂蝉等角色。

得天独厚的美景,英俊清秀的小哥小嫚,让青岛走出一批又一批的影人,从 20 世纪 30 年代,到 21 世纪的今天,优秀作品和优秀影人依然层出不穷。回顾一段历史,将焦点对准影响深远的一代影人,为青岛的电影史镌刻上深深的印记。

贞如翠竹明于雪,静似苍松矫若龙

——电影艺术家崔嵬在青岛的艺术生涯

张文艳

在青岛电影史上,最值得书写一笔的当属崔嵬。他早年经历坎坷,却终未埋没艺术天分;求学之路磕磕绊绊,却能在旁听生的位置上成为国立青大(后来改成国立山大)"海鸥剧社"的顶梁柱;在青岛,他不但绽放了自己的光芒,还用敏锐的眼睛发现了市立女中学生端木兰心的才能,使她成为日后知名女星;他拍摄的电影《青春之歌》,成为一代人心目中永恒的经典。他,就是集演员、导演、编剧为一身的电影艺术家崔嵬。"贞如翠竹明于雪,静似苍松矫若龙。"这是作家老舍给予崔嵬的评价,青岛影人,我们关注崔嵬的艺术人生。

电影艺术家崔嵬

一个"疯子":艰难求学,初露编剧才能

说崔嵬是个"疯子",并非对他不敬,相反,正是出于一种敬意。虽然自小生活艰苦,但崔嵬不是囿于生活牢笼里的小鸟,他一直站立在时代前沿,像站在破茅草屋顶的雄鹰,寻找时机,准备起飞。

1912 年 10 月 4 日,崔嵬出生在诸城县王家巴山村一个贫农家庭里,原名崔景文。时年军阀混乱,民不聊生。崔父崔鼎新为了养活三个女儿一个儿子,在崔嵬 10 岁那年,拖家带口来到青岛谋生。崔文在四方机车厂看大门,做勤杂工,崔母上街摆烟摊,尽管如此,仍难填饱六口人的肚子,据《崔嵬在青岛的岁月》中称,崔家出于无奈,把大女儿卖给他人改姓傅。也正是这种牺牲,让崔嵬有了进四方小学读书的机会。不过,3 年后,崔嵬还是因家庭贫困辍学。青岛文史专家鲁海先生说,崔嵬进入了孟庄路上的英国资本家办的大英烟草公司(今青岛颐中烟草公司)当童工。1925 年,工人运动的浪潮涌进青岛,崔嵬因反抗帝国主义分子和工头的欺压,第二年被工厂开除。

崔嵬给谢芳说戏

1927 年,望子成龙的崔父坚信知识改变命运,于是东拼西凑了一笔学费,让独子以"同等学力"的身份,考上了礼贤中学(今青岛九中)。入校第二年,崔嵬便开始在青岛的报纸上发表小说、散文,"取笔名为'疯子',发表的作品有《琴影》《光荣》《狗的惨剧》等。青岛也叫琴岛,《琴影》这篇小说把一个女人比作青岛,描写她从帝国主义手中重返祖国怀抱的故事",鲁海先生说。此时的崔嵬,已经展现出了编剧才能,用青岛做主角,为时代进步摇旗呐喊。然而,仅仅一年后,崔嵬便被开除。

"祸兮福所倚,福兮祸所伏",这一次开除让崔嵬开启了他真正的艺术生涯。1930 年,18 岁的崔嵬赴省城济南,考入山东省立实验剧院编剧组,这是一所既上学又演出的戏剧组织,同学当中有魏鹤龄、杜建地、李云鹤(江青)等。院长正是后来的国立山大校长赵太侔。"但崔嵬只在实验剧院学习了半年,剧院因经费无着停办,崔嵬就又回到青岛。"随后,崔嵬在王统照介绍下去威海法院当收发,但不久又被解雇。

历经挫折,成为崔嵬日后的写作素材来源,而半年的戏剧学习,也让他与演艺事业从此结缘。

一只"海鸥":又导又演,难掩艺术锋芒

1931年,崔嵬"失业"后,并不灰心,他积极学习,一边应聘到《青风报》当记者,一边到国立青岛大学中文系当旁听生。1932年,地下党组织领导成立了青岛"左联",又成立了左翼剧联青岛小组,对外叫"海鸥剧社",王林在《忆崔嵬同志二三事》中称:"当时崔嵬同志住在青岛姑母家,常到青大打篮球,有时也旁听中文课。我们听说他是实验剧院的学生,就拉他参加了剧社。"

压抑已久的崔嵬终于找到了展现自己的舞台,他导演了《工厂夜景》《月亮上升》等剧,轰动岛城,就连上海的《文艺新闻》都以"预报了暴风雨的海鸥"为题做了报道。青大改组为山大后,"海鸥剧社"向社会上发展,崔嵬集编、导、演于一身,尽情展露艺术锋芒,他先后在文德女中、铁路中学、市立女中(今青岛二中)等学校辅导排演了《暴风雨中的七个女性》《父归》等剧,播撒艺术的种子,日后的著名影星端木兰心便接受过崔嵬的辅导。

"'海鸥剧社'除了在市内用各种名义进行演出活动外,还曾到崂山东的黄山一带渔村,用土语巡回演出。崔嵬同志这时就用自己的艺术武器,为党进行宣传工作。黄山一带山区,在抗日战争和解放战争时期,成为党领导的革命根据地,是有崔嵬同志的艰苦劳动的",王林回忆。1933年春节后的农闲季节,崂山脚下的王哥庄街头来了几个艺人,一个老汉拉着胡琴,一个姑娘唱着京剧,唱着唱着突然倒了下去,老汉拿起鞭子抽打。观众中一个青年拉住老汉的手说:"放下你的鞭子!"老汉泪流满面地说:"俺也不忍心打自己的闺女,俺在东北的家乡让日本鬼子占了,逃难来到青岛,靠卖唱赚几个钱吃饭。"青年领着老乡们喊:"打倒日本帝国主义!"台上喊声四起,台下群情激奋,演老汉的是崔嵬,演姑娘的是李云鹤,演青年的是俞启威。以后,崔嵬在北平香山又与张瑞芳合演此剧,引起轰动,该剧名为《放下你的鞭子》。

崔嵬正在艺术道路上如鱼得水时，"1933 年夏，青岛地下党组织遭受到国民党反动当局的残酷破坏，崔嵬同志也被迫离开青岛"，王林回忆称。

一部电影：重回青岛，谱下"青春之歌"

> "正气凛然的农民宋景诗是他（《宋景诗》）；粗犷勇敢的水手窦二鹏是他（《海魂》）；质朴豪爽的朱老巩和朱老忠也是他（《红旗谱》）；淘气机灵的嘎子是他（《小兵张嘎》）……崔嵬塑造的形象很多，称号却只有一个，人们叫他大帅。"——《崔嵬传》

崔嵬与妻子、女儿合影

"我爸爸这一辈子，搞文艺，打仗，种田，上工厂，样样行，就是与'当官'无缘!"崔嵬的女儿崔敏说。新中国成立后，崔嵬曾任中南行政区文化局长、中南文联副主席，但是，1954 年，他还是辞去了一切官职，投身于热爱的电影艺术，做了一名电影演员。

虽然离开青岛，但崔嵬并没有忘记青岛这个故乡，在 1957 年拍摄电影《海魂》时，他和剧组回到青岛，终于和家人团聚，两个月的时间里，他经常回到福建路 36 号院的家。"当影片拍摄完之后，在崔嵬的建议下，摄制组还在青岛市礼堂组织了一台晚会，崔嵬发表了热情洋溢的讲话，表达了对家乡青岛的怀念与深情"，鲁海先生说。

所以，在导演力作《青春之歌》时，出于故土之情，虽然片中讲述的是秦皇岛海边，他还是带着剧组的全班人马，来到青岛的仰口海滩。据青岛文艺评论家吕铭康回忆，他曾与谢芳谈起当年在青拍摄的细节，"谢芳说，当时他们下榻在青岛一家条件非常简陋的澡堂里。这场戏是拍林道静跳海自杀未遂。开拍时，崔嵬要求她从浅水处涉过没腰的海水，走到摄影机已经对好了位置的一块礁石上去，才能往下跳。而且在未跳之前，演员身上的衣服应是干的，所以她还必须将服装顶在头上，到礁石上之后，再把服装换好等待拍摄。当时，谢芳拍摄这组镜头时,已经在海水里泡了好几个小时,以致拍完回到海滩,她已浑身乏力,瘫倒在地"。

　　尽管艰苦,但现场拍摄的气氛比较融洽。不过,直爽的崔嵬经常会一个人发呆,默默地遥望大海,人们都不知道他在想什么,估计,在崂山脚下,他又想起了当年的"鞭子"吧!后来,经历特殊的时代,崔嵬这位高大魁梧的山东大汉身心遭到摧残,于1979年倒在了病榻之上。崔嵬夫人何延曾说,崔嵬生前曾计划拍《李自成》,可惜,这一愿望没能实现。

　　那颗曾经灿烂的星光已经逝去,但他点亮的星空照亮了一代人的心扉,不会轻易磨灭。

2016 年 5 月 17 日

青岛

人文

第二季

挖掘历史深处旧闻，品尝人文青岛之美。
在这里发现青岛，在这里读懂青岛。

贠瑞虎　主编

下

中国海洋大学出版社
CHINA OCEAN UNIVERSITY PRESS

目　录

第三辑　往事

1897 年的胶州湾 / 272

和世谦笔下的青岛日德战争 / 285

一个德国飞行员的冒险之旅 / 298

青岛要塞风云录 / 309

七七事变前后的青岛 / 322

前事不忘,后事之师——日本在青掠夺、转运劳工的罪恶 / 333

赵世恪:放下零部件,扛起抗日枪 / 343

陈宝仓:抗日名将接收青岛 / 355

1945 年,那城,那事,那人 / 367

第四辑　建筑

八大院：历史的镜像，惠民的典范 / 378

回望西镇大杂院 / 389

劈柴院中觅光影 / 401

追寻消失的胶州古城 / 411

雄崖所，最后的明代所城 / 420

山大第一公舍——鱼山路 36 号 / 431

炊烟缭绕里院情 / 442

追忆中纺大院 / 453

独具匠心的银行大院 / 462

穿越安娜别墅的迷雾 / 473

青岛的机场和历史场景 / 485

第三辑·往事

章高元与青岛老衙门

1897年的胶州湾

1897 年的胶州湾

柳已青

日耳曼之鹰攫取的目光如何盯上了胶州湾？德国为何处心积虑地侵占青岛？德国在东亚的"模范殖民地"又如何被日本垂涎？1914 年日本侵占青岛的内幕是怎样的？青岛日德战争给青岛这座城市带来怎样的灾难？

百余年来，青岛这座城市的命运引发了历史学家深切的关注。同时，种种疑问如同历史深处的浓雾。最近，福建教育出版社出版了"青岛日德战争丛书"，吹散浓雾，披露真相。重新审视青岛日德战争，前事不忘后事之师，以史为鉴，在历史中汲取教训，是通往国家富强、民族振兴道路上的一座桥梁。

"青岛日德战争丛书"一共六本，已经出版了四本：乔治·弗朗鸠斯的《1897：德国东亚考察报告》，贡特·普吕肖夫的《一个德国飞行员的冒险之旅》，和世谦的《青岛围城日记》，杰弗逊·琼斯的《1914：青岛的陷落》。这四本书除第一本外，其他为经历过青岛日德战争人士的第一手记录。

重新审视青岛日德战争，就要追溯到德国在东亚的政策。乔治·弗朗鸠斯是港口工程专家，1897 年 1 月，弗朗鸠斯和通晓水利工程的侄子弗朗茨乘船来到中国。他被德皇秘密派遣到中国，考察中国的沿海地区，肩负着特殊的任务，在中国的沿海为德国寻求一个贸易港口。简单地说，弗朗鸠斯是德国派到中国的"特务"，为德国在中国开辟殖民地实地勘察。

弗朗鸠斯进入中国后，重点考察了福建沿海和山东沿海。他撰写了一份详细的考察报告，专门对胶州湾的位置、地势、港口、面积、岛屿、风力、潮汐差度、地质状况、饮水、居民和工商业等做了详细记录和研究，并得出结论：胶州湾非常适合作为德国在远东的军事和贸易基地。这份报告更加坚定了德皇威廉二世侵占胶州湾的决心，并成为日后德国在胶州湾建设海港的基本蓝图。

1897 年，弗朗鸠斯在胶州湾的考察，目的是为德国在中国开辟殖民地服务。但他对胶州湾的考察报告为我们留下了一份珍贵的史料，借助这个史料，我们可以了解到青岛原生态的历史面貌。

在青岛湾，"里面建有一座码头栈桥，桥后面青岛村就在其中，海关大楼、电报大楼和中国将军的办公大楼均建在这里"。"中国将军的办公大楼"，指的是登州镇总兵章高元驻防青岛的中枢总兵衙门。以天后宫和老衙门为主要建筑形象代表的区域，是青岛的中心。1898年，德国强迫清政府签订《胶澳租借条约》。总兵衙门自此易手，在1906年总督府大楼建成以前，大衙门曾是德国政府部门的办公之处。弗朗鸠斯刚到青岛时，对章高元的总兵衙门格外敏感，收集了大量的情报。书中，名为"Prof. W. Rose"的德国人还以素描的方式，呈现清兵的操练，从武器到服装，再到面部神情都栩栩如生。

弗朗鸠斯重点考察了胶州湾的状况，在这位港口工程专家的眼中，胶州湾具备天然良港的一切要素，是德国人在中国建设军事港口和自由贸易港的理想之地。弗朗鸠斯还到了女姑口现场勘探，去即墨和胶州湾实地考察。"我坚信，在这个地区建造通往中国北方的铁路不会遇到特别的技术难题，并且拥有一个土地肥沃、人口稠密的腹地。"他所到之处，目睹的一切，都纳入笔端，胶州湾的植被、村落、家畜、交通运输的货物，以及胶州城的城墙、城内的牌坊。想来，胶州湾的所有原始资料，都成为德国人关心的情报。

集体操练的青岛士兵(摘自《1897:德国东亚考察报告》)

这一次的考察，坚定了德国在胶州湾开辟殖民地的决心。1897年11月14日，德国以巨野的两个传教士被杀为由，派军舰登陆青岛，以武力胁迫清政府签订了《胶澳租借条约》，攫取了青岛。随后，德国人于1898年第四季度着手在胶州湾内兴建防浪堤，1901年建成小港；1904年3月建成大港第一码头北岸5个泊位，与胶济铁路亦和港口专用铁路相接；至1908年3月，大港第二、第四、第五码头和船渠港先后竣工，并建设相应的仓库、堆场、船标等配套设施；1906年还在第五码头建成当时亚洲最大的1.6吨浮船坞。全部的建港费用达5000万马克。随着青岛港的建成，以及铁路的铺设和厂矿的开发，青岛港的贸易得以长足的发展。

也正是青岛得天独厚的地理优势,其作为港口城市具有广阔的发展前景。日本人盯上了青岛,就像德国人来收集情报一样,从 1897 年至 1914 年,日本在青岛收集了大量的军事、经济等方面的情报。1914 年青岛日德战争爆发,日本侵占了青岛。

1914 年,也就是青岛日德战争爆发的那一年,弗朗鸠斯在德国基尔病逝。

一个德国特务的青岛行
德国港口工程专家弗朗鸠斯潜入胶州湾刺探情报

张文艳

当"青岛日德战争丛书"拿到手中的时候,尽管对这些人物早有耳闻,却仍然感到震惊。"一战百年"的系列策划已过去两年,但能够从外国人的视角来重新了解战争,实属罕见。在这套丛书中,有"特务"德国工程师,有德国军官、飞行员、传教士,还有美国记者,除了来青岛刺探的工程师外,其他都是日德战争的亲历者和见证者。丛书主编、曾就职于驻德国大使馆的秦俊峰先生告诉记者:"17 年来,他们早已对青岛有了故土之情,所以,我们要拨开他们爱国主义情怀的迷雾,从史实的角度来还原那场战争的细节。"作为这场战争的受害者,青岛是双方争夺的终极目标,他们为何都看中胶州湾这片海滨地带?我们从《1897:德国东亚考察报告》开始,从一个德国港口工程专家的视角,来审视胶州湾气候、自然条件、建设前景等各方面的优越性,顺便了解清末胶州湾的风土人情,还原德国侵占胶州湾的始末和内情。

1897 年的青岛村

弗朗鸠斯是何许人也？

1897 年 1 月，一个阳光明媚的冬日，在普鲁士的一艘庞大的劳伊德轮船上，已经当上祖父的弗朗鸠斯感慨万千。青年时代，能够随着德国战舰从基尔港出发，一睹远东的水流和港口，一直是他的梦想。本以为今世已经不可能再实现，没想到 55 岁时，他的夙愿竟然达成。

他，对于中国尤其是青岛人民来说，是侵略者，但他对青岛港口、铁路等的规划影响深远。

乔治·弗朗鸠斯（George Franzius，1842—1914），德国著名建筑师，港口工程专家。"发现这个人物纯属偶然"，秦俊峰告诉记者，1999 年左右，他在德国汉堡大学进修硕士学位时，每读到胶州湾历史时都会遇到弗朗鸠斯这个名字。于是，他决定查查他的资料，很快，他找到了关于弗朗鸠斯东亚考察的报告，以及他考察一年多之后出版的书籍。但是，当时秦俊峰没有动翻译的念头，直到"一战百年"以及各种系列报道触动了他，弗朗鸠斯的报告是为了"使读者更好地理解胶澳租借对于德国的重要性，以至于德军在力量对比极度悬殊下仍然坚持战斗了 60 余天"。

弗朗鸠斯 1842 年出生于奥里希市的一个政府家庭，受首席工程师哥哥路德维希（曾扩建不来梅港）的影响，他也踏入了相关行业。1859 年，弗朗鸠斯赴汉诺威学习水利工程专业，1871 年成为普鲁士政府建筑工程师，并参与基尔的军港建设。1897 年，他携带同样通晓水利工程的侄

青岛总兵衙门的照壁

子弗朗茨，被普鲁士派遣到东亚，考察了中国大半个沿海地区，重点对胶州湾进行了调查。1897 年 6 月中旬，弗朗鸠斯带着兴奋的心情回国，撰写了一份内容翔实的考察报告，对胶州湾的地理、气候、潮汐、风力、岛屿、交通、饮用水、居民和工商业等 28 个项目进行了描述，可见他们对胶州湾的用心程度，最终弗朗鸠

斯得出结论:胶州湾非常适合作为德国在远东的军事和贸易基地。短短二十几个字,直接改变了胶州湾的命运,让青岛这座城市,打上了德国殖民的烙印。可以说,弗朗鸠斯的结论是德国决定侵占胶州湾的最后一颗定心丸。

贪婪目光,伸向了胶州湾

其实,得出这个结论的并非弗朗鸠斯一人,只是,为了在中国打造一个不啻香港的殖民地,德国皇帝慎之又慎。

19世纪下半叶,德国就已经把贪婪的目光伸向了中国大地。由于强国较晚,到德国终于归入列强的行列时,世界基本已瓜分殆尽,只有中国还有些许机会。"为达到这一目的,德国蓄谋已久。他们采取的第一个策略是,1895年联合法、俄两国,迫使日本放弃中国在《马关条约》中割让的辽东半岛,企图以此向中国索取土地回报,但未能如愿,只获得了对华借款和天津、汉口两个租界。"(于建勇《风雨如晦胶州湾》)正如弗朗鸠斯所说,"虽然意义非凡,但对推动德国对华贸易却派不上什么用场。我们必须考虑在中国获取一块由我们自己管辖的领土"。在中国"借地贮煤"等各种无理要求被拒绝后,威廉二世恼羞成怒,决定强取豪夺。选择哪一个港口更合适?

1869年起,德国就曾派出专家来中国考察,选择港址。德国著名地质学家李希霍芬的调查报告,对山东的地理位置、矿藏、物产大加赞赏,他的调查报告日后成为研究山东的范本,"他虽然没有来过胶州湾,但他的各种报告研究都是

青岛的街景

在德国侵占以后被证实和认可的",青岛大学德语系教师、中德文史研究者朱轶杰先生告诉记者。

1896年8月,德国东亚舰队司令、海军少将棣利司(Otto von Diderichs, 1843—1918)调查胶州湾的军事和经济价值,认定胶州湾为最适宜的港湾。而在此前的1896年5月,德国海军副司令冯·施佩也提出占领胶州湾的申请。德皇虽然批准了草案,仍然不停派人勘察。德国任命海军少将伊尔蒂

斯为远东舰队司令，要他"在中国沿海寻找德国能够建设军事基地和经济基地的地方"。伊尔蒂斯的结论还是：胶州湾。德皇松了口气，秘密制订了侵占胶州湾的计划，就在万事俱备之时，他仍然派出了港口工程专家弗朗鸠斯，进驻中国调查。弗朗鸠斯的目标并非一个，而是"厦门港、三沙湾和胶州湾"三处。

德国特务，潜伏刺探情报

"弗朗鸠斯其实是个特务"，朱轶杰先生告诉记者，"作为德国海军里的人，他的头衔不公开，不执行公开任务，也不穿军装，着普通服装以平民的身份到青岛调查地貌，刺探情报，无异于德国间谍"。朱轶杰先生强调，弗朗鸠斯的主要任务是检验胶州湾是否真的适合建港口。一而再再而三地确认，德皇重视程度可见一斑。

于是，文章开头的那一幕发生了。在劳伊德轮船上，弗朗鸠斯一行人走走停停，考察了众多港口城市，香港、广州、厦门……弗朗鸠斯看似观光，其实他正用侵略者的视角审视这些港口城市的一山一水。"1897 年 5 月 3 日，身负威廉二世密令的弗朗鸠斯，对胶州湾进行精确的技术性调查。他在胶州湾逗留了 5 天，足迹所至，细微到每一处岛屿、岸线，每一片滩涂、沙礁。"（《风雨如晦胶州湾》）对比厦门和三沙湾，弗朗鸠斯发现，胶州湾才是最理想之地。

青岛寺庙的入口

"船行至此，即可一览右方豁然耸立的崂山，再往右行，还可以看见一处更小的港湾，里面有一座码头栈桥、两座军事要塞和几座大型建筑。青岛村即位于其中，海关大楼、电报大楼和中国将军的办公大楼均建在那里。如今，德国管理部门就暂时安置在那座办公大楼里。"这是青岛给弗朗鸠斯的第一印象，有栈桥可以供船舶停靠，并且可以躲避北风肆虐的港湾，一下子，"良港"二字撞击着弗朗鸠斯工程师的专业头脑，他和李希霍芬、棣利司得出一样的结论，"因此，可以期待的是，很快这里将会诞生德国的第一块殖民地"。和厦门、三沙湾相比，在弗朗鸠斯看来，胶州湾甚至比让德国人引以为傲的亚德湾水域更辽阔。而对于港口而言,具有决定性作用的气候,也是他的考虑之一。"胶州夏天虽然气候炎热,但空气干燥,因此比较容易忍受。"即使在有霜冻的冬天,"通行不会受到任何影响"。1896 年 7 月 23 日,台风导致的"伊尔蒂斯"号炮艇在驶往胶州湾的途中遇难,让德国人心有余悸。所以,弗朗鸠斯认为港口设施尤为必要。"胶州湾东面,是未来港口设施的首选位置。"

失事的"伊尔蒂斯"号舰长奥托·布劳恩及 4 名军官

貌似观光,实则锁定良港

虽然讲述的多是 1897 年的经历,但弗朗鸠斯出书的时间是在一年多之后,"弗朗鸠斯出的书原名为《胶澳》,主要讲述了沿途的风土人情,因为书籍公开出版,肯定不会涉及过多的机密文件。如果要了解弗朗鸠斯在胶州湾探测的具体过程,应该查原始报告",朱轶杰先生说。德国学者余凯思在其专著《在"模范殖民地"胶州湾的统治与抵抗》中透露,弗朗鸠斯的《东亚沿海港口考察报告》现存于德国"联邦档案馆/军事档案,弗莱堡",是德国海军卷宗"未刊史料和文献"。

既然讲述了较多的青岛风土人情,那么我们也可以从弗朗鸠斯的眼睛里看到 1897 年的青岛原貌。"他们的村庄有些看上去很是寒酸,而有些却又很是体面。"作为罕见的外国人,"你总是被无数的男人和孩子包围着,大家都想伸手摸一摸你这个外国人,琢磨一下你的工具和望远镜"。沿途,他考察女姑口,并到达了胶州城,那些"大理石质的凯旋门"给他留下了深刻印象,"此类纪念碑的绝大多数是为了纪念丧偶后未再婚嫁的寡妇而建,或是纪念为了能够终身服侍和照料他们的父母和公婆而守身不嫁的年轻女子"。这一点卫礼贤在《中国心灵》中同样提到过:"(去即墨的)路边不时有石碑出现,那是贞洁烈妇或虔诚少女的纪念碑。"另外,这里的独轮车也让他颇为惊诧。

看似悠闲自得,其实弗朗鸠斯已胸有成竹,他预言,胶州的人会很快离开这座城市,到胶州湾的对岸寻找新的工作。"那里正在新建一片移民区,所有的街道和住房都是按照香港的模式建造,更具欧洲风格。"话里话外,都透露着一个侵略者对势在必得的优良殖民地的赞美与自豪。"这足以说明,德国人选择胶州湾可谓精挑细选,表面上看放弃厦门和三沙湾带有政治因素,受他国侵略者的干涉,但实际上,胶州湾是德国的最佳选择,这里有着气候、港口、自然条件、宗教等各方面的优良条件,相较于其他两个港口,更为有利",秦俊峰告诉记者。

一张蓝图背后的野心

前方工程师构建蓝图,德国伺机侵占胶州湾

张文艳

作为港口工程专家,弗朗鸠斯不虚此行。他立刻将获得的一系列数据,直接提供给德国新任东亚舰队司令、海军少将棣利司,弗朗鸠斯的报告于8月份到达柏林,他证实胶州湾可用于海军基地,并呈寄了自绘的地图,提出了建造海港、船坞和铺设铁路的建议。中国的防御工事和军事力量被这名"特务"侦查得一清二楚,成为德国舰队侵占青岛精确而又细微的坐标。1897年11月14日,抓住"巨野教案"这个机会,德国入侵胶州湾,实现了密谋已久的目标。之后,港口、铁路等都在弗朗鸠斯等的蓝图基础上进行建设,直到日德战争爆发,一切才戛然而止。

暗自盘算,弗氏构造蓝图

在青岛甫一上岸,弗朗鸠斯首先看到的是军营里的士兵,"全是些身板结实的小伙子。通常他们都是分成小组四处巡视,一概身着蓝色和红色的长褂,下面套着两层外裤,头戴圆形大草帽,脚穿毛茸茸的毡鞋,手里拿着一把雨伞,全身上下看不到任何武器,因此从他们的身上感受不到任何好战的气息"。轻描淡写,看似是在观察青岛的风土人情,实际上,弗朗鸠斯正在暗自对比两国的军事力量。

此时的弗朗鸠斯已经认定了胶州湾就是他们的殖民地,所以,一路走,一路在心里盘算着港口工程和铁路工程的建设蓝图。

他发现胶州湾的入口处很深,足以通过最大的远洋舰船。进入港湾后水面两里宽,底部是一深水盆地,非常适合建港;"对于规划中的港口码

胶州湾军事要塞的操练士兵

头而言,建造诸如浮船坞和干船坞的船舶修理厂十分必要";他发现胶州通往平度,"除了平原,还是平原","在这个地区建造通往中国北方的铁路不会遇到特别的技术难题,并且拥有一个土地肥沃、人口稠密的腹地","建造一条经济南府沿黄河南岸北行、并与汉口—北京段相连的铁路更为重要"。

除了贸易上的优点外,弗朗鸠斯还预测:"把海拔 1400 米的崂山山脉以及与烟台的海岸线相似的胶州湾入口的两岸作为避暑胜地和海滨浴场,也未尝没有可能。""不久将在这里诞生一所优秀的德国小学。当然,在这所学校里传授的不再是我们古老的语言,而是地地道道的中文课。"毋庸置疑,海水浴场和礼贤中学等印证了弗朗鸠斯的预言。

不得不承认弗朗鸠斯专业功底的扎实,他的很多设想后来多被实现,包括港口、浮船坞、铁路等,就连清政府都对他刮目相看,"鉴于弗氏对胶州发展的杰出贡献,清政府授予其御赐双龙(宝星)勋章",秦俊峰说。

寻衅滋事,德国蠢蠢欲动

弗朗鸠斯一系列的规划和前景展望,令德皇一心向往之。

其实,就在弗朗鸠斯在东亚各港口尤其是胶州湾偷偷考察时,德皇威廉二世早就开始进行挑衅了。他在为入侵寻找时机。而德国东亚舰队早已在上海吴淞口集结完毕,一个处心积虑,一个虎视眈眈,胶州湾命运已定,只差德皇的一声令下。只是,帝国主义的侵略也要找个借口。

于是,德国驻华公使海靖(Heyking,1850—1915)登场。"为德国海军谋求

一处军港是海靖使华的核心职责。他的策略是，'激怒中国人，中国人就会犯错'，从而找到占有基地的借口"，于建勇在有关文章中说。于是，海靖开始找茬，上纲上线。他先是于1897年2月26日，故意违背常理，让执礼大臣敬信扯住他的衣袖纠正，他自称受辱，大闹一场，因为李鸿章和敬信态度诚恳，无奈作罢，此为"抽袖事件"。1897年10月30日，海靖到武昌拜访湖广总督张之洞，由于他乘坐的军舰"鸬鹚"号上水手有意寻衅，结果与当地市民发生冲突。海靖趁机给德国外交部和在上海的东亚舰队司令棣利司分别发去了电报，德国公使夫人在日记中称，"我们决定继续待在这里，让整个事件闹大"。

前方，海靖在寻衅滋事；后方，弗朗鸠斯用自己的方式为德国做着贡献，"我们整整花了四个月的时间以考察东亚的港口，其中包括所有动过攫取念头的港口。6月中旬，我们取道日本和美国返程。此次考察让我坚信，无论从经济或技术角度考虑，胶州湾远远领先于其他任何一座值得考虑的港口。另一方面，胶州湾的军事条件也很便利，与其他港口相比，以较少的资金和人力投入即可建造各式各样的防御工事。综合以上因素，我只能无条件地选择胶州作为德国的军事基地"。最后，他还提到："此外，这块土地也非常适合德国的传教活动"，他是为《山东的德国传教士》一章做铺垫。

巨野教案，抓住侵占契机

弗朗鸠斯成书之时，巨野教案已经发生，德国侵占胶州湾也已完成，在他眼里，一切都应该是顺理成章的，所以他引用了传教士薛田资的一封回忆信件，极力维护传教士，当然，他也承认这是极佳的侵占借口。

文章中，薛田资如此回忆："数天前，我极其惊险地与死神擦肩而过。当时，我在我的管区刚刚新建了两个牧区。在此之前，那里的民众对基督徒完全一无所知，几个在当地颇有声望的异教徒甚至想把我们撵走。于是，我从城里（济宁）骑马赶到那里，亲自处理紧急事务。大约早晨7时，我已经赶了七八个钟头的路程。当我将事务全部处理完毕，天色已晚。精疲力竭的我原本打算留宿当地，但一种不祥的预感令我感到十分不安，便于下午4时踏上了返程。邻近村庄的异教徒们根本未曾想到我会于当日返回。大约半夜时分，他们纠集了二三十名彪形大汉，冲进村庄，直奔祈祷屋。举起武器往床上一通乱砍。直到他们将火把点燃，这才发现我根本不在屋里。""当天夜里，我匆匆忙忙地跑进一个极其贫困的农户家的厨房里,趴在地板上躲了起来。"

薛田资不在现场,他所说的细节全是自感无辜之语,实际上,百姓杀他们是忍无可忍。以他为首的洋教士名誉上拯救人类,实际上劣迹斑斑。在巨野,他们敲诈勒索,挟持官府,横行霸道,奸污妇女,拐卖人口。当时巨野一带曾流传着这样一副对联:洋教士,丧天良,害天理,天诛地灭,天才有眼;狗贪官,结地痞,刮地皮,地瘠民贫,地都不毛。只是,薛田资较为狡猾,让能方济和韩·理加略做了替死鬼。

巨野教案发生后,弗朗鸠斯等侵略者纷纷暗自窃喜,"威廉二世皇帝及时抓住这一契机,以强硬的手腕极大地推动了我们与中国进行的旷日持久的谈判,并通过与俄国沙皇达成个人谅解,清除了仅存的最为关键的障碍"。

煮熟的鸭子,最终还是飞了

在秦俊峰翻译的《德国公使夫人日记》中,我们可以看到中方极力谈判,想保留胶州湾,毕竟,清政府刚刚发现了胶州湾的重要性,并派驻登州镇总兵章高元驻守,没想到栈桥还没修完,胶州湾就要被夺去。虽然中国政府曾试图将租借期限由99年缩减为50年,但还是遭到了拒绝。

就在清政府乱作一团时,弗朗鸠斯称,德国入侵一直在按部就班地进行着:"11月10日,'皇帝'号、'威廉公主'号和'科莫兰'号军舰驶离上海,前往胶州。""11月14日(周日),攻占胶澳的战斗打响。'皇帝'号和'威廉公主'号驶入青岛的小港湾,并抛锚停泊,以为在栈桥登陆的部队提供火力掩护;与此同时,'科莫兰'号突入胶州湾,直至马蹄礁,以从背后袭击北面的中国军队,并占据他们的弹药库,后一点尤具战略意义。登陆部队由30名军官、77名士官和610名士兵组成,令他们无比诧异的是,竟然没有遭遇任何抵抗,却有一支中国仪仗队列队以示欢迎。当时驻防中国军队有1600~2000人,当他们目睹我们的军队占领了他们的弹药库和军营时,惊诧得不知所措。"

弗朗鸠斯的"竟然""惊诧"二字可笑至极,要知道,德国为了掩护侵略行动,棣利司可是以军事演习的借口登陆的。章高元无奈:"唯有暂将队伍拨出青岛附近,后撤至四方一带。"

侵占胶州湾之后,"德国已下定决心,无论在任何情况下,均将胶州湾永久占为自己的据点"。在《德国公使夫人日记》中,海靖途经天津德国领事馆时,已获悉占领了胶州湾。他们非常兴奋:"煮熟的鸭子再也飞不走了。"然而,他们得意得太早了,本以为有了一个 99 年,还会用各种借口再继续占领两个、三个 99 年甚至永久的德国人,美梦被日本侵略者的利炮击碎。随之丑恶的日德战争在青岛的国土上展开,给青岛老百姓带来无尽的灾难。

2016 年 7 月 19 日

和世谦笔下的青岛日德战争

德国守军用重机枪与日军展开激战

和世谦笔下的青岛日德战争

柳已青

　　"每当我思及将来,我的眼前顿然一片漆黑。"1914 年,青岛,日德之战战事胶着,一位批发商人对德国传教士和世谦如此说。和世谦的《青岛围城日记》是一部重要的历史文献,它记录了第一次世界大战之中,德国与日本在青岛进行的战争,几乎每一页上都是战争的残酷和灾难。百年之后,我们审视这一段历史,这部日记披露了诸多历史秘辛,照亮了战争的每一个角落。

　　和世谦(Carl John Voskamp,1859—1937)是青岛最早的传教士之一,是青岛整个德占历史的见证人。在日本围困青岛期间,和世谦和他的家人留在了青岛。由于柏林传教会为青岛德军教会,所以和世谦得以接近军队,在某种程度上直接参与了这场战争。和世谦和卫礼贤都是德国的传教士,两人都留在青岛,都写了日记。这两部日记是了解战时青岛的重要史料。

　　日德帝国主义的战争,发生在中国的土地上,北洋政府划出了双方的交战区域(龙口、莱州以及胶州湾周边),但居心叵测的日军,经常超越交战区,兵力在潍县集结,并出兵济南。

　　从和世谦的日记记录中可知,日军在围城期间经常出动飞机,对青岛市区的德国军事设施和城市基础设施,予以投弹轰炸。

北洋军阀政府专门划出交战区

　　和世谦的记录非常翔实,只要打开这本《青岛围城日记》,战争的氛围便扑面而来,炮声隆隆,战火熊熊:

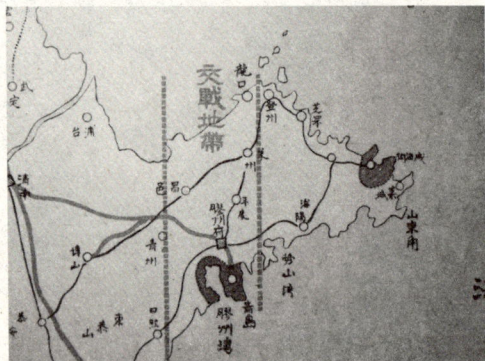

今天上午青岛遭到了极其猛烈的轰炸，弹片如冰雹般劈头盖脸地砸下来。敌人从海面上炮击我们的步兵阵地和炮兵连。从远处可以望见传教屋西南侧的高地上不断有炸弹落下并爆炸。随后便有一股丑陋、泛着黄色的浓烟冉冉升起，再之后便是弹片穿过庭院中的大树四处乱钻。我们脚下的大地都在颤抖。(1914 年 9 月 28 日)

在女子学校附近的一个市场上，一个可怜的苦力被炸掉了双腿。在通往大海的道路上，我看到被日本的一枚炮弹炸出一个大洞，洞穴呈圆形，深至一米半。(1914 年 10 月 8 日)

为了便于运输围城炮兵部队，日本人修建了一条从王哥庄通往流亭和李村的双向窄轨铁路，中国的苦力们拖拽着大约 100 个小型车厢，在铁轨上穿梭来往。(1914 年 10 月 20 日)

交战双方出动大炮、飞机、军舰进行轰炸，进行的是一场海陆空全面立体的战争。这也是中国历史上两个域外的国家，在中国的土地上，以现代化的武器进行的唯一一次战争。战争双方给中国的土地和人民带来了深重的灾难。

日军践踏中国的土地，蹂躏中国的人民，耻辱和灾难，不仅仅是炸弹的轰炸。日军强征粮草，烧杀抢夺。日军还禽兽一般地糟蹋妇女，仅掖县县城里遭奸污含恨而死的妇女就达十几人。与此同时，德国人也给中国人民带来了新的灾难。"他们拆毁大批民舍，以利构筑防御工事。战乱中，自来水厂、电厂、港口等重要设施均遭到严重破坏。德商还趁乱冻结银行存款，侵吞中国人民的大量财产。青岛的工商业陷于停顿，十年后元气也没有恢复。"

从和世谦的日记中可知，因为暴雨，日军跑到中国的村庄隐蔽起来，德军毫不留情，"我们所有的阵地对隐藏了日本人的村落发起了谋杀式的火力攻击"。当然，也是因为暴雨，李村河河水暴涨，淹没了德国军人和中国人。无家可归的中国人，到李村的教堂，寻求庇护。

因为战争，达官贵人纷纷逃离青岛，曾经热闹一时的城市，无限荒凉。绝望的阴云笼罩着青岛，一位年迈的东亚人对和世谦说："我们现在仿佛掉进了老鼠夹里，谁也没有办法活着出来。"

日德双方曾坐在谈判桌前，但这次战争注定无法和解。战火继续燃烧，直至德军被团团包围，德军见大势已去，自沉军舰于大港航道，自行炸毁炮台大炮，然后，投降。1914 年 11 月 16 日，日军举行入城仪式。

战争结束了,但这段历史将会如何终结? 人生浮沉又会如何演绎?

这次战争的直接结果是德国失去了青岛,这块在德国人心中引以为傲的"东亚模范殖民地",而日本侵占了青岛,从而加剧了其侵略中国、在亚洲扩张的野心。

青岛日德战争还引发了一系列重大历史事件,特别是 1919 年在巴黎和会上关于青岛问题和山东主权的外交失败,引发了五四运动。中国议和代表拒绝在《凡尔赛合约》上签字,青岛问题悬而未决。1921 年 11 月 11 日,华盛顿会议召开,继续讨论山东问题,中国才收回了青岛主权。

和世谦在青岛经历了残酷的战争,他和他的儿子,两代人都无法摆脱战争的阴影,这成为他们一家的宿命。战争改变了和世谦一家人的命运,折射出战争对平民百姓的伤害。正因为如此,和平才是世界各个民族、不同国家共同的诉求。

和世谦:战争中的受害者

张文艳

一本薄薄的日记,充满了无尽的血泪。无论是哪方军队,只要是战争必然会有牺牲。作为日记的主人,和世谦及其家人同样未能幸免:"我亲爱的小伙子就这样悄然、轻柔地逝去。"

"这是星期一的上午。我和昆祚先生及我的家人——我的妻子、我的两个儿子汉斯和马丁,以及教会的修女施特莱克一起唱起了'啊,所有冲开枷锁的先行者们!'"1914 年 9 月 21 日,日记的开头,在日军的包围圈内,和世谦和家人仍在享受着所剩不多的安宁。就在三天前,日军和英军已在崂山的仰口登陆,开辟了进攻青岛的第二条战线。一座繁华的欧韵城市,即将遭遇战火的洗礼。

和世谦

　　和世谦是德国柏林传教会牧师。1897 年 11 月 14 日,当德国借两名圣言会传教士在巨野被谋杀事件,派遣舰队占领了胶州湾后,德国教会在中国的传教活动,便愈加频繁起来。魏玛传教会的传教士花之安(Ernst Faber,1839—1899)和柏林福音传教会的昆祚(Adolf Kunze,1862—1922)等陆续来到胶州湾。1898 年圣诞节,被福音教会任命为教区负责人的和世谦,结束了在德国的休假,也来到了青岛。"他是青岛最早也是最著名的传教士之一,也是青岛整个德占历史的见证人,在青岛德占史上有重要地位",秦俊峰说,除了青岛外,他还在即墨和胶州设置了传教站。在青岛被围困期间,和世谦同他的家人留在了青岛。

　　战争面前,难以保留完整的家庭。和世谦的长子约阿基姆和次子格哈德都参加了日德战争。他们的命运如何?"约阿基姆战后被关进了日本战俘营,1919 年获释后在德华银行青岛分行工作,并在青岛一直生活至 1945 年;格哈德生于广州,1898 年随父母迁至青岛,成年后在当地德商瑞记洋行工作,日德战争爆发后主动报名参军,加入海军第三营第七连,后在第二步兵要塞与敌军战斗中阵亡",秦俊峰告诉记者。1914 年 11 月 14 日,我们能够清晰地感受到他的悲痛,尤其是当白发人送黑发人时。"在回程的路上,我走了很长时间,先是穿过城区,然后来到了港口区,那里有一家战地医院。敌人的炮弹不断地落在了我的身旁,但我对此熟视无睹,仿佛这一切都与我毫不相干。""我亲爱的孩子从此便在上帝的掌心里得到了安息,在那黄海之滨! 我的孩子,你最喜爱青岛,你把全部心思都放在了中国,因为那是生你的故乡,那里的语言和风俗都是你最熟悉的。"

　　战争对和世谦家人的伤害不止这些,和世谦的三子、生于青岛的汉斯·沃斯坎普(1900—1945),1920 年回到德国攻读法律专业并获得博士学位。1925年进入德国外交部,1928—1937 年间被先后派往北京、汉口、广州、河内、天津、香港等地担任领事官员。"二战"结束前夕,从事军需生产的汉斯听说妻子被苏联人掳走,便枪杀了自己的两个儿子,随后吞弹自尽。马丁·沃斯坎普(1909—1945)是和世谦的第二任妻子埃米所生,生于青岛。1926 年他随父母迁往美国,后返回德国。后在第二次世界大战中阵亡,葬于比利时。

　　幸好,后来发生的悲剧和世谦在有生之年并没有看到。

一个传教士的战时日记

奇迹频出，怪象连连，武器先进，国人受创

　　日德战争系列继续，本期，我们关注由丛书主编秦俊峰亲自翻译的《青岛围城日记》。青岛日德战争中，多名困于城中的德国人的日记在战后出版，其中就有来自基督教柏林信义会的传教士和世谦（也译作和士谦，青岛发现的墓碑雕刻为"和士谦"）的日记，日记德文名为《Aus dem belagerten Tsingtau》，战后（1915 年），和世谦曾对日记进行审校，所以文中出现"几个月后"的字眼便不足为奇了。柏林传教会是青岛德军教会，因而和世谦得以接近军队，他深入军中，了解战争的细节和报道，并记录了青岛传唱的歌曲和吟诵的诗歌，"这对于还原这场战争的真实情景及丰富青岛人文历史研究有着极高的价值"。关注发生在青岛的日德战争，众人的脚步从未停止。

奇迹频出，战争中双方的"怪现象"

　　　　一位刚刚从前线回来的传令骑兵在军营马厩的门前翻身下了马鞍，牵起了缰绳准备往里走。就在这时，一枚重约 2 公担的炸弹在他身旁引爆，马匹被炸得粉身碎骨，马厩也顿成废墟，唯独这位老兄安然无恙。

　　　　　　　　　　　　　——和世谦日记（1914 年 9 月 28 日）

　　背景资料：1914 年 9 月 2 日，日军在龙口登陆，之后向青岛进发。9 月 26日、27 日与德军展开石门山战斗和孤山等地战斗，日军击破德军前哨警戒阵地。此后，英军步兵联队也加入日本的围攻部队，对青岛实施会攻。10 月 6 日，日军在崂山湾登陆。10 月 13 日，炮兵部队抵达青岛，日陆军部队主力全部进入战区。10 月 29 日，日军发起总攻。

战争创造的奇迹频频发生,虽然和世谦也承认其中不乏士兵吹嘘的可能,但总有一些真实事件发生。"当我们的部队从沙子口撤退时,所有的营房都被我们的地雷炸毁。少尉 K 先生从一个房间走到另一个房间,点燃了炸药的引线。这根引线可以燃烧 2 分钟。当他走进最后一房间点燃引线并打算向外走时,却发现屋门被锁住了。情急之下,他使出了全身力气,将自己的身体整个砸向了窗户的十字框架,然后便飞了出去,在此过程中扭伤了一只手和一只脚,但躲过了一个接一个引爆的地雷,这不得不说是一个奇迹。"1914 年 10 月 10 日,和世谦的日记中生动地记述了战争中的一幕幕奇特经历。

在中国人看来,这场列强之间的竞争,毫无正义可言。对于德国和日本的普通军人来说,他们只是命令执行者。"正如我们的谈判代表们所感受到的,日本军官对'不得不与德国开战'感到十分尴尬;这场战争如同现代战争普遍具有的共性,很可能只是日本有权有势的资本家集团的一场交易"。和世谦在日记中多次提到日军和德军战斗时的特别场面,比如"我们通过电报告知日军旗舰,我们在某一处阵地的前沿地带为一名阵亡的日本军官举行了葬礼,并致以一切可能的军事礼遇。日军旗舰在复电中对我们的义举表示衷心感谢"。"德国和日本的两名飞行员在空中相遇,但彼此没有交火:这样的空战是没有结果的。因此,飞行员们已经学会了中国官员们坐在轿子里相遇时是如何避免冗长的行礼仪式:相遇的每一方都用扇子遮住自己的脸庞。""日本的军官,特别是在被日本几乎神化了的普鲁士军官梅克尔担任教官的军事学校接受培训的高级军官,大多能够说一口比较流利的德语。当双方人员相聚在一起时,大家会在一起用德语亲切交谈,有些日本军官还请对方捎去对其在青岛的德国友人的问候。在死者身上找到的贵重物品一概被归还,并附以赠言以示遗憾。"

尽管和世谦等德国人都承认战争的残酷性,尽管"日本人对德国人的战斗是极其勉强的。政府内阁的投票表决结果显示,赞同战争的多数仅比反对战争的少数多了两票而已。日本的舆论是反对战争的"。但日德之战还是在青岛的大地上打响了。

对于德国来说,这是一场极具讽刺意义的战争,因为"他们(日军)在德国学校里学习了真正韬略,投入战场的大炮产自德国克虏伯公司的制造车间,给我们造成了严重伤亡。德国的梅克尔将军教授日本军人以普鲁士的军事作战的技巧与艺术,因此在日本享有崇高的声望"。城市的上空中,驾驶着双翼飞机的日本飞行员投下一颗颗炸弹,"如果再联想到这架飞机,如同日本人拥有的其他飞机，都是德国制造，而这架飞机的组装师正作为下士在我们的部队里服役，真是别有一番滋味"。

水下空中，先进武器带来的重创

> 有人兴高采烈地向我讲述了"S90"号鱼雷艇的英勇事迹。后来，我在要塞指挥部的每日要情里也读到了该则消息。报道称，我们的小鱼雷艇在夜色的掩护下，避开了密密麻麻的水雷网，靠近一艘日本的装甲舰，然后向其发射了鱼雷并将其击沉。
>
> ——和世谦日记（1914 年 10 月 18 日）

背景资料：青岛日德战争中，双方海军极少正面交战。德"S-90"号驱逐舰于 1914 年 10 月 17 日突围，击沉日军"高千穗"号巡洋舰。战争中日本海军损失 1 艘驱逐舰和 3 艘扫雷舰，水上飞机母舰"若宫"号受重创，战后扫雷时，一艘扫雷舰被炸沉。青岛日德战争还开启了亚洲空军作战的历史。日本有 5 架飞机参战，但飞行技术和飞机性能均不如德国。10 月 13 日，日德飞机在空中相遇展开首次空战，由于德机飞行员技术高超，在一敌四的不利情况下却顺利逃脱。

1914 年 10 月 18 日，和世谦在日记中兴奋地回顾了"S90"号的成功行动，"我正读着报，进来一位士兵，报道说，该艘排水量达 14000 吨的'高千穗'号战列舰在被鱼雷击中前撞上了一颗水雷，我们的人站在伊尔蒂斯山上可以清楚地观察到这艘巨大的舰船缓慢沉没。在发出鱼雷之后，我们的'S90'号鱼雷舰不幸搁浅，不得不被自行炸毁，而全体船员则游到了岸上寻求救助。他们在珠山附近登陆，然后发射了信号弹等待救援"。其实，关于"S90"号鱼雷舰官兵的下落，和世谦日记有误，据秦俊峰称，"S90"号鱼雷艇在击沉日军"高千穗"号巡洋舰后，怕日军报复，故逃逸出胶州湾，闯入日照县石臼所海口的山后庄东沙滩，并自行炸毁。舰长普卢乃尔率 61 名官兵登岸，向中国政府表示愿意弃船缴械，请求保

日军炮兵阵地

护。德军官兵在被解除武装后押送至德国驻南京领事馆不久即允许他们归国。

日德战争的武器装备,在当时是极其先进的,"美洲豹""伊丽莎白皇后"号舰船和要塞大炮的运用,都开创战争武器的先河。后来,德国在战争中,陆续炸沉了大部分舰船,留给日军一片废墟。

除了水陆设施外,空中设施还启用了阻塞气球和飞机等,阻塞气球在日德战争中是一大特色,"我们的阻塞气球时不时地飘向空中,通过无线电向我们报告敌人的大炮藏身于哪一块高地的后面。此外,气球还从空中引导我们的阵营对准目标发射炮弹"。

先进的武器,激烈的战争,炮火中,弥漫在青岛的是死亡的讯息。无论是官兵还是普通百姓,都在绝望中挣扎。"夜晚我一个人在露台上坐了良久。我眺望着远方炮弹出膛时发出的闪亮,心里默默地数着数字,直到炮弹落地引爆。如同一个

英军增援部队抵达青岛

人在看见闪电咔嚓落地时不由自主的反应。在我的脚下,曾经热闹一时的城市,此时却一片死寂,无限荒凉",1914 年 9 月 28 日,战争开始后不久,和世谦便感受到了战争带来的残酷。随着战事的推进,伤亡在和世谦身边不断发生,甚至眼睁睁看着至亲骨肉离他而去,他内心异常悲痛。

夜晚呀夜晚,如果总是与你相遇该有多好!

寂静安详,悠然自得,神清气爽

这是怎样的一种惬意!

但是千万不要相信短暂的宁静!

当星星初绽光亮时,

这便意味着,开始驻防演习。

如果混淆了枪械,挪移了宿营地,

那只是因为刚刚打了一个盹。

夜晚呀夜晚,如果总是与你相遇该有多好!

和世谦怀着深情记下了这首歌（以上为其中一段），歌的名字叫《湛山士兵的短促叹息》。"在这场残酷的角斗中，我们听不到任何人发出的气息。只有当地人的子弹夹裹着清脆的声响钻进了我们的某一位士兵的胸膛时，方才能够听见胸膛的撕裂和士兵的狂号，然后便听见沉重的身躯轰然倒地。"或许，"这个世界的主宰，即恶魔，正端坐在港湾另一端珠山陡峭的山顶之上，以一种嘲讽的方式演奏着关于人类在山谷和低地上正在进行的谋杀和屠杀的小提琴曲"。

无辜国人，在战火之中无处躲藏

> 我们的周围漆黑一团，高不可测，看上去可怕极了；当我们的炮弹爆炸时，绽放的光芒将黑暗一点一点地撕扯开来，仿佛撕裂了死亡的宣判书。隐藏在黑暗后面的中国村庄看上去仿佛是膨胀的废墟，而可怜的中国女子和儿童则在夜色笼罩的荒山上四处乱走。冰冷的雨水淋湿了他们的全身，他们于是颤颤巍巍地爬进了山洞或沟谷里，或呻吟，或呐喊。
>
> ——和世谦日记（1914 年 10 月 21 日）

背景资料：在日德交战中，中国人民蒙受极大耻辱和损失。由神尾光臣率领的日军第十八独立师团从龙口登陆后横行霸道，一路上占领城镇，掠夺中国人力、物力，奸淫妇女，伤毙无辜平民，无恶不作。战争使青岛市区的供水、发电、港口、铁路等城市设施和大量房屋遭到严重破坏。台东镇一地死于非命的中国人即达百余人；郊区李沧三分之一的人因战事流离失所。青岛市民遭受战争损失达 2400 多万元。

"在德国人的眼里，他们是为国而战，是捍卫国家领土的战争，所以，读者要有正确的立场，不要被德国士兵的爱国主义情怀所触动，因为对中国的伤害，他们是没有感情的。毕竟，他们是侵略者"，秦俊峰告诉记者。作为译者之一，杨帆

1914 年 10 月 26 日，日军司令部下达攻城作战命令，29 日，日军向青岛市区发起总攻击

也持有相同的观点,她说,这场战争是帝国主义之争。"由于和世谦不是一线指挥官,有一些来自于当时的报道,有些则是道听途说。他只是从个人的角度提供佐证,需要读者进行甄别。尤其是其中的观点,不乏偏颇。"

和世谦对中国人的蔑视和偏见在日记中时有记录,"中国人对日本发起此场战争感到十分愤怒。我们的总督让人带话给村里的村民,要求他们向阴岛撤退。结果,这群难民与一支人数众多的日本巡逻队相遇。日本人想方设法劝中国人返回家乡,并且说,德国人是坏人,但日本人是好人。这些可怜的中国人听从了日本人的劝告并往回折返。这群人尚未进入我们大炮的射程,便被残忍地杀害了。"(1914年10月3日)讲完这则遭遇,他竟然称"在中国的民间笑话中,有一则是关于山东居民的,形容他们是一群大笨蛋"。

一名德国士兵"一边在面包上抹了厚厚的一层猪油,一边讲述他在一个夜晚开枪打死一个中国人的经历。那是一个老年人,当我冲他喊道:'站住,谁在那里!'他便一屁股坐到了地上。当时我以为他是一个日本人。"对此,和世谦猜测"或许这个可怜人只是想看一眼他在地里种的红薯,未曾想到却落得这样一个下场",对于明显是德军犯下的罪行,他的结论竟然是"中国的农民都会被再三警告,但这个农民的迟钝和麻木使得所有警告和提醒都毫无效力"。

在和世谦的眼里,我们看到了无辜中国人的遭遇,"被遗弃的富有中国人的大宅到处可见。或许屋里的墙壁上还挂有昂贵的哥白林双面挂毯,壁炉台上摆放着珍贵的唐宋青铜器皿。因为逃离得太过匆忙,大宅的主人仅仅带走了自己的脑袋,而将所有东西都弃之不顾。然后,透过模糊不清的窗户玻璃,我依稀能够看到中国穷人的房间。桌子上还摆放着茶壶,地面上到处散落着女人的衣物和小得可怜的鞋子,显然是从中国女孩子被缠裹至畸形的小脚上掉落下来的。因为受到了惊吓,她们脸色煞白,所以尽管化了妆,但脸上涂抹的红色和白色却显得十分不自然。他们颤巍巍地坐在火车站大厅的台阶上,从早上等到晚上,再从晚上等到第二天早上,直至火车站的大门被打开,然后便拥入熙熙攘攘的人群中,或被推搡,或被踩踏至地面上。经过一番折腾后,好不容易在运送牲畜的车厢内找到了一块小得可怜的空地,可以将她们向北运往胶州、潍县和济南。现在。她们又感受到了日本人制造的惊恐追逐而至。"(1914年10月2日)

大鲍岛、湛山、浮山的村落在战争中损失惨重,就连青岛数百年的卫所——浮山所也被点燃。列强之争,发生在中国青岛的大地之上,最终受到伤害的却是中国人。

卫礼贤——和世谦的"竞争者"

1899年5月，又一位德国传教士卫礼贤（Richard Wilhelm，1873—1930），从上海辗转来到了青岛。他虽是位传教士，但在青岛从未传教过，而是开办了一所学校，即大名鼎鼎的礼贤中学。此时，提出卫礼贤的名字，是因为他的日记《德国孔夫子的中国日志》。这本日记同样由秦俊峰翻译，然而，同样的国籍，相似的圈子，经历同样的战争，两人却互不提名字，他们难道不认识？

"他们是互相认识的，而且他们的孩子都住在教会山下"，秦俊峰所提的教会山下的住宅是为传教士专门修盖的，一度被称为"幸福的儿童之家"，卫礼贤的四个儿子，舒勒的两个儿子，还有和世谦的三个孩子，昆祚的两个孩子，他们的日常生活除了上学外，就是在一起玩耍。那么，为什么日记中没有提及对方？秦俊峰说："卫礼贤属于同善会，和世谦属于信义会，可能是不同的宗教派别隔离了他们。"对此，青岛文史专家鲁海先生也说，两人彼此相识，却有着竞争关系，"和世谦在青岛开办了德华学校，成立的师范班是中专学历，培养教师，是中国第一个师范学校；而就在他的隔壁，是卫礼贤开办的礼贤中学。传说两人都想争得德国总督的青睐，因而暗自较劲"。

一页一页地对照两人的日记，记者发现了一个非常有意思的细节，在1914年10月8日卫礼贤的日记中，他写道："恭亲王正好也在我这里，他带着困惑问我们，是不是天上根本没有彗星，因为在中国人看来，这么大的一场战争肯定是通过天上的彗星显示先兆的。我努力向他解释关于彗星的现代理论。"而就在10月9日和世谦的日记中，他也写到了彗星："当天晚上8：30左右，天空依旧敞亮，我们在大熊星座的底轴发现了一颗彗星。中国人也认为这是一个不吉祥的兆头，是上帝发怒的征兆。"这一刻，卫礼贤也抬起了头："在去俱乐部的路上，我在大熊座的下面发现了一颗彗星。如果恭亲王现在看到它，一定又要说些什么了！"似乎真的是印证了中国古老的传言，而后彗星不断，和世谦在10

和士谦的儿子格尔哈德

月 11 日的日记中提到："我们彻夜难眠,月亮升起得很晚,远方的彗星运行着一条神秘的轨迹。而火炮在发射炮弹时迸发的亮光不时挤进了我们昏暗的卧室。"

1914 年 11 月 7 日,战争以日军胜利宣告结束,清晨 6 点,德军在信号山上插上了白旗。零星的战斗又持续了近一个小时后,"8 点左右,战斗终于停止。此时,第一批日本士兵开始成双结对地出现在街头巷尾。我们站在人行道上,看着这些家伙狂野的面部表情。他们紧张地左右张望,生怕一个全副武装的敌人突然出现在他们的面前。从这一刻起,街道的每一个角落都被占得满满的。然而,我们却在此时享受了几近斋月般的宁静,这是怎样一种久违的感受!"和世谦感慨道。同样卫礼贤也以战争的结束完成了战时日记的记录:"战争就这样结束了,没有感受到一点崇高的意味。从此刻起,我们开始感受到卑贱的时光已经到来。'主使人富人穷,上下沉浮'。"

2016 年 7 月 26 日

一个德国飞行员的冒险之旅

普吕肖夫和从飞机上拆卸下来的发动机

一个德国飞行员的冒险之旅

柳已青

"大炮的隆隆声、榴弹的破空声,以及步枪、机关枪的嗒嗒声,一直传到我孤独所处的高空。在那蹿着闪电、一望无垠的海面上,能清楚地看出两条战线,所有这些都标志着业已开始的最后的猛攻与绝望的抗争。我们是否还有能力抵挡住敌人的第三次冲锋?"

这是 1914 年 11 月 6 日拂晓,德国空军飞行员贡特·普吕肖夫驾驶飞机,从被日军团团围困的青岛突围时目击的战争场景。

贡特·普吕肖夫在德国很有名气,1914 年 2 月,在柏林,他第一次飞到 4900 米高空,刷新了德国飞行史上的最高纪录。他具备娴熟的飞行技术,也正因为如此,他被派驻到青岛。贡特·普吕肖夫在青岛与日军作战期间,遭遇过四架日本飞机的围追堵截,遭遇过枪林弹雨,遭遇过狂风气流,当然,也遭遇过坠机,但他每一次都死里逃生。

和世谦在《青岛围城日记》中写道:"最早在青岛进行飞行试验的普吕肖夫在今天(10 月 13 日)的一次飞行中不幸坠机了。他本人是机械师出身,有着坚忍不拔的意志力,但面对如此孱弱的发动机,他却无法心如所愿地操纵好飞机的每一次起落。不仅如此,临海的大气层变幻莫测,也不利于飞机的航行。"

普吕肖夫的青岛之旅是怎样开启的?

1914 年 7 月中旬,贡特·普吕肖夫到达青岛,随后,轮船运送的飞机也抵达青岛港。"马在前面拉着,我们穿过青岛城,开进了伊尔蒂斯广场的停机坪。"

"机场非常窄小,只有六百米长,两百米宽,满是障碍物,四周尽是山丘和岩峰。"可想而知,在战争期间,冒着炮弹起飞的危险,每一次飞行都有可能是最后一次。1914 年 7 月,有两架飞机被运送到青岛。7 月 31 日,米勒斯考斯基驾驶飞机刚刚升空几秒钟,就坠落,飞机报销了。飞行员米勒斯考斯基在战地医院一直躺到围城即将结束。

首场空战于 1914 年 9 月 5 日在青岛上空打响,普吕肖夫驾驶德军的唯一一架战机与日本舰载机母舰搭载的四架战机展开激战,这是世界战争史上舰载机母舰与水上飞机的第一次实战行动。这标志着世界战争史上第一场由海陆空三军对一个城市军事目标实施联

日军位于沙子口的海军飞机和飞机库

合立体攻防战,在青岛的陆地、海域、天空全面展开。

这一次空中遭遇,对普吕肖夫来说,是一个震撼:"敌军飞机的出现极为棘手且出乎意料。日本人也会带飞机来,这是谁也没想到的。日本人在整个围城期间一共出动 8 架飞机,其中 4 架是非常先进的大型水上双翼飞机。"这令普吕肖夫"非常艳羡"。

尽管自己的飞机性能不如日军的飞机,但普吕肖夫的战绩是辉煌的。他有一次投弹轰炸正在行进的日军,炸死 30 人。还有一次,他驾机尾随一架日军飞机,用手枪击毙日军飞行员,并导致敌机坠毁。

1914 年 11 月 5 日,德国总督下令让普吕肖夫驾机突围。次日拂晓,他驾驶飞机升空之后,就有了文章开头的那一幕。

普吕肖夫驾驶飞机飞往江苏,飞机因为油料燃尽,落在了连云港附近的稻田里。随后,他被押到南京,历时 9 个月,经上海、旧金山、伦敦逃回德国,并以此传奇式的经历名声大振,被誉为"青岛上空的雄鹰"。

普吕肖夫以自己的亲身经历为素材,写了回忆录《青岛飞行员历险记》。后来,贡特·普吕肖夫又驾驶飞机,翱翔蓝天,进行多次科学考察。1931 年,他驾驶飞机不幸在阿根廷境内坠机身亡。

100 多年过去了,"一战"的战火似乎还闪耀在历史深处,普吕肖夫飞机的轰鸣声也没有在历史的天空中消逝。钩沉这样一位飞行员,感到历史的创口在隐隐作痛。他的传奇,让我们百味杂陈。两个帝国主义在中国的土地交战,化为历史中发黄的一页。俱往矣,太平角畔,浪起浪涌,经历战火和伤痛的青岛,已经成为一座国际化的都市,焕发出新的生机和活力。

青岛服役，意外遭遇日德战争
多次遇险　死里逃生
德国传奇飞行员独自与日本空军激战

刘礼智

贡特·普吕肖夫(1886—1931)，德国海军军官，1904 年入伍，1914 年 6 月来到青岛。本来是常驻青岛，服役三年，结果遭遇青岛日德战争，作为德国飞行员与日军交战。青岛日德战争期间，相对于日军四架战机和机动性极强的舰载机母舰，德军飞机势单力薄。原有两架飞机，战前撞毁一架，战时只有一架可以升空作战，这就是贡特·普吕肖夫驾驶的飞机。在战争期间，他为德军立下了汗马功劳。日军攻进青岛前夕，普吕肖夫驾驶飞机飞往江苏，历时 9 个月，经上海、旧金山、伦敦逃回欧洲，却又被逮捕入狱押解到英国，最终成功越狱逃回了德国，并以此传奇式的经历名声大振。本期，我们继续跟随"青岛日德战争丛书"，体验"一个德国飞行员的冒险之旅"。

装修新居，在青生活惬意

1914 年，作为海军飞行员，普吕肖夫被分配到青岛，成为青岛的第一位海军飞行员。青岛民间学者衣琳认为，普吕肖夫被派往青岛主要是"一战"爆发前夕欧洲战局紧张，并非为了青岛日德战争，因为他到青岛的时候日德战争还没有爆发，而且没有人会想到日本敢进攻德国。

普吕肖夫坐火车穿越俄国，经过沈阳、北京、济南，来到了青岛，在这里普吕肖夫经历了一段"光辉岁月"。当天德国的水手还和英国旗舰"好望"号上的水手举行了一场足球赛，没想到不久之后却要兵戎相见。普吕肖夫的机场坐落在伊尔蒂斯广场，也就是今天的太平山南边，他还在机场附近租了一个小别墅，普吕肖夫对这一切非常满意，"所有让我感到真实的幸福的一切，都在眼前了：我美丽的指挥部，那个海军陆地指挥部；我身处青岛，这个人间天堂；我的工作是我所能想象到的最好的工作；还有这个坐落在小山顶的别墅，面朝伊尔蒂斯广场和深蓝浩渺的大海"。普吕肖夫先对自己的别墅进行了一番装修,他从一本名为"艺术"的杂志里搜罗了一堆室内装修设计的图片,然后找中国工匠按图制作,他对中国工匠的手艺赞叹不已,"中国人是可以用怎样的一种巧夺天工来模仿任何一样东西,同时又是以一种怎样的令人难以想象的速度啊,而且费用还如此低廉"。按照当时的习俗,也就是"为了在远东能够于中国人处获得尊敬,欧洲人都要被许多中国的仆人所簇拥",普吕肖夫也请了很多中国仆人,比如厨师、马夫、园艺师、听差等,并给他们冠以外文名,此外他还在自己家里开了一个家禽场,养了一匹马。不过,普吕肖夫也抱怨这里的生活十分单调,"没有剧院,没有音乐会,没有让人难以忘却的任何活动地"。但是令他欣慰的是,在这里,赛马等马类运动非常活跃。

战争来临,首航差点丧命

1914 年 7 月中旬,两架鲁姆普勒飞机被运来了,也就是"一战"中著名的鸽式战斗机。这两架飞机本来由普吕肖夫和他在海军营的战友米勒斯考斯基少尉驾驶,不过米勒斯考斯基在试飞时飞机坠毁,因重伤住进了战地医院。这样就只剩下普吕肖夫一个飞行员和一架飞机了。

8 月初,德国人原本计划举行一场马球比赛,还邀请了上海的英国马球俱乐部队员作为参赛选手。没想到 7 月 30 日,一道"警备"命令传到了青岛。8 月 1 日,下达了战时动员令。8 月 2 日,德国对俄国宣战;3 日,

青岛的第一次坠机事件

对法国宣战;4 日,对英国宣战。德国在忙着对欧洲各国宣战的时候,他们没想到竟然迎来了一封日本的"号外",日本要求德国撤走所有于日本以及中国海域的德意志战舰,即刻解除各式武装船只及不能立刻撤走的船只武装,"整个胶州湾租借地必须不晚于 9 月 15 日无条件且不得追加任何补偿地给日本帝国政府",日本还宣称,如果到 8 月 23 日得不到确定答复,将被迫采取一切视为必要的措施。德国总督拒绝了日本的要求,并且派船接走不愿留下的人,做好

了战斗准备。

就是在这样的背景下，普吕肖夫迎来了第一次侦察飞行，这次"首航"让普吕肖夫终生难忘。因为他差点为此丧命。当他把整个租借地区及其外百公里处都侦察完毕，准备返回的时候，遇到气流异常。好不容易降落到机场正上空大约 100 米处，普吕肖夫加满油门正准备做最后一圈盘旋，然后再逆风降落，突然发动机完全不工作了，"发动机前一秒还在全速运转，后一秒却突然开始喘息停顿"。降落在机位上已经是无法完成的任务，更为糟糕的是，普吕肖夫既不能向左转也不能向右转，因为左边是海滩酒店与众多别墅，右边是马球俱乐部场馆和一条深沟，他看到前面有一片小森林，本打算将飞机迫降在上面，却一头插到了街边的沟渠里，机尾向上，直冲天空，机翼与起落架损毁严重，幸运的是，普吕肖夫毫发无伤。似乎，这次经历预示了这名飞行员以后的命运：多次遇险，却总能死里逃生。

得到重用，在炮火中周旋

在装配师的帮助下，飞机又在普吕肖夫的驾驶中升腾到青岛的上空。起初，普吕肖夫并没有受到德国政府的重用，直到有一次他侦察回来，碰巧遇到了参谋部的一位首长，他随口提到，在沿海岸线飞行了几个小时，并没有搜寻到敌人登陆的踪影。说者无意，听者有心，这番描述让首长大吃一惊，因为他们得到的消息是敌军有可能在金沙口湾登陆，他们已经商量了两个小时的防御方案，没想到，普吕肖夫能带来这么及时的消息。自此之后，普吕肖夫得到重用。

1914 年 9 月，普吕肖夫的飞行侦察第一次遇到日军地面部队，那时候他正在 1500 米的高空飞行，被日军用步枪和冲锋枪"打了招呼"，带着机翼上十来个弹孔飞回基地的普吕肖夫惊魂未定，此后飞行侦察始终保持在 2000 米左右的高度。后来，普吕肖夫在日军上空侦察的时候，也经常遭到日军的炮击，榴霰弹就是一种威胁比较大的炮弹，但是普吕肖夫有时也会和日本人玩个计谋，比如他会突然关掉发动机，垂直地呼啸而下，日本人便以为他中弹坠机了。

一场关乎生死的比赛

普吕肖夫初来青岛和离开青岛时看到的画面，完全不同，景象令人心酸。

　　"此处(伊尔蒂斯广场)盛放着节日的气氛,整个青岛的人们都在这里聚集。在那宽阔的草坪中间,观众绕着足球场围成了一个巨大的圆圈。今天是一个节日,德国水手和英国旗舰'好望'号上的同人将举行一场足球比赛。当时,'好望'号恰好在青岛过路停留。那是一场非常精彩的比赛,最后以1比1的比分收场。那时候谁能够想到,就在不到六个月以后,同样的对手,双方再次碰面,但那却是一场十分严肃、可怕的比赛,此间之关乎胜利与死亡。"

1914年6月　摘自《一个德国飞行员的冒险之旅》

　　"在我身下,翻滚着大簇吞吐伸缩的耀眼火舌,那是源于敌军愤怒咆哮的大炮于入海口处的地狱般的炮火,与此同时,步枪和机关枪的火舌在海上拉伸,犹如一条金色的带子,那是我们的战友们自下面的山谷射出来的子弹。紧贴着我的脑袋的,尽是重型炮弹的咆哮声、嘶嘶作响声与嗡嗡轰鸣声,响作一团。所有的炮弹都要近距离掠过穹形山顶方能够打击到它们的目标。"

1914年11月15日　摘自《一个德国飞行员的冒险之旅》

结束使命,依依不舍撤离青岛

狭路相逢,几次险被击落

　　撤离青岛令普吕肖夫头疼的是,日军也派出了飞机,而且比他的飞机先进得多。日本人在整个围城期间一共出动了8架飞机,其中4架是非常先进的大型水上双翼飞机。日军飞机的主要目标之一就是炸掉普吕肖夫的飞机机库,普吕肖夫为此专门做了伪装,造了一架假飞机和机库蒙蔽敌人。日军的飞机无数次地飞过来,扔下一批又一批炸弹,有一次,普吕肖夫还拣了一块外观漂亮的炮弹碎片,并将他的名片绑在上面,又写了一段文字嘲讽日本同行,在下一次飞行的时候投掷到日本的水上飞机站。

当然,普吕肖夫也不只侦察,有时候也会投弹,有一次他就在日军队伍中投掷了一枚炸弹,炸死了 30 人。不过大部分时候,这些炸弹并没有多少的杀伤力,甚至投下去也不爆炸。

普吕肖夫第一次和日军飞行员遇见竟然毫无知觉,当时他的飞机左右摇摆并隆隆作响,普吕肖夫还以为又遇到气流。等返回基地,普吕肖夫才知道当时有一架日军飞机紧邻他的机顶飞过,几乎所有人都觉得他会被这架飞机击落。后来,普吕肖夫飞行格外小心,一次他近距离观察到他下方有一架敌机,普吕肖夫尾随上去并用他的 30 发自动手枪一枪击毙了敌军飞行员。衣琳说对于这件事,日德双方争论不休,日本说只是击毙一个飞行员,飞机完好,而德国则表示这架飞机已经坠毁。不过之后,同样的命运也差点发生在普吕肖夫身上。有一次,普吕肖夫正好飞行在日军的水上飞机站上方,被日本的一架大型双翼飞机盯上,他想要截断普吕肖夫的后路。普吕肖夫拼命飞行,终于提前一步飞到青岛上空,当他刚刚着陆时,日军的炮弹也随之炸响了。

撤离之前,空中最后盘旋

1914 年 11 月初,在奥地利前空军上尉克劳布卡及造船厂机械师们的帮助下,普吕肖夫将他的飞机改造成了一架完美的大型水上双翼飞机。不过,普吕肖夫已经没有机会再进行飞行任务,"因为我的飞机场距离敌人仅四五公里的距离,一直被敌人的炮火所笼罩,所以便没有办法再使用了"。而且,在这场战争中,德国败局已定,总督也让普吕肖夫赶紧撤离:"从此刻起,我们不得不随时做好迎战日本人的主力部队发起最后总攻的准备!因此,你必须全力争取明天一早驾驶你的飞机成功飞离青岛。"

"就这样,我结束了我在青岛的使命。"站在山顶上,普吕肖夫感慨万千,5 个多月前,刚刚到达青岛时,他看到的第一幕场景便是德国与英国的友谊足球赛,那场比赛是平局,而如今,英国作为日军的盟国与德国站在了对立面,这场关乎生命的比赛,输家是德国。而曾经美丽惬意的青岛,已陷入一片战火之中,满目疮痍,处处废墟。告别好友阿耶,却是最后的一次握手。几个小时以后,阿耶消失在了战火中。

11 月 6 日拂晓前,天气晴朗,"当月亮还清亮地挂在天边时",普吕肖夫冒着日本的炮火飞离了青岛,带着拳头大小的弹痕,带着对青岛的怀念,"当我飞至足够的高度、毋庸再担心敌人炮火的袭扰时，便在空中再次盘旋了一圈。身下便是那可爱的小城青岛，我们亲爱的第二故乡，地球上的天堂！""再见了，青岛！再见了……最终，我猛地调转机头，向着叶世克角的方向飞去。"青岛上空的德国雄鹰，消失在了碧蓝苍穹的高处。

飞往江苏，焚毁飞机逃亡

利用一张巴掌大的地图和一个罗盘，普吕肖夫朝着中国的南方几乎径直地一路飞去。普吕肖夫飞行了 250 千米，来到了江苏省海州市，也就是今天的连云港市海州区。可是普吕肖夫找不到合适的降落场地，最后只能选择一块大约200 米长、20 米宽的稻田，降落后飞机陷入了泥泞的稻田中，"起落架平滑地直陷入进去，滑行轮也被牢牢卡住，机头则重重地撞击在地面上，机身在最后一刻差点翻转过去，螺旋桨也飞溅成碎片。但感谢上帝的是，飞机的机翼在剧烈的撞击下竟然还完好无损"。

飞机迫降江苏海州

很快，自远处围拢过来一大群中国人，脸上写满害怕和惊讶，因为他们完全无法理解眼前的东西，普吕肖夫是第一个来到这里的飞行员，"在他们看来，我是恶魔，以人形来到这里，意欲施行不善"。幸亏一位美国基督教会的白人帮助了他，衣琳说当时中国对日德战争持中立态度，所以中国官员也没有为难普吕肖夫，看了他从青岛带出来的中国护照后就派兵把这架飞机保护起来。

在海州，普吕肖夫受到当地最高长官的盛情款待。在此期间，普吕肖夫把自己的飞机进行了拆卸，为了遵守中立法，他将发动机交给中国长官保管，但是即使把机翼拆卸下来，飞机的残余机身也通过不了任何一座城门，普吕肖夫不得不将整个飞机付诸一炬。随后，在海州一位姓刘的将军以及两位军官和45名男子组成的队伍的陪同下，普吕肖夫乘船到了扬州，然后又乘坐火车抵达南京。"那时候德国的领事馆就在南京，普吕肖夫将从青岛带来的机密资料交给领事馆后，表达了想要返回德国的意愿"，衣琳说。于是在南京当地的德国军官朋友掩护下，普吕肖夫偷偷乘坐火车到了上海。

历经波折，最终回到德国

普吕肖夫在上海待了三个星期，希望找到乘船去往美国的方法，为了防备日本人的逮捕，普吕肖夫经历了各种躲藏，也变换各种身份，最后他在一位朋友的帮助下以英国贵族的身份坐上了去往美国的轮船。在船上，普吕肖夫认识了一位美国战地记者布拉克斯，在普吕肖夫的笔下，这位记者是唯一一位亲历青岛被围全过程的美国人，而在"青岛日德战争丛书"中，《1914：青岛的陷落》作者杰弗逊·琼斯也是一位亲历日德战争的美国记者，这是怎么回事？对此记者致电丛书主编、中德研究学者秦俊峰，他说，他也注意到了这一情况，但并没有证据证明二者为同一人，也就是说，有可能有两位美国记者经历了1914年那场战争。

言归正传，此次偶遇后，布拉克斯把普吕肖夫的经历撰写成报道发表在《檀香山时报》头版，这可把普吕肖夫吓坏了，他担心美国政府会依据报道逮捕他，没想到报道一出普吕肖夫却被美国人当成了英雄。是年12月30日，普吕肖夫到达旧金山，然后又去了纽约，在好心人的帮助下，他登上了意大利中立的"都卡·德里·阿布鲁兹"号轮船。此后，普吕肖夫的经历可以用死里逃生来形容。1915年2月8日，当轮船驶入直布罗陀海峡的时候，由于遇到"可耻的告密者"，普吕肖夫被囚禁。普吕肖夫在这里度过了一段每天搬运煤和水的时光后，被押解到英国。

1915年7月4日，普吕肖夫冲破重重障碍，越狱出逃。在泰晤士河，他一次陷入淤泥，一次差点淹死，一次乘坐的小艇沉船，几度死里逃生后，才回到德国。顺理成章，普吕肖夫受到了德国皇帝的接见，被授予一等功铁十字勋章。经过几周休养后，普吕肖夫又成了一名飞行员，在德国最大的要塞服役。

据两年前拍摄了6集纪录片《来自青岛的世界大战》的总导演、撰稿人古榕介绍，1916年普吕肖夫还出版了《来自青岛的飞行员》回忆录，轰动欧洲，成为当时最著名的畅销书,"当时的发行量就近 60 万册,随后被译成 11 国语言。到 2014 年该书全球发行量已难以统计,据保守估计至少在六百万册左右,当时德国和世界对中国青岛的很多最初认识就源自这本书"。凭借这本书,他不仅把身影留在青岛的上空,他的名字也与这座城市紧密相连。而青岛也深深地镌刻在了普吕肖夫的生命中,衣琳告诉记者,1917 年普吕肖夫移居南美洲,在一家民用飞行学校当教练,而他所驾驶的飞机被命名为"青岛"号,他把自己住地命名为青岛湾。1931 年 1 月 28 日,他在阿根廷一次飞行中坠机身亡。

他,在飞行中成名,在天空中坠落,给青岛留下一串关于飞机的传奇记录……

2016 年 7 月 26 日

1914年11月被德军自行破坏的会前岬150毫米速射加农炮掩蔽部

青岛要塞风云录

青岛要塞风云录

柳已青

100 年前的青岛,蓝天碧海之上,笼罩着沉重的战争阴霾。

1914 年 6 月 28 日,奥匈帝国皇太子斐迪南大公夫妇在萨拉热窝视察时,被塞尔维亚民族主义分子加夫里若·普林西普枪杀。伦敦《每日新闻》报道:"这次暗杀对欧洲来说像一次雷鸣。"暗杀事件点燃了巴尔干半岛这个火药桶,并由此引发了第一次世界大战。

在欧洲爆发的战争,战火烧到了亚洲。面对日军大兵压境,德皇威廉二世号召德国在青岛的军人血战到底。德国全方位备战,东亚各地的德国商人,纷纷赶赴青岛,拿起枪支,参加青岛保卫战。因为守卫青岛的德国正规军人不足 4000 人,加上预备役国民军、武装起来的商人,也不足 5000 人。在军队兵力上,德国面对日英联军,绝对的弱势。但是德国人的战斗力靠的是在青岛苦心经营的军事防御设施,不容小觑。剧作家洪深在青岛时,有一位胶澳总督署的参赞指点着炮台对他说:不增一兵,不添一草,青岛可守六个月。六个月内,无论如何,援兵必能从欧洲到此矣。这只是德国人的一厢情愿,实际上,德国人依靠军事防御措施,坚持了 65 天。

我们不妨看一下德国在青岛的军事防御设施。德国的军队主要驻扎在兵营堡垒和炮台。从 1899 年到 1909 年,德国相继在青岛建设了伊尔底斯兵营、俾斯麦兵营和毛奇兵营。这三大兵营分别建在会前山(今太平山)、青岛山、贮水山的山麓下。地下运兵通道与兵营与前海、山上的炮台相通。卫礼贤日记中写到 1914 年德国备战时伊尔底斯兵营的情况:"在加固工程当中不断有废物被移走。他们用水泥和泥土把步兵营地改装成了一个真正的小型军事防御工事。营房的前沿地带布满了地雷。但还没等战争真正打响,这些地雷就已经夺去了一些中国人的性命。"

德军在青岛的炮台分为前海炮台和山顶炮台。前者有小泥洼炮台、会前岬炮台等;后者有俾斯麦山炮台、伊尔底斯山炮台、湛山炮台。1933 年,作家柯灵来青岛旅游时,就曾写下游览湛山炮台时的见闻。一个个炮塔就像一只只海龟趴在那里,炮筒很粗很长。在很多日本人发行的明信片中,可以看到德国建的炮台的模样。20 世纪 30 年代,游客参观炮台,有专门的导游,需要手中拿着蜡烛照明。在炮室中有个叫"一锅牛肉"的特殊景点不得不去。德军喜欢吃牛肉,当年德军投降时,厨房里正炖着一大锅牛肉,听到这个消息,来不及吃饭军队便撤走了,这一锅牛肉被风干为历史的遗迹,保留了下来。柯灵写道:"地下有铁道,一直通到外面;顶上有运输炮弹的钢轨。里面除了装置炮位的处所,还有许多小房间;这是装发电机的;那是给炮兵休息的;这是做饭的厨房,锈烂的大铁锅里满满的'泥块',据说还是牛肉;那是伤兵休息室,在烛影模糊中,引路的孩子指着墙上的斑点:'这是伤兵的血痕。'"

前海炮台的大炮一直保存到 1944 年。日本穷兵黩武,国内经济危机,再也无法支付庞大的对外军事开支,他们在占领区内掀起了一股"捐献热",铁制的餐具、农具都被捐到了钢铁厂,铸造武器。青岛的大多数炮台也没有躲过这次劫难,大炮和基座被拆除,熔为铁水。1945 年日本投降之后,历经沧桑的炮台,只能看到几个大窟窿,掩不住一片凄惨。宛如一个无法愈合的伤口,又好似空洞呆滞的眼神,无语对苍天。

第一次世界大战,亚洲唯一的战场在青岛。青岛日德战争,不仅改变了青岛的主权和命运,更是青岛的历史之伤痛。伫立于青岛炮台,百年风云尽收眼底。那些遗存下来的大炮,昭示着历史,铭记伤痛,面对未来。

山雨欲来"御"满城
青岛要塞的历史与现状

犹如未卜先知一般,德国一占领青岛,便在青岛大小山头、海岸线上修筑了炮台、堡垒、兵营等各种军事设施,因为他们知道青岛地理位置的重要性,他们也知道,自己看中了这块宝地,别的列强也会盯上这里。德军甚至进行假想敌演练,看看哪个地点或者环节薄弱,可谓做足了防御功夫。17 年的时间里,德国在 30 余平方千米的要塞区内,规划了 9 个小区,其中建设完成的为青岛与大鲍岛两区，以及台东和台西两个镇。可以说，青岛是一座在要塞内发展起来的海港城市。要塞建设未曾止步，直到 1914 年的来临。

1914 年 8 月至 11 月，日本与德国在中国的青岛进行了一场残酷的战争，史称"日德战争"，成为第一次世界大战中远东的主战场。在这次战争中，日本出动 60 余艘军舰和 5 万名陆军，在英国军队的协助下向据守在青岛要塞的德军发动海陆空立体式攻击。战至 11 月 7 日，德军被迫投降。德国

1914 年 9 月英军骑兵在崂山里的辎重队

苦心经营了 17 年的青岛要塞、城市、港口和胶济铁路被日本占领。青岛要塞是德国为长期侵占青岛和争霸世界而规划建设的一处大规模的军事设施，也是第一次世界大战亚洲战场的主战场，是德日帝国主义侵略中国的历史罪证，同时也是重要的历史文化遗产。

海防要地被德国抢占

青岛地区历来是海防要地。早在春秋战国时期，胶州湾南方的琅琊港就是著名的军港。明洪武年间，为防止倭寇侵扰，明王朝在胶州湾地区设置了灵山卫、鳌山卫以及胶州所、灵山左所、夏河寨所、浮山所、雄崖所等千户所，修筑了卫城、所城、炮台和烟墩等军事设施。

1891 年，清政府批准在胶州湾的青岛口修建炮台，驻扎军队，是为青岛建置的开端。自 1892 年起，清军将领章高元在青岛口建设了一座总兵衙门、两座栈桥码头、三座炮台、四座军营等军事设施。但由于中日甲午战争影响，直到 1897 年德国侵占胶州湾，青岛要塞仅仅建成了一座炮台——青岛炮台，安设了三座口径为 150 毫米的德国克虏伯厂生产的设有防盾的加农炮。而其他两座炮台工程只建设了一半，未能完工即被德军侵占。

德国侵占胶州湾的阴谋由来已久。出于争夺世界霸权的目的，德国急需在海外占有一处海军基地。在对中国沿海的诸多港口进行考察比较以后，德国最

终选择湾阔水深、地势险要的胶州湾作为侵占对象。1897 年 11 月 14 日,德国以"巨野教案"为借口,出兵强占胶州湾,清军在青岛口的所有炮台、火炮、兵营等全部落入敌手,青岛沦陷。此即震惊中外的"胶州湾事件"。

德国侵占青岛的首要目的是将胶州湾打造为海外唯一的海军基地。因此,德国占领青岛后,一反德国通常将殖民地划归外交部管理的惯例,将胶澳租借地交由德国海军管理,其唯一的海外舰队——东亚分舰队即以胶州湾为基地,其胶澳总督和各级官员均为德国海军现役将校充任。德国侵占青岛初期,将青岛城市功能规划定位为海军军事基地、港口和行政经济中心。青岛的规划建设即围绕着这一目标定位而进行。德国侵占胶州湾后,其海外唯一的海军舰队——远东舰队长期驻扎胶州湾,包括 5 艘主力巡洋舰在内的 16 艘军舰,司令部即设在青岛炮台下方的岬角地带(今莱阳路 8 号)。

德军构建全方位防卫体系

为保护远东舰队和青岛港口的安全,德国规划建设了规模庞大的军事防卫工程——青岛要塞,设立了众多炮台、堡垒、军营及附属设施,成为远东著名的海防要塞。

德军沿市区东部的太平山麓和海泊河中下游一线,构筑了南起浮山湾小湛山,北抵胶州湾内海泊河口全长 6 千米的步兵堡垒防御工事。德军沿防御线高地共构筑了小湛山、小湛山北、中央、台东镇、海岸五大堡垒群(即民间所称的一号、二号、三号、四号、五号炮台)。这些堡垒由 1 处大堡垒、2 至 4 处中小堡垒组成,每处堡垒均有地下通道连接。在大堡垒周围另有 9 至 13 个不等的战时小堡垒,用以驻兵、贮存给养、弹药和作战指挥与掩体。步兵防御线居高临下,设计周密,易守难攻。在堡垒线外侧,开挖了一道深约 5 米,宽约 6 米的壕沟,沟底和堡垒周围架设了通上电流的铁丝网,一直连接至南北海滨。在壕沟两侧,沿壕沟修筑了一长串步兵掩体和火炮、机枪掩体(地堡),配置了轻型火炮、机枪、步枪等武器。德军还在浮山—孤山—楼山一线修筑了外围警戒防线。

德国海军部在规划青岛要塞时,除将原清军的炮台设施予以扩建,安设新式火炮外,又先后规划建设了一批永久性大型炮台以及步兵堡垒等防御工事。经过长达十余年的三期规划建设,到 1914 年第一次世界大战爆发前夕,青岛要塞已基本建成。在前海一线，修筑了团岛炮台、台西镇（西岭）炮台、青岛（衙门）炮台、俾斯麦南炮台、汇泉角炮台五大海防炮台；在市区主要山头上，修筑了俾斯麦北炮台、伊尔底斯北炮台、伊尔底斯东炮台和台东镇炮台（没有安装火炮）；除上述永久性海陆炮台外，德

1914 年 11 月被德军自行炸毁的俾斯麦炮台

军还在战前突击建设了一批临时炮台：在面对要塞的陆地正面的毛奇山（贮水山）、台东镇和面海的伊尔底斯山（太平山）等地建造了 30 余座安装有中小型口径火炮的临时炮台。

在原清军兵营的基址上，德军规划建成了俾斯麦、伊尔底斯、毛奇、黑澜四大兵营（后黑澜兵营改为德华大学，青岛要塞仅保有三座兵营）。另在薛家岛、崂山、胶州、高密、济南等地也修建了一批中小型兵营。同时，德军还建设了军火库、造船厂、军医院等军事设施，以上各类军事设施共同构成了青岛军事要塞的全方位纵深防御体系。

"一战"中完成防御使命

青岛要塞实际上也在青岛城市的范围内。可以说，青岛是一座在要塞内发展起来的海港城市。平时，德军在青岛的驻军 2 至 3 千人，战争爆发后，在华德军和预备役及志愿者集中在青岛参战，兵力达到 4500 余人（含少数奥匈帝国军人）。

1914 年 8 月，日本对德国宣战。9 月 2 日，日本陆军第十八师团和二十九旅团 5 万士兵在龙口登陆，侵占胶东和胶济铁路，日本海军第二舰队 60 余艘军舰从海上攻击青岛。日本的盟国英国也出动数艘军舰和近 2000 名陆军配合日军进攻青岛外围，逐次占领德军外围阵地，集中海陆兵力攻击要塞阵地。10 月 31 日，日军发动总攻，重点争夺德军要塞的阵地——步兵堡垒防线，战斗非常激烈。经过激战，日军趁德军火力减弱、士兵疲惫不堪之机，于 11 月 7 日凌晨偷

袭中央堡垒成功,随后又陆续攻占其他堡垒、炮台。早晨6时30分,俾斯麦南北炮台失守,德军要塞防线全线崩溃,德国总督瓦尔德克被迫率军投降。投降前夕,德军将舰艇和炮台火炮自行炸毁,青岛要塞的使命宣告结束。

海防炮台

团岛炮台

团岛位于青岛市区西南端,与南岸的薛家岛隔岸相望,三面临海,紧扼胶州湾航道。1892年,清军将领章高元奉命到青岛驻防时,即在团岛嘴高地修筑团岛炮台,是清军在青岛口修筑的三大炮台之一。德占胶州湾后,在较长一段时间里一直没有续建团岛炮台。1903年,青岛要塞一期工程完工,驻胶澳的德国守军与东亚舰队进行了一次攻防演习。结果,假想敌的舰队轻易地压制了德军汇泉角、青岛(衙门)和台西镇(西岭)炮台的火力,顺利突入胶州湾内。鉴于胶州湾口防御力量的单薄现状,1908年,德军为团岛炮台设计了八门火炮的炮座,但仅仅安置了三门88毫米的速射加农炮。

现在,团岛仍保留了众多军事设施遗迹,团岛炮台掩蔽部位于团岛山地下,有两处地下洞口,内有大小房间十余间,面积数百平方米。距炮台旧址百米海滨,耸立着一座葱绿色八角灯塔,这就是著名的团岛灯塔。

台西镇炮台

台西镇炮台也是清军章高元所筑的三大炮台之一,位于团岛北侧小山上,原名西岭炮台。台基为中国传统的三合土结构,规模形制较大。但尚未竣工即被德军侵占。德国海军部在规划设计青岛要塞时,非常重视西岭炮台的地理形势,因此重新规划扩建,更名为小泥洼炮台,亦称台西镇炮台。日德战争中,台西镇炮台和团岛炮台有效地遏制了日本海军对胶州湾口的进攻,德军投降前夕,将炮台的火炮炸毁,但掩蔽部保存完好。

现在,公园内仍保存着较大规模的堡垒式掩蔽部两处。两堡之间相距仅数米,四周环绕宽深的壕沟和高大的堤坝围墙,十分隐蔽。整个炮台旧址总建筑面积 800 余平方米,保存完好。

青岛炮台

青岛炮台位于青岛河口东南山坡上,地势高畅,与清军总兵衙门和小青岛呈三足之势。青岛炮台是清军规划建设的三座炮台中唯一建成并安设大炮的炮台,台基工程用三合土夯筑而成,安设了三座口径为 150 毫米的德国克虏伯公司生产的加农炮,成为清军在青岛口要塞防务的主要防卫力量。德军占领青岛后将青岛炮台改名为衙门炮台,列入要塞的五大海防炮台。1914 年日德战争爆发后,青岛(衙门)炮台在反击日本和英国军舰的海上进攻中发挥了重大作用。11 月 7 日,德军在战败投降前夕,将青岛炮台自行炸毁。炮台从此废弃。

汇泉角炮台

汇泉角炮台位于汇泉湾东侧的汇泉岬,建成于 1902 年,是德国在青岛自行建成的第一座永久性海防炮台。炮台位于汇泉角前端岩石高坡上,用钢筋混凝土浇筑,配置了两门 240 毫米加农炮、两门 150 毫米加农炮。这些大炮均由德国克虏伯公司制造,原为清政府从德国购进后安装在天津大沽口炮台的海防大炮。德国将其掠夺到青岛安置在汇泉角炮台。

俾斯麦南炮台

俾斯麦南炮台是德国侵占青岛时期在以德国宰相俾斯麦命名的青岛山上修建的最重要的永久性海防炮台。1899 年,德军在俾斯麦山动工修建南、北炮台和地下掩蔽部,1905 年才竣工。俾斯麦南炮台是德国青岛要塞五大海防炮台之首。俾斯麦南炮台共修筑了四个炮位,安装了四门德国当时最新式的 1904 式的口径为 280 毫米的榴弹炮,系德国青岛要塞区中口径最大的火炮,最大射程 12000 米。

陆防炮台

俾斯麦北炮台

俾斯麦北炮台位于青岛山北坡,安设了两门 1895 年式的口径为 210 毫米的速射加农炮,炮身可作 360°旋转。火炮的最大射程是 1300 米,主要对付北方陆地来犯之敌,为青岛要塞的主要陆防炮台之一。在炮台西南侧石壁下,修筑了近 400 平方米的地下掩蔽部,用以储存弹药、给养和值勤官兵居住。

1914 年 11 月攻占俾斯麦北炮台的日军

日本占领青岛后,将俾斯麦山改称万年山,俾斯麦北炮台改称万年炮台,210 口径加农炮被拆卸运回日本。现俾斯麦北炮台旧址保存较完好;两座火炮的炮位台基、炮台掩蔽部保留完好。青岛山顶的原德国探照灯发电机房等建筑亦保留完好。

伊尔底斯北与东炮台

1914 年日军占领的德军伊尔底斯山 105 毫米速射加农炮

伊尔底斯山炮台由两座永久性炮台和七座临时性炮台组成,位于今太平山及周边地区。伊尔底斯山北炮台建于主峰北侧的一块东西长、南北宽的平坦台地上,炮台台基用钢筋混凝土浇筑,安装了六门口径为 120 毫米的加农炮,是德军陆防炮台中规模最庞大、火炮门数最多的永久性炮台。炮台南侧山沟处建成了一座大型地下掩蔽部。掩蔽部分上、下两层有道路直通山下。

伊尔底斯东炮台建在北炮台东侧的山坡上，山势高耸险峻，可俯看东、北、南三个方向，是陆防最佳之地。德军在山上修筑了坚固的炮台，安装了两门口径为150毫米的加农炮。在炮位之间的峭壁西侧，依山而建了地下掩蔽部，分为上下二层，下层为主层建筑；上层建筑面积略小，仅为下层的1/2。在上层南段设计了一道大铁门，直通炮台火炮。东炮台的火炮设计也与其他炮台不同，别的炮台的火炮炮位均设计建造在掩蔽部旁边，有的甚至距离较远。而伊尔底斯东炮台的两座火炮的炮座则建于掩蔽部两侧，用钢筋混凝土将炮位和掩蔽部同步浇注建成。该火炮的炮位虽经过大战的洗礼，至今仍保存完好。

台东镇炮台

台东镇炮台坐落在青岛仲家洼，是德国规划的最大的陆防炮台，共规划设计了八座火炮，规模宏大。但该炮台规划建设时间均晚于其他炮台，直至第一次世界大战爆发，该炮台也没有完成。日德战争结束后，日军惊讶地发现台东镇炮台基本建设已经完成，八门火炮的炮座也已经浇注完成，但没有安装火炮。战后分析，可能是青岛要塞为炮台定做的火炮规定的交货时间较晚，没能及时运到青岛安装。战后，台东镇炮台基址一直荒废。现仅仅保留了一座大型掩蔽部。

堡垒防御线

小湛山堡垒

小湛山堡垒是德国步兵堡垒线上最南端的一处步兵堡垒，老青岛市民习惯地称其为一号堡垒。堡垒位于小湛山村的高地上，从堡垒中可俯瞰东方的浮山所和南方的浮山湾，在军事上极具重要价值。堡垒由一大两小三座堡垒、十二座战时掩蔽堡垒和堡垒监视哨所等组成，配有一座自备发电所，在堡垒两侧分布着地堡、胸墙掩体和壕沟,配备了 12 挺机关炮。1914 年 11 月 7 日,因中央堡垒首先失陷,久攻不下的小湛山堡垒才被日军攻占,但堡垒群(掩蔽部)保存完好。

中央堡垒

从小湛山北堡垒沿镇江路北行约 1000 米,便是老青岛人称为三号炮台的德军中央堡垒遗址,因堡垒地处仲家洼东山坡,故又称为仲家洼堡垒。堡垒群由一大二小三处堡垒组成,配有发电所,另有 13 处战时备用堡垒。日德战争中,两国军队在此反复争夺,甚至用刺刀肉搏,战况极为激烈,双方损失惨重。后来,日本海军重炮联队登陆,加入炮战,使德军炮台与堡垒遭到严重损失。

台东镇堡垒

位于南口路青岛第三染织厂内的德军台东镇堡垒群,亦即青岛民间习称的四号炮台。台东镇堡垒由一大二小三个堡垒组成,配置了一座发电所和 12 座战时备用堡垒。其规模、面积与小湛山堡垒中的大堡垒颇为相似。日德战争中,日军多次发起攻击,均被德军击退。1914 年 11 月 7 日,中央堡垒失陷后,日军从侧后方攻占台东镇堡垒,战后,堡垒群遗址上建起了印染厂,但堡垒群保存较完好。10 年前被开发修建住宅区,堡垒群彻底湮灭。

海岸堡垒

海岸堡垒(俗称五号炮台),是德国五大堡垒群中最北边的一处钢筋水泥建筑。堡垒群由一大四小五座堡垒组成,设有发电所和九处战时备用堡垒。堡垒筑于海泊河入海口南岸芙蓉山北坡(今沈阳路铸造机械厂院内)的一道山岗的西侧。西控青岛连接山东内地的交通大动脉胶济铁路,南卫青岛大港码头,北控海泊河对岸的平川开阔地,东卫海泊河水源地,战略地位非常重要。德军在海泊河堡垒群及其周边防御线内部署了数百名德国官兵,配置了十挺机关炮,是德军最后一个被攻占的堡垒。战后,海岸堡垒废弃,成为处决犯人的场所。青岛城区扩大后,又成为铸造机械厂大院。现仅保留了一处小堡垒。

兵营

俾斯麦兵营

在中国海洋大学校园内,有四幢红瓦黄墙的德式楼房建筑,这就是德国侵占青岛时期修建的四大兵营之一的俾斯麦兵营主楼旧址。俾斯麦兵营原址为清军章高元部修筑的炮兵营和嵩武中营。德军在原清军营区内陆续修筑了四座高楼主营房和

俾斯麦兵营

十余座附属建筑,四座营房的平面分别呈"H"型,地上三层,地下一层(其中一幢楼房地下二层)。在主楼(今中国海洋大学地质楼)负二楼地下室中,有一处极为隐蔽的地道,通往德国总督官邸(今迎宾馆)、栈桥码头和俾斯麦炮台。战后,日军更名为万年兵营。1922年中国收回青岛后,更名为青岛兵营。1924年在此设置私立青岛大学(后为国立山东大学)。现归中国海洋大学使用。

毛奇兵营

毛奇兵营位于今市北区登州路,因坐落于毛奇山(今贮水山)以东而得名。是专为德国骑兵和野战炮兵而修建的兵营。兵营面积和规模很大,有主楼两幢、大马房两处、俱乐部一处及其他附属楼房三处,另在兵营西北侧建有两座二层楼的军官宿舍。1914年日本侵占青岛后,毛奇兵营被日军占用,改称若鹤兵营。后为渤海舰队和东北海军(后改编为中国海军第三舰队)陆战队使用。现在由中国人民解放军海军某部使用。除大马房半部分建筑和军官宿舍楼被拆毁外,兵营的风貌布局基本完好。

伊尔底斯兵营

伊尔底斯兵营位于香港西路西端,因地处伊尔底斯山(今太平山)南麓而得名。营房由两座主楼和十余处附属建筑组成。大楼用花岗岩石块砌成,两翼均有一座塔楼,呈尖锥形,精巧别致。大楼地上二层,地下一层,传说地下室中有地道连接汇泉角炮台和伊尔底斯山炮台,但至今尚没有进行勘察确定。兵营西南有一大型广场,为兵营练兵场,是现在汇泉广场的主要部分。现在两幢主楼和主要附属建筑均保存完好。

黑澜兵营

黑澜兵营位于青岛湾西北侧,主楼为三座二层大楼(另有阁楼、地下室和礼堂等),以及一批附属建筑,构成了一座大型的兵营。1909 年,在原黑澜兵营旧址开办了由中德合办的青岛特别高等专门学校,又称德华大学、黑澜大学。1912 年孙中山来青岛访问时,曾专门到大学参观,并在学校礼堂发表演讲。1914 年日本侵占青岛后,德华大学被迫停办,校址被日军占用,学生和主要教学设备迁至上海与同济大学合并。1922 年中国政府收回青岛后,成为胶济铁路局办公地。现为青岛铁路分局办公地。目前,兵营旧址的三座主楼保存较完好。

2014 年 8 月 5 日

拓天賢姪存念

鴻烈 民國十六年攝於東北

時年四十有六

沈鸿烈（1882—1969），东北海军出身，在担任青岛市长时，坚决抗日

七七事变前后的青岛

七七事变前后的青岛

柳已青

七七事变 77 周年，两个 77，代表着历史与现实，让每一位国人心头凛然一惊，随即感慨万千。军政非草民可议，国运却系公民大义。重温 77 年前，抗战大潮中的青岛往事，可谓温故知新，鉴往知来。

1937 年 7 月 7 日夜，日军在宛平城外演习，借口丢了一名士兵，要进城搜查。7 月 8 日凌晨 3 点多，日军向宛平城集结。宛平守军表示"誓与宛平城共存亡，卢沟桥不是吾人坟墓就是敌人坟墓"。日军悍然向宛平城开炮，宛平城驻军猛烈开火回击。

卢沟桥上的石狮子见证了中日全面战争爆发的序幕。艰苦卓绝的八年抗战由此打响。我们不妨回望七七事变前后的青岛。

1922 年中国收回青岛主权，这在日本国内，被视为一次外交失败。到了 20 世纪 30 年代，日本侵占了东三省，华北局势危急。日本在青岛寻衅滋事，频频挑起事端。当时主政青岛的沈鸿烈市长，对日态度强硬，对策是"大事不让，小事不争"，不让日本人钻空子。与此同时，对在青岛居住经营的日本人也防范有加。

日本海军经常在青岛的海面进行军事演习。1934 年，萧红在青岛就目睹了这一场景，并将其经历写进小说中。《马伯乐》以青岛为创作背景，小说中马伯乐就是青岛人。他目睹了那年夏天，80 多艘日本军舰在青岛海面演习。"看那大炮口，那不都笔直地对着我们的中山路吗？"

日本觊觎青岛已久，到了 1936 年 11 月，日本以青岛日商纱厂工人罢工为由，迅速调集九艘军舰开进青岛，并于 12 月 3 日派军队 1000 余人武装登陆，抓人掳物、封锁交通、捣毁了国民党青岛市党部等部门，形势到了剑拔弩张的地步……沈鸿烈一边沉着地进行军事部署，一边机智地进行外交斡旋，化解了危急。

1937 年 12 月 18 日，日本陆军参谋部下达了武力抢占青岛的指令。沈鸿烈执行蒋介石下达的"焦土抗战"政策，炸毁了日本的工厂、企业以及青岛港的船坞和其他机械设备，又将 20 多艘舰船沉于青岛港主航道中。沈鸿烈率部撤离青岛,辗转鲁西南地区坚持抗战。

1937 年抗战爆发后,青岛是北大、清华、南开师生南渡的必经之路,流亡的中转站。由于津浦铁路中断,学者们设法取道天津,乘船至烟台或青岛,沿胶济铁路到济南,再转津浦铁路南下。

曾在国立青岛大学(1932 年改名为国立山东大学)执教的杨振声、梁实秋、沈从文等名师,再度来到青岛,此时,他们是留下雪泥鸿爪的过客,内心诸多悲愤、感叹,都丢在胶州湾的风云之中,投身于滚滚南下的抗战大潮。陈寅恪、吴宓、罗隆基、朱光潜等学者,也途经青岛,在抗战大时代,留给青岛一个短暂的身影。

"地无分南北,人无分老幼,无论何人,皆有守土抗战之责,皆抱定牺牲一切之决心。"1937 年的青岛,是抗战大时代中的一个缩影。端木蕻良在《青岛之夜》中所写:"以后将以血腥扰混碧蓝,以人类的呐喊来代替'水流'的呜咽吧!"风云激荡的抗日大潮,个人的命运,城市的命运,家国的命运,交织在一起。

1938 年 1 月 10 日,日本第二次侵占青岛。1945 年 10 月 25 日,山东战区日本受降仪式在青岛汇泉湾举行。庆光复,雪前耻。民众欣欣鼓舞,举城欢腾。胶州湾的浪潮,将这个城市的屈辱,洗刷殆尽!

贼喊捉贼挑事端

日军模仿七七事变伎俩制造"德县路事件",伺机第二次占领青岛

王法艳

"我到青岛的第一天,也是青岛人士向外逃难的第一天",1937 年 7 月 7 日卢沟桥事变当天,现代著名作家端木蕻良到达青岛,他在一篇《青岛之夜》中记述了七七事变对青岛的影响。从 1937 年七七事变开始,日军发动全面侵华战争,也很快向青岛伸出了罪恶的手,用和"虹桥事件"如出一辙的伎俩,日军于 1937 年 8 月在青岛策划制造了"德县路事件",以一名日本士兵被杀为由挑起事端。青岛著名文史专家鲁海还记得日军在马路中间为士兵修起坟墓,其无耻又荒唐的伎俩举世罕见。

乱世飘摇：邓颖超化装为斯诺佣人从青岛脱离日本统治区

1937 年七七事变后，日军发动全面侵华战争，很快侵占了北平。鲁海告诉记者，当时不少名人从北平转道天津来到当时因日本尚未进攻暂时平静，但也是在乱世中风雨飘摇的青岛暂居，或再由青岛转道去其他地方。其中就包括化装为美国著名作家、记者埃德加·斯诺佣人的邓颖超。

日军侵占北平后，当时中共妇女部部长、中共中央副主席周恩来的夫人邓颖超正在北平治病，急需离开。她化装为斯诺的佣人，同斯诺一起到了天津，"由于津浦铁路中断，他们乘英国人的'海口'号轮船到了青岛"，鲁海说邓颖超迅速离去，斯诺则在青岛住了几天。斯诺写道："我们登陆的时候，青岛还未被日本海军封锁，但三分之二的居民已经逃走，仿佛是一个被放弃了的城市。"斯诺护送邓颖超安全离开青岛后，从青岛去了西安寻找他的妻子尼姆·威尔斯。据鲁海介绍，他找到妻子后两人本来要去上海，但当时的情况下已经无法直接前往，他们只好再次于当年 9 月份来到青岛。

当时虽然日本尚未进攻青岛，但斯诺看到那些曾经挤满度假者的沙滩一连几天也见不到人来这里海浴："在那些门口紧闭的房舍上空，以及一片寂寥的半死不活的市区，都弥漫着紧张的空气。"

挑起事端：策划制造"德县路事件"马路中间修了座坟墓

七七事变后，日军开始发动更大规模、更深层次的侵华战争，1937 年 8 月 13 日，日军进犯上海，青岛形势也紧张起来，日本侨民和领事馆撤回。日军先在青岛附近海面集中大批军舰，大造声势，然后制造了"德县路事件"，进一步挑起事端。

1937 年 8 月 14 日下午 2 时，日军一小队海军陆战队擅自进入青岛市区，当几个人走到德县路原圣功女子中学校门左侧时，突然遭到两名骑自行车中年男子的枪击，导致两名日本兵一死一伤。第二天，日本驻青岛总领事大鹰向中方提出"严重抗议"。声称："日军要武装登陆，以保护日侨的生命和财产安全。"并称"德县路事件"的制造者为中国便衣队队员，要求限期交出凶手，否则日本军舰要立即登陆。

对于此事，鲁海说："日本人挑起事端的手法无比拙劣，德县路那个日本士兵被杀，系日本陆军特务所为，手段与卢沟桥事变前所谓的日本士兵失踪案和上海的'虹桥事件'一样，都是日本一手策划，旨在栽赃中国政府，挑起战事。"事后查明，德县路那个日本士兵被杀，确系日本陆军特务所为，捡到的子弹壳也证实为日本制造。

据战后日本公布的《中央统帅部对华作战计划》，其参谋部曾决定："在击溃平津中国军队后，以一部分兵力在青岛及上海作战。"于是，日本人在上海和青岛相继制造了"虹桥事件"和"德县路事件"。但当时日军大规模进攻上海后兵力不足，便将原定进攻青岛的一个师团调往上海，实施了推迟占领青岛、先撤回侨民的政策。到了同年 8 月底，约 2 万名青岛日侨全部回国，日本人在青岛开设的工厂也全部关闭。

鲁海记得，"德县路事件"后，日本人在马路中间的人行道上修建了一座坟墓，"是石砌的，还有一块墓碑"，鲁海说："在马路中间修坟，这举世罕见。"而这座坟墓一直保持了近 4 个月，到同年 11 月份才被清除。鲁海说："当时我和父亲去永安大戏院看戏，晚上回家必须经过那个地方，通常都是快深夜 11 点了，经过坟墓我就觉得挺害怕的。"

横行已久：日军三次小规模侵略捣毁报社烧毁图书馆

"德县路事件"暴露了日本垂涎青岛的野心和侵占青岛的阴谋，历史上日军先后两次占领青岛。此外，鲁海告诉记者，日军还有三次小规模的侵犯青岛的行为。1928 年 4 月 19 日，田中内阁派遣第六师团 5000 人在青岛登陆，经青岛和胶济铁路沿线要地，"保护帝国臣民"，一路到济南后肆意捕杀中国军民，制造了震惊中外的济南"五三惨案"。

1931 年 9 月 18 日，九一八事变后，青岛民众与全国各地一样，掀起了抗日救国运动。公理所趋，国民党青岛市党部机关报《民国日报》适时转载关于日军暴行和抗日救国活动的新闻，却招来了青岛日本总领事馆的多次抗议和无礼指责。九一八事变后，青岛日侨的气焰更为嚣张，在日本领事馆及其武官处的组织下，成立了"义勇军"，密谋寻机暴动。

1932 年 1 月 9 日，《民国日报》转载了一篇题为"韩国不亡，义士李霍索昨日炸日天皇未遂"的新闻，成了伺机报复的日本人发动暴乱的借口。1 月 12 日上午,日本人开始到民国日报社鸣枪、放火滋事;夜晚数千日侨手持枪械、刀棍在市内作乱,他们先捣毁了民国日报社,后又冲进市党部大楼,砸开门窗,抛洒火油等易燃物纵火焚烧,市党部大楼四层以上几成焦土。与此同时,驻泊前海的日舰派出近千名陆战队员武装登陆,分布在领事馆及各交通要道,保护行凶日侨。无奈当时的中国只是日本任意宰割的羊,在这场日本人的暴乱中只能忍受耻辱。鲁海告诉记者,国民党青岛市党部搬到栖霞路办公后居然不敢挂牌,"暂以秘密方式领导下级工作",《民国日报》也被迫停刊。

1936 年,因日本工厂大罢工,日军再次以保护侨民为由登陆青岛,不仅袭击了市政府办公地点,还烧毁了市图书馆,鲁海告诉记者:"烧毁图书馆,对保留青岛史料的完整性造成了重大破坏。"

团结抗日:中共建立抗日游击队发动工人学生齐守土

"德县路事件"后,沈鸿烈与日方周旋的同时,急令驻扎在青岛郊县暂归其指挥的中央税警第五团和第六团连夜进入市区抢占有利地形布防,增援守军海军陆战队以及青岛保安队。中央部队进入青岛市区后,在四方、沧口一带占领了若干山头,构筑工事,校正火炮,"成功虽无把握,成仁却有决心"。

虽然有守土的决心,但当时胶东防务总体空虚,青岛孤悬海口,兵力不足。入冬后,日军在胶东半岛北端龙口登陆,沿烟台—青岛公路向南一路杀来。韩复榘在鲁西不战而退,济南弃守,日军乘虚而入,渡过黄河控制胶济铁路西段,山东省大部分沦陷,青岛被三面包围,完全孤立。

虽然形势严峻,但青岛的各方力量也一直没有放弃团结抗日,1937 年 10月,中共青岛特支就根据中共中央关于在抗日战争中行动方略的指示,决定发动群众,建立抗日游击队。青岛共产党人积极开展游击战争,将党的领导机关迁移至崂山一带的农村,带领山东大学"中华民族解放先锋队"队员到下埠落小学开展工作。同年 11 月,中共东北等工委决定撤销中共青岛特支,成立中共青岛市委,首先在毕家村、蓝家庄一带成立了崂山游击队第四中队。中共青岛市委建立"青岛抗战先锋团"等组织,团结广大工人、学生参加抗日斗争。

焦土政策:防特务秘密培训爆破队炸毁日本工厂绵延 30 里

1937 年 12 月 4 日,国民政府军事委员会蒋委员长电令沈鸿烈实施焦土抗战,并相机放弃青岛。其实早在一年多前，沈鸿烈就开始为焦土抗战秘密做准备。

青岛市政协文史资料委员会编写的《青岛文史》丛书收录了 1936 年夏受沈鸿烈邀请来青岛为炸毁日本人工厂培训爆破人员的马锡年的回忆。马锡年此前在北平南苑二十九军教育处任中校工兵教官。据马锡年回忆，他 1936 年 10 月来到青岛，沈鸿烈在德国总督楼旧址设宴欢迎，席间沈鸿烈表示："日本帝国主义欺我太甚，必须予以打击，国耻必须雪洗，一切牺牲在所不计。"

沈鸿烈

"因青岛日本特务很多，并收买了一批汉奸，对青岛市政府进行秘密侦查"，马锡年称当时培训爆破人员必须严格保密。到了 1937 年春，他培训的人员都掌握了一些基本的通讯爆破技术。七七事变后，1937 年 8 月，济南兵工局支援青岛的 8 吨黄色炸药和 1500 个雷管秘密运抵青岛。1937 年 9 月，沈鸿烈正式任命马锡年为通讯爆破大队长，任务是彻底爆破日本工厂。到了同年 11 月，开始秘密在一些日本人的工厂装置炸药。

战事愈演愈烈，12 月 18 日下午 4 时，沈鸿烈下达了当晚 8 时开始引爆点火的命令："爆破后由各指挥官率有关队长亲临各场复验，如不能达到预期破坏目的，各指挥官即以头授余。"当晚 5 时开始戒严，断绝行人。晚 7 时 50 分各点火手进入指定位置，晚 8 时，包括日本九大纱厂、发电厂、啤酒厂、炼油厂、橡胶厂、机车厂以及码头、车站、自来水水源地等重要设施同时点火引爆。"从沧口、四方到市内，连绵 30 华里，爆炸声连续轰鸣，火焰冲天，日本人的工厂尽成焦土，只有国人经营的华新纱厂未遭破坏。"外界对沈鸿烈的焦土抗战争议不一，斯诺当时在上海听到这一消息后写道："这依然是一种进步的象征，焦土政策，说得很多，做得

沈鸿烈下令炸毁的日本棉纱厂

并不多。这一次算是第一次有效的实施,破坏了一个敌人的根据地。"

在炸工厂的过程中,有一匹马受惊把骑者摔死了,使得一个工厂没被炸掉,鲁海说日本人来了后将这匹名为"开源"的马奉为神马,在中山公园内养了起来,作为日本人炮制的"青岛二十四景"之一供日本人参观。

马锡年认为此次爆破达到了预期目的,也未波及国人的财产。但天明之后,马锡年看到成群的老百姓弃家舍业,沿着通往沧口的大路,络绎不绝地外流,马锡年说:"此情此景,令人感到恐慌凄凉。日本人发动的侵华战争,给中国人民带来的灾难,是何等深重!"

青岛沦陷:沈鸿烈撤退前沉舰封港日军占领后设傀儡政权

炸毁工厂后,沈鸿烈撤退之前的工作是封闭港口,"把不堪作战的小军舰,满装石子泥沙,沉入港口航道;切断海底电缆;又派人去仰口布下水雷200枚;接着武装部队开始撤退"。

当时负责指挥并监督执行沉舰封港工作的是海军第三舰队司令官谢刚哲和当时担任港务局局长的袁方乔。据袁方乔回忆,当时共有装满沙石、煤渣的5艘军舰和5艘港务局所属的小火轮,驶到大港及小港附近的航道上,打开舱底的海底门,放水入仓,船只沉下,封锁港口即告竣事。

袁方乔回忆说,当时封锁港口的工作除沉舰外,其他港湾、港口的各项重要设施丝毫未加破坏,各处灯塔仅将看守人员撤回,而港内、港外各灯塔及港湾一切浮标,都原封不动,大港之外港湾仍可畅行无阻,所以日本占领青岛后,马上恢复了航行。

日军在青岛山东头登陆

1938年1月10日上午9时,日本海军第二舰队及部分海军陆战队60余艘军舰和几十架飞机侵入青岛海域和领空,在军舰和飞机的掩护下,从山东头抢滩登陆,配合其海军夹击青岛市区。守卫青岛市区维护地方治安的青岛保安队势单力薄,孤掌难鸣,唯且战且退,撤出市区进入乡间。1月11日日军开入市内后未发一弹,就占领了青岛市各要地。至此,青岛完全沦陷,再次沦为日本帝国主义的殖民地。

日军侵占市政府

日本第二次侵占青岛后,把青岛作为其全面侵华的主要转运站、掠夺中国资源和劳工的重要输出港。因此日本侵略者从各方面不遗余力地加强对青岛的侵略统治,从当时的中国国内形势、国际形势和长远的侵略策略考虑,没有直接出面进行殖民统治,而是通过扶植和操纵汉奸傀儡政权控制着青岛的军政大权。1938 年 1 月 17 日,日军的铁蹄踏上青岛仅 7 天,日军即拼凑傀儡政权,成立了伪青岛市治安维持会,由日本军政要人担任"顾问"。次年正式成立伪青岛市公署,赵琪出任伪市长。

日本人实施法西斯统治,1938 年 1 月推行保甲制度,以日伪青岛特别市警察局管辖区为保甲行政区,设市南、市北、海西、台东、四沧、李村 6 个警察分局。日军在青岛烧杀抢掠,制造了很多惨案。1938 年 2 月 6 日,日军侵入灵山卫,强奸妇女 40 余人,杀2 人,抢劫大批财物。2 月 21 日,即墨俞家屯农民王正坚劈死了一名奸污妇女的日本士兵。10 日后,日军对该村进行报复,制造了"俞家屯惨案"。

1938 年 11 月,日本确定青岛、上海、厦门为特别行政区。1938 年 11 月,日伪成立了伪治安维持会学务委员会,由伪维持会总务部长姚作宾(后任伪青岛市长)任委员长,日本人推出汉奸政权只是为了掩人耳目,当时青岛的实际统治权控制在日本军队手中。在鲁海记忆中,这一时期,日本以军事占领和经济掠夺为目的,日军在青岛大肆搜刮民财,"我家里的大铜床都被收走了,铜器搜刮完了后,又开始家家户户搜刮各种铁器"。

私人记忆:

6 岁鲁海亲眼看见日军刺死中国人

"那是我一生中唯一一次见杀人,一辈子都忘不了",鲁海说。那年,鲁海年仅 6 岁,当时家在中山路一号国际俱乐部的他,在 1938 年 1 月 11 日的下午,透过国际俱乐部镂空的院墙,看到了墙外五六位日本兵围住一个身穿黑色棉袍、头戴礼帽的中年男人,最后用刺刀将其杀害,血染棉袍。

目睹日军在栈桥登陆

鲁海告诉记者:"1937 年七七事变后,就有一些人陆续逃亡南方,到了 10 月份,青岛大概走了七八万人,我父亲当时是青岛国际俱乐部的经理,由于当时日本还没有跟英美开战,住在国际俱乐部还比较安全,我们全家就于 10 月份搬了过去。"

到了 1937 年 12 月,沈鸿烈撤出青岛后,"由于政府和警察都撤了,青岛当时处于真空状态,社会秩序很混乱,有私人枪支和汽车的外国侨民就自发成立了义勇队,当然他们主要是为了保护外国侨民的安全,不过也间接维护了青岛的社会治安",鲁海说他记得当时义勇队抓了小偷后,绑在国际俱乐部院内的树上。

1938 年 1 月 10 日,日本海军在山东头登陆侵占青岛。鲁海说:"11 日早上我还没起床,就听说日本人来了。赶紧起来和国际俱乐部的一些外国人、员工一起趴在二楼的大阳台上,当时俱乐部内的树还没有长很高,能一眼望到栈桥,只看到前海停了好几艘日本人的军舰,他们用登陆艇将一小队一小队的日本人送上栈桥,然后这些军队再分批往各个地方赶。"鲁海记得当时的大街上除了日军外空无一人。

不向门卫敬礼就得挨打

当天下午,鲁海目睹了发生在中山路上的让自己永生难忘的一幕。"那位中年男人穿着黑棉袍,头戴礼帽,被五六个日本兵围着,我隔着镂空的院墙向外看,但听不清他们说什么,直到最后我听到那人大喊'谁会说日本话,告诉他我是好人',但这人刚喊完这句话,鲁海看到其中一个日本兵将刺刀刺进了这位中年男人的身体,血透过棉袍涌了出来",6 岁的鲁海吓得一句话都说不出来。鲁海说他一个月后才敢走出国际俱乐部,而鲁海一家人在中山路 1 号这个当时的庇护所里一直住到 1938 年 4 月份才搬出来,街上的商店也是在日军占领青岛三四个月后,才又陆续开门。"由于日本 1941 年 12 月才跟英美开战,所以他们直到 1942 年才占领了国际俱乐部",鲁海说。

鲁海说这件事后好几天,中山路上都没有中国人出来行走,"我们当时家里提前买好了一麻袋大米,还有两袋面粉,国际俱乐部的厨房也存了一些食物,当时大家都不分彼此了,有东西都分着吃"。鲁海说当时中山路与湖南路交叉口的位置很快就有了一个日本人的单位在那里办公,门前有个日本人站岗,"中国人从那里经过都要给那人敬礼,否则他就会打你、踢你,那个单位在马路东侧,所以大家平时都绕开走马路西侧"。

　　日本人来了,鲁海就读的兰山路幼稚园也停课了:"当时学校就位于中山路2 号,日本人拆除后建了海军俱乐部,然后对面建立了海军司令部。"

2014 年 7 月 8 日

日军围捕强抓中国劳工

前事不忘，后事之师

——日本在青掠夺、转运劳工的罪恶

前事不忘，后事之师

——日本在青掠夺、转运劳工的罪恶

张文艳

　　这是一个悲壮的、已经延续了 70 多年，而且还在延续着的故事，故事的主角由 1500 余万中国人演绎，而他们有一个共同的名字——劳工。

　　日军在侵华期间，大量强掳中国劳工，对他们施以非人的摧残和虐杀，其疯狂残忍令人发指。统计资料表明，在日本全面侵华期间，强征、奴役中国劳工总数 1500 余万人，其中仅被掳往东北的劳工就高达 800 万人，虐待致死者达 200 万人，近 4 万名中国人被抓到日本做劳工，这些劳工大部分是山东人，有 6830 人的尸骨抛留异国他乡，给千万个中国家庭带来了巨大的不幸和灾难。

　　而青岛作为历史上山东移民东北的主要口岸，成为向国内以及日本转运劳工的两大基地之一（另一个为天津）。日本在青岛及山东腹地建立了远比其他地区更为庞大而严密的劳工掠运组织体系，八年间转运了数以万计的中国劳工。在日军和日本领事馆及劳工协会指使下，在青岛设立了"第一劳工训练所"（所址在铁山路 85 号原劳工协会青岛办事处）和"第二劳工训练所"（所址在汇泉体育场），为日本肆意掠夺残害中国劳工竭尽犬马之劳。

　　一串串冰冷的数字背后是一部部令人潸然泪下的血泪史。

　　当年只有 16 岁的黄岛村民于善欣，因为当时是十一口之家，生活苦难，被青岛市劳工协会"丰厚的待遇"宣传骗到劳工队伍，"一个人给 30 块钱日本币"，后被掠至日本，遭受了非人的待遇；19 岁的平度白埠镇村民张新业，1944 年 7 月被绑着强迫到日本下煤窑，不仅吃不饱，还因生病满身长疮，浑身出脓，后侥幸活到回国，而和他一起的张新贵则死在了异国他乡，临死之前，两人因回国无望抱头痛哭；平度李元街道办事处的梁洪善 1943 年 6 月被抓到平度监狱，一个月后在青岛给日本侵略者挖防空洞，8 月被掠至日本下煤矿，除了做工时间长，吃不饱外，他还亲眼看到好几个中国劳工死于非命，甚至是被高压电线电死，"扛着 3 米长的大铁锹，碰到高压电线就被电死了，我还被电过三四回"；在青岛劳工贾金生的眼里,除了身体的折磨之外,还有精神的煎熬与侮辱,"在那里真是非人非狗,日本人对我们的讽刺嘲笑太厉害了,一些日本妇女远远看我们走过来了,就拿手绢捂着鼻子大叫:库塞库塞(好臭好臭)!我们虽然生气,却只能忍受!"这些劳工口述档案,真切地记录了当时劳工的惨痛遭遇。

橡果裹空腹,纸袋遮寒身,累病无人管,默默命归阴。(《花冈祭》刘文田)

高密劳工刘连仁 1944 年 9 月在老家被抓,从青岛转运到北海道矿山,和同胞们生活在无边的地狱中,不到 8 个月的时间,数百名劳工只剩下 70 多人。1945 年夏天,刘连仁与难友从厕所的空道里逃了出去。但后来,难友再次被抓,只有他一人躲进了深山。自此,刘连仁过上了野人般的生活,住在山洞里,靠吃山上的野草根、大树皮生存。13 年后,追野兔的猎户发现了他,刘连仁才得救。下山时,他已貌如野人,基本丧失了说话能力。回到国内,刘连仁的遭遇触动了很多人……

有压迫就有反抗,青岛市民刘松林的父亲刘锡财,在帮助劳工暴动后被捕,遂充当劳工,性情刚烈的他几次逃跑未果。在日本花冈,曾经身强力壮的山东大汉被折磨得骨瘦如柴,1945 年 6 月 30 日,忍无可忍的他们发动了花冈暴动,他们的目的只是:如果逃不出去,就一起去北海道跳海自杀!986 个花冈劳工,只想真正地做一个中国人!最终,只有 500 多人活着回到中国,400 多个英魂留在日本。

泱泱黄海水,凄凄东瀛行。远眺天际处,故人目难暝!

正如花冈劳工后代、花冈基金会委员周长明所说:当年日军及监工狰狞的嘴脸,永远抹杀不去;不堪回首的历史,如针尖、刀刃,一下下扎在了后代儿女子孙的心上,刻在他们的骨头里。

前事不忘,后事之师。血腥的记忆昭示我们,残酷的现实昭示我们:历史不能忘记!

欺骗、强掳、压榨

日本在青劫掠劳工罪行累累

张文艳

"劳工"这两个字眼,读起来让人一阵心酸!这里面蕴含着中国人的血泪史和耻辱史。在纪念抗战胜利 70 周年聚焦人物的开篇,我们就以劳工这个见证和经历了日本侵占中国恶劣行径的群体,来揭露当时日本在青岛犯下的滔天罪行。中国劳工经历过非人虐待,不少人命丧异国他乡,这一切在青岛市档案馆馆藏档案中展现无遗。虽然日本侵略者后来曾试图销毁档案,但劳工的口述就是一部活历史,他们的经历真切地记录了日本的无耻罪行。

日方操控青岛劳务输出

"日本掠夺中国劳工可以上溯到 1931 年九一八事变以后",青岛文史专家张树枫介绍说,当时的日本以欺骗的手段招募劳工,给工资,劳工也有自由性,秋后到东北去,春天再回来从事农业生产。然而,随着劳动力需求的增加,日本人开始变本加厉,强制每个县、乡、村的人们为日本修建军事据点、铁路、矿山等,这叫输出劳务,而且是无偿的,"农民必须自己带着干粮和工具给日本人干活"。

在这样的背景下,日本在青岛的掠夺逐步展开了。据青岛市档案馆编著的《铁蹄下的罪恶——日本在青岛劫掠劳工始末》一书中称,青岛先是成立黄道会劳工福利局,日本侵略者与地方行政力量创立了"满洲劳工协会"来青招募劳工,专门以"招募"的欺骗方式从事劳工掠夺。"满洲劳工协会"先在商河路设立了青岛办事处,后来迁至铁山路 85 号,办事处主任为仓田庄五郎。1941 年 7 月,为更大规模地掠夺劳工资源和统配劳工输出,在日本军方指使下,成立伪"华北劳工协会",并将"满洲劳工协会"和"新民会劳工协会"合并,还在华北各省、市、县设置了办事处和劳工事务分所,以招诱和强征劳工。当年 11 月初,青岛办事处设立,处长前期由伪青岛特别市长赵琪兼任,后期由姚作宾兼任,不过处长是名誉职务,真正的掌权者是日本人担任的办事处主任。这些劳工除保障华北境内日军和企业使用外,均输往伪满洲、蒙疆地区的日本军方和企业,主要从事军方服役和土木工、交通、建筑、制造、矿山、农业等苦役。

"1941 年太平洋战争爆发后,前线战事吃紧,日本国内劳动力充军流失,企业就向政府提出,借助东北模式,从华北地区输入中国劳工到日本国内从事劳役工作,后来日本内阁实验性地从石家庄等地的战俘营里,选拔了一批战俘送到日本,没有工资,待遇低劣,饮食更是糟糕。虽然死亡率达到了三分之一,但他们认为很合算,就批准了输入中国劳工的行动",张树枫告诉记者,从 1943 年开始,大批中国劳工输入日本。

花言巧语骗招劳工

青岛和塘沽成了当时劳工集送和转运的主要港口。这些劳工主要来自山东、河北、江苏、河南、浙江、安徽、山西、四川、广东等省,其中山东占了绝大多数,基本以莱潍道、青州道、沂州道、登州道以及青岛所属胶州、即墨为主。平度作为抗日根据地,更成了日军拉网扫荡、抓走劳工的主要地点。

日军掠夺的中国劳工

青岛市档案馆的部分资料证明,根据日本政府的方针和命令,日本华北派遣军向伪华北政务委员会下达了强行征集中国劳工的命令,并指令 1944 年度输日劳工数量不得少于 10 万人,1945 年度为 5 万人。为了完成指派任务,日本领事馆提议把青岛大街上有劳动能力的乞丐、游民及轻微盗窃犯交给"华北劳工协会青岛办事处"。伪警察局随即制定了《轻微盗窃案件人犯移送青岛劳工协会服劳役办法》。但抓走的真是犯人吗? 根据 1944 年 8 月被抓到日本,后来幸存的陈教本、朱正基、闫明三位老人回忆:朱正基是在看望青岛姑姑的路上被抓走的,闫明则是在青岛大港找活时被抓的,陈教本是在商店里干活被绑走的。全是谎言! 而同时日本人还绞尽脑汁地欺骗中国人,他们先是用花言巧语骗取劳工的信任,承诺劳工训练要"根据有纪律的日常起居、特别舒适的劳务和休息,让劳工逐渐获得安心感的同时,增强体质",并对"劳工温情相待,不得肆意侮辱虐待",还言之凿凿地声称给工资,而这一切都是谎言。日本人的手段是软硬兼施,还派遣军队用"猎兔法"抓捕 18 岁到 45 岁的青壮年劳力,"他们甚至在晚上突袭较大的村落,把整个村庄包围,趁乱抓捕"。仅 1944 年 8 月至 10 月,青岛日伪势力就从青岛所属的胶、即、崂三个办事处抓捕了 1040 名劳工。

据《铁蹄下的罪恶》一书统计,至 1944 年 5 月,日本从青岛输出了 70 多万劳工和 30 多万名家属到伪满洲和蒙疆地区,加上 1945 年 2 月输送到日本本土的 3621 名劳工,总计为 100 多万人。

训练所死伤率达四成

当劳工都集结在青岛以后，1944 年日军先后设立了铁山路 85 号的"第一劳工训练所"和第一体育场的"第二劳工训练所"。在这些地方的劳工的真实生活是怎样的呢？日伪留下的档案血淋淋地揭露了日本帝国主义者的谎言。根据日伪自己的档案揭露：青岛两个劳工训练所的生活、生存条件十分恶劣。"第二劳工训练所"的屋内阴暗潮湿，空气污浊，饮食极差，劳工全部睡在水泥地上，无衣被御寒，伪青岛市社会局职员栾嗣修曾要求给每个伤病的劳工铺些稻草，却遭到日本职员小野的训斥。在等待配船赴日的时间里，劳工还被编成勤劳工作团优先提供给驻青的日本陆海军做苦力使用，每天都被驱使到青岛港码头从事搬运工作，或者是青岛山炮台的军事修筑工程。在这期间，大量的劳工死亡。据栾嗣修记载，1945 年 3 月青岛两个劳工训练所共关押着 1500 名劳工，除数日间已病死 300 余名外，现场收容人数 860 名，罹灾者尚有 337 名。前后总计死亡 400 多人，死伤率高达四成。

另外，据青岛老居民王民云回忆，当时日军对劳工的虐待还包括抽他们的血以供应日军，"日寇投降前夕，曾在台西医院屠杀了我们许多同胞，这里曾经是日军的血库。那些被抓到这里的人们，直到被抽血抽死。清晨，经常可以看到一辆大车上拉着几个尸体，上面盖着席子，下面露着大腿，趁着夜幕还没有完全散尽，悄悄地拉出医院大门"，"日寇肯定是把尸体扔进了大海"。

魔窟里 400 个日日夜夜

刘松林讲述父亲当劳工时的传奇经历，曾多次在生死线上挣扎

张文艳

每年的 6 月 30 日，曾经被押往日本花冈的劳工和后代们都会异常伤感，70 多年前，备受折磨的劳工们用勇气和鲜血反抗压迫，虽然最终被镇压，但他们的英勇事迹感动了一代又一代人，为此，政府甚至成立了专门的花冈和平友好基

金管理委员会,资助后代去日本花冈参观悼念先辈们流血流汗的地方。

从 1943 年到 1945 年,日本共强行绑架 169 批 38936 名中国劳工到日本 135 个工地从事重体力劳动。另据日本外务省 1946 年的统计,有 6830 名中国劳工客死异国他乡。青岛文史专家张树枫告诉记者,这些劳工来自全国多个省份,青岛也有不少,遍及青岛市各地区,主要是农民、市民等,还有战俘以及从海上抓捕的商船和渔船上的人。他们坐船从青岛抵达日本的门司港,之后被分发到各个地方劳动。青岛市民刘松林(62 岁)的父亲刘锡财就是

刘锡财

其中的一员。1945 年 2 月他被掳至花冈挖河道,作为小队长参与了著名的"花冈暴动",并被判刑,直到 1946 年 4 月才获释。如今,健在的青岛劳工已经难以寻觅,我们只能通过刘松林的讲述,来还原其父亲被抓、三次逃跑和在日本的经历。

第二天,全青岛市开始发布通缉令抓捕父亲。父亲为了防身,在家里挖了个墙洞(我家住的是日本时期的房子,墙面多为木板),用画盖上,白天就躲在里面,晚上再出来活动。就这样过了十几天,外面的风声没那么紧了,父亲觉得没什么事了,而且他还得养家糊口,就又拉着地排车到码头去干活。结果,走到大港火车站附近的时候,被二分局的便衣警察发现,报告给了警局。父亲小时候长过天花,脸上有"麻子",特别醒目,很好辨认,他最终还是被他们抓住了。

逃跑未遂侥幸存活,亲眼看到同胞惨死

事件背景:第一体育场被改造成"第二劳工训练所"后,看台围墙高达 6 米,无法攀越,原有 148 间运动员休息室的看台地下室,门窗均用铁棍封住,阴暗潮湿,劳工全部睡在里面,成了关押劳工的活地狱。条件艰苦加上繁重的体力劳动,劳工大量死亡。1945 年 1 月 16 日,"第二劳工训练所"280 余名劳工于晚上 8 时 50 分暴动,场内日伪军警开枪镇压,打死劳工 24 人,打伤多人,劳工则用石块还击,将南铁门砸坏逃走,也有的翻越围墙逃走,日本驻旭兵营的桐部队的日军和

伪市南警察分局闻讯赶来镇压追捕,抓回了 20 名劳工,其他 240 余人逃出魔窟。

位于汇泉的第一体育场被改作"第二劳工训练所"

关在这里的劳工有的运往东北,有的则被运到日本从事苦役。国民党抗日将领时任上尉连长耿谆沦为日军俘虏。1944 年 7 月,耿谆和其他 300 名年轻力壮的俘虏,在青岛被押上一艘名为"信浓丸"的日本货船,到达秋田县花冈町矿山,因为在所有战俘中军阶最高,耿谆被日本人指定为大队长。1944 年 8 月 5 日,秋田县花冈町的矿山是耿谆他们最后的目的地。继耿谆这批劳工到达花冈后,又有两批人从中国运达这里,耿谆管理的劳工人数很快达到 986 人,这其中就包含最后一批运往花冈的刘锡财。

遭遇讲述:

跟随劳工队伍,父亲被押到第一体育场(天泰体育场)。体育场看台下有地下室,里面铺着草席子,旁边就是厕所。晚上,我父亲琢磨着逃跑,便把地下室窗户上的窗棂子掰断,组织人往外跳,因为动静太大,被日军发觉。日本兵接连开枪打死好几人,剩下的人不敢跑了,连忙回到地下室。日本兵心眼很多,他们知道地下室里很湿,谁要是出去过鞋肯定湿透了,他们进去就看鞋,鞋湿的直接就给拖出去。父亲见状不好,连忙把鞋藏进了草席里,如此才躲过一劫。那些被拖出去的劳工都被绑在了体育场里的旗杆上,让狼狗撕咬。有个劳工围着旗杆跑,被狼狗咬到了手,谁知他手上的筋挂到了狗牙上,于是他发出阵阵惨叫,当时的情景父亲每次讲起来都感到毛骨悚然,悲愤万分。

河南电视台曾经拍过一个电视剧叫《花冈悲歌》,情节是日本兵押着一个劳工往前走,后面有个妇女领着一个女孩跟在后面,大声喊着"锡财!锡财!"就是以我父亲为原型。大约是在 1945 年的阴历二月二,父亲他们被押到小港码头上了船,船行到团岛头时,我父亲又把衣服一脱准备跳海逃生。不幸被日本巡海的小火轮发现抓回到船上。日本人当场就想处决他,幸亏船上的大副是中国人,带领众人求情才保住了父亲的命,当时天还很冷,劳工们你一件我一件,把衣服脱下来给父亲穿上。日本兵把我父亲绑在了船桅杆上一直绑到了日本。

到了日本，父亲他们被安排挖花冈河河道，因为山上有一个铜矿，排出来的污染河水往往会流到农民的土地里去。所以，日本人让他们挖河道把脏水排到河里。这些劳工工作量大，但吃食很差。吃的是橡子面，这种东西特别容易胀肚子，他们经常便秘，但就这个还吃不饱。住得也很艰苦，四面透风，没有衣服穿。太冷的时候，父亲就拾了一些水泥袋子绑在身上取暖。条件恶劣不说，他们还经常挨打挨骂。因为我父亲是小队长，看到队员经常吃不饱饭，就捡些当地老百姓榨苹果汁扔的苹果渣和鱼头鱼刺，用水煮煮让大家吃。虽然不是什么好东西，但总比吃橡子面好，大家的脸色好看多了。谁想，此举引起了日本人的注意，他们一看，不对，你们小队是不是偷老百姓的东西吃了，就把父亲绑到树上，用镐把打，让他交代。父亲不说，日本兵长崎就用刺刀把我父亲的左腿豁开了一道20多厘米长的口子，当时把父亲疼得将绑他的小树都给拽出来了。日本人不给他疗伤，他就每天上小河边用水洗，预防感染，慢慢伤口才得以愈合。后来父亲给我看过他的伤疤，很长，只能说父亲真是命大。

发起暴动忍无可忍，杀监工集体出逃

事件背景：位于日本秋田县北部的花冈，是当时强制中国劳工的日本35家公司的135个作业场中的一个。耿谆、刘锡财他们被押往花冈铜矿，被迫为"鹿岛组"（今鹿岛建设公司）做苦工。前面提到押往花冈的劳工有986人，实际上到达花冈中山寮的仅剩979人。在这"人间地狱"里，劳工们每天进行15至16小时的超强度劳动，却以橡子面、苹果渣充饥，严重的饥饿劳累，加上凶恶残暴的监工们的打骂摧残，仅半年时间就有200多人被迫害送命。日寇的凶残暴虐，让中国劳工忍无可忍，1945年6月30日夜，激情难抑的近700名中国劳工杀死日本监工，冲出了地狱一样的中山寮。日本派出2万军警围捕枪杀，余生的劳工再度落入魔掌。他们回去遭到变本加厉的惩罚和迫害，130人死于暴动以及随后日本军警的残酷报复。这就是著名的"花冈惨案"，也称"花冈暴动"。到日本投降后，在花冈的979名劳工共计418人命丧东瀛！

遭遇讲述：

暴动的时候，他们分工明确，一帮人去联系美军战俘营，一帮人去抢花冈警

察署的枪，一帮人在驻地解决监工，我父亲的第一项任务是看着电话机，预防监工打电话汇报，之后再去帮忙抢枪。日本的门是格子推拉门，贴着白纸，门一拉，声响很大，谁知，要突击进去的劳工都害怕了，不敢进去。我父亲急眼了，一棍子把电话机砸碎了，用力把门拉开，带着劳工冲进屋内，里面有四个监工，他们听到动静开始往窗外跳，其中一个劳工一镐砸到了一个监工的头上，意想不到的事情发生了，日本监工头顶着镐头竟然站起来了。这一场面吓坏了现场的劳工，纷纷往外跑，父亲一看这样不行，上去就补了一镐头，把对方打死了。正在这时，父亲发现监工长崎顺着窗户逃跑了，他大叫一声：把长崎交给我了！说着就追了出去，一直撵到一个水沟附近，父亲把他解决了。

暴动发生后，劳工集结要逃到附近的狮子森山上。日本兵赶忙发动当地的老百姓帮忙抓捕。当地盛产竹子，老百姓就把竹子削尖了当作武器，把山围了起来。由于劳工长期受到虐待本来就体弱，再加上受伤的劳工苦求："你们别扔下我！"所以队伍非常长，行进速度也慢。当时他们的想法是一起到北海道跳海自杀，结束这种苦难的生活。但是，时间已晚，加上在异国他乡，地形不熟悉，他们在山上转了一宿也没有转出去，他们迷路了！天蒙蒙亮的时候，日本的警察、宪兵早已将山围得水泄不通。劳工们逐渐暴露在了敌人的面前，父亲亲眼看到一个劳工死于日本人的军刀之下，他们的刀快到什么程度，一个人被从脖子到腰直接劈成了两半。父亲藏在了山上的野葡萄蔓子底下，山搜完了，日本人便打算撤退。不巧的是，父亲的身后正好站着一个日本女人。尽管他尽量屏住呼吸，无奈对方站得时间太久，他实在憋不住了，一喘气，接着就被发现了，日本女人大声吆喝，日本宪兵一拥而上，将父亲抓了起来。

被抓回去的劳工们押在一个叫共乐馆的地方，外面有个广场，广场上布满了石子，日本兵就让他们跪在石子上，两个人背靠背绑在一起，跪着的时候屁股还不能落到脚后跟上，一碰到就会挨一棍子，然后接着起来跪。三天三夜，死了100多人。我父亲他们这13个领导者被抓到秋田刑务所，使钢丝吊到梁上，用镐头打，幸好他们谁也不承认谁带的头，说我们都是集体行为，才没被打死。经过审判，一开始大队长被判死刑，中队长被判无期，小队长被判15年到20年，他们不服判决。经过再次审理，废除了死刑，最高判无期，一直在里面押着。

2015 年 7 月 21 日

赵世恪:
放下零部件，扛起抗日枪

中共青岛地方支部旧址——海岸路18号

赵世恪：放下零部件，扛起抗日枪

张文艳

  青岛的抗日战火燃烧在每一个角落，曾经被德国、日本侵占的屈辱让青岛人民深深认识到被奴役的滋味，为了获得自由，保卫国家、青岛的主权，他们不惜以生命为代价，赵世恪如此，周浩然如此，千千万万的普通老百姓亦是如此。

  在抗日战争胜利 70 周年人物春秋的篇章中，作为一份记录青岛人文历史的周刊，我们的采访、挖掘仍在继续，这次，我们把目光对准了赵世恪。曾经是一名以技术著称的四方机厂工人，因为日本侵略者的无耻行径，让一位出色的模型工人放下工具扛起了枪支，加入到了战斗队伍当中。他和同事们把技术运用到了兵工厂上，把自制炮弹抛向了日本军队，为捍卫家乡人民的生命和财产而跃入抗日战火之中。

  赵世恪，即墨赵家岭村人。他首先是一名工人。童年时，父亲赵显岱曾教过他《三字经》《弟子规》《百家姓》等启蒙书，靠着这点墨水，他有了进城当工人的愿望。青岛港，皮肤晒得黝黑的搬运工队伍里，就有 17 岁的赵世恪的身影。

  "水往低处流，人往高处走。"正是由于父亲的启蒙教育，1919 年，识字的赵世恪顺利考进了"山东铁道青岛工场"（四方机厂前身）的艺徒养成所。4 年学制，学习日语、算术、机械知识、制图等，每天上两个小时的课，其余时间到各场实习，类似于现在的技校。赵世恪从小机灵聪明，接受各种知识程度快，所以他在全班 40 名艺徒中名列前茅。1921 年春，赵世恪与城阳西北华桥村一贫苦农民的女儿王素龄结婚。第二年，在小村庄租了一间房子住下。之后，他们的二女三子相继出生，分别是长女赵淑芝、次女赵淑兰、长子赵以海、次子赵以江、三子赵以汉。

  为了寻找赵世恪的足迹，记者来到了青岛党史纪念馆，在这里，找到了四方机厂，找到了郭恒祥、邓恩铭，找到了大罢工，唯独没有找到赵世恪。他是否为一个籍籍无名的人物？然而，在陈光荣《抗日志士赵世恪》的文章中，在《青岛纺织史》里，在《胶济铁路史》中都能看到他的名字和事迹。骨子里爱打抱不平的性格,让赵世恪受到了钳工郭恒祥的影响,为维护工人的利益向日本人抗争,1923年他还组织"同学会"与厂方抗争,后与"圣诞会"合并,直接接受邓恩铭的领导。这一年他当了模型工;第二年,他在邓恩铭的介绍下,先后参加了共产党和国民党。

提到四方机厂,不少人首先想到的是1925年的大罢工,1925年2月8日,邓恩铭等人领导了四方机厂"二月大罢工",赵世恪任工人纠察队队长,正是这个身份,让他频频在历史资料中出现。青岛是一座英雄的城市,工人运动的序幕也由四方机厂工人徐徐拉开,之后青岛大康等日商纱厂相继成立了工会,同年,青岛日商六大纱厂18000名中国工人,在共产党人的直接领导下,举行了三次同盟大罢工,这是一段波澜壮阔的历史。

之后发生的事情让人始料未及。军阀张宗昌开始实行大规模镇压,制造了惨绝人寰的"青岛惨案",不少工人领袖死于他手,赵世恪也沦为阶下囚。在济南杳无音讯,家人都以为他凶多吉少,甚至打算奔丧。谁知,有一天夜里,他竟然潜回了赵家岭。原来,他被打入劳役犯人中,到火车站干苦力,轻车熟路的赵世恪敏捷地爬上了一辆货车,在城阳跳车逃脱。

如果没有日本的侵略,四方机厂也不会南迁,赵世恪就会在这里干到退休,然后颐养天年。然而,历史没有如果,一切不能重来。几经周折回到四方机厂,赵世恪被安排到随厂西移的队伍中,离开青岛到徐州一带,赵世恪果断决定回乡抗日,故土难离,不能抛下亲人一走了之。于是,他动员四五十名同事,回到赵家岭,组织了抗日游击队。到队伍成形时,已经达到了3200多人。

赵家岭之战,收复即墨城,赵世恪浴血奋战,大大小小打了不少战斗。有胜利,有失败,毕竟是自发成立的部队,经验不足,最终受到日本反攻和游击队内讧的双重打击,队伍被拆编,他负伤逃到莱阳。虽然带着200多人曾经试图回乡继续抗日,无奈伤口感染,一条硬汉最终倒下,1939年死于栖霞半成沟,年仅38岁。留下妻子,带着五个孩子颠沛流离。

夏日的阳光有些刺眼,炎热,让人容易困顿。走过四方机厂,从青岛党史纪念馆出来,突然觉得阳光传递的更多的是温暖,想想当年先辈们的奋斗精神,才能体会如今生活的美好。栖霞半成沟村边有个砖头垒的坟丘子,每年清明节,村里的小学生就会在老师的带领下给丘子添添土,"这里埋着一位抗日司令",他们说。

罢工、跳车,返乡击日寇

赵世恪从工人到抗日志士的传奇历程

张文艳

他在工人运动中算不上名人,因为邓恩铭、郭恒祥的名字比他更响亮;在青岛抗战史上他也算不上名人,因为周浩然、袁超、李肇歧的名字显然更家喻户晓。只是,从工人运动到抗日战争,他一直积极响应,他是工人中的积极分子,更是即墨抗日游击队的司令员,然而,他的牺牲也暴露了当年抗战中的一些弊端。他叫赵世恪(又名赵世可、赵石恪、赵石可、赵世可等),是工人代表,也是抗日志士,并非大名鼎鼎,却有着率领游击队抗击日寇、收复即墨城的英勇传奇经历。本期,记者专访了赵世恪的三子赵以汉和青岛党史研究专家、原四方机厂史志编辑陈光荣,并通过赵世恪老家即墨赵家岭村民的回忆,还原赵世恪从穷小子到工人,再从工人到抗日志士的艰苦历程。

领导罢工:被抓服役,跳车逃脱

记者通过陈光荣联系上了目前定居深圳的赵以汉,作为赵世恪三子两女中最小的一个,78 岁的赵以汉对父亲没有记忆,"父亲 1939 年去世的时候,我才两岁"。在别的孩子视父亲为偶像的年纪,赵以汉正跟着母亲颠沛流离,"吃百家饭,上百家学",一个寡母带着五个孩子,其中的艰苦程度可想而知。为了生计,他和母亲、哥哥、姐姐一直在各处流浪,只为温饱和上学而苦恼,无暇探究父亲的历史过往。1953 年,赵以汉终于在青岛附中初中毕业,考到了南京地质学校,1956 年被分配到西藏,后调到青海地矿局任处长。他对父亲的认识,是在工作中进行的。对于父亲模糊的印象,在一步步的寻找和陈光荣查阅的资料中逐渐清晰起来。

赵世恪,1901 年 5 月 7 日出生于即墨赵家岭村。"当年我家很穷,爷爷家里也就有个一亩八分地,为了养家糊口,父亲很早就到青岛去打工",赵以汉说,17

岁时,赵世恪就到青岛港当搬运工。据陈光荣考证,第二年,赵世恪考进了"山东铁道青岛工场"的艺徒养成所,学习日语、算术、机械知识、制图等,成绩一直名列前茅。山东铁道青岛工场(四方机厂)前身是胶济铁路四方工场,"1899年,德国占领青岛后,开始在海岸路搭工棚建厂,1900年建成",后青岛被日本占领,改名为山东铁道青岛工场。

抗日志士赵世恪

1959年,二哥赵以江兴奋地联系到赵以汉,告诉他在庆祝青岛解放10周年的一篇《四方机厂——革命的摇篮》的文章中,提到了罢工牺牲了的几位同志,赵世恪名列其中。父亲的形象由此在赵以汉心中逐渐高大起来。然而,1964年的一次打击,让赵以汉决定"寻找"父亲。"由于在单位表现良好,我写了入党申请书,单位进行政审外调。过了一段时间,领导找我谈话,说你父亲曾是国民党少将司令,且血债累累,民愤极大,受到镇压",这让赵以汉异常惊讶,他一面请组织重新调查,一面回老家追查父亲的资料。1970年,赵以汉回到了青岛,找到了四方机厂的老工人,并寻找了大量的材料,了解到父亲参加工人运动的详情。而比他小10岁的陈光荣,也通过三四十年的研究,充实了赵世恪领导工人运动的事迹。

1919年,受到钳工郭恒祥的启发,赵世恪积极响应工人们"勿忘国耻""力争收回青岛"的口号,与艺徒们一起暗地里以"破坏"产品、"磨洋工"等方式对付日本人。1922年收回青岛主权后,由于20世纪军阀混战、苛捐杂税,工人生活没有好转。为此,1923年郭恒祥成立了"圣诞会",而赵世恪则组织"同学会"与厂方进行斗争,"后来两会合并,直接接受邓恩铭的领导",陈光荣说。同年,成功毕业的赵世恪分配到第三场当模型工。"赵世恪1924年秋就加入中国共产党了,是较早的一批共产党员",陈光荣说,那一年正值国共第一次合作时期,赵世恪积极参加中共领导的工会,反对军阀政府,受到了邓恩铭的重视,在他的介绍下,加入了共产党和国民党,成为两党党员。

人们熟悉四方机厂就是源于它是青岛早期工人运动的发源地和大本营,1925年2月8日,在邓恩铭的领导下,四方机厂"二月大罢工"取得胜利,工人的利益得到了维护。在四方机厂,1500余名工人敲锣打鼓,喜气洋洋,并专门请来照相师傅,留下了一张珍贵的照片。在四方机厂的带动下,日商纱厂等纷纷效仿,工人运动达到了高潮。此时的赵世恪,已经被任命为工人纠察队队长,他不辱使命,领导工人运动走向节节胜利。

然而,好景不长,同年 5 月 29 日,"山东军务督办张宗昌开始镇压工人运动,制造了惨绝人寰的'青岛惨案',与 30 日发生的上海'五卅惨案'并称'青沪惨案'",陈光荣说。这引起了工人们的强烈愤慨,他们力争揭露敌人的罪行,并组织了四方机厂工人"六一四"大游行,赵世恪便是其中的一员。张宗昌继续发挥淫威,1925 年 7 月 27 日,中共四方支部干事会书记李慰农和赵世恪等人被捕,李慰农、胡信之在团岛就义,赵世恪等被押解到济南,下落不明。

"我听母亲后来讲,因为受到张宗昌的迫害,家里人都以为父亲被枪毙了,爷爷奶奶哭得死去活来,伤心的母亲正准备到济南奔丧",赵以汉说,他通过《山东百年革命史》查到,当时确实差点枪毙,后来决定先收押在济南模范监狱里,"母亲想到监狱去探望,然而家里太穷,没有经费,姑姑出嫁的时候有点嫁妆,母亲向她借,她不给,为此家里还闹得很不愉快"。1926 年,见严刑拷打问不出所以然来,张宗昌便命令让赵世恪他们去济南火车站服劳役,熟悉火车站地形的赵世恪利用搬运物资的机会,秘密联络数名"犯人"搭上一列火车,并在城阳跳车逃脱,回到老家赵家岭村,这让家人又惊又喜。

组织抗日:平民司令,英勇战斗

在追踪父亲资料的过程中,赵以汉无意中遇到了父亲赵世恪的警卫员张正诰,通过他,赵以汉对父亲越来越"熟悉"起来,"从张正诰那里,我知道了父亲的抗日故事"。1980 年,调到青海地矿局的赵以汉请假回家,正式调查父亲抗日的经过。幸运的是,他在与即墨历史研究专家孙鹏的接触中,了解到袁超曾经提到过父亲,称他和赵世恪联合,打了赵家岭战斗。"大哥赵以海 1985 年身患癌症,在去世之前,他对我说,父亲的历史就靠你了",带着家人的重托,赵以汉追到上海寻找在党校当校长的袁超,不巧的是,袁超已到福建疗养。赵以汉便决定给袁超写信询问父亲的情况。接下来是漫长的等待,一年半之后,赵以汉收到了袁超的回信。

作为积极的工人运动领导者,作为抗日游击队的组织者,赵世恪一直活跃在最前线,而他的妻子则带着五个孩子默默守在丈夫的身边,直到最后一刻。1985 年,赵以汉携夫人到达父亲的牺牲地半成沟村,在村支部书记的带领下,找到了一个砖头垒的丘子,"书记当时说,只知道一个抗日的司令葬在这里,每年清明的时候,都会组织小学生到这里添添土",赵以汉说。2009年4月3日,赵世恪的墓碑迁回原籍即墨赵家岭。

回到老家后,"赵世恪受国民党山东党部委派为即墨农民运动特派员参加指导农运和组建国民党即墨县党部",陈光荣说,他还反对张宗昌在地方横征暴敛、勒索农民,发动乡民抗捐抗税。这当然引起张宗昌的不满,他派兵到处抓人。"赵世恪只得连夜迁回家将妻小托付

1922年四方机厂大门

给父亲,只身逃亡大连,靠充当苦力、卖菜维生,直到1929年4月,张宗昌垮台后才回到四方机厂"。1933年至1934年,赵世恪先后任国民党胶济铁路总工会第六分会(四方机厂)第二届常务干事兼第一股主任和第三届常务干事。如果不是日军再次入侵青岛,抗日战争爆发,恐怕赵世恪会在四方机厂平安退休,之后是安享晚年。然而,国家主权被破坏,青岛老百姓的生活同样陷入水深火热之中。

1937年,四方机厂为了不落入敌手,决定南迁和西移,10月,赵世恪和工友一起带着妻小加入西移的队伍。就在徐州一带,舍不得离开家乡、同时又深感国难当头责任重大的赵世恪,返回工厂劝说四五十名工人组织游击队,到老家赵家岭开展抗日活动。由此,赵世恪正式加入了抗日的行列。其实,在这之前,赵世恪已经有所行动,"据母亲讲,他们居住在四方机厂职工宿舍的时候,李肇歧他们就是家里的常客。1936年12月12日,西安事变爆发,李肇歧等人急匆匆地冲进来,父亲把一支手枪藏在了母亲的枕头下,嘱咐母亲不准走漏风声,那时他们就已经有了抗日的决心",赵以汉说。

赵世恪和堂叔赵光在即墨拉起了一支3200多人的队伍,"四方机厂的工人和即墨的农民不少人都跟着他",陈光荣说。这个数目在即墨20余支抗日游击队伍中是实力较强的一支,其他的还有韩炳宸部,孙殿斌、隋永谓部,纪淑和部等。如果此时的司令赵世恪领导的还是"散兵游勇",那么1938年的3月3日,他则成立了正式的组织"国民党中央军事委员会别动总队第47支队",游击队

总指挥赵光，赵世恪为少将副司令。该支队下设 8 个支队，由农民、工人、学生、商人组成。

根据陈光荣的研究，赵世恪的抗日行动主要集中在 1938 年，共有四次较大的战斗，第一次对日作战是 1938 年 3 月初在于庄伏击日伪军，失败。第二次是日寇从即墨向北扫荡，他派爆破队在西浦东埋设地雷伏击日军，炸飞了敌人的汽车，击毙伪军 10 余名，胜利。第三次战斗便是著名的赵家岭之战。

这次战斗是配合"山东人民抗日救国军第三军第七大队"领导袁超的，袁超得到日伪军将"扫荡"赵家岭的消息，便写信与赵世恪联系，请求联合抗击。赵世恪也已经从线人"春和楼"跑堂那里得到同样的消息，"这名内线应该是赵世恪在四方机厂做工人纠察队队长时布下的"，陈光荣说。1938 年 4 月 5 日清晨，清明节，"在城阳至马山的大路上，日伪军在一辆汽车的后面紧随扑向赵家岭村。早已埋伏在村头两边由袁超带领的第七大队指战员和赵世恪带领的游击队员，狠狠地向敌人猛烈开火。顿时，小龙山下树林里冲出抗日勇士，杀声震天，日伪军被这突如其来的袭击打得不知所向，战斗一直持续了 4 个多小时，当场打死了数十名日伪军并缴获了许多武器弹药。直到中午，在敌人援军赶来之前，两部才安全撤出"，陈光荣在《抗日志士赵世恪》中如此记录。而赵家岭村上了年纪的村民对这场战斗同样印象深刻，"当时他们拆了一块墙做射击口"。

这次战斗之后，袁超还专程拜访了赵世恪，协商防区、减少农民负担等事宜，这些都写在了袁超给赵以汉的回信里。

留下遗憾：壮志未酬，病故他乡

在陈光荣看来，赵世恪最具代表性的战斗是 1938 年 5 月攻占即墨县城。然而，也是这场战斗，暴露了当时游击队的内部矛盾，并让赵世恪成了最终的牺牲品。

"1938 年 5 月中旬，赵世恪得到情报说，即墨县城的大部分日军调往西部，只留下少数日伪军守城。于是，他决定趁机收复即墨城，保卫群众麦收顺利进行。参加此次战斗的还有李肇岐领导的'国民党第五战区游击总指挥部第二纵队第四支队'、韩炳宸领导的游击队等"，陈光荣说。5 月 21 日，趁日军换防之机，赵世恪派栾志超、于慎之领导的两个大队将青岛通往即墨的所有桥梁炸毁。赵世恪另率 6 个大队趁着夜幕包围了即墨县城，后利用爆破队在黎明前爆炸城墙一段缺口的烟雾作掩护攻入城内，李部、韩部等从侧面进攻即墨城。成功后，赵世恪、李肇岐、韩炳宸、纪淑和等纷纷入城。然而,由于这些队伍各自为政,加上日军反攻,仅仅 4 天之后,即墨城再次沦陷。赵世恪在突围过程中腰部和头部中弹负伤,队伍伤亡惨重。而韩炳宸、孙殿斌和纪淑和部趁机击溃赵世恪部,将其队伍缴械收编。

"赵光是专门编辑国民党史料的委员会委员,跟南京能说上话,因此他们不服气,认为赵世恪是因为上面有人才有今天的",陈光荣分析,在他看来,当时的抗日队伍其实还有一些问题,"虽然是打日本人,为什么打、怎么打他们都没有统一的部署,打完了,一反攻就跑,策略不行"。据赵家岭村村民姜志先回忆,"当时打开即墨城时,韩炳宸要进入,但赵世恪的卫队不让他进来,意思是不想让他们争功,这使得他们结下了梁子"。

赵世恪逃往莱阳后,带着伤痛再度潜回即墨,拉起 200 余人的队伍再次抗日,然而由于日寇强化"坚壁清野",赵世恪伤病加重只好带着警卫员张正诰于 1938 年底到招远投奔第 48 支队辗转到栖霞等地。

在莱阳和栖霞交界处,有个村子叫半成沟。1939 年 11 月 4 日,38 岁的赵世恪就病故在此地,虽然张正诰曾多次找到中医帮忙医治,却最终没有奏效。赵以汉说:"父亲的伤口本来就感染了,加上逃跑途中条件艰苦,曾经喝过带有马尿的浑水,造成中毒。"年仅 38 岁的赵世恪撒手人寰,留下 5 个孩子,最大的十几岁,最小的仅 2 岁。

对话赵以汉:父亲坟前,母亲差点自杀

记者: 父亲抗日队伍是怎么组织起来的? 武器从哪里来?

赵以汉: 大哥赵以海曾亲眼看到父亲刻的章:"即墨抗日游击队司令部",并有一个口号叫"有钱出钱,有力出力,有枪出枪",动员大家参加队伍。至于武器,起初,父

家人在赵世恪纪念碑前留影

亲把爷爷的一亩八分地卖了一亩,换来一支手枪和几十发子弹,又动员小信村

的张正诰带了其叔叔的一支驳壳枪和几十发子弹加入，并让他当了警卫员。后来又拦截了青岛警备队3个烟台籍开小差的士兵，扣留了3支枪和300发子弹。攻即墨的时候，有一些手榴弹、地雷等武器是父亲组织工人成立的兵工厂制作的，由于受条件限制，质量不行，有的手榴弹扔出去不响。

之后被日军反攻跟武器不行也有关系，加上父亲被排挤和受伤，他便和警卫员张正诰往北转移。

记者：后来，家里的顶梁柱没了，母亲是不是特别艰苦？

赵以汉：母亲在半成沟村民的帮助下把父亲葬好以后，痛不欲生，想想身边的5个孩子，觉得没有希望了。在父亲坟前哭完之后，她突然拿起一把剪刀，往心脏里扎，决心要寻死，后来被村民给夺下来了，村民劝她，不能想不开，得想想孩子。幸亏当时扎得不深，至今我还记得母亲身上的那块疤。

记者：这之后呢？你们怎么生活？

赵以汉：过了百天之后，我们全家开始了流浪的生活。从这个村，到那个村。尽管如此，母亲仍然很重视孩子上学，到哪里去，都利用我父亲是抗日司令的名义，帮我大姐找到上学的机会。我则一直陪在母亲身边，不论走到哪里，我们都受到接济，有的是国民党队伍，有的是八路军队伍。虽然我们几乎是在要饭，但也没饿着。

到了我上学的年纪，走到哪个村母亲就把我送到哪个村上学，当时我还小，记得村里的学校只有十来个学生，而且不分年级。我清楚记得，上课时，有比我大的孩子还经常请假："老师，我要回家吃口奶。"竟然还没断奶。

有时候，我逃课不想上学了，回到家门口，母亲知道后关上门不让我进。那时的大门旁边往往有个洞，母亲在洞那边冲我说，"你要上学去，要是不愿意上学也行"，说着，她递给我一个破瓢和一个木棍子，"那你就拿着这个要饭去"。我一看害怕了，赶紧乖乖上学去了。

记者：你们后来怎么回到青岛的？

赵以汉：我们一路流浪，受到很多好心人的帮助，回到了即墨赵家岭村。但当时家里没多少地，日子很穷。母亲便带着我们来到青岛，找到四方机厂的领导，希望让大儿子接父亲的班。然而，当时的领导是父亲曾经反对过的人，不接收哥哥，我们只好在青岛找个地方住下来。

我记得我们当时住在清平路第三公园附近，住的是日式房子，里面有榻榻米。但我们生活很艰苦，主要靠救济，吃的是发霉的地瓜干，我记得还穿过美军留下的袜子。尽管艰苦,母亲仍坚持让子女上学。大姐和二姐后来分别去了台湾和香港,大哥去了烟台,二哥做了船员,现在我们姐妹弟兄只有我和香港的二姐两人了。

四方机厂南迁记

四方机厂

《四方机车车辆厂志》(1900—1993)第二篇"工厂大事记"记载:"1937年下半年,工厂部分人员在副厂长顾楫等人带领下南迁。"

七七事变后,南京国民政府为保存经济命脉,饬令胶济铁路四方机厂拆除重要机器设备装运南迁。1937年8月14日"德县路事件"发生后,在时任四方机厂副厂长的顾楫和工程师朱黻等人向胶济铁路局机务处处长朱宝芬的建议下,厂长栾宝德无奈同意搬迁。于是,顾楫等人又急忙赶回四方机厂连夜布置。据历史档案记载:当夜装车的有第二工场93台机器中的70台,以及机器的刀架和床身等主要零部件,一共装了3列车。大约过了一个星期,顾楫带领100余人护着装运的列车转到了张店。

9月中旬,日军相继占领了北平、天津后,又占领了张家口,并逼向涿县、保定、德州等地,形势越来越紧迫了。南京国民政府铁道部路政司帮办杨毅(1923年2月至1925年7月时任四方机厂厂长)奉命来到济南称:"为保存全国第二大铁路设备制造厂,四方机厂必须搬迁到株洲去,三分之二由顾楫带到株洲。"顾楫等人遂将暂留在张店的部分设备运回工厂,抓紧时间重新组织运作。

10月上旬,顾楫带着60余名员工护送3列火车的机器设备到了株洲机厂。之后又根据部令由张名艺(第三场工务员)带领100余人和部分机器到了京汉铁路江岸机厂;由朱黻等人拆完机器设备后带领 100 余人来到了株洲机厂;另有 70 人到了洛阳机厂;还有 60 人到了西安车辆工厂。以上南迁和西移都是在 1937 年 10 月至 11 月完成的。

　　1938 年 8 月中旬,日军轰炸机连续两天(每天 18 架次)轰炸株洲机厂,刚建起的组装、机器车间被炸毁。此时,国民政府已将铁道部合并到交通部。交通部立即电令:株洲机厂的机器设备及车辆等搬迁到广西兴安存放起来。经过紧张的拆卸装车,直到 1939 年 1 月才将株洲机厂的厂房设备搬迁到了兴安。1939 年上半年,顾楫等人根据国民政府交通部的指令,直接由交通部副部长石志仁领导,筹备建立起了柳江(今柳州机车车辆厂)、贵州、贵定三个机车厂,也就是湘桂黔三路总机厂。为了加强柳江厂的建设,由茅以新(著名桥梁专家茅以升的弟弟)任厂长,顾楫任副厂长具体负责,以后逐渐将这些厂合并起来。到了 1944 年,由于日军威胁,顾楫等人在兴安又待不住了,按照上级的指令,向西转移到金城江(今河池市)。当年 3 月,为避免这些机器设备和列车落于日本人之手,国民政府下令在金城江将机器设备全部烧毁。此后,石志仁、顾楫等人只好过起流亡的生活。跟着顾楫从四方机厂迁来的 60 余名员工,失散多人,只剩下 20 余人。1945 年 1 月,顾楫等人到重庆找到交通部的路政司后才安顿下来。同年 4 月,美国参谋部决定在中国恢复全国铁路,顾楫又奉命到麻尾,费尽周折,寻找失散的员工。抗战胜利后,在重建柳州机车车辆厂和制造铁路运输设备等方面,这些员工又投入其中,为中国的机车车辆事业默默做着奉献。(有删节)

2015 年 8 月 5 日

陈宝仓接受日军投降

陈宝仓：抗日名将接收青岛

陈宝仓:抗日名将接收青岛

柳已青

　　驰骋广西的抗战名将,接收青岛的国民党军队中将,就义台湾的红色间谍。这就是陈宝仓一生之中,闪耀青史的三个身份。然而,陈宝仓这位传奇将军,长期被人遗忘。近年来,随着后人不断地追寻,报刊的钩沉报道,陈宝仓短暂而又辉煌的经历,出现在公众的视野中。在庆祝抗战胜利70周年之际,我们铭记这位接收青岛的大员。他见证了青岛的山河光复,彻底洗刷了青岛近代史上的屈辱。

　　1900年,陈宝仓出生于河北遵化。他出生的这一年,八国联军攻破北京城。生于内忧外患的晚清,这也注定了他这一生,视保家卫国为己任。陈宝仓为了贫弱的国家独立富强,弃文从军,于保定陆军军官学校第九期工兵科毕业。抗战爆发后,陈宝仓投身抗战大潮中,立下汗马功勋。值得一提的是,陈宝仓是一位文武双全的将军。运筹帷幄,羽扇纶巾,决胜千里。上马驰骋疆场,下马赋诗作文。1942年,陈宝仓于重阳节,偕边城将士登天保后龙山,赋诗一首:

　　"龙山极目正重阳,不望京华不望乡。欲上层云寻旧品,更登绝巘设新汤。雄关鹭立难飞渡,壮士鹰扬敢跳梁。谁谓秋高防寇入?好凭一战勒南疆。"

　　从这首诗中可见陈宝仓的英雄气概和将军气度。当地百姓将这首诗刻石于山上显著位置,至今犹存。

　　陈宝仓驻防广西中越边境靖西,显示出其治理地方的才能,这几年,他大力支持越南的抗日武装力量,帮助越南民族解放同盟会(越南共产党的前身)培训爆破技术及其他军事项目人才,营救胡志明。

　　抗战胜利前夕,陈宝仓因为营救胡志明而遇到一场危机——被国民党军委法庭认为有渎职嫌疑,传讯重庆受审。在这个关键的时刻,保定陆军军官学校校友陈诚挺身而出,使陈宝仓化险为夷。抗战胜利后,在陈诚的举荐下,陈宝仓来青岛接受日军投降。陈宝仓特派公署在大学路,其带来的两个团官兵驻守广西路等地。

　　1945年10月25日,青岛日军受降仪式在汇泉跑马场举行。由国民党军政部胶济区中将特派员陈宝仓和美国海军陆战队第六师司令谢勃尔少将主持,日方由侵青日军司令官长野荣二为代表。11时,受降仪式开始。日方投降代表长野荣二在准备好的10份投降书上分别用日文和英文签字。投降书共11页,前3页为英文,后8页为日文。签完字后,日军投降代表11人将战刀解下列队呈上。随后,谢勃尔和陈宝仓先后作为受降代表签字。美国盟军拍摄的照片,定格了这一幕。

在青岛市档案馆保存的老照片中,我们可以看到陈宝仓的飒爽英姿。将军身穿中将呢子军装,身材魁伟,英俊威武,典型的中国军人风貌使人感到扬眉吐气,大长了中国人的志气。借着老照片,青岛日军受降仪式各种细节得以呈现,隔着70年的山河岁月,我们感受到历史的生动表情。

随后,陈宝仓接收军工厂,稳定市区秩序,遣返日军日侨。他负责接收了日本在青岛的兵器厂、火药库、飞机修理工厂、汽车修理厂、军需品工厂等,陈宝仓下令通知日本驻青领事馆,日本侨民必须将个人手中的枪支、粮食上报,否则予以查封,视情节轻重惩办。1945年11月14日,国民党第八军由海路乘船抵达青岛。陈宝仓下令将日军集中于日钢(工厂)。11月18日,第一批日军3000多人被遣返回国,23日第一批日本侨民被集中于第三公园,清点核实姓名后运至大港码头乘船回国。

随着内战爆发,陈宝仓思想完成转变,同时,身份也完成转变。他身着国民党的中将军装,内心却是中共的卧底。1949年,受中共华南局和民革中央的派遣赴台湾开展地下工作。

1950年6月,朝鲜战争爆发,中国台湾风云突变,因"吴石案",陈宝仓地下党身份暴露,与吴石、聂曦、朱枫(女)四人被特别军事法庭判处死刑,于台北马场町惨遭杀害。"浮云夜夜变,征战古今同。"写下这样诗句的将军,也许自从选择去台湾当卧底之时,就已经预料到这是一条不归路,充满了风险……

戎马倥偬,殊勋盖世间;功勋卓著,英名满天下。斯人已逝,英雄身后不寂寞。

"浮名身外事,应不愧苍穹。""剑锋削骨峻,云海荡胸清。""旧事渐随岁月淡,忠魂长伴野云眠。"吟诵着将军留下的诗句,缅怀英雄的事功,心绪难平。唯愿一代一代的青岛人,会想起陈宝仓在青岛的往事……

"浮名身外事,应不愧苍穹"
陈宝仓小传

陈宝仓,字自箴,河北遵化人。1923年毕业于保定陆军军官学校第九期工兵科后即在国民党军队中服役。1937年初,任中央军校武汉分校教育科长,兼任武汉城防指挥所主任,负责武汉防务。同年8月,日军向上海进攻,敌我军力相差悬殊,陈宝仓受命担任昆山城防司令,在长江南岸遍设暗堡,为上海及长江下游的百姓、物资、工业设备等转移到内地争取到宝贵的时间。

1938年春,陈宝仓参加安徽宣城战役,遭日机轰炸致使右眼失明。同年6月,日军以海空军配合向武汉进攻,陈宝仓眼伤未愈即奉调参加武汉会战,经第九战区司令长官陈诚推荐,出任第二兵团总司令张发奎的参谋长,参加德安战役,这场战役歼灭日军2万余人,击毙日军联队长田中大佐。

1939年春,张发奎调任第四战区司令长官,任命陈宝仓为代理参谋长,负责两广军事政务。在这期间,陈宝仓有机会与共产党人、进步文化人士广泛接触。

1940年秋,日军占领越南,中越边境紧张,为了确保第四战区侧翼安全,及时掌握在越日军动向,陈宝仓受命组建第四战区司令长官靖西指挥所并出任中将主任,代表张发奎司令官处理中越边境地区军事、政务和越南方面的重要事宜。

1942年8月,越共领导人胡志明在天保(今德保县)足荣乡被疑为日本间谍逮捕,专署呈报就地处决。后经张发奎、陈宝仓等从中斡旋,把胡志明送柳州第四战区政治部军人拘留所,在共产国际的协调下,1943年9月胡志明被释放,后返回越南。为此,国民党军委法庭认定陈宝仓在追捕胡志明中有"渎职"嫌疑,传讯陈宝仓前往重庆受审。

1945年8月,日本无条件投降。陈诚向蒋介石推荐陈宝仓为国民政府军事委员会军政部胶济区特派员,至此,陈这场法庭危机才化险为夷。

1945年10月25日,军政部胶济区特派员陈宝仓中将与海军陆战队第六师司令谢勃尔少将在青岛主持接受日军投降典礼。

陈宝仓将军在青岛、济南接收完毕后即调往国防部联合勤务总司令部第四兵站担任总监,驻地济南,负责调拨山东地区所需的军用物资、粮饷,任务是:督促各工厂生产军需物品,掌握各仓库的物资,做军需物资的审批工作。时任山东省省长密告中央政府,称陈宝仓有意将国民党的军用物资、粮饷等遗失给解放军,有"资共"之嫌疑,因而被免职。

1948年春,陈宝仓在香港加入地下"民革",并得与中共中央香港分局饶彰风、方方等接触,陈宝仓表示可赴台湾为实现祖国统一做工作的愿望和决心。这年底,陈宝仓嫌案撤销,调回国防部任中将高参。

1949 年,陈宝仓受中共华南局和民革中央的派遣赴台湾工作。由于地下党主要领导人被捕后叛变,地下组织惨遭破坏,1950 年 6 月 10 日,陈宝仓与吴石、朱枫、聂曦四人被台湾国民党以间谍罪杀害。

1952 年,中央人民政府追认陈宝仓为革命烈士。颁发由毛泽东主席签发的《革命牺牲工作人员家属光荣纪念证》。陈宝仓烈士骨灰通过多方面努力迎回大陆,1953 年由北京市人民政府公葬于八宝山革命烈士公墓。

陈宝仓将军 1948 年于上海

江山浮碧血,日月照丹心

接收青岛特派员、抗日儒将陈宝仓传奇一生与身后故事

张文艳

陈宝仓与青岛的联系,发生在 1945 年,他在青岛住的时间并不长,前后不到一年。然而,他身上承载着青岛人、中国人抗战胜利的骄傲与自豪,因为,1945 年 10 月 25 日的青岛接受日军投降仪式是他代表中国政府与美军代表共同主持的,他们用坚定的双手签收了日方 10 份投降书。然而,陈宝仓一生的传奇不仅限于此,虽然在受降台上,他以国民党特派员的身份来青岛接受日军投降,但直到 5 年后,他在台湾牺牲时,人们才发现原来他是一名为祖国统一潜伏在台湾的隐蔽战线上的战士。英国诗人雪莱曾说过:"历史,是刻在时间记忆上的一首回旋诗。"在陈宝仓书写的历史诗篇中,有将士的血泪和悲壮,也有父亲的幽默与慈祥,本期,我们把视角对准这位青岛受降仪式上的功臣,与他的三女儿陈禹方一起,为您还原一名英勇真实、才华横溢的儒将陈宝仓。

接收青岛的功臣

1945 年 8 月 15 日,日军宣布无条件投降;两个多月后的 10 月 25 日,一场隆重的受降典礼在青岛汇泉跑马场举行。

如果没有照片,恐怕再辉煌的时刻,也会沉没在历史深处;而老照片的魅力在于它的真实,经过时间的涤荡,以及岁月赋予的沧桑。青岛受降仪式的一张清晰的老照片便是如此,它现在已经成为这一历史时刻的代表照片。照片中,有三人:时任国民政府军事委员会军政部胶济区特派员的陈宝仓中将,美国海军第六师司令谢勃尔少将,日军司令长野荣二。受降台上,陈宝仓中将和谢勃尔站立在旁,长野荣二正弯腰把一把军刀放在台上。拍摄者选取的角度基本上能看清三人的表情,陈宝仓的威严与长野荣二的沮丧形成鲜明对比。

定格的黑白照片背后,蕴藏着太多的故事与传奇。

例如受降典礼。"青岛地区受降典礼今日隆重举行,陈宝仓中将、谢勃尔司令同莅场主持……假汇泉跑马场隆重举行。""台前部中央设长桌一张,桌上摆放带签字的受降书十份(这份投降书共11页,前3页为英文,后8页为日文)及水笔、毛笔、墨盒等文具……军乐队居中,左右两侧各有步兵三队,另外,美军飞机6个中队在青岛市上空飞行,并不时掠过会场。"《青岛公报》连续两天报道了当天的盛况。参加日本投降仪式的陈松卿老人还原了当时的详细情形:在中美两国国歌声中,长野荣二走上受降台双手向受降官鞠躬呈献佩刀,陈、谢二人分别用汉语和英语宣布接受日方投降,随后,长野荣二"面容惨淡,手颤不已"地在十份受降书上分别用日文和英文一一签字,接着,陈、谢亦一一签字。此时,台下已经沸腾,青岛百姓异常兴奋,争相观看这一激动人心的时刻,青岛文史专家鲁海回忆:当时整个跑马场座无虚席,还有很多人爬到周围的建筑物上和树上观看。陈禹方一个青岛同学就是爬到树上看完整个仪式的,"当日本人递交投降书下台后,现场掌声雷动,老百姓都沸腾了",陈禹方的同学告诉她。当时身在重庆的陈禹方未能见到父亲在仪式上的英姿,至今仍感遗憾。

参加受降仪式的美军坦克方阵

受降仪式后的10月28日,《民众画报》用图片版的形式报道了典礼盛况。然而,毕竟年代久远,照片已难以寻觅。然而,让陈禹方没有想到的是,35年后,如此珍贵的相片竟然会出现在大洋彼岸的美国。陈禹方的二姐叫陈静方,二姐夫栾立训曾在美国行医。1980年,栾医生遇到了一个特殊的美国病人:他曾是"二战"随军记者。栾医生妙手回春,医好了他的病,为了表达感激之情,这位老记者把他的各种影集给栾医生看,在众多照片中,栾立训惊喜地发现了受降仪式上一身戎装的岳父!陈禹方把寄到北京的照片请人做了修复,这张沉寂了多年的老照片才得以重见天日!

同样,通过照片,更多的人认识了这张坚定的中国面孔,也知道了陈宝仓的名字。其实,陈宝仓在青岛不仅仅是参加受降仪式这么简单,收缴日军的武器装备、军用物资、调查搜集罪证、逮捕战犯等工作都在等待着他去完成。"在接收混乱时期,有枪的都自称是抗日的'地下队伍、保安队'等,人员素质良莠不齐,第11战区派来的少数兵力,只能暂时收编这些武装,称为暂编师、团等,这些'绥靖军'有些是像'胡传魁'似的军队,'种种恶劣行为仍不知改悔,更变本加厉'到处乱抢乱收,陈宝仓即果断地将其缴械",制止治安混乱的局面。

在青岛,陈宝仓居住在龙华路1号(特派员官邸),在这里,他进行了对日军接收的各项工作,在接收工作完成之后,赶赴济南接受新的任务。1946年陈禹方与母亲曾来青岛小住,就住在龙华路1号。

今年6月份再次来到青岛龙华路1号寻访父亲的足迹,陈禹方感慨万千,还是原来的大铁门、院子、熟悉的老楼梯,房子却早被改造为民居,已不是原来的模样。

浴血奋战的儒将

靖城南去十余里,林壑渐深山渐起。天外青峰列画屏,岩间红树结霞绮。……宋室雄图毕竟终,张公遗爱永无穷。天心似识州人意,长使山花照眼红。

这首清新俊逸、意蕴深远的诗作出自陈宝仓的《旧州行》,由此可见,陈宝仓是位儒将。

毋庸置疑,陈宝仓是位英勇善战的将军。参加过宣城战役、武汉会战、德安战役、粤北战役、昆仑山战役。陈宝仓的独子陈君亮清楚地记得,父亲枪法很准,即使在宣城战役导致右眼失明后,还能看好目标,回过身来,反手用枪击断前面晾衣服的绳子。这让陈君亮、陈禹方等子女们钦佩不已。

除了在枪林弹雨之中的英勇和善战外,陈宝仓在担任第四战区司令长官靖西指挥所中将主任期间,还展现了其打击走私、雷厉风行的一面。甚至走私犯头头越籍少将张佩公、靖西指挥所的特务连中校连长、第四战区篮球队 IV 队的主力队员傅松，都被陈宝仓正法。

然而，在接触中，人们逐渐发现，原来执法如山的陈将军骨子里还是位平易近人、尊老慈幼，而且才华横溢的文人。"魁梧的北方人的体格……稍一亲瞻，则盈溢着温雅的斯文气质，一副厚道的、可亲的、安详的面影，自然、和谐、平润的谈吐，使你简直忘记这是一位指挥杀敌的抗日军人。"战地记者石辟澜在《当粤北最紧张的时候——陈宝仓将军印象记》一文中如此描述。

"腹有诗书气自华。"陈宝仓善武且能文，爱好诗作，常以文会友，除《旧州行》之外，《龙潭秋月》组诗表达了陈将军心怀祖国、为民谋事的胸怀："浮名身外事，应不愧苍穹。""剑锋削骨峻，云海荡胸清。""江山浮碧血，日月照丹心。"深知其文采，所以每当陈宝仓到各地指导工作时，人们都会以笔墨纸张求其墨宝，他从不推辞，还时常写诗作赋，赠送给乡亲父老，广交诗友，组织诗社。他的长诗《旧州行》，不但子女能背诵（84 岁的陈禹方至今都能背诵全文），当时靖西的许多人都能背诵，并将诗抄录悬挂在家中，"'文革'期间很多碑刻被推倒，砸毁。而靖西人民却把刻有陈宝仓《旧州行》的这块石碑保护了下来，可见靖西人民对陈宝仓的深厚感情"（梁福昌《陈宝仓将军在广西抗战》）。

平和慈爱的父亲

"对于我们来说，他是慈祥的父亲，我没有见过他大发脾气，也没有见过他用污秽语言骂人，他讲话缓慢，有分寸，总是以理服人。他做事沉稳，有涵养，但很风趣"，陈禹方如此评价父亲。

如果用传统的理念来判断，陈宝仓算不上好父亲，因为恰逢战争年代，他常年奔波在战场之上，为抗日、统一祖国而流血流汗，但即使与子女团聚的时间再短暂，他也不会把在外奔波的苦与累带到家中，所以在孩子们的印象中，他乐观、正直。

"在八年抗战中，父亲转战于多个战场，我们很少见到父亲"，陈禹方说。在子女们的印象中，父亲和他们接触最为集中、密切的一段时间是 1938 年。这一年，陈宝仓在安徽宣城战役中，遭到日机轰炸受重伤，大女儿陈佩方对当年的场景记忆犹新："1938 年 3 月中旬的一天晚上，有一位军校的军官来叫门，在门外小声地对母亲说：'教育长挂花了'，母亲立即紧张起来，叫我快跟着她走。我们随同那位军官过江来到汉阳的一个码头上，有人用担架把父亲从船上抬下来，爸爸全身都缠着白色的绷带,只露出口、鼻和左眼,我们当时都吓坏了。"陈禹方当年只有六七岁,但她也深深记得见到父亲时的情景:"在我们家院子的防空洞里,见到全身绑着绷带的父亲,我吓得发抖。"当时还小的禹方不知道,陈宝仓全身有200多处伤。经过一个多月的治疗,陈宝仓死里逃生,但弹片导致右眼失明。随后,陈宝仓带着全家到湖南沅陵养伤。

就是这段时间,让子女们留下了深刻印象。父亲着装朴实,一件布大褂,一双黑布鞋,完全不像将军,倒像满腹经纶的教书先生。对于父亲的幽默,陈禹方记忆较深,因为他经常讲笑话,让别人笑得前仰后合,他却面不更色。

陈宝仓出身贫寒,出生才9个月时,"适逢八国联军入侵北平,当时他父亲在北平谋生,八国联军大肆烧杀奸淫掠夺,百姓纷纷出城逃难。瘦弱的母亲抱着个肥头胖耳的婴儿跟着逃跑,实在抱不动了,只好将他丢弃在一座大桥下面。同行的妇女不忍心,便将他抱起来,一路帮着母亲背抱,这才捡回了他这条命。"(孟启予《深切怀念革命烈士陈宝仓将军》)尽管幼年家境贫困,他却勤奋好学,学习成绩总是名列前茅。他用亲身经历鼓励儿女们学业有成,不慕虚华。

在沅陵养伤时,当天气晴暖之际,陈宝仓会带孩子们到河滩上去放风筝;在院子里,陈宝仓会抖"空竹",战争年代,找空竹不易,陈宝仓就用茶壶盖代替,结果可想而知,家里的茶壶从此便没有了盖。

然而,享受这种天伦之乐的时间并不长,伤还未痊愈,陈宝仓就继续投入到新的战斗中了。

琴瑟相合的伉俪

父亲牺牲后,母亲师文通的坚强让陈禹方十分惊讶。

陈禹方告诉记者,母亲1902年生于一个小康家庭,曾就读于著名的北平贝满女子中学,天资聪明,学习成绩优秀,还曾参加过五四运动示威游行,同样是名爱国热血青年。俗话说,每个成功男人背后,必定有一个无私奉献的女人,师文通便是这样的妻子、母亲。

1923年,陈宝仓和师文通举行了婚礼,并留下了一张在当时看来颇为新潮的西式婚纱照。之后,两人先后育有大女儿佩方、二女儿静方、独子君亮、三女儿禹方和四女儿瑞方五名子女。抗战爆发后,"父亲忙于军务,全靠母亲操持家务,抚养、教育子女;母亲全力支持父亲抗战御敌,使父亲无后顾之忧",陈禹方说。陈宝仓政治上的转变,师文通全看在了眼里,她非常支持丈夫,"1948 年,父亲与吴仲禧联系,到香港与地下民革联系,我母亲都知道"。

1949 年,陈宝仓以"国防部"高参的身份到达台湾,与"国防部"参谋次长吴石联系,秘密向中共输送台湾国民党军事情报。1950 年 3 月,由于叛徒出卖,轰动全国的"吴石案"爆发,陈宝仓和吴石、朱枫、聂曦先后被捕,6 月 10 日,四人在台北马场町刑场英勇就义。

将星陨落,山河垂泪。噩耗传到香港陈宝仓家中,师文通痛不欲生,但她事后告诉儿女们说:"早就料到你们的父亲会遇到这一天的。"1952 年在北京,有朋友问及陈宝仓遇害之事,她曾坦然地说:"革命斗争中有成功者,必有成仁者。"1954 年,师文通遗憾病逝。"我母亲有学识,有能力,对抗日战争及时局有洞察力,对子女教育有方,我们五个子女,在父母感召下,个个品德端正,学业有成,大学毕业后,在各自的岗位上为国家做贡献",陈禹方说。

"旧事渐随岁月淡,忠魂长伴野云眠。"北京西山无名英雄纪念广场,陈宝仓和吴石等四人的雕像矗立在前,庄严肃穆。北京八宝山,陈宝仓烈士骨灰安葬于此,这让陈禹方永远感激同学殷晓霞:1950 年 7 月的一天,她偷偷带着千方百计得到的陈宝仓骨灰,从台湾直奔香港,船快靠岸时,由于没有"入港证",她扔掉所有行李,将骨灰盒包好并牢牢绑在身上,趁着夜色跳入茫茫大海,冒险偷渡登岸,把骨灰交到了师文通手中……

"人有所忘,史有所轻。一统可期,民族将兴。肃之嘉石,沐手勒铭。噫我子孙,代代永旌。"无名英雄纪念碑铭,是为陈宝仓、吴石等人而立,也是千千万万抗日英雄的墓志铭,他们的事迹昭日月照千秋,后人永不忘记!

他是实诚人

采访对象:陈禹方,生于 1932 年 1 月,陈宝仓的三女儿

记者:您说父亲曾在青岛受降仪式后获奖 100 万法币?

陈禹方:1946 年我因病休学到济南,当时父亲担任国防部联合勤务总司令部第四兵站总监。这时,他收到了国民政府军政部发给他的 100 万元法币的奖金。奖励他在任军政部胶济区特派员期间,工作卓越,成效显著,与美军合作配合良好。接到钱后,他随后把钱交给我,并说:"给你吧!"我当然没真要,把钱给了母亲。100 万法币当时可购买一两黄金,不算多,但无论价值多少,说明父亲

的接收工作是做得不错的。当时国民政府"接收大员"的名声甚差,百姓骂声不断,所以我感觉,这 100 万元的荣誉是值得珍惜的。

记者: 在您眼中,您父亲是一个什么样的人?

陈禹方: 对父亲有记忆时,我还年少,只知道父亲有学问,颜体书法值得学习,他对我们讲述过青少年时清贫的生活及刻苦攻读的情况,对子女们影响颇深。对于我们来说,他是慈祥的父亲,我没有见过他大发脾气,也没有见过他用污秽

后代祭奠英烈陈宝仓

语言骂人。他讲话缓慢,有分寸,总是以理服人。他做事沉稳,有涵养,但很风趣。在饭桌上,经常逗得我们哈哈大笑,都吃不下饭去了,而他照样慢慢吃着。

记者: 父亲有哪些事情让您印象深刻?

陈禹方: 我记得父亲有一次对我们说,当初报考清河军官预备学校后,到看榜时,上榜的有 300 多人,榜上的名次是按成绩优劣排列的,于是他从最后一名看起,看了 200 多人还没有看到自己的名字,心中忐忑不安有点慌张,最后他是第九名,真是虚惊一场!

1944 年前后,当时父亲担任第四战区司令长官靖西指挥所主任,回到柳州向第四战区司令长官张发奎述职。这期间,他在家里住了几天,我看见他的衣兜里有一块深蓝色的土布手帕,四周用手工锁了边,我奇怪地问:"怎么用颜色这么深的布做手帕?"他苦笑着说出了原委,原来他想要浅蓝色的,便告诉勤务兵:"买一块蓝色的布,要蓝一点儿的。"结果,就买成了深蓝色。这件事在家里传为笑谈。

还有一次,父亲在桂林时,有朋友请他到家里谈事,问他吃过饭没有? 他看朋友家已经吃过晚餐了,便说吃过了。其实他还没有吃,当天他们谈得很晚,可把他饿坏了。后来他说:"我以后一定说真话,没吃就说没吃,就不会挨饿了!"他是个实诚的人。

记者: 生活中陈宝仓很善良很实在?

陈禹方: 有一件逸事,是父亲亲口说的,应当是真的。父亲从保定陆军军官

学校毕业后，在山西军中服役，领了六块银元的月饷。他在街上看见一个老大娘哭得伤心，得知老大娘是做小买卖的，不幸得了三块假银元，父亲心善，就用三块真银元换了老大娘的假银元，老人感激万分。当时军阀割据，内战不绝，在战乱中，奇迹发生了，子弹正好打在假银元上，使他幸免于难。这可能与他一生屡发善心，救助过不少人有关。

记者：父亲一生的经历，给您造成了什么影响？

陈禹方：父亲成长过程中，中国处于危难时期，内忧外患，军阀割据，连年内战，天灾人祸，民不聊生，世界列强瓜分中国的野心已昭然若揭。父亲与当时的中华热血青年一样，立志担负起挽救国家危亡重任，为国家民族的前途贡献自己的力量。

父亲公开维护中国共产党提出的"坚持抗战、团结、进步；反对投降、分裂倒退"的方针政策及坚持"持久战"的主张。他身体力行，转战南北，置生死于度外，竭尽全力，在各次战斗中发挥他的军事才能。

父亲为了祖国统一，不惜冒着生命危险，赴台湾工作，不幸牺牲。这是他的光荣，人民的光荣，国家的光荣。作为他的后代，我们永远铭记在心，踏着他的足迹前进！

2015 年 8 月 18 日

1945年日本投降后，美军航拍的青岛

1945年，那城，那事，那人

1945年，那城，那事，那人

张文艳

1937年8月14日，日军蓄意制造了"德县路事件"，狼子野心已经昭然若揭；

1938年1月10日，日军从山东头登陆，罪恶的铁蹄正式开始践踏青岛这片美丽的土地；

1月17日，伪青岛治安维持会成立；

1月19日，日伪青岛复兴委员会成立；

1月20日，设伪青岛治安维持会警察部；

……

罪恶的黑手一步一步地渗透到青岛的每一个角落，甚至青岛的中小学生都必须开设日语课。出生于1932年的鲁海清楚地记得，在他上小学的时候，学生在课堂上曾自发地唱起了《松花江上》：我的家在东北松花江上，那里有我的同胞，还有那衰老的爹娘。九一八，九一八，从那个悲惨的时候，脱离了我的家乡，抛弃那无尽的宝藏，流浪！流浪！

如今再唱起这首歌曲，80多岁的鲁海老泪纵横，"没人教我们，老师也不管，我们就在日本人的眼皮子底下唱爱国歌曲"。这种对祖国的热爱之情，对青岛被人践踏的愤恨之意，不仅仅来自于课堂上的小学生，中国人民也随之奋起反抗。

1938年3月4日，崂山即墨交界一带成立抗日独立中队；1938年3月18日，驻青岛日军开赴莱阳进行扫荡，即墨英雄周浩然组织成立的即墨县抗日义勇军游击队，在集旺疃三庄庙伏击了日军，打响了抗战时期青岛地区武装抗日的第一枪；1942年，日军向大泽山根据地发动大"扫荡"，抗日民兵使用铁西瓜、麻雀战、游击战等方式打击敌人，尤其是埋地雷歼敌……以山东大学学生为中心组成的"中华民族解放先锋队青岛部队"（简称"民先"），中共党员李肇岐在他的家乡即墨李家西城村拉起的"抗日独立中队"，青岛保安总队……一起用土枪土炮把日本人赶出了青岛的土地，并于1945年迎来了最终的胜利。

1945年8月15日，青岛保安总队队长李先良在崂山书写的"山海重光"四个大字镌刻完毕的那天，传来了日军投降的消息。终于来了，这在老百姓意料之外，因为他们没有想到这一天来得这么快；也在情理之中，因为他们早就发现了日军要败的端倪。

在最后的日子里，日军垂死挣扎，大炼铜铁，制造武器，让百姓献铁献金，加紧了搜刮民脂民膏的步伐，并让劳工们修筑大量碉堡工事，他们不甘心失败。然而，正义还是战胜了邪恶，侵略者最终缴械投降。

日军宣布投降那天，有的日本人家是跪着听完广播的。据日本人回忆录显示，当时的日本学生被叫到操场上宣布了投降的消息。"当时很多人都哭了，回来的时候就都拿头巾包起来，怕中国人打他们"，青岛市档案馆编研处处长孙保锋说。

在青岛市档案馆，几份档案引起了笔者的注意：1945 年 10 月 16 日，武城路 6 号的松井印一郎投诉称有 5 人侵入他的私宅要求搜查手枪；山东路 98 号会津饭店的引田俊二抱怨曾被警察要求腾房……言语中他们满是委屈，然而，曾经趾高气扬的他们不知道，中国人在这 8 年中所受的侮辱和损失远远大于他们：1945 年 10 月 8 日，44 岁的刘梅村，要求返还属于自己的两艘船只，他本有三艘船，曾在冠县路 89 号设立公祥船行，不想 1938 年 10 月被恃势的中村组强行征用，一船后被炸沉……

这座城市经历了主人的轮换，主权最终回到青岛人自己手中；这里的人终于扬眉吐气，光明正大地宣布我们是中国人。鲁海记得，他上中学时，附近是日本人居住地，在投降前，他们每每对经过的学生不是骂就是踢。

八年抗战，硝烟早已散尽，回顾胜利这年，有过仇恨、希望，喜悦、兴奋，中国人民终于冲破黎明前的黑夜，迎来最热切、耀眼的光明。在抗战胜利 70 周年之际，我们牢记历史，正视历史，为的是告慰在日本侵华战争中惨遭杀戮的千万同胞和为国捐躯的抗战英烈，为的是珍惜这来之不易的和平。

关于 1945 年的历史记忆

张文艳

1945 年，日军慌忙应战、穷兵黩武，虽然还是从老百姓身上搜刮，但青岛人

1945 年日本投降后，美军拍摄的青岛

民已经感觉到了对方必败的结局。不出所料，这一年的 8 月 15 日，日本宣布无条件投降，压在青岛上空的乌云终于散去。只是，美军的参与、国民党对共产党的倾轧，使得抗战胜利后的青岛更加复杂化。记者选取了三个典型人物，青岛文史专家鲁海从普通百姓的角度，李先良的随从副官段存钦从接收者的角度，青岛历史学者张树枫从研究者的角度，一起来还原这一年青岛的城与人、城与事。

投降后，以前趾高气扬的日本人开始点头哈腰

姓名：鲁海

简介：青岛文史专家，1945 年他 13 岁，正在礼贤中学读书，亲眼看见了日军投降前后青岛的变化，体会到了百姓的心情。

记者：进入 1945 年，青岛的老百姓和日军有什么特别反应？

鲁海：这一年，老百姓都能感觉到日本要失败了，因为当时青岛物资非常匮乏，商店里买不到商品，粮食进行配给制，我当时在礼贤中学上学，食堂里除了期中、期末考试每次三天有馒头吃外，其他时间天天吃饼子。日本人在青岛实行保甲制，青岛老百姓也得天天训练齐步走、正步走，我父亲当时也参加了。日军已经到了穷途末路的阶段。我记得汇泉炮台附近有个钢铁株式会社，他们甚至把德国大炮拆了化铁造武器。我家里有个大铜床，就被搜刮走了。而且，他们还经常拉防空警报，进行防空、巷战演习；晚上演习的时候各家各户必须把窗户堵上，有警察巡逻，如果发现哪家露出灯光来，进门就打，龙江路就有人家挨过打。

值得一提的是，日军在青岛修了大批碉堡。当时我家住在迎宾馆，附近就有块空地，三四十人组成中国劳工队搭了两个窝棚，建迎宾馆南边的大碉堡。

全市之前建有 30 多个碉堡,现在可能仅剩下七八个了。过去修碉堡用的是钢筋混凝土,外面有壳子板,因此需要大量的木材,他们把汇泉海水浴场的更衣室都拆了,把木头垛到我家门边,垛得跟座小山似得。当时整个青岛很暗淡。

记者:日军宣布投降后,青岛是什么状况?

鲁海:我家楼上是日本总干事一家四口,总干事有一儿一女。8 月 15 日那天,我父亲上他家去,推开门一看,四口人正跪着听广播,后来他找到我父亲说,天皇宣布投降了。大家很高兴,但因为青岛还有日军和伪军,都不敢敲锣打鼓地庆祝,就是互相串门报喜讯。

我有一段经历印象特别深刻。过去迎宾馆没有围墙,旁边有大片绿地,我早上出去玩,不小心被绊倒了,仔细一看地上是个死尸,中枪而亡,穿得很好,我还上龙江路派出所报案。这种情况先后发生了三次,我报了两次案,后来干脆不报了。据大人们分析,可能有两个原因,一个是死者是知情者,知道某些人干的坏事,日本人投降杀了灭口;还有一个可能做了坏事,平常人们不敢弄他,日军投降后便报仇雪恨。

到了第三天,街上才有了庆祝抗战胜利的标语。

记者:李先良率领青保进入市区之后呢?

鲁海:9 月 13 日,青保进入市区,我们已经开学,学校组织夹道欢迎,这时候人们才开始公开庆祝。李先良到来后,在天泰体育场举行了场面宏大的庆祝胜利大会,他讲话起先讲得很好,后来说机关人员是汉奸,教师资格都不予承认,需要甄审,最后甚至说你们市民都是伪市民,这句话让老百姓心里凉了,大家欢天喜地去的,垂头丧气地回来。这也引发了 12 月份的"费筱芝事件"。

同时,青保的到来并没有稳定当时的青岛局势,抢房子、抢东西的事仍然发生。直到 10 月 9 日,美军登陆,11 月 14 日,国民党第八军军长李弥率部来青,才逐渐好转了一点。

记者:在受降典礼之前,什么事情让您印象深刻?

鲁海:有两件事,一件事是 10 月 11 日,李先良在迎宾馆宴请谢

1945 年 9 月 17 日,青岛市长李先良与日伪政府交接行政

勃尔,我和父亲参加了,当时我以为规模很大,结果发现才20多个人,我父亲亲自招待,当上总管后他已经多年不干这活了。第二件事是10月10日,适逢国民党的节日,街道上必须挂国民党党旗,日本人也不例外。我们学校旁边是日本人宿舍,平常我们路过,他们不是骂我们就是踢我们。这一天我们发现他们的旗子只拴了一边,导致旗子耷拉着,我们上前斥责:"你们怎么回事?怎么挂的?"一个30来岁的日本人一个劲儿地对我们点头哈腰,还"哈伊!哈伊!"地答应着,赶紧把旗子拴好了。我们顿时觉得中国人终于扬眉吐气,翻过身来了。

先良进入市区那天,人太多只得悄悄改道

姓名:段存钦

简介:96岁,曾任青岛保安队情报员,后任李先良副官,跟随李先良一起进行了接收青岛的工作。

记者:1945年9月13日那天你们是怎么进入市区的?

段存钦:当时场面非常隆重,青岛老百姓都很欢迎我们。我们的队伍从大河东出发,到李村,到台东镇,计划从中山路,经太平路到山海关路。但因为欢迎的人实在太多了,大队伍还沿原定的路线走,而我拉着李先良沿着江苏路到太平路再到山海关路走的,为了安全没有走中山路。在准备接收的过程中,李先良在山海关路上住了几天,接收之后,搬到了江苏路上日本领事的房子里。

记者:在之前,李先良和青保队都是什么状态?做过哪些准备?

段存钦:在日本投降之前,当时非常紧张,因为日本对崂山扫荡得更加疯狂了。我还知道,青岛市里的日本人,每个侨民都发了一把刀,因为他们听说中国军队会进行大屠杀,所以准备和将来进入青岛的中国军人玩命。其实,我们进入市区以后并没有伤害他们。因为我们有规定,不准杀害日本人,要以德报怨。

可美国人不这么想。日本刚宣布投降,我们还住在大河东,日本海军司令去见李先良,求他去给美国人说说情。美国兵的衣服上都写着:莫忘珍珠港。

记者:有人反映青保来了以后,局势没有控制住,甚至发生青保队员抢房子的事件?

段存钦:青保不允许抢房子,当时许京武带领的特务大队负责维持治安。

青保队队员住在江苏路 17 号，后来住不下了，迎宾馆里也住了一部分。我们更不允许抢老百姓的房子，都是军事化管理。就连我驾驶的李先良座驾：别克车，都是政府给上海商人打借条借的，后来又还回去了。

政府还专门成立了日侨管理所。把日侨集中起来，他们带走的东西都有规定，要求在 15 千克以内，主要是衣服和毛毯。其他的金钱一律不准带，遣返的时候，男的

1945 年 10 月 19 日，中国第 11 战区副司令山东地区受降长官李延年中将（前左 3）抵达青岛，与美军商谈驻青岛日军受降事宜

由男的搜查，女的由圣功女子中学的女学生检查，都非常严格。

情况复杂，日军投降之日市民不敢庆祝

姓名：张树枫
简介：青岛历史研究学者，原青岛社科院文史研究员。

记者：日本宣布投降当天，青岛的情况和别的地方不一样，没有进行公开庆祝，为什么？

张树枫：即使到了 10 月 25 日之后，市民也没举行过盛大的欢迎仪式，别的地方在 8 月 15 日日本宣布投降时，人们都沸腾了，但在青岛就找不到当天上街游行庆祝的照片，这说明青岛时局太复杂。当时，青岛市区主要武器装备还在日伪手里，武装还没有解除，青岛还有 4000 多名日军驻扎。而且，国民党为了和共产党抢地盘，在争取伪军反正，青岛的很多伪军最后都接受了国民党的委任，这是非常罕见的情况。所以好多老人当时讲，都不敢庆祝。

记者：也就是说，青岛充满着共产党与国民党的博弈？

张树枫：有很多很荒唐的事情。日本宣布投降后，山东军区曾将抗日部队编成五路大军，向青岛、济南、烟台等重要城市挺进，准备解放这几个大城市。而蒋介石为了阻止八路军收复青岛，竟然让已经投降的日军组织军力向八路军

进攻。接下来，国民党得以接收青岛，李先良率领青保进入市区，开始纪律比较乱，后来改编成了保安旅，还是受到了排挤。别的地方负责接收的都是从北平、天津空运来的国民党军队，用老百姓的话讲是"拽着飞机尾巴来的"，而青岛进来的是来自崂山的游击队，并非正式的国民党军队，这让青岛老百姓有些心凉。蒋介石光顾着眼前的利益，没有考虑失民心这一说。

美国海军陆战队第六师司令谢勒尔少将率部在青岛登陆时的情形

记者：我们该如何评价美军登陆青岛？

张树枫：从战事来讲，美军是为了帮助中国接受日军投降。但是他们专门挑了天津、上海、烟台、青岛等城市，就是为了抢占港口，这其实是对中国主权的侵犯。

其实，青岛周边已经被八路军包围了，按说应该就近接收。国民党为了防止八路军的介入，利用美军；美国也想巩固在青岛的占领权，欲把青岛建成其"太平洋区域重要海口和军事基地"，应该说，这是国民党和美军的一种勾结。

唱起抗战歌曲，弘扬抗战精神

2015年9月3日，是中国人民抗日战争暨世界人民反法西斯战争胜利70周年纪念日，是值得我们庆祝和纪念的大事件。

1931年9月18日，日军制造了九一八事变，向中国东北军发起了进攻，随后迅速侵占了我国东北地区，并一手炮制了伪满洲国。由于当时中国执政的国民党政府坚持不抵抗政策，民族危机日益严重。1937年7月7日，日军又在北京卢沟桥发动了七七事变，日本帝国主义全面侵华战争开始，疯狂侵占我国大好河山。日本鬼子经常进行"扫荡"行动，实行"三光"政策，所到之处，烧杀抢掠，无恶不作，犯下了惨绝人寰的滔天罪行，激起了全中国人民和全世界所有爱好和平人们的公愤。

　　七七事变标志着中华民族全面抗日的开始,中国共产党和中国国民党建立了抗日民族统一战线,枪口对外,一致抗日。中华民国政府宣布对日全面抗战。中国共产党中央委员会发出通电,呼吁全国同胞们团结起来,实行抗战,誓死保卫我们的国土。中国工农红军第一、二、四方面军及陕西红军等部改编为国民革命军第八路军,简称八路军;湘、赣、闽、浙等八省的红军游击队和28军改编为国民革命军陆军新编第四军,简称新四军。在全国军民的共同努力下,经过了八年抗战,打败了日本侵略者,夺取了抗日战争的伟大胜利。

1945 年的青岛街景

　　我家住在鲁西北平原、黄河岸边,今山东省东营市寨王村。抗日战争时期,八路军山东军区辖鲁中、鲁南、胶东、清河、滨海、冀鲁边六个军区,其中清河军区(1944 年 1 月与冀鲁边军区合并为渤海军区)大多是在那一地区执行打击日本鬼子的任务。当时,八路军战士经常住在那里。据老人们说,他们乐观向上,奋勇杀敌,从不畏惧;他们纪律严明,行动迅速,整齐划一,从不侵害老百姓的利益。而且,一进门就大爷、大娘叫得很亲热,放下行李就忙着打扫院子,挑满水缸,真是亲如一家人。当时父亲正值十四五岁,二伯十八九岁,作战间歇,八路军战士经常和他们一起聊天拉家常,教他们唱一些抗日歌曲。八路军首长也经常讲一些抗战的道理和打鬼子的革命故事,使他们的思想发生了很大变化。1943 年二伯报名参加了八路军,1947 年牺牲,时任排长,年仅 22 岁,为中国人民夺取抗日战争的胜利和解放事业献出了自己年轻的生命。父亲则在后方积极参加一些支前活动,帮助部队做一些救护伤员等力所能及的事情。

　　抗战时期文化界行动起来,以戏剧、电影、歌咏等形式支持抗战,涌现了许多优秀作品。我小时候,父亲教会了我十多首抗战时期他跟八路军学唱的歌曲,如《我们永远跟着您走》《誓为祖国而战》《反"扫荡"》《打得鬼子心发慌》《打倒侵略的强盗》《我们一定会胜利》等,有些歌曲很有力量,很有激情,很鼓舞士气。但是,有些歌都已经失传了,我现在已经 60 多岁了,从事教育工作 30 多年,刚刚退下来,有点闲暇,一种使命感驱使我应为保护和传承抗战文化尽一份力量。在纪念中国人民抗日战争胜利暨世界人民反法西斯战争胜利 70 周年之际，今凭记忆整理出二三首歌词，奉献给大家，也算是表达对中国人民抗日战争勇士们和为国捐躯的先烈们的一种敬意和赞扬。

《我们永远跟着您走》：狂风暴雨中的灯塔——中国共产党，您明亮的光芒，指示了我们前进的方向，领导了我们奔向前方。冲破黑暗，决不向困难低头；光明自由，向我们欢迎招手。中国共产党，我们永远跟着您走，永远跟着您走。幸福的新社会，闪耀在我们的前头。

《誓为祖国而战》：大好河山被侵占，敌人又开始后方"扫荡"。起来，起来，全国的青年，坚持开展"游击战"。我们不做亡国奴隶，誓为祖国而战！战！抗日战争成功不远。

《打倒侵略的强盗》：打倒侵略的强盗，建立和平的阵营，为了民族的解放，为了人类生存。团结起来，高举我们的旗帜；英勇向前，杀死我们的敌人。争取最后的胜利，实现世界和平。

2015 年 8 月 25 日

第四辑·建筑

八大院：历史的镜像，
惠民的典范

德占时期西镇分区规划图（1913年）

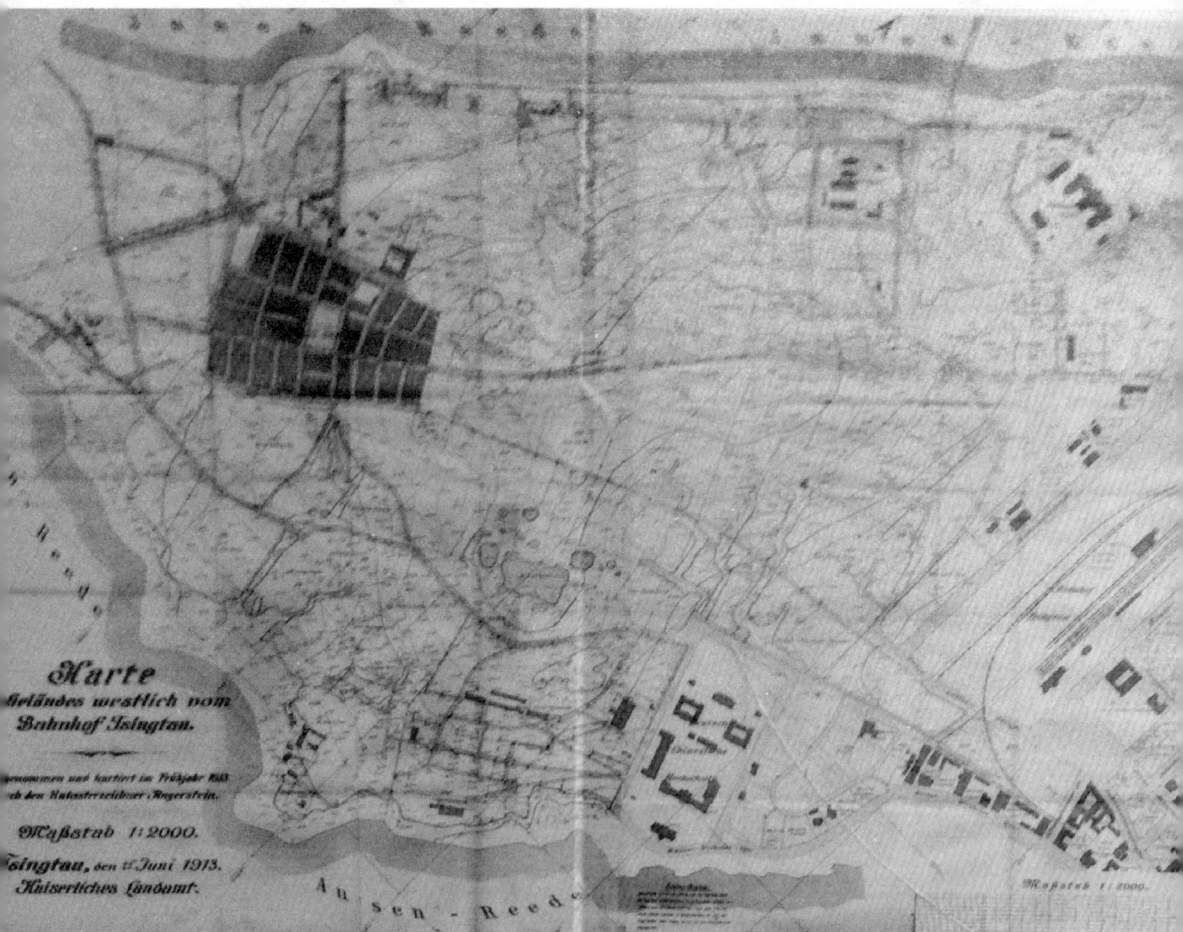

八大院：历史的镜像，惠民的典范

柳已青

2014年夏天的一个黄昏，走在团岛的四川路上。晚风吹拂，树木静立，隐隐可以听见大海的涛声，树叶在枝头晃动。夜色弥漫，薄暮时分，天空是透明的蓝色。当透明的蓝色被渐渐浓郁的黑暗侵袭，路灯齐刷刷地亮了，人行道上，橘黄色的光芒，照亮了行人回家的路。

十几年前，我曾在贵州路租房子住，从八大峡广场到团岛灯塔，从云南路夜市到台西一路的筒子楼，都留下过我漫游的脚步。十年后，团岛发生了深刻而巨大的变化。一座座里院消失了，一座座高楼大厦拔地而起。胶州湾隧道开通了，往返青黄之间的车辆川流不息。岁月流转，物是人非，让人产生一种恍惚迷离的梦境之感，想起一首诗：

> 从前我曾经到过这里，
> 但说不准我是怎样到来在何时。
> 我熟知门外的青草，
> 气味清爽而浓烈，
> 还有喟叹之声和岸边的灯火，
> 从前你曾经就是我……

十年过去了，团岛的波浪依然寂寞地拍打着防浪堤，垂钓的人们依然把钓竿高高举起。十年的时间，岛城老建筑经历了无数的生死，我已经不是十年前的我，你也不再是十年前的你。

这次来到团岛，想起了在民间享有盛誉的八大院。20世纪30年代，青岛特别市长沈鸿烈主持修订《青岛市施行都市计划方案》（以下简称《方案》），试图把青岛打造成适合市民居住的城市。

《方案》中规定，凡风景优美、无工厂煤烟污染及邻近商业区之地，一律作为住宅区。按环境优劣又分特等及甲乙丙各等。特等住宅区为湛山、浮山一带风景优美之处,甲等住宅区为荣成路一带,乙等住宅区为齐东路、莱芜路等处,丙等住宅区为西岭、四方、小村庄、沙岭庄、文昌阁、营子村以东一带。为实施《方案》,在西岭四川路一带平民聚居的地方,陆续建造了八个平民院,供平民居住。

随着八大院的落成,昔日脏乱差的挪庄和马虎窝,被整洁的里院代替。根据史料记载,这些平民院多者700户,少者300户,院内分别兴建公共清洁卫生设备,接通水电管道,并有邻里办公室、居民会议室等,大院外围均开辟马路,还开办小学、市场等。

原来在窝棚和趴趴屋里居住的城市平民,生存环境得到改善。可以想见,那些底层的劳动者,披星戴月地劳作,牛马一样奔走谋生,为的是能在城市里落地生根。八大院的落成,不仅收留了流浪的身影,更重要的是,他们在城市里获得了居住权。

八大院是政府实施的惠民工程,在青岛的城市发展中影响深远。抗战胜利后出任青岛市长的李先良感叹,第二次世界大战后英美各国才有供给低收入阶层的标准房屋建设,而沈市长早在"二战"前便有此做法,"实属先进之创举"。

在八大院生活的人们,大多数人对沈鸿烈怀着一颗感恩之心。这种感激,并没有随着岁月的流逝而衰减。2007年,西镇云南路片区改造,陆续拆迁这些历经数十年风雨已显老态的里院时,我来此探访,还能听到居民传唱赞扬沈市长的歌谣。

八大院在青岛的城市进程中彻底消失了,然而,它顽强地扎根于人们的记忆之中。八大院是青岛城市建设的一个标志性符号,是市政与民生的里程碑,是惠民工程的一个典范。都说历史是一面镜子,在房价居高不下的当下,在历史与现实的交织之中,消失于团岛大地的八大院,却清晰地出现在历史的天空之中。历史镜像的八大院,不是一阵风就能吹走的浮云,它投影现实,启示未来……

青岛最早的廉租房

——八大院,带给平民的苦乐酸甜

张文艳　刘盈君

《胶澳志》称:"精神上之建设重在教育,物质上之建设重在土木。"而物质的兴建也为人们营造了精神的寄托。近日,青岛籍明星黄晓明在写给家乡的一封信中,就对"东平路37号"姥姥的老家即将拆迁发表了感慨,他说,即使去过大城市、其他国家,他还是"最喜欢在青岛的海边静静发呆,沉淀过往"。不止黄晓明,每一个在青岛出生、住过的市民都对自己的老房子有着深厚的感情。本期,我们就来到了东平路附近的台西老八大院,这里是青岛最早的廉租房,来自各地的人们如飘零的种子落了地,发芽、生根、开花,记者在采访中感受到了外来居民从异乡变故乡的苦乐酸甜。

苦:城市边缘自生自灭

"日落时马车转到青市的最西偏处。那是著名的马虎窝。海岸上的木板屋与草棚,中间有不少的家庭在这荒凉的地方度日。'这才是青岛的贫民窟。你瞧:与南海岸的高大楼房相比,以为如何? ……'C君问我。'哪个都市不是这样! 到处都是一律。但我总想不到在这美丽的都市也还有这么苦的地方。'"

以上是王统照和友人游览台西镇时的对话,虽然王统照努力不表现出惊讶,但对于眼前的景象仍然难以相信:"矮矮的木屋,有的盖上几十片薄瓦,有的简直是用草坯……全是女人,孩子,她们的男人这时正在赚馒头吃的地方工作,还没有回来。"他确实没有想到,因为不远处就是霓虹灯闪烁、流行爵士乐飘扬的地方,一座城,两重天。这一切都被他记录在《青岛素描》(1934年)中。

王统照去的是马虎窝。青岛话中把狼叫作"马虎",这一带经常有狼出没,因此叫"马虎窝",足以说明其荒凉程度。

在德占之前,台西是一片荒滩。德国入侵之后,对青岛进行大规模扩建,包括在台西建设了劳工住宅区。青岛文史学者、就职于青岛市档案馆的孙保锋处长将台西当时的市街形容为方形棋盘,窝棚茅舍坐落其间。虽然简陋,还算整齐,但这一规划没有充分考虑到人口增长的冲击。孙保锋说,台西的移民潮发生于20世纪一二十年代,"山东战乱,加上灾荒,青岛周边郊县市和山东省内甚至省外的难民拥入青岛,他们通过火车或者轮船来到青岛,就在附近。搭个窝棚住下了,形成了贫民窟,有碍观瞻"。孙保锋告诉记者,连窝棚都搭不起的,干脆就地取材用煤渣垛筑土屋。

这些"闯码头""闯青岛"的难民没有想到青岛的钱并没有想象中那么好赚。住在窝棚中的人们生活如何呢? 记者走访时,在贵州路碰到了一群晒太阳的老人,正在悠闲聊天的他们听记者问起父辈们当年的生计,一下子表情凝重起来。今年已经 88 岁高龄的秦老先生出生在旧挪庄,即后来的七院,他说父亲当年就是靠捡煤核、捡垃圾为生的。他们的主食高粱面、玉米面都是好的,杂合面、橡子面也常有,以至于吃得人大便难解,面黄肌瘦。就是这样也还得靠卖力气为生,扛大包、拉大车、当马夫……

乐:新居建成,落地生根

"平民住所均系平房,每间十二平房公尺,一门一窗,一律黄墙红瓦,公建者每月每间租金一元,带厨房者每月租金一元五角;自建者由公家施给地皮,不收租权金,并永远免除地租地税"。

整齐的瓦房,干净的民居,便宜的房租,这不是台西老百姓的梦境,而是真切地发生在了他们身上,让漂泊的他们终于有了自己的家。这些房子是怎么来的? 我们细细回溯。

事情发展的转折是由量变到质变的过程。从 1910 年到 20 世纪 30 年代,虽然青岛的政局仍不稳定,但与国内的大环境相比,青岛仍不失为避居城市,于是大量人口流动到青岛。记者在青岛市档案馆看到了一份《青岛市部分年份人口统计表》,根据表格显示,1910 年青岛人口为 16 万人,而到了 1935 年已经达到了 45 万人,30 万人口的增长,带来了住房、吃饭、工作等各种需求,青岛市政府感受到了前所未有的压力。

孙保锋说,早在 1928 年,胶澳商埠局组成了由市政府牵头的 13 人筹建平民住所委员会,从市财政中抠出 3 万大洋准备大刀阔斧开建廉租房,"这点钱仅仅做了做建筑地点勘察就被花光了"。一场轰轰烈烈的计划,讽刺性地被扼杀在摇篮之中。

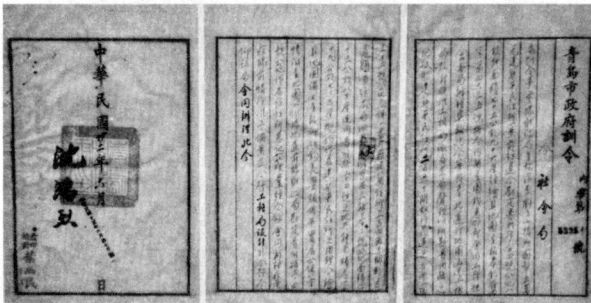

青岛市政府关于将贵州路 24 号公地和台西三路 32 号公地合并修建平民住所的训令(1933 年)

1932 年,一则训令下发:沈鸿烈就任青岛市长。新官上任后,沈鸿烈就大刀阔斧地进行了房地产开发。记者在青岛市规划展览馆中看到了沈鸿烈主持修订的《青岛市施行都市计划方案》和地图,他根据环境的优劣将青岛分为特等和甲乙丙几个等级,显然,台西同四方等地一起被列为丙级,就是平民区。

有了市长的大力推动,"廉租房"工程很快就启动了。孙保锋告诉记者,建筑方式主要分为三种:政府拨款,民众自建和慈善团体代建。1930年,在潍县谭爱伦女士(捐资2.5万元)和岛城首富刘子山(捐款5万元)的资助下,位于台西五路和四川路的首批廉租房工程完工,它们为第一、二、三平民住所,共建房近600间。此后,第三、四、五、六、七、八住所也纷纷落成,因为共有十个院子,所以被百姓戏称为"八大院"或"十大公馆"等。

记者在青岛市档案馆看到了1932年出台的《青岛市政府平民住所注意事项训令》等,并查阅到了《青岛市社会局关于脏土沟、上下马虎窝、挪庄等处筹建平民住所预算、图样、公共设备位置图》等,根据图样可以看到,每个院落都有整齐的房屋规划,并有保留地、洗衣池、公共厕所、污水池、上下水管等。

公建廉租房房租很低,只有1元或1.5元,自建的,据居住在挪庄的于丽华和杨鹤鸣夫妇说,他们的前辈称当时每户出资5元,建成后可终身免费居住。而且沈鸿烈还在《管理及租赁规则》中严格规定:凡公务员、教师、警察等公职人员以及资产在500元以上的工商业者,或者吸食鸦片者、无业游民,一律不得租住。

"房子设计得还算不错,也解决了好几万人的住房问题,院子里还有负责治安的管理人员,以前的消防隐患也随着砖混结构的改造小了不少",孙保锋说,这里就类似于现在的社区,"据《青岛指南》记载,1936年,在贵州路与南阳路之间还建设了西镇公园"(后来随着建筑的扩张,公园被逐步吞噬,直到彻底消亡)。

"十大公馆"的说法也表示人们对于住房改善的自豪,但也有自嘲的味道,因为相较于今中山路一带,这里只是一些普通的砖瓦房。对于这一点,青岛文史专家鲁海深有体会,因为他就住在当时的富人区,而他的姑姑住在挪庄,"我20世纪40年代去过挪庄,那里商店多,配套设施还可以,我当时就在旁边的一中上学,来回就从挪庄走,上云南路坐公交车"。鲁海说,平民住所的生活水平要比他家差一些,但也基本上能满足温饱了。

其实,在兵荒马乱的时代,老百姓并不奢望什么,他们只要求一房,能住足矣,有家,和睦为上,有业,糊口便可,这些他们得到了,也就知足了。

酸：人多屋少，拥挤不堪

"谁挡了我的阳阳（阳光），死了变个苍蝇；谁挡了我的头，死了变个牛；谁挡了我的脚丫，死了变个小地瓜。"

2000年前后，台西四路和台西纬四路拐角场景，这里住着西镇老居民

这是家住挪庄的张恕元老人向记者唱起的童年歌谣。声调调皮，歌词有趣，乍一接触觉得很欢乐，其实这其中蕴含着难解的心酸。张恕元今年70岁，就出生在挪庄，回忆起童年的生活，虽然不至于饿着，但寒碜的饭菜让他的童年记忆颇为酸涩。"那时，冬天小孩都是空心穿棉衣棉裤，没有内衣，加上衣服都是补了又补，根本不暖和。好不容易遇到阳光好的时候，中午几个小伙伴就围一块晒太阳，儿歌是这么来的。我上中学俺老娘才花几块钱给我买了件卫生衣，就是现在的秋衣，那时候能在北京路买双'万力胶鞋'就很了不起了。"不但穿不好，吃在当时也成问题，于丽华告诉记者，院里就有吃花生皮面饼子噎死的。

没有吃穿，看病就更谈不上了，于丽华的母亲因为难产而死，家住八院的夏秀美，本来是兄弟姐妹四个，结果哥哥中风而亡，妹妹被药丸噎死，弟弟因为摔倒骨折而去世，只有她自己活了下来。青岛诗人、历史学家周至元的女儿周延顺，当年儿子得了肺炎，因为没钱交被药房拒收，差点失去幼子，最终，在好心大夫帮助下留下大儿子一命。

有了房屋，条件怎么还如此艰苦。根本的原因还是因为人口的大幅增加。青岛优厚的房屋政策，加上八年抗战灾民的增加，"很多人都跑到西镇避难，1937年青岛有40万人，1947年增加到了70万人"，鲁海告诉记者。人口的增加使得平民住所异常拥挤，为了满足居住，人们开始乱搭乱建。外面建不开了，就在屋内搭吊铺，这也成了青岛早期居民的一大特色。

之前统一的格式，统一的户型被逐渐打破，沈鸿烈当初的设想是每户不超过四人。但到了新中国成立前后,青岛人口已经暴涨为 100 万人。八大院里的房屋紧紧相连,如果想出门,得迈小点步,要不然就会一脚踏进对面邻居的门槛。

甜:乔迁楼房,知足常乐

"现在我们都住进了楼房,而且是原址拆迁,小区里都是老街坊老邻居。""我孩子给我在浮山后买了套 170 多平方米的大房子,我不去住,因为我舍不得这个地方,这里才是我真正的家。"

这是记者采访中老人们的普遍共识,记者走访了二院、三院、七院、八院、九院,发现这里都是清一色的楼房,以前瓦房的踪迹全无。鲁海告诉记者,这是因为在市政府"不把棚户区带到 21 世纪"的方针下,把这些老院全部拆除,一律改建为宽敞明亮的住宅楼,"一步跨越了几十年"。随着胶州湾隧道的开通,这里也从城市的一隅,变成了交通要道。

挪庄是第一个拆迁的老院,始于 1988 年,之后八大院陆陆续续都得到改造。如今,楼房也已经 20 多年了,略显陈旧,老人们三五成群,打牌、聊天、晒太阳,有过沧桑历练的他们,拥有的是年轻人缺乏的知足、乐观与坚强。

挪庄的名人和诗篇

八大院中最知名的是挪庄,也就是第七院,老院拆迁以后也叫挪庄社区。

记者来到了挪庄社区,楼房围成了一个方形,中间有一处空旷的院子,院子中有凉亭和石碑,碑上刻着挪庄的历史记载:1911 年德占时期,小泥洼一带居民因德军修建炮台而被驱出,部分居民挪迁此地,搭棚聚居成村,取名"挪庄"。1930 年 5 月,青岛特别市政府决定拆除棚户,进行统建。"挪庄"是青岛居民人数最多的一个平民大院,有 1078

团岛灯塔

户,5000多人,如同一个小城市,街巷纵横,生人进入难以走出。除居民外还有许多小商店,成为城中之城。

鲁海告诉记者,关于挪庄,有两位诗人写的诗篇。20世纪30年代,刘迎州写过《过挪庄》一诗:

> 青山西畔是挪庄,户牖绳枢土筑墙。
> 积雪寒添煤火活,和云春种菜根香。
> 播来卵纷寻邻伴,捡到花生作嫁裳。
> 莫笑此间贫困甚,无风无雨过重阳。

齐星五和了一首:

> 雁户戍村聚水边,含辛茹苦度年年。
> 灶寒火断尘生甑,屋陋茅稀席蔽天。
> 新政幸无人口税,蜗居差少地皮捐。
> 丁男日出谋家计,一辆煤车压两肩。

这里住过两位名人,一位是青岛诗人、历史学家周至元,即墨人,曾经撰写过《崂山志》,他1958年来到挪庄,住在女儿周延顺家,和母亲一起给女儿照看孩子。虽然身体不好,加上居住环境拥挤,他还是作诗以作留念:"倦游归后返琴冈,养疴台西地一方。楼高全吞山海胜,饱看旭日出扶桑。"

另外原任二炮工程设计研究院副总工程师、我国第一条黄河水下公路隧道建设者崔玖江也曾住在挪庄。

地名多含"八",我们八一八

西镇八大院又称"十大公馆",主要是由八大平民住所,十个院子组成。其实根据档案记述,应该是八处十四个院,后经合并,成为十个院子。但人们似乎更喜欢把其称为八大院,因为数字"八"在人们心中有着独特的地位。这也让来青岛的德国人卫礼贤印象深刻,他在《青岛的故人们》中称,"'八'这个数字在中国有些神圣的含义"。

1913 年,青岛台西镇的道路,正面是德华大学的校舍

我们先了解一下"八"。《说文解字》解释"别也,象分别相背之形"。这说明中文里的"八"刚刚出现的时候,与方位区分有关。在中国古代,10 以内的数字都与天地对应,奇数代表天,偶数代表地。天大地大王亦大,"普天之下,莫非王土"。八又是"数之大者",因而地位很高。

加上"八"的发音与"发"相似,而且十个数字中,"八"是开口音,颇有气势,所以甚至超过"十全十美"的"十",成为数字家族的权威者。

在这样的背景下,"八"字因而也为青岛人所钟爱,当年在青岛的老城区,甚至用"唐宋八大家"的名字来命名的道路,后来被改成了登州路等。以"八"命名的地名最著名的是八大关,用中国著名的关隘和税关命名,后来又有了"山""峡""湖""海"等,有的可能数量不止八个,也会被冠之以"八大":

八大关:韶关路、嘉峪关路、函谷关路、正阳关路、临淮关路、宁武关路、紫荆关路、居庸关路、武胜关路、山海关路。

八大峡:西陵峡路、瞿塘峡路、红山峡路、观音峡路、明月峡路、龙羊峡路、青铜峡路、刘家峡路、三门峡路、巫峡路。

八大湖:西湖路、鄱阳湖路、洪泽湖路、高邮湖路、太湖路、巢湖路、洞庭湖路、微山湖路。

八大海:海游路、海江路、海口路、海川路、海青路、海龙路、海安路、海宁路、海富路。

八大江:嘉陵江路、香江路、漓江路、珠江路、漳江路、长江路、同江路、吴江路、赣江路、东江路、平江路、钱塘江路。

八大阳:正阳路、德阳路、和阳路、崇阳路、文阳路、兴阳路、明阳路、春阳路。

八大岭:仙霞岭路、苗岭路、松岭路、云岭路、梅岭东路、秦岭路、赤岭路、岩岭路、燕岭路、桐岭路。

八大山:昆仑山路、太行山路、井冈山路、阿里山路、九连山路、衡山路、天目山路、青云山路、大涧山路、韶山路、白云山路、萧山路、武夷山路、庐山路、峨眉山路。

　　八大同：同仁路、同安路、同益路、同福路、同庆路、同乐路、同和路、同兴路。

　　八大川：铜川路、延川路、灵川路、合川路、宾川路、宜川路、武川路、汉川路。

2014 年 10 月 21 日

回望西镇大杂院

今日西镇，高楼林立，道路整洁，大杂院已经渐渐在团岛版图中消失

西镇大杂院的老规矩

王灏远

　　我从小生活在青岛这个叫西镇的地方，这里有我许多童年、少年和青年时期美好而伤感的回忆。我常会回味这样的场景：下午从东平路上红旗电影院走出来，走在云南路坡上可以看到远处建在丘陵上的高低起伏的房子，像是一幅美丽的图画；四川路上抬头就能看到后海，蔚蓝的海上有大大小小的船只。

　　想起当年西镇的情景，得了两句诗："西岭观落日，后海望归帆。"虽然平淡，但正是我记忆中的老西镇平淡而真切的市井生活。小时候住在西镇低矮的、带吊铺的平房里，非常羡慕那些住在楼房里的人，尤其羡慕住在街里、八大关的人。可随着阅历的增加，反而越来越怀念幼时的西镇大杂院儿，怀念那个时代的人和事、怀念那个时代特有的简单纯真。

　　当年大杂院邻里关系往往很融洽，大家近乎敞着门过日子。谁家有什么摆设和家具几乎都是公开的；谁有几身衣裳别人都很清楚；谁家做的什么饭邻居都知道，夏天还像展览一样支张小桌在门口吃饭；哪家包了包子会给对门儿送几个，对门包了饺子再给你家送一盘；孩子挨父母揍，只要用足够大的力气喊，就会招来不止一位的邻居爷爷奶奶来劝解；夫妻吵架，更会招来一屋劝架的；婚事丧事如果没人主动登门帮忙，是件很丢人的事，说明这家人缘儿太差，老人说这种人都是"天棚上开门"（就是平时不交往人的意思）。

　　网上曾疯传"郭德纲谈北京老规矩"，《老规矩》竟然成了 2014 年北京高考作文题目。其实西镇的老规矩也很多，有些和郭德纲说的北京老规矩很相似，而且还很传统。

　　我记得老人要求孩子：站有站相、坐有坐相，不许跷二郎腿；大人说话不许插嘴、不许顶嘴；吃饭要长幼有序，小孩绝对不允许先吃，有老人在，得等老人拿起筷子说"吃吧"，才能开始；吃菜只能吃自己眼前的菜，而且只能夹自己这半边儿，不允许站起来越过大半个桌子夹菜，不允许在盘里乱翻；吃有吃相，不允许吧嗒嘴、不允许急速扒饭；左撇子上席会和邻座打筷子，不允许左手拿筷子；不允许端着碗到处溜达着吃饭;绝对不允许在一碗米饭上竖着插筷子,那像丧事上插的香。

小孩如果犯了规矩,轻则一顿呵斥,重则一个大耳刮子。我天生是个左撇子,小时候每当习惯性地用左手拿筷子时,都会冷不防地被父亲用筷子抽一下手背,硬逼着改过来。

青岛开埠以来,西镇是这个城市最早的大量普通移民的聚居地。这类移民由流入城市的农民转化为产业工人,这里形成了开埠以来的青岛较早的市井风情;这里因移民籍贯不同而构成特有的多元、包容的风俗习惯;这里有着特殊的区域文化,甚至连语音都有别于青岛的其他区域。

西镇大杂院里的居民为人厚道,但性格刚烈、喜欢抱团儿。其实,这是自保和互保的方式。当和他们生活在一起的时候,会被他们身上特有的淳朴、仗义所感动。

写成文字的历史往往关注不到组成社会基础的普通个体。但构成历史的不可能只是帝王将相、英雄豪杰、才子佳人,更多的是普通人。在西镇这块土地上流淌着的百年沧桑岁月,不知有多少人情冷暖、悲欢离合,以及同样可歌可泣的动人故事。

天桥上看火车,洗海澡去摸鱼,拉石头缝草垫
——西镇大杂院里的往事

张文艳

大院故事来到西镇,本来打算挑选"八大院"("十大公馆")中的一个大院关注,后来发现,似乎不能把它们独立开来。生活在大院里的人们,有着相同的背景,有着共同的价值观。在院外人看来,这里的人喜欢打架斗殴,"确切说被人认为野蛮",院里居民的自嘲性复述带着心酸,也带着无奈。然而,和越来越多的西镇人接触,会发现他们其实朴实、单纯。四季流转变化,悲欢离合,酸甜苦辣,成就真实的人生。本期,我们关注西镇的大杂院,和大院里的老教师、老居民们,一起听,游内山灯塔的"海牛"声,造船厂机器的轰鸣声;一起看,西岭山的

落日,后海的归帆;一起回忆,天桥上看火车,"打牛房"里追猪……

关键词:小泥洼,日照,沈鸿烈
移民拥入,催生八大住所

　　不像大鲍岛,西镇的诞生没有含着金钥匙,甚至有种被冷落的滋味。青岛文史专家李明在《台西镇诞生记》中称,德国租借时期的1900年以前,有小泥洼,但在"《德属之境内外两届章程》中,内界九区包括小泥洼,却没有台西镇"。直到1901年,小泥洼退出舞台,台西镇才以"官方表述正式规定下来,成了一个行政区划单位"。不过,当时的德国还没有重视这里的开发,主要的设施除了一个不大的小镇外,还有胶澳府屠宰厂、发电厂、垃圾倾倒场等污染企业,和炮台、打靶场等军事设施。1905年,青岛特别高等学堂的设立,让这里找到了摆脱荒蛮的理由。1913年,人口的急剧增长,促使德国不得不再次把目光投向台西,只是,历史只给他们留了一年的时间。1914年,一声炮响,台西镇炮台变为废墟,德国在青岛的建设计划也因为日军的侵入戛然而止。

　　我们所说的台西指的是狭义的范围,即台西一路、磁山路、台西五路和贵州路围成的区域,这里的发展进程,是随着一拨又一拨的移民推进的。"那个时代但凡在家乡要饭能活下去也不会离开的,但一旦离开了那真是背井离乡,不要祖坟了,那是中国人最看重的",王灏远是八大院中四院的

曾经的西镇大杂院一角

老居民,他的著作《西镇感旧录》即将出版,这是爷爷给他讲的来青岛的初衷。"德国占领青岛那会儿还没有形成移民大潮,后来清朝灭亡后,军阀混战,再加上连年灾荒,很多农民都破产了,在长期处于衣食无着、饥寒交迫的状态后,为了讨生活,便开始一拨一拨拥入城市。"青岛无疑是个不错的选择,因为在社会风起云涌之时,在德国的租借之下,"相对安全";在西镇落脚,明显是港口工作机会多,"当时外来劳工的主要构成就是码头工人,纺织厂的童工,再就是家庭

妇女"。这些人来自青岛周边,"有即墨人、胶县(今胶州)人、平度人、胶南人等",但主要的人群以日照人为主,王灏远的爷爷和姥爷都来自日照。

青岛市档案馆编研处处长孙保锋说,台西的移民潮发生于20世纪一二十年代,显然,之前规划的区域已经超过负荷,"青岛周边郊县市和山东省内甚至省外的难民拥入青岛,他们通过火车或者轮船来到青岛,就在附近搭个窝棚住下,形成了贫民窟,连窝棚都搭不起的,干脆就地取材用煤渣垛筑土屋"。杂乱的居民,贫苦的生活,看在青岛著名作家王统照的眼里,"日落时马车转到青市的最西偏处。那是著名的马虎窝。海岸上的木板屋与草棚,中间有不少的家庭在这荒凉的地方度日。矮矮的木屋,有的盖上几十片薄瓦,有的简直是用草坯……"(《青岛素描》)这也引起了政府的注意。在西镇,人们当年最感激的人是沈鸿烈,即便他再有争议,关于"八大院"的组建,他是有功在身的。1932年,沈鸿烈上任后,用政府拨款、民众自建和慈善团体代建三种方式,陆续建成了八大平民住所实为十个大院,也就是百姓所说的"八大院"或"十大公馆"。房屋每间12平方米,带厨房大点的16平方米左右,房租很低,只有1元或1.5元,如果想要自建,每户出资5元买地皮,可以终生免费居住,在青岛市城市建设档案馆中,可以看到1933年青岛市工务局发给挪庄自建房屋执照的文件。

"当年的规划非常细致,房屋建设多少排,距离几何,房高多少都有详细规定",看过房屋图纸后,青岛文史学者鲁勇说,"从窝棚,到平房,从吃井水,到有公共自来水和公共厕所,西镇居民终于摆脱农村生活习惯,成为正式的青岛市民"。

关键词:好斗,义气,诚信
活在底层,西镇人有两面

"西镇大杂院里的人为人厚道、实在、讲义气,敏感而自尊,喜欢抱团儿、好打群架,男性尚武、女性泼辣。这大概是长期生活在社会底层造成的",作为西镇人,王灏远如此剖析道。

虽然在八大院购买了一间12平方米的房产是王灏远姥爷一生的荣耀,但平民院还是没有摆脱"穷"的影子。幸好,那时整个社会的生活水平不高,所以并不觉得住在大杂院是件丢人的事。但是,"如果个别男同学对大杂院稍有不敬,就会招致其他男孩群起而攻之的一顿暴揍;女的会招来一场可能拐带上十八辈祖宗的恶毒臭骂"。

同样居住在西镇，曾担任四川路一小教师、莘县路小学副校长的王玲义承认，在外人眼里"八大院"的人们比较"野蛮"，喜欢打群架，但作为老师，她发现并非如此，这里的孩子很听话，每次她家访也受到家长的尊重。"青岛开埠之初，这些人生存环境应该比现在的农民工更凄惨，现在的农民工好歹还有吃饭和睡觉的地方。那时那些初到青岛的流民，能搭起个席屋就不错了；吃饭也是现挣现吃、有上顿没下顿，是真正的弱势群体。这样的人不好勇斗狠、不团结怕是很难生存的"，王灏远说，其实大院里的居民幸福感很强，"那个时代人少，生活简单，想得不多，要求也不高"。西镇老居民、书法家杨志良永远记得家里的一幕：阳光照耀的屋内非常温暖，父亲静静地阅读报纸，姐姐踩动的缝纫机发出嘎达嘎达的声音，母亲忙着家务，家庭氛围宁静而和谐。不过，来自家庭的温馨定格在了 1970 年。

这一年，正值"文革"不堪折磨的杨志良的父亲上吊自杀，家里的顶梁柱轰然倒塌。除了经济上的重压外，还有来自心理上的隔离感。但西镇人的行为并没有彻底冰冷杨志良幼小的心灵。"邻居们没有人用异样的眼光看过我们，甚至还偷偷帮我们撕掉贴在门上的大字报"，杨志良盈盈的泪光里透露着感激。在西镇人眼里，老居民不但善良，而且诚信。杨志良的父亲当年是电台职员，月工资较高，邻居每月都会来借钱，但只要自己发了工资，每月会按时归还。穷，但志不短，如果得了谁家的好处，会想方设法还了这份情。

当然，食有五谷杂粮，人有三六九等，夹杂在西镇的工人不仅有平民百姓，还有一些落魄的知识分子。所以即便是在人们心目中地位并不高端的平民大院，这里依然有不少大家熟知的名人。除了挪庄(七院)《崂山志》的作者周至元曾在女儿周延顺家短暂居住外，"还有一位姓王的老人，脸上有麻子，沉默寡言，武把式，是个摔跤名家。经常见他在糖果冷食厂东墙外虎虎生风地教人摔跤，辗转腾挪，动作干脆利索，那时至少七十岁以上了。据老辈儿讲，日本时期，他曾经在小港用中国摔跤功夫把一个练柔道的日本人打得服服帖帖，后来每次这个日本人的渔船到码头，都主动送他几箱鱼，以示尊重。再一个是苏联大嫚儿，我小时候见过，长得像欧洲人，很美艳、也很干净，说话柔声柔气。据说她父亲是苏联专家，回国了；她跟着姥姥长大……"

生活中，西镇人也有西镇人的时尚，"1976 年前后一段时间西镇的时尚是：不扎在裤子里的白衬衣，肥大的蓝色海军裤，白边黑布鞋(或者白万里鞋，也就是回力鞋），双闸自行车，还有马粪包（上班的人装铝饭盒用的）"。20 世纪 80 年代以后，街头上则随处可见"留着史村头、穿着扫街的大喇叭裤、戴着蛤蟆镜、叼着二马烟（青岛卷烟厂出的双马牌香烟）、手提播放着邓丽君《何日君再来》的四喇叭录音机，招摇过市"的青年。

关键词：天桥，西岭，西大森
旧日痕迹，载满年少记忆

"东镇西镇太平镇，一浴湛山石老人，大小麦岛吴家村，曲流拐弯西大森，团岛挪庄西广场，大港小港小鲍岛，水清沟加盐滩村，沧口营子板桥坊，大小翁村西流庄，舟山小水马家台，城阳流亭仙家寨。"青岛诗人王音提到的这一青岛歌谣中，句句是青岛著名的地标。而对于西镇来说，对于曾生活在"十大公馆""八大院"的老居民来说，也有西镇自己的标志，可以称作西镇符号。

走过一个时代，留下一段印记，时间无法逆流，记忆却能共鸣。

"还记得小时候每到秋天的时候，有个老人抱着个坛子沿街喊'香油——辣菜！香油——辣菜！'这位老人似乎住在滋阳路一带。现在做的香油辣菜再也没有当年那个味道。那时 3 分钱的冰糕，现在再贵的冰糕也没有以前的味道；还有那时 4 分钱一块儿的豆腐干儿，不知怎么会那么好吃；另外红旗冷藏厂那满是虾黄（青岛方言：虾脑）的大虾头，真是天下第一美味……"王灏远擅长记忆，毕竟味觉能够唤醒旧日的时光，而那些标志物也是如此。

在那个年代，划分西镇和街里的界限是天桥，它几经重建，名字从"定安桥"（为纪念高恩洪，取其字定安），到泰云桥，又到跃进桥，如今它已变成泰云通道，从天上，到地下，著名的西镇天桥彻底被埋藏，但是记忆不能。王灏远记得，他经常站在天桥上，手把着栏杆，饶有兴致

1924 年 10 月 11 日，定安天桥举行落成仪式，天桥的竣工使市镇得以沟通，交通大为便利

地看着过往穿梭的蒸汽机车，仔细数着它们到底有多少节车厢，然后从桥的一

侧追逐到桥的另一侧；至今还记得那汽笛声中，机车冒出的、突然飘过的、略带温度和呛人味道的白色水蒸气。那一刻曾经萌发过一个懵懂少年周游世界的梦想……

天桥的界限把西镇的"西"字体现得淋漓尽致，比如西大森（西镇人习惯读shen），半集半市，露摊为集，后面店铺为市，热闹非凡；站在西岭山上，一边是拥挤的平房，一边是域外风光，但在王灏远他们的世界里，后海也是美的，"西岭观落日，后海望归帆"。

王音是由台东常去台西的"游人"，"团岛，西镇人对此地是流连忘返的，岸上钓鱼水下摸鱼，赶着早市，抬头看着飞来飞去的早就该退役的飞机"，而西镇让他流连忘返的是，云南路一个接一个的酒馆，"有一家岛城最便宜的啤酒馆，被酒友戏称'110'，即每斤一元一角，而其他酒馆均为每斤一元三角，排队如龙就像是不要钱了！"

"四一小"（四川路第一小学，即过去的回民小学）的梧桐树，小洋楼，三面围合的教室，装载着王玲义老师的青春，雕刻着王灏远的童年，也是大杂院老人崔五爷的心血。他"为了筹钱办学，白天当先生，晚上短打扮，偷着出门拉大车，饿了就蹲在路边干啃个煎饼"，王灏远说。

还有那个老百姓叫它"打牛房"的肉联厂，其实它最初的名字叫胶澳总督府屠宰场和生物化学制药厂，调皮的孩童们最喜欢到里面练胆，有时候会看到面对屠刀下跪的老牛泪眼婆娑，有时候也看到血腥的场面不敢睡觉。当然，也有全厂工人追着猪跑的滑稽场面。这样"练胆"的场所，还有台西医院里的太平间。

20世纪70年代以后，又一代西镇人成长起来，那时，还未实行计划生育，动辄十来口子人挤在12平方米的小房间里，而长大后的男孩又要结婚生子，即使加层吊铺仍然不能满足居住，所以，大小房子见缝插针地挤满每一个院落。几十年的房屋也日渐凋敝，"下雨的时候

1906年拍摄的总督府屠宰场，在今观城路

屋外下大雨,屋内下小雨,我还亲眼见过有人结婚闹洞房把房子上的吊铺给震塌了的",鲁勇先生说。

如今,西镇高楼大厦林立,住房条件已不可同日而语,不过,不少老西镇人仍不时回味旧时的时光和过往。最后,我们用曾生活在挪庄的历史学家周至元的诗作为结尾:"倦游归后返琴冈,养疴台西地一方。楼高全吞山海胜,饱看旭日出扶桑。"

"空身穿棉袄、光脚穿鞋,大院的孩子很皮实。"

姓名:王玲义

简介:出生于 1942 年,西镇老居民,曾任教于四川路第一小学,为教书事业呕心沥血,是大院孩子们念念不忘的好老师。

记者:王老师出生在哪里?

王玲义:我住在郓城北路,后来在四川路第一小学教书,可以说出生在西镇,童年在西镇,青春也在西镇。直到 1984 年底调到莘县路小学。在"四一小",我开始教数学、语文,到了高年级主教语文,后来教毕业班。到莘县路小学属于提干,先当教导主任,后来担任副校长。

记者:有没有哪些学生让您印象深刻?

王玲义:有,比如李春三,上面有两个姐姐排行第三。父母都是肉联厂的工人,这孩子让我印象最深的是他的作业,我从 3 年级教他到 6 年级,他的家庭作业没有一个潦草的字,一笔一画工工整整,我特别佩服这孩子,我还留了不少他的作业,可惜搬了几次家都丢了。

当时"八大院"的居民生活条件不好,我们班学生李健是四院的,冬天曾经空身穿棉袄,露着大脖子,经常流鼻清,冬天手都冻得跟胡萝卜似的。不过当时的孩子很皮实,冬天穿鞋没有袜子穿,光脚穿鞋还露着脚指头,照样玩得很欢实。还有刘建文,父母都是聋哑人,有 3 个姐姐,他最小,但体育成绩特别好,为"四一小"体育增了光,后来参了军。

记者:当时"四一小"都有什么课外活动?

王玲义:当时经常组织看电影,到东平路红旗电影院,当时流行的电影包括苏联电影,大都会组织学生观看,票价一般是一毛钱一张。除此之外,大型的活动主要集中在春天和秋天。春天以运动会为主,有广播体操比赛,"六一"的时候还有队列比赛;秋天则拔河跳绳,还有围着学校的马路进行的长跑比赛。

大院离海很近,经常有学生暑假自己跑去游泳。学校为了安全有时候也会组织学生一起游。这时我往往很紧张,我不会游泳,但眼睛好使,盯着他们的小脑袋,数数看谁游远了。现在恐怕学校不会组织这样的活动了。

记者:您的学生曾回忆说,您当年带毕业班很辛苦,傍晚下班时抱一大摞作业回家,早上7点前就已经等在教室。

王玲义:带毕业班确实要累一些。以前,孩子们7点多就到学校了,乱哄哄的,我早点到可以震慑一下,让大家上早自习。我1970年结婚,后来生了两个儿子,当年还得边工作边照顾孩子,幸好学校里有托儿所,放下孩子就去上课。由于过度劳累身体当年受损严重。其实,病根是在我刚工作的时候留下的。当时学校组织献血,我半年献了500毫升,条件不好,所以也没有好好增加营养,导致以后连续贫血14年。1966年那一年,我曾在"四一小"晕倒过两次。

“小时候院子非常整齐干净,从巷口可以看到海。”

> 姓名:王灏远
> 简介:1966年出生,曾居住在四院,记忆力超强,将老院生活点滴写入新作《西镇感旧录》中。

记者:虽然看过资料记载,但确实不能想象房屋的原貌了,当时到底是什么样的房子?

王灏远:我住在四院,小时候院子非常整齐干净,并不像后来大家描述得那样脏乱差,而且那个时候的居民也相对自觉,门口也就盖个煤池子,不乱搭乱建。我们当时还小,对空间没有什么概念,只记得从巷口可以看到海。20世纪50年代,青岛人口爆炸性增长,有的一家七八个孩子。1975年之后,孩子们长大了,男孩女孩在一起没法生活,加上他们都得结婚生子,现有的住房条件明显不够,各家各户开始想各种办法盖房子。所以路变窄了,房屋挤满了,纠纷也出现了。

记者:您的家人从什么时候迁过来的?

王灏远:我的爷爷和姥爷都是日照人。姥爷来青岛比较早,清末时期,从日照老家来青岛建火车站,就住在窝棚里。当时的条件非常恶劣,老两口最后剩下四个女儿,中间夭折了好几个,那个年代,医疗条件和食宿条件都不行。经过多年努力,姥爷做了让他一辈子都感到非常荣耀的一件事:买了一块地,建了属于自己的平房。

记者:当时屋内的条件如何?

王灏远:房子都为坡顶,上面有一个老虎窗,我们小时候也叫天窗,天窗下面有一张小床,是 20 世纪 70 年代后期的两层吊铺。地面都是用三合土做的,一下雨连屋内都特别泥泞。就是这么一个小房间,兼具全家住宿和做饭的功能。12 平方米的房间里,除了炕就是灶台,衣柜什么的都在炕上,我小时候捉迷藏曾睡在衣柜里,全家人找了一天。

记者:家里人靠什么为生?

王灏远:父亲做售货员。父亲兄弟姐妹 5 个人,没读过什么书,但非常聪明。我就记得那时候他给我和我弟弟一人做了一双军鞋,人人都夸他手巧。我那时冬天穿绿军鞋,夏天穿塑料凉拖鞋。

为了生计,我七八岁时,也得干活,补贴家用。我记得当年缝垫子,用一根长针,手指头上戴着顶针,我现在的手指头都是弯的,就是那时候留下的。一家人一块干,一个月能挣十多块钱。大人们还缝拖鞋,钉扣子,剪线头什么的,一个月最多挣 15 块钱。当时没有机器,都是各家各户人工制作。草垫是出口国外的,我做着的时候时常在想,这么好的东西到底给谁用呢?

"第一个月挣了 30 块,母亲拿着钱眼泪哗哗地流。"

姓名:杨志良

简介:1956 年出生,青岛书法家,曾住在西镇电台宿舍,经历坎坷。

记者:杨老师,您家是怎么迁到青岛的?

杨志良:我的老家是高密,父亲在高密出生。为了讨生活,自己从高密走到了青岛。其实当时家庭条件并不差,爷爷家是地主家庭,父亲是不想在家里待着了,想出来出人头地。初中毕业后,父亲就来到青岛谋生,先上了高中,1933年,高中毕业后,曾就职于国民党警察局,后来到国立青岛大学进修英语,然后调到青岛电台去工作。

记者:您父亲经历比较曲折?

杨志良:父亲最初在警察局工作,跟着国民党一起接收青岛。记得当年我们在东海饭店一带居住,哥哥就出生在那里。青岛解放后,条件一年不如一年,被迁往西镇电台宿舍居住。不过因为在电台工作，收入还算不错，每个月66块钱，五口之家，比较宽裕。我清楚记得，邻居有一户人家特别穷，家里有8个孩子，就一个人挣钱，往往不够用。所以，他们月月来我家借20元钱，每月到这个时候，母亲都会准备好钱，等着来借。邻居发了工资会立刻归还，很守信用。

"文革"期间，当时就职于电台的父亲因为掌握着电台密码，被怀疑是中统特务，没少挨整，1970年，他不堪折磨，上吊自杀。母亲没有工作，带着我和哥哥、姐姐三人，生活彻底陷入困境。

记者：那父亲去世后你们怎么生活？

杨志良：父亲去世后就完了，母亲也出身于地主家庭，受到打击后，干脆把管家的事交给了我。幸好哥哥顶替母亲在纺绳厂的工作，也就是第四纺布厂的前身。全家一个月30多块钱，由我持家。当时我才13岁，刚小学毕业，每天去买菜，捡菜叶子。初中毕业后我没再去上学，曾经跟别人去拉石头，一车一块钱，后来哥哥给找了个工作，在电缆厂当临时工，第一个月挣了30块钱，全是一块一块的，母亲当时拿着那个钱眼泪哗哗地流。后来，哥哥当了厂长，家里才慢慢好起来。

那个时候，我根本买不起鞋，就穿哥哥的大鞋。后来哥哥结婚后，嫂子给我织了件背心。工作的时候穿背心不好看，我干脆把背心脱了，光膀子在车间干活。那时候顶多15岁，正是要好的时候，记得和一位女同事一起去办公事，走在路上，心里感觉非常不是滋味。

2015年2月1日

劈柴院中觅光影

今日劈柴院，小吃云集

劈柴院中觅光影

柳已青

　　清明小长假,标志着青岛旅游旺季的来临。不少外地游客慕名到中山路附近的劈柴院游玩,幽深的院落,涌动着春潮与人潮。劈柴院是怎样得名?哪些著名的艺人来此演出过?劈柴院的繁盛和中山路有着怎样的联系?不妨跟随记者一起穿越,溯流而上,细数它的前世今生。

　　劈柴院的形成与中山路的建设密切相关。德国侵占青岛后,于1902年修建了后来被称为劈柴院的江宁路。江宁路上积淀着百年的光阴,然而,百年过去了,这条路的走向没有发生变化,呈"人"字形,东边连着中山路,北边连着北京路,西边通河北路。20世纪20年代中期开始,江宁路成了步行街。江宁路有二十几个大院,整条街都是商业、餐饮、娱乐集中的地方,人气很旺,是老青岛人当时逛街的集中去处。

　　至于劈柴院这名字的来历,有人说,这里原先是个"劈柴市",曾是在大鲍岛集市卖劈柴的聚集地,所谓的"劈柴"不是指烧火的柴,而是指木材。这种说法,和中山路以北的大窑沟遥相呼应。

　　劈柴院对青岛人来说,是一个家喻户晓的所在,它承载着青岛老百姓文化娱乐的记忆碎片,传递出朴素而悠远的情感。

　　20世纪三四十年代,劈柴院的一个主要功能是娱乐,相声、魔术、京剧、茂腔,各种演出都有。著名相声演员马三立曾在劈柴院"撂地"演出过。

　　对于当时的青岛人来说,最大的享受是在劈柴院观看王傻子的演出。王傻子是艺名,原名王鼎臣,1931年由北京经天津带班来青岛,流动于各个茶社中。王傻子本人是魔术艺人,以中国传统戏法著名,名扬岛城。如今,人们在劈柴院江宁会馆看戏听曲,是劈柴院历史传统的延续。遥想当年,看王傻子的戏法,听马三立的相声,看脍炙人口的地方戏和京剧,然后,在劈柴院吃美味的小吃"坛子肉",真是流连忘返。论小吃,这里的炉包、馄饨、甜沫和豆腐脑最为有名,也最抢手。

劈柴院相当于北京的天桥,是艺人你方唱罢我登场的演出胜地,也是青岛草根文化的代表,所以它具有强大的生命力,在不同的历史时期,劈柴院的演出与美食,经久不衰。

中山路南段成为青岛金融、娱乐和购物的中心,咖啡馆,酒吧,西式面包房,电影院,一应俱全,这里是西式的生活方式;而劈柴院里是原汁原味的市井人生,娱乐方式是中国传统。中山路一南一北,一洋一中,劈柴院好比一面镜子,映射出丰富的历史画面。

自 20 世纪 90 年代开始,盛极一时的劈柴院渐渐清冷。自从城市发展东移之后,中山路商圈人气减少。

1999 年,记者走进劈柴院时,已经明显地感受到人气减少。记者曾在中山路环球买过文具,也在中山路通向劈柴院的阴暗门洞印过名片。门洞里有一位头发花白的老先生,修理手表。印象中,这里还有一个书报摊。每一次路过总感觉冷清。

随着城市的改造和快速路的建设,像波螺油子、海关后、西镇向阳院等老地名,多已名存实亡。而正是这些带有青岛特色和个性的地名和建筑,反映了青岛历史的风貌延续。如何保护老城区、保护老建筑? 如何安放青岛人的记忆? 如何留住城市之根? 的确是城市建设和发展中一个复杂的命题。好在劈柴院在 2009 年重生,曲艺和美食,给游人带来双重的享受。劈柴院对于青岛人来说,是一个时代的记忆。它带给我们的,正如一出大戏,悲欢离合,兴衰更迭,光影交织,难以明说。

百年劈柴院:也曾繁华,也曾落寞,而今重生

韩小伟

如今的劈柴院,每天都会迎来不少游客,加上适逢清明小长假,有慕名而来的外地客人,也有专程怀旧的老青岛人。如果这院子也有思想,经历过往昔作为中心地带的繁荣,这场面应早就习惯;正因为古今对比,恐怕又免不了时时回忆一番,慨叹一番。就像一个上了年纪的人,回首历历往事,就能感受到时运变

迁。劈柴院也有了年纪,比如连名字由来都是众说纷纭难有定论;它也在时运变迁中变化着,从原本的最繁华之地,变为破败之地、变为改造之地,幸运的是,相比人类短短数十年的寿命,百年老院还有很远的未来可以期待。

名字之辩:江宁路与劈柴院

德国占领青岛后,于1902年修建了江宁路。这条路呈"卜"字形,东连中山路,北连北京路,西通河北路。自20世纪20年代中期,江宁路成了步行街,这就是劈柴院。现在打开地图搜索江宁路,显示的直接是劈柴院,地图上都没有江宁路三个字。实际上,在现在的劈柴院里,还挂有江宁路的路名,对于两者之间的关系,青岛文史专家吴坚称,劈柴院是民间的俗称,江宁路则为官方的命名,两者就像是一个人的小名与大名。

至于"劈柴院"这一名称,如何得来则是众说纷纭,连劈柴院的一名管理人员也坦言:没有统一观点。在劈柴院中山路入口处,墙壁上就记录了这种情况:"关于劈柴院曾有很多说法,有人说原叫'劈财院''卜字院''竹竿院''批采院'。"

青岛文史专家王铎介绍,其名字由来有这样几种不同的

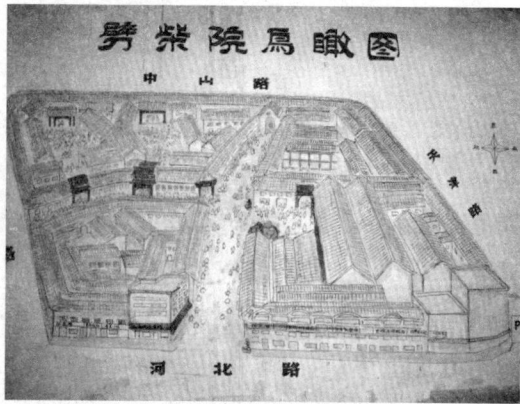

画在劈柴院墙壁上的地图

说法:有人说劈柴院原来叫"劈柴室",许多购买劈柴的商家集结在此就形成了劈柴院;也有人认为,劈柴院靠近大窑沟,而大窑沟原本就是烧制砖瓦的地方,于是往大窑沟送劈柴的人就在临近窑厂的大鲍岛西的一处院落里开辟了劈柴市,慢慢被称为"劈柴院"。还有一种说法是以刘少文《青岛百吟》中的记载为依据,诸城诗人刘筠,字少文,居青岛时,在《青岛百吟》里留下大批诗作,里面有这样一段注释:"劈柴院近中山路,最繁闹之区。院内皆劈柴架屋,故名。"

吴坚比较倾向于劈柴市的说法。他认为,1900年德国殖民者占据青岛之后,当时胶济铁路还没建成,当地没有煤炭供应,所以,这里的人们主要以劈柴作为生活燃料,于是就先形成了劈柴市,后慢慢被称为"劈柴院"。大约没过几

年,随着胶济铁路的开通,煤炭便成为人们生活的主要燃料,这个劈柴市也就渐渐消失了,但劈柴院的名字流传了下来。

而在王铎看来,最后一种说法是比较官方、准确的。刘少文是一位熟知青岛历史风俗的诗人,其诗集创作时的 1929 年正是劈柴院比较繁荣的年份。"院内皆劈柴架屋"是指当时在这个地方建了好多劈柴屋,"劈柴屋"是青岛的俗语,意思是装饰精美的木屋,并不是现代人理解的用木头钉起来的房子。这些"劈柴屋"都是规划形成的,里面主要经营各种零售商品,许多劈柴屋在此连在一起就形成了劈柴院。

特殊卖场:江淮风格建筑群

劈柴院旧貌

经过规划而成的"劈柴屋",实际上是具有非常鲜明特点的建筑群。王铎介绍,劈柴院的街道是根据古金陵的街道规制设计而成,其风格是仿照江淮流域的商业建筑建造的。最初的劈柴院均是两层小楼,有双挂的木楼梯和精心雕刻的内走廊,屋顶上的檐板都是彩绘的。劈柴院的房子普遍采用砖木结构,有的还用的是江淮地区的灰色青水墙,伴有精美的砖雕。同时,劈柴院还是旧青岛典型的里院建筑,所谓里院,是欧洲洋行、货栈与中国四合院的结合体。狭窄的道路、比肩而立的小楼、江南水乡特有的木质大门、房间的布局大小等,体现出青岛的殖民史和移民史。值得一提的,老青岛的里院基本上都有吉祥的名号,如庆兴里,而劈柴院的四个里院皆无名号,以门牌注明,几乎能推断受到外国人的影响。若已了解这些内容,那么游走在劈柴院里时,就能够理解,为什么这些院子与其他里院区别如此之大;也就能够理解,为何单单建筑群就能成为一种风景。

王铎表示,劈柴院真正的诞生时间是 20 世纪 20 年代,是由北洋军阀控制下的胶澳商埠规划而成的一个卖场,卖场位于当时的华人区内,其功能主要是给华人提供一个类似于现代超市一样的地方。在刘少文《青岛百吟》中还有这样一句话："贵人不屑一顾，然房租轻而价廉，穷措大得往来其中焉。"这一卖场内主要分为三部分：一种是食品、风味小吃类，市民可以在此体验到青岛的特色美食；第二种则是关于游玩的，劈柴院里面有许多电影院、小勾栏、说书场以及茶社等休闲场所；最后一种比较杂乱，包括糕点厂、小型糖果厂以及各种杂艺。

　　劈柴院可谓当年的娱乐集散地。繁荣时期的劈柴院，集商业、餐饮和娱乐场所为一体，是青岛人最乐意流连忘返的场所。几个大院子中，既有4号院的旧书店、文具店、杂货店，也有8号院和10号院的娱乐场所。青岛戏剧研究专家吕铭康回忆，他以前经常光顾一家私人大书摊，在中山路入口门洞处，摊主姓田，和蔼可亲，后来他还曾到中山路的"祥记行"书店当售货员。王铎向我们描绘了这样一幅景象：在进门时，人们需要先到门口去买"食签"，价钱小到几分，大到几块钱，之后，人们可以凭食签去购买大力丸、糖球等零食，也可以听书、看杂技，在劈柴院里，可以一边喝着啤酒、吃着烤肉、啃着肉包子，一边接着看电影、看小人书，"这种购物

抗战胜利后美国海军逛劈柴院（来自《老青岛人家》）

方式十分方便，人们不用特意去换零钱，避免了很多不必要的麻烦"。在不少研究过劈柴院历史的专家看来，当年劈柴院的主要功能是各种演出，次要功能才是吃饭。正因如此，民间艺人在此聚集。

　　1932年，18岁的马三立来青岛闯荡，与刘宝瑞搭档演出了《对对子》《大上寿》等节目，大受欢迎。在劈柴院崭露头角的马三立，1984年曾经来青岛参加会议，他回访了曾经奋斗过的劈柴院，吕铭康问他当年演出的细节，他说："我自幼学艺，15岁放下书包正式从艺。18岁时，我和刘宝瑞来青岛卖艺，在'劈柴院'撂地，累一天挣不上店钱、饭钱，净吃'杠子锅饼'！"现在的劈柴院江宁会馆中，就有马三立的塑像。另外，山东快书演员高元钧，当年在劈柴院演出非常成功，"其塑造的'武老二'形象深入人心，从而使岛城人一提起就联想到高元钧"。评剧大家新凤霞、著名山东琴书演员李金山、高金凤、著名中国戏法演员王鼎臣以及说评书的葛兆鸿、唱太平歌词的大鼻子等，都曾在这里表演。

劈柴院有一种著名的"撂地演出",在现在江宁会馆的戏台位置,曾有一家名为"大光明"的电影院,面积不大,只能容纳 100 人左右,台下观众坐的是老式长条凳。演出班子就在院里圈一块地方,摆上长条板凳,向坐着的观众收费。"那时候的劈柴院特热闹,一个院里能撂六七个场子,每个场子都围满了人。"鲁海曾回忆,在 20 世纪 40 年代,当时的报纸有一个叫作"劈柴院"的专栏,刊登劈柴院里艺人的新闻,可知人们多么关注劈柴院的动向。

当年提起"劈柴院"几乎就意味着"热闹"两字,正因如此,许多来青的客商都喜欢住在劈柴院,甚至还吸引了不少在青居住的文学大家,梁实秋、老舍、臧克家等也经常光顾劈柴院,感受这里的文化氛围。

枯木逢春:从破败居民区到"重生"

100 多年,劈柴院,这座独特的院落里有着人来人往,店起店落,回味一下,犹如快速镜头,闪现过的有诞生、繁华、落寞。

时过境迁,在"三大改造"中,劈柴院的艺人及摊贩组织了起来,离开了劈柴院,只余下了元惠堂等几家饭店,这里逐渐成了居民区,繁华的劈柴院就这样渐渐没落了。多年风雨侵蚀加上人为因素的作用,劈柴院呈现出破败不堪的景象来。违法建筑和古建筑混在一起,粗糙墙面、杂乱屋顶、杂物堆等,遮掩了古老建筑的木楼梯、檐头和山花等。当年,作为一个"市井大院",劈柴院集合了青岛码头文化、建筑文化、市井文化、商业文化、传统文化、餐饮文化、戏曲文化、西洋文化等多种文化,但后来渐渐以餐饮闻名。而又随着中山路商业圈人气下降,劈柴院的餐饮功能也大不如前,规模不断缩小,以至于门庭冷落。

在这种情况下,恰逢当时青岛在建如今的胶宁高架路,在二期工程中,计划打通胶州路,劈柴院会被拆除。为复兴中山路,重现劈柴院往日繁华,2007 年底,市南区政府先后投资 2.235 个亿,对劈柴院进行改造建设,2009 年 4 月,劈柴院改造工程全部完工。这次改造自 2007 年 12 月 6 日动工,在保持原有风貌的基础上,对居民异地进行安置,对原有建筑进行整修,增加了商业设施,并重新恢复戏台、饭店、客栈、茶社、商铺等传统市井文化产业。

2009 年 4 月 10 日中午,劈柴院开街仪式隆重举行,百年老院劈柴院正式翻开了崭新的一页,开街当天 5 万余人赶来捧场。推着 89 岁老母亲找童年记忆、九旬老翁坐着轮椅来喝豆腐脑、劈柴院办婚礼……这些听上去就很新奇的事一股脑儿出现了,市民们的热烈反应,足以证明劈柴院在青岛人心中的地位。

老观众:"每场演的戏都不一样"

2015 年 4 月 2 日中午,飘着小雨,天还阴着。记者从中山路上的入口进入劈柴院,走了两步,就听到商家热情地招呼:"来份臭豆腐吧!"距离上次来劈柴院已经有 1 年时间,记者记得当初并不是这家店铺,而且售卖的是爆肚。与之前来相比,这时路上游客很少,让路两边摆出来的摊位越发明显,店主一般站在摊位前,每当有人经过,就会出声揽客。虽然游客少,但记者发现了不少背着大背包的游客,有的说外语,有的操外地口音,他们都是商户们重点招呼的客人。这一圈走下来,记者看到有的商铺紧锁着大门,有的商铺重新在装修,这一切在后来的清明节左右有了改观,假期较为热闹一些。

记者随即进入到江宁会馆里面,这时,舞台上立着一名吹笛子的老人,台下座位上坐着几桌客人。靠着大门的地方,有两人坐着,远远望着舞台。两人都是花白的头发,其中年长的老先生告诉记者,他今年 85 岁,就住在附近,平时几乎每天都会过来听戏。"每天的演的戏都不一样,今天是吕剧!"老先生说,当年这里可是相当热闹,他说着眼睛跟随着舞台上吹笛子的女子离开舞台,接着身穿戏服的演员走了出来,开始了表演,老人就认真看了起来。

值得一提的是,有两名年轻的女子来到了舞台前,找了一个位置坐了下来,点了餐,然后拿出了手机、平板电脑,拍起了那名演员的表演。

老劈柴院风情:吃喝玩乐,一应俱全

老居民:"当年吃饭都找不到座位"

今年 67 岁的张宗福家住北京路,他在这里住了 40 年了。"在这之前我住在湖北路,当时人口多、房子小,就到了北京路住。"张宗福说,当年他就曾隔三差五地到劈柴院去,"那时候真是红火啊,吃饭都找不到座位,一年到头人都是满满的,就是一个大众的集散地。饭店很多,东西还很便宜;说书的很多,整个儿都是热热闹闹的!"回忆起过去,老人的声调很高,话语里也透着一股兴奋劲儿。

而现在的情况则让张宗福觉得冷清了些,"都有了淡季、旺季了,现在刚到4月,到月底应该慢慢游客就多了,都是外地过来玩的"。他觉得,本地居民到这里的热情显然不如当年了,有不少人愿意回到劈柴院,但"也就是特殊时候请客才去"。

退休前做搬运工、目前在居委会做义工的张宗福说起劈柴院的历史来如数家珍,他说,以前中山路作为商业中心,劈柴院也是那么红火,虽然如今不比往昔,好在最近几年管理部门一直在推广经营,"我觉得肯定能好起来的!"

不少老居民说起劈柴院都会说它当年的好,"要是现在劈柴院还有原来的那些节目,吃的、喝的还很便宜,我觉得还是会有很多顾客,就像赶大集一样,要的就是那个感觉。"这些上了年纪的人说着都满怀憧憬。

老商户:"我后面可能就没有了"

说到底,对于现代社会的人们,劈柴院的吸引力不如曾经;但劈柴院里有的老商户则具有很强的魔力,让人一次次再回来。这其中,作为老商户代表的豆腐脑店应当算作其一。这家店就是众多商户中的"明星",经常出现的场面就是别的商家要高声揽客时,豆腐脑店里却根本没有空位子,顾客就站在店门口等着。

说起这家店的历史,几乎跟劈柴院名字来由一样成了公案:根本记不清了。据豆腐脑店老板介绍,这是祖传的生意,当初祖辈们来到青岛后,一直是肩上挑担走街串巷卖豆腐脑。劈柴院建成后,就在这里租了一间房子开了店;后来中断过一段时间,1980年政策放宽后,店铺再次开张。

"这个店算是传到第二代了,我父母是老板,我是打工的。"陈宪埕笑着告诉记者,在店里收钱的位置,只有在他父亲外出采购的时候,他才能坐在这里;等到忙的时候,父亲就会坐在这里收钱,而他就去干活。4月2日中午,顾客不多,但不少人都是熟面孔,和陈宪埕边开玩笑边点餐。陈宪埕说,来吃饭的很多都是回头客,有的人甚至在中午头下班后驱车来吃碗豆腐脑。

在陈宪埕的头顶上方,写着价目表,记者看到,豆腐脑一碗4元,馅饼1元一个,即使是成年男性,10块钱左右差不多就能吃饱。说到价钱,陈宪埕告诉记者,去年豆腐脑涨了1元,"能顶得住,就不涨价"。说到这,陈宪埕突然冒出来一句："干完我这一代,以后可能就没有了!"他解释说,因为卖的东西都要手工制作,每天早上不到5点起床,一直忙活到下午三四点钟打烊,然后再准备第二天的材料,等到忙活完,这才回家吃晚饭,这时就要到晚上10点了,每天只能睡5个小时,而且一年到头只能在过年时歇一段时间,"我感觉怪累人!"

陈宪堃出生于1980年,作为独生子女,他要承担起豆腐脑店第三代传人的责任,他笑着说:"要不是独生子女,我坚决不进这个店!"

2015年4月7日

胶州古城外的集市

追寻消失的胶州古城

追寻消失的胶州古城

柳已青

　　流来天际水，截断世间尘。清澈的云溪河穿过胶州城，河两岸是星罗棋布的大街小巷，大大小小的桥梁飞架云溪河水之上。内城是胶州古城的历史文化之根，外城是胶州古城的枝干。内城外城奠定了胶州古城的格局。肃穆的瓮城，巍峨的城楼，高大的城墙，棋盘一样的街道，庄严神圣的庙宇，构成胶州古城的万千气象。

　　胶州建城之后，有两条不同的水系流经市区，云溪河自胶城西北发源，墨水河自河头源入城。两条河上有名的桥就有数十座，故有"五步三座桥之说"。城中街巷、庙宇、牌坊、园林、桥梁，浑然一体，云溪河水一端连着渔舟唱晚，一端连着少海连樯。城中河和护城河，是胶州古城的灵魂。仿佛是从天边云上流来的河水，浇灌出胶州古城的人文胜景。姜淑斋、冷枚、高凤翰等书画家灿若星辰，高宏图、匡源、柯劭忞等簪缨世家渊源有自。

　　胶州，因胶水"水色如胶"而得名。这座历史文化名城，远溯夏商，近寻明清。夏、商为莱夷之域，周初，东有莒、西有介，莒南迁后为计。《胶州志·大事记》载："周武王十三年都于计"（计，即计斤，在今胶州南关城子村）。胶州在唐宋，是全国闻名的重要出海口，板桥镇口岸，吞吐着千年的历史云烟，积淀了三里河的文化内涵。胶州在历史上是中国北方的港口，是海上丝绸之路的起点。及至明清，胶州的海上贸易发达，胶州的蓝色经济，带动了山东半岛的发展。有一句流传甚远的民谚为证：金胶州，银潍县，铁打的周村。到了近代，德国人侵占胶州，把青岛规划为远东的重要军事港口和自由贸易港，随着胶济铁路全线贯通，胶州的海上贸易式微。

　　据有关史料记载：古胶州城池分为内城和外城。内城原坐落于今胜利桥北段。元至正十七年（1357年）废。明洪武二年重筑时移至新址，新址是以现胶州市老公安局为中心，洪武八年（1375年）千户申义主持砌砖。每砖重约20斤，砖缝用石灰拌用豆汁黏合，城墙内外墙均以砖砌，中间以三合土夯实，墙顶用砖铺平。墙高二丈五尺，厚一丈二尺，能行车走马。城内以十字大街为中轴。内城直径一华里，周长四华里。有东、西、南三座带瓮的城门，北筑北极台，上建有镇武庙。东门曰"迎阳门"、西门曰"用成门"、南门曰"镇海门"，三座城楼之上都建有炮台，竖着旗杆，城门厚半尺，门上布满大铁钉，内城坚固高大，易守难攻。胶州内城，在巨大的历史变革之中消逝。

胶州外城系清咸丰十一年（1861年）胶州知州张廷扬为抗击捻军而筑。城圩周围4000余丈，高二丈，壕沟宽二丈，深一丈至一丈五尺。初建时灰土结构，至同治三年（1864年）改砌以砖，墙里填土夯实，外城直径五华里余，其周长接近15千米。筑有七个城门和六个水门，东门曰"同德门"、西门曰"镇华门"、南门曰"永安门"、北门曰"阜安门"、东北门曰"奎光门"、西南门曰"顺德门"、西南门与西门之间的城门曰"永顺门"。水门有窑湾水门、郭家庄水门、顺德水门、河头源水门、响噎水门、东花园水门。胶州外城之内的繁华处是商业区，其余则为居民区。

一座横跨明清的古城，最终荡然无存。当记者在胶州市苏州路一带采访时，九鼎轩主人指着一个牌坊说，胶州古城没有毁于战火或者水灾，却于20世纪80年代全部拆除。如今，我们看到的牌坊，鑫古城，全是赝品。一座城池在胶州版图上彻底消失了，但是，这座古老的城市，顽强地留存在人们的记忆之中。

致力于胶州古城老照片研究的九鼎轩主人，带着他的女儿刘琳，在典籍中钩沉梳理，以瑞典传教士流传下来的地图为蓝本，加上采访胶州的老人和专家，利用半年多的时间绘制了1920年的胶州古城图。这一张地图，穿过关山隔阻，穿过岁月之河，与今天的读者见面。

在历史剧烈的变革之中，胶州古城永远地消失了。而胶州湾依然潮涨潮落，云溪河依然哗哗流淌，唯有一个个地名，仍然扎根在胶州大地深处，伴随着几千年积淀下来的三里河文明……

一张珍贵地图上的胶州旧貌，再现当年城市布局和贸易盛况

张文艳

回望胶州湾4000年繁衍生息的历史，先民曾刀耕渔猎，制陶立业，濒临大

海,繁荣的贸易使得这里少海连樯,商船辐辏,南船北舟,商贾云集。历史的岁月让它也承载了长河落日,给它留下了战火硝烟,胶州人民用坚韧谱写了永恒的文明和不朽的篇章。秦砖汉瓦、唐风宋韵,这些经年累月构筑的古代辉煌,虽然几经变迁,却丝毫不减其耀眼的光芒。它非凡的经历和不拘一格的建筑古城印在了胶州老人的心中。然而,驱车进入胶州市区,已经难以寻觅曾经古城的痕迹,星星点点的古庙建筑,也是近期的新作。年轻人已然不知古城曾经的壮阔与美丽,历史的烟云湮没在浩繁的长卷中。本期,我们通过九鼎轩主人的《海表名邦百年回眸》一书中的老照片,尤其是他从瑞典人任雪松手中获得的1920年传教士绘制的胶州地图,乘船逆流而上,重走古城之路,伴随古人优美的诗句,探寻古城历史,寻找先人踪迹。

云溪行舟览古城,穿越石桥闻笛声

明月满天晴露滴,万籁不鸣秋寂寂。石桥流水暗琮琤,疑是鲛人横玉笛。

凄凄切切老龙吟,怪声飞出寒潭深。停舟侧耳竦毛骨,世间殊觉无知音。

——(明)王振宗《石桥夜笛》

三面岭脉环抱,一面临海,二水穿城而过,胶州有着优越的地理环境。"云溪河是胶州古城的根基,也是胶州的灵魂",结束对胶州文史专家张志康的采访,临行前,他对记者如是说。云溪河自胶州城西北曾家庄一带,弯曲如云,穿城东流,入大沽河,后汇集于海,故名云溪河。这条穿城之河,是鱼盐海货运输的主要交通纽带。大船靠岸,货物分装到小船之上,小船再穿过云溪河,进入城内,将物资分送到商户、百姓手中。

因此,溯水行舟,游览古城,我们就从云溪河东边的四开水门进入。通过四开水门时,要经过两边高耸的城墙,这是胶州城的外郭。胶州城分为内城和外城,云溪河穿过外城。据载,胶州内城蒙古宪宗蒙哥七年始筑,元末毁于战火。自明朝洪武初年,由千户袁贞重筑,洪武八年(1375年)再由千户申义以砖石砌城墙。周长2千米,城墙高10米,城墙厚4米。外城则建成于清朝咸丰十一年(1861年),统治者为防捻军(太平天国农民起义军)而筑。"周围四千余丈。壕面宽二丈,深一丈及一丈五尺不等。同治三年(1864年)改砌以砖。圩门有七:南曰永安,东曰同德,东北曰奎光,北曰阜安,西曰镇华,西南曰顺德,西南与西门之间尚有一门,曰永顺。"

缓行向前,经过通济桥,这就引出了胶州城的一多:桥多。《胶州史话》作者宋和修在《胶州城古今河溪桥》中称:"如果云溪河像一条腰带,那么座座桥梁即是镶嵌着的玉佩。"自明清以来,胶州城街巷经年累月修筑了 30 余座桥梁,有梁桥、浮桥、拱桥等多种,大小不一,千姿百态。几经兴废改建,数

外城南门永安门

百年来,方便交通,点缀古城。正是凭借着这些小桥,云溪河分开的南北城有了密集频繁的交流,尤其是在桥梁两侧,商号更是密集林立。这些桥因为朝代更迭不变,始建年代大都不详,经过多次翻修,一直作为胶州南北古城和内外两城交流的交通枢纽要道。人们在上面穿梭往来,先辈留下嘱托,一代一代地悉心保护着,最终汽车广泛普及,不少桥梁被历史的车轮碾轧或改造或消失。

香烟缭绕入仙境,庙宇牌坊如神工

朱幡宝盖光煜煜,金碧楼台耀晴旭。天风吹出五更钟,散吏高眠犹未足。

玉露华飞霜气清,蒲守孔海蛟龙惊。老僧入定悄无语,杪椤影转残月明。

——(明)王振宗《慈云晓钟》

"狂风不起飓风息,扁舟万里堪游遨。"过了通济桥,赫然发现,香烟袅袅,如入仙境。云溪河的周边,是一片庙宇宫殿。这便是胶州的另一多:寺庙多。

胶州历代封建统治者,为了巩固基业,尊孔尊儒,祭祀祖神,先后修建了大量的庙宇,从城里街巷,到偏僻乡里,以至深山老林,随处可见。这些庙宇宫殿是明清以来,朝廷统一规定建筑设置的,比如文庙、城隍庙等,也有非官方、民间自发的。"我粗略算了一下,到清末时期,有名字的大小庙约有 30 多座",张志康说。在云溪河北岸,可以看到天后宫以及天后宫戏楼,"天后宫两个戏楼,这在全国的天后宫中非常少见。广场上一个,宫内还有一个。胶州的天后宫有两个作用,一个是祭拜许愿之用,祈求出海平安,另一个就是福建人的会馆,如果有在胶州做生意的,他们就会在这里居住。若是挣钱了,需要回来还愿,便会搭

台唱戏,如果有两家同时还愿,两个戏楼就会打对台戏"。

而在胶州的寺庙中,比较有名的是慈云寺和城隍庙。

慈云寺建于唐末天顺元年(890年),规模宏大,是佛寺中最雄伟庄严的庙宇之一。原址在寺门首街东头,具体的规模因为毁于明末清初战火已无迹可查。但提起永乐年间胶州八景,其中一景必不可少,即"慈云晓钟"。高丽王子义天大师赴大宋求佛法时,就是在密州板桥镇登陆,在慈云寺落脚。

内城南门镇海门瓮城内

城隍庙则兴起于明洪武二年(1369年),"城隍庙的建筑风格是一代一代修缮延续的,很壮观。不过已经被拆,现存的城隍庙是重新翻盖的,不是当年的旧址",张志康遗憾地告诉记者。没能一睹当年城隍庙的真容,但当时城隍"出巡"的阵容被人用文字记录下来,这场胶城民间的大型活动,可以见诸各种胶州史志的版本,出巡之时可谓兴师动众、人山人海。活动每年两次,一次在清明节,一次在十月一日。扮作牛头马面无常的差役组成仪仗队敲锣打鼓,观者如潮,熙熙攘攘。

穿过云溪桥之前,会经过一条叫崔家牌坊街的街道,此为胶州第三多:牌坊多。翻看胶州的老照片不难发现,牌坊二字是胶州古城的标志性建筑物,不管是内城还是外城,甚至是大街小巷,总会不经意间经过高高的牌坊或牌楼,它们的名字多样,有表示功名仕途的登第坊、进士坊,赞颂贞洁烈女的旌表贞烈坊,还有推崇孝道的节孝坊、孝子坊。张志康称,胶州城的牌坊有几十座,大部分为石质的"功名与功德"坊,均是精工细雕的图案与名人题字。这些标志性建筑毁于日本侵略的战争年代。

鱼市钱市坊子市,尽显旧城繁华处

去住帆樯日几回,潮声人语竟宣阗。试从估客闲相问,可是船从返照来。

——(清)周於智《少海连樯》

小船行出云溪桥洞,也就意味着走过了州署内城的中心,关于胶州内城我们之后再做详述,但看外城的繁华景象。以内城东城墙为界将当时的胶州城一分为二,若庙宇牌坊体现的是胶州浓郁的历史文化,那么一路西走,我们已经踏上了贸易之旅。

经过河流南北的工夫市街和大鱼市街道,穿越小朱桥连着的碗铺街(太平街),就算正式进入繁华的街市了。北面的山货市街道上人来人往,南面的劈柴市街、糠市街、铁市街,叫卖声起,叮叮当当。另外还有粮食前后街、驴市街、当铺巷、坊子街等。让张志康印象最为深刻的,要数横跨四座小桥的长度、分为前后街的重要街道"钱市街"。

云溪河上小珠桥　　　　　　　　　　　　　胶州城外护城河三孔桥

"钱市街是明清两代开办钱庄、钱桌、存款、放贷、汇兑的金融市场,沿云溪河南岸(古码头)东西走向,街东头路南侧为财神庙",张志康说他 1975 年来到胶州的时候,街两边的建筑还没有拆,"每有重要的客人来胶州,我都会带他们到钱市街转转",他认为那里代表了胶州的古建筑风格:"硬山砖木结构,带浮层高的阁楼无廊式门头房,出檐宽阔,挑檐桁托檐,蚂蚱头托着挑檐桁,以雕有卷草纹形的翘斗雀替托住蚂蚱头。和其他建筑的浙派与北方结合不同,钱市街的建筑风格是浙派、闽南、北方三方融合"。

当然,钱市街的繁荣不仅仅体现的是建筑风格的独特,更重要的是,代表了当时胶州繁荣的贸易。

胶州城自隋唐始,历经沧桑,曾称板桥镇,其位置因濒临少海(胶州湾之古称)与大沽河口,故海运甚盛。从宋设置板桥镇市舶司港口开始,一直"百货辐辏",元代胶州甚至是南粮北运、货物集散的重要港口。明代以后,由于云溪河、南胶莱河泥沙淤塞,港口让位于我国北方第一大港塔埠头码头。每当春秋,水丰河满,小木船可以从塔埠头顺云溪河驶至内城南门外,有的船竟达城内的大鱼市桥头。当时因进出塔埠头的货船甚多,樯挤帆拥,十分壮观,被誉为胶州八景之一,即"少海连樯"。

胶州文史专家石业华曾在采访中说,"在明朝,胶州就有了'海表名邦'的称号,清代有'金胶州'的美誉。德占胶澳时,见胶州店铺林立,就称胶州为'多拉多',意思就是'理想的黄金国'"。那么当时的胶州到底有多富裕?张志康如此描述:"宋朝时期,当时的财政部长给皇帝上奏折说,如果把胶州设成海关,胶州码头羁押的物资归于官府,那么胶州一年的储蓄量是明州(今宁波)和杭州的两倍",张志康说,"我们都知道'金胶州'之说,其实它后面还有两句,就是'银潍县,铁打的周村'。清代,潍县和周村都盛产丝绸,需要经过胶州码头,运销东南亚,这就是俗语的来源"。因为填海造田,码头已经大为缩小,当年的盛举只能凭借想象了。

大火烧园毁翠楼,陈迹兴怀空野芳

> 忍寒常闭户,尽日浑支颐。对酒魂清处,开帘雪净时。
>
> 欣然寻野客,随意到南池。徙倚梅花下,长吟弄玉枝。
>
> ——(清)高凤翰《嘉树园观梅》

划过安乐桥,随着水流拐弯,赫然发现,云溪河出现了支流,北向支流先是拐弯南下,之后一个急转北上,一直穿出城外,而它经过的一大片山林曾经是一座著名的私人花园:嘉树园。

自明朝成化年间,至清代乾隆年间,太平盛世,胶州经济繁荣、文化昌盛,产生了大量的商贾富豪,他们多金多暇,往往附庸风雅,便在城内城外,构建私人花园,类似于现在的别墅、游泳池、高尔夫球场之类,是享受安逸生活的标配。据张志康考证,"作为私家园林,嘉树园东起中云桥,北近二里河,占地千亩,应该是中国最大的"。

嘉树园的主人是担任过按察御史的匡翼之,据他的七世孙匡范于1774年撰写的《嘉树园记》记载,嘉树园始建于明成化十三年(1477年),匡翼之开始用花园祭祀始祖,经过其子匡允定和其孙匡铎的精心改造,变成奇花异树的名园,名曰嘉树园。二里河穿园而过,古建筑遍布其中,厅堂书屋,亭台楼榭,匾额楹联,其美其壮丽用语言难以言状。据宋和修在《胶州古代私人花园》中记载,嘉树园"海内诸名公往来其间,饮酒赋诗",明清两代到嘉树园的有"礼部尚书董其昌,吏部尚书、文渊阁大学士高宏图,安徽布政使法若真、胶州画家高凤翰、万历丁丑会元冯梦祯等",多曾赋诗赞赏嘉树园,人为园来,园因人而更加名扬四海。然而,清顺治十年(1653年),嘉树园被驻胶州的总兵海时行举火焚毁。至于焚毁的原因,宋和修猜测:一是海时行到胶后,暂借嘉树园的东园做州署,垂涎园中景色,夺园不成而焚;二是他与匡家的匡兰馨有宿怨,杀人烧园泄愤。对此张志康有不同看法,他认为,根据清乾隆版《胶州志》记载,海时行"镇守胶素贪横不法,至是奉命南征逗留不进",进而反对政府,在胶州烧杀抢掠之后,逃至亳州。嘉树园就被他毁之一炬。嘉树园被毁后,仍有部分遗迹,地图上的杨家园便是一处。除此之外,园林还有赵家花园、连家园、助息园、高太傅别墅等。

过了中云桥顺着南支流划行,对面就是张志康居住的郭家庄小区,当年的郭家庄,再往前就是城外,我们的旅途终止于我们的采访地。

漫漫岁月雕琢了胶州古老的城市框架,正如九鼎轩主人在书中所说,我们只能在先人遗留的字里行间寻找古城曾经的风姿绰约、古朴大方。

2015年5月19日

雄崖所，最后的明代所城

雄崖所城门外牌坊

雄崖所,最后的明代所城

张文艳

一座古城,一个古村落,就是一部"活历史"。

600多年前的1388年,为了抵抗倭寇的骚扰,明朝下令在"自京师达于郡县,皆立卫所",位于河道入海口丁字湾畔的雄崖所因此成立。圣旨一下,来自安徽、云南、江苏、河南等地的军户,携妻带子来到了这片荒凉之地。他们曾经跟着朱元璋辗转各地,深知军令如山,然而,长途跋涉离开故土,告别亲人,心底里满是苦楚。依依不舍地离开,装满了思乡的愁绪,也带着家乡的习俗,有云南人甚至带着云南的茶花一路迁徙到即墨,据称这就是后来在崂山闻名遐迩的耐冬。

来到即墨东北方向45千米处的海滨,他们留下一声叹息。因为除了7千米外的丰城镇有居民外,其他地方荒无人烟。军户们来到这里,一边建城垒墙,筑房围屋,一边垦荒屯田,守卫边疆,滴滴汗水融入土地,汇成河流,入海而去。历经十几年的艰苦努力,城堡式的雄崖守御千户所终于在洪武三十五年(1402年)建成。不同于浮山寨备御千户所,它不属于鳌山卫,而是直辖于山东都指挥使司,可见其当时的地位之重要。它东瞰大海,西扼群峰,是兵家必争之地,因此是明朝沿海防御体系的重要一环。因为不远处白马岛上有赭石色峭壁,远眺用来抵御外敌的悬崖,雄伟壮丽,故而取名"雄崖"。

雄崖所古城奉恩门外景

日前,驱车两个小时终于来到了古城门前,巍峨的牌坊上书"雄崖"二字,据南雄崖村支部书记李正良说,这是前两年新建。自从雄崖所被评为中国历史文化名村、入选山东省乡村记忆工程试点首批古村落后,关于雄崖所古城的建设和开发便加快了步伐。一条柏油马路通向南门:奉恩门。先民们曾无数次走过的颠簸道路现在已经被车轮碾平,可贵的是,从城门洞开始便踏上一条石头路。穿过仅容一辆车通过的门洞,眼前不禁一亮,古朴浓郁的气息扑面而来。幸好,钢筋混凝土没有将此地侵袭,古村落保留了大部分的建筑风格:青砖小瓦石基。恍惚间,"金戈铁马"似乎从这里奔腾而过,荷锄牵牛的农户正缓慢前行。台房、上马石、拴马石都还在,可能已不是最初的模样,但依然透露旧有的风范。

置身其中,有种远离喧嚣的静谧。

从南门往北走不到 200 米,就来到了城内的十字路口。这是雄崖所古城的主要街道,接近于正方形的古城被十字街分割成了四块,用来划分居住区(东北和西南部分)、种植区(东南)和仓廒、庙宇区。现在,则是划分南雄崖所村和北雄崖所村的主要界限。每一条路通向各自的城门,房舍整齐划一,可见当时的古城是经过统一规划的。先民们用智慧扮靓新的家园,为后代留下值得惦念的故乡。

和我同行的李厚恩出生于雄崖所,他说,小时候一直想出去闯荡,等离开以后才发现,家乡历史厚重,风光迤逦。在李厚恩他们眼里,雄崖所就是他们的故乡,是他们在外拼搏累了,或者离乡久了会思念的地方。即墨市史志办的孙春就曾感慨地说:"当年迁徙的军户是主要人口组成部分。而今天,却不断有来自远方的人们来这里寻根问祖。"

上马石,古城街道

当年的军户姓氏集中,"一李双王陈韩陆"几大姓氏曾担任过雄崖所千户、副千户等。先祖们用 600 多年的时间,把漫长的岁月融入充满酸甜苦辣的日升月落中,帆船渔歌、寒耕暑耘,从孤寂、清苦、思念,到平静、殷实与眷恋,一代代地传承,除了军职外,还有来自于祖上的忠诚与孝道。雄崖所矗立边关,震慑了海上的倭寇,形成了百年无战事的良好局面。然而,正是因为如此,清朝雍正十二年(1733)有了裁撤雄崖所的理由。又是一声令下,这些曾经的军户,彻底变成了专事农桑的农民,他们放下武器,拿起农具,把当初的几口之家,繁衍为兴盛大族。"现在村里有 16 个姓,最多的时候达到 20 多个",李正良说。

外面的走进来,里面的走出去,来来往往,承载着雄崖所的使命和精神,并传承下去。

雄崖所,矗立 600 年的古城

张文艳

第一回:抗击倭寇建古堡千户率众保疆土

每年春节,雄崖所古城内,李氏后人都会在堂屋的正中挂上家谱,摆满贡品,若是家中有小孩询问面前拜的冠冕老人是谁,长者就会告诉他:"这是李老保,我们李氏的先祖。"这一习俗叫"挂家谱、摆贡品",在青岛过去不足为奇,现在很多地方已不再沿用,但雄崖所古城内从未停止,因为,这与此地的组建有着特别的联系。

李老保是原名,他还有一个蒙古名,是元朝末年的山东平章巴拜,关于他的身世,李厚恩专门撰文《山东平章巴拜之死与朱元璋的遗憾》探究,"李老保原籍河南开封府阳武县,出生年月已不可考,为元朝立过功,并为大明朝的建立而牺牲了性命"。儿子李颜子承父业,随朱元璋征战南北,曾任云南右卫后所百户等职。李颜长子李斌,"李斌跟着朱棣参加了靖康之役,因为军功升为济阳卫正千户,到雄崖所做正千户是平调。他 1404 年来的时候,已是身经百战,年龄大概四十开外了"。作为第一代来到雄崖所驻扎的人,李斌在三间台屋里,开始了他为雄崖所百姓戍城池、保安危的岁月。和李氏一样,王、陈、韩、陆等姓氏也是从安徽、云南、江苏、河南等地迁徙而来,他们大都曾在沙场上征战,后离开自己的故土,或孤身一人,或携妻带子,来到雄崖所。

话分两头,再来回顾一下雄崖所的过往。这片土地早在 7000 多年,就曾有先民繁衍生息,这在姚梦白的《雄崖所建置沿革志》中就有体现。然而在雄崖所建成之初,因为战乱频仍,加上金朝对宋、元汉人的杀戮,使得人口大量死亡、外逃,这片枕山瞰海、东临大海、西扼群峰、易守难攻的土地一片荒凉。然而,14 世纪前后,倭寇经常侵扰中国东南沿海地区,掠夺百姓及财产,"倭夷寇即墨、诸城、莱阳等县,沿海居民多被杀掠"。百姓苦不堪言,加上内患未除,朱元璋坐立不安,决定在沿海冲要之地成立卫所,筑城堡、墩台,守以重兵。从洪武五年(1372年)开始,先后成立了胶州千户所、灵山卫、鳌山卫等。1402年,雄崖守御千户所经过军户的艰苦建设正式成立,因白马岛上有雄伟的赭色大断崖,古取名雄崖所。"有一点需要更正,以前大家都说雄崖所隶属于鳌山卫,其实不然,它是守御千户所,级别高于普通的千户所,直接隶属于山东都指挥使政司",李厚恩说。

第二回:自给自足苦坚守金戈铁马勤操练

穿过标志性牌坊,首先看到的是南门,又称喜门,门外题额为奉恩,门内题额为迎薰,几经修缮,目前保存完好,拱券门洞,为夯土包砖结构。南门东西长23.9米,南北宽12米,门洞长12米。沿门内右侧拾级而上,可登门楼,门楼上有观音殿。门外偏东800米处有兵马营和

南门

西邻的校场。穿过门洞,便是仰慕已久的雄崖所古城。现在,这里已经是整修过的模样,石头街道,古朴房屋,干净整齐。因为朝代更替,城内四所大门现在仅存两个:南门和西门,80多岁的老人还记得城门存在时的情景,"在青岛解放前,住在城里的村民晚上睡觉都不用关门,因为只要把四个城门一关外人是进不来的"。古城固若金汤。

雄崖所城不大,但还管辖着11处墩堡、8大军屯及一些散屯,其整个防御体系大部分处于现丰城镇、王村镇、田横岛旅游度假区、金口镇、店集镇一带,形成了"雄崖所地域"。城内,居住区和仓廒、庙宇等分布在十字大街的四个区域。当时条件艰苦,李千户就住在4座台房中的一座,"当时没有专门的办公地点,他们的房屋都是办公兼居住",李正良说。而百户住的则是3间房,由于半间用来放置武器、军装,所以又叫两间半房。

　　游走在小城之内，记者发现在南门和西门周围都有乘凉的老人，尤其是西门，城内西高东低，从西门看下去整个小城和海相连，不远处的白马岛（如今已与陆地相连）犹如巨大海龟在海面遨游。老人聊古谈今，惬意的姿态与村庄的古朴静谧相得益彰。老人说，闲暇之余，村民们都爱在城墙下晒太阳，不管冬天气温再低，只要到城墙下一坐就会感到温暖如春；而到了炎热的夏天，城门的通道里就像装了"空调"，是乘凉的好去处。

　　当年的军户可能没有这么悠闲，在城门下飞奔而过的是金戈铁马，他们来去匆匆，为的是保卫疆土。他们分工明确，有种地的屯田兵，有驻防的守城军。明代千户、副千户、部分百户、吏目及 51 名守城军居住在城内，77 名屯田军居住在各自的军屯内，250 名春戍京操军和 319 名秋戍京操军没有在城内居住，而居住在了城外的兵马营。日复一日，月复一月，20 个千户、27 个副千户、5 个百户和众多兵士世袭罔替，相继看过了 300 多个春花秋月。雄崖所非常重视军事训练，军训分单兵动作和合成战术，除射骑等常规训练外，还要训练划船、抛火球、发射炮、使用佛朗机（一种欧洲火炮）等。"当年的军户一般都是由家里的长子继承，练兵的时候要跟着去，有时须进京操练，一般是练拳。过去城里有专供练拳的拳房，现在都没人练了。但是村子里的人身体好，百岁老人有好几个"，李正良自豪地说。除此之外，雄崖所海域每百户还要配置战船两艘，船型分为风尖快高、高把哨船、十桨飞船等，游弋于丁字湾海域，遇有倭寇，立即出击。

　　青砖墙，石头路，十字街贯穿南北，建筑古朴，民风淳厚，这是初识雄崖所的印象。

　　在青岛社科联干部、李氏第 21 代孙李厚恩和南雄崖所村支部书记、李氏第 19 代孙李正良等人的陪同下，记者参观了古城内现有的南城门、西城门、古城墙、观音庙、玉皇庙等历史古迹，并参观了雄崖所海防博物馆。600 多年前，"一李双王陈韩陆"的军户祖先们从安徽、江苏、河南、云南等地长途跋涉，迁徙而来，在这片土地上建起了抗击倭寇的古堡，先民们一方面屯田种地，一方面保卫边疆。朝代更替，风云变幻，雄崖所由军事重地变为古村落，因为保存较好获评为"中国历史文化名村"，也成为明代的

从西门门洞眺望古城

最后一座明代所城。南城门的观音庙香火旺盛,据丰城镇政府工作人员介绍,前两天为高考来拜祭的人很多。古建筑与现代人用一种令人敬畏的方式交流与延续着。

第三回:王姓先人洒热血捻军入关未屠城

虽然"一李双王陈韩陆"中双王世袭过千户之职,然而,不同于李姓的开枝散叶,王姓的人在雄崖所并不多。"在雄崖所,李斌的后代有 190 多户,按平均每户三人算,再加上已经出去了的,能达到近千人",李正良说。但王姓则不然,"这里有两个正千户,各有分工,李姓为管军的正千户,王姓为屯田正千户,但打仗的时候反而把王姓全调走了",李厚恩告诉记者。战争意味着伤亡,王姓守军因而损失惨重。

在雄崖所的军户,除了要保卫所城、驻守墩堡、海上巡逻、驻守军屯之外,还要分春秋两次被成编制地调到北京参加"京操":进京检阅。这还算幸运的,而有的则背井离乡,历尽艰险,长期到外地参加战事,这些人大多抛尸荒野,能告老还乡实属万幸。前面李厚恩提到的王姓参加战事之说,在《王氏宗谱》中就有记载,"七世祖中的王应安、王守金等 20 人,常年驻守张家口、古北口、大同一带,因战事频繁,大多阵亡"。死在沙场,往往难以运回全尸,"最后只能剪一缕头发或拿一个铠甲或军帽回来,葬在坟里面",李正良说。

雄崖所的官兵赏罚分明,规定"凡各卫指挥、千户、百户获倭船一艘及贼首者",升官一级,还赏白金五十两,钞五十锭;对贻误军机、消极避敌、腐化堕落者严惩不贷。而战死沙场的,则为家属发放抚恤粮。"每到政府发放军粮的时候,王姓阵亡军人家属都会跪地痛哭,老婆孩子跪了一地,场面十分惨烈,明朝兵部尚书黄嘉善曾赞王家'忠哉!王氏家族世世代代为明室江山洒热血'",李厚恩告诉记者。

这是发生在外的战争,在雄崖所内,实际上发生的战争很少,"除了周家曾经战死一位百户外,似乎没有其他战争的记载",李厚恩归结其中的原因为,雄崖所的设立给倭寇以震慑作用。倒是捻军曾经威胁过雄崖所的安全,根据黄济显在《雄崖所古城》中称,捻军曾两次攻进即墨,第一次是在咸丰十一年(1861年),第二次是在同治六年(1867 年)。第二次,捻军曾进入了雄崖所城。当时雄崖所成立了巡检署和把总署,文官为巡检司,武官为把总,一听到捻军进入的消息,把总等官员早早地就跑到白马岛上躲起来了。百姓们都知道捻军只杀当官的不杀百姓,所以并不害怕,他们从东门进入时,在街上晒麦子的百姓只是用簸箕挡了一下自己的脸。捻军并没有为难他们,而是直接冲进了巡检署和把总署,结果扑了空,有心去岛上抓人,苦于没有船只只好作罢。

第四回:使命终结被裁撤军户后人护古城

雄崖所现在已演变为古村落,虽然一条十字街将其分为南雄崖所村与北雄崖所村,但在外人眼里,这里就是雄崖所村。村子的周边是大片的土地,绿油油的禾苗吸收着阳光雨露茁壮成长,有村民在古城里穿梭卖海货,土地、大海养育了这里的人民。作为中国历史文化名村,村民们对来这里参观的游客已经见惯不怪。雄崖所,已不再是海防重镇,然而,经过 600 多年风雨,城内的古迹不少得以留存不得不说是一种奇迹。

雄崖所成立以来,倭寇再未敢来犯,数百年来无战事让雄崖所扬眉吐气,但成也所城,败也所城,正因为兵将皆"无用武之地",因而雄崖所在清朝雍正十二年间被裁撤。

"当时军户都划归到即墨县了,全国统一规定的,浮山所也划到即墨了,在清朝初年就废除了正、副千户、百户世袭制,所以那时的兵和官都不是当地人,都是外地来的义务兵",李正良说。裁撤之后的雄崖所军事要塞的使命已经结束,但因为这里位置险要、防务繁重,清政府又设立了雄崖所巡检司,设巡检、把总各 1 员,统领 30 名马步军在此驻防。此时,多数军户后人已经放下武器,专事农桑,所以居住在办公一体的房屋不再可能,便在南门附近建成了专门的巡检署。

巡检署就在南门不远处的胡同里,和旧图中的"豪华"不同,如今已经演变为普通的民房。再往前走便是正在翻修的天主教堂,它地处巡检署的粮仓旧址。和周围的建筑外观相似,教堂也是青砖小瓦,由美国人建设,"这里前几个月还

九神庙,位于雄崖所城东门外的照壁东

曾作为电视剧《港媳嫁到》的取景地，袁咏仪就来拍过戏"，李正良告诉记者。

乾隆年间，雄崖所巡检移驻福山县海口。而此时，栲栳岛巡检司移了过来，照旧驻军。民国时期，鉴于金家口防卫的需要，此地继续驻军，直至 1916 年，栲栳岛巡检司撤销，雄崖所才结束了它的历史使命。当年卫所林立，寨司、墩堡密布，如今唯独雄崖所屹立不倒，这是何故？李厚恩把原因归结为驻军对军事资产的保护，"如果没有驻军的话，城内好多设施都没有了，所以说驻军对这座城的影响是很大的"。

雄崖所从一个军事要地，成为饱含历史沧桑的古村落。如今，保护和整修工程正在进行，曾经的军户后人正在承担着延续古城命脉的重任。

城池梗概

雄崖所城呈方形，坐北面南，偏东南向。其地势东低西高、南低北高。所城东西长 337 米，南北长 389 米。城墙周长 1452 米，合 2.9 里。城墙设四门，外四周有护城河，深 4 米。城墙高 6.85 米，底宽 8 米，顶宽 3 米，内夯黄土，外下部砌块石，上部砌青砖。城墙内有排水沟。所城明代几度维修，到雍正十二年后，已不修复，逐渐倒塌。清末，为防捻军侵入，对城墙进行了简单修补。1951 年前后全面拆除，墙砖、石用于填平排水沟。

城内以十字街为界，规划了四个区域，东南隅为预留空地，东北隅为主居住区，西南隅为居住区，西北隅主要为仓厫、庙宇等。房屋分为正副千户的台房（底部起台约 70 厘米），百户的两间半屋（共三间，半间放置武器、军装，两间半居住），仓厫等。庙宇共 13 座，城内有关帝庙、天齐庙、观音殿（3 座）、城隍庙、三官庙，其余在城外。

雄崖所的三大怪

雄崖所城有三大怪事。

　　一是西门"威"字点下来。细心人一到所城西门,马上就会发现题额"镇威"的"威"字右上角的一点点在横下面。

西门

　　为什么"威"字右上角的一点写在下面呢? 原来,元末明初,倭寇经常来沿海一带骚扰。为了打击倭寇侵犯,明洪武三十五年(1402年),建了雄崖所城,西门题额为"镇威"。意在表示要镇压倭寇之威风。传说,在书写题额时,人们故意将"威"字右上方的一点写在了下面,以表示要使倭寇威风扫地。西门,又称寿门,现保存完好,拱券门洞为夯土包砖结构,南北长13米,东西宽14.8米,门洞长14.8米。

　　二是玉皇庙的"玉"字的一点写在了"王"字中间一横的右上面,堪称又一怪事。

　　相传,明洪武二十二年(1839年)玉皇庙建成之后,人们请来了一名高手为庙门题额。来人一到山前,就为玉皇山的气势磅礴惊叹不已:见山有两翼,一翼伸向西南方,一翼伸向西北方,形似一只展翅飞的凤凰。建在最高处的玉皇庙像它的头部,两翼伸向两边,就像要飞向东海。他登山站在玉皇庙前,见丁字湾海域尽收眼底,周围大小山头一览无余,顿感心旷神怡,情不自禁地说:"此乃神地也!"回头再看那刚刚建成的玉皇庙,山门又居玉皇山巅,庙正建在最高处的风头上。山高、庙高、门也高,确乎居高临下。他身不由己地走到已经备好的文房四宝前,信手拿起笔来,"玉皇庙"三字一挥而就。众人一看,字写得的确苍劲有力,却把"玉"字点写在中间一横的上面,就感到非常奇怪,如此简单的字,又出于高手之手,怎么能写错了吗? 问其原因,高手曰:"有感而发也!"

　　三是庙顶山上无庙宇。庙顶山位于所城西城门外300余米,顾名思义,在它的顶部应该有一座庙。但奇怪的是,山顶上并没有庙宇。

　　相传,清朝光绪年间一位杨姓官员到雄崖所任巡检之职,在赴任的路上,遇到了前来赴任的雄崖所城隍爷。两人非常投机,结拜了把兄弟,叩头发誓,为官不得贪赃枉法,否则,自行处之。结拜后,各司其职。杨巡检上任以后,励精图治,把所辖之地,治理得井井有条。而城隍爷疏于管理,其下属竟贪赃枉法。杨巡检得知后,指责城隍爷违背了当年结拜时的承诺。城隍爷非常自责,兑现了誓言,将城隍庙迁到了城外的庙顶山上。后来,所民自发地把城隍庙迁回原处,可第二天早晨发现它又迁回到庙顶山。这样,几经折腾,结果连庙顶山上的城隍庙也没有了。有人说,因为搬来搬去,把砖瓦木材等都损失了,再也建不起来了;也有人说,因为城隍爷觉得雄崖所人对他越好,他越无颜见到杨巡检,因此,搬到更远处了。

人们把雄崖所的三件怪事,编成了民谣:

雄崖所,三大怪,西门威字点下来。

玉字一点点上边,庙顶山上无庙台。

——摘自《雄崖所古城》

2015 年 6 月 9 日

山大第一公舍

——鱼山路36号

鱼山路36号俯拍照（张文艳拍摄）

山大第一公舍
——鱼山路 36 号

张文艳

　　鱼山路 36 号非常特殊，一是因为门口悬挂了三个名人故居牌子，实属罕见，二是因为这里曾经居住过多位知名教授，天下遍桃李，师者尽流芳，他们为青岛的教育事业留下了浓墨重彩的一笔。

　　探访鱼山路之前，笔者不知不觉先来到了黄县路上。青岛老城区的路美，美在曲与瘦，少有笔直宽阔，并非通衢大道。黄县路便是如此，它淹没在德式建筑中，甚是不起眼，老舍的到来则让这条小路散发出了耀眼的光芒。好客的老舍在这里接待过车夫，因而完成了鸿篇巨制《骆驼祥子》，也是骆驼祥子博物馆的由来。顺着故居往里走，往右拐弯，走一段路程，便到了黄县路 7 号杨振声故居，他们在这里落脚当然和附近的大学不无关系。一座校园聚集了国内名流，也留下了喝茶谈诗、煮酒论文的佳话。这并非重点，重点是杨振声故居门前有一个单侧石桥，据悉是德占时期德国人在此修建的，北侧已被拆除，只留下了南侧部分，如今算来已有百年历史。

　　在房屋林立的小路之上，为何有一座小桥呢？

　　这就引出了青岛的一条河流——青岛河。小河如今已经消失在青岛版图之中，只留下了一段沟渠任凭吊，相信大多年轻的青岛人并不知道青岛河的模样，我们只能从老照片中窥探一二。据悉，青岛河曾经是一条季节性河流，青岛山草木葳蕤，当时在山的西麓有一股长年不断的山水沿着一道遍布林木的沟壑顺山势而下。这股山水在沿途又承接了信号山、福山、小鱼山的部分来水，汇成了一条小河，在拐了几个弯后，最终经过"老衙门"门前流入大海，全长不到 5 里。小河两岸风光迤逦，景色宜人，后来，在房屋建设过程中，河流逐渐被填平，只留下了黄县路与黄县支路交界处的一小段。

　　时光倒流，我们把视线转向 100 年前，日德战争之后，日本厚颜无耻地取得了青岛的占领权，随即在这座美丽的海滨城市上修建日式建筑，以供渗入青岛的侨民居住。同时，为了巩固统治，他们在青岛修建了日本东洋拓殖株式会社，日本中学,日本商业学校,日本寻常小学等各种机构、学校。

机构建成,那么职工居住地点便作为配套设施开始兴建。虽然,现在人们已经把青岛河遗忘,但当时的日本人看中了这里的环境,由五座小楼组成的大院便应运而生:小巧的绿色屋顶,红色的木窗,米黄色墙面与赭红色装饰线条搭配协调,精致典雅。但是,这里到底是东洋拓殖株式会社的职工宿舍楼,还是日本中学抑或是日本商业学校的教职工公寓?目前说法尚未统一而档案中相关记载又少之又少,因而,大院兴建时间也就难以确定。

不过,可以确定的是,这座大院在国立山东大学复校以后,作为山大第一公舍,曾是山大教授的落脚点。门口,三个醒目的名人故居牌子,让路过的行人纷纷驻足:童第周,陆侃如、冯沅君夫妇,束星北,这四位都是各自领域的佼佼者,与寓居青岛的"候鸟"名人不同,他们都在青岛居住了 10 年以上,为青岛的教育事业沥尽心血。其实,除了挂牌的这几个人外,还有他们:国际著名物理学家、戏剧家丁西林,山大外文系教授方未艾,方未艾的朋友萧军还曾带着儿子萧鸣于 1951 年来到青岛,住在方未艾的家中。

当然,20 世纪三四十年代,山大周围往来无白丁,穿梭在鱼山路、大学路上的每一位教授,都在国内赫赫有名。这归功于山大校长赵太侔。1946 年山大复校,赵太侔四处奔波,向美军要校舍,写信诚意聘请教授,并将鱼山路 36 号和合江路 1 号作为山大的第一公舍和第二公舍,让这些教授栖身在风景秀美的别墅中。其实鱼山路 36 号大院的大门最初开在大学路 5 号,由于青岛河的缘故,进门需要跨过一座小桥,上几级台阶,不甚方便,所以才在鱼山路上开了院门,沿坡而上,便是山大校门。其他门口逐渐被墙面围拢,在周边游人如织的嘈杂中,形成独有的静谧。

如今,院子里住的大都是中国海洋大学的教职工,他们继续着老山大教授孜孜不倦的教学风范,传承师道,培育栋梁……

平静院落中的往事

张文艳

在青岛,教师的踪迹最易搜寻,从私立青大,到国立青大、国立山大,有众多国内名流来这里执掌教鞭,他们风格多样,或风流倜傥,或循循善诱,或慷慨激昂,或娓娓道来，培养了无数栋梁之材。本期，我们打破了以某个教师为代表的模式，直接将目光对准了著名的山大第一公舍——鱼山路 36 号，这里是个教授大院，至今仍有中国海洋大学的教育界老前辈在此颐养天年。门口的名人故居牌向市民和游客展示了大院的魅力：童第周、陆侃如和冯沅君夫妇、束星

山大公舍院内，红楼掩映在花木之中

北都曾在院里居住，而丁西林、方未艾等人的客居，为大院平添了许多动人故事。

探访别墅，产权已归个人

2015 年 9 月 3 日，阳光明媚，这天是个特殊的日子，抗日战争暨世界反法西斯胜利 70 周年的阅兵典礼正在举行，居民都在看电视直播，鱼山路 36 号大院越发显得宁静。

院子里有两排整齐的建筑，皆为红瓦黄墙，红木框架，建筑采用了欧洲风格的技巧和手法。进门左手边从里到外分别是 3、4、5 号楼，三栋小楼看似独立，其实相连。4、5 号楼建筑样式大致相同，不过 5 号楼是一个坡屋顶，4 号楼为两个；3 号楼的样式特殊，浅绿色的塔尖结构让其在红瓦中尤为突出。右手边为 1、2 号楼，1 号楼较长，和对面的建筑不同，拱形门楼可以分成前后两排，等于多出一半的房间；2 号楼最为隐蔽，枯萎的爬山虎"倔强"地爬在楼体上，和其他楼相比，外观并没有显著特色。

院内松柏苍翠，竹林茂密，绿意盎然，居民种植的蔬菜，晾晒的衣物，到处散发着浓郁的生活气息。看到有人进来拍照，这里的居民司空见惯，继续手中的活计。记者询问刚刚买菜回来的一位中国海洋大学老职工，这位老人已经 83 岁，住在 3 号楼，"我是 1957 年住进来的，当时山大还未迁走"，她还曾经见过束星北，"我在海大校园里见过他，当时他在图书馆做报告，别人都说那就是束星北"，束星北住在院里的时候她并没有见过。作为山大第一公舍，这里作为学校职工的功能尚未改变，"不过产权已经卖给了个人"。

住在 1 号楼的 80 多岁的老人则是跟随丈夫来的,"我老伴是海大职工,我们住在这里也四五十年了",她边晾晒衣服边告诉记者,她居住的是童第周的故居。在众多文章中,都提到童第周故居门前有两棵香椿树,记者指着门前的大树问老人是不是这两棵,她苦笑着摇摇头,"什么香椿,其实是臭椿,挺熏人的"。

绿树掩映了建筑,为了拍摄大院的整体照片,记者辗转爬到了废弃的东方饭店大楼上,踩着碎玻璃、破门板,来到楼顶,大院的面貌一览无余,在红瓦绿树的青岛全景中也毫不逊色。

哪年建成? 尚且存疑

这些特色建筑到底"出生"在哪一年? 这让所有研究者都犯了难,没人能说出准确的时间。

日德战争后,日本攫取了在青岛的占领权。日本侨民蜂拥而至,建设宿舍迫在眉睫。但大院里的建筑到底是哪个单位的宿舍?

记者采访了三位学者,他们的说法各不相同。中国海洋大学校史研究室主任杨洪勋认为此地应该为青岛商业学校(旧址在馆陶路,1921 年建校,1935 年迁校到单县路)的职工宿舍。青岛文史专家李明在《画说青岛老建筑》中提到此地为对面的青岛中学(旧址在中国海洋大学鱼山校区,1921 年 6 月建成)的教职工宿舍,他告诉记者,不过他不太确定,因为尚无确切的证据。但文史专家鲁海则认为这里是东洋拓殖株式会社青岛支社(成立于 1908 年,其事业开始仅限于在朝鲜进行垦殖。"一战"后,触角伸向中国大陆,主要经营农牧业、工业、不动产、城市基础建设等方面。1945 年 9 月 30 日,日军投降后关闭)的职工公寓。"我有个日本朋友曾带来一张老青岛地图,上面标得非常清楚,就是东洋拓殖株式会社的宿舍,这份地图捐给了青岛市文物局。而且我还看过当年的电话簿,显示会社的办公地点在馆陶路,宿舍是大学路 5 号。"鲁海说,鱼山路 36 号以前的大门就开在大学路上,"当时的青岛河还在,河上有座石桥,从大学路到宿舍需要通过石桥,再上几阶台阶,才能进去"。1945 年日本投降后,这里曾暂时住过一些美国兵,1946 年国立山大复校,校长赵太侔索要校产、房产,便把大院作为山大第一公舍,学校则用的是日本中学的教室,校门口对着鱼山路,"校方为了方便,就把公舍在鱼山路上开了个门,即现在的鱼山路 36 号"。

对于存疑的其他两个学校,鲁海予以反驳,他说,"日本中学教师宿舍是大学路 6、8、10 号三栋楼,现在还有;日本商学院就是现在的一中,教师宿舍楼在南阳路,南洋大厦,我儿子鲁勇就住在那里"。

那么房屋没有相关建筑档案吗?李明告诉记者,他去查过,没有找到,"日本人非常重视历史和档案保护,可能带走了吧"。

在查找中,记者还发现了一种说法,称大院里的几栋建筑并非同时建成,可能隶属两个单位。不过,在院里,还有一栋建筑值得一提,那就是带塔楼的 3 号楼。据悉,这里是朝鲜总督府青岛出张所旧址。1938 年,当时的地址是大学路 3 号,专门处理日本统治的朝鲜半岛在青岛的事务。

山大第一公舍的光芒

多年居住的老人也回忆,当时大院有两个门,分别是大学路 3 号和 5 号,后来成为国立山大教师宿舍后,拆除老门,开辟鱼山路上的新门。除旧翻新,其实也是大院新的历史阶段的开启。

说到青岛的文脉不得不提国立山东大学,因为学校不但培育了国家栋梁,也吸引了众多国内名流来青岛居住,这里面的首要功臣,当属赵太侔。

日本投降,青岛光复。1946 年 2 月国立山东大学被批准复校,1936 年递交辞呈的赵太侔再次被任命为校长。然而,赵太侔面前是一堆烂摊子,"说是复校,没有学生,没有学校,没有老师,等于重新建设一所大学"。杨洪勋说,美军 1945 年 10 月 11 日登陆青岛以后,就驻扎在日本中学旧址和老山大的兵营里。赵太侔便与美军谈判,给政府施压,要求给校舍,给公寓,"经过几次交涉,美军同意把日本中学旧址腾出来,政府还把武定路、日本寻常小学校舍等划归山大所有"。

鱼山路 36 号也腾了出来,作为山大第一公舍,供高级别的教授居住,合江路 1 号作为第二公舍,级别要低一些。"筑巢引凤",赵太侔随后千方百计招聘教授,"当时全国各地的学校都忙着复校,比如重庆、昆明

鱼山路 36 号童第周故居铭牌

等地,所以闹'教授荒'",杨洪勋说,赵太侔便广撒网,早发聘书,"他有一个习惯,专门记录学校里的著名教授,他们在哪里入学的,教什么课,水平怎么样,都有简单的记录。所以,他立刻就锁定了发信目标"。当时的老舍、罗常培等人都接到了他的聘请书,但老舍只答应"教课数小时",北大教授罗常培则"不易离职他就"。尽管如此,赵太侔还是凭借自己的人脉和个人魅力招来了童第周、王统照、冯沅君、陆侃如、丁西林等众多名家。朱树屏也在其不懈的努力下以借聘的形式来到青岛执教。名家的到来也让鱼山路大院热闹起来,小院谈笑有鸿儒,往来无白丁,文化气息浓厚。

如今,平静的院落,其实发生过许多悲欢离合的动人故事。

童第周种菜,方未艾念情

张文艳

在鱼山路 36 号院门口,有三个名人故居的挂牌,包含四位名家:童第周、陆侃如和冯沅君夫妇以及束星北。这在青岛实属罕见。其实,除他们外,还有两个人:一位是丁西林,一位是方未艾,没有挂牌,怕是因为他们居住的时间不长。一座院落,数位教授,众多脍炙人口的作品,以及发生在他们身上的动人故事,仍在流传。伫立近百年的小楼,散发出耀眼的星光,在青岛学术史上熠熠生辉。

童第周:小院里的种植和收获

时间:1946—1957 年　地点:1 号楼东

童第周(1902—1979),浙江省鄞县塘溪镇人。著名生物学家、教育家,曾任中国科学院副院长、动物研究所所长。1927 年毕业于复旦大学哲学系,1927—1930 年任国立第四中山大学(南京大学前身)自然科学院生物系助教,后长期在国立山东大学任教。1951 年任山大副校长。

童第周曾先后三次来青岛任教,第一次是 1934 年,当时他被山大聘为理学院生物系教授。1937 年,七七事变爆发,山大被迫南迁,童第周一直跟着学校辗转各地,直至山大停办,不得不离开。1946年,山大复校,赵太侔继续出任校长,召回旧故,童第周是他力邀的对象。童第周鉴于对赵太侔重视学术的印象,再次接下聘书,全家又迁回了青岛。他还把寄养在老家的两个儿子也接到了身边。"童第周是第一批来学校的教授,恢复和创建了动物系,任系主任,并与曾呈奎一起创办了山东大学海洋研究所",中国海洋大学校史研究室主任杨洪勋说。由此可见,童第周对山大感情浓厚。

1948年,童第周曾应美国洛克菲勒基金会邀请到美国去考察,离开青岛一年。回来后,继续他的教学和研究,直至1957年,正式调往北京,担任中国科学院生物学部主任、副院长。

童第周故居位于1号楼东首,"一座两层日式小楼,门前种着几棵香椿树"。(《童第周:"克隆之父"的海阔天空》)住在鱼山路的童第周由于家中人口增多,加上当时物价不稳定,生活并不宽裕。1号楼下地面现在已经硬化,据童第周的儿子童时中回忆,当时楼下还是一片土地,他们每年春天都会把地刨一刨,种上冬瓜、茄子、番茄、向日葵。"那时候得点煤烧炉子。父亲和母亲每个星期天上午,先是大扫除,然后弄煤和泥做煤球。培养我们爱好劳动的习惯。"

对于屋内的摆设,童时中回忆:"当时每一家都是楼下楼上,下面一个客厅一个房间,楼上两个房间,我们弟兄三个睡一间,房间不大,三张床一摆,勉强能走得动路。"

丁西林:旷世奇才的驻足
时间:1946—1949年 地点:1号楼西南

丁西林(1893—1974),原名丁燮林,字巽甫,是我国著名的物理学家、戏剧家,他一人兼领文理皆有成绩,可以说是多才多艺的奇才。他先后两次寓居青岛,分别是鱼山路27号和鱼山路36号。

1946年国立青岛大学改组为国立山东大学以后,赵太侔

文化部副部长、物理学家丁西林(右二)外出访问

出任校长,广聘教授。丁西林 1935 年来青岛,任山东大学物理系教授。1937 年抗日战争爆发,丁西林离开了青岛去了大后方。抗日战争胜利后,山大复校,赵太侔仍任校长,他广揽人才,任老舍为文学院院长,丁西林为理学院院长。丁西林有过两年的青岛生活,对青岛印象很好,虽然当时有几个大学聘他,他还是选择了青岛,住进了第一公舍的 1 号楼。

1949 年 6 月青岛解放后,山大成立校务委员会,任命丁西林为校务委员会主任,代行校长职务。不久后,丁西林恋恋不舍地离开了青岛去北京任新职。

冯沅君和陆侃如:一间房,两本书

时间:1947—1958 年　地点:1 号楼

在山大的教育队伍中,有一对令人艳羡的伉俪,他们是曾先后担任过山东大学副校长职务的陆侃如、冯沅君夫妇。

陆侃如(1903—1978),著名学者、教授,专攻中国古典文学。冯沅君(1900—1974),现代著名女作家,文学史家,原名冯恭兰,河南唐河县人。其与著名哲学家冯友兰和地质学家冯景兰为同胞兄妹。山大在青岛复校后,陆、冯二也在赵太侔邀请之列。两人来到青岛,在山大文学院任教。他们不但先后担任山大副校长,而且还在社会上担任各

冯沅君与陆侃如伉俪

种职务;文学上,他们同样各有建树,陆侃如编写了《中国文学理论简史》,冯沅君则完成了《古剧说汇》。20 世纪 40 年代,他们发表的一些著作文末均署:"写于青岛鱼山别墅"。冯沅君曾说过:她很向往"一间房,两本书",在青岛这一愿望得以实现。1958 年,夫妻二人随山大迁往济南,离开了他们共同生活了长达 11 年之久的"鱼山别墅"。

束星北:曾被驱逐

时间:1952 年至 20 世纪 60 年代　地点:2 号楼

束星北(1907—1983),理论物理学家,"中国雷达之父"。束星北的才华毋庸置疑,只是他的性格刚烈,"本有机会成为'两弹元勋'那样的功臣,然而命运

则将他的后半生卷入了政治的风暴"。在青岛,他度过了生命中最后的 30 年。1952 年,高校院系大调整,束星北离开浙江大学,来到青岛。时任山大校长的华岗十分看重束星北,将其安排在山大第一公舍。然而,束星北和华岗不合,两人经常就学校官僚主义问题吵得不可开交。1955 年,在"肃反"中,两人被同时打成了"反革命分子",华岗入狱后再也没有出来,束星北则幸运地被"无罪释放",后又被打成"极右分子",被发配到崂山月子口修水库,1960 年,又被安排到青岛医学院打扫厕所。束家人随后被要求从鱼山路搬出来,住进了合江路的两居室里,再后来全家人又被安排住进了登州路的一个更小的房子里。"其实就一间屋,十来平方米,我和爸爸、妈妈三个人住,妹妹住校了。放不开家具,我就天天晚上在桌子上睡",束星北的儿子束越新说。

方未艾:与萧军重逢

时间:1951—1955 年　　地点:楼号不详

方未艾(1906—2003),20 世纪 30 年代东北作家群中的知名作家、编辑,1955 年在山东大学被打成"胡风分子",离开青岛。1978 年被恢复公民权。

1953 年夏方未艾夫妇在青岛家中院子

1951 年夏在青岛海滨,方未艾(右一)、萧军(右三)、吕荧(右二)

方未艾在青岛任教期间住在鱼山路上,在他口述、儿子方朔执笔的《痛忆知友萧军和吕荧》一文中,方未艾讲述了在青岛生活期间,和萧军、吕荧共处的细节。方未艾和萧军"相识、相知直至患难与共、荣辱与共六十余年",两人都是东北作家群的成员,由于关系甚笃,因而以兄弟相称,方未艾为二郎,萧军为三郎。

1951 年方未艾到北京开会,力邀萧军重游青岛,"我在青岛的山东大学外文系任副主任，萧军在北京市文物组任研究员，吕荧在山东大学任中文系主任。这年暑假的 7 月 7 日，萧军携儿子萧鸣来青岛相会。我和萧军自 1933 年在哈尔滨分别，这次是 18 年后的重逢。当时都已年近半百。久经风雨，两鬓如霜，畅谈一些往事，不禁无限感慨"。在青岛，萧军住了 40 多天，"就住在我家，那时他正在写作《五月的矿山》和修改长篇小说《过去的年代》，我正在编译俄文文法讲义。我们每天午前在家中分别写作、编译，午后就一起外出，或到海滨观潮、游泳，或到景点漫步观光。山东大学教授、诗人高兰，文学家萧涤非也与萧军相识，虽不常往来，也曾备餐邀请，旧情未忘"。

在青岛，方未艾和萧军、吕荧结伴游泳，"吕荧提议拍张照片留作纪念，于是在第一海水浴场留下了三人一生中唯一的合影，这是一张很值得我回忆的照片。我和大儿子方舒、萧军和他的大儿子萧鸣与吕荧及我的朋友张站在一起，拍下了穿泳装的照片"。

两人不仅畅谈心事，当年 8 月 25 日，萧军临行前，还在一张宣纸上给方未艾留下了四句诗：青春期远路，相见鬓如霜。留得丹心在，山高水自长。

一座大院，数栋小楼，文人逸事在岁月中传颂，这其中的喜怒哀乐，留在当事人的记忆里，也烙刻在后人的脑海中。友情、亲情、师恩，在院子中弥漫，并一代代地悄然传承。

2015 年 9 月 9 日

炊烟缭绕里院情

炊烟缭绕里院情

张文艳

听到里院这个词，单位 23 岁的青岛姑娘一脸茫然，什么是里院？继而恍然大悟，就是《门第》里何春生的家！是啊，《门第》是生长在里院里的何春生与别墅中的大小姐罗小贝的对比、差异与冲突，其中的青岛元素蕴含了对里院生活的窥探。只是，原以为"人人皆知"的大院却不如想象中闻名，年轻人了解它还得通过影视剧，此番情景让人不由得心生感慨。要知道，"里院"两个字在诞生之时是含着"金钥匙"的，这里曾是青岛人最为辉煌的所在，是繁华的代名词。只是岁月变迁，市中心的转移让这处发酵出青岛本土特色的摇篮，日渐荒凉。

几次重返老街区，总是能发现里院内外不同的风景。坐在门口观望人来人往的老年人，以老太居多，看到陌生人手持相机拍照，习以为常，有时还会做出指导，"你去那个角落拍，更好看"；混居的院落里，年轻人往往是外来务工者，他们站在回廊上有一搭没一搭地聊着天，任凭孩童穿梭玩耍，在他们眼中，这里是房租便宜的临时居所，"我要有钱了，就买个宽敞的套房"；午间十分，有时还能看到烟囱中冒出的炊烟，院落里飘扬的饭菜香味，不同于高楼烟道里油腻的味道，属清香诱人型，"老姐姐，别做饭了，到我家吃包子去！"……

举起相机，拍摄的画面中总少不了随风飘摇的衣物和被单，抬头仰拍，逼仄的夹缝中透出的曼妙光线有种独特的韵味，这就是青岛老城。联系青岛摄影家，他们镜头下的老城区风格各异，无不渗透着他们真切的解读。本期，我们跟随青岛诗人王音重新审视里院风情。

在《大鲍岛》主编金山老师发来的老照片中，清末老街初步成形，建筑错落有致，甚至考虑了老百姓饲养牲畜的传统习惯，一头老牛卧在院子里反刍，竟毫无违和感。时间拉回到 1897 年，德国人强行闯进青岛，几经规划，把中国区定在了他们当时认为地段偏僻的大鲍岛区，没想到，这一地段竟迅速发展成了青岛最为繁荣的商业区。1904 年，章丘经营绸缎洋货生意的孟家大手笔购地建房，之后三江会馆、广东会馆成立，显示出这里的"商业价值取得了中国商人高

层次的认可"。(《大鲍岛》)

自此,里院渐次出现,平房拆了再建,新型居住模式让各阶层的百姓有了全新的生活方式,每一个里院都书写着商户和居民们的家族故事,从中国城建设之时算起,应该已经延续有五代了,"那时以移民背景投身于历史洪流的最早的大鲍岛居民,是黄金地段的拓荒者、建设者,至今说起仍有一丝豪气"。即使离开此地,也如远游的风筝一般,与里院之间总有条看不见的细线,无论飞得多远,旧居仍会入梦,闲暇之时,依然常回来看看。

然而,无论我们用何种感情来回味老城,总规避不开一个词——曾经,这个词看似温情,其实荒凉、沧桑,还带有些许的残忍,因为它身后是一段回不去的时光,它面前是后来人的背影。一如老里院,纵使有孩子们玩耍的笑声,但不用几年,他们就会离开,或许,这里会给他们留下印记,但怕是浅得极易被擦去。

因而,我们把它们留在文字里,供后来人查阅,即使日渐冷却,但期望它仍能散发微弱的光亮,让后代们了解老青岛,认识老青岛人,熟悉里院生活,感受那份浓得化不开的邻里情……

回望:里院的前世今生
——斑驳光影中的里院记忆

付晓晓　李晓宇

广兴里的早晨很静,大概是谁家在剁馅,刀落菜板快速而有节奏的声音,在这份静谧里被衬得格外清晰。刚起床的女人抱着被子出来晒,就搭在屋外暗红色的木质回廊上。隔壁家女人正巧出来晾衣服,湿衣一甩,水珠调皮地跳出来,在阳光下闪着细小微弱的光亮。两人一个拍打着被子,一个整理着衣服,聊了会儿天,又各自回到自己的屋子。起初在东边门洞外坐着的穿着绿色上衣的老人,追着太阳走,随着光影的西移,又坐到了自家门前的一方阳光里。她耳背得厉害,世界于她该是多么寂静,手里翻着的那张过期了的报纸,大概是她与外界一种微妙的联系。

高密路 56 号的这个里院,四周的双层建筑,底层伸出来不少加盖的房屋,包围着院落中央低矮的建筑。站在二层回廊往下看，整个院子呈"回"字形，空地很少，显得很拥挤。院子年久失修，回廊的红漆已经褪色，墙面已经斑驳。

广兴里现在的寂静、萧条，或许很难让人想象它曾经的辉煌。广兴里最早的建造年代可以追溯到德租初期，原来是二层商业大楼，说书、唱戏、电影、百货应有尽有，后来主要作为民宅使用。当年的广兴里没有中间这座低矮建筑，也没有后来加盖的小屋，空间敞亮，院落宽大，建筑样式整齐，是对里院建筑近乎完美的诠释。

里院面貌的形成，很大程度上是中国传统文化和生活习惯与德国当局对街区建设规范的妥协。1898 年 10 月 11 日，总督府颁布《胶澳临时建筑规范》，规定大鲍岛房屋至多两层，沿街立面平行于道路红线，为防火必须使用砌体结构。在新的建筑规范要求下，当地华人便参照德国人房屋的方式，很多大鲍岛早期建筑，在设计中融入了很多中国传统文化元素，这些中西文化融合的房屋，对华人早期的建筑活动起到了重要示范作用。

德国商人阿尔弗莱德·希姆森为大鲍岛民宅建设提供了一种范式。他在总督府建议下，与人合伙成立祥福洋行，建设用以出租和出售的住宅。关于建设构想，他后来在回忆录中写道："沿着完整方形街坊周围，是临街店铺和楼上的住间，街坊中间留下一个大的内院供交通之用，也可以成

大鲍岛市场所采用的垂花式廊架（摘自希姆森家族相册）

为儿童游戏的场所。每套房在内院一侧还用一层高的墙围出一个私人的小院，院子里面是一层高的厕所和厨房。"（《大鲍岛：一个青岛本土社区的成长记录》）希姆森的建筑融入了德式设计元素，又吸纳了中国南方院落的设计风格，使里院建筑颇具美感。

1904 年，山东章丘靠经营绸缎洋货生意起家的孟氏家族进入青岛，在胶州路与海泊路购买了大片土地，建起两处中国传统院落式建筑群，参考了北方四合院的布局，临街为两层楼房，厢房和背街的正房一至二层不等，背街房屋的底

26 号街坊的中央庭院（摘自希姆森家族相册）

层作为账房、厨房和仓库等辅助用房，店主和伙计的主间设在二层。孟氏院落之外，许多建筑以更加自由的方式分布，沿街为两层房屋，背街则为单层辅助用房，院落除了作为交通与生活空间外，也是货物堆场和露天作坊。这种类型成为青岛里院建筑的雏形。

后来，里院以修理、增筑、翻造的方式经过多次更新。其中增筑是主要类型，也就是在原有房屋上进行加盖、利用院落中的空地接建与局部改建增加建筑面积。德占时期大鲍岛街区建筑限高二层，民国时期将建筑限高放宽。许多德占时期建成的房屋墙体厚实，可以额外承载一层房屋的重量，利用旧物加盖，既降低了成本，又节省了时间。就在这样的整修中，里院逐渐成为今天人们看到的这番模样。

如今青岛知名的里院除了高密路 56 号的广兴里外，还包括海泊路 42 号的介寿里，黄岛路 36 号至 50 号的鼎新里、17 号的平康五里、82 号的和平里，四方路 18 号的"一线天"，等等。走访这些里院，在历史与现实中，里院文化得以生动地在眼前铺展开来。

作为青岛颇具特色的建筑形式，里院见证了青岛的百年历史。这里曾经热闹非凡，邻里情深、孩童嬉戏，有的里院如广兴里甚至像个小型游艺场，吃喝玩乐一应俱全。如今，里院墙面斑驳，逐渐凋敝，聚集了众多外来务工者，老住户已经不多了。这些老住户在里院度过了大半生，是连接里院过去与现在的纽带，是里院文化最生动的见证。回望里院历史，看到的不仅有建筑的改变，也有文化的传承。

商业：广兴里商铺的兴衰流转

广兴里门洞里有两处台阶，正对门洞的台阶向下通往院落，顺着门洞右侧台阶往上走，就来到了这个里院的第二层。狭窄的回廊里，有的人家在门口摆着花架，有的干脆把花盆放在回廊栏杆上，花盆底几乎与栏杆等宽，看着颇有几分惊险。有户人家在回廊栏杆和立柱的交界处搭了一个支架,支架向外伸展,上边摆着几盆植物,颜色苍翠,并未随秋天萧条。种花的想必是个有心之人。从支架对着的门帘望进去,屋里坐着一位老人,正在收拾东西。

老人叫冯春盛,77岁。1967年他和妻子结婚,此后一直生活在这里。妻子30多年前因病去世,儿女不在身边,老人现在独居,照顾这些花花草草也算是一种乐趣。

冯春盛的妻子在广兴里出生、长大,父母曾在这里开照相馆,叫"明星照相馆"。冯春盛来广兴里的时候,明星照相馆已经败落,只有以前店里的一些器械还摆在家里。所以冯春盛对于明星照相馆的印象,都来自妻子的讲述。

"当年的明星照相馆厉害着呢!"冯春盛的语气里透着自豪。他向两边展开手臂,比画着,"规模很大,这一大片上下两层都是,下层营业,上层居住,光工人就雇着十几个呢"。冯春盛说,那时候青岛照相馆不多,明星照相馆是其中的佼佼者,除了附近居民外,也常有远处的客人慕名而来。

妻子还曾告诉他,像他们家照相馆这样的名店在广兴里可不止一家,以前的广兴里,异常热闹。

冯春盛妻子所言不虚。青岛文史专家、83岁的鲁海老先生对当年的广兴里印象深刻,年幼时他常来这里玩乐。"玩一整天都不会厌倦,博山路上有家天德塘浴池,五层楼高,浴池里有电梯,在当时的青岛极为先进",在鲁海的记忆里,父亲经常带他来洗澡,"小孩子图新鲜,愿意坐电梯,洗澡的地方本在二楼,我非要让父亲带着我先上五楼,再从五楼下来绕到二楼。过去澡堂不仅能洗澡,也有人泡茶,能看报纸,中午饿了就让跑堂的帮着到楼下十乐坊买锅贴来吃"。午饭结束,逛到广兴里,里面分布着很多小商贩,就像现在的即墨路小商品市场。"除了逛店,还可以到小光陆电影院看电影,或者去茶社听曲艺,去说书场听说书。逛累了就在高密路上找家饭店再吃一顿,一天玩得很痛快。"

广兴里老居民徐桂香也说,"吃喝玩乐什么都有,都不用出院"。徐桂香87岁了,眼神明朗,声音洪亮,她在这里出生,生活至今,见证了广兴里大半部历史。徐桂香的父母就是鲁海所说小商贩之一,经营一家小杂货铺,下层开店,上层居住,一家七口挤在不到20平方米的小屋里,艰难度日。

说起广兴里生活的便利,徐桂香几近神采飞扬,"你炒着炒着菜,没油没盐了,出去买也来得及,下个楼就有;孩子上学,幼儿园就在对面,小学走两个街坊就到了"。母亲去世后,徐桂香没接手杂货店的生意,而是退掉下层店面,夫妻二人带着婆婆、四个孩子,又是一家七口挤在上层的小屋里。她工作的外贸工厂曾经分给她宿舍,面积大些,但是距离工厂太远,又不像广兴里这样生活所需一应俱全,她没舍得离开。

在广兴里的 100 多年历史里,像徐桂香家这样的小商铺开开关关,不知换了多少家。鲁海记忆中的小光陆电影院、茶社、说书场也渐渐消失在历史长河中。院里的商铺逐渐挤满了外来居民,一个综合性"商场",已经演变成了拥挤热闹的居住场所,中午时分,袅袅炊烟升起,到处弥漫着浓浓的生活气息。

人情:相伴白头的邻里之交

里院就像混居的大杂院,每间房屋面积不大,房屋之间紧挨着,没有空隙,人口密度大,一个里院的人低头不见抬头见,彼此熟悉得很,维持着一种传统而温情的邻里关系。

里院的厕所是公用的,没通水之前,水龙池子也是公用的。公用设施往往更能创造社交。鲁海告诉记者,黄岛路与四方路、芝罘路交会处有一块三角地,过去是水龙池子,是街上设的公共水栓,附近店铺、居民都来打水。水龙头有一批,有人为省事,就在这里洗衣、洗菜。水龙池子处永远是热闹的,排队的时候,等待水装满桶的时候,洗衣洗菜的时候,大家就伴着水流的哗哗声,三三两两地聊着家长里短。自来水入户以后,这里空了出来,到了春节,摊贩在家过年,这里成为杂耍场,有套圈、打棋谱等娱乐项目,也有拉洋片、唱琴书等文艺演出。后来这些演出也消失了。

沿着黄岛路向上走,鼎新里门洞前坐着一位老人,脚下摆着一小筐芸豆,老人叫王玉贞,75岁,自出生就住在这里。老人是出了名的"好心肠",平日里照顾孤寡老人、辅导孩子学习,很受附近居民敬重。黄岛路上人来人往,鼎新里的人进进出出,不断有人跟王玉贞打招呼,她也亲

胶州路上的简易商住建筑

切地问候每一个人。在这里生活了 75 年,王玉贞就像这个里院的大家长。

比王玉贞小一岁的丁翠娜是王玉贞的发小,就住在门洞上方的这间屋子里。王玉贞经常在门洞前坐着,丁翠娜想起来的时候,就在上方窗口喊"王玉

贞,你喝水吗?"王玉贞回喊一声"喝",丁翠娜就脚步缓慢地下来给她送水。像这样维持了数十年,陪伴彼此慢慢变老的友谊在里院并不罕见。里院里的老住户不多了,留下的老人,彼此之间积淀了浓得化不开的友谊。

中年一代的感情也有自己的形态。他们大多在里院出生,成人之后因事业或婚姻离开。对他们来说,里院是童年,是少年,是乡愁。徐桂香的女儿许英(化名)50多岁,在广兴里生活了二十几年,直到出嫁,但退休之后又回到这里,照顾母亲。说起广兴里,许英最怀念在这里度过的童年。"原先院子中间的这些屋子是没有的,那是我们小孩儿玩的地方。"许英说,院里同龄的孩子很多,一个班上的同学就有八九个,"上学的时候谁在外面一喊,大家就呼啦啦跑出来一起走"。

不上学的日子,院子中央的空地就是他们的乐园。扔沙包、跳房子、滚铁圈这些游戏是少不了的,而20世纪60年代出生的他们还有一样特殊的娱乐活动,唱样板戏。"二十几个小孩儿在院子里一起唱,你想想那个场景",许英说着笑了起来,和母亲一样,她说话声音也很洪亮,笑得也敞亮。

院落里的欢乐时光持续了没几年就结束了,空地上修了一组房屋,起初作为建筑五金厂,后来因为每天叮叮咣咣的生产声太过扰民就停工了,房子被隔成一个个小间,分给了职工。说起这件事,许英到现在还感到惋惜,"工厂这么一建,院子不宽敞了,而且把我们的童年都毁了"。他们一起长大,成人后陆续离开,但只要一回到里院,串门是免不了的,若是遇上了就热络地聊个没完,若是遇不上,就问候问候老人,顺便打听打听儿时玩伴的近况。再到下一代,这样的感情就更没有了。"他们没在这里生,也没在这里长,来了之后一看条件这么差,都待不住",许英说。

如今的里院居民大部分都是租户,他们大多是在附近做小生意或打工的人,早出晚归,不怎么打照面,互不叨扰。形形色色的人构成了里院的杂居网络,不断的迁入与迁出,维持着里院微妙的平衡。高密度的杂居、高频度的流动,除了生活空间的局促外,也造成了里院认同的迷失。对于租户来说,里院只是他们的蜗居之地,对里院的环境、人情无心维护和经营,人情淡漠了许多。老住户已经很少,他们之间的情感维系,是里院残存的温情。

断章:郁达夫与平康五里的风流往事

除了商业的兴衰流转和日常生活的平淡琐细,里院也有过不寻常的历史。位于黄岛路17号的平康五里,是青岛里院中少有的四层建筑,正对着门洞的一面影壁，上面贴满了蓝色的电费单子。绕过影壁走进去，院内很宽敞，四周建筑较其他里院高些，回廊立柱皆为红色，使建筑看上去多了几分明艳。很多晾衣绳横穿而过，从建筑的这一角接到那一角，五颜六色的衣服飘在半空中。中午时分，偌大的院里没什么人，只有两个老人支着小桌，对坐着喝茶。

以前的平康五里从来不会这么冷清。这里曾是一家妓院。青岛当时有营业执照的妓院有平康一里至五里及平康东里六家。这里便是其中一家。

20世纪三四十年代，黄岛路曾经是青岛的"红灯区"。1947年的《青岛指南》记录了老青岛娼妓业的情况。书中介绍，娼妓盛行

黄岛路17号一角，在时间中衰败
（王泽杰拍摄）

时，除本地娼妓外，还有俄妓、日妓等。日本第二次侵占青岛，战争破坏了青岛的农村经济，不幸的妇女不得不以此为业，"图苟全性命"。据鲁海所著《老街故事》记载，黄岛路上一等妓院有天香楼；二等妓院有平康五里，有乐户14家，妓女百余人；三等妓院有乐康里和宝兴里，有乐户34家，妓女近百人。这些妓院须向政府纳税，有的娼妓为了逃税，不入妓院，单独接客。"其实，在妓院里还有'打茶围''吃花酒'，只有'春风一度'才涉及性交易，而且只占据30％"，鲁海告诉记者，电视剧上对妓院的描述对观众误导太深。

老青岛高档宴会上有召妓、陪酒的陋习，俗称"叫局"，宴会主人为每位客人找来一名妓女。"叫局"不仅仅是商贾巨富的事，文人墨客也不能免俗。郁达夫离开青岛前一天，众朋友为他举办饯行宴会。《郁达夫日记》里写到，"……与吴炳宸、赵天游诸公饮，居然因猜拳而醉酒。有林素秋北人南相，原也不恶，伊居平康二里……晚上送行者络绎不绝"。

文中所提到的林素秋是当时青岛的名妓，有文化，会写诗。刘墉的后代刘子文曾在《青岛百吟》中写过她："不解诗歌不解愁，清辞丽句写风流。关中今日无双术，才貌终推林素秋。"林素秋才貌双全，是郁达夫在青岛的"红颜知己"。《郁达夫日记》描述"北人南相"，意指她容貌清秀，"原本不恶"则暗示了她的命

途坎坷。刘子文称,林素秋是济南人,曾在昌邑执教数年,后来到平康里暂住。被问起为何飘零至此,她感慨道:"丈夫不得志,何事不可为?盱衡宇内,孰是纯洁?我行我法,娼则娼尔,以视不娼而娼者何如也?"生计所迫,虽为娼妓,自觉光明磊落。

当然,这所大院里最出名的妓女当属因"三寸金莲"而得名的于小脚(本名于春汀),20世纪30年代,于小脚在黄岛路创办了平康五里妓院,并纠结权贵,发展势力,投靠日本人,勾结地痞流氓。新中国成立后,因其逼良为娼、犯下血案,被判死刑,在第一体育场举办了万人公判大会,风头就此湮灭。

夕阳里,照射进里院的光线愈加柔和,老人们收拾马扎逐渐散去,不一会儿饭菜的香味就会再次传来,"大妹子,家里来喝豆腐汤吧!"王玉贞应了一声,信步走进邻居大姐家——这一温馨画面在里院中每天都会上演,并非刻意,无人导演,但愿永不谢幕。

20世纪70年代的里院记忆

张亚林

傍晚时分,隔家挨户的门缝里飘出饭菜香味的同时,伴随着呼喊各自孩子回家的声音也窜向街头巷尾。孩子们从树上、拖拉机上、煤屋子、防空洞等各种犄角旮旯现身于里院或大街之上。这是听话的,若沉溺于自己游戏世界的孩子在父母呼喊三遍后还未及时"幡然悔悟",家长们会提着笤帚疙瘩从屋里冲出门外,提溜着各自孩子的耳朵拎回去,紧接着会从各自屋里传出鬼哭狼叫般的哀号。遇到个倔脾气的孩子,又不肯认错,噼里啪啦的一顿饱揍后在抽噎中把饭吃完,又跟没事似的出现在大街上。这是20世纪70年代末青岛老城里院傍晚部分生活的真实写照。那时候,马路上几乎没有车辆,宽敞的街道成为孩子们的游乐场,偶尔遇到路边停着台拖拉机,等司机一走立马成了孩子们的大玩具,蹿上跳下。有一次正玩儿得开心,不知道谁嚷了一嗓子:"司机来了。"情急之下我从车厢里纵身而下,跟着就两眼一黑,头磕在马路牙子上了。等醒过来的时候一睁眼,看见大人们围在饭桌前吃饭,我躺在床上,我妈瞅了我一眼道:"等你起来我再收拾你。"吓得我赶紧又闭上眼睛,继续装晕。

那个年代孩子们除了吃饭睡觉写作业外,其余时间全部散养在马路边,男孩子打瓦(一种用石头片子做的游戏),弹玻璃球,捣木头,扇烟牌等,女孩子跳皮筋,踢沙包等,各干各的,唯一男女组合项目就是用沙包打三圈,利用马路中央的污水井盖为中心点,在等腰三角形的两侧再画两圈,分成攻守双方,踢来打去,规则有点类似于现代体育项目——垒球。

我最大的爱好是去路边听人说书。海泊路和易州路交界处有一个很大的里院"广兴里",听老辈讲 1949 年前就是这个名字。说书人每周不定时地在晚饭后出现在期待许久的人们面前。他 60 多岁的样子,细长条的身材两肩略溜,鹤立鸡群地站在人群中央,几十年过去了,他的面目在脑子里一片模糊,印象深刻的是他的声音,有点像刘兰芳,底气十足稍带沙哑。说书人倚墙而立,听众三面环绕,小孩们个子矮每次都要在大人们呵斥声中扒拉开眼前密密麻麻的大腿才能近身于前。开始之前,说书人总是喝一口茶水,让水在口腔和喉咙间咕噜一会儿后吞下,用很大的声音清清喉咙,这是要开说的信号,人们又往前围拢一点。"上回书说到……"永远的开场白,简短地回顾一下上次内容,紧接着进入正文,和电台说书的不同之处是,说书人讲个十分钟后就会拿起一个搪瓷茶缸,里面有几个硬币,手一摇在小孩头顶叮咚作响,环绕四周,"各位,有钱的捧个钱场,没钱的捧个人场"。说完再看,周围的人散去了大半,有些心理素质强的就生生立在那儿,眼望着夜空,极个别的人从口袋里掏出一枚硬币扔了进去,说书人拱手作揖道谢,其实无非就是些现在几乎不怎么流通的一分、二分、五分的硬币,毛票罕见,一年能碰上个几回吧。再看那些刚才散去的人,并未走远,只是三五一伙地站在不远处佯装聊天,听到开始的声音后又聚拢过来,说书人也不恼怒,平淡地开始下一段故事,时间控制在半个多小时,内容是《岳飞传》。据他人讲,《七侠五义》《三国》《水浒》等说书人都会讲。只是有一点不明白,在那个言论控制极度苛刻的时代,说书人是以怎样一个背景立于街头,为人们送上有限的一点精神生活,在语录和口号漫天飞舞的大地上发出了另一种声音。至今,还会时常回味那些时刻。

30 多年前的场景历历在目,旧城改造和这个时代的进程如此般配,希望这些文字能在某个时刻时光倒流。

2015 年 10 月 21 日

中纺大院二村旧貌

追忆中纺大院

追忆中纺大院

李杏倩　何其锐

　　19世纪四五十年代,在青岛山、伏龙山、贮水山的山脊上,有一个颇有名气的"中纺大院",由嫩江路、丹东路、松江路和辽北路4条马路围合而成。大院分一村、二村和三村,落差足有10米,却通过两座水泥楼梯和庭院恰到好处地连通着。

　　一村是6幢式样相同的粉红色两层小楼,每幢4户,墙外挂着钢筋水泥制成的楼梯,独家使用,相当别致。二村很大,66套房子,最大的特点是有一条长近160米、拐尺型走廊。它只有3层楼,可是设有3个大门,分别可经嫩江路、丹东路、辽北路进院。三村是1幢白色的三层楼房。3个院落共百余套房(后有不少团结户),每家建筑面积60~80平方米。

　　"中纺大院"全部是日式建筑。进门是瓷砖或水磨石地面,上一级台阶才是地板,拉门、拉窗、壁橱,每家独用厕所和厨房,这些跟其他单体的日式建筑没有什么两样,但二村这种建于丘陵之上的大户数、大体量的整体设计在当时还是很创新的。对此,中国著名的建筑学家梁思成在《青岛》这本书中就有特别的介绍。青岛建工学院(后改名青岛理工大学)师生曾不止一次到大院入户勘察学习。对此,不少老邻居记忆犹新。

　　中纺大院外地人居多,尤其是南方人,孩子们怎么称呼呢? 就是都叫长辈为"爸爸""妈妈",如"彭爸爸""黄妈妈",不像青岛本地人多叫"叔叔""大姨"。因此每个孩子都有好多个"爸爸""妈妈"。

　　二村有个韩老师,南京人,聪明能干,见多识广,院里很多人都是跟她学会了拌色拉、做春卷皮、蒸烧卖、滚汤圆,还有裁剪衣服等,但她的第一锅饺子做成了面糊汤。原来她只跟北方邻居学会了包饺子,却不晓得饺子馅里的白菜要挤出水分,面也要"和"得硬一些才好。

　　天南地北的人住在一个大院里,也闹过不少笑话。市纺织局有位总会计师姓李,是从天津来的。天津人的习惯是大年三十晚饭先吃肉饺子,再在一起包素饺子,木耳、玉兰片、油条、胡萝卜、香菇、豆腐皮、香菜、黄花菜,样样用刀剁细,用香油调馅,吃的时候还要配以姜末和红豆腐乳。包完这素饺子,往往天快亮了全家老少才躺下。而同院的一位邹工(建筑设计),则习惯于大年初一一早挨家挨户拜年。虽然他不进屋里坐,也使习惯守岁刚刚钻进被窝的李家老少忙起身开门。多年之后,邹家在别处买地盖了新房,邹家遂改由儿子每年前来大院拜年,也是等你忙不迭地爬起来开门时,他已敲门拜过好几家了。看到你们好几家都探出个头来,他做个鬼脸,却早已拐弯到 211 至 223 户的邻居家去了。

在大院外的孩子们看来,大院里文艺氛围甚浓,此话不差。20 世纪 70 年代,全院光钢琴就有 4 架。老人们有的会拉小提琴,有的善游泳,有的会打网球,有的下围棋,有的玩篆刻,也有的爱唱歌,而且具相当水准。实际上,大院的老人们多数是搞技术的,是学工的,只不过那时的工程师、大学生多出于江南富家,家底殷实,重视读书,堪称万里挑一,加之都在上海、南京、重庆等大都市读书,见过大世面,因而多才多艺。(作者为大院老居民)

一个美丽中国的真实范本

——中纺大院的由来与故事

张文艳

大院居民来自五湖四海,不管出于什么原因聚集在这里,都能演绎出动人的故事。本期,我们关注的是中纺大院。这是一个与时代相连的院落。青岛纺织素有"上青天"的美誉,在 20 世纪五六十年代,几乎每家都有从事纺织的成员。所以,大家都把其称为"青岛母亲产业"。中纺大院是抗战胜利后接收青岛纺织厂的起点。院子里的居民携家带口来到这里,在院外,他们撑起了纺织的明天,在院内,则成了孕育人才的摇篮。邻里情,老少乐,每一寸草木,每一方土地,都是第二代大院人的乐园。他们生于斯,长于斯,一生牵挂于斯。大院老居民吴新元教授把这里叫作"一个美丽中国的真实范本",他联系老邻居主编了《中纺大院》一书,把老照片和大院故事汇集在此,给第三代、第四代,以后的代代大院人留下最美的记忆。

大院由来：一架飞机载来美丽院落

1946年1月13日，一架满载近80人的飞机从重庆飞抵青岛。飞机上一位名叫范澄川的乘客，思绪万千。就在几个月前，他还在为赴青之行焦头烂额，因为奉命接受"中纺公司青岛分公司经理的任务，摆在当前的第一个难题，就是担任接收九个厂的技术人员和行政人员在哪里？"（《范澄川回忆录》）

抗战胜利后，国民党政府接收了日本人在中国经营的各种纺织印染厂，并将其组建为中国纺织建设公司。范澄川负责的是青岛日商纱厂的接收。然而，上海已经抢先一步，将技术人员网罗一空。虽然当年青岛的纺织业同样发达，在全国素有"上青天"的美称，但比起上海和天津，青岛"远不如上海、天津之安全，人们对此都怀有

范澄川和夫人文佩南

畏惧心理"。而且，"青岛除日本纺织厂外并无国人经营的厂（华新纱厂不在接收之列）。日本纱厂向来不培养中国技术人员，中国人的最高职位为书记工，车间记账而已"。尽管困难重重，范澄川等人仍然"凭借私人感情和关系，到处动员，加上总公司分派的诚孚纺织训练班毕业已在纱厂实习的学生三十人共约八十人，遂于1946年1月13日乘机飞青（因为当时渝沪道上，江船被有力机关抢占一空）"。

比起影视剧，真实的历史往往更惊心动魄。

早在飞机起飞之前，一场"潜伏"便已经开始布局。王新元，1926年加入中国共产党，长期从事党的秘密工作。抗战胜利后，他接到了直接上线董必武的重要指示：秘密潜入中纺青岛分公司任副经理，为接收中纺公司做好准备工作。而这之后，王新元先后召集了毕中杰等数名党员"潜伏"在中纺公司青岛分公司，后来他们一起影响了范澄川，在青岛解放前夕顺利完成了护厂任务，使得所属的13个工厂完整地回到人民手中。这是后话了。

飞机上的乘客们各怀心事。和范澄川、王新元不同，在电机工程行业崭露头角、毕业于浙江大学的高才生吴怡廷对未来充满了憧憬，他受中纺总公司机

电总工程师陆芙塘委派，准备在青岛纺织业大展宏图。陪伴他一起来到青岛的是他漂亮的妻子汪静——湖南高考状元，被保送到清华大学（后为西南联大）机械工程系，成为此专业的第一代女生。在同一架飞机上，还有毕业于华东纺织大学（前南通学院）的工程师张世新、毕业于中山大学建筑系的全国屈指可数的高级建筑设计师言乘万等人。

飞机降落在青岛，技术骨干们的首要任务是在茌平路1号组建中纺青岛分公司。是年1月25日，接收工作开始，10月间接收完毕，"经辗转援引，又经各厂厂长分别组成班子，并在青岛本地招考一部分业务行政人员，故阵容渐趋完整，工人人数补充将达二万人"。公司把骨干技术人员的落脚之地选在了嫩江路上的三组建于20世纪30年代末的日式高级住宅建筑群（嫩江路1号一村、嫩江路3号二村和辽北路5号三村），也就是我们今天的主角"中纺大院"。

拂去岁月落下的尘埃，走进大院，原来一切清新如洗。

大院之美：花园式别墅，童年的乐园

近日，在大院老住户吴新元的带领下，记者来到了嫩江路1号一村所在地。踏进铁栅栏门，记者眼前一亮。洁白整齐的小楼，红灰相间的干净地面，每一栋小楼都只有两层，一层有一处不小的院落，供住户养花种菜；二楼单独入户，楼梯就在每栋楼的两侧。在繁华的市区内，这里堪称别墅级待遇。然而，在老住户张国珊、李杏倩、张国强、欧阳涛、李大酉的记忆中，中纺大院的美远不止如此。

翻修后的一村新貌（欧阳涛拍摄）

一村的六栋并立式别墅楼有24户居民，门口在嫩江路。三村是独栋三层楼房，每层楼2户，共6户，目前都尚存。已被拆除的是二村，在老照片中，我们尚能看到一点它的原貌，"L"形的外廊式三层公寓，依坡而建，它有嫩江路、丹东路和辽北路三个大门，最为奇特的是，每一个大门分别通往不同的楼层,丹东路门口为一楼,嫩江路为二楼,辽北路直通三楼。而且,每栋楼前都有小花园,墙垣错落,花木宜人。樱花盛开之时,满院似锦,美不胜收。这也就难怪梁思成会在《青岛》中,盛赞中纺大院设计得匠心独具了。

这里曾是"入侵青岛的日本海军陆战队高级军官官邸"(《大院的回忆》),因而家具等配备齐全,"大院的人都是一个皮箱子或一个美式帆布袋子就来青岛安家落户的",李杏倩说。大院的第一代人来自五湖四海,"江浙一带居多,还有湖南、天津等地"。因为是作为高级技术人才被范澄川引进青岛的,所以每个家庭背后都有一段值得称颂的过往,他们是相关领域的精英。因而,中纺公司给他们的待遇优厚。在《中纺大院》一书中,记者看到,几乎每家每户都有当年的老照片和全家福,要知道,当年相机很贵,洗照片成本也高,然而,在大院里,相机可不是稀罕之物,"几乎每一家都有一台",李大酉说,"我15岁就就业了,花了125元,相当于我好几个月的工资买了台双镜头方盒子相机"。因而,大院里出了欧阳涛、李大酉、吴重光、吴新元等摄影家。

不仅如此,大院设施配备也很是先进,"这个大院第一有警卫把守,第二有电网、碉堡等安全设施,第三上下班有班车接送,第四有澡堂",张国强说。和记者聊天的都是大院第二代居民,在他们眼里,这些设施都是他们童年的乐园。比如门卫室,几经演变,曾经变为剃头铺、小书摊,尤其是罗老头书摊,吸引了一批小朋友驻足;有电网就有电线杆,"就在二村的三截地下,我们小时候下楼都不走楼梯,顺着电线杆子就爬下去了";班车地点设在三村楼旁,如今是辽北路商场,每天早上6:30,大院里的两处电铃便"铃铃铃"响起来,提醒大家该起床洗漱了。一个小时后,电铃再响,班车出发。班车一启动,大院便成了老人和孩子们的天下;澡堂是专为大院居民免费准备的,"每家每户都有自己的牌子,大院里的家属不要钱",在欧阳涛的记忆里洗澡是最快乐的时刻,"老爷爷若发现有小孩泡澡,拽过去就给搓澡,那叫一个舒服!"

短暂、愉快的聊天,已让时光回流,往事重现。

卧虎藏龙:优质幼儿园,人才之摇篮

翻看中纺大院老照片,很快就被一群稚嫩的面孔所吸引。四五岁的年纪,每人都胸前围着一个小肚兜,在老师的带领下听故事、玩游戏、演节目。尽管岁月将相片打磨得有些泛黄,但记者仍能从每一个纯净的眼神中感受到来自几十年前的稚真气息。

光阴的味道散去，流年的声息仍存。

一提到中纺嫩江路幼稚园，老住户们便回忆起了童年的点滴。"这所幼儿园在青岛算比较早的，园里的曹冰云老师毕业于烟台幼儿师范学校，这样的学历足见当时中纺公司对幼儿园的重视"，随父母来青岛时已经过了上幼儿园的年龄，张国珊直接上了圣功女子小学，她的弟弟毕业于嫩江路幼稚园。

在那个年代，每家每户都有五六个孩子，两三个就算少了的，中纺大院很多人家都把老人接过来帮忙照看，有的还得雇保姆，虽然每家的住房面积在100平方米左右，但仍然略显局促，甚至有不少孩子住在日式壁橱里，正好还能当上下铺，实在不够住了就打地铺。这么多孩子如何教育便成了问题。建个幼儿园无疑是不错的选择，让3岁到6岁的调皮孩子有了管束。"园址设在中纺大宿舍二村的楼底"，"院里花草茂盛，孩子们在院子里玩耍，就像在野外"，"园里设备相比今天的幼儿园也不见得差很多，比方当时就有一架钢琴，一架风琴，另有各类教具等"，"院子里还有滑梯、浪船（后来还有秋千）"，"老师有时候还带我们沿着二村走到一村的台阶上去在宿舍区周游，同时熟悉环境，加深学生对彼此家的了解。"（于荣江回忆）不仅如此，在老照片里还可以看到，老师会带领他们到青岛周边郊游，水族馆、鲁迅公园都有肚兜小孩手拉手的身影。

幼儿园的第一任园主徐宝福是中纺青岛分公司业务科的调查员，毕业于上海圣约翰大学，他的理念较为先进，所以这里的师资力量和课程理念都颇为先进，就是放在今天也不过时。"每有孩子毕业，中纺青岛分公司经理、解放后纺织部顾问的范澄川便会来到这里跟幼儿园的师生合影留念"（《"徐园主"的回忆》），这种级别，成了"上青天"的一道风景。

幼儿园的孩子们

幼儿教育之后，院里的男孩大都上明德中学，女孩则上圣功女子小学，也都是教会学校，这在当时都是贵族子弟的象征。良好的教育，加上来自父母辈的优秀基因，使得大院里的孩子们个个不凡。"当年也没有别的娱乐手段，加上院里的孩子聪明伶俐所以学什么是什么"，张国珊说。

大院里，第一代人如黄建章、万程之、吴怡廷、郭俏等都是各行各业的领袖式人物，他们精通多国语言，是当时中国的佼佼者。而后辈们也不甘落后，虽然历经"文革"十年动乱的洗礼，作为"高知"后人失去了很多机会，但他们仍然自强不息，院里国防少将、蝶泳冠军、棋艺天才、摄影家、清华神童、名嘴主持等，不胜枚举。

大院是儿时的乐园，也是人才孕育的摇篮。

邻里情深：共有的老人，大家的孩子

坐在一村老住户李大云家里，大家聊得异常热烈，虽然他们近几年来经常相聚，但仍然有说不完的话，聊不完的家常，还像一家人一样，即使黑发变成白发，即使已经不能再爬上爬下。

"在中纺大院，老人和孩子都是共有的。"班车一走，大院里就剩下老的老小的小了，如果要是有调皮捣蛋的，就会突然亮出一个大嗓门："啊吧——娃娃又打人喽！"这句湖南腔声音响亮，整个大院都能听见，此人是吴新元的姥姥，身材高大，面孔威严，配上湖南口音的呵斥腔调，小孩没有不怕的，真是姥姥版的河东狮吼。

童年时代，男孩子最大的乐趣是洗海澡，"我带着比我小的几个小孩，梁厚栋、程聪等一伙人，下海抓蟹子、钓鱼、洗海澡，结束后，从中山公园回来，路过果园顺几个苹果再回来"，张国强回忆起当年满脸幸福之情，他提到的梁厚栋是中纺大院的老街坊，在多年之后，大院人相聚之时，梁厚栋曾回忆："能和中纺大院的孩子们玩，那

院里的邻居们怀里抱的孩子出生于1950年，前排右二的妈妈是当年的湖南省高考状元汪静

当然是懂礼貌、爱学习、有面子的事啦，张国强——后来成为青岛19中副校长，每个学期还要看我的成绩单，不然不跟我玩哩！"当然，小朋友也不净干上房揭瓦的调皮捣蛋之事。有时他们会借一辆地排车，到山上去挖黄泥，拉回来分给

院里的各家各户，让大家和煤面子做煤饼子，以备过冬之用。

如果要说邻里之间的感人事，那可真是几天几夜都说不完，"大院里知识分子成堆，能人辈出，但风气醇和，我们小孩有时整天待在邻居家玩耍，大人不仅不厌烦，还时常分东西给你吃，讲故事给你听"（《重返大院记》）。若谁家亲戚来了，地方不够住了，就会在邻居家借住，还有吃有喝。"我小时候有哮喘病，父母不在家，发作起来老外婆束手无策，隔壁黄妈妈便会闻声赶来，抚胸捶背喂水接痰；二村在山大医院的杨阿姨更是有求必应的'及时雨'，背上抱下"，吴新元说。记者所拜访的李大云家当年也是一村的沙龙俱乐部，不管何时，也不管走门还是跨窗户，更不管家里有什么人，随进随出，打扑克，举办音乐会，甚是热闹，这也足见邻居间的亲密和包容。

在吴新元家，有一个小小的麻将桌，已经摆了半个世纪，"当年打麻将还得排队，根本轮不上，后来勉强能凑齐一桌，再后来，连一桌都凑不起来了"，这话让人听了颇为伤感。麻将桌的常客王世芬老人今年正好 100 岁，仍然健在，因为患病去了医院记者未能谋面，非常遗憾。恐怕对于大院里的深情，这位百岁老人感触最多吧。

第一代中纺大院的人已经所剩不多，再加上各种原因的搬迁，二村拆迁，老住户已经四散开来，但每次聚会他们都能济济一堂，回忆童年趣事，"历经半个多世纪的中纺大院已由一个个鲜活的小小音符涓滴成灿美的交响长河"。在探访中，记者注意到，一村门口已经贴出了棚户区改造的通告，保存完好的美丽建筑命运如何尚不明确，但老居民都不愿意离开这里，不愿离开这个给了他们快乐童年、和睦邻居的美丽家园。

2016 年 3 月 15 日

独具匠心的银行大院

20世纪30年代，银行大院刚建成时形貌（蒋若瑾供图）

独具匠心的银行大院

张文艳

每每途经庭院人家,便生安定之心,此番探访,同样如此。

春日繁盛,万物皆醒,人世间最风雅亦最深情的,就是这个季节。更何况我来到的地方是大学路上,美术馆的对面,老舍故居的隔壁。

下午 2 时,阳光西斜,和热情的楼长王守花一起踏进大学路 14 号银行大院。若不是做大院故事,根本不知道大学路上还有这么一个银行宿舍区:三座独栋别墅,一个广厦堂,7 栋楼房对称分布在东西两侧。干净整洁的地面,院中分前院、内院、独院,内院是阶梯式的三个"回"字院,院中套院,整个楼院,中西合璧,中轴对称,南低北高,疏密相宜,空间丰富。

坐在当年名震青岛的名票于振之的女儿于传祐家里,5 位 70 多岁的老居民陆续到来:包宗岱、戚文馨、张铸、蒋若瑾、彭万程,他们从记事起便住在这里,过往的岁月,像一部漫长的电影,从黑白到彩色,一幕幕,那么真切,都留存在他们的回忆里。

在他们的叙述中,才知道,原来大院的设计远比看到的更加独具匠心。

"你知道院里原来有一个与生死相关的设施是什么吗?"答案令人惊愕:太平间。话题一打开,记者赫然发现,这个大院以前就是一个小社会,所有的设施齐全,"不出院子可以过一辈子"。从门口说起,警卫守着大院的南门,其他门平日都不开,外人不允许随便进入,以保证院内的安全。左侧的广厦堂包括大礼堂、供销社、理发室、医务室、阅览室、幼儿园等,既能满足居民的生活需求,也是文化娱乐俱乐部。正是在这里,于振之这颗戏剧之星冉冉升起,不仅裘盛戎等名角是于老的座上客,而且于老还是青岛市吕剧团的主要创始人之一。

热水房、洗衣房、玻璃花房、传染病隔离室、太平间,一应俱全,用邻居们的话说,生老病死都可以在大院里完成。

父辈都是银行职员,早出晚归,大院则是孩子们的天下。回忆起儿时光阴,虽然只有短短几载,但在他们心目中,却好似走过万水千山,值得用一生来回味。

院里处处是"宝藏",就连大院进门处两段用来做消防逃生平台的门廊,都成为孩子们的足球球门,恐怕这是设计者始料未及的。花房里的老葛,是孩子们斗智斗勇的对象,科长楼后面的儿童乐园,有秋千、滑梯、跷跷板和沙坑,院子里的每个角落都可以捉迷藏。他们虽已过古稀之年,但童年的记忆依然清晰如昨。

对他们来说,春花秋月看似年年如约而至,却从来没有重复的风景。

采访老人,听他们讲述过往,以苦中作乐居多,所以即使听他们讲述快乐,也往往认为他们是对青春的怀念。这次采访之后,明白了什么叫过去的幸福时光。在包宗岱和彭万程的介绍下,记者发现,虽然小楼外观变化不大,院落在今日看来美丽依然,但所有居住之外的设施已被居民挤满。大礼堂里住着人,供销社里住着人,医务室、理发室里住着人,就连居民楼里,原来的一梯两户也全部变成了团结户,50多户的大院如今已经住了将近200多户。"现在购物买菜都不方便",居民长叹道。所以,大院的第二代居民陆陆续续搬了出去,坐在记者对面的六位老人已经是老居民中的大多数,"还剩下10来户吧"。

世间风物最长情,有草木、山石,还有人心。即便多有不便,他们也只字不提离开,他们希望自己的家园被关注,被珍惜,但从未想过离开。生长于斯,年逾古稀,这里的一石一木,一砖一瓦,都蕴含着深深的记忆,承载着浓浓的家园情怀。

广厦十一栋,职员俱欢颜
——探访银行大院

张文艳

站在银行大院内,犹如进入世外桃源,清新的房屋,安静的院落。整齐明亮的小楼怀拥着几株大树,所有浮华,皆关于门外。早知道大学路的美,却不知还有美如斯的大院。

它位于大学路14号,始建于1932年,建成于1934年,据悉,大院系由青岛最早的华人建筑商马铭梁先生主持的"新慎记营造厂"承建的,工程师为赵诗麟。马铭梁祖籍浙江宁波,是近代青岛最早的华人建筑商,于1919年创立了新慎记营造厂。赵诗麟(1907—1979),上海人,中国建筑师。1932年,他只有25岁,所处的年代正是中国建筑师的"自立"时期,所以他吸纳了西方建筑特色,也继承了当时流行的新建筑风思潮。他在青岛的设计作品,还包含八大关内的义聚合钱庄别墅(有说法称蒋介石曾下榻于此)以及嘉峪关路8号别墅(与郭鸿文合作)。

银行大院是赵诗麟进入八大关前的"前奏",也是他颇为得意的作品,因为他曾预言:"我设计的这处大院,100年不会过时。"事实证明,他并非吹嘘。

银行大院的秋天

"大院的选址是经过几次考量的",大院居民蒋若麟告诉记者,在中国银行做职员的父亲蒋英秋曾告诉他,大院选址最初是在安徽路老舍公园,当时那里是著名的大华沟,地段和风水都不错,但是靠着中山路62号中国银行太近了,"抬脚就能回家,不太合理"。经过多方权衡,最终定在了现在的地址,根据来自父辈的说法,"这里背靠信号山,挨着四条龙(龙山路、龙江路、龙口路、龙华路),面朝青岛河,是风水学上的一块宝地"。居民包宗岱则从地理位置上进行了分析,信号山在东北方向,冬天阻挡了东北风的侵袭;夏日炎炎,则有青岛河通向海口,引导海风徐徐而来;由于离海较近,如果刮起台风,则有小鱼山的遮挡。所以无论从哪个角度来说,这块土地都是上乘之选。

两年后,在14亩槐杨林的坡地上,一处疏密相宜、空间丰富、精彩大气的阶梯式套院公寓落成。"银行大院的平面布局和建筑样式,在国内绝无仅有,独一无二,是硕果仅存的建筑孤木",江祖龙说。

大院为长方形,南北向(并非正南正北),大门朝南。大院分为前院、内院、独院和后花园,院内楼房中西合璧,除独院外,中轴对称,南低北高,院里套院,园中有园,配上各种花草树木,美不胜收。

大学路14号为大院南门,门口右侧为警卫室,右侧为副理楼,北面为襄理

银行大院的冬天

楼,是银行二把手和三把手居住的地方。左侧是大礼堂,往前走几步便可以看到大礼堂上的几个大字"广厦堂",应是取杜甫"安得广厦千万间,大庇天下寒士俱欢颜"(《茅屋为秋风所破歌》)之意。如果绕过副理楼和襄理楼之间的喷水池继续往东走,便遇到一堵围墙,打开小门,是一座独栋小院,此为经理楼。

内院里,左右两侧分别有三栋样式统一的四层小楼纵向排列,最北端的"科长楼"横跨中间。在院中,原来都是用矮墙石台围绕的小花园,形成三个依次上行的"回"字院,中间都是绿地和花草树木,春夏秋季节都有花朵开放,冬天,大院也不寂寞,经理楼后,襄理楼东侧有一座大型玻璃花房,负责供应银行和宿舍的花朵绿植摆设,天寒地冻之时,花房内依旧灿烂如春。

红瓦黄墙红砖小阁楼,11栋楼除经理楼外被均匀地分布在大院两侧,现在以1到10号楼命名,而当初,每栋楼都有一个汉字名,分别是"青岛中国银行广厦堂宿舍","青"字楼是经理楼,其他10栋楼从襄理楼开始以顺时针方向分别命名,颇具特色。

如果仅仅因为美来印证设计师的预言似乎并不具有说服力,更主要的是大院的设施之全面,之周到:广厦堂有供销合作社、理发师、医务室、幼稚园、热水房等。大院的西北角建有一个太平间,太平间南端有工友楼,是大院后勤人员的居住地,比如电工等,在大院的东北角,还有传染病隔离室,院里还有洗衣房。生老病死完全可以足不出院。而安全设施,从门口到襄理楼,有两个门廊构成前院,门廊为平台式天桥设计,用意何在? 居民包宗岱告诉记者,不要小瞧这两处平台,这可是重要的消防设施,"这里的楼房都是砖木结构,一旦失火,副经理、襄理和家属都可以从平台逃到广厦堂避难;而若是广厦堂失火,则也可以通过平台逃生"。此外,院内的水泥池不仅为了美观,而且也为失火备用。院里还有两个防空洞,一口水井,都是战争、缺水时的重要应急设施。

大院居民戚文馨接父亲的班,后来也在银行工作,她告诉记者,银行基建的同志接触过当年的设计图纸,"据说大院在国际上得过奖",她说的不仅仅是院内的设施，还有屋内，"80 年前的全明户型"，在现在看来颇具前瞻意识。"大院的建筑工种全国少有，曾有一位哈尔滨理工大学的研究生来考察，他说这里是青岛市唯一一座应该受到重点保护但被遗漏的大院"，居民张铸说。

堂内技艺卓越，堂外童心飞扬
——老居民回忆银行大院旧事，有沧桑，有童趣，有氛围

张文艳

幽静的大院，黄金地段，在院外人的眼里，大学路 14 号是极佳的居住地，而在院内老居民的心里，这里还是童年快乐的源泉，一砖一瓦，一草一木，都散发着少年时代的友谊之光，并将他们的青涩记忆深深刻在每个角落。光阴恍如刹那，典当了年华，换来的亦只是平淡的生活。即便许多故事已经淡去，但他们对儿时的思念，似乎有增无减。六位大院的老居民，在阳光明媚的下午，娓娓道来，讲述父辈惊心动魄的故事，再忆童年的欢乐时光，重温大院内浓郁的文化氛围……

历史过往：刺刀印，记录大院的沧桑经历

关于父辈的故事，从 1934 年讲起。

记者对面的六位居民：75 岁的包宗岱、戚文馨，74 岁的张铸，73 岁的于传祐，72 岁的蒋若瑾、彭万程，父辈来自五湖四海，如张铸的籍贯是河北衡水，于传祐祖籍是北京大兴，其他四位父辈都来自江苏一带的苏州、常州等地。因为中国银行总部迁到了上海，所以"江浙一带居多"。

1934 年，获聘的年轻人，带着简单的行李，或孤身一人，或拖家带口，欣喜地站在银行大院里。一张早期的大院照片，让我们能够感同身受，中西合璧，干净，整洁，旗杆树立在正中央，花草绿植尚未种植，一辆小轿车在照片的右侧，显然是经理的坐骑，副理和襄理的配备是黄包车。整个院落美，且不张扬。走进

小楼,80多平方米的两室一厅布局宽敞明亮,全套家具配备,衣橱、桌子、写字台、椅子、板凳,以及基本的厨房用品,厕所配有高级抽水马桶。地板是结实耐用的落叶松,窗框是美国红松材质,在当时皆属上品。

第一代银行职员蒋英秋(左一)、于孝义(右一)、江礼傲(右二)、张葆真(右三)、茅及能(右四)等(蒋若瑾供图)

包宗岱的父亲和叔叔在大院留影(包宗岱供图)

很快,职员们陆续入住六栋职工楼的三层楼,四楼供各家保姆居住(后来也作为单身宿舍),加上洗衣房、花房等各种人性化的设施,让远离家乡的人们有了家的归属感,"单位把职工的生活问题都考虑进去了,每栋楼一位服务人员,每天在职工下班前,到各家各户送开水,而且负责本楼的地板打蜡、擦楼梯,什么都干"。因此,住在这里的职工们都不舍得离开,直到1938年。

早在1937年,七七事变前,青岛就弥漫着紧张的气息。敏感的银行职员纷纷让家人搬离大院,独自留守。1938年1月10日,日本的铁蹄踏进青岛的土地,14号大院很快进入这些侵略者的视线。记者在青岛市档案馆的档案中看到,最初,大院是日本福永部队驻地,1938年11月迁移至"太平路30号前安藤部队本部"。空出来的大院成了"日本军官家属楼",居民说。据江祖龙撰文称,当时青岛中国银行行长叫王祖训,1929年从北平调至青岛,曾留学德国,中山路62号的中国银行和银行宿舍都是他主持建设的。日本入侵后,经理和副经理都早已南撤,当时的负责人是襄理沈服五(1900—1964)。他被迫迁至正阳关路10号。其他职员也纷纷外迁,蒋英秋家迁至莱芜二路,于家迁至平原路。

"日本人将银行大院的内部结构进行了改造,把原来的储藏室改成厕所,原来的厕所改成浴室,并把德国原装的大浴盆给换走了",张铸说。戚文馨家屋门上的刺刀印记记录了这段屈辱的侵略史。抗战胜利后,美军进驻青岛,占据了俾斯麦兵营后,又将银行大院作为军官家属楼。"在美国进驻之前,我父亲就接到南下银行要员的命令:带领家人占据经理楼。我们一家五口人就住进了独院别墅经理楼,我当时一岁多",蒋若瑾说。蒋英秋的行动使得经理楼躲过一劫。

"新任青岛中国银行经理孔士谔(据说是孔祥熙的侄子)到任后,即派代表与美国驻军交涉,才虎口夺食——仍由银行职员回迁入住",江祖龙称。经过重新整修,大院又回到了祖国的怀抱。此时,银行职员的子女已陆续出生,不同于7年前的安静,大院一下子热闹起来。

孩童乐园:"玩"出全国第一个体育博士

雾散云开,阳光照进银行大院。

1937年,在上层套院栽种的三棵银杏树已经长大,1938年日本人在中层和下层套院内栽种的樱花树缤纷绚丽。加上院内的园林绿地,松柏花草,成了孩子们的乐园。

父亲上班,警卫室的大门一关,大院成了孩子们的天下。滑轱辘鞋、拾沙包、弹蛋儿、蹦杏核儿、跳房、跳皮筋、跳绳、打噶儿(用木板敲击两头尖儿的木头的一端,然后丈量距离,比赛谁打得远)……说大院是孩子的乐园一点也不为过,"青岛很多游戏都是从这个院里传出去的"。大家还经常组织游戏比赛,以至于大院里还玩出了人才,据老邻居们讲,全国第一个体育博士田麦久就是在大院里出去的。

"当年院子里哪里像现在这么安静,孩子放学回来不是玩手机就是玩电脑。那时候,回家写完作业,有一个吹哨的,小朋友们便呼啦一下子都出来了",由于父辈们年龄差不多,所以几乎每个年龄层都有十几个小孩,分成一波一波的,每一波都有不同的暗号,暗号一响,大家便立刻聚集起来。有的扒开铁丝网,悄悄潜到后花园的花房里抓土蚱,弄倒花盆踩了盆景,把花匠老葛气得吹胡子瞪眼,见到孩子就撵,以至于小朋友私下里老嘎老嘎地叫他;或者在前院里踢足球,两个门廊刚好是南北两个球门,天然的足球场,只是,飞舞的足球经常把住在襄理楼的徐老太太家窗玻璃打个粉碎,气得老太太用浙江话大骂,到院子里一看,熊孩子们早没了影儿!老太太少不了到家长面前告孩子们的状,结果当然是一顿爆揍。

大院里的第一代主妇(蒋若瑾供图)

在正北端的科长楼后面,有一个儿童乐园,那里有秋千、滑梯、跷跷板、沙坑等娱乐设施,很多快乐的记忆来源于此。在包宗岱的记忆里,乐园后来不知被谁家占据盖上了鸡窝,但仍没有抹杀孩子们的天性。有一次,包宗岱和小伙伴们捉迷藏,有一个小朋友就躲在了鸡窝上,在他往下跳的时候,听到"咚"的一生,似乎下面是空的,小伙伴纷纷尝试,发现果然如此。"院里有两个防空洞,都不在此处,这里是科长楼附近,难道是暗道?"包宗岱如此猜测是有原因的,他说,科长楼里住着六位科长,每位科长都有银行金库门的密码和钥匙,密码是什么青岛分行的领导都不知道,只有上海总行知道。六个人都掌握着不同的密码,彼此也不知道是多少,只有六个人凑在一起,用钥匙和各自的密码才能打开金库的层层机关,"是不是为了防止有人抢劫,设置了暗道,只要一个人逃跑成功,金库大门便打不开?"

孩子们的乐趣还发展到了院外,上山去盗宝,下海去游泳,上山下海玩得不亦乐乎。让他们印象深刻的,还有东方饭店门口的杂技演出,"几乎每天都有,练杂耍的、跑马戏的、走钢丝的,非常热闹"。于传祐记得,一次父亲下班后想吃锅饼,叫她去买,结果路过演出场时,正好看到一个人表演吞钩子,"我当时看傻了,忘了买锅饼的事,直到哥哥来叫我,我才想起来,回去差点挨揍"。

文化沙龙:名票震岛城,"青普"发源地

文武双全,文体兼备,大院里不但"玩"出花样,在文化上同样人才济济。

银行大院出了不少"清华""北大"的高才生,在各个领域熠熠生辉。而在文化界的领军人物当属"广厦堂剧社"的于振之。

于振之(1914—1972),今北京大兴人。自幼爱好京剧,14岁便拜名师李仲

鸣,"习老生,擅高派"。青年时期,他考进了青岛中国银行,但仍然没有放弃京剧,业余时间还向"民初三大先生"之一时慧宝求教。1934 年,他加入"广厦堂剧社",挑起了大梁,成为名震岛城的名票。大院里,吃完晚饭,到大礼堂看于振之演出是必不可少的娱乐活动。

记者在青岛档案馆的老报纸上,看到了一篇关于于振之的文章,文章称他是青岛著名的和声社之中坚分子,"他身体高,胖,脸圆而阔","每次彩排《捉放曹》,一声'八月中秋桂花香',不用挑帘出场,就是满堂掌声"。而于先生的胡琴更是专业水准,"每一次彩排,他除了粉墨登场外,还赶着为别人上'文场'","与其介绍他是名票,不如说他是琴票"。

于振之先生在"和声社"演出

据江祖龙称,1939 年,和声社邀请程砚秋来青演出,于振之在清唱联谊会上为程表演《草桥关》,得到程的盛赞。20 世纪 40 年代,"秋声社"再次来青,力劝于振之加入剧团,为他操琴,最终于因家庭原因未能成行。

作为银行职员"不务正业",于振之是得到银行领导支持的,据说王祖训就是个戏迷,所以在于振之的女儿于传祐的记忆里,父亲的行头、刀枪剑戟齐全,于家的子女们也个个是票友,不但长子于传里(于小之)与父亲在"台上假父子,台下父子真",于传祐到现在还在唱,她家便是每周二的票友聚集地,"我们都是受父亲的熏陶,要知道,当年胎教都是京剧,现在姐姐 80 岁了,也还在唱"。

戏台上唱着良辰美景奈何天,戏台下则是紫气红尘,人生百相。

大礼堂里,不但有戏剧,还有话剧演出,甚至还有职工交谊舞,活动异彩纷呈。礼堂外的大院里也非常热闹,平日里放电影,夏天还有纳凉晚会,欢声笑语在院内弥漫。

有两件事让彭万程印象深刻,一件是青岛普通话最早在银行大院兴起,"幼稚园里的老师都给孩子用普通话交流";另一件事是来自警卫室的铃声,"铃声一响,全体职员纷纷冲出家门,集体做广播体操"。这是银行大院的传统,也是来自大院居民的骄傲。

旧物不言,时光惊雪。大院小楼还是旧日模样,只是,80 多年的沧桑经历让它已失掉了原来的活力,屋内设施陈旧。各种让大院居民津津乐道的配备也逐渐被住房"吞噬",每个地方都住满了人,"原来也就 50 多户,现在住了 190 多户居民",以前宽敞的住房条件也受到了团结户的困扰。生活不再便利,加上这些老居民已年逾古稀,一直盼着有个老年食堂,却迟迟未能实现。

再多的牢骚仍掩盖不了他们对大院的浓浓深情,"看这棵松柏,当年捉迷藏我曾躲在后面,我们差不多高,现在,它已经长这么高了",彭万程感慨道。他们,在大院中长大,喜怒哀乐都渗透进草木里,他们不愿离开,也不会离开。

2016 年 3 月 29 日

穿越安娜别墅的迷雾

在安娜别墅庭院，卡普勒家族成员骑马照

穿越安娜别墅的迷雾

李明

　　青岛像一块半透明的积木,不论是 100 年前,还是 100 年后。一群人和另一群人,一个现场和另一个现场,一次死亡的悲哀和一次新生的欢愉,都淹没在了时间的焦虑中,没有关联,也不能还原。猛一回头,看见的过往仿佛梦境里的真实,也绚烂,也诡异。清醒起来,一下子烟消云散。想努力抓住潮水退却后的湿润,却发现只剩下一个亡羊补牢的姿势,拥挤的沙滩上,连空气都没有来路。潮去沙出,那块城市积木孤零零地堆放在海岸线上,灿烂地笑着,肆无忌惮地梦想着,不知道从哪里来,也不知道往哪里去。

　　甚至连抑郁,也很容易被一杯下午茶融化掉。

　　一座普普通通的别墅成为一个城市史的纪念坐标,的确偶然。意味深长的是,一个早期移民修建的安居之所之所以为人牵挂,不外乎是一些人性化与日常性的纠缠。一个普通家庭的一份遥远的亲情寄托,最终成了抵御暴力、政治和时间隔膜的象征,确是一种温情的回归,也是城市不可或缺的记忆起点。

　　1901 年,安娜别墅的出现,奠定了柏林街和卢伊特波尔德街口的街区格局。今天,在人们习以为常的曲阜路与浙江路路口,安娜别墅完好无损的存在,如同深入历史的探照灯,照亮了幽暗的时间隧道里面的影影绰绰,投射出一个个陌生的表情。这些表情,或许就是安娜别墅时代呈现的日常青岛,一个生机勃勃的曙光之城,一个漂洋过海扩散着新生活向往的栖息地。尽管我们没有机会以那个年代一员的身份穿越其中,却可以试探着剖开认识的偏差与时光错位,将一些真实的呼吸打捞出来,晾晒在别墅庭院里,说一声,你好!

　　这个动作,仿佛一次对历史现场的膜拜。一个人对另一个人,一些人对一个城市的青春期。恍惚之间,一些隔阂消除了,一些新鲜的讯息飘落下来,将中午的时光填得鼓鼓囊囊。走在斑驳的路上,晃晃悠悠,想入非非。

　　作为一个栖息之所,安娜别墅的称谓来源于对亲情的寄托。这是房子的建设者罗伯特·卡普勒为了表达对母亲安娜·玛丽亚(Anna Maria)的纪念,而特别命名的。安娜·玛丽亚对卡普勒家族的意义,我们没办法获得更多细节,或许这是个包含了复杂情节的欧洲传奇，或许它就是一个纯粹的家族故事。然而，女性安娜所带给我们的想象空间，却使得这个并不十分烂漫的古典主义建筑，立刻就变得生动起来了。穿过时间、地理和种族的迷雾，我们似乎可以放松下来，在虚拟的背景上任意涂抹一个暖意的景象，像 1906 年春天的某一个平常的早晨，罗伯特和他的儿子汉斯，在别墅前的柏林街上所经历的一样。

这样的感受，不论 1914 年前迁移到这里的安娜别墅第二任主人朝鲜王朝闵妃后人闵泳瓒，还是 1918 年搬入的第三任主人刘子山，都应类似。透过安娜别墅主人的更替，人们可以清楚地发现，作为青岛本土成长的著名商人和银行业投资者，刘子山和安娜别墅发生的所有联系，都极大丰富了这栋建筑的本土化元素，象征了一个时代的开始与文化的转变。就此，城市形态的多样性与亲切感，与日俱增。

不论对青岛这个城市还是城中这栋名为安娜别墅的建筑，100 年人来人往的熙熙攘攘，自是顺理成章。许多过客的面目早已烟消云散，那些恩怨情仇，那些难以启齿，那些是是非非，不过尔尔。恍惚之间，透过时光斑驳的空隙，人们会发现一个屋顶之下不经意间的一次更替，出乎意料，也在情理之中。深入进去，看似曲径通幽处，依旧迷雾重重。毋庸置疑，卡普勒、闵泳瓒、刘子山这些迷雾之中的人物影像，其实就是我们城市成长的一些人物坐标，寻找着他们，记忆着他们，前行中的城市才不会孤单。

所有以不同方式呈现的城市史，都不会是空穴来风，也不应是半空中断了线的风筝。这些连续的情感记忆与逻辑线索，是城市生命轨迹的显现，也是我们无数前辈一点一滴积累下的物质与精神财富。发现、连接、还原包括安娜别墅在内的许多戏剧化、细节化的城市肌理，本身就是对历史与城市的尊重。

穿越安娜别墅的迷雾，我们也许会找到方向。

安娜别墅的"前世今生"

张文艳

邂逅老建筑，在柏林街和卢伊特波尔德街路口，也就是今天的曲阜路与浙江路路口。

安娜别墅，一栋110多岁的老楼，在它矗立之时，青岛周边还在建设之中。从卡普勒父子为纪念母亲建成安娜别墅，到朝鲜驻法国前公使闵泳瓒坐拥李王府，再到本地富商刘子山购买其作为刘府，之后平民纷纷住进，成为大杂院……发生在浙江路26号别墅内外的故事，成了瞭望并还原一个遥远时代的窗口。而如今，修葺一新的小楼成功地与时代挂钩，用"青岛书房"的方式，开启了本土文化的传承，成为城市内外的人们了解青岛的窗口，一座楼，一些人，一扇窗，一串说不完的往事，一个充满无限可能的未来！

青岛，一对父子登岸

1899年的一天，一艘德国轮船公司的蒸汽船在青岛靠岸，乘客中，一对父子好奇地打量着这片稍显荒凉的土地，不知道德国政府当初用什么花言巧语"怂恿"他们，也不知道他们脸上呈现的是对现状的失望还是对未来的期望，100多年的一切我们已经无从确切考证，只能穿越历史时空，试图站在当事人的角度来还原，不过，毕竟相隔百年，时代已变迁，物是人非。

罗伯特·卡普勒

这对父子是安娜别墅的主人，长者48岁，名叫罗伯特·卡普勒（Robert Kappler sen），少者19岁，名叫汉斯·卡普勒（Hans Kappler）。他们两人身上具有自由与冒险精神。"来青岛的德国人分几类，一部分是政府聘请的，比如技术人员，他们来青岛的一切费用政府埋单；一部分是政府派来的工作人员；剩下的多是自愿移民，政府宣扬在东方建设了一座港口城市，商业机会很多，卡普勒父子就属于具有冒险精神的自由移民"，青岛城市化和人文思想史学者李明说，他研究安娜别墅多年，并即将出版《安娜别墅时代的日常青岛》一书。

1901年在北京的老罗伯特的侄子

德国人的兴奋和得意建立

在青岛人的痛苦之上,被碾压在脚底下的,是青岛土著世代经营的家乡,每一寸土地,每一座房屋,都蕴含着他们的汗水,而如今,看着一片废墟,反抗已无力,血已干涸,泪已流尽。当然,德国人借口的巨野教案,也付出了生命的代价。1897年11月1日夜,阴云密布。十多个手拿匕首、短刀的人,闯进磨盘张庄教堂,杀死了德国神甫能方济和韩·理迦略。"两个斯泰尔修会传教士的意外死亡,直接导致了是年11月14日胶州湾占领事件,也开拓了斯泰尔修会通向青岛租借地的道路",李明如此评价。强行侵占青岛后,斯泰尔修会在市中心离前海最近的丘陵最高处建设了斯泰尔修会圣言会会馆,这一年是1899年。它位于浙江路与曲阜路路口,与后来的安娜别墅隔街相望。

斯泰尔修会为了得到这块土地,曾与德国青岛租借地管理方进行了长时间的明争暗斗。"在1898年到1899年间制定的城市规划第一案中,基督教福音堂和天主教堂被分别安排在海因里希亲王路(今广西路)两个遥相对应的端点,这让天主教不太满意",为什么斯泰尔修会的选址"看起来很像是安娜别墅这些欧洲建筑的庇护者,但其精神控制的族群边界,显然并非仅仅是安娜别墅主人这样零零散散的德国移民,而是背后一大片华人商业区的人群。这些人是天主教一直试图广泛吸纳的本土对象",李明这一番话的根据与35年后双塔大教堂——天主教堂的建立不无关系。

现不再多加赘述,将视角拉回别墅主人罗伯特身上。"1899年年中,罗伯特这个会木匠活的德国人,带着家小和一家人对新生活的期待,漂洋过海来到了青岛",此时的"青岛"才得名不到一年,据《胶州湾》一书记载,1898年10月12日,德皇威廉二世借用"青岛"这个名称命名胶澳租借地的新市区,范围也只有现市南区和市北区的一部分。"罗伯特进入青岛后的最初职业,是制造马鞍和一些室内装潢品。这个时候,在青岛海岸线的高处建造一栋诸如安娜别墅这样奢华的建筑,对他来说还近乎梦想",李明说。

德国"木匠"的蜕变

"当时的青岛还是一个小村庄,百业待兴,但这也意味着绝佳的创业机会,并且制造砖瓦的利润相当可观,也比较容易上手,所以他们选择了这个行业创业",这是青岛杂志记者贺中在与卡普勒家族后人弗里茨·罗伯特·卡普勒和迪尔里希·卡普勒通信采访中获得的信息。他们没有来过青岛,但可能翻看过家族记录。

"到达青岛的时候，罗伯特已经丧偶。他有六个孩子，三子三女，除了大儿子汉斯，陆续来到青岛的，还有出生于 1878 年的大女儿梅格达莱娜·卡普勒（Magdalena Kappler）、出生于 1890 年的小儿子海因里希·卡尔·卡普勒（Heinrich Karl Kappler）。其他三个孩子则留在了德国。罗伯特的大女儿在青岛居住了数年，她的名字之前被翻译成芭芭拉。在青岛，当时还有一个小罗伯特·卡普勒，他是老罗伯特的一个侄子"，李明介绍说。家里人口众多，罗伯特的压力可想而知。他最初的职业培训是木工，也就是中国人所说的木匠，所以他的职业与此相关，"马鞍和一些室内装潢品"。这一信息"来源于马维立博士给青岛文史学者王栋先生的来信，马博士的根据则是卡普勒后人的叙述和一部分公共文献"，李明告诉记者。马维立博士 1930 年出生于青岛，在青岛生活了 16 年，回国后任波恩大学历史地理学教授，著有《单威廉与青岛土地法规》等。

罗伯特做木匠的时间不长，因为商机一直冲撞着他的头脑，德国当局的支持和原有的资本积累，让罗伯特不甘于一个汗珠摔八瓣地挣小钱，养活全家。不久后，他经营起德远洋行，开始投资建设卡普勒父子砖瓦厂。"他不应该白手起家，在德国可能已经有了一定的经济基础"，李明根据罗伯特才来青岛一年，就开始筹备盖安娜别墅来判断，这个木匠并非一般之人。

卡普勒砖瓦厂位于大窑沟，这处工地是很多商人创业的根基，包括后来出现的迪德里森·叶布森砖瓦厂。之后，罗伯特在四方附近的孤山，开办了第二家砖瓦厂。

企业越做越大，罗伯特决定把家安定下来。1901 年，在圣言会会馆的对面，安娜别墅的工地开始铺陈。不远处，华

安娜别墅老照片（李明供图）

人商业区大鲍岛，正在进行着大规模的移民，因而"这里不仅是德远洋行的所在地，也是卡普勒父子砖瓦厂相当一部分产品的销售目的地"。而欧人区也正在紧锣密鼓地进行住宅、商业和旅游的开发，可谓商机无限。

在今天看来都是位置绝佳的黄金地段，1903 年，安娜别墅拔地而起。

不过,这栋小楼并没有引起华人区的注意,刨除商业因素,"安娜别墅跟大鲍岛的日常生活没有什么联系。1912 年以前,中国人除了佣人外是不被允许居住在欧人区的,浙江路北段沿线大部分是德国人的住宅,与普通中国人的生活距离较远",研究青岛历史城区的青年学者金山博士告诉记者。作为专业的设计从业者,金山对安娜别墅的建筑风格进行了剖析,"青岛的德国建筑有一条比较清晰的发展脉络,但安娜别墅的风格并不在这条线索之上"。

三层欧式小楼(包含阁楼,加上地下室共四层),高 13.4 米,总面积 719.2 平方米,有个四角塔楼,由于地势较高,所以南面二层以上的阳台和窗户,可以看到大海。至今,在三层阳台上,还能避开重重高楼的阻挡,看到栈桥回澜阁顶端。这是欧式建筑,但不够"青岛"。"安娜别墅带有新古典主义的痕迹,与当时主流的德国建筑风格存在一定差异。这栋别墅的图纸大概出自卡普勒家族带来的一份德国现成的住宅设计方案。"在金山博士看来,安娜别墅与其他的德国建筑有一定区别。德国建筑在青岛发展经过了几个阶段,"最初是对南方殖民风格建筑的移植,建筑南侧设置宽大的敞廊,例如德华银行当年南边的阳台。很快,德国人发现青岛的气候不需要设置敞廊,新建建筑就不再设置了,已有的敞廊也逐渐被封闭。第二阶段的建筑较突出历史主义风格,具有明显的田园风情,例如对半仿木结构的使用,到了后期建筑装饰则逐渐简化"。青岛盛产花岗岩,在建筑中应用花岗岩作为材料和装饰成为青岛德式建筑的重要特征之一,"而安娜别墅没有用,它是一个个性化的存在"。

"作为一个栖息之所,安娜别墅的称谓来源于对亲情的寄托。这是罗伯特·卡普勒为了表达对母亲安娜·玛利亚(Anna Maria)的纪念,而特别命名的",李明说。

关于安娜别墅的命名,曾有多种说法,有人说是罗伯特为女儿而建,有人说为了亲戚而建,而李明对其母亲全名的翻译,足以证明,母亲才是真正的亲情寄托者。无论它处于什么位置,罗伯特都把它当成家的港湾,犹如幼时在母亲的怀抱。所以,关于亲情的故事,在房子内继续上演。

从安娜别墅到李王府

不同的居住者,都为这栋别墅留下不同的故事,有的短暂,有的温情。
青岛电视台曾派记者到德国卡普勒家族进行探访,根据他们翻拍的家族相

罗伯特·卡普勒与家人在安娜别墅合影

册可以看出，当时的安娜别墅庭院内，矮墙上安装着铁栅栏，院内遍植绿植，甚至能够骑马，一张照片中，三匹高头大马上坐着一男两女卡普勒家族成员，女子侧坐在马背上，他们都穿戴整齐，头戴礼帽，不知是为照相而摆，还是日常必需的休闲活动。还有一张安娜别墅的内景里，有纱幔、欧式家具，显然是富贵之家，四个人物都不直视镜头，自顾自地展现着他们对彼此、对这个家的深厚感情。还有两张郊游的照片，有的是家人出行，有的是几十个德国人一起出行，这一切都显示着卡普勒家族的和谐与惬意。

然而，仅仅住了两年，1905 年罗伯特就离开了青岛，前往慕尼黑，在青岛的家产和事业交给了 25 岁的汉斯。"从马维立博士提供的资料看，汉斯很快就去了海参崴从事建材生意，青岛的砖瓦厂，由他的弟弟卡尔继续打理"，李明说。那年，卡尔才十五六岁。历史没有给这名少年太多安稳的时间，1914 年日本侵占青岛，卡尔没有投奔父亲或哥哥，而是选择留在青岛。"1916 年 4 月 10 日，他被押送到日本大阪俘虏收容所，直到 1920 年获释回到青岛。"站在熟悉的土地上，卡尔已一无所有，砖瓦厂早就被日本人接管。卡普勒家族的冒险精神没被打倒，他决定学习父亲创业，"他在济南的一家贸易公司经营进口业务，充当卡塞拉公司的代理，并参与染料的进口，4 年后，卡尔返回德国，1945 年，在德国东线战役中战死于波兰"。

安娜别墅的故事，随着第一代业主老罗伯特 1916 年的去世，和第二代业主汉斯 1950 年的去世，正式画上句号，甚至后来最著名的居住者刘子山都不知道，这里曾叫安娜别墅，曾有卡普勒家族的成员住在这里。

刘家最熟悉的，是朝鲜李王府的故事。

1935 年的一份《土地登记》显示了安娜别墅的走向。1918 年，别墅产权变更，一位闵姓人士将别墅卖给了刘子山，也就是说，卡尔被俘虏到日本以后，1915 年到 1918 年三年间，闵姓人是小楼的业主，和卡普勒和后来的刘子山一样，闵姓人并非等闲之辈。

"这个曾迷雾重重的闵姓人士,并不是中国人,而是朝鲜名门,叫闵泳瓒。根据刘子山传记撰写者贺伟的考证,闵泳瓒出身朝鲜望族,父亲闵谦镐是李氏朝鲜王朝高宗王妃闵兹映的堂哥。因为闵妃的关系,期间闵家成为朝鲜李王朝的外姓第一门阀,闵谦镐还得以以外戚的身份参与朝政",李明能够找到闵姓人士的全名闵泳瓒,"实际上来源于刘子山的后人,他们一直将这房子叫成朝鲜李王府"。

那么,闵泳瓒是个什么样的人?

"闵泳瓒是首批赴法国了解欧洲的朝鲜人,熟悉欧洲社会和生活方式,并曾出任驻法公使",然而,闵氏家族的显赫时代因为日本人的侵入而终止,闵泳瓒的侄女本来是末代李王定的皇后,因为日本统治者的否定,无奈流亡上海。紧接着,李氏王朝终结,闵家都走上了流亡道路。"闵泳瓒本人不知何时和什么途径来到青岛,购买了安娜别墅躲避",几年后,房产易主,闵泳瓒去向不明。

意外频生,刘子山的忌惮

在 1918 年买下曲阜路安娜别墅后,刘子山家中便连年不顺。先是夫人林氏去世,后又在别墅内发生煤气中毒导致女佣丧命,刘子山由此认定此地不吉,李明的说法来源于贺伟的考证,当然这一说法后来也得到间接认证。

"因为安娜别墅的原因,刘子山的儿子刘少山一直对带有尖顶的楼房抱有成见,所以刘子山后来购买了太平路 37 号大楼,结果因为离海太近,太过潮湿,就又搬到了蒙阴路居住",李明说,"华能大厦的前身大楼也有俩尖顶,1929 年,国民党政府入驻青岛后,刘子山将大楼让给了国民党市党部"。因为《民国日报》1932 年 1 月 9 日的一篇《韩国不亡,义士李霍索炸日皇未遂》报道,日本组织侨民于 1 月 12 日大肆火烧国民党市党部和《民国日报》社。"鉴于对尖顶的心理阴影,刘少山在修复太平路大楼时,故意没有恢复尖顶,而是做成了平顶。"

刘子山是一个传奇人物,从掖县农村一个弹棉花的贫寒少年,奋斗成为当时的山东首富、华北巨商。这其中的经历不是三言两语能够概括的。1918 年时,他已来青岛 20 年。4 年前,在卡普勒家族的砖瓦厂被日本接管时,刘子山也投资建立了复合永窑厂,不同的是,作为本土富豪他头脑灵活,看到青岛这座新兴城市的种种商机,甚至钻法律漏洞,所以他的生意涉及建筑上著名的美国红松、砖瓦厂、铁工厂、别克汽车专营、鸦片贸易等,同时,他还看到房地产的前景,投资了天津路、肥城路、武定路、甘肃路、无棣二路等多条街道的房产，人称"刘半城"。"刘子山房产的数量至今还没有完整的统计，三四十栋肯定有。我去查找关于西镇的档案时，发现大量的房屋都涉及刘子山，不过，西镇的房子从开始设定就是出租用，刘子山西镇之外的房子都是独栋的"，李明在接受记者采访时说，购买安娜别墅这一年，"他还开设了经营进出口业务的东莱贸易行并创办东莱银行"。

刘子山

虽然生意越做越大，但家庭的不顺让刘子山动了搬家的念头。在之前的报道和研究文章中，不少提到刘子山没在这里居住，包括曾在这里居住过的周立昆，他在给本报的投稿《安娜别墅往事》中称，刘子山买下别墅以后，曾大兴土木地修缮，"由于曲阜路进楼门洞过小，就拆除罗马柱，在浙江路一侧新建一个大门洞，加装六级宽花岗岩石阶；楼南侧迎客厅开了边门，安上石阶，连接庭院；为方便居住，将整楼木楼梯全部反转180°；同时在院子东北角盖一六角凉亭（1957 年拆除），在院子南面修建的由太湖石堆砌的莲花喷水池（1958 年拆除）"。不过，李明在档案中查到的关于安娜别墅的维修是在 1937 年，"登记维修费为 15000 元，这个'元'是尚未贬值的法币。所用工程材料有美国松、瓦石、砖石等，由青岛注册第二号建筑工程师王德昌负责设计施工。在是年的档案中，安娜别墅的地块标注是'浙江路五号地和曲阜路六号地之间'"。

"据老人们回忆，修缮完毕刘子山并没有入住，而由其堂兄刘子尤携全家住了进来"，周立昆说。如果周先生说的修缮时间也是指的 1937 年的话，那么也可能当时的刘子山已经搬离安娜别墅。

李明说，1918 年刚刚搬入安娜别墅，刘家曾过了一段祥和的日子，"每日起床，刘子山都会在家里用餐，他的早饭非常简单，多是一小盘咸菜和一碗面粥"。这些从农村出来的商人，一直保持着老家的习俗，包括实业家丛良弼，当年在齐东路 2 号居住时，全家老小也跟着他吃咸菜。之后发生的意外让刘子山始料未及，也异常不快。幸好，安娜别墅里留下了一段情意见证，"1920 年，刘子山夫人林氏去世后，国民党元老谭延闿曾以湖南省长身份写了牌匾，放置在安娜别墅灵堂中央，使林氏夫人和刘府哀荣倍具"。

历尽沧桑，老楼焕发新生

一切辉煌终究成为过去。

"搬离安娜别墅后，这里在短暂闲置后对外出租，其后刘子山将别墅送给了长女刘景隋，刘景隋 1955 年后在青岛去世，当时的身份是街道义务居民调解员。刘景隋和母亲林氏葬在一起。刘景隋二女儿卞韵羲的丈夫张恩源，一直照料着岳母和老岳母的这处墓地"，李明说。

关于这段历史，记者联系上刘景隋的孙子卞志达先生。刘景隋有二女一子，大女儿叫卞映羲，二女儿卞韵羲，儿子即卞志达的父亲名为卞凌基。卞志达的父亲已过世，但老爷子张恩源健在。为了了解这段经历，卞志达专门询问了今年 90 岁的姑父，遗憾的是，老爷子已不记得在安娜别墅居住的细节，只记得全家曾在蒙阴路 2 号居住过。"如果奶奶和姑姑在那里住过，姑父肯定也住过，不过可能时间太短，他记不太清了。"刘家人在安娜别墅的踪迹，就这样慢慢地烟消云散了。不过关于老姥爷的房产，卞志达说，其他的都已被政策安置完毕，目前只剩下莱阳路 55 号悬而未决了。

小楼之后的命运，周立昆先生给我们做了描绘，"20 世纪 40 年代中后期刘家不再在这里居住，开始对外出租，一大间为一户。据我所知，上海船舶打捞公司青岛办事处、青岛第一家姜氏所办大华汽车行（店址在肥城路 3 号）、王氏兄弟开办的天华广告社、烟台吕姓大户人家和我家的福聚茶庄办公室（店址在天津路与山西路拐角处）都曾租过这里，大都是商住两用，具体房租不详，押金是两个小元宝"，之后，几经变动，加上为了生活便利各种搭建，这里逐渐变成了团结户聚居的大杂院。"提起老宅，有两点不得不提，一是楼体西侧的太平门，即现在的消防通道，50 余级石梯由塔尖旋转而达底层，与每一层相连，届届三层小楼，安全防范意识极强。另外就是东侧二楼我所住房间窗框上方的人头浮雕。这个浮雕还有一段往事：特殊时期曾要砸掉，架梯抢锤竟毫发无损，见此我顿生妙计，就说别砸了，我用水泥糊起来算了，这样才得以保留。后来，在大修中小心翼翼剥去浮泥，浮雕得以重见天日"。

人来人去，历尽沧桑，小楼再次重生。

近日，踏进修葺一新的百年老建筑，眼前一亮。在青岛湾老城区改造工程指挥部的大力支持下，安娜别墅这栋纯正的德国建筑，几经易主，伴随着种种扑朔迷离的传说，完成了 110 多年历史上第一次全面功能的转换，它现在的名字叫"青岛书房"，如果说建设者卡普勒家族当初以母亲的名字命名是一种温情回归的话，那么城市书房的建立则为这栋小楼添加了文化的情怀。

作为青岛的地标性建筑之一，青岛书房以创新模式在延续安娜别墅历史风貌的基础上，打造出全新的集图书销售、文献收藏、阅读分享、主题沙龙、公共展览、啤酒广场、文创设计、旅游推广、德式餐厅为一体的"体验性、开放性城市公共阅读空间"，融合传统、当代、观念、体验、分享等多种元素，营造一处具有精神指向性的优质人文集成场所。

提起创立初衷，青岛书房发起人马春涛说，以百年建筑安娜别墅为营，营造自由阅读氛围，打造青岛文化新地标。青岛书房的建立，是城市的文化符号，更是城市的文化性地标和宣传城市文化的窗口，代表了维护及挖掘城市美学的尝试。

当年的安娜别墅如今成为青岛书房

楼内装修精致、温馨，独特的金属书架悬空设计，大部分的书籍、摆件就位，书房正在试营业。青岛影像明信片、主题展览、独立设计文创及千余种主题图书有序陈列。在一楼角门处，青岛湾老城区保护更新信息服务中心入驻在此，游客可以免费获得老城区规划、旅游信息，以及充电、药箱、雨伞等公益性服务。

安娜别墅，青岛书房，是一座老楼的前世今生，前者代表了城市的历史，后者塑造了城市的文化。

2016 年 6 月 21 日

青岛的机场和历史场景

20世纪80年代青岛流亭机场

青岛的机场和历史场景

柳已青

　　2014 年 10 月 11 日,青岛新机场项目获得国务院和中央军委批复,2015 年开工建设。在此回顾青岛的机场,以及飞机驾临青岛的历史场景,可以看到一座城市的腾飞之路,充满了坎坷曲折,穿越百年历史风云,拥有无限广阔与美好的未来。

　　青岛最早的飞机场,应该是跑马场(今汇泉广场)。德国人侵占青岛后,将会前村前靠海的一块地平整,作为练兵场和运动场所。1914 年,日德战争爆发,跑马场多出了一个功能,成为德国人的侦察机起飞降落的场所。在这场战争中,日军的水上飞机,从停泊在崂山湾的母舰"若宫丸"上起飞,飞到青岛市区投弹。而两名德国飞行员驾驶着他们的"鸽式"飞机,对日军的动向进行侦察。因跑马场地势平坦范围大,德国的侦察机就暂时停在这里。

　　无独有偶,跑马场上空的飞机,见证了青岛重大的历史事件。1945 年 10 月25 日,青岛地区接受日军投降仪式在跑马场举行,受降仪式由美国海军陆战队第六师司令谢勃尔和国民党军政部特派员陈宝仓中将主持。人山人海的跑马场上,观众欢呼。这是青岛民众扬眉吐气的一刻。这是山河重光的历史时刻。当天有美国的军机巡航,不时飞过跑马场上空。当时的记者,留下了详细的记录:"美国空军六个中队,在青岛市上空飞行,每中队分三个小队,每小队由三架飞机编组,另有指挥机三架,他们是从泊于青岛外海的航空母舰上起飞,时而在汇泉湾、太平山上空盘旋,时而低空掠过全场,逞尽了战胜国的骄傲。"

　　从历史的天空掠过的飞机,定格在历史深处。空中的飞机起落,总离不开起降的场地。直到 1933 年,青岛才有了第一个民用的飞机场。

　　1933 年 1 月,青岛沧口飞机场投入运营。在当时中国通航城市中,沧口机场属飞行设备比较完善的机场。1933 年 1 月 11 日,中国航空公司的上海—南京—海州—青岛—天津—北平航线正式开通,是青岛第一条民用航空运输线,标志着青岛航空运输的开始。1938 年,青岛第二次被日本侵占。沧口机场被日军占用,并多次扩建,占用民地千余亩,导致 4000 多人流离失所。这个飞机场,不仅见证了青岛主权的更迭,也承受了历史的创伤,以及意外航空事故的灼伤。

1939 年 11 月 3 日 9 时许,日本福冈航空株式会社邮政飞机"甲谷"号由沧口机场起飞不久,因故障被迫降落在达翁村朱玉铃家房顶,飞机油箱爆炸,驾驶员及乘客 3 人、报务员 1 人脱险;致伤村民 3 人,1 名 8 岁儿童被砸死,烧民房 26 间。1947 年 1 月 5 日,中航执行上海—青岛飞行的 C-46 型客机在沧口机场附近失事焚毁,机上乘客 39 人及机组 3 人全部遇难,其中包括京剧"四小名旦"之一的李世芳。这次空难事故,震惊全国。

沧口机场起降无数的飞机,迎来送往无数青岛的过客。而民国令人闻之色变的特务头子戴笠,也是沧口机场的一个过客。1947 年 3 月 17 日,戴笠一行 9 人,乘坐 222 军用专机,由青岛沧口机场加满了油,向上海飞去。因上海雷电交加,大雨滂沱,222 专机打算在南京机场降落,但由于雷雨和乌黑的云层,222 专机撞击到南京附近的岱山坠毁,机上所有人员无一生还。

1950 年 11 月 1 日,青岛流亭飞机场整修工程开工。随后,苏联的军用飞机在这个飞机场起降。1982 年,改为民用机场。

从时光深处延展而来的飞机场,也是一个巨大的历史场,重大事件来往过客,停留在这里。

1913 年 7 月 9 日,奥斯特在跑马场驾驶飞机首飞成功,德国在青岛的政要和军人合影祝贺。照片的背景建筑是海滨旅馆

飞机那些事儿:
机场落户胶州曾被前人"预测",青岛市民乘机飞天已成常事

张文艳　刘盈君

青岛交通史上飞机的开端是和战争相关的,而随着人们生活水平和城市建

设的发展,民用运输飞机越来越被提上日程,并最终登上了历史舞台。虽然因为各种事件的干扰,青岛民航曾经几次停航,但后来民航发展的速度是惊人的。现在早已成为山东最大空港的流亭机场,已经不能满足日益增长的空客需要,青岛新的国际机场将落户胶州。而记者在采访中发现,其实在胶州建机场早在1935年就已经有过规划和构想。历史的巧合让人不得不佩服先辈的眼光和预见性。

民航建立

青岛的民航史是从1933年1月开始的,这一月,沧口机场投入运营。1月11日,由上海至北平的空中航线通航,航程1427千米,途经南京、海州、青岛、天津。此为青岛首次开通空中航线。

结果是好的,过程有过波折。时间回到1931年,中国航空公司(以下简称"中航")成立不久,其副总波安德与青岛市长沈鸿烈多次磋商后达成协议,拟于该公司当时已有的沪平航线中添设青岛一站。1932年6月,中航开始筹备上海——北平的航线。南京国民政府交通部和中航曾派员来青岛,为筹设沧口飞机场交涉。机场用地在沧口大堡头村,共3211公亩,此地1921年3月被日本山东农事株式会社以"租用"名义霸占,租期3年,早已期满,日方提出要续租30年,遭到市政府拒绝。然而,日本人强词夺理,要求青岛出资购买。青岛市政府于1932年11月7日以25000元赎回了自己的土地,由中航租用。在这块土地上,筹建了沧口机场,有了青岛的民航运输线。

根据《交通志》记载,该航线全程1427千米,每周上海、北平各飞3次,每周二、四、六由沪北上,三、五、七由北平南下。1934年8月间,为便利上海旅客到青岛短期作短期旅游,"中航"开辟上海——青岛暑期飞行特训班。

在这里,插播一段"广告"。我们知道,青岛已经决定在胶州兴建新的国际机场,并于2019年投入使用。但我们可能不知道,其实在胶州建机场,早在1935年就曾规划过。1935年,《青岛市施行都市计划方案》颁布,其中内容之一是青岛飞机场转移至胶州塔埠头东南海滩一带。青岛市档案馆宣传处处长周兆利这么说:"非常有意思的是,在航空运输初露端倪的时代,规划者已意识到飞机作为一种新式交通工具,'进步之速,一日千里,将来成为普及化之交通工具,实意中事'。故青岛应及早筹划航空港。"

几次停航

民航的发展不是一帆风顺的,究其原因,还是跟当时动荡的社会有关,加上当年飞机的落后和驾驶的各种因素导致失事事件时有发生,所以曾经几停几复。

1937 年七七事变后,"中航"的上海—北平的航线就被迫停飞。日本第二次侵占青岛时期,在沧口机场成立"大日本航空株式会社青岛出张所"(1941 年 8 月退出),开辟北平—青岛—日本京城、福冈、东京定期航线。在此期间,在青岛经营航空运输业务的还有"华航""中航"和"央航"。此时,美国人陈纳德的"行政院救济总署空运队"也参与了青岛的航空运输。至 1946 年,"中航"和"央航"在青岛的通航城市南至上海、南京,北至天津、北平,西至济南、徐州等。

当时航班很多,也有失事事件发生。1947 年 12 月 6 日,陈纳德旗下的 C-46 一架飞机失事,记者于近日到青岛市档案馆查找资料,发现《青岛时报》1948 年 8 月 5 日报道了飞机失事主要的原因:这架飞机超重 2200 磅(约 1 吨),再加上货物可能摆放不整齐,失去平衡,因此引发了此次事故。在这次失事之前,1947 年 5 月 1 日,因天气恶劣及航行指挥等原因,"中航"自上海至青岛的 C-46 型客机在沧口机场附近撞山失事。这是发生在青岛最惨重的一次空难事故,机上乘客 39 人及机组人员 3 人全部遇难。这次严重事故,迫使"中航"于 1947 年初一度停航整顿。《时代社》如此报道:"中航青岛办事处接获公司电令:近来迭次失事,自 1 月 20 日起所有各客运班机暂行停航(1947 年 1 月 31 日)"。飞机的失事事件给这一行业造成不小的影响。

后来,又经过停航、复航的反复,终于于 1982 年 6 月 27 日,安-24 飞机,在海军流亭机场试航上海—青岛—北京航线成功,民航业大跨步发展,至 1986 年底,青岛民航共有航线 8 条,由青岛可直达上海、北京、沈阳、大连等 20 个国内大、中城市,初步形成以青岛向全国辐射的航空网络。

中央航空公司的空姐照片

坐过飞机的人都知道流亭机场，因为它是青岛最大的国际机场，也是山东省最大的空港。1940年的规划内容之一就是新设城阳机场（今流亭机场），而它真正建设是始于1944年，是日军的重要军事基地。新中国成立后曾多次改造，直到1982年改为民航机场。

服务变迁

其实，乘坐飞机对老百姓来说最重要的发展是：价格、服务和安全。

安全性不用说，已经比以前好了很多。

至于价格，青岛文史专家鲁海告诉记者，青岛民航初航时，青岛到上海的飞机票的价格是120元，"大约是1938年，我姑父从泰安来青岛探亲，后来坚决要回家，因为种种原因没法乘坐其他交通工具了，只能坐飞机到济南，再转车赴泰安。我记得家里给他买了张机票，具体多少钱不记得了，反正很贵很贵"。贵，是当时坐飞机很典型的一个特征，在查阅老报纸的过程中，记者发现，机票还曾经多次涨价，引起大家的不满。到了1947年，机票按银元计价收费，青岛至上海机票价格为47元银元（《青联报社》1947年4月25日）。

服务包括售票、机上服务等。售票服务发展较为明显，根据《交通志》记载，20世纪30年代初，"中航"在青岛中山路27号设有售票处。到20世纪40年代，"央航"在中山路94～96号设立售票处，出售客票。当时两航均规定，旅客须先到航空公司办理登记手续，并于飞机起飞前一日到售票处购买机票。新中国成立以后，服务

1947年，空姐合影

逐步提升，到1982年就有了电话预约、送票到手、取货上门等。如今网络购票更是方便了人们的航空出行。航空的发展提升了各项服务内容，包括空姐招收等。不过，当年的空姐招聘条件同样很严格：①须高中毕业；②能讲英语；③身长五尺左右；④面貌端正；⑤体重不得超过60公斤（《大中报》1947年6月15

日）。虽然条件苛刻，但她们的待遇可不低，"按照目前'飞机小姐'的待遇，每月薪金 150 元美金，此外飞行时间一小时，可得津贴美金一元半，以这样优厚的待遇，无怪于密司们都跃跃欲试了"。

现在机上服务比较周到，但 1985 年开始乘坐飞机的鲁海还是觉得以前服务较好，"以前飞机上提供的饮料多达 12 种，甚至还有罐装啤酒，我每次乘机必点。而且飞机起飞的时候会震动耳膜，当年的飞机上就会提前给每位乘客发一个冰激凌，让大家张嘴吃东西缓解不适！而且以前的饭菜也很丰盛，有米饭、酱牛肉等，还有点

1945 年，美军航拍的青岛城市和港口风貌

心、面包、水果"。在鲁海的印象中，以前每回出差都会得一个旅行包，"是飞机上发的"。

青岛的飞机发展史中，有一些事件是较为独立的，但又不得不说，特列举其中一部分，供读者参考阅读。

航拍青岛

1934 年 5 月 5 日，由青岛繁荣促进会主办的《青岛画报》创刊。《青岛画报》社位于热河路 2 号，发行人为唐渭滨。画报起初是半月刊，后改为月刊，每期 18 页，图片和文字各占一半，不仅介绍青岛的风土人情、社会名流、旅游风光，同时还刊登全国性的政治活动和人物的照片、文体明星等。创刊号的封面，除了"青岛画报"四个美术字外，还配有从飞机上拍摄的青岛市容照片。航拍在青岛一直很流行，无论是诗意浪漫的海边还是热闹繁华的街头，很多美景都是青岛航拍达人利用精湛的航拍技术，完美打造的"上帝视觉"。

荒谬的"误炸"

1943 年 6 月 29 日，日本飞机轰炸了即墨鳌山卫，当地百姓遭难。这天上

午,日军先派侦察机在鳌山卫街四周盘旋侦察,下午 1 时 50 分,2 架日本轰炸机向鳌山卫大街及民房投掷炸弹,炸死无辜平民百姓 12 人,伤者 12 人,炸毁烧毁房屋 20 余间。当地百姓不仅房子被炸,仅有的粮食也被烧光,情形十分悲惨。轰炸事件发生后,日本侵略者操纵下的青岛市特别市公署辩称是日机误炸。为了笼络民心,安抚灾民,当局从国库拨款 2000 元用于救济灾民,家破人亡的灾民们每户仅仅领到了百元赈济款。

"造雨机"神话

1946 年 10 月 2 日《青岛公报》曾报道过一则可笑的"惊世新闻":"美海军部在此次大战中已制成一种造雨机,利用强声,使空中之雾点集合成雨点下降,飞机场不为云雾所笼罩,而便于飞机之降落⋯⋯""造雨机"是则假新闻的产生,为什么会有这则新闻呢? 原因如下:第一,国民党政府几乎完全依赖美军的现代化装备,盲目崇洋媚外;第二,内战时期大肆鼓吹美军现代化装置,以愚弄人民,使人民相信他们拥有最先进的现代化武器,国民党军队定是这场战争的最终胜利者。

飞机失事

1947 年 5 月 1 日,"中航"自上海至青岛的 C-46 型客机在沧口机场附近撞山失事。这次空难造成机上乘客 39 人及机组人员 3 人全部遇难并迫使"中航"于 1947 年初一度停航整顿。事故发生的原因和天气恶劣以及航行指挥失误有关。当时,梅兰芳的徒弟,与张君秋、毛世来、宋德珠并列"四小名旦"的李世芳,赴上海演出完毕后乘此次航班回京,途经青岛上空时,因飞机遇雾撞山而罹难,年仅 26 岁。

美机撒毒

根据 1952 年的《大众报》和《世界知识》报道,1950 年,美国侵略者发动侵略朝鲜战争,遭到惨败后,为了挽救其失败,发动了惨绝人寰的细菌战争。从 1952 年 1 月 28 日开始,美国飞机在朝鲜前线阵地和后方,大量投放了传播细菌的毒虫和毒物,并把细菌战扩大到中国东北地区。1952 年 3 月 6 日,又把细菌战扩大到山东和青岛地区,美国飞机先后 4 次 9 架侵入青岛地区上空,投放了大量病毒生物和毒物,如苍蝇、蜘蛛、飞蛾、蚂蚱、蚊子、多足虫、绿色小虫和虱子等。后来,除陆地发现毒虫外,又陆续发现海水潮上毒虫,大部分为猿叶虫、步行虫、瓢虫、椿象、蚂蚱、金龟子等害虫,也有少数苍蝇臭虫、蜂子等,还有其他毒物。

山东大学细菌室、市立医院化验室和商品检验局化验室对群众收集的毒虫进行了多次检验,最终确认美国侵略者的在青岛撒布的细菌毒虫、毒物带有伤寒、副伤寒、痢疾、白喉及炭疽病等病菌。

美机侵入并撒布细菌毒虫,激起全市军民的极大愤慨,全市 18 万人举行集会游行,愤怒声讨美帝细菌战罪行。全市军民大打人民战争,全面开展了防疫灭菌运动,3 月 12 日～31 日,全市出动 46 万人灭虫大军,"铲除细菌、毒虫"。同时,清除垃圾,疏通沟渠,对全市军民注射了鼠疫、霍乱、伤寒预防针,取得了反细菌战的初战胜利。1952 年的第二届全国卫生会议上,青岛被评为全国丙等卫生模范市。

2014 年 10 月 28 日

图书在版编目(CIP)数据

人文青岛. 第二季 / 负瑞虎主编. —青岛:中国海
洋大学出版社,2018.7
ISBN 978-7-5670-1883-9

Ⅰ.①人… Ⅱ.①负… Ⅲ.①散文集-中国-当代②
青岛-概况 Ⅳ.①I267②K925.23

中国版本图书馆 CIP 数据核字(2018)第 156041 号

出版发行	中国海洋大学出版社			
社　　址	青岛市香港东路 23 号		**邮政编码**	266071
出 版 人	杨立敏			
网　　址	http://www.ouc-press.com			
电子信箱	1193406329@qq.com			
订购电话	0532-82032573(传真)			
责任编辑	孙宇菲		**电　　话**	0532-85902469
印　　制	青岛正商印刷有限公司			
版　　次	2018 年 7 月第 1 版			
印　　次	2018 年 7 月第 1 次印刷			
成品尺寸	170 mm×240 mm			
印　　张	32			
字　　数	550 千			
印　　数	1～1600			
定　　价	78.00 元			

发现印装质量问题,请致电 18661627679,由印刷厂负责调换。